Über dieses Buch Der Roman *Empfang bei der Welt* ist Heinrich Manns erste große Prosaarbeit nach seiner Flucht aus Frankreich in die USA. Seine Exil-Existenz in Kalifornien bringt es mit sich, daß er kaum mit Lesepublikum rechnen kann. Heinrich Mann schreibt quasi für sich selbst. Unter diesen Umständen gelingt ihm ein beinahe schwereloses Alterswerk: eine plausible Fabel, kunstvoll durchkomponiert, mit allen politischen Implikationen, die ihn in den vorausgegangenen Dekaden beschäftigt haben. Die an Wedekinds *Der Marquis von Keith* erinnernde Geschichte führt den, wie es im Buch heißt, »Ernst des Lebens« an Menschen aus drei Generationen vor. Hauptfiguren sind ein verkrachter Opernagent und »Existenzkämpfer« und dessen Freundin, eine ehemalige Opernsängerin und Teilhaberin eines illiquiden Bankhauses. Beide laden zu einem Großempfang, auf dem Aktien für ein Opernhaus gezeichnet werden können, der aber eigentlich dazu dienen soll, die Finanzen der beiden zu sanieren. Das in der Literatur nicht selten angewandte Stilmittel der Beschreibung eines Festes hilft dem Autor, mit einer Fülle von Figuren eine morbide Gesellschaft zu charakterisieren. In satirischen Konterfeis werden alternde Künstler, umtriebige Kunstmanager oder skrupellose Rüstungsindustrielle gezeichnet und zum Schreckensbild einer entmenschten Welt zusammengefügt. Unangefochten und unversehrt gehen aus diesem Babel nur der Sohn des Impresarios und die Tochter der Sängerin hervor. Das junge Liebespaar trägt die Hoffnungen des Moralisten Heinrich Mann weiter.

Der Autor Heinrich Mann, geboren 1871 in Lübeck, begann nach dem Abgang vom Gymnasium eine Buchhandelslehre, 1890 bis 1892 volontierte er im S. Fischer Verlag, Berlin, gleichzeitig Gasthörer an der Universität; freier Schriftsteller; 1893 Paris-Aufenthalt, bis 1914 längere Italien-Aufenthalte, später München, ab 1928 Berlin; 1931 wurde er zum Präsidenten der Sektion Dichtkunst der Preußischen Akademie der Künste zu Berlin gewählt. Die Verfilmung seines Romans *Professor Unrat* (unter dem Titel ›Der blaue Engel‹ mit Marlene Dietrich) machte ihn weltberühmt. Februar 1933 erzwungener Ausschluß aus der Akademie; Emigration nach Frankreich (Paris, Nizza), dann über Spanien und Portugal 1940 nach Kalifornien. 1949 nahm er die Berufung zum Präsidenten der neu zu gründenden Deutschen Akademie der Künste zu Berlin/DDR an. Heinrich Mann starb 1950 in Santa Monica/Kalifornien. Seine Urne ist auf dem Dorotheenstädtischen Friedhof in Berlin/DDR beigesetzt.

Die wissenschaftlichen Mitarbeiter an diesem Band
Helmut Koopmann, Jahrgang 1933, Ordentlicher Professor für Neuere deutsche Literaturwissenschaft an den Universitäten Bonn (1969–1974) und Augsburg (ab 1974). Mehrere Gastprofessuren in den USA und in der Republik Südafrika. Forschungsschwerpunkte: 18. Jahrhundert, Schiller, Heine, Junges Deutschland, Jahrhundertwende, Thomas und Heinrich Mann, Gegenwartsliteratur.
Peter-Paul Schneider, Jahrgang 1949, Dr. phil., Wiss. Mitarbeiter am Deutschen Literaturarchiv/Schiller-Nationalmuseum, Marbach am Neckar; zuvor Wiss. Assistent für Neuere deutsche Literaturwissenschaft an der Universität Bamberg (1977–1983). Veröffentlichungen zum 18. Jahrhundert (Mitherausgeber der *Friedrich-Heinrich-Jacobi-Brief-Gesamtausgabe*) und zu Heinrich Mann (Herausgeber der ›Mitteilungsblätter des Arbeitskreises Heinrich Mann‹; jetzt des ›Heinrich Mann-Jahrbuchs‹ zusammen mit Helmut Koopmann).

Heinrich Mann
Studienausgabe in Einzelbänden

Herausgegeben von Peter-Paul Schneider

Textgrundlage:
Heinrich Mann: *Empfang bei der Welt.* Roman
Berlin und Weimar: Aufbau-Verlag, 1. Auflage 1967
(= Heinrich Mann: Gesammelte Werke
Herausgegeben von der Akademie der Künste der DDR
Redaktion: Sigrid Anger. Band 14)

Heinrich Mann

Empfang bei der Welt

Roman

Mit einem Nachwort von
Helmut Koopmann
und einem Materialienanhang,
zusammengestellt von
Peter-Paul Schneider

Fischer Taschenbuch Verlag

Ungekürzte Ausgabe
Veröffentlicht im Fischer Taschenbuch Verlag GmbH,
Frankfurt am Main, Februar 1988

Lizenzausgabe mit freundlicher Genehmigung
des Claassen Verlags GmbH, Düsseldorf
Die Erstausgabe erschien 1956 im Aufbau-Verlag, Berlin

Umschlaggestaltung: Max Bartholl
unter Verwendung des Gemäldes
›Paul Klee, Revolution of the Viaduct‹ (1937)
(Hamburger Kunsthalle, Hamburg)

Gesamtherstellung: Clausen & Bosse, Leck
Printed in Germany
ISBN 3-596-25930-4

Inhalt

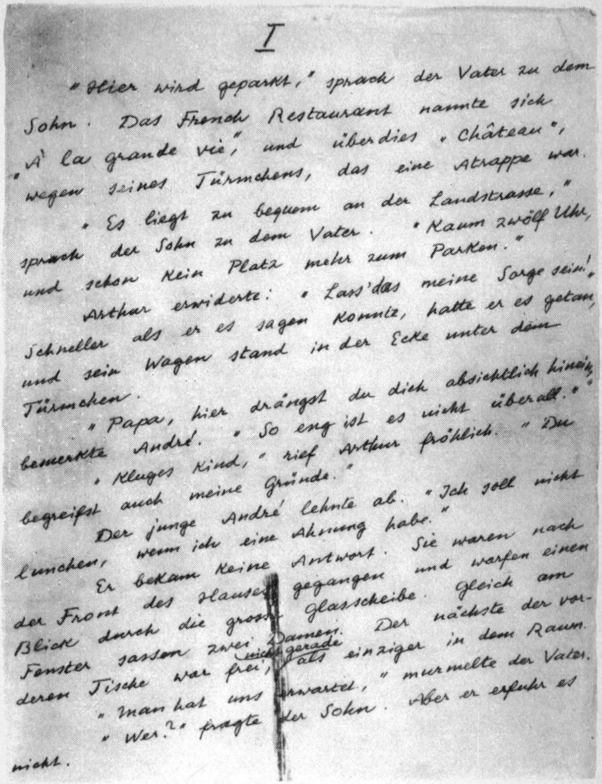
I

„Hier wird geparkt," sprach der Vater zu dem Sohn. Das French Restaurant nannte sich „À la grande vie," und überdies „Château", wegen seines Türmchens, das eine Attrappe war.

„Es liegt zu bequem an der Landstrasse," sprach der Sohn zu dem Vater. „Kaum zwölf Uhr, und schon kein Platz mehr zum Parken."

Arthur erwiderte: „Lass das meine Sorge sein!" Schneller als er es sagen konnte, hatte er es getan, und sein Wagen stand in der Ecke unter dem Türmchen.

„Papa, hier drängst du dich absichtlich hinein," bemerkte André. „So eng ist es nicht überall." „Kluges Kind," rief Arthur fröhlich. „Du begreifst auch meine Gründe."

Der junge André lehnte ab. „Ich soll nicht lunchen, wenn ich eine Ahnung habe."

Er bekam keine Antwort. Sie waren nach der Front des Hauses gegangen und warfen einen Blick durch die grosse Glasscheibe. Gleich am Fenster sassen zwei Damen. Der nächste der vorderen Tische war frei, nicht gerade als einziger in dem Raum. „Man hat uns erwartet," murmelte der Vater.

„Wer?" fragte der Sohn. Aber er erfuhr es nicht.

Die erste Manuskriptseite von *Empfang bei der Welt* in der Handschrift Heinrich Manns

I. Wochenende der Glücklichen

»Hier wird geparkt«, sprach der Vater zu dem Sohn. Das French Restaurant nannte sich »A la grande vie«, und überdies »Château«, wegen seines Türmchens, das eine Attrappe war.

»Es liegt zu bequem an der Landstraße«, sprach der Sohn zu dem Vater. »Kaum zwölf Uhr und schon kein Platz mehr zum Parken.«

Arthur erwiderte: »Laß das meine Sorge sein!« Schneller als er es sagen konnte, hatte er es getan, und sein Wagen stand in der Ecke unter dem Türmchen.

»Papa, hier drängst du dich absichtlich hinein«, bemerkte André. »So eng ist es nicht überall.«

»Kluges Kind«, rief Arthur fröhlich. »Du begreifst auch meine Gründe.«

Der junge André lehnte ab. »Ich soll nicht lunchen, wenn ich eine Ahnung habe.«

Er bekam keine Antwort. Sie waren nach der Front des Hauses gegangen und warfen einen Blick durch die große Glasscheibe. Gleich am Fenster saßen zwei Damen. Der nächste der vorderen Tische war frei, nicht gerade als einziger in dem Raum.

»Man hat uns erwartet«, murmelte der Vater.

»Wer?« fragte der Sohn. Aber er erfuhr es nicht.

Sie traten ein und setzten sich ohne Besinnen. Ebenso schnell war der maître d'hôtel zur Stelle, um zu melden, daß der Tisch reserviert sei. Arthur schüttelte ihm die Hand. »Das dachte ich mir schon, lieber Freund. Für Ihre besten Gäste. Das sind wir.«

Der maître versuchte etwas einzuwenden. Aber es war ein so ansehnlicher Herr im kräftigsten Alter, der ihn auf die Schulter klopfte. Der Ton war sowohl vertraulich als gebieterisch. »Zuerst eine Flasche Pommery! Wenn Ihre Eiswasserkunden noch kommen, legen Sie unsere Gedecke hinüber zu den beiden Damen!«

Der Mann im Frack ließ es gelten. Er nahm anderswo drei Bestellungen an, bevor er dem sommelier – oder war es kein Weinkellner, hatte er doch eine rote Nase – den Champagner in Auftrag gab. Vater und Sohn betrachteten inzwischen die Speisekarte, spähten aber an ihr vorbei nach den beiden Damen. Diese teilten gleichfalls ihre Aufmerksamkeit zwischen den angebotenen Gerichten und den Herren, die offenbar Wert auf ihre Nachbarschaft legten.

Die Tochter las halblaut: »Steak, Küken, langweilig. Die Leute nebenan auch. Sie haben gedroht, daß sie uns belästigen wollen. Kennst du sie denn?«

»Bis jetzt nicht«, sagte ihre schöne Mutter.

»Arthur, ich durchschaue dich«, erklärte an dem anderen Tisch der Sohn.

»Endlich«, gestand sein Vater. »Ich hatte natürlich ihren Wagen erkannt. Du nicht?«

»Weder ihn noch die Damen«, behauptete der Sohn. Er setzte hinzu: »Und du kennst sie ebensowenig.« Denn er beobachtete, daß Arthur die reifere Schönheit mit den Augen zu grüßen versuchte und daß sie wegsah, auf die Straße, wo die Autos rollten. »Oder kennst du sie doch, dann nur geschäftlich, und sie ist mit dir nicht einverstanden, Arthur.«

»André, sei nicht zu scharfsinnig!« verbesserte sein Vater. »Ich und Melusine sind ganz alte Freunde, aber nicht darauf kommt es an. Wechsele den Platz mit mir, mein Sohn, damit ich die Tochter sehe! Stephanie heißt sie.«

»Stephanie heißt sie«, wiederholte André. Aber er beeilte sich nicht. Die Damen waren schneller, sie vertauschten die Stühle. Als die Tochter schon auf dem anderen saß, widersprach sie der Mutter.

»Nein, Melusine, das Licht hat dich hier nicht geblendet. Jetzt seh ich auf den grünen Berg.«

»Und auf den Opernagenten«, ergänzte die Mutter. »Den mag ich nicht als Aussicht.«

»Lieber den Zwanzigjährigen. Immer dieselbe Melusine«, sagte das junge Mädchen nett und nachsichtig.

»Ein frisches Gesicht ist wirklich als Gegenüber vorzuziehen«, bestätigte die Mutter. »Findest du nicht?« fragte sie.

»Mir gleich«, versicherte Stephanie, eher nachlässig. »Kennt man sie erst, tritt das Alter zurück.«

»Du, die Männer kennen!« wendete ihre Mutter ein. Das Mädchen blieb dabei. »Einer ist wie der andere. Wir übrigens auch.« Sie ließ die Mutter reden.

»Du gehst in deiner Menschenkenntnis zu weit, mit deinen achtzehn Jahren.«

Die Tochter zuckte nur die Achseln. »Wenn ich deine fünfundvierzig haben werde –«

»Man hört dich«, kam es scharf zurück.

»Fünfunddreißig. Was sagte ich?« Es klang unschuldig. »Verzeih, meine süße Melusine. Für den Sohn des Agenten war es nicht bestimmt. Der Vater ist fünfzig und viel stattlicher. Ich gefalle ihm, und du dem Jungen.«

»Kellner!« rief Arthur zum zweiten oder dritten Mal. Gleichzeitig befahl auch Melusine: »Kellner!«

Hiermit hatten sie bis jetzt nur erreicht, daß der maître d'hôtel die entgegengesetzte Seite des Lokals besuchte. Da aber dort hinten noch dringender nach ihm verlangt wurde, entschied er sich nunmehr für die vorderen Gäste, die Herren zuerst. Arthur bestellte Kaviar und das weitere. André erhielt Zeit, die Schönheit, die er jetzt greifbar vor sich hatte, mit den Augen zu grüßen. Ihm erwiderte Melusine. Reizvolle Blicke wurden beiderseits genossen, bis der maître seine Sache besorgt hatte und zu den Damen überging. »Arthur, wie weit bist du mit der Kleinen?« erkundigte sich der Sohn. »Sie hat es dir erspart, den Platz zu wechseln. Übrigens ist die Kleine größer als die Mutter, die mit mir flirtet. Es wäre gut zu wissen, wer sie sind. Du schweigst darüber?«

Die Auskunft wurde leicht hingeworfen. »Die Mutter ist Mitinhaberin des Bankhauses Barber und Nolus.« Unglaublich schnell kam hier der Eisblock mit dem Kaviar und unterbrach die Auskunft.

»Die Damen haben gewählt?« fragte der maître.

»Cocktails«, bestimmte Melusine.

»Für mich keinen«, sagte Stephanie um so gleichgültiger. »Was nimmt man?«

Ihre Mutter wußte es. »Einen Salat. Tomatensaft. Eiscreme.«

Die Tochter suchte einen Anhalt. »Was essen sie an den anderen Tischen? Sie scheinen es gut zu finden.«

Der Vertreter des French Restaurant erklärte: »Le splendide appétit du prix fixe.« Das genügte, die junge Person willigte sogleich in den festen Preis. Sie waren wieder allein. »Du bist zu bescheiden, arme Stephanie«, bemerkte ihre Mutter etwas zu spät.

»Warum arme Stephanie?« fragte die Tochter. »Ich muß noch keine Linie halten wie du. Ein Bankhaus wie deines werde ich auch niemals führen, oder es von einem Herrn Nolus führen lassen. Wir sind eine andere Generation.«

»Wer, wir?« Melusine hörte nur halb. Sie berührte kaum den Salat mit Mayonnaise, Schlagsahne und Anchovis, der aufgetischt wurde. Ihre Eßlust erwartete Anregung vermittels der verführerischen Proben, die ihre erfahrenen Augen am nächsten Tisch nahmen. Entschieden nur die Zwanzigjährigen, das war ihre Meinung und war unverkennbar. Nicht, daß sie gesprochen hätte; aber so ausdrucksvolle Lippen versteht man, sogar ein André, der gelassen dasitzt. Darum weiß er doch, daß er begehrt wird und daß es das Gewöhnliche ist. Er hat nur andere Sorgen, oder macht sich gar keine, weder diese noch sonst welche.

»Du hat es auf die Junge abgesehen?« fragte er ungläubig. »Arthur, ich durchschaue dich. Mit Vorbedacht hast du mich den üppigen Lockungen ausgesetzt. Du suchst eine Annäherung an das Bankhaus.«

»Falsch, mein Sohn.«

»Richtig, mein Vater. Alles spricht dafür: die Krise, in der sich dein Unternehmen befindet. Denn warum sollte es gerade jetzt nicht kritisch stehen. Die Bank wahrscheinlich desgleichen. Gerade darum könntet ihr zusammengehen. Jede andere Bank, jede zweite und dritte Agentur, musikalisch oder nicht, würden genausogut aufeinander passen.«

Arthur gab zu: »Ich lasse mit mir reden. Meine Natur ist großzügig. Deine ist bequem, um nicht zu sagen ängstlich. Nimm endlich zur Kenntnis, daß diese Zeiten etwas mehr verlangen als nur Talent. Das deine vermietest du einer Konservenfabrik und machst Plakate. Kannst du davon dieses Frühstück bezahlen? Nein. Wirst du es in drei Jahren können?«

»Es besteht Aussicht, daß dann nicht mehr gefrühstückt wird«, hauchte André. Auch Arthur sprach gedämpft, aber entschlossen:

»Verlasse dich auf meine Energie! Nichts kann sie bändigen.«

»Wir sind eine andere Generation.« Bei diesem Wort traf der junge André zum erstenmal in die Augen der jungen Stephanie. Sie hätten sich, wie ihre Stühle gerichtet waren, nacheinander umwenden müssen: indessen geschah es in dem Spiegel zwischen den beiden Tischen, daß ihre Blicke sich fanden. Merkwürdig ernst sahen sie aus, mit ihren leichten hellen Gesichtern. Beiden fiel es auf. Sie gaben sich der Betrachtung hin. Der Jüngling unterbrach sie aus Anstand. Die Jungfrau vergaß zu erröten wegen der Kleinigkeit; ohnedies hatte sie natürlich Rot aufgelegt.

Sie wendete sich ihrer Mutter zu. Melusine rauchte, anstatt zu essen. »Mama, wie kommt es überhaupt, daß ihr euch nicht kennt?«

»Ich und der Agent? Ein großer Agent, der größte am Platz. Die größte Privatbank sind wir.«

»Strenge dich nicht an! In unserem Direktionszimmer sprechen sie laut, wenn ich tippe. Da höre ich, wer alles wackelt.«

»An Barber und Nolus wird nicht gezweifelt«, sprach die Mitinhaberin fest. Ihre Tochter rührte es, wie Melusine, in der Abwehr, die Maske eines Geschäftsmannes annahm. Stephanie lenkte ein. »Ich habe niemand genannt.« Sie streichelte der Mutter die Hand. »Du magst ihn nicht. Du mußt ihn genau gekannt haben. Du tratest damals als Sängerin auf. Dein Ruhm hat sich erhalten, die Bühnen vermissen dich.«

Die schöne Frau war gleich versöhnt. »Genau gekannt? Nicht wie du denkst, keusches Mädchen. Bevor ich deinen Vater heiratete, vermittelte der Agent mir Verträge, es waren meine ersten, er hat es vergessen. Ich auch.«

»Oder ihr tut so.« Stephanie streichelte. »Damals waret ihr arm, und wollt jetzt reich sein.«

Melusine lehnte die Wange in die Hand, aber vorsichtig, um nichts zu beschädigen. Ein herrliches bracelet begann zu funkeln. Ihrer Haltung gemäß äußerte sie Träumereien. »Man ist nicht nur so jung, wie man aussieht, auch so reich. Das einzige, was sich nicht nachmachen läßt, ist eine Stimme, die man nicht mehr hat.«

»Arme Melusine. Deine war himmlisch.« Aus echter Teilnahme verriet die Tochter, was sie von der Mutter hielt. »Der Alkohol, das Nachtleben, lauter Bedürfnisse und keine Zucht: so seid ihr.«

»Jedem das Seine«, sagte die einstige Sängerin. Nicht,

daß sie widersprechen wollte; sie fügte sich, noch immer traumhaft, in Erfahrungen, die abgeschlossen und nicht zu ändern waren. Man vergleicht sie dann wohl mit der Summe eines anderen Lebens, das vordem unserem eigenen nahe verwandt schien. Da ist die Jugendfreundin Alice, noch heute ein Stern der Opernbühnen. Ihr Aufstieg hat eingesetzt mit dem Augenblick, als Melusine nachließ und abtrat.

Vor der Tochter verheimlichte sie ihren tiefsinnigen Aberglauben, als wäre der Verlust ihrer Stimme nicht so sehr einer falschen Diät geschuldet, viel eher habe die erfolgreiche Mitbewerberin sie ihr geraubt; die Kraft und Ausdauer der gleichaltrigen Alice nähre sich eigentlich von Melusine, von ihrer entschwundenen Begabung. Dergleichen behält man für sich. Im Innern bleibt es ungeklärt. Nach außen läßt man allenfalls durchblicken, daß jeder das Seine hat, und wer lange eine große Stimme behält, steht darum nicht auf festeren Füßen.

»Mit Stimme«, sagte Melusine, »hätte ich niemals das Bankfach erlernt, ich wäre wahrscheinlich ohne Kapital, ohne gesicherte Geltung bei der Gesellschaft, ungerechnet, daß man von dem einseitigen Training breite Schultern und einen muskulösen Nacken bekommt.«

»Wie die berühmte Alice«, ergänzte die scharfsichtige Tochter. »Für sie ist es mit der Liebe aus.«

Ach! Melusine hätte nicht gewünscht, daß ihre alte Kameradin, reizlos wie sie nun war, gerade jetzt in die Tür träte. Sie selbst mußte sich überzeugen, daß der reizende Zwanzigjährige mehr Augen für das Gefunkel an ihrem Arm hatte, als für den Arm und ihre ganze Person. Wie dumm, gerade heute das Ding anzulegen! Die hingegossene Vollschlanke seufzte und hüllte sich in Rauch.

Aber das kommt von den unpassenden Vergleichen und unvorsichtigen Erinnerungen! Genug damit, sie rückte sich zurecht.

»Deine Stimme, liebes Kind, wäre noch glänzender als meine war. Du weigerst dich, sie auszubilden.«

»Wozu?«

»Das fragst du, und läßt dir erzählen, daß Barber und Nolus wackeln? Nimm an, es wäre wahr. Wir könnten deine Stimme sehr nötig haben.«

»Gerade dann hat man sie verloren. In meinem Büro nehme ich Diktate auf und übersetze Briefe – etwas ungenau, aber auch singen würde ich falsch.«

»Sekretärin bei der Direktion einer Konservenfabrik.« Die einstige Berühmtheit betonte ihre Geringschätzung. »Du hast es gewollt. Deiner Generation fehlt in geradezu beleidigendem Maße unser Selbstvertrauen.«

Daraufhin rief sie nach der Rechnung. Der Zahlkellner, der vorbeiging, folgte pünktlich einem anderen, entfernten Ruf. Das Kind wiederholte folgsam: »Euer Selbstvertrauen. Wir bewundern es. Wir haben vor Augen, wohin es führt.«

Melusine küßte ihre Tochter, oder ihre gefärbten Lippen deuteten an, daß sie küßten. »Ich bin in euch alle verliebt«, gestand sie, reizend geduldig. Nur etwas Ironie blieb übrig. »Deinen prix fixe hast du abgegessen?«

»Mit bestem Appetit, verhältnismäßig billig, aber ich wäre zufrieden, wenn ich das mein Leben lang hätte.«

»Schrecklich genügsam«, murmelte die Banquière für sich. Denn als man ihn am wenigsten erwartete, kam der maître. Stephanie sagte noch schnell in einer Sprache, die er vermutlich nicht kannte:

»Barber und Nolus haben keinen Pommery nötig, um ihr Ansehen zu heben.«

»Bien entendu«, bestätigte er dennoch. »Die Damen verzeihen, daß hier auch sogenannte gute Gäste verkehren.« Beide betrachteten ihn scharf.

Ihre Nachbarn hatte er nicht gemeint. Er bezeichnete aus den Augenwinkeln einen Tisch zwei Reihen rückwärts, wo allerdings gelärmt wurde. »Die Steaks verlangten diese Herren doppelt groß und halb roh. Die Cocktails müssen später nachgerechnet werden, der Whisky läuft noch«, erklärte er und verzog keine Miene.

Stephanie erkundigte sich: »Verachten Sie die Menschen überhaupt oder nur Ihre Kunden?«

»Mit Nachsicht. Ich lese Montaigne. Erscheinungen kommen vor, wirkliche Weltdamen, sie würden sogar ihn von seiner Skepsis bekehren.« Angedeutete Verbeugung, der Weltmann trug den Teller mit dem Geld von dannen.

Melusine gab ihm recht. »Das sind dort hinten furchtbare Leute. Gehen wir, bevor es zur Schlägerei kommt!« Indessen stellte sie ihre Schönheit wieder her.

»Schnell die Rechnung!« rief Arthur, mit dem Erfolg, daß die Betrunkenen noch mehr Alkohol erhielten. »Poulailler wird gefürchtet«, bemerkte Arthur, übrigens ohne Gereiztheit, weil er selbst zurückgesetzt wurde.

»Poulailler?« fragte André. Er erfuhr:

»Mein Freund. Morgen abend wird er bei meinem Empfang sein, wenn er bis dahin nicht im Gefängnis sitzt.«

André hörte endlich nach dem Geschrei hin. »Er wettet, daß er über das Haus springen wird. Ein Amateur, wie es scheint.«

»Man kann ihn so nennen«, gab Arthur freudig zu. Auch André freute sich über Poulailler.

»Ich habe gefunden. Dein Freund ist genau der Typ des Abenteurers, den ich zeichnen will. Er bricht in unsere aufgestapelten Konserven ein. Titel: Die Unterwelt weiß, was gut ist.«

»Eine vorzügliche Empfehlung«, sagte Arthur. »Übrigens hat er das Gesicht des normalen Zeitgenossen, nur etwas gesteigert.«

»Das ist alles, was ich brauche«, sagte André. »Glaubst du, daß Poulailler über das Haus springt?«

»Niemand wird wagen zu widersprechen, wenn er sagt, daß er es getan hat.« Arthur machte Miene zu gehen, worauf urplötzlich die Rechnung dalag.

Draußen fand er, wie erwartet, die beiden Damen bei vergeblichen Anstrengungen, ihren Wagen aus der Enge zu befreien. »Es geht nicht«, sagte die Tochter. »Was für Flegel, die sich in den Winkel geklemmt haben!« Melusine sah die Flegel kommen und kämpfte stumm mit dem Steuer.

»Einen Augenblick, meine Damen«, bat Arthur. »Ich fahre meinen Wagen heraus, Sie werden Platz zum Wenden haben.« Niemand nahm von ihm Kenntnis. »Mama, fahr ihn an! Den anderen Wagen meine ich. Sie haben es absichtlich getan«, behauptete Stephanie. André bat höflich: »Nicht gleich das Schlechteste von uns denken!«

Arthur ermahnte ihn flüchtig, bei der Wahrheit zu bleiben. »Ich rechnete auf die bekannte Geschicklichkeit der Fahrerin. Lassen wir sie nur machen!« – »Aber nicht zu lange«, schlug der Sohn vor. Melusine ermüdete sichtlich und gab es auf. Stephanie erklärte wütend, daß sie Hilfe hole.

Um durch die knappe Öffnung in seinen eigenen Wagen einzudringen, mußte Arthur der schlanke Mann geblieben sein. Der Arzt hatte ihm gesagt: »Sie haben jetzt die Wahl, ob Sie ein dürrer oder ein fetter Greis werden wollen.« Arthur hatte beschlossen: weder dies noch das. Immerhin berannte er mit seiner Stoßstange das leichte Gebäude des French Restaurant. »A la grande vie« benannt, erschrak es dennoch tödlich, das Türmchen drohte umzufallen. Was wäre aus dem Château geworden! Nun gut, der erste Wagen war draußen. Für den zweiten wurde es hohe Zeit; die Betrunkenen stürmten heran, gewillt, ihre Wette auszutragen.

Melusine verlor den Kopf, sie saß hilflos da, aber ein jugendlicher Sprung Arthurs, am Steuer seine feste Hand, auch der zweite Wagen verließ die unsichere Zone.

»Steigen Sie aus!« sagte Stephanie anstelle ihrer Mutter, die einen Dank sogar in dieser Form vermied. Arthur gehorchte. Vater und Sohn traten beiseite, bereit, die Frauen voranzulassen. In dem Fall wären sie ihnen auf dem Fuß gefolgt. Darüber bestand Einigkeit zwischen ihnen; man darf annehmen, auch bei den Damen. Diese hielten aber am Rande des Hofes und sahen Poulailler über das Haus springen. Er hatte hauptsächlich das Profil des gefährlichen Mannes, Bewegungen wie ein raubgieriger Kater, jeder Zuschauer hätte sich unter Verzicht auf eine wirkliche Leistung für befriedigt erklärt. Anders Poulailler persönlich.

Er wirbelte in zwei Aufschwüngen, zuerst nach dem kleinen Balkon, der nur ein Zierat der geschlossenen Wand war; dann auf das Dach, wo er das Türmchen umarmte und es abbrach. Beide, das Türmchen und der Akrobat, verließen schneller als gedacht den First des French Restaurant auf der anderen Seite. Die Betrunkenen verkündeten alsbald, ihr Genosse habe sich den Hals gebrochen, und ließen ihn hochleben. Auf einmal redete Melusine den Opernagenten als alten Bekannten an.

»Das mußtest du mir zeigen? Jetzt wird die Polizei uns belästigen.«

»Keine Sorge um Poulailler«, versicherte Arthur mit Recht; denn um die Ecke kam der Totgesagte, er schwenkte die Spitze des Türmchens, die ihm in der Hand geblieben war mitsamt dem nationalen Fähnchen. Es flatterte lustig. Die Seinen kreischten, alle ihre Beine warfen sie von sich, er aber verachtete ihren Beifall. Er grüßte mit dem Fähnchen seinen Freund Arthur, bot es den beiden Damen als Andenken an, und obwohl sie es aus dem Fenster warfen, versprach er ausdrücklich, ihnen die Ehre seiner Begleitung zu erweisen.

»Halt!« befahl hier eine Stimme, die man sonst höflich kannte. Der maître d'hôtel drohte seinen besten Gästen mit Polizei und Gericht, falls der angerichtete Schaden nicht augenblicklich beglichen werde. Poulailler, sich hinbegeben und einen der Herren niederschlagen war eins. Die anderen begannen vielleicht zu begreifen, daß sie die Wette verloren hätten und zahlen müßten. Kein Vernünftiger wird die weiteren Zwischenfälle abwarten. »Nur fort!« bestimmte Arthur und schob in seinen Wagen nicht André, sondern Stephanie. Sie fügte sich scheinbar aus Versehen. Auch André gehorchte, als Melusine ihm winkte. Es war geglückt, sie hatte den reizenden Jüngling neben sich und fuhr ab, der Starter versagte keineswegs.

»Wo bin ich?« fragte Stephanie, als sie einsah, daß sie eigentlich kaum erschrocken war; nur die dargebotene Abwechslung hatte sie angenommen. Arthur betrachtete die blonde Heuchlerin, ein Blick genügte. Er zuckte die Achseln. Stephanie aber, hier bekam sie mehr Rot, als aufgelegt war.

Zu André sagte Melusine: »Endlich sind Sie mir vorgestellt.«

II. Die ungleichen Generationen

Er ließ es bei der Auffassung bewenden. »Sportlich sind Sie berühmt, fahren Sie immer dies Tempo? Geschäftlich hört man auch von Ihnen.«

»Und meine Schönheit siehst du«, schloß anstatt seiner die Dame. Worauf André jählings mehr Farbe bekam. Er vergalt es ihr mit feinen Worten:

»Ich brauche für ein Plakat eine Vollschlanke vor ganzen Haufen appetitreizender Konserven. Die Frau und die Mayonnaise, alles matt, in rosigem Weiß und Fleischfarbe – wie deine«, sagte er der Vierzigjährigen.

Als Antwort nahm Melusine noch mehr Tempo.

In dem anderen Wagen rächte das junge Mädchen ihr

Erröten. »Bei Herren, die weniger als vierzig Meilen fahren, steig ich ruhig ein, die sind nicht unternehmend. Die Hand weg!« mußte sie in demselben Atem verlangen. »Ein älterer Herr, mit einer einzigen Hand steuern, das fehlt noch, damit ein Unglück geschieht.«

»Ich bin linkshändig«, erläuterte der Fahrer.

»Von mir bekommen Sie es mit der Rechten.« Es war kein leeres Versprechen. Arthur dankte für den Schlag. Ungefähr gleichzeitig bemerkte er:

»Was ist das, Ihre Frau Mama übertreibt. Sie entführt mir den Jungen.«

»Das kommt davon. Sie hatten es auf die Banquière abgesehen. Jetzt geht sie Ihnen mit André durch.«

»Das werden wir in Ordnung bringen«, erwiderte er und begann zu jagen. Seinen Namen weiß sie, dachte er und schoß dahin, bis sie seine Schulter als Halt ergriff.

Melusine, dort vorn, nahm ohne zu verlangsamen die scharfen Biegungen der Straße, immer dicht über dem Abhang, der einen harten Sturz voraussagte. »Wie bin ich als Fahrerin?« Dies beantwortete André auf Umwegen.

»Ich selbst bin oberflächlich. Abgründe brauche ich nicht, um Sie berückend zu finden, wenn das die Absicht Ihres Rekordrennens ist, Melusine.« Hiermit wendete er sich nach der anderen Seite, für die Dame die beste Gelegenheit, mit den Lippen seine Wange zu streifen. Ihre Hand erschlaffte am Steuer, der Wagen schleuderte.

»Unsinn«, sagte André lehrhaft. »Man fährt oder man küßt. Das eine unterlasse ich aus Widerspruchsgeist, ich bin grundsätzlich Fußgänger.«

»Dann also das zweite.« Sie hielt ihm den halbgeöffneten Mund entgegen.

Arthur unterrichtete Stephanie davon, daß sie bestimmt nicht weniger jugendlich sei als ihre Mutter. Sie würde den Wagen noch kühner lenken. Sie klärte ihn auf, sie lenke niemals. Er glaubte ihr nicht. Sie gehe ebensowenig zu

Fuß wie sein Sohn. Aber sie habe es beschlossen, entgegnete sie; denn jetzt chauffiere die vorige Generation. »In die wollen Sie mich versetzen.«

»Damit Sie mich nicht älter als meinen Sohn finden«, gestand er. Sein erstes unfreiwilliges Wort, ihr wurde bange, andere könnten folgen, auch eines von ihr. Schnell rief sie:

»Wo sind die beiden geblieben? Wir verlieren das Rennen. Arthur! Sie lassen nach.«

Wenigstens hatte sie seinen Namen ausgesprochen – vielleicht aus ehrlicher Furcht. »Ohne Sorge!« bat er. »Sie müssen von Melusine nicht Abschied nehmen. Die hält sich, ich weiß mit ihr Bescheid. Viel eher bricht mein Sohn sich den Hals.«

»Ich eher als sein Papa, der hier den Verrückten spielt. Das habt ihr nötig, die junge Generation auszurotten. Da! Der Wagen taucht wieder auf, und er schleudert. Himmel! Mama!«

Er verschloß kraftvoll seine Lippen. Kein Wort dem ärmsten Kind, von der tödlichen Schleife, wohin die anderen rasten. Aber was! Dies ist Melusine, seine erfahrene Zeitgenossin. Noch eine Minute, eher weniger. Die Lage ist verzweifelt, muß sie darum ernst sein? Keine halbe mehr. »Bums«, machte Stephanie. Was blieb zu sagen, es war geschehen. Sie wollte die Augen bedecken, schrie aber auf: »Retten Sie Mama!«

Der Wagen Melusines war unmittelbar vor dem Absturz gegen einen Baum gestoßen. Sie und André flogen hinaus, in geschickter Art, ohne Schaden zu nehmen. Melusine faßte sogleich Fuß, ihr Auserwählter kam vom Boden auf und wurde von ihr begrüßt: »Du siehst, es soll sein!«

Dieser Wagen stand quer. Als der folgende mit Vollgas in die Schleife einbrach, konnte er nur den ersten anfahren, wenn er sich nicht überschlagen wollte. Beide Insassen sprangen rechtzeitig ab, Stephanie taumelte in einen Busch am Rande der bewaldeten Wand und blieb darin stecken. Schon machte Arthur sie los und hob sie auf die Straße. »Natürlich Sie«, bemerkte die Gerettete. »Ihr Sohn war früher hier.«

Der verspätete André fragte wenigstens: »Sind Sie sehr erschrocken?«

»Machen Sie psychologische Reportage?« fragte sie dagegen. »Helfen Sie lieber Mama!«

»Leider bedarf sie meiner noch weniger. Sie selbst sind mit Recht von meinem Papa gerettet.«

Sie zeigte ihm die Schulter. Er wendete sich an Melusine, die abseits im Grase saß. »Wollen Sie aufstehen? Bitte um Ihren Arm.«

»Warum nicht gleich um meine Hand?« Sie war unzufrieden, erklärte auch, warum. »Überzeugen Sie sich doch von dem Zustand meines Wagens! Ihr lieber Vater hat ihm wahrscheinlich die Form einer Ziehharmonika beigebracht.«

»Eine Frau wie Sie, untätig auf Blümchen ruhen! Ich werde glauben, daß Ihnen die Knie zittern.«

Hinzu trat Arthur, er verkündete: »Der meine ist unbeschädigt.«

»Natürlich. Und meine Tochter haben Sie gerettet.«

André bestätigte ihre Aussage: »Arthur ist von einer Energie!« Übrigens schien ihm auf seiten der Mutter die peinlichere Schwüle zu herrschen; er beschloß einen neuen Versuch bei der Tochter.

Arthur beruhigte Melusine: »Nichts zu danken.«

Sie sprang ohne ihn auf die Füße. »Habe ich Ihnen schon gedankt? Sie sind derselbe wie zu der Zeit unserer Verträge, an denen nur Sie verdienten. Ihr Wagen ist unbeschädigt, meine Tochter wollen Sie verführen.«

»Und verzichtete auf Dank«, erinnerte er höflich. Melusine lachte, sympathisch angezogen. Sie näherte sich ihrem wohlerhaltenen Zeitgenossen bis zur Berührung der Brust. »Ihre Energie!« warnte sie mild. »Ich neige schon allein zum Halsbrechen. Sie fehlten mir gerade.«

»Bereuen Sie unser Wettrennen?« fragte er vertraulich. Sie sagte ebenso intim: »Die Fahrt war angenehm.«

»Auch meine«, erklärte er, und weiter: »Jetzt müssen wir den einen der Wagen hierlassen. Wir nehmen alle vier den anderen.«

»Schade«, sprach sie süß.

»Ich auf dem Führersitz neben Ihnen, Melusine.«

»Sie verlangen auch noch Belohnung, weil Sie mich an den Rand des Abgrundes gejagt haben.«

Er ahmte ihre sanfte Schwermut nach. »Sie und ich sind dort wie zu Hause.«

»In Abgründen oder nur an den Rändern?« fragte sie. Er bemerkte: »Ihre Stimme!«

»Meine Stimme?«

»Ist Ihnen niemals aufgefallen, daß die Verschleierung sich hebt, sobald Sie verliebt sind?«

Die Sängerin fiel dem Impresario um den Hals, küßte ihn und sagte du, alles wie sonst üblich, als sie sang.

Stephanie sah mit Nichtachtung über beide Wagen weg. »Worauf warten wir? Sie, mein Junge, taugen gar nichts.« Er war einverstanden.

»Ich weiß es.«

»Ich auch nicht«, gab sie zu. »Ein Busch als letzter Halt, und Mama behauptet ihr unerschütterliches Gleichgewicht! Sie kommen gewiß jeden Morgen zu spät ins Geschäft.«

»Richtig.« Er reichte ihr seine Zigaretten. »Die Konservenfabrik hat übrigens Zeit, bis ich erscheine. Ihre Büchsen und der Inhalt halten garantiert jahrelang. Das einzige Frische sind meine Plakate.«

»Konservenfabrik?« Ah! Sie hatte begriffen. »Der Zeichner Lindi sind Sie.«

»Soll heißen: l'Indifférent. Den Namen auszuschreiben, wäre denn doch zu anspruchsvoll. Aber Sie? Was tun Sie in Ihrer Anstalt?«

Es ergab sich, daß beide demselben Unternehmen angehörten. Sie waren einander nie begegnet, da Stephanie ihre schriftlichen Arbeiten von zehn bis vier Uhr verfertigte; André machte Nachtschicht. »Ich bin Langschläfer, mit dem Tag weiß ich nichts anzufangen.«

»Ich höre den Gleichgültigen in Mattblau, dessen erste Silben Sie unter Ihre hübschen Bilder setzen.«

Er erkundigte sich: »Wie kommen wir nur zusammen, damit ich endlich Ihre pflanzenhafte Anmut zu Papier bringe, als Gleichnis unserer Gemüse?«

»Verunglücktes Kompliment«, stellte sie fest. Darüber verwirrte er sich.

»Kennen Sie die Geschichte von dem Arbeitsmann und dem Freudenmädchen?«

»Immer ärger«, sagte sie mitleidig. »Ja, ich kenne die Geschichte. Der Arbeitsmann verließ täglich um sieben Uhr früh das Haus. Das Freudenmädchen, das auch dort wohnte, kehrte zu derselben Stunde heim. Sie trafen einander auf der Treppe, solange bis sie heirateten. Jeder setzte seinen Stundenplan fort, und sie bekamen viele Kinder.«

»Ich bin untröstlich«, murmelte André. »Was kann man danach machen?«

»Ein Plakat, signiert Lindi, mit der vollschlanken Pracht Melusines. Ganz zweifellos haben Sie es Mama schon angeboten.«

»Ich gestehe.«

»Das ist nett. Ich mag nicht, wenn einer abstreitet. Oder streitet überhaupt.«

»Oder sich groß anstrengt – wie unsere armen Eltern«, ergänzte er. Sie nickte flüchtig.

»Es ist wahrscheinlich, daß wir nächstens weiterfahren«, meinte sie und setzte sich auch schon. In dem brauchbar gebliebenen Wagen nahm sie einen der hinteren Plätze, beiläufig wies sie neben sich, er glitt hinein.

Arthur ließ sich einfallen, die Gesellschaft förmlich vorzustellen. »Arthur, Impresario. Melusine, aktive Mitinhaberin des Bankhauses Barber und Nolus. Mein Sohn André, der Grund hätte, sich an meiner Tatkraft aufzurichten. Dies begabte Töchterchen einer berühmten Frau.«

»Berühmt, begabt, nur das nicht«, ließ Stephanie rückwärts vernehmen. »Plakate, wenn ich das unglückliche Talent hätte, ich schriebe kein noch so sinnloses Lindi darauf.« Das letzte sprach sie gegen die Lehne, wo nur André es hörte.

Hierauf blieb jedes der beiden Paare bei sich und seinen Angelegenheiten. Arthur fuhr mäßig schnell. Sein Ziel war diesmal nicht, ein achtzehnjähriges Herz im Sturm zu erobern; ein kühler, reifer Verstand sollte gewonnen werden. Er begann damit, Herrn Nolus herabzusetzen. Was es mit ihm nur sei. Er habe die Gewohnheit angenommen, tagtäglich neu beschuht seinen Platz an der Börse zu beziehen. Seine immerfrischen Maßschuhe schienen seine Gegenwart allein zu rechtfertigen. Geschäftlich war er abwesend. Arthur warnte vor bösen Zeichen, mehr als einmal war auf sie der Selbstmord gefolgt. Als Melusine ein Erschrecken unterdrückte, schwächte Arthur seine Meinung ab.

»Nolus war schließlich von jeher ein Schatten. Sagen wir, der beleibte Schatten eines Financiers, wie sie früher aussahen. Zu den Zeiten Barbers sagte dieses Genie ihm, welche Werte ihn zu interessieren hatten. Jetzt tun Sie es. Gerade jetzt«, setzte er auf gut Glück hinzu – als hätte er gewußt, daß ein ungewöhnlicher Plan sich bis übermorgen, Montag, durchsetzen wollte in dem Kopf seiner alten Freundin. Sie dachte: Spricht er noch ein Wort, dann lasse ich's. Man kauft Aktien nicht zurück, wenn sie auf zweihundert stehen. Das ist der Selbstmord, den er meinem Teilhaber voraussagt. Nun, was hat er mir anzukündigen?

Gar nichts. Sondern wenn der Inhaber der Agentur die Banquière als glückliche Spekulantin dem matten Nolus entgegenhielt, dann wollte er von ihr etwas; es ließ sich kurz und bündig ausdrücken. Das tat er und berief sich in seinem Inneren sowohl auf seine als auf ihre entschlossene Natur. Keine Umwege – außer denen, die er schon gebraucht hatte. Kurz und bündig, die Gründung eines zweiten großen Opernhauses trat in ihren aktuellen Zustand, sie nahm Gestalt an.

»Glückwunsch«, war alles, was die Geschäftsfrau dazu bemerkte; und als er fragte, wem?

»Dem Zustand. Daß er sich aufrafft und Gestalt annimmt. Du meinst die Gestalten der Aktionäre.«

Die meinte er und wünschte, daß Barber und Nolus ihre Zeichnungen garantierten. Die unsicheren Geldgeber dieser bewegten Zeiten erforderten als Rückhalt eine Bank, der jeder traute. Sie schwieg und erkannte deutlich, daß sie die abgestoßenen Aktien zurückkaufen werde. Sie hörte ihn:

»Morgen, Sonntag abend, empfange ich in größtem Stil. Ein Unternehmen wie dieses zieht immer wieder verhängnisvoll an.«

»Ich nehme Kenntnis«, sagte sie, während er leichthin ergänzte:

»Übermorgen werden wir jeder um eine Viertelmillion reicher sein.« Was er und auch sie dahin verstanden, daß Bank und Agentur von ihren Gläubigern eine Atempause bekämen, solange die Sache des Opernhauses schwebte. Daneben und für alle Fälle rechnete jeder von ihnen auf den Erfolg wie er sein soll, und die schwindelnden Gewinne, die das Natürliche wären. Leider neigen die Tatsachen zur Unnatur.

Genug davon. Arthur zeigte nicht nur guten Geschmack, er folgte seinem aufrichtigen Bedürfnis, wenn er das rein Persönliche wieder aufnahm.

»Was aus uns geworden ist! Ich darf behaupten, daß ich der erste war, dir eine große Zukunft anzusehen.«

»Bei der Bühne? Ich war dir nicht schön genug. Du zogst meine Freundin Alice vor, ein Ungeheuer an Muskelkraft. Sie hast du berühmt gemacht.«

»Deine Erinnerung täuscht dich. Meine kennt unvergängliche Augenblicke. Soviel gebe ich zu, daß deine Schönheit inzwischen jede Erwartung übertroffen hat.«

»Wenn die Stimme futsch ist«, erklärte sie ihm, gemäßigten Haß im Seitenblick. Er riet feurig:

»Beklage dich! Woher ist dir deine überlegene Menschenbehandlung gekommen? Mit Stimme hättest du Rollen studiert und dich betrügen lassen, wie Alice. Auch ich wäre vielleicht ein Talent geworden, wie mein kleiner Junge. Mein Vater besaß Millionen. Rechtzeitig verlor er sie, daher mein notgedrungener Aufstieg.«

Sie äußerte erfahren: »Irgendeine Kleinigkeit muß abhanden kommen, damit man groß wird. Alice hat ihre Stimme, aber keine Figur, die man öffentlich vorführen sollte.«

»Beneide auch die erfolgreichste Sängerin nicht!« riet er. Wirklich verließ sie ihren schmerzhaftesten Punkt:

»Sieh meinen Teilhaber Nolus! Er hatte keinerlei Talente zu verlieren, aber sein Gedächtnis. Neulich hat er den Kassenschrank offengelassen, und meine Brillanten waren darin.«

Das läßt ein Mann wie Arthur nicht auf sich sitzen. Er prahlte kühn: »In meinem Safe liegen Juwelen, die ich verschenke – an große Sängerinnen, dann unterschreiben sie jeden Vertrag.«

»Du hast verachten und wagen gelernt!« sagte sie – glaubte übrigens an seine Kleinodien wie an ihre eigenen.

Wenn nichts da ist, dies ließ sie weg, sie sprach gleich das nächste: »Der Lebenskampf belohnt sich selbst.«

Er ging noch weiter. »Ich bin stolz auf meinen Beruf. Geschäftsmann, mit Tatkraft geladen, immer im Wagen unterwegs, nach dem Geld, das auf mich wartet!«

»Wie ich!« Sie machte täuschend die glückliche Existenz. »Wo ich selbst bin, gelingt es.«

Der Ton konnte nicht länger gehalten werden. Nochmals hatte Arthur den Takt, neu einzusetzen. »Ach! Dennoch ach! Wo ich nicht bin, dort ist das Glück.«

Sie begriff aufs Wort. »Du sehnst dich nach einer Frau«, sagte sie, eine Oktave tiefer.

»Von meiner Lebensart und Unverwüstlichkeit.«

»Nach mir. Ich habe verstanden. Beabsichtigst du weiter, meine Tochter zu verführen?« fragte sie nett.

Er antwortete ebenso: »Absichten – hat der Zufall.«

Darauf ging sie gern ein:

»Der Zufall wird fügen, daß ich meinen Gatten mit zwanzigjährigen Knaben betrüge.«

»Ich kenne meine Freundin. Wir haben Zeit versäumt. Holen wir eilends nach! Zwei bedeutende Energien, das doppelte Glück, ein zehnfaches Geschäft.«

»Das letzte zuerst«, riet sie, der Beruhigung wegen. Er griff zu:

»Morgen abend bei mir! Große Soirée. Du sollst mich in meinem Glanz erleben – ewig Geliebte, sage ich kühn.«

»Alter Taugenichts, sage ich kurzgefaßt.« So schloß sie.

Während derselben Strecke – zwischen Teilen Waldes, unvollständigen Siedelungen, den Blumenhainen gewagter Prunksitze und knappen Andeutungen von Wüste – hatten André und Stephanie nichts gleich Dringliches mitzuteilen. Sie machten weder Rühmens von ihrem Glanz, Schmuck, Beruf, Geschäften, noch priesen sie einander die Auszeichnungen, wie Natur sie leiht. »Wenn ich wollte«, seufzte André einmal, »wer verböte mir, auf jeder

Wölbung meiner Brust einen riesigen Ordensstern zu befestigen!«

Die Mundwinkel Stephanies deuteten an, daß auch sie das Gespräch dort vorn beim Steuerrad mehr oder weniger beachtet habe. »Schön, so zu sein«, sagte sie. – »Meinen Ahnherrn beneide ich«, fügte er hinzu. »Der rettet Sie aus dem Busch und ich stehe dabei.«

»Unsere Ahnen«, erklärte das Mädchen, »verdienen um ihre Unschuld beneidet zu werden!«

»Was für Kinder sind sie!« Dies kam dem Jungen aus gepreßter Brust.

»Schließlich könnte man das alles auch«, meinte sie.

»Überschätzen wir uns nicht?« fragte er.

Sie besann sich, bevor sie entschied: »Nein. Dem Gelde nachstellen, oft mit Glück und öfter ohne, kann jeder. Sich fühlen und großtun, liegt nicht jedem. Die Ahnen kämpfen furchtbar. Trotzdem ist es leichter.« Sie vollendete mit einer Wendung der Hand. Er hatte verstanden:

»Leichter, viel vorzuspiegeln, als wenig zu sein. Das Wenige, das wir sind und eingestehen.«

Sein Entgegenkommen störte die Achtzehnjährige. Geistig wollte sie nicht geschmeichelt sein. »Seien wir streng mit uns«, sagte sie und berichtigte ihre erste Auffassung. »Bequem machen doch wir es uns. Nachtschicht. Ein Plakat wöchentlich. Den prix fixe essen. Die Ahnen steuern lassen.«

»Und Sie flirten mit Papa«, sagte der Zwanzigjährige, denn er bemerkte, wenn er den Kopf hob, was vorging auf den vorderen Plätzen.

Sie leugnete nicht. Sie belehrte ihn: »Le rétroviseur heißt das Ding, nach dem Sie den Hals recken. Die anderen Sprachen haben vielleicht auch ein Wort dafür. Von den Bestandteilen des Wagens ist dieser fast der einzige, der mir einen Namen und Begriff vermittelt.«

»Es genügt.« Das kam zerstreut. Er war unverkennbar

bemüht, mit dem Gesicht das Stückchen Spiegelglas zu erreichen.

»Sie und Mama wären nicht abgeneigt. Aber es würde Sie Ihre Bequemlichkeit kosten«, warnte sie.

»Und wozu?« bestätigte er. »Die Ahnen haben alles für uns gemacht oder strebten danach heftig. Die Liebe in derselben Front mit der Macht und öffentlichen Geltung, um nicht geradeheraus das Geld zu nennen.«

Das Mädchen sagte: »Unsere lieben Eltern nährten eine unglückliche Neigung für die schönen Künste.«

Der Knabe gab zu: »Ebensowenig haben ihre Kinder sie befriedigt. Blieb allein der Kampf und das Geld. Was soll man sagen? Das ist ein Kampf, den erst der letzte Atemzug entscheidet. Ich möchte so nicht sterben. Nicht nach einem Leben um Geld.«

Gerade begeisterte das vordere Paar sich für die eigene Art und Unverwüstlichkeit. Die beiden Kinder sahen einander aus gesenkten Lidern an. Ihr Ausdruck war vor Widerwillen schläfrig.

Stephanie flüsterte, er mußte ihr die Worte von den Lippen ablesen: »Es ist geschehen, daß ich meine Mutter erblickte – krank, was sag ich, entseelt, ein armer Unmensch ohne Scham und Ehre. Alles, weil irgendeine eingebildete Zahl zusammenbrach oder nicht, und jemand anderer wider Erwarten sich oben hielt. Nachher ein Pulver, ein Glas kalte Milch, die Rückverwandlung, eine siegreiche Schönheit mehr ist in Umlauf gesetzt, bis zur nächsten Abrechnung.«

Auch André bewegte den Mund, daß es für aufmerksame Augen einen Sinn ergab: »Meinen Vater habe ich vom Stuhl fallen gesehen – keine Lähmung, vielmehr die Wut, sich bestialisch zu erleichtern. Wenn der kürzlich abgegangene Besucher jetzt nochmals eingetreten wäre, der Unglückliche hätte ihn auf seinem Gesäß um das Zimmer gefahren.«

Hörbar sprachen beide: »Lohnt es? Sie sagen ja. Wir: nein.«

Der männliche Kritiker entschied: »Selbst ohne Entseelung und Kriecherei, die ich vergessen will – der Kampf um das Geld ist nach dem getriebenen Mißbrauch nunmehr ein unannehmbarer Fluch. Wir weisen ihn zurück.«

»Ein Fluch kann immer noch tragische Würde auferlegen«, bestimmte der weibliche Philosoph. »Der Kampf um das Geld ist längst schon unappetitlich; er verletzt die einfache Scham, mehr als krankhafte Sittenlosigkeit vor allen Leuten. Wir sind nur die ersten, danach zu handeln«, beendete sie stolz.

Er lächelte nachsichtig. »Weil ich pathetisch werde?« fragte sie. »Uns beide meine ich nicht allein. Ich kenne ein reiches Mädchen, das Haus ist wirklich reich: sie wohnt möbliert und wäscht Geschirr.«

»Ihnen macht das ernsten Eindruck?« Er zog die Brauen hinauf. »Arbeit, als Liebhaberei und sozialer Protest? Eitle Arbeit? Das Richtige und durchwegs Übliche ist, nichts zu haben. Einmal anerkannt, daß Besitz von selbst und unwiederbringlich schon weggefallen ist –«

Sie warf dazwischen: »Unsere Ahnen vermeiden die Einsicht.«

»Dann arbeiten wir, weil es sein muß, infolge der natürlichen Beschaffenheit der Welt – und unser selbst. Aber wir werden uns nicht überanstrengen. Die Schwere der Arbeit tut es nicht. Viel eher ihre Leichtigkeit. Meine Plakate sind, was sie sind.«

»Meine Sprachenkenntnis auch, nämlich schwach«, sagte sie fröhlich. »Außerdem gestehen wir nur, daß wir Rückfälle haben! Schließlich könnte Mama den großen Coup landen. Ich wäre eine begehrte Erbin.«

Da er Bedenken zeigte, verbesserte sie schnell: »Ohne Garantie.«

Er hütete sich, seine neue Gefährtin zu entmutigen.

»Ich habe Ihnen nichts vorzuwerfen. Manchmal halte ich Papa für gesichert, wenn Sicherheit keine bloße Formel unseres überkommenen Denkens wäre. Mein Großvater war siebenfacher Goldmillionär.«

»Sie Wunderkind!« rief Stephanie.

André schloß: »Er hat gar nichts mehr.«

»Oh!« machte sie, freundlich ironisch. Er bat:

»Warten Sie! Wo viel war, bleibt wohl etwas hängen; sowieso sind alle Geldsachen jetzt unklar. Ich forsche nicht. Papa unternahm vordem, ihn anzupumpen.«

»Ihren Großvater?«

»Ja. Mittlerweile ist er neunzig Jahre alt und hat das Wort Geld aus seinem Gedächtnis gelöscht, oder ungefähr.«

»Damit ist man am Ziel«, seufzte Stephanie. Auch der Wagen mit den ungleichen Generationen langte an.

III. Arthur, Existenzkämpfer

Bei Arthur gingen Geschäfts- und Wohnräume ineinander über, was den Eindruck der Sorglosigkeit erzeugte. Der Kunde fühlte sich ins Vertrauen gezogen, wenn er nicht im Gegenteil argwöhnte, hier würden keine Bücher geführt. Der Verdacht wäre unberechtigt gewesen, ein Buchhalter war vorhanden, mitsamt dem zugehörigen Personal. Sie blieben nur nicht peinlich auf immer gleiche vier Wände beschränkt. Sie wechselten den Ort nach Bedarf, im Schlafzimmer konnte ein Vertrag aufgenommen werden, die Künstlerin diktierte ihn selbst, um so eher übersah sie Ungenauigkeiten.

Es kam vor, daß ein junges Talent im Badezimmer begutachtet wurde, während Arthur unter der Dusche die Ohren voll Seife hatte. Er schnob. Das junge Talent hielt das Geräusch für verheißungsvoll. Wirklich pries der

Agent hinter der blinden Glastür den unvergleichlichen Glücksfall, der einen Schatz wie diesen aus dem Kaffeehaus geradewegs vor seine Brause führte. Den hielt er fest! So geschah es, der Bewerber wurde von unbekannter Hand rückseitig umspannt und in das Musikzimmer abgeschoben. Wagte er nach einer bewegten Stunde der hohen und niederen Gefühle den Kopf hervorzustrecken, erfuhr er, der Chef sei lange schon ausgegangen. Er hatte den Angestellten mit dem Verlust seiner Existenz bedroht, wenn er fortfahre, ihm Straßenköter zu schicken, damit sie hier ihr Bedürfnis verrichteten.

Seine Leute wußten, daß es vielmehr ihm selbst unentbehrlich war, Gesichter zu sehen, sie mußten nur neu sein, und Stimmen zu hören, die unerhörtesten oder gemeinsten, wer wird noch Unterschiede machen. Der Erfolg kann immer eintreten, dann beruft der Menschenkenner sich auf den Empfang im Bad. Bei zwei von drei Glücklichen hat er gewonnenes Spiel. Vor allem merkte er sich die Namen, die ungezählten Namen, die niemand außer ihm jemals kennen sollte. Musikalische Komödien, seit Jahren überall abgelehnt, geisterten durch sein Gedächtnis allein. Er war versucht, unter dem Bett nachzusehen: ein unentdeckter Schlager konnte dort vergessen sein. Arthur wird ihn dem Publikum aufdrängen bis zur Ermattung; auch den vorigen hätte die Welt nicht nötig gehabt. Die Zufälligkeit und Vergeblichkeit alles Durchgedrungenen, aller Sieger, hatte ihresgleichen nur auf seiten der Durchgefallenen und Besiegten.

In den Tatsachen begründet war sein Haus, oder eigentlich nicht das Haus, das wie alles übrige zusammenbrechen konnte, eine Stellung, die man räumt, um weiter hinten eine andere zu beziehen. Daß nur der Kopf seine Schuldigkeit tat und auf Vorrat arbeitete wie eine Waffenfabrik! Arthur betete. Vielleicht legte ein Chormädchen ihr Gewand ab und erstaunte sehr, wenn er laut mit sich sprach. Sein Gebet war an ihn selbst gerichtet: »Laß Krieg sein, solange ich den Lebenskampf mitmachen soll!«

Für diesen Zug würde André seinen Vater allenfalls geliebt haben, er kam nur niemals in die Lage. Verdruß gab es zwischen ihnen hauptsächlich, wenn der Sohn einen Zettel wegnahm, um seine graphischen Einfälle zu notieren. Diese Merkblätter mußten, übrigens unbeschrieben, auf jedem geeigneten Möbel immer bereitliegen, war die Bestimmung des Raumes geschäftlich, festlich oder sozusagen privat. Die Stückchen Papier behielt Arthur seinen einsamen Augenblicken vor. Kurzes Grübeln der Enttäuschung, eine Konferenz ist abgesagt, ein Ballett, das ihm vorgetanzt hat, ist anderweitig verpflichtet worden. Arthur wandert von Zimmer zu Zimmer, findet die kleinen gelblichen Vierecke, jedes am gehörigen Ort; erinnert sich, liest Pläne von ihnen ab, die nicht sichtbar darauf stehen; und sein geprüftes Herz faßt zu der ewig unentschiedenen Schlacht seiner Existenz ein neues Vertrauen.

Warum dies alles? Heute ist Sonntag, die Sonntage Arthurs haben keine Geschichte. Seine Büros sind geschlossen, wenn auch bei offenen Türen, denn Räume ohne Durchblick verträgt er nicht. Der Übung des Wochenendes hat er gestern vollauf genügt: ein Autounfall, dem Bankhause Barber und Nolus persönlich nähergetreten, und beide Damen, die junge, die alte, gedenken sein zu dieser Stunde. Das Recht auf Ruhe wäre wohl erworben. Er könnte bis Mittag schlafen, höchstens versäumte er ein Kirchenkonzert. Indessen sitzt er schon um zehn Uhr am Flügel und begleitet die Sängerin Alice, in der einzigen, ihr unbegreiflichen Absicht, die berühmte Stimme zu dämpfen. Er hat auf dem Fensterbrett – da außer dem Bechstein nur Lorbeerkränze dieses Zimmer möblieren, ging es einzig in der Nische –, aber nahe der Scheibe hat er mehrere dünne Gläser aufgestellt. Sie erzittern und klingeln bei dem mächtigen Schall des Gesanges.

Alice, eine Person mit starkem Nacken, die sich wieder einmal blondieren sollte – sie wird weiß –, forderte unwillig die Abstellung des Geräusches. Arthur sagte rundweg nein. »Du bist nicht hier, um zu singen.« Auf ihren hingehauchten Einwand, er sei verrückt geworden, belehrte er seine Freundin, jetzt liege ihr Ton richtig. »Der Intendant, der heute abend geschäftlich zugegen sein wird, will nicht vor Erschütterung klingeln.«

»Er ist nicht aus Glas. In meinen Armen ist er niemals zerbrochen«, sprach sie derb.

»Dann hast du nicht richtig zugefaßt. Sieh dir den hohen Schädel des Intendanten auf seine zarte Färbung an! Porzellan, sage ich dir. Hattest du geglaubt, mit einem Mann aus Stahl würde ich heute ein Opernhaus gründen? Singe schwach, du wirst nur die eine Saison zu hören sein, dafür mit mächtiger Gage!«

»Und meine alten Tage?« fragte sie hierauf nur, schien aber ein tiefes Geheimnis zu bekennen.

Er sagte menschlich: »Kopf hoch! Uns drohen keine alten Tage.«

Davon sah er sie weinen. Einen anderen als ihn hätte diese Kraftgestalt, die sich auflöste, erschreckt; ihn nicht.

»Ich bin unentbehrlich«, schluchzte sie. »Wer begeistert deine Geldgeber?«

Es mußte sein, er sagte: »Du nicht. Dein Auftritt liefert Spekulanten den Vorwand, damit sie sich untereinander begeistern. Denk an ihre alten Tage!«

Sie wunderte sich. So reiche Leute und auch keine Sicherheit. Als ob man nachgerade noch zweifeln könnte! Wir Künstler, erinnerte sie sich, sind ihre »Wurzen« oder »poires«. Zu gütig, daß wir uns anstrengen.

»Von vorn!« verlangte sie. »Ich werde markieren.«

Ihr Vorsatz, nur anzudeuten, reichte für fünf, sechs Takte. Dann traf sie mit den Augen, die beim Singen nun einmal zur Höhe strahlen mußten, einen vergoldeten Lorbeerkranz, die Schleife schlug Falten um das Wort »unsterblich«. Alsbald schwoll ihre Stimme übermächtig an, die Galerie oben hätte gejubelt. Arthur gab ihr bei sich selber recht. Man tue, wofür man da ist, und wär ich der einzige Biedermann!

Er hämmerte knochig, sie entlud ihre ganze Brust, und zum Schweigen brachte keiner den anderen.

Da alle Türen offenstanden, wurde das Konzert mitgehört, wenn auch nur von dem jungen André, den endlich der Lärm aus dem Bett vertrieben hatte. In dem entlegenen Frühstückszimmer saß er bei seinem späten Kaffee, die hübsche Nina bediente ihn, ohne etwas nachzulassen. Als er über die Schulter sagte, mit der Ernährung sei es genug, legte sie den Arm um ihn und glitt auf sein Knie. »Du nimmst an, daß ich mich allein fühle«, bemerkte er hierzu. »Ich muß aber mein Plakat erfinden. Morgen ist Montag.«

Sie schlug vor: »Sieh in den Spiegel! Dein Plakat ist fertig.«

»Nicht neu genug«, erwiderte er. »Übrigens werde ich weder heute für das Büro tätig sein noch morgen ihm meinen Besuch abstatten.«

Entrüstet verließ sie ihren Sitz. »Ein zu fauler Junge! Der alte Herr schlägt in die Tasten. Die berühmte Alice brüllt wie sie kann. Er dagegen, schlafen, essen, hübsche Mädchen auf dem Knie und kein Büro. Um vier Uhr wieder schlafen, anstatt arbeiten. Einmal weil Sonntag, dann sogar, weil Montag ist.«

»Vergessen Sie, daß wir heute abend empfangen? Im voraus bin ich davon aufgerieben und werde morgen tief verbittert sein.«

»Sie empfangen? Ich empfange. Mit vier gemieteten Kellnern, und das langt nicht, damit die Villa fürstlich aussieht, wie der Alte will. Bilden Sie sich nicht ein, Sie könnten den Nachmittag verschlafen. Ihr Zimmer wird ausgeräumt. Warum bleiben Sie zu Hause?«

Er betrachtete sie gar zu reizend. »Ihretwegen.«

»Das soll heißen: von mir wollen Sie nichts. Ich glaube doch.« Die Augen Ninas wurden schmal. Ihre spröde Stimme gefiel ihm, er kannte mehr als genug des Wohllautes.

»Sie wollen mich verführen«, sagte er nachsichtig. »Sie sind Nummer vier, wie heute die Dinge liegen. Bedenken Sie das! Die Sängerin Alice, die Sie schreien hören – etwas reif. Die Banquière Barber, der ich die nahe Pleite ansehe, und nicht nur ich, ihre eigene Tochter, Stephanie.«

»Ah! Mit der!« Nina war aufgeklärt, kaum daß der Name ihm von den Lippen kam. Er versuchte, zurückzunehmen. »Meinetwegen heißt sie Stephanie.« Wieder trennte sein Mund sich von dem Namen schwer. »Jedenfalls ist sie träge und defätistisch wie ich selbst, aber –«, dies mit Kopfschütteln, »auch so hübsch wie ich.«

»Das sind Sie. Nummer vier hat keine Aussicht?« Sie wäre von neuem auf sein Knie geglitten. Er kam zuvor, er stand auf.

»Nummer eins bis drei auch nicht. Oder alle auf einmal. Wofür soll ich mich entscheiden?«

»Als ob du es nicht wüßtest!« Sie ging zur Gewalt über. Zwischen ihren beiden Armen, die Hände links und rechts von seinen Schultern gegen die Wand gedrückt, nagelte sie den begehrten Jüngling daran fest; ihm blieb nichts übrig, als den Kuß zu nehmen. Aber er ließ ihn nur geschehen. Nina machte sich daraus nichts. »Heute träumt er von dem Plakat Stephanie«, sprach sie beiseite und gab ihn frei. »Nächste Woche ein anderes. Ich aber bin und bleibe, solange mein Brotgeber Arthur von mir nichts kriegt und ich von dir nichts.«.

Nur ihres guten Abganges wegen erteilte sie ihm überflüssige Ermahnungen: »Von der Halsathletin dort hinten erbst du nichts als Schulden. Hüte dich, mein Junge, sie liebt dich nicht um deiner selbst willen.«

»War mir doch so«, erwiderte er.

»Sie will eine fürchterliche Gage von deinem Papa herausholen. Sie droht, daß sie sonst mit dir durchgeht.«

»Mir sagt man auch gar nichts«, seufzte er – und brach ab, denn unvermittelt endete im Musikzimmer die mächtige Vorführung, ein hartes Klatschen folgte. André sah sich um, ob er die Ohrfeige selbst bekommen habe. Nein, Arthur war es.

Der Text von »N'est-ce pas ma main?« trug die Schuld, er gab einer aufgesammelten Laune den letzten Anlaß. »Da hast du meine Hand!« rief Alice, im Stil des Sprechgesanges. Die Begleitung machte der Klavierdeckel, als sie ihn zuschlug.

»Du willst mein Agent sein? Opernhäuser willst du mit meiner Protektion begründen – auf mein Genie hin, meinen Ruhm? Meinen Vertrag her! Daß kein Strich und keine Null fehlt! Ich habe das Wort des Intendanten.«

»Bedauere. Der Intendant hat mit zu vielen Nullen dieselbe horizontale Lage eingenommen wie mit deinem Genie.«

Er meinte es wirklich als Begütigung. Sie verstand es anders, sie langte schon wieder aus, er mußte sich ihrer Hand durch die Flucht entziehen. Im Schutz des Flügels riet er: »Blende ihn! Reiche Leute wie du geben nichts, sie nehmen. Umgürte dich mit deiner bewährten Brillanten-Rivière!«

Die Sängerin Alice erbleichte, ja, ihre Aussprache wurde das erstemal natürlich, mit unbestimmten Anklängen an eine Provinz, wo sie vielleicht als Kind und bescheidenes Fräulein angefangen hatte. »Arthur! Wir kennen uns, nur diesmal gehst du zu weit. Du, mit deinem Gedächtnis, willst vergessen haben, daß ich dir meine unwiederbringliche Brillanten-Rivière verpfänden mußte?«

Er griff nach seiner Stirn. »Mir? Warum mir?«

»Damit es unter uns blieb.«

»Ich habe geschwiegen. Löse sie nunmehr aus! Sie liegt in meinem Bankfach.«

»Dann könntest du sie mir für den Abend leihen?« Er schlug, gleichfalls ganz ungewohnt, die Augen nieder, und sie sagte: »Der Termin ist verstrichen, du hast sie verkauft. Arthur, ich bin nicht glücklich und weiß, was alles unwiederbringlich ist. Wäre es nur die Rivière! Dich aber beneide ich nicht.«

»Du hättest auch keinen Grund«, sprach er leise genug, daß nur sein Inneres es vernahm. Sehr still nach allem verübten Geräusch, verließ sie das Musikzimmer. Er bemerkte es noch rechtzeitig.

»Alice!« rief er. »So wahr ich lebe! Heute abend trägst du einen Schmuck, gegen sein Gefunkel erlischt das ganze Opernhaus. Mit deinem Vertrage steh ich oder falle. Hörst du mich, Alice?«

»Oder falle«, sprach sie ihm nach und sah nicht um. Auf ihrem starken Nacken wackelte der Kopf – es konnte Täuschung sein; oder wackelte er wirklich, dann bedeutete es, daß sie ihm nicht glaubte. Dieser Erklärung ungeachtet, erschrak Arthur, er eilte ihr nach. Beim Ausgang kehrte sie ihm endlich das Gesicht zu. Glücklicherweise war es wütend. Sie befahl: »Leihe dir Brillanten, die ich verlieren kann! Das kommt noch immer in die Zeitungen. Sonst, ich schwöre dir, verführe ich deinen Sohn.«

Beruhigt ließ er sie gehen. Immerhin, nach André wollte er sich umsehen. Hinter dem großen leeren Musikzimmer lag das Cabinet der Pompadour; der Name stellte sich von selbst ein, wenn man die Kommode sah. Sie wenigstens konnte zweihundert Jahre zählen, und siebzig war für das übrige nicht zuviel gesagt. Arthur hätte ohne viel Verwundern seinen gelangweilten Jungen auf dem schmalen Kanapee gefunden. Was ältere Leute miteinander aufführen, kommt aus einer Welt, so weit vergangen wie die Pompadour. Die Szene Alice muß den Zuhörer gespannt haben.

Nein doch, kein André zugegen. Arthur verließ das historische Gemach auf der Rückseite. Durch die Halle ging er. Seinen großen Saal ließ er links liegen. Gegenüber, in die Arbeitsstätte seines Jungen, warf er einen Blick. Kahle Wände, das Fenster unverhängt, darunter der erhöhte Tisch des Zeichners, um so niedriger das Bett ohne Füße. Nichts – aber aus dem Frühstückszimmer zog eine leichte Wolke vom Rauch der Zigarette. »Hier?« fragte der Vater. »Du legst Patience?«

»Ich erlaube mir«, erklärte der Sohn. »Sie geht nur nicht auf, so ist das Leben.«

»Weil du so bist«, ergänzte der Vater. »Bemerke wohl, daß ich nicht verlange, du solltest dich schämen.«

»Ich danke dir«, sagte der Sohn. »Übrigens, leider schäme ich mich öfter als du.«

»Das sind Privatsachen«, bestimmte der Vater. »Zugänglich ist, was man sieht. Patience, am hellen Vormittag, ein Zwanzigjähriger! Damals war ich hinter vier Chancen auf einmal her.«

»Arthur, das bist du immer noch«, erinnerte André. »Was mich betrifft, sind die vier Chancen hinter mir her – wenn Alice, Melusine, Stephanie und Nina für Angebote des Glückes gelten können.«

»Nicht einzeln, aber die Masse. Dein Ruf als Liebling der Frauen wäre auszubauen. Man muß sich regen. Unbequem ist die Trägheit.«

»Wem sagst du es?« Der Sohn hielt, in gefälliger Art, dem Vater vor, daß Arthur Energie für zwei verbrauche. »Jeder Vorrat ist begrenzt«, meinte er weise. »Für mich bleibt nichts übrig.« Arthur schien es einzusehen, er lenkte ab.

»Wann besuchst du wieder einmal dein Büro?«

»Heute, wenn nicht Sonntag und dein großer Empfang

wäre. Morgen bin ich Großpapas wegen entschuldigt.« Die stumme Frage Arthurs beantwortete er: »Da heute meine Dienststunden ohnedies fortfallen, habe ich den Geburtstag auf morgen verlegt und ihn, der Sicherheit wegen, in ein Begräbnis verwandelt. Meine Vorgesetzten sind eher für Begräbnisse.«

»Soviel ich weiß, hast du deinen Großvater schon zweimal beerdigt. Ob du nicht übertreibst?«

»Das ist kaum zu befürchten.« André sprach es treuherzig. »Unser alter Balthasar selbst, mit seinen kleinen Eigenheiten, bringt mich immer wieder auf den Gedanken.«

»In der Konservenfabrik fallen dergleichen Wiederholungen nicht auf?«

Der Sohn versicherte dem Vater, nicht jeder habe sein Gedächtnis; dem Vater war inzwischen eingefallen, daß er sich entrüsten müsse.

»Davon abgesehen, bist du pietätlos. Für deinen künftigen Bedarf an Beerdigungen merke dir, daß ich das Alter meines Vaters zu erreichen gedenke.«

»Bravo!« André war des Lobes voll. »Heute wird er neunzig. Da ihm alles einerlei ist, bringt er es sicher auf hundert. Dir, lieber Papa, werden deine dringlichen Geschäfte keinen frühen Hintritt erlauben.«

Arthur überhörte die Ironie, wenn es eine war. »Die Tatsache ist, daß dein Vorfahr, den du morgen bestatten willst, heute in voller Frische das neunzigste Jahr vollendet. Es geht auf Mittag, wir machen ihm unseren Besuch.«

André bat zart: »Planst du eine Anleihe, dann sei darauf gefaßt, daß er dir die Hand gibt!«

»Wie meinst du es?« Arthur schien erstaunt. »Geld ist nicht die Frage. Bei uns hat man immer Geld, oder wenn nicht wir, dann die anderen, was dasselbe ist.«

»Deine Philosophie!« Der Sohn betrachtete ihn nachdenklich. »Balthasar hat eine grundverschiedene. Er macht sich aus der Geldlosigkeit, die ihn spät erreichte, ein neues Leben. Er behauptet, er sei schon tot; das ist es, was ihn erhält. Beinahe kann ich ihn verstehen.«

»Bilde dir ein, soviel du willst!« Aber Arthur stellte die Dinge richtig. »Dein Großvater war von je mehr Philosoph als Geschäftsmann. Du legst höchstens Patience. Er hat sein Geld im Traum verdient – und verloren. Du bist ein geldloser Träumer. Suche jetzt deinen Hut!«

»Ich brauche keinen Hut«, sagte André, und sie traten den Weg an.

IV. Balthasar hat aufgegeben

In der Stadt gibt es keine Entfernungen, die Automobile sind überflüssig. Dies war die Meinung des alten Reichen, der nie eines besessen hatte. Als er noch reiste, benutzte er die Eisenbahn, hatte eine der Linien selber ausgebeutet, so lange die öffentlichen Einrichtungen es zuließen. Darum verstand er dennoch nichts vom Fernverkehr; vertraut und durch seine Erinnerungen herzlich verbunden war er der Postkutsche, wo man tunlichst vorn beim Lenker saß, den Blick auf der nahen, geruhigen Welt, aber dem eigenen, vielfältigen Innern mit heiterer Andacht zugewendet.

Arthur und André wußten hiervon das eine durchaus, daß die Anfahrt im Luxuswagen ihren Vater und Großvater verstimmt haben würde, angenommen, er wäre heute wohlgemut gewesen. Sie trafen zu Fuß ein. Die vereinsamte Straße hatte einst Bedeutung, vielleicht auch mehr Licht gehabt. Durch die Vorderseite des Hauses war nicht immer der zackige Riß verlaufen. Die geschlossene Tür und ihr Klopfer, eine kupferne Hand, blieben sich gleich. Als eine lebendige Hand die geschmiedete fallen ließ, folgte dem harten Schlage nichts. Beide Besucher warteten stumm, in sinniger Betrachtung des mittleren Stockwerkes, eines seiner festangezogenen Fensterläden.

Der tatkräftige Geschäftsmann bekam hier, je länger er hingehalten wurde, den Ausdruck der Geduld und Entspannung. Der Zeichner, ein Beobachter wider Willen, fand einen ungewohnten, aber schon erblickten Arthur wieder, er hatte ihn seit dem vorigen Mal nur vergessen. Die Seiten der Natur, die zufällig in keine seiner Kompositionen paßten, entfielen ihm für einige Zeit. »Arthur! Wie wird dir?« murmelte er, ohne daß weder Künstler noch Menschenbehandler ihren hoch gelegenen Gegenstand aus dem Auge ließen. Das Dachgeschoß überschattete das mittlere; weiter unten blinkten lang und breit die Spiegelscheiben des herrschaftlichen Stockwerkes. Tiefer als der Gehsteig lagen Kellerluken, bedeckt vielleicht mit Eisen und jedenfalls mit Staub.

Ein zweites Klopfen unterblieb; im Haus und in der Straße wäre es peinlich aufgefallen. Der bestens eingehakte Laden wird aufgetan, wenn man Geduld hat. Auch dann könnte noch manche vonnöten sein. Aus den langsam bewegten Brettern neigte sich ein graues Gesicht; verschwand, erschien nochmals, jetzt mit Brille. Die uralte Magd Irene hatte erkannt, wer Einlaß begehrte; sie zog sich endgültig zurück. Es bedeutete keine Weigerung, im Gegenteil, die Reihe kam nunmehr an Nepomuk. Die Besucher verständigten sich hierüber mit den bloßen Lippen. Viel hing davon ab, welche Weile der Diener Nepomuk brauchte, bis er das Tor entsicherte, einen Spalt eröffnete und den blanken Schädel anständig senkte.

»Besonders, da er seit letztem Jahr tot ist«, flüsterte Arthur. André berichtigte:

»Seit vorletztem. Tu nicht unerfahren, Arthur! Du warst öfter hier. Du kennst den Trick nicht seit gestern.«

»Ich übersehe Lächerlichkeiten wie seine Verkleidung.

Wird er bald fertig sein?« fragte Arthur, für dessen friedlichen Zustand nachgerade zu fürchten war. Er sprach laut, aber auch die Schlösser und Riegel dort innen verursachten Geräusche – worauf denn der Diener in seinem verschossenen Frack dastand und Reverenz erwies.

Nach ihrem Eintritt verrammelte er die Haustür mit aller Sorgfalt. Die beiden sahen zu. Geboten war, daß niemand früher als Nepomuk die Treppe bestieg. Sie war weitschweifig und flach, dennoch umklammerte der Greis unter Ächzen das Geländer, um ihnen vorauszugehen. Seine Gebrechlichkeit machte er zu anschaulich, und hohler als nötig, ersuchte er die Angelangten, im Säulensaal gefälligst Platz zu nehmen, bis sein Herr in der Lage sie zu empfangen sei. Er zeigte ihnen noch einmal die glatte Decke seines Schädels und entfernte sich.

»Säulensaal!« war viel gesagt. Der Raum ergab bequeme Verhältnisse. Seinen Boden bildeten grau gestrichen Flächen aus Fichtenholz, hier und da zierten ihn bestickte Vorleger. Das allseitig ausgebogene Sofa, so groß es war, in braunes Tuch gekleidet und mit Roßhaar gefüllt, besetzte allerdings den ganzen Abstand zwischen zwei runden Trägern, wirklicher Marmor wie bekannt. Die Stukkatur begann erst unter dem Plafond; hier erhob sie sich sogar zu musizierenden Englein. Es ist möglich, daß ein verträumtes Kind namens Arthur, von dem doch etwas übrig sein muß, voreinst durch sie erfahren hat, was ihm bestimmt war.

Die Tapete bauschte sich locker auf den Wänden; ihre Werther-Landschaft suchte, oft wiederholt, tiefe Aussichten vorzutäuschen, und wenn keine glaubwürdigen Hintergründe, gelang ihr wenigstens die Herstellung gefühlvoller Beziehungen zu dieser Art von Natur. Silbergraue Lichter streiften in dem alten Papier die Bäume und Gewässer; man dachte mit einem Anflug von Sehnsucht: wie fern! Oh, wie unnahbar! André, ein Gast nur, fand zur

Rührung wenig Grund. Arthur dagegen – nun, er hütete sich vor Erinnerungen, die ihn beirrt hätten.

Er blieb auf den Füßen, von Minute zu Minute ging er eilig durch das Zimmer bis an die Schwelle eines zweiten, das sonst ähnlich, nur kleiner war. Jenseits folgte, in freier Aussicht, wieder ein geräumiges, dann das Cabinet mit den Bücherwänden – und so fort, man weiß. Arthur jedenfalls kannte es nicht anders, als daß Türen offenstehen. Eine Wohnung hat Türen nur wegen der Durchblicke: diese Willensmeinung seines Vaters Balthasar hatte er von hier mitgenommen, nie in seinem Agentendasein hatte er sie eingeschränkt. Überall hinsehen, hinhören, regte sein Geschäft an und befriedigte sein Gemüt.

Indessen, die Schwelle überschritt er nicht. Von jedem seiner Gänge kehrte Arthur zurück nach dem Sofa, wo André die Haltung eines wohlerzogenen Besuchers wahrte. Irgend etwas flüsterten sie immer, zum Beispiel André: »Der Diener ist altersschwach, er hat die Schuld, wenn Großvater lange ausbleibt.«

Arthur antwortete, als er wiederkam: »Meinst du es scherzhaft? Vielleicht ironisch? Das würde ich mir verbitten müssen. Es ist mein Vater.«

André war hiervon recht betreten. Seine eigene Person erlaubte Arthur dem Sohne leicht zu nehmen. Für seinen Vater verlangte er Ernst. Er bestand darauf nicht grundsätzlich, nur gerade heute. Neunzig Jahre, erkannte der Junge, da hört der Spaß auf.

Als Arthur das nächstemal an ihm vorübergehen wollte, bat er ihn leis und dringend: »Versteh mich recht, Papa! Der Geheimrat besitzt meine Achtung, so wenig an ihr liegt.«

Der Geheimrat war in vorigen Zeiten mit dem Titel entschädigt worden für die Wegnahme seiner Bahn und seines Kohlenschachtes.

»Doch. Deine Achtung zählt für eine Kleinigkeit.« Arthur war schnell beruhigt. »Siehst du, einem alten Mann, der verarmt ist, stirbt sein Diener. Er ersetzt ihn nicht. Seine Pflicht zu repräsentieren, bleibt dieselbe. Er geht nicht aus, und selten will jemand von ihm empfangen werden. Dann zieht er selbst die Livree an, als Diener Nepomuk führt er sogar Unwillkommene seinem Herrn zu, und gekleidet wie der Millionär und Geheime Rat tritt er wieder ein.«

»Ich verstehe ihn«, versicherte der Enkel. »Eher verstehe ich die Wunderlichen als die Tüchtigen, dir muß ich es nicht sagen. Nun verzögert er aber seinen Auftritt über Gebühr.«

»Wir sind jung und haben Zeit«, sagte Arthur. »Ihm, mit seinen neunzig, fällt das Um- und Wiederankleiden beschwerlich.«

André fragte besorgt: »Sollte es nicht auch mit seinem vorzeitigen Tode zusammenhängen? Verzeih den Ausdruck, ich meine seinen Anspruch, nicht nur Nepomuk, sondern sich selbst für verstorben auszugeben?«

»Er wird wissen, welche Vorteile es ihm einbringt«, urteilte Arthur.

»Die zwecklosen Wunderlichkeiten schätze ich noch mehr«, schloß André.

Hier hielten sie an. Aus dem Büchercabinet, eigentlich von noch weiter als sie bemerkt hatten, bewegte Balthasar sich herbei. Er schritt ohne Eile, aber strack aufgerichtet, kein Vergleich mit dem vergreisten Gehaben seines Dieners. Dazu trug er nicht die blanke Platte, sondern braunes Haar. An den Schläfen war es leicht gerollt und nach vorn gelegt, wie 1860 oder 1870. Natürlich hatte er seither manche andere Mode befolgt. Den Haarschnitt des ehemaligen Zwanzigjährigen nahm er spät wieder auf. Bei seinem Näherkommen unterschied man ergraute Stellen neben gelichteten.

Der alte Kopf wirkte vornehm durch gewölbte Brauen,

den Mund mit Falten der Überlegenheit. Über dem gebieterischen Blick der weitoffenen braunen Augen vergaß man vorerst, daß derselbe Mensch in Gestalt des Dieners Nepomuk eine gemäßigte Unterwürfigkeit annehmen konnte. Noch mehr wurde anfangs übersehen: die dunklen Flecken der Haut, und daß sie nirgends mehr fest auflag; die Stirne, so hoch sie anstieg, nur knochig anstatt erhaben; die blassen Ohren scheinbar im Begriff sich abzulösen von einem Gebilde, das verfiel.

Das Ganze, sobald man es erkannte, jagte Furcht ein. Natürlich verging sie bald. Aber diese verlorene Echtheit des Lebendigen, und abgelegte Zugehörigkeit zu uns allen, erschreckte plötzlich. Es war nur der Gegenschlag nach der kurzen Täuschung über den Zustand eines vom Tode Gezeichneten, der seine Frist verstreichen läßt und dableibt. So war bei seinen eigenen Nachkommen der Eindruck des verspäteten Greises. Daß er die Schmach, noch älter zu werden, vermeiden möge! Daß er nur bei unserer Anwesenheit nicht hingestreckt wird! Beides hatten sie im Sinn, während sie ihn begrüßten, aber nicht berührten.

Er verzichtete darauf selbst. Die rechte Hand verwahrte er in der Brust, die linke auf dem Rücken. Sein Enkel hatte, kaum daß der Alte in Sicht kam, das Sofa verlassen, nahm den geziemenden Abstand und brachte mit heller Stimme, etwas heller, als er wollte, seinen Glückwunsch vor. Er bekam keine Antwort. Die vorgehabte Anrede Arthurs ging in Gemurmel unter. Sie standen als ein Dreieck, jeder zwei Schritte vom anderen, und es war still.

Die stattlichste Haltung gab sich der Älteste, in seinem Leibrock, der lang, hechtgrau und von den Hüften abwärts nicht ohne Schwung war: man wurde gemahnt an die verschwundenen Kunden untergegangener Rennplätze. Außer dem beabsichtigten Faltenwurf verriet das Kleid keine einzige Leerheit, nichts von einem Körper, der nachgegeben hätte. Waden sogar waren deutlich vorhanden. Die beiden Kinder senkten den Blick. Wie gut nachgemacht, wie mutig getragen! In die enge, dennoch ausgestopfte Hose passend einsteigen, zur Sicherung ihrer Form die Bügel unter die Füße gürten, das schon allein rechtfertigte die Länge der Zeit, die sie gewartet hatten!

Als lange genug geschwiegen war, besann Arthur sich auf das Päckchen in seiner Rocktasche. Er machte den Versuch, es zu überreichen wie es war – umsonst, er mußte selbst das Band entknoten, das Papier öffnen, die silberne Truhe glänzen lassen. Hier endlich zog Balthasar die Hand aus der Brust. Es war eine Hand ohne bewegte Geschichte; nur etwas schmaler, mit spitzen Fingern hätte sie eine Damenhand vorgestellt. Wenig benutzt, das konnte jeder ihr ansehen, und mußte zugeben, daß sie nachgerade überempfindlich erschien, mit ihren hoch aufgetriebenen Adern in Hellblau. Haare brachte sie nicht hervor, oder war rasiert. André fand sich außerstande, dies zu entscheiden. Arthur, der es wußte, hatte vordringliche Sorgen.

Die Hand übrigens griff zu; man hätte gesagt, daß sie sich krallte, aber wer traute dem Augenschein. Unser Balthasar freut sich, dachten sie, da er sein verfärbtes, beflecktes Antlitz in der metallenen Fläche spiegelte. Hiernach wog er allerdings den Kasten und fand ihn zu leicht, um viel wert zu sein. Unser Balthasar ist unzufrieden. Er roch an der hölzernen Füllung, der Inhalt wurde vermißt, der Beschenkte machte es sehr sichtbar. Sogar der unbeteiligte Enkel geriet davon in Verlegenheit. Arthur aber, eine Gebärde der Beschwörung, und wahrhaftig stammelte er.

»Die Zigarren sind zu Hause liegengeblieben. Auf niemand ist Verlaß. Entschuldige den Irrtum, Vater. Es war bestimmt deine Lieblingsmarke.«

Arthur, wie unsicher! Wo sonst die Lügen so leicht fließen und sehnsüchtig geglaubt werden! Sein Vater sagte mit heiterer Geringschätzung: »Was fiel mir ein, daß ich dich nach einem Philosophen benannte!«

Er setzte sich auf das Sofa zwischen den Säulen, winkte den Zwanzigjährigen neben sich und stellte ihm den unnützen Zigarrenkasten auf die Knie. André handelte hier geistesgegenwärtig. Er machte Miene, das Ding seinem Vater zurückzugeben, wobei er munter sprach: »Morgen, Großpapa, bekommst du ihn wieder, mit allem, was fehlt.«

Alsbald nahm der Neunzigjährige den Gegenstand an sich und schob ihn unter das Polster.

Sein fünfzigjähriger Sohn wendete sich halb fort, um insgeheim zu lächeln und dreist einen Stuhl zu ergreifen. Ihm war keiner angeboten.

»Geheimrat Balthasar, du bist mein Stolz«, bekannte er mit beifälligem Nicken.

Der Alte ließ sich nicht betören: »Kaum wegen der Taten und Erfolge meines abgeschlossenen Lebens; denn du bildest dir ein, sie weit zu übertreffen, mein tüchtiger Sohn. Sondern, irre ich nicht –«

»Du irrst nicht.« Arthur war ihm ins Wort gefallen. »Dein hohes Alter meine ich. Damit bist du schlechthin mein Prunkstück – des Anstandes wegen vermeide ich die Bezeichnung Paradepferd. Du hältst es für Redensart, aber mich kitzelt es die ganze Zeit, dich zu streicheln.«

»Ich glaube es dir. Unterlasse es gefälligst!« gebot Balthasar und entblößte sein gutes Gebiß.

Arthur beruhigte ihn: »Es war kein ernster Vorsatz. Statt dessen eine Bitte. Heute abend ist bei mir großer Empfang. Sei gnädig, Vater! Erscheine!«

»Du hast es richtig ausgedrückt: erscheine! Erscheinen ist alles, was wir Toten können.« Der Greis vertiefte sich gern in seinen ungewöhnlichen Zustand nach dem Ende des Lebens. Seine Stimme wurde eher stärker. »Wir begeben uns nirgends hin: wir sind dort und treten in Erscheinung. Du, ein geschäftiger Reisender, bist ausgeschlossen von so stillen Geheimnissen. Sie haben Grabesstille.« Dies letzte richtete er an den jungen André, der ihn von der Seite scheu und begierig ansah. Vielleicht überlegte André bei sich die erste Schwindelei mit dem gespielten Nepomuk, in ihrem Verhältnis zu dieser zweiten Abweichung. Dennoch verlangte Natur von ihm, sowohl Grauen wie Wissenslust wirklich zu fühlen. Übrigens zeichnete er innerlich.

Arthur kam ihm zuvor, falls André hätte antworten wollen. »Ich! Ausgeschlossen von dem Sinn für das unerwartete Auftreten? Das wäre!«

Er hielt sich, wie es ihm zukam, im Ton der gewohnten Tatsachen. »Ich gewinne meine Siege blitzartig. Bevor eine Versammlung schwächlicher Interessenten mich kommen gesehen hat, stehe ich mitten darin und entscheide die Schlacht.«

»Schlachten.« Das Achselzucken des Ältesten zeigte seine Nichtachtung an. »Ich habe, als ich lebte, nie gekämpft. Millionär wurde ich durch ein passives Bergwerk und eine Lokalbahn, die leer fuhr. Der Staat überzahlte mich und den Plunder sinnlos. Derselbe Staat hat mir, um vieles später, meinen Reichtum wieder abgenommen vermittels eines Verfahrens, das ich noch heute nicht begreife. Es soll Inflation geheißen haben.« Nochmaliges Heben der Schultern, obwohl die kunstvolle Anordnung des Leibrockes darunter leiden mußte. »Mein Sohn, du bist im Irrtum – über das Vorher und das Nachher. Mir ist, als ob dein kleiner Junge mehr als du ahnte – vom einen wie vom anderen.«

André konnte sich unmöglich noch länger enthalten. Unter dem Schutz des geschweiften Möbelstückes notierte er insgeheim einige Striche in sein Skizzenbuch. Sein Großvater bemerkte, ohne hinzublicken, daß er porträtiert wurde. Sogleich bekam er das Gesicht der feierlichen

Umstände und seine strengste Haltung. Zeremoniös, ganz mit sich selbst allein, das Rätsel künftiger Betrachter, saß er auf seinem eigenen Sofa zu Besuch.

Geschäftsmann Arthur handelte nach seinen Begriffen klug, er staunte theaterhaft: »Geheimrat! Mir erscheint, damit es beim Erscheinen bleibt, der einflußreiche Notable aus meinen Kindheitstagen, in aller unnahbaren Herrlichkeit. Die Stunde der Bittsteller ist da. Nepomuk öffnet die Tür, er meldet die Namen, damit Sie die Zugelassenen bezeichnen.« Sie, sagte der arme Sohn. Auch mit den gefalteten Händen verrichtete er die schuldige Devotion.

Es half ihm nicht. Der alte Mensch erging sich nur tiefer in seinem merkwürdigen Zustand, wovon der jüngste die äußeren Züge festhielt. »Du blinder Lebenskämpfer«, sprach Balthasar in jedem Sinne unbewegt, »hast recht mehr als du weißt, da die Ewigkeit das Geld weder kennt noch anerkennt. Die Bittsteller, ob sie erst vor der Tür oder schon zugegen sind, finden mich als den gleichen wie vor der Zeit, als die Vergänglichkeit mich reich, dann mäßig arm machte. Ich bin unverändert, seit ich abschied und du nichts mehr fandest.«

Dem Sohn verging der Mut zu leugnen. Er murmelte nur, die Ewigkeit sei ihm zu lang. Auch Balthasar mache sie erst zwei Jahre mit. »Oder ich wäre falsch unterrichtet. Jedenfalls, bis dahin haben Sie mich geschäftlich einmal sanieren können.«

»Zweimal« berichtigte der Verewigte, »und beide Male mit der vergeblichen Warnung vor weiteren Unternehmungen. Ich errate, daß sie dich nunmehr wieder an den Rand der Selbstvernichtung geführt haben.«

Wer hiervon Herzklopfen bekam, war André. Er wendete sich gegen beide und sagte: »Fürchterlich!«

Arthur blieb ruhig. »Zum Revolver greifen? Weniger als je. Ich hänge am Leben, in voller Kenntnis seiner Fallen. Macht und Geld wollen erkämpft sein, nicht im Schlaf verdient und verloren.«

»Ich besaß allerdings eine unrentable Grube und Eisenbahn.« Der Geheimrat wiederholte seine Geschichte, nur undeutlicher, als wäre sein vorzügliches Gebiß verrutscht. »Il radote«, schloß er, wie wenn ein anderer Greis »gemummelt« hätte.

Geschäftsmann Arthur war dem Ende seiner Ausdauer nahe. »Vater! Ich versuche als Lebender zum Lebenden zu reden.«

»Gesetzt, du könntest.« Balthasar wußte, daß André aufgehört hatte, seine Eindrücke zu notieren. Daher verzog er das Gesicht zu einer unedlen Grimasse: die Fältchen der Spottsucht waren noch das beste. »Immer der Leichtsinn und Tunichtgut. Ein so lebendiger Bursche, und vergißt die Zigarren!«

Arthur beeilte sich, ihm seine eigene lederne Tasche aufgeschlagen anzubieten, und wirklich, Balthasar nahm eine. »Für den Jüngsten Tag.« Sein Ausdruck wurde vollends boshaft. »Im Schlaf verdient, das allein hält vor.« Bezog es sich auf die Zigarre?

Arthur, vom Zorn gerötet, wäre hier in die Worte ausgebrochen: Alter Betrüger! Dann hast du Geld, bist keineswegs verarmt. Ein schlauer Geizhals rettet sich und seine Habe in eine vorgeschützte Ewigkeit! Indessen, der Gedanke zog vorbei, schon lohnte es nicht mehr, ihn auszusprechen: er war zu unwahrscheinlich. Der Millionär, der selbst die Livree seines verstorbenen Dieners anlegt aus Dürftigkeit und Prahlerei! »Wenigstens dein Nepomuk ist dir geblieben«, sagte Arthur tröstlich, zu besorgen war: mit Herablassung. Daß er sich nur nächstens nicht weidet an den überflüssigen Verirrungen seines guten Alten!

Dieser war der eingetretenen Wendung des Gespräches längst nicht müde. »Warum dein heutiger Besuch, mein

Sohn?« fragte er. »Weil ich nach deiner Meinung neunzig Jahre alt bin?«

Erschüttert war André: »Wie, Großvater! Du wärest noch nicht neunzig?«

»Nicht mehr«, lautete die Antwort. »Da ich aus dem Kalender gestrichen bin, legt ihn weg! Was denkst du wohl, daß ein Zeitloser sich aus der Zeitrechnung macht? Ihr hättet morgen kommen können so gut wie im dritten Säkulum nach diesem. Die Unendlichkeit breitet sich vor und nach meinem irdischen Augenblick aus. In ihren Räumen verschwindet mein Kohlenschacht, meine Kleinbahn, der Titel, den ich für ihren Verlust bekam, und der Staat, der mich auszeichnete, der mir, beides auf einmal, Millionen aufdrängte und enteignete. Das Ganze ist wie nie gewesen. Man erzählt Geschichten. Il radote.«

»Mit fünfzigtausend wäre mir geholfen«, brachte Arthur vor, unvermittelt offenbar. Er wunderte sich, hatte er doch die unauffällige Herbeiführung seines Gesuches fertig im Kopf gehabt.

Balthasar hielt den Vorwand fest, er spräche nur für André: »Du, mein Kind, kannst dich an den Erfahrungen eines Vergangenen bis jetzt noch bereichern. Darum bleibe, wenn dein Vater uns verläßt, um seinen unaufschiebbaren Geschäften nachzueilen.«

Arthur stand schon auf. Er wollte schnell hinausgehen, dennoch wurde er langsam, als Balthasar seinen Enkel belehrte: »Alles eitel. Ich habe mich um die unaufschiebbaren Geschäfte nie bekümmert, um Erwerb so wenig wie Verlust. Ich kämpfte nicht, ich überließ es anderen. Sie machten Krieg. Sie machten nochmals Krieg. Ich starb in Frieden.«

Bei der Tür angelangt, kehrte Arthur festen Fußes um. »Vater! Ich habe unbefugt in deine Erinnerungen eingegriffen. Die Gegenwart läßt sich ihre Forderungen nicht verbieten. Leihe mir fünfzigtausend! Du wirst den Nutzen davon haben. Die Gelegenheit ist einzig, mein Unternehmen zu erweitern.«

»Bis wohin?« fragte Balthasar, nach eingehender Betrachtung Arthurs oder der eitlen Gegenwart. »Bist du unsterblich? Deine Sachen hätten kein Ende? Ich bemitleide dich. Erst fünfzig, im Leben, wo es am dichtesten ist. Das muß schrecklich sein.«

»Nun denn, vierzigtausend!« verlangte Arthur, dreist und gediegen wie vorher.

Der Alte schüttelte den Kopf. »Du erfüllst die Förmlichkeiten des Aberglaubens, wie du als Knabe unter dem Bett nachsahest, wo doch nichts war.«

Der Sohn errötete, erstens weil er dasselbe noch jetzt tat. Auch schämte er sich seines Anleiheversuches, der auf nichts beruhte, und nur infolge eigener, unvernünftiger Nötigung hatte er ihn gemacht. Daher ließ er diesmal seinen Zorn schießen.

»Wenn du es wissen willst, Vater, du bist ein Geizhals. Du stellst dich tot, damit du nichts geben mußt. Hüte dich! Der Geiz ist eine Todsünde.«

Der Greis verhüllte die Augen mit seiner feinen, entstellten Hand. »Mir ist, als hätte ich geizig sein können, vermöge derselben Gleichgültigkeit gegen den Besitz, die andererseits verschwenderisch macht.« Mit sich im reinen, erhob er wieder sein Gesicht. »Die Fragen all sind längst erledigt. Mir hat der Staat das finanzielle Ende bereitet. Das andere ist ein Geschenk der Natur. Leb wohl, mein gesunder, reicher Sohn, mit deinen munteren fünfzig!«

Während Balthasar nicht hinsah, hatte André seinen Vater stumm und eindringlich ersucht, es genug sein zu lassen. Er selbst werde den Großvater versöhnen. Auch ohne die Ermahnung bereute Geschäftsmann Arthur seinen schlecht begründeten Ausbruch mitsamt den unhaltbaren Unterstellungen, unwürdig seines beherrschten Geistes. Milder machte sein Bedauern ihn nicht.

»Um Vergebung, hochzuverehrender Geheimrat! Wenn ich sagte, daß ich Geld bei Ihnen vermute – Nein. Ein für alle Male nein. Ich werde Ihnen nie wieder Geld zutrauen. Sie weichen von der gesunden Vernunft gar zu weit ab. Ihr gehorsamer Filius verdankt dem Geld, ob er es hat oder haben will, seinen klaren Kopf.«

Dies war sein Abschied. Arthur verneigte sich, aufgerichtet verließ er den Säulensaal.

Mit seinem unheimlichen Vorfahren unter vier Augen, glitt der junge André sachte von dem Sofa, er nahm den verlassenen Stuhl seines Vaters und blickte, die Hände ineinander, fromm auf seine Schuhe. Eine Pause; beide warteten unbestimmt, ob wirklich die Tür geschlossen bleibe. Hierauf Balthasar: »Du, Kleiner, hast niemals um Geld gebeten. Wie kommt das?«

»Ich brauche keines«, André schlug reizend die Lider auf. Die Jugend kann schön sein, wenn sie nur will, dachte der Alte. Was er aussprach war: »Du bist mir ähnlich. Ich wollte auch das Geld nicht. Gerade als meine Studien mich dem Handel und Wandel entfremdet hatten, drängte der Staat es mir auf, für eine uneinträgliche Kleinbahn und Kohlen, die ich mit Wissen nie gefördert hatte.«

»Mir drängt der Staat kein Geld auf«, versicherte der Enkel bescheiden. »Heute ist er emsig bedacht, daß meine Generation nichts hat.«

»Lobenswert«, entschied Balthasar. Der Junge erhob die Stimme ganz wenig, auch ließ er sie zittern:

»Meinem armen Vater war es schwerer gemacht als uns. Er und seine Altersgruppe erwarteten voneinander die äußersten Anstrengungen, mit dem Ziel der gegenseitigen Beraubung. Er tat mit. Jede Zeitgenossenschaft befolgt ihre eigene, unausweichliche Übereinkunft. Aber keine Kritik! Entschuldige, bitte, meine Naseweisheit, guter Balthasar.«

»Warum nicht?« Der gute Balthasar beugte sich freundlich vor. »Füge aber hinzu, was immer wahr bleibt: Unrecht leiden ist besser, als Unrecht tun.«

André seufzte: »Ich danke dir, daß du unserem Arthur sein Schicksal verzeihst. Er war genötigt, reich zu sein. Schreckliche Energie! Jeden Morgen von vorn anfangen reich zu sein!«

Sein Großvater seufzte duldsam mit. »Um deinetwillen fühle ich für ihn. Indessen, auch die dahingegangene Gestalt, die ich selbst gewesen sein soll, erregt mein Mitleid: sie hat viel geirrt. Bedenke! Diesen Sohn habe ich nach dem Philosophen der Erlösung, des Nichtwollens, Nichtmehrseins – Arthur genannt.«

Balthasar verhüllte sein Gesicht; vielleicht, daß hinter seinen Händen eine Träne rann. Wenn nicht echtes Salzwasser, war sie eben Philosophie. André wendete sich rücksichtsvoll ab. Über seine Schulter hinweg erkannte er als Grenze der vorhandenen Aussicht das Büchercabinet. Dorther war sein Großvater gekommen. Überhaupt kam er von dort.

Balthasar hatte sich gefaßt, oder hielt er eine Erfahrung seines Gemütes für hinreichend ausgedrückt? Ohne das verhaltene Schluchzen, das seinem Enkel als der geeignete Übergang gefallen hätte, sprach er: »Der erste ist mir mißraten. Der nächste, du, mein Kind, holst für ihn nach, was ich geplant hatte. Wenigstens machst du den Anfang, hinsichtlich des Geldes. Verzichtest du auch auf die Fortpflanzung?«

Überrascht erkundigte das Kind sich: »Meinst du die Liebe?«

»Man sagt so«, war die kühle Antwort. André überlegte, bevor er sich zur Ehrlichkeit entschloß.

»Aus Bequemlichkeit, wie auf das Geld.«

»Ich wollte, du hättest unumstößliche Gründe«, diese Mahnung empfing André, und zog vor, sie mit Selbstverkleinerung zu erwidern:

»Sieh meine lächerlich bedrohten zwanzig Jahre, und was alles mir zustoßen kann! Meine beste Hilfe ist noch die große Auswahl, die ich habe, und daß die Mehrzahl der möglichen Objekte genausogern Arthur erhören würde. Höchstens wäre ihnen noch lieber: uns beide.«

»Die alten Irrsale«, sprach der Greis beiseite, nicht so sehr geringschätzig. Eher trauerte er den Versuchungen und Demütigungen nach.

In diesem Augenblick liebte André ihn. Er wünschte, ihm gefällig zu sein. »Im Punkte Geld bin ich schon jetzt verläßlich. Das Beispiel, das mich abschreckt, bleibt das gleiche, wie du weißt. Ich arbeite ohne Überzeugung in einer Konservenfabrik. Was man dort alles konserviert, und wozu! Meine Plakate würde ich allenfalls in gutem Glauben machen können, gäbe es keine Gegenden dieser Erde, wo der Weizen verbrannt, der Kaffee ins Wasser geworfen und aus Wein – Munition gemacht wird.«

Balthasar wies diese Meinungen zurück. »Du empörst dich ohne Berechtigung. Du willst leben. So nimm vom Leben auch den Unsinn hin!«

André entschuldigte sich. »Mein ganzer Widerstand ist die Enthaltung. Arbeiten, meinetwegen, aber möglichst wenig.« Was zu seiner Rechtfertigung noch fehlte, machte er durch eine angenehme Vertraulichkeit gut; sie war zart, mit etwas Übermut.

»Morgen habe ich Urlaub genommen, Großpapa, weil du gestorben seiest.«

»Lang her, daß ich gestorben bin«, sagte Balthasar, abwesend, so gut wie verreist und sehr erleichtert, weil er mit der Hauptsache wieder allein war.

Hier wurde an die Tür geklopft. Der verreiste Alte überhörte es. Sein Enkel begann eine Bewegung und wagte sie nicht zu beenden. Das Pochen wiederholte sich. Diesmal beantwortete Balthasar es, nicht aufgeschreckt, nur zerstreut: »Come in! Avanti!« Worauf im Gegenteil folgte: »On n'entre pas!« Da er ein Abwesender war, befand er sich überall und vermischte die Landessprachen.

Herein sah die greise Magd Irene. Näherzutreten, versagte sie sich; ihre graue Miene verriet in keiner Weise, warum. Ihrem Arbeitgeber mußte ihr Anliegen bekannt und im voraus von ihm abgelehnt sein. Er hatte sogleich das Sofa verlassen, stand vor einem der weiß lackierten Fenster und wendete dem Zimmer den Rücken.

André gehorchte dem Wink Irenes. Unter der Tür wisperte sie: »Junger Herr! Helfen Sie mir! Er soll essen und will nicht. Das ist immer so.«

»Immer?« fragte der Enkel, ernstlich besorgt.

»Man muß mit den Toten umzugehen wissen.« Sie machte sich nicht lustig, behüte. Sie nahm die Dinge, wie sie waren. »Melden Sie ihm Gäste an! Seine Frau, Ihre Großmutter – sie starb vor zwanzig Jahren –, sie empfängt er, und auch den Freund, den sie mitbringt. Er schuldet es dem Besucher, Monsieur Million wäre jetzt älter als er selbst.«

»Eine Minute«, bat André und kniff sich in die Wange. Der Magd in das Ohr fragte er: »Du meinst Gespenster?«

»Was sonst«, bestätigte sie in aller Ruhe. »Ich kann ihn doch nicht verhungern lassen. Zuckerwasser und Albert-Cakes, des Nachts bei seinem Bett, sind nicht genug, selbst wenn er sie anrührt. Nein, er braucht seine Gespenster. Mit ihnen am Tisch packt auch er ein, soviel sie vor seinen Augen verschlingen.«

»Aber hier sind keine Gespenster.« André wußte nicht, wie ihm geschah. Er betrachtete Irene, obwohl er sie von seiner Geburt an kannte. Sie unterschied sich wenig von anderen alten Frauen, denen die frische Luft abgeht. In ihrem sonst leeren Mund war eine Brücke, von Zahn zu Zahn, wunderbar erhalten geblieben. Ihre vielbenutzten Hände bestanden aus Sehnen und schwarzen Runzeln.

Sie wisperte: »Ich übernehme alles. Nur jetzt kein

Wort! Er hört mehr, als Sie wohl meinen. Junger Herr! Soll er an seinem Geburtstag nicht satt werden? Sprechen Sie mit ihm, um des Himmels willen!« Hiermit schloß sie die Korridortür.

André hatte begriffen, daß nichts mehr zu verlieren sei. Da es sein mußte, ging er jugendlich nach dem Fenster, dem Geburtstagskind über die Schulter sprach er hell und zuversichtlich: »Großvater Balthasar! Man kommt dir Glück wünschen. Es sind deine Mittagsgäste vom Friedhof.«

»Meine Selige. Monsieur Million. Auf ihren Besuch hatte ich gerechnet. Deuchte mir doch, daß der gelbe Landauer mit den beiden Rappen drunten vorfuhr.« Er log seinem Enkel ins Gesicht oder sagte die reine Wahrheit: ihm war der Unterschied nicht anzumerken. Für André besonders fügte er hinzu und berührte ihn sogar; zum erstenmal legte er ihm die Hand auf die Brust: »In die Gesellschaft paßt du nicht, kleiner Junge. Ihr hättet euch nichts zu sagen. Darum mußt du noch nicht fortgehen. Du bekommst die Mahlzeit für dich allein aufgetragen, und wir sehen uns später. Wenn es ein Später gibt«, schloß er. »Nepomuk, wo bleibt der Alte?« fragte er sich selbst. »Soll die Gäste hereinführen und schläft schon wieder.«

Hiermit begab er sich durch die Flucht der Gemächer nach dem fragwürdigen Aufenthalt seines Dieners. Kaum daß er außer Sicht war, erschien dem ahnungsvollen Jüngling ein Gespenst – geräuschlos, wie es sich gehört. Es trug eine fahle Maske mit stark betonten Backenknochen, hatte sich übrigens vom Scheitel bis zum Boden weiß eingewickelt. »Erschrecken Sie nur nicht, junger Herr«, bat es ängstlich; aber André war auf eine verkleidete Irene nachgerade gefaßt gewesen. Trotzdem wurde ihm etwas kühl im Rücken. Er lachte: »Jetzt komme ich selbst daran?«

So war es. Sie zog aus ihrem Ärmel seine Larve, entnahm ihrem Gewand ein zweites Linnen und riet ihm, sich sorgfältig umzugestalten. »Wenn der Herr etwas merkt, steht er vom Tisch auf. Es wäre seiner Gesundheit unzuträglich. Inzwischen leg ich die Gedecke hin. Wir haben Zeit. Es dauert eine gute Weile, bis Nepomuk erwacht und zu sich kommt.«

Tatsächlich entschwebte die brave Magd, so leicht es ihr irgend gegeben war, durch das nächste, kleinere Zimmer in das folgende große, wo sie leise Handgriffe machte. André bemühte sich vor dem Pfeilerspiegel, der aufgetragenen Funktion wenigstens äußerlich gerecht zu werden. Er war nicht unzufrieden. »Il a le physique de l'emploi. Ähnlich würde mein guter Balthasar sich äußern, wenn er dürfte. Spreche ich als Monsieur Million mein zweifelhaftes Französisch? Was sag ich überhaupt?«

Er ließ es dahingestellt und suchte im Speisezimmer nach seiner Spielgefährtin. Sie holte ihn stumm heraus, beide stellten sich im Vorraum wirksam auf. »Von der Straße muß er seine Gespenster nicht hereinholen«, erläuterte Irene. »Es würde ihn wundern, wenn die verschlossene Haustür uns gehindert hätte, einzutreten.« Sie standen und warteten lange. Endlich nahte ihnen Nepomuk in seiner verschossenen Livree, ein Schwarz, das an den Nähten rötlich wurde, seidene Kniehosen, Strümpfe aus Baumwolle und Schnallenschuhe, deren Lackierung sich entblätterte.

Seine gemäßigte Reverenz zeigte ihnen anstatt des Gesichtes seine blanke Platte. In derselben Haltung rückte er den Mittagsgästen die Stühle zurecht, beide nebeneinander. Hinter ihnen bat er beinahe lautlos, sie möchten einwilligen, ohne den Geheimrat mit der Suppe zu beginnen. Sein Herr vertrage keine Krebssuppe. Er selbst werde dem Verstorbenen inzwischen behilflich sein, sich fertig anzukleiden. Ein Toter dem anderen, das sei eine Geduldsprobe, derenwegen Nepomuk die Herrschaften um Nachsicht ersuchte.

Sein Geraune endete hier, wahrscheinlich hatte er sich entfernt. André fürchtete gegen die Gebräuche zu verstoßen, wenn er sich umsah. Vielmehr legte er die Fingerspitzen auf den Rand des Tisches, wie als kleines Kind, wenn Artigkeit befohlen und die Lage gespannt war. Da diese Sitzung weiter stumm verlief, gelangte André zu der Ansicht, Monsieur Million müsse eine noch so belanglose Äußerung tun.

»Cette bisque sent bon«, sagte er, denn wirklich, die Krebssuppe roch gut, er wagte nur seinen Löffel nicht zu ergreifen.

Zu seiner Überraschung räumte Irene alsbald die beiden gefüllten Teller weg. Offenbar hatte sie ihn mißverstanden. Sie sagte mit ihrer Stimme wie sonst, nur noch behutsamer: »Es ist auch besser, junger Herr, Sie lassen das Essen, bis er dabei ist. Sie werden Ihre Kräfte noch brauchen. Wir müssen es ihm vormachen. Das ist gar nicht leicht.«

Inzwischen nahm sie von der Anrichte eine Schüssel nach der anderen, jede mit ihrer silbernen Kuppel, jede auf ihrer Spiritusflamme, und setzte alle in wohlgeordneter Reihe auf das damastne Tafeltuch.

»Nachher bedient niemand«, erklärte sie. »Keine Irene, kein Nepomuk.«

»Beide haben ihre Gründe, zu bleiben, wo sie sind«, bemerkte André lauter als ihm lieb war, aber wenigstens vermied er hell aufzulachen, soviel war gewonnen. Das andere Gespenst kehrte auf seinen Stuhl zurück. Es legte einen Finger auf die ausgeschnittenen Lippen seiner Gesichtsmaske. Von jetzt ab verständigten die beiden Eingeladenen sich wieder im schicklichen Ton ihrer Rolle, obwohl sie dem Sinne nach unziemlich redeten.

Irene stöhnte: »Es gibt Pasteten, Lachs, Sauce Mousseline, Hammelkeule in Sahne, Rebhühner, Spargeln sauer oder mit Käse, Plumpudding, verschiedenes Obst, Fromage de Brie. Der Kaffee wird mit Marc de Bourgogne begossen, und der Weinsorten sind drei, eine schwerer als die andere. Wer das aushält! Er hat mich an Völlerei gewöhnt. Wo nicht, fastet er. Kann ich ihn verhungern lassen?«

André seufzte: »Nein. Das darfst du nicht. Halte ihm nur zugute, daß er es sich selbst noch schwerer macht. Seit ich hier zu Besuch bin, eine Stunde oder wenig mehr, zieht er sich das vierte Mal um – ohne Hilfe, aber peinlich genau. Man würde es nicht glauben, er übertrifft einen Schauspieler im rüstigsten Alter, und erreicht heute die Neunzig! Armer Balthasar!«

»Er wird sich überessen!« ächzte sie. »Die ganze Woche nichts, und auf einmal dann unmäßig: in seinen Jahren geschieht ein Unglück bald.«

V. Völlerei der Gespenster

Hier ließen er und sie die Köpfe sinken. Ein Schatten wurde rückwärts fühlbar, bevor ein Zeichen ihn verriet. Der Hausherr war erschienen. Er ging auf unhörbaren Sohlen um den weitläufigen Tisch. Diesmal trug er einen echten Bratenrock der besten Epoche, dazu den niedrigen Umlegekragen, die große weiße Binde auf der gestärkten Hemdbrust. Auch dieses dunkle Beinkleid war eng, hatte gepolsterte Waden und wurde von Bügeln über die Stiefel gespannt. André sah mit einem Blick alles: auch die veränderte Haartracht.

Sein Großvater setzte sich gegenüber den Gästen, senkte wie sie den Kopf und legte die edlen Hände ineinander. Der Enkel nahm den äußeren Umriß dieses alten Lebens begierig bei sich auf, die Tätigkeit der Augen verdrängte das ausdrückliche Bedauern: Schade, wie es nun ausgeht!

Die innere Sammlung des Gastgebers war beendet, er deckte die vorderste Schüssel auf, reichte seinen Gästen die Pasteten, ließ aber den eigenen Teller leer. André wurde deswegen besorgt und ratlos. Allein das Beispiel Irenes ermutigte ihn: sie nahm schon die dritte, da aß er vier. Auf der Schüssel blieben fünf, plötzlich waren sie verschwunden – im Magen Balthasars, wie sein Enkel mit Staunen begriff. Er hatte zwei Minuten lang nicht aufgepaßt.

Das vorzügliche Gebiß des Greises kaute noch; war dies der Grund, weshalb er stumm auf die beiden Gläser seiner Tischgenossen deutete? Nein. Er schenkte ein, gab ihnen Bescheid, sie hielten mit und tranken aus – alles unter Schweigen. Unverweilt griff Balthasar das zweitemal nach der Flasche.

Der feierliche Vorgang wiederholte sich, nur daß man jetzt schluckweise genoß und die Hälfte zurückließ. Irene befolgte die Übung ohne hinzusehen. Aber André überzeugte sich, daß auch sein ausgehungerter Vorfahr weder sie noch ihn selbst je ins Auge faßte. Er sah in sein Glas.

Bereitwillig macht der Junge es ebenso. Er überlegte: Mag sein, wir drei sind unsichtbar. Dieser Zustand überhebt all und jeder Verpflichtung, man darf anstandslos ein Saufaus sein, und kein lehrreiches Tischgespräch beeinträchtigt die Arbeit der Ernährung.

Er irrte wenigstens zum Teil. Den Larose, soviel ihm davon übrigblieb, einen Wein wie Samt so weich, konnte er noch hinuntergießen. Als er aber aus eigener Vollmacht neuerdings davon nehmen wollte, versetzte seine Nachbarin ihm einen scharfen Rippenstoß. Ernüchtert zog er die Hand zurück. Seien wir vernünftig, ermahnte er sich. An Unvernunft fehlt es in diesem Kreise nicht.

Der Hausherr enthüllt das folgende Gericht. Die Flamme, die es warm erhalten hatte, flackerte und erlosch. Bisher und weiterhin erwies jede der Lampen sich ausgebrannt an dem genauen Punkt, wo sie überflüssig wurde. Der Lachs erfuhr seinerseits die Förmlichkeiten, die schon die Pasteten begleitet hatten. Als die Gäste ihm mit unverkennbarer Eßlust vorangegangen waren, fand auch Balthasar in seinem abgeschiedenen Zustand keinen Einwand mehr, sondern verzehrte doppelte Mengen.

André hörte die arme Irene beklommen schnaufen. Sie fing an, die Bissen von dem Schlitz ihres künstlichen Mundes abgleiten zu lassen. In den echten, unter die Brücke mit den zwei Zähnen, gelangten sie nicht immer, aber es war kein Vorsatz dabei. Auch ihm brannte hinter seiner Maske das Gesicht, er führte die Gabel nicht mehr ganz sicher; übrigens drängte es ihn zu sagen, daß er als Gespenst noch nie so gut gespeist habe. Die Versuchung ging von dem neuen Getränk, einem hitzigen Weißwein, aus. Sein Großvater goß ihn sogar dreimal in die Gläser, keinen Tropfen daneben, und leerte das seine jetzt schon auf einen Zug. Beim dritten verschluckte das eine der Gespenster sich, still aber heftig rang es nach Luft.

Hier vergaß André sich wirklich. Er klopfte Irene den Rücken, damit sie den Atem wiederfände. Sobald ihre Kraft es erlaubte, trat sie ihn auf den Fuß. Er wollte sich mit einem Blick bei dem Hausherrn entschuldigen, der aber sah wie gewöhnlich ins Glas.

Dies war noch gutgegangen. Der Lachs mit seiner Sauce Mousseline hatte eine ungemeine Zartheit besessen: so schmilzt nicht leicht einer auf der Zunge. Danach konnte die Hammelkeule, in Sahne abgelagert wie sie war, nur schlechthin überirdisch genannt werden, und der Unglückliche hätte es fast getan. Am äußersten Rand seines Fehltrittes besann er sich, daß der Hammel hier nicht die einzige metaphysische Erscheinung war.

Die unvermeidliche Katastrophe begab sich nach drei Glas Burgunder. Dieses Gewächs begeisterte Monsieur Million, oder wer es nun war, bis zu dem Grade, daß er, la langue pâteuse, aber deutlich genug aussprach: »Le bordeaux n'est pas un vin.«

Es war eine Redensart, bei der niemand sich so wenig dachte wie André. Er hatte sie gehört und zufällig behalten. Eine Kälte entstand. Der allzusehr Erwärmte wurde von ihr angeweht, in jäher Panik erkannte er die Grabeskühle. Schon rückte der tote Hausherr mit seinem Stuhl vom Tisch weg. Wär er aufgestanden, ganz ohne Spaß hätte André die Flucht ergriffen.

Ihn rettete die Stutzuhr auf dem Kamin. Er hatte sie im Rücken und erfuhr von ihrer Gegenwart erst jetzt. Sie ließ sich einfallen zu spielen: »Ach, das Gold ist nur Chimäre« aus »Robert der Teufel«. Wie ging es zu? Der Schlag der Stunde blieb aus, auch ihr dünnes Singstimmchen gab die treue Dienerin des einstigen Reichen nur gerade jetzt zum besten. Sie machte eine Ausnahme, um die bedrohte Lage wiederherzustellen. Balthasar, angenehm berührt von der Meinung Roberts über das Gold, brachte seinen Stuhl in die vorige Stellung. Sein Enkel hatte den Zwischenfall alsbald vergessen.

Schwierig blieb Irene, sie hielt dem Mittagessen nicht länger stand. Ihr Herr in seiner Güte für Monsieur Million, weil er ihm recht gab hinsichtlich der überragenden Eigenschaften des Burgunders, füllte die Kelche – André sagte bei sich nunmehr »die Kelche« – ein viertes Mal. Nach dem Übereinkommen mußte ausgetrunken werden. Dies geschehen, kippte Irene um. Sie fiel auf André. Er war genötigt, die mißleitete Alte von seiner Schulter zu heben und ihren überladenen Magen gegen die Tischkante zu stützen, was nur mit Hilfe eines zweiten Stuhles gelang, der Körper senkte sich sonst nach der anderen Seite.

Die flinke Bemühung störte auch Monsieur Million persönlich in seinem Gleichgewicht. Die Anordnung seines Gewandes litt unter den Umständen, von André trat dies und jenes zum Vorschein. Er gab die Partie schon verloren; ein Blick belehrte ihn, daß sein Großvater nicht mehr ins Glas sah. Im Gegenteil nahm er genaue Kenntnis. Was war dies? Er lächelte. Er schien befriedigt, von dem Vorgang selbst und von seinen Entdeckungen.

André dachte unbestimmt: Er weiß, hat immer gewußt. Sein Glaube an unsere Überweltlichkeit steht auf schwachen Füßen, um so hartnäckiger verteidigt er ihn. Dennoch freut es ihn, wenn plötzlich Natur einen Zipfel zeigt. Man darrf es nur nicht zugeben, so wenig wie den Ausspruch des toten Million, Bordeaux sei kein Wein. Daß ich beileibe nichts rede! Er fiele aus den Wolken, es wäre das Ende. Er würde mich enterben. Welch ein scherzhafter Einfall des jungen André! Die Aussicht, enterbt zu werden, verursachte ihm einen Hustenanfall, der aber eigentlich unterdrücktes Gekicher war.

Balthasar bekam alsbald seine vorige Feierlichkeit zurück, da schon wieder gegen die Regel verstoßen wird, wenn Zurückgekehrte eine Erkältung mitbringen. In wohlgesinnter Absicht schenkte er seinem alten Freund, und gleich sich selber mit, von dem bewährten Burgunder ein. Bei ihm verharrte man während des Plumpuddings, dem beide zusprachen, als müßten sie sich für eine schwache Mahlzeit entschädigen.

Die Wangen des Neunzigjährigen waren mild gerötet, um einiges feuriger unten den Augen, und auch sie erglänzten nachgerade, man konnte meinen vom Leichtsinn der Jugend. Wenn André nicht getäuscht wurde seitens seines vernebelten Kopfes, dann winkte der gute Balthasar mit dem Glas nach der faltigen Hülle des zweiten Gespenstes, seiner eigenen Seligen, die über dem Tisch lag und, das Gesicht auf den Armen, entschlummert schien. Wer kann sagen, ob sie ihm im Leben immer gefallen hatte. Jetzt mußte die Gattin sich besiegt geben, er aber, tot wie nur einer, hielt sich oben.

Allmählich entschwanden die Zweifel, die beiden noch

aufrechten Tischgenossen verband wahrhaftig eine still und stumme Vertraulichkeit. Der Alte warf dem Jungen die Scheiben einer Orange hinüber, und trafen sie den Teller, entblößte er sein untadeliges Gebiß. André sah den Augenblick nahe, wo er wagen konnte, das Bild des verwandelten Balthasar auf ein Blatt zu entwerfen. Heimlich tastete er unter sein Gewand; der Schwierigkeiten, die es ihm entgegensetzte, ungeachtet, zog er schließlich das Nötige hervor.

Zuerst versuchte er es mit seinen Knien. Das Skizzenbuch auf den Tisch zu legen, war bequemer. Er stellte einen Haufen des abgegessenen Geschirrs davor hin. Wer es wegschob, war Balthasar. Er wollte zusehen, wie sein witziges Porträt entstand: die Perücke, ohnehin kleidsamer als die erste, saß jetzt ein wenig schief, mit zerzausten Löckchen. Wie munter, wie galant, dies alte Angesicht, aber das unheimlich Vergangene blieb darin bestehen, als wär es eine verewigte Laune.

Der Zeichner erkannte in seinem umwölkten Gehirn, daß Erscheinungen dieser Art, gerade dieser, nicht schlecht geeignet wären, zwischen einer Auswahl prächtiger Konservenbüchsen gezeigt zu werden. Er beschloß demgemäß. Der Einwilligung des Modells war er versichert, es blickte teilnahmsvoll und überaus gnädig auf den eilenden Stift.

Da, ein Glockenschlag. In seinen hallenden Nachklang fiel der zweite. Der dritte ließ warten, dann erfolgte er, tief, dumpf, und erstarb auch schon. André fuhr sehr erschrocken um, nach der sonst bescheidenen Stutzuhr, die ihm plötzlich so gewaltig verkündete, es sei drei Uhr, und er sitze seit zwei Stunden zu Tisch. Als er von dem Kamin sich wieder gegen seinen Großvater wendete, war Balthasar verschwunden.

André sprang auf, sein Schrecken schweifte aus und wurde Entsetzen. Damit er unbehindert erkenne, was wirklich oder nur vorgespiegelt war, riß er die Larve vom Gesicht.

Irene sprach von ihren Armen zu ihm hinauf: »Nur Ruhe, junger Herr! Das Läuten hat er selbst gemacht.« Sie gab sich so weit Haltung, daß sie in die Flucht der Zimmer deuten konnte. Dort sollte ihr Brotgeber abgegangen sein, aber André fand seine Spur nicht, zweifelte übrigens an dem unverwüstlichen Glockenton aus seiner welken Brust. Irene sah es und erklärte: »Seine leibliche Unzucht, ich meine den Dienst des Bauches, verschafft ihm zeitweilig eine furchtbare Kraft. Nehmen Sie sich in acht, junger Herr!«

Hier fiel André auf seinen Stuhl zurück. »Erfährst du brave Person denn Anfechtungen?« fragte er, ganz aus der Fassung.

»Wo denken Sie hin, Sie Schlimmer?« Irene drohte ihm mit dem Finger. Sie war auf den Füßen, ohne Verkleidung. Ihre Geister hatte sie größtenteils zurück. »Jetzt doch nicht mehr«, sagte sie vorwurfsvoll. »Das liegt zu den Zeiten der Seligen, als wir alle noch in Blüte standen.«

»Fünfzig Jahre?« vermutete André, mit einem Schauder.

»Wer wird sie zählen«, behauptete die Magd im Tonfall ihres Philosophen. »Die Zeit ist nichts Wirkliches.« Aus eigenen Erinnerungen verriet sie: »Million war ein so hübscher Herr. Sie hatten heute viel von ihm.«

Dem aufmerksamen Jungen wurde der Kopf immer heller. »Ich verstehe. Nicht nur, daß unser Balthasar sich mit dir verging: die Selige vergalt es ihm mit seinem Freund. Ich verstehe. Zur Feier eurer einstigen Verirrungen mußt du jetzt bei seinen Gelagen die Selige machen, mußt umkippen und einschlafen.«

Sie erklärte nicht ohne Befangenheit: »Es war auch, weil Sie, junger Herr, so sehr an meinen Geliebten erinnerten. Ich meine den Geliebten der Seligen, die ich sein sollte.«

André erschrak, heftiger als das erstemal. Die Rolle, die er gespielt hatte, gewann erst jetzt ihre ganze Unheimlichkeit. Harmlos schlug Irene vor: »Legen Sie doch das unpassende Gewand ab, junger Herr!«

Er tat es mit einer Hast, die sie nicht erwartet hatte; wickelte sich heraus und warf es zu Boden. Irene las es auf, zusamt den anderen Teilen der zweifachen Maskerade. Sie wollte das Ganze hinaustragen, aber noch diesseits der Tür sah André sie schwanken. Er unterstützte das vielgeprüfte Weib, das sich sträubte.

»Daß du mir auf der Treppe verunglückst!« Liebevoll beharrte er bei seiner Hilfe. Dieses Wesen, als es jung und reizend gewesen, hatte seine Großmutter betrogen, schön und im dankbarsten Alter auch sie. »Bis in deine Kammer bring ich dich!«

So stiegen sie und stiegen. Die Alte atmete beschwerlich. »Sein Geburtstagsessen wird mir lange vor dem Magen stehen«, stöhnte sie.

Ihm fiel ein: »Großvater ist doch arm. Wer bezahlt unsere Völlerei?«

»Ich«, antwortete sie schlicht. Vor ihrer Behausung angelangt, sammelte sie Luft, um zu erläutern: »Das ist das wenigste, was ich ihm schulde, und kann es auch. Als er reich war, schenkte er mir viel. Ich habe das meiste gerettet, er von seinen sieben Millionen nichts, aus bloßem Eigensinn. Ich segne seinen Eigensinn, jetzt kann ich ihm unbelohnt dienen, obwohl das Haus allein besorgen über meine Kräfte geht; und manchmal darf ich ihn plumpsatt machen. Das ist gut, wenn so spät noch einer nach dir ruft!«

André küßte sie auf die Wange und entfernte sich schnell. Über das Geländer flüsterte sie dringlich: »Laufen Sie, junger Herr! Gleich hat er sich fertig umgekleidet.«

Schon wieder ein Umzug! Nach seiner gründlichen Ergriffenheit dort oben vor der Kammer verspürte der Enkel die Neigung, dergleichen Kindereien spaßig zu nehmen. Mit Lauten der Heiterkeit betrat er den Säulensaal. Von der anderen Seite kam Balthasar.

»Du lachst«, bemerkte er. »Dann hast du, ganz für dich allein, gut gespeist?«

»Ich darf es gestehen«, erwiderte André.

»Und auf mein Wohl getrunken?«

»Öfter als nötig, Großpapa, denn du warst niemals in besserer Verfassung.« Hierbei betrachtete er das Kostüm des Alten: ein rauher Arbeitsrock, die Hose faltig und keineswegs gestrafft über den Schuhen.

»Ist dein Geburtstag schon zu Ende?« fragte er.

»Das nicht«, versicherte Balthasar. »Im Gegenteil. Aber möchtest du nicht wissen, wie meine Gesellschaft verlaufen ist?«

»Wie ist sie verlaufen?« sprach André ihm nach.

Balthasar holte weit aus, sowohl im Ton wie mit der Hand. »Wir hatten eine fesselnde und höchst ergiebige Zusammenkunft, ich und die anderen Erscheinungen meinesgleichen. Die Lebenden, ob es dir schon aufgefallen ist, bestreiten ihre Gespräche mit Prahlereien, Nichtigkeiten und der Sucht zu verletzen. Wir – wir schweigen.«

»Das ist das sicherste«, gab der Enkel zu. »Besonders in Begleitung eines gepflegten Burgunders. Le bordeaux n'est pas un vin«, setzte er aus Übermut hinzu. Sein guter Balthasar sah ihn scharf, aber weinselig an.

»Derselbe, von dem du, bei deiner einsamen Mahlzeit, eine volle Flasche geleert hast.«

»Zwei«, behauptete André.

»Man sieht es. Du wackelst. Ich nicht. Versuche doch, mich umzuwerfen!«

Der Neunzigjährige übertrieb den Unternehmungsdrang, sein Enkel begann für ihn zu fürchten. »Großvater!« bat er. »Eine Ausschweifung, wenn sie selten vorkommt, soll gerade den älteren Knaben zu empfehlen sein, hör ich.«

Balthasar unterbrach: »Wunder wirkt sie. Laß es dir von mir anvertrauen!«

»Aber«, der Enkel schloß seine Bitte: »Nachher aber legt man sich schlafen.«

»Die Ewigkeit! Sie vergißt du?« rief Balthasar mit allem Feuer seiner Weine. »Ich spreche immer aus ihrer tiefen Stille, und scheint es dir, daß ich vor dir stehe, dann lieg ich in Wahrheit und ruhe.«

»Sehr schön.« André war bereit, alles Gewünschte anzuerkennen. Seit seinem Auftritt als Gespenst kostete es ihn wenig Widerstand seines Gewissens, das außerdem unter Alkohol gesetzt war, und unter welchen!

»Du Menschlein«, redete der von irdischen Verbindlichkeiten mehr als je Befreite ihn an. Ja, er bekam den Ausdruck der Allgüte. »Du Menschlein verlierst vom Genuß der edlen Gewächse dein Gedächtnis mitsamt der Leichtigkeit deiner zarten Jugend. Ich dagegen erinnere mich. Mein entrückter Geist findet für eine kurze Weile zum irdischen Spiel und Tand zurück. Am scherzhaftesten, mußt du wissen, ist der Besitz.«

»Was besitzest du denn?« fragte André nachsichtig, da er einsah: jetzt faselt der Alte.

Dem Enkel ins Ohr, unter argwöhnischem Auslugen nach jeder Richtung, raunte Balthasar: »Du sollst meine Fässer sehen.«

»Deine Weinfässer?« Aus Schonung machte André sich nicht lustig, er ging auf das Geheimnis ein.

»Scht!« zischte sein drolliger Ahne. »Du bist der erste. Niemand kennt sie.«

Seine ausgetrunkenen Fässer! Was jetzt auf den Tisch kam, bezahlte nicht er selbst!

Der Ärmste umfaßte die Schulter seines Nachfahren: »Komm, kleiner Sohn meines tüchtigen Arthur! Wir steigen zusammen in die Unterwelt.«

Schon auf der ersten Treppenstufe hielt er an: eine Gefahr war ihm eingefallen. »Sie kann uns nachspüren!« Er meinte Irene, die ihren Teil doch weg hatte und für entschlafen gelten konnte, eher als Balthasar. Indessen, was half es, ihm zu versichern, daß die Magd, nach so vieler Arbeit, ihre alten Füße unmöglich über mehrere Stockwerke schleppen werde, ihr Lohnherr bestand auf vollständiger Gewißheit. Behende, daß André ihm nur nachstaunte, erklomm er den oberen Absatz. Ein Schlüssel wurde umgedreht, einmal, noch einmal.

Beruhigt kehrte der Greis zurück, er nahm den Enkel bei der Hand wie einen Fünfjährigen, und die Reise begann. Das Erdgeschoß wurde dort, wo sie es betraten, von einer Diele eingeleitet. Wer sie nicht kannte, hätte auf den steinernen Fliesen den Halt verfehlt; durch die geschlossene Haustür drangen geringere Lichtstreifen als vorher mittags. André, dem jeder Schritt seit Knabenzeiten vertraut war, blieb dennoch unbeholfen am Fleck. Er fand es geraten, nicht zu wissen, wo der Keller lag.

Hinter der Treppe war die Mauer verstellt von einem roh gezimmerten, sehr schweren Schrank. Der neugierige Junge auf der Suche nach Verstecken hatte sich einstmals angestrengt, ihn um Zollbreite zu bewegen, nur so weit, daß vielleicht Stufen abwärts sichtbar würden. Vergebliche Mühe. Sein Großvater vielmehr drehte das altertümliche Möbel mit bemerkenswerter Leichtigkeit. Entweder hatte sein heutiges Festmahl ihm die Kraft verliehen, sonst war ein Trick tätig. André ließ es unentschieden. Die edlen

Gewächse wirkten bei ihm nach. Sie stimmten ihn weder blöde noch matt, nur beherzt und unernst war er auf dieser Stufe seiner Berauschtheit. Nicht einer der empfangenen Eindrücke ging tief. Die sagenhafte Kellertreppe machte ihm gar keinen, als die wirklich dalag.

»Im Namen des Volkes«, sprach er während seines Abstieges mit nachgeahmter Autorität – mußte aber alsbald hinter sich blicken, wo etwas knackte und etwas sich verschob. Ganz recht, der Schrank kehrte in seine vorige Stellung zurück. Auch eine Tür wurde ins Schloß gedrückt, ein Riegel vorgelegt. Die Finsternis war nunmehr vollkommen.

»Was machen wir nur?« fragte André unschuldig. Sein Großvater rieb ein Streichholz an, zwischen den felsigen Unregelmäßigkeiten der Wand entzündete er ein schwaches Lämpchen.

»Wir nehmen uns die Mühe, näher zu treten«, beschied ihn sein guter Balthasar, der die Höflichkeit noch weitertrieb. »Asseyez-vous, et reprenez courage«, verlangte er, mit Geste über die weiten Räumlichkeiten hin. Die Schatten häuften sich von allen Seiten, aber sitzt man auf Schatten?

»Danke, guter Balthasar, oder soll ich an dieser Stelle zu dir Geheimrat sagen? Was den Mut betrifft, ist mir, als wär ein langer Weg nach Tipperary.«

»Scharfsinnig!« erwiderte der Großvater dem Enkel. »Wir sind hier nicht am Ziel, du bemerkst es pünktlich und ohne Schwanken.« Die Anerkennung wurde beeinträchtigt durch einen Unterton von Mißtrauen. Kein Zweifel, André war verdächtig, wie vorher Irene: mehr sogar, in einem tieferen Sinn vor allem. Leidende Eifersucht sprach mit. Was wär ich Elender noch, wenn du in meiner Unterwelt Bescheid wüßtest! So ist es aufzufassen, meinte André, aber er behält die Worte für sich. Ich habe nichts gehört.

Laut sagte er: »Großvater, darf ich dir etwas verraten? Du überschätzest deinen Keller. Als ich noch kindisch war –« Er biß sich auf die Zunge.

»Du gibst zu verstehen: jetzt bin ich es.« Hiermit begnügte sich der Greis. Die böse Lust, die er nun einmal büßen wollte, überwog alle Hemmungen; den Jungen an der Hand, ging er weiter.

André strauchelte über unebene Quadern. Eine kräftige Führung, denn das war sie, erwies sich nützlich. Die Schatten fielen aus unersichtlicher Höhe in einen durchaus leeren Grund, und dieser endete lange nicht. Nur daß die unbegrenzte Weite des Raumes allmählich doch abnahm. Zuletzt vermutete André, links und rechts von ihnen begleiteten Wände ihren Weg. Wie wahr! Jetzt stieß er an eine Ecke. Nach Moder roch es sowieso.

Er murmelte: »Entschieden wird es hübscher auf Schritt und Tritt.« Gerade nötigte Balthasar ihn, schroff einzulenken: das letztemal, denn »Halt!« befahl er und ließ die umklammerte Hand los. Der Enkel sah ihn nicht, er hatte keinen Schimmer von allem, was war und geschah. Er stand, nicht besonders gespannt. Schade, dachte er. Wenn ich das mit dreizehn Jahren erlebt hätte!

Wieder wurde eine Tür geöffnet und noch eine Treppe freigelegt. Sie wand sich schneckenhaft nach unten, war übrigens aus Eisen, wie deutlich zu erkennen. Das einfallende Tageslicht des zweiten Kellers erhellte ihn schwach, nach vielfacher Filterung. Gleichwohl, wer vorher blind gewandelt war und geharrt hatte, dem wurden die Augen aufgetan.

André durchschritt die Tür, auch sie aus Eisen. Von der Plattform der Wendeltreppe überblickte er den Weinkeller und fand ihn nicht übermäßig groß. Die beiden Reihen der Fässer, die rings die Wände umgaben, erlaubten nur eine enge Mitte, auf ihr bewegte sich der glückliche Besitzer. Wie denn! Ausgelassene Sprünge tat er, hierhin, dorthin.

Er betastete die festen Spangen, die seine köstlichen Gewächse bewahrten. Er zählte, ob nichts fehle. Sein Enkel begriff den Taumel eines überalterten Menschen, dem sonst nichts blieb als seine Weine. Die aber leben mit ihm noch. Es ist bekannt, daß sie in ihren Tonnen nicht untätig sind, sondern weiter zur Vollendung reifen.

Unvermittelt blieb er stehen, einen Fuß holte er aus der Luft zurück. Ihm war eingefallen, daß er einen Zuschauer habe. Vorgebeugt spähte er hinauf. In der Verkürzung gesehen war der sonst stattliche Balthasar ein Zwerg mit zugehöriger Bekleidung. Die rauhe Jacke, hinten weggerutscht, hing vorn bis auf die Füße. Seine Schultern bedeckte Spinnengeweb und Staub.

Daher sein Anzug, erkannte André. Aber mein guter Sonntagsrock! Während er sich untersuchte, wurde drunten gekichert, höhnisch, wie es von den Wichtelmännchen heißt.

»Du traust dich nicht weiter«, wurde gerufen. »Komm getrost! Hier ist angenehm ventiliert. Hast du ein Mädchen mit, könnt ihr tanzen.«

André sah sich um – nach Stephanie. Das war sinnlos, wie er wußte. Dennoch, nur sie allein hätte all diesen Unsinn mitgetrieben, unbekümmert gleich ihm selbst. Er betrat die glatten Stufen wirklich. Sie waren wenig beschmutzt, es schien, man ging sie oft. Dabei sprach er beherzt und unernst: »Danke, guter Balthasar. Ich bin Nichtschwimmer. Das Tanzen ist Asthmatikern zu empfehlen. Mein Verhältnis zum Gelde kennst du.«

Was war geschehen? Unten angelangt, fand er einen durchaus verwandelten Balthasar: weder den Gnomen noch seinen Übermut und Hohn. Der Herr der Fässer musterte ihn von oben, er fragte drohend und eisig: »Was redest du von Geld, mein kleiner Freund?«

»Darf ich nicht?« André stellte sich über jeden Bedarf hinaus zerknirscht. Recht wohl war ihm darum keineswegs. Worin hatte er gefehlt? Nun, seit dem Beginn des Mittagessens waren seiner falschen Zungenschläge mehr gewesen als ihm erinnerlich. Auch diesen wird er alsbald vergessen. Der Alte ließ sich rühren von seiner Reue, der gespielten und echten: »Nimm es dir nicht zu Herzen! Il radote. Lui, au moins, n'a pas le vin mauvais.«

Er behauptete von sich, daß der Wein gerade ihn nicht böse mache. In der Tat wurde er zärtlich. Er klopfte dem Enkel die Schulter, der Staub wirbelte, und es belustigte ihn. »Du bewunderst meinen Keller«, verlangte er.

»So viele Schätze!« André gab sich als den hingerissenen Toren. »Ich bin in der Höhle des Ali Baba!«

Der Alte lächelte, sowohl erhaben als verschmitzt: »Diesen Besitz hat der Staat mir lassen müssen, als er den anderen raubte.«

»Ach, das Gold ist nur Chimäre!« sang André. Sein Großvater nickte beifällig. »Du hast sicher Durst.«

»Daß du auch alles errätst!« Der Enkel schmolz von Verehrung. Dem guten Greise gefällig zu sein, war sein ganzes Trachten. Übrigens langweilte ihn der Aufenthalt. Durstig war er auch nicht.

Balthasar belehrte ihn: »Übe dich, zu trinken und deine Gedanken beisammen zu haben. Du hast vergessen, die Tür zu schließen.«

Welche Tür? wollte der Junge fragen, da sah er sie droben allerdings offenstehen. Gehorsam lief er nach der Treppe. Sonderbarer Heiliger! dachte er über den Geheimrat, der in Geheimnissen aufging. Hinter ihm erstreckten sich lichtlose Gänge und Hallen, den Ausgang sicherte ein Trick. Ihm genügte es nicht. Ein Neunzigjähriger hätte Grund, die Türen offenzulassen, im Fall ihm etwas zustieße!

Gut denn, die eiserne war angezogen und verriegelt. Von der Plattform herab sah André den Alten hingehockt zwischen den beiden Reihen der Fässer. Aus einem von ihnen schöpfte er Wein. Vielmehr, genauer betrachtet, hatte er es gar nicht angezapft. Er tastete dahinter, zum Vorschein kam eine Kanne: aus ihr, zweifellos aus ihr füllte Balthasar die Gläser. Gut denn, beschloß André hier wieder. Es ist sein Mundvorrat, er hat ihn zu Hand. Meinetwegen keine Umstände!

Indessen kam Balthasar vom Boden auf, hastig rückte er den Kopf, überrascht zu werden schien ihm unerwünscht. »Nein doch«, sprach der anständige Junge vor sich hin. »Wer wird da aufpassen. Ich bin es nicht gewesen.«

Schon war er unten, sein guter Balthasar kam ihm mit erhobenem Glas entgegen. Jeder saßen sie auf einem Faß, taten einander Bescheid und plauderten. Der Eigentümer des Kellers wollte wissen, ob sein Enkel erklären könne, wieso in diese Tiefe dennoch Tageslicht einfiel. André hob hilflos die Schultern: »Ist es wirklich Tageslicht, dann wirft die Sonne es herab«, entschied er und trank aus. Sein Großvater war befriedigt: »Siehst du, daß mein Wein auch deinen Kopf mit der Zeit nur klarer macht?«

André hätte sich gern eine ernsthafte Würdigung verdient: »Ein Architekt würde allenfalls herausfinden, welche Umwege, vom Dach her durch das ganze Haus, dieser blasse Schein genommen hat. Ich zeichne nur Plakate.«

»Recht von dir!« Balthasar war nunmehr völlig einverstanden. »Daraufhin schöpf ich uns nochmals an der beliebten Stelle.«

Gesagt, getan, er rutschte vom Faß und verschwand hinten. André hütete sich, ihm nachzusehen. Hätte er es doch getan, anstatt gelangweilt am Boden zu suchen! Hierbei sollte nichts Gutes herauskommen. Neben ihm, unter dem nächsten Faß, in einem fahlen Rest gesiebter Helligkeit glitzerte etwas. André, sich bücken und das Goldstück aufheben, war das Werk einer unbedachten Regung. Gleich nachher wollte er es ebenso zurücktun, fürchtete aber, sich zu verraten, wußte nicht mehr, wohin mit dem Ding, und der zurückgekehrte Balthasar fand es bei dem ersten Blick auf seiner flachen Hand.

»Was ist das!« Seine Stimme war ungewohnt, ja, nie gehört. Der Ertappte versuchte Ausreden, die er, kaum erfunden, auch schon aufgab.

»Ich hatte es zufällig bei mir. Ein Andenken, frage Arthur! Nein Großvater, nein, guter Balthasar. Es war unter dem Faß. Hier!« Dabei sprang er auf die Füße, legte das Goldstück auf seinen vorigen Platz und wartete, geteilt zwischen Schuldgefühl und der Lust zu lachen.

Diese verging ihm alsbald: der gute Balthasar wurde furchtbar. »Ich bin bestohlen!« schrie er entsetzlich. »Hier lag nirgends Gold!« schrie er, im Widerspruch mit sich selbst, aber ihm war alles gleich, er führte auf, als wäre nichts, sogar der Anstand nicht mehr zu verlieren. Hingeworfen mit beiden Knien, mit dem ganzen Bauch sogar zum Schrecken seines Enkels, tastete der Greis die Fliesen ab, seine gekrallten Finger kratzten in ihren Lücken, wühlten Schmutz auf und untersuchten ihn trotz einem Hals, der hustete und keuchte.

Alles vollzog sich pünktlich und unglaubhaft wie im Traum. Was dem Enkel immer durch den verstörten Sinn fuhr, der Angsttraum von einem Balthasar führte es ohne weiteres aus. Jetzt wird er hochspringen, dachte André. Wie der Wind war er auf. Jetzt dreht er mir den Hals um! Da spreizte der Alte die Hände. Der Junge duckte sich und entging dem Griff. Aber er kann mich hier einschließen, wie droben Irene! Dies spricht er laut aus, um den Traum auf seine letzten Absichten zu prüfen, ihn, sofern es sein kann, abzubrechen.

»Wenn du mich hier einschließt, sauf ich deinen ganzen Wein!«

»Wein?« wiederholte der Rasende, jäh erschöpft, als käm er weither. Er führte die beschmutzte Hand an seine Stirn. »Ich sehe, ich habe mich verirrt«, sprach er schamhaft, schloß die Augen und wartete auf ein gutes Wort. Der Junge erriet die Seele des Alten, sie rührte ihn sehr. Was der Ärmste jetzt an leeren Anklagen noch vorbrachte, sollte ihn und die überstandene Krise entschuldigen, das war alles, was er meinte, und André gab ihm recht.

»Hier sind Diebe gewesen«, behauptete der Greis.

»Ja doch, Großvater«, sagte sein Enkel.

»Du hast den Keller gekannt, ich bemerkte es gleich droben, beim Eingang.« Dies kam verlegen, obwohl noch immer Mißtrauen beabsichtigt wurde.

»Guter Balthasar!« sagte sein Enkel. »Bedenke meine Einfalt! Ich wäre bei weitem nicht gewitzt genug gewesen, deinen reizenden Keller zu entdecken. Nein. Aber wer kann dergleichen?«

»Ein Architekt?« fragte der Alte bescheiden.

»Die lassen wir beiseite. Wozu in die Ferne schweifen? Am nächsten liegen deine Leute.« Als Antwort auf ein ratloses Blinzeln betonte er stärker: »Liegen deine Leute. Die dich auch sonst gern aufsuchen. Sagen wir besser: dir erscheinen. In gelben Kutschen, wenn es nicht schwarze, längliche sind.«

Balthasar starrte ergriffen: »Wo hatte ich meine Gedanken? Ein Kind muß das erlösende Wort sprechen!«

Er eilte auf der engen Mitte hin und her. »Natürlich bedürfen sie einer kleinen Übung nach ihrer langen Unbeweglichkeit. Sie sind die einzigen, die ungestraft den Lichtschacht benutzen, um einzudringen, noch davon abgesehen, daß die Türen gerade sie nicht aufhalten.«

Er hatte eine wahrhaft beglückte Miene bekommen. Leider störte ihn ein unabweislicher Einwand. Er blieb stehen, er klagte: »Aber sie stehlen nicht!«

André erfreute sich einer ungemeinen Leichtigkeit, das Hindernis war keines. »Haben sie denn gestohlen?« fragte er und zeigte das Goldstück. »Durchaus nicht. Sie bezahlten bar, was sie tranken.«

»Was sie tranken«, wiederholte Balthasar überrascht. Seine gewohnte Sicherheit hatte ihn nun einmal verlassen. Dem vorigen Toben folgte jetzt Abstumpfung, dies stellte der Enkel mit wachsender Besorgnis fest. Ein schleuniger Luftwechsel schien ihm geboten.

»Nimm doch, und laß uns gehen!«

Der Alte betrachtete weinerlich das Goldstück. Auf einmal griff er zu und barg es in seiner Kleidung.

»Du hattest einen glücklichen Einfall, mein Kind. Dafür soll dir einstmals aller Wein gehören. Du bist kein mühseliger Hochstapler, du nicht. Dein Vater endet im Armenhaus. Du aber erbst.«

»Eine Weinhandlung« ergänzte André. »Am Jüngsten Tag. Aber nimm einmal an, sie machten auch dann noch Krieg. Den Menschen wär es zuzutrauen. Ein siegreicher Feind säuft uns den Keller aus!«

»Keine Sicherheit«, stöhnte Balthasar. »Ich gehe zu Bett.«

Es eilte ihm. Er strebte, dem Enkel voran, nach der Treppe. Trotz dem Zittern seiner Knie erklomm er sie hastig, entsicherte die erste der Türen und ließ sie offenstehen, einzig bedacht, die zweite zu erreichen. Von dem unteren Keller her begleitete die beiden Läufer ein Rest ersterbenden Lichtes, wie wäre anders der Enkel hinter dem Großvater durch die winkligen Gänge, weiten Gewölbe bis an das Ziel gelangt!

Hier konnte man es erreicht glauben. André stolperte auf unsichtbaren Stufen, Balthasar nahm sie lautlos wie der Geist, für den er sich halten wollte. Der letzte Riegel glitt weg, es knackte der Trick, der Schrank verschob sich. Hausherr Balthasar tat ein übriges, auch das Tor nach der Straße öffnete er seinem Gast, durch einen Spalt entließ er ihn. Als André sich umwendete, fand er nur rauhe Bohlen, brüchigen Stein und den gezackten Riß über die augenlose Front.

Die beschattete Straße, so traurig sie vor Stunden gewesen war, blendete ihn jetzt, sie versprach den Ausweg in das Glück. Als erstes dachte er: Stephanie! Nur Stephanie, dachte er. Wäre sie erfreut, den Weinkeller zu erben? Würd es ihr mehr sagen als mir? Ich glaube: nein und glaub auch: doch. Wir alle wissen voneinander nichts.

Könnt ich behaupten, was ich noch soeben mit Händen gegriffen habe? Er besah seine Hand: eine Spinne lief darüber, aber von dem Goldstück blieb nicht die Spur. Ich wäre gewiß, was Balthasar jetzt tut. Er hat den zweiten Keller offengelassen, es ist klar, daß er umkehrt. Das weitere errate ich. Indessen, als er mich anfallen wollte, befolgte er auch nur meine eigene Eingebung. Oder geschah es umgekehrt, ich griff der seinen vor? Nein, obwohl ich weiß, was er dort unten jetzt tut, glaub ich es nicht! Leider kann es ihm schwerlich wohlbekommen.

Während sein sonst sympathischer Enkel eine besonnte Gegend betrat und ihn schrittweis vergaß, war Balthasar schon längst nur bei sich selbst und seinen köstlichen Fässern. Ein Spundloch nach dem anderen schlug er auf, und aus jedem stürzte das Gold hervor. Die Goldstücke rannen über seine edlen und schmutzigen Hände, sie versammelten sich zu gelben Lachen, Haufen Goldes stiegen an, er kniete hinein.

Er badete in dem Metall, rührte harte Wellen auf, ließ sie an seiner wehen, beseligten Brust herablaufen, vergrub darin das Gesicht. Kein heißer Wein hatte ihn berauscht wie hier die kalte Berührung. Mystisch erhoben von dem Geheimnis seines Kultes, stimmte er Preis und Lob an, eintönig näselnd in der Art, wie allenfalls die vorgeschichtlichen Priester: »Sei gelobt, mein Gold! Du allein bestehst. Mein Gold, dich preise ich, nur du bist treu! Nichts bleibt vom Leben unvergällt, nur du! Im Tod umarme ich dich und habe dich mitgenommen!«

Er streckte sich auf den Rücken aus, die Flut des unterweltlichen Flusses trug ihn dahin, er wünschte sehr: für immer, auf niemehr.

»Gold«, hauchte er und wurde müde, müde. »Wärest du Wein gewesen, ich hätt ihn getrunken bis auf die Neige. Frauen, ich hätte sie geliebt, bis sie häßlich sind. Rennpferde wären mir krepiert. Menschen hätten mich betrogen, wie gewohnt. Geschäfte hätten mich um alles gebracht, ihnen untertan ist der kindliche Arthur, von mir falsch benannt nach einem Philosophen. Der Weise war nur ich.«

Im Entschlummern lallte der Liebende: »Gold, mein Gold, nimm mich dahin! Ich will in dir begraben sein, und mit dir leben für und für. Unsterblichkeit ist allein bei dir, o Gold!«

VII. Die Lebenden

An diesem Abend hatte Arthur, zu Ehren seiner Gäste, einen roten Frack angelegt. Er empfing sie am oberen Rande der großartigen Treppe, die frei zu schweben schien. Ihre Sockel, vom Beginn bis zur Mündung je zwei und zwei einander gegenüber, waren mit vielarmigen Leuchtern besetzt. Personen, die sich gern Rechenschaft ablegten, zählten die Kerzen. Vergebens, zu einem sicheren Ergebnis kam man nicht.

Gemäß der Bedeutung jedes einzelnen, ging der Hausherr ihnen höchstens sieben, mindestens die erste der Stufen entgegen. Die Künstler begrüßte er ohne Platzwechsel, aber herzlich. Immerhin machte er Ausnahmen, für den Tenor Tamburini, der drei Stufen bekam, und bei der Ankunft der Sängerin Alice, als er bis auf den Absatz hinunterstieg. Übrigens hatte sie dort Stellung genommen und ihn ins Auge gefaßt. Ihr auch den Arm zu reichen, dahin brachte sie ihn nicht.

Dies war der Fürstin Babiline vorbehalten. »Fürstin

Anastasia!« rief Arthur entzückt und erregte wirklich die Neugier aller Angesammelten. Er lief die ganze Treppe abwärts, um Madame Babiline hinaufzugeleiten. Über das Geländer gelehnt, bestätigten Bankier Nolus und sein Nachbar einander ihre gesellschaftlichen Kenntnisse: »Sie ist echt. Eine der letzten grandes dames der Vorkriegszeit.«

Der zweite Herr, ein lebenswichtiger Kriegsindustrieller, erfreute sich eines scharfen Gehörs. Noch unterwegs, fragte die Fürstin: »Es ist abgemacht? Ich werde die Carmen singen?«

Der Impresario beruhigte sie: »N'en doutez pas, Madame. Der Intendant stirbt vor Ungeduld, Sie zu hören.«

Zu dem Geldhändler sagte der Lebenswichtige: »Es wird Zeit für sie, mit Carmen. Welches Alter geben Sie ihr?«

»Alter, gar keines«, erwiderte Nolus. »Aber die Mittel, ihre Launen zu bezahlen.«

Der Kriegsindustrielle wurde nachdenklich: »Ich fange an zu begreifen, wie heute, trotz den lebenswichtigsten Forderungen, ein neues Kunstinstitut noch Platz findet.«

Nolus, der inzwischen andere Bekannte bemerkte, widmete diesem hier einen letzten Gedanken: Auch Sie, verehrter Massenmörder, werden nächstens die Gelegenheit ergreifen, mit Begeisterung Ihre blutigen Dividenden an die Kultur abzustoßen. Sie sind für unser Opernhaus der geborene Geldgeber.

Der Präsident eines Trustes gediegener Waffenfabriken sah dem Bankmann nach, er dachte über ihn: Zwei Paar neue Schuhe täglich, so weit ist er in seinem verzweifelten Geltungsbedürfnis. Wie lange kann es mit ihm noch dauern? Traurig zu sehen, wie jemand sich schon auf Weib, Wein und Gesang verläßt! Das Jahrhundert gehört den Männern!

Wenn jeder der beiden Herren die Gefahren des anderen richtig beurteilte, trat die nächste doch für den Industriellen ein. Er geriet an eine Filmnutte, der es beschieden war, unter seinem Schutz ein Star zu werden. Arthur, im roten Frack, entwickelte schon hier die Anfänge seines Planes mit diesem Paar. Immer die Fürstin am Arm, begab er sich durch die getäfelte Halle in den Festsaal: weiß-golden, Bündel von Kerzen vor allen den hohen schmalen Spiegeln. Rote, sehr niedrige und breite Sofas lagen zwischen den fünf Fenstern, deren Vorhänge als Wolken hinanschwebten. Droben schimmerten und verschwammen sie, vermöge einer indirekten Deckenbeleuchtung, die übrigens das schmeichelhafteste Geriesel auf die ganze Gesellschaft verteilte. Noch dazu war es drehbar.

Bedeckt mit kreisenden Sternchen und in schweifende Strahlen mild eingewoben, bewegten sich, als wär's ihr heimisches Element, die Industriellen der verschiedenen Ränge und Befehlsgebiete, bei den Möbeln angefangen bis hinauf zum Stahl, wo schon die Staatsautorität ihr sympathisches Gesicht zeigt, ungerechnet, daß es ehern ist.

Der Veranstalter des Abends verschönte alle diese Gestalten der öffentlichen Macht durch seine Lichteffekte; er glättete ihre härtesten Ecken und täuschte auf stumpfen oder grausamen Mienen etwas von Wohlwollen und Freude vor. Das wesentliche aber: Arthur setzte sich selbst instand, ihnen jeden gebührenden Respekt zu widmen. Eine gemäßigte Ironie behielt er sich vor. Dennoch fand er den obersten Gebieter des Konservenkonzerns bedeutend genug, daß er einen Augenblick damit umging, ihm die Babiline anzuvertrauen. Einmal mußte er sie doch loswerden.

Sie selbst entschied anders. Unmerklich, vielleicht auch ohne Absicht, drückte sie seinen Arm. Er gab der seelischen Führung nach, viel mehr als der physischen. Plötzlich hielt sie vor dem Tenor Tamburini, der es nicht anders erwartet hatte. »Fürstin«, sprach er kostbar aus, womit die gegenseitige Vorstellung überflüssig wurde. Wer weiß wo in der Welt mußten sie einander längst begegnet sein.

Arthur trat sogleich zurück. Diese beiden machten, allein in der ungefähren Mitte des Saales, die merkwürdigste Figur: sie, die große Dame anderer Zeiten und von demgemäßen Wuchs, er um zwei Köpfe kleiner, zwischen den Schultern einen bescheidenen Höcker. Der hohe Herr war dennoch er. Mit der schönen Hand eines Verwachsenen deutete er seine gnädige Gesinnung an. Sie beugte wahrhaftig das Knie, ein unvollendeter Hofknicks.

In seinem Stilgefühl befriedigt, wurde der Impresario andererseits von Sorge berührt wegen der Gage des berühmten Sängers. Was sie zahlt, um die Carmen geben zu dürfen, beinahe dasselbe wird es kosten, daß der andere die Zähne öffnet! Er behielt nicht Zeit, sich schweren Gedanken hinzugeben: Künstler und Künstlerinnen bemächtigten sich seiner.

»Meister! Professor!« riefen sie durcheinander. »Mir haben Sie wieder einmal nicht Wort gehalten! Im Badezimmer hörte es sich anders an!« Alle waren geräuschvoll aus Überzeugung, jeder einzelne glaubte seine Stunde gekommen, sein Stern als hellster stand im Zenit über dem Opernhaus, das erst noch finanziert werden mußte. Der Unternehmer ließ sich nicht einfallen, sie aufzuklären.

Er suchte die beiden kräftigsten der jungen Männer aus, um sie aufeinander zu hetzen. Er behauptete, der eine habe den halb ausgefertigten Vertrag des anderen an sich gebracht, gegen den Bürobeamten sei er tätlich geworden. Obwohl ungenau, genügte die Lesart, die Mitbewerber verwickelten sich in gegenstandslose, aber heftige Abrechnungen. Die übrigen ergriffen für und wider Partei, die Berufsehre wurde angerufen. Das betraf nicht Arthur, er schied aus.

Aber auch die Schar der Künstlerinnen, seine preisgekrönten Nutten, wie er sie nannte, waren uninteressiert an Ehrensachen. Sie verfolgten ihn: »Professor! Ich habe meinen Klavierspieler mitgebracht. Du läßt mich natürlich auftreten, heute abend, vor dem reichen Publikum!«

»Sonst ist es zwischen uns aus!« drohten auch gleich eine zweite und dritte.

»Hier stinkt es nach Geld«, bemerkte gelassen eine aufgeschossene junge Person. Sie erschien, gegen ihre überaus lebendigen Kameradinnen gehalten, müde und bleich. Eine studierte Blässe hob die Wirkung der gemalten Augen, ihrer Gleichgültigkeit, die schamlos war, und des ungeheuren Mundes. Seine gepolsterten Lippen forderten den Vergleich mit den breiten roten Sofas heraus. Die Haltung der Person war nachlässig mit Vorbedacht. Sie zeigte geschickt den Gegensatz ihrer schmächtigen Hüften und des großen Busens. Die gewölbten, schmalen Schenkel wurden um so länger, je weniger sie ihre gepuderten Schultern aufhob.

Frauenkenner Arthur unterschied in der gespielten Gebrechlichkeit eine außerordentliche Kraft, auf der Lauer nach dem ergiebigen Opfer. Dieses war zur Stelle, kein anderer als der lebenswichtige Kriegsindustrielle begehrte aus einiger Entfernung, noch unentschlossen, aber heiß, nach der richtigen Verwendung hier auf verlorenem Posten. Sie sollte ihm zuteil werden. Wenn sogar ein Dritter genaue Einsicht nahm in seinen Zustand, dann hatte die Circe selbst ihn längst heraus, und ihre Unwissenheit war voll List. In Wirklichkeit setzte sie alles, worauf es ankam, seinen getrübten Blicken aus.

Der unerbittliche Machthaber über Schicksale, die er nicht zählt, nicht kennt, begegnet endlich seinem eigenen: es wird gnadenlos sein. Noch weiß er nicht, daß er in seinem dunklen Innern mürb und reif geworden ist, seine edle Gemahlin zu verlassen, sie selbst mitsamt ihren Überlieferungen, die bald achtzig Jahre zurückgehen bis zu den angeschwärzten Vorfahren auf Kohlenkähnen und noch jetzt bei der umfassenden Kontrolle des Bergbaues keineswegs haltmachen. Die Familie und ihren ruhmreichen Stammbaum, den homosexuellen Großvater, die Gunst eines Kaisers, alles soll er aufgeben.

Noch mehr, ein Komplex von Werken mit geradezu staatlichem Belang, worin Generäle und Präsidenten, auf dem Wege von Lieferungen im voraus bereichert, nach ihrer amtlichen Abdankung um so gewinnbringender weiterdienen, wird von dem gegenwärtigen Inhaber verraten werden an eine Circe aus dem letzten Hinterhaus. Überzeugter Anhänger der individualistischen Wirtschaft, die ihm das Abbrennen der Welt, ja die Entzündung der Luft und Vernichtung des organischen Lebens wert wäre, wird er dennoch versuchen, seine Söhne zu enterben, Freiherrn, wie sie sind, Ehrendoktoren und Rittmeister à la suite, wie sie heißen.

Dies alles wegen einer Nutte. Es scheint unfaßbar, aber sowohl der Impresario wie seine Künstlerin erkannten in dem fiebrigen Leidensgesicht des Opfers jeden fabelhaften Fall, der eintreten konnte. Die Künstlerin war hierin die Größere. Erstens hatte sie dem Industriellen noch kein Blinzeln vergönnt; sie sah und dachte mit ihrer Linie, auf ihre Art dachte auch die rückwärtige, je bildhafter sie heraustrat infolge nachlässiger Haltung. Ihr Körper, mit eingeschlossen das weiße Profil, Nase gewöhnlich, Mund aufgeworfen, war bewußt seiner Zwecke und Macht: Den bekomm ich. Mit dem mach ich, was ich will.

Die Einsichten Arthurs hatten ein geringeres Verdienst, er war ohnedies unterrichtet über die Lage eines sonst Lebenswichtigen, den neuerdings der Staat nur zum Schein noch anerkannte. Staatskapitalistisch drang man bei ihm ein, seine Arbeiter waren verstaatlicht, im Aufsichtsrat saß der Staat, die Aufträge erteilte er sich selbst; er füllte die Kassen und leerte sie wieder. Wie lange noch, er enteignete den Betriebsleiter!

Der Gealterte, so meinte der hiesige Gastgeber, hängt krampfhaft an der Illusion seiner Unentbehrlichkeit; bei dem Mägdelein ist dasselbe Gefühl gesünder. Mit den Machthabern überworfen zum mindesten im Gemüt, in der Falle gefangen wie ein Fuchs, beißt er sich schließlich einen Fuß ab und entkommt. Die Flucht nach dem Ausland, zu seinen geretteten Millionen, beschäftigt ihn zeitweilig als eine Versuchung des Bösen, an den er nicht glaubt. Ungläubig mag er bleiben, unterliegen wird er doch. Nein, diese Preisnutte behalt ich nicht lange: er nimmt sie mit, zuerst nach seiner Residenz, so viel weiß ich, aber fürderhin zu Abenteuern, die er selbst in seinem hohen Dasein bis jetzt nicht ernstlich vermutet.

Nur seine zarte Verderberin, Arthur war dessen versichert, traut sich dies und noch mehr zu; wird alles mit Glanz überstehen, und wenn es vorbei ist, sich nie gewundert haben. Wozu übrigens? Den Zufall schafft sie nicht, und jeder ist ihr recht. Wäre sie dem kalten Gebieter vor sechs, acht Monaten begegnet, er hätte an ihr vorbeigesehen und sie an ihm. Er war nicht reif, ihr hinterer Teil hätte ihm eine plastische Geringschätzung erwiesen, anstatt daß er ihm nunmehr Hoffnungen macht. Sie liefert genau den Vorwand, den er braucht, um Ordnung und Gesetz zu verlassen: ein outlaw, distinguierter Paria, wenn nicht sogar das harte Wort Emigrant demnächst auf ihn zutrifft. Bewahre jeden die Gnade! Ich fürchte, hier bleibt sie unbeteiligt.

Arthur! Wer wird denn philosophieren? Indessen verzögerten seine Betrachtungen um keine Sekunde, was er zu tun hatte. Arthur denkt nur, wenn er handelt. Seinen roten Frack berührten von allen Seiten die Weibchen, denen er helfen sollte, angeblich um zu singen. »Helft erst einmal mir!« sagte er.

Die Bedienung bestand aus vier gemieteten Kellnern, unter dem Befehl der hübschen, aber flüchtigen Nina. Sie verlor den Kopf gleich anfangs, als nur Erfrischungen zu reichen waren. Später, zu der Stunde des großen Buffets, sollte Nina sich wiederfinden. Eines Beistandes bedürftig, suchte sie in den umliegenden Räumlichkeiten nach André, der nicht da war. Um so schlechter arbeiteten die vier Lohndiener, beansprucht oder »gehandikapt«, wie sie selbst es nannten, von ihrer Livree. Für die außerordentliche Gelegenheit waren sie kostümiert als die Lakaien eines Granden, den man sich vor zweihundert Jahren verblichen dachte. Ihre Perücken streuten Puder auf die Bretter mit den Getränken, Sorbets und Konfitüren, was alles in ihren Händen bebte; denn die groben weißen Handschuhe paßten nicht.

Die jungen Freundinnen des Hausherrn mögen die nützlichsten Mitglieder der Gesellschaft sowohl erfrischen als anregen: der Herr des Hauses belehrte sie dahin sachlich und ohne Augenzwinkern, sie verstanden ihn aufs Wort. Schon schwirrten sie ab und verteilten ihre angenehmen Gestalten über den Festsaal, der sich zusehends mit Gästen füllte. Auf sein leises Zeichen blieb nur die Auserwählte des Geschickes bei Arthur zurück.

Er flüsterte mit durchaus nichtssagendem Gesicht: »Wir wissen Bescheid und meinen denselben. Er will Geld loswerden, deshalb ist er hier. Er will soviel möglich seinen Nachfolgern entziehen; Erklärungen führen zu weit. Du begreifst, daß niemand zum bloßen Vergnügen herkommt, auch dieser nicht ausschließlich deinetwegen.«

»Jetzt hat er mich entdeckt«, stellte sie ruhig fest.

»Sehr wahr. Aber wer mußte dich vorher entdecken? Oh, keinen Dank!«

Sie dachte gar nicht an den Dank, den er ablehnte. »Was kann ich für dich tun?« fragte sie nachlässig.

»Für dich selbst«, berichtigte er, ernst und kühl. »Veranlasse ihn, das Opernhaus zu finanzieren! Er muß einen völlig wahnsinnigen Betrag zeichnen.« Die Zahl wurde nahezu unhörbar ausgesprochen. »Danach«, betonte Arthur, »du bist ein nüchternes Mädchen, danach bemessen sich die geldlichen Ausschweifungen, die er für dich begehen soll.«

»Am Anfang muß er sich vormachen können, daß er die Kunst aushält und keine Nutte«, versetzte sie klar.

»So anstandslos würde ich es nicht ausgedrückt haben«, gab Arthur zu. »In Wirklichkeit bin ich ein Kunsthändler, nicht das andere, worauf du anspielst. Deinerseits wirst du das ganz große Geschäft als Künstlerin machen. Ein Bettel und nichts weiter entfiele auf eine poule de luxe.«

»Was ist das?« wollte sie wissen.

»Preisnutte«, übersetzte er. »Jetzt geh und nimm meinen Segen! Mach aber Umwege! Laß ihn sich nach dir verzehren!«

Sie hatte schon gewendet. Ihre Rückseite war nicht mißzuverstehen, sie sprach: Bist du dumm, alter Mädchenverkäufer, mit deinen überflüssigen Ratschlägen!

Wenn immer alles plangemäß verliefe im Krieg und Leben! Eine Häßliche hatte das Gespräch belauscht. Das häßliche junge Entlein, begabt wie es war, kannte gleichwohl seine Bestimmung, nie ein Schwan zu werden. Keine Verführung stand ihm zu Gebot, auch in seiner großen Stimme keine.

Nun kommt viel auf das Zeitalter und seine Übungen an. In einem milden, das nach allgemeiner Übereinkunft mit der Armut die Ehrbarkeit verbindet, würde die arme Häßliche den Kopf gesenkt und sich verborgen haben. Dagegen jetzt und hier, oho! sie nahm den Kampf auf. Mit dem Tablett, das sie einer anderen entriß, begab sie sich stracks zu der lebensnotwendigen Rüstungsindustrie.

»Baron Sowieso«, redete sie ihn an. »Ich habe eine wichtige Information. Sie betrifft die Dame, an die Sie denken.«

Da er sein Glas Champagner wieder hinsetzte, es wäre ihm aus der Hand gefallen, kam der häßlichen Kleinen erst ihre ganze Dreistigkeit. Sie forderte für sich einen Betrag, der stumm bewilligt wurde. Hierauf verriet sie, mehr oder weniger wortgetreu, das Komplott des Agenten und seiner reizenden Mitverschworenen. Aus eigenem tat sie hinzu, daß die beiden ihren Geldgeber verhöhnt haben sollten, was er ihr nicht glaubte. Ein Reicher wird nicht ausgelacht. Seine Gelüste, was sie ihn auch kosten, sind achtbar.

Eher fürchtete der Lebenswichtige die weitere Angabe der Häßlichen: daß seine Begehrte ihn verachte; persönlich habe sie es auf den weltbekannten Automobilfabrikanten abgesehen; ihr Traum sei, zehn Wagen zu besitzen. Der Agent habe es schwer gehabt, sie zu überreden. Dies fand der Kriegsmaterialienhändler wahrscheinlich: mit Tanks war dem Götterweib nicht gedient. Er sah ein, daß er in seinen Zugeständnissen werde weit gehen müssen.

Die Häßliche hatte auf dem Gebiet der Seele falsch gerechnet. Mit ihrer Provision zog sie ab. Ihrer beneideten Kameradin war deshalb nicht geschadet, höchstens dem Opernhaus. Auch diese Beeinträchtigung ließ sich allenfalls ausgleichen, gesetzt, die Auserwählte des Geschickes hätte die Lehren Arthurs beherzigt. Sie wird ihre Reize um so klüger verwenden müssen, ist auch schon gewappnet, denn natürlich sind die Machenschaften der Häßlichen ihr nicht entgangen.

Unterwegs zu ihrem vorbestimmten Opfer trat sie der Feindin auf den Fuß und gebrauchte ihren Ellenbogen derart, daß alle Erfrischungen zu Boden flossen.

»Was willst du?« erwiderte die Häßliche. »Ich habe weder Vater noch Mutter.«

Wer auf den Ausbruch eines Faustkampfes gehofft hatte, wurde enttäuscht. Die Damen entfernten sich in entgegengesetzten Richtungen.

Eingetroffen waren, wenn man sich umsehen wollte, genug der fesselnden Erscheinungen: gleich anfangs die Sängerin Alice, aber sie zog weiter die Blicke auf sich. An öffentlicher Beglänztheit war sie nur vergleichbar den Präsidenten der Möbel, Schuhe, Autos und Konserven. Ernste statistische Forschungen würden vielleicht ergeben, wer das größere Publikum hat, wen Presse und Radio mehr verwöhnen, alle Präsidenten zusammen oder die einzelne Sängerin Alice.

Kürzlich angelangt war die mehreren Generationen vertraute Schönheit Barber. Ihr erster Blick fiel auf die Sängerin Alice. Auch sie entdeckte Melusine sogleich, und die Damen grüßten einander mit den Augen. Eine Annäherung unterblieb.

Neben einer Mutter wie dieser, in der paillettierten Robe, mit dem prachtvollen Ausschnitt des Rückens, konnte Stephanie wenig Beachtung verlangen. Sie tat es auch nicht. Sie begnügte sich, einfach ihre schlanken Füße zu setzen, ihr klares, gar nicht weiches Gesicht in die kreisende Beleuchtung zu halten; und da sie vom Schimmer der Sternchen und Streifen um keinen Preis verführerisch werden wollte, vermied sie es wirklich. Jungfräulich – geht das jetzt wieder? bemerkten, jeder für sich, die älteren Herren.

Stephanie selbst nahm zur Kenntnis, was schwerlich zu übersehen war. Der verspätete André machte von hinten her eine Schleife, um ihr nicht zu begegnen. Sie war einverstanden; aus Gründen, die sie nicht aufklärte, wäre auch sie ihm ausgewichen. Das kommt oder kommt nicht. Greifen wir nicht vor! sagte beiden, André und Stephanie, ihr Gefühl, damit ließen sie es gut sein.

Melusine zu empfangen beeilte sich Arthur, aber sein

Eifer war unauffällig. »Alles in Ordnung«, raunte er, während er ihre erhobene Hand zu küssen schien. Ihr Armband, dies unvergleichliche Stück, blitzte ihn dermaßen an, daß er die Augen schloß. Die Hand der Tochter schüttelte er derb, wobei er nicht verfehlte, das Innere leicht zu kitzeln. Hiervon nahm Stephanie nicht Kenntnis.

In aller Kürze unterrichtete er die Banquière von seinem gelungenen Manöver mit dem Kriegsindustriellen. Tatsächlich durfte er es als geglückt betrachten: auf einem der niedrigen roten Sofas saßen, mehr oder weniger einverstanden, der Lebenswichtige und seine nachlässige Verderberin. Die Mühe, die er ihr etwa machte, war ihr nicht anzusehen. Sie behandelte ihn wie einen Jüngling, den sie einweihen mußte. Nur zu gern ließ der Unglückliche es geschehen. Stephanie wohnte unbeteiligt der Beratung ihrer Mutter bei. Ein einmaliger Seitenblick zeigte, daß sie Melusine nachsichtig bedauerte. Sie lächelte dabei, ernste Warnungen kamen nicht in Frage, die Tochter hielt dergleichen für vergeblich.

Arthur, im Schutz des Stimmengewirrs ringsum, warf schnell hin: »Er zeichnet jeden Betrag. Alle anderen bekomme ich daraufhin in einer einzigen Konferenz.«

Melusine sagte müde, aber die Müdigkeit konnte erkünstelt sein: »Ganz schön. Was unsere Garantieleistung betrifft –«

Er unterbrach: »Wie die Dinge mittlerweile stehen, sollen Barber und Nolus nichts garantieren. Das war vor meiner geglückten Operation.«

»Deine?« fragte Melusine, noch deutlicher ermüdet. »Die übertrieben gewöhnliche Person dort drüben geht unabhängig vor. Du traust ihr!«

»Gleichviel.« Arthur verlor die Geduld. Schwierigkeiten ohnegleichen überwinden, und jetzt auf nichtige Einwände stoßen! »Die Bank kassiert nur ein, ohne eigenes Risiko, daher mit herabgesetzter Beteiligung.«

»Ich hör es gern«, sprach Melusine, unverhohlen ironisch. »Da ist nur Nolus. Er lehnt das ganze Geschäft ab.«

Mit Recht mißtraute Arthur der Behauptung; sie sollte ihn unter Druck setzen, in jedem anderen Betracht fand er sie unbegründet. Nolus selbst, obwohl in Gesprächen begriffen, hatte fortwährend ein Auge auf ihn und seinen roten Frack mitsamt der paillettierten Dame. Sie bildeten allerdings ein beachtenswertes Paar.

Stephanie sah voraus, daß sogleich auch der Bankier zu ihnen stoßen werde. Sie trat selbständig ihren Weg an, geriet aber nach wenigen Schritten in die Einflußsphäre einer Persönlichkeit, der man nicht einfach entgeht. Wer über Häuser springt! Wer unwillige Zahler gleich niederboxt!

Poulailler war schlechthin der eleganteste Mann dieses weitläufigen Empfanges von Kunst, Finanz, allen ihren Abarten, mit eingerechnet die Macht des Geschlechts und die dreisten Habenichtse. Die hier vertretene Welt schien eigens für ihn erschaffen, eine solche Figur machte Poulailler. Weder groß noch klein, trug er auf Schultern von natürlicher Breite und verschmälertem Untergestell seinen Abendanzug, als wär er mit ihm geboren wie mit seiner Haut.

Stephanie, die gewitzten älteren Herren hätten es den Instinkt der Jungfräulichkeit genannt: sie glaubte es ihm nicht. Sie glaubte Poulailler weder dies noch das, sondern dachte ihn sich in Ballonmütze und Pantoffeln, des Nachts an einer Straßenecke. Die Verwandlung wäre kaum eine gewesen. Das Gesicht darf bleiben wie es ist, derselbe muskelstarke Hals, der dünne Strich des Bärtchens über dem roten Mund, der nur wenig verzerrt werden muß, um grausam wie die süßen Augen zu sein.

Er bot Stephanie seinen Arm an, wie ein anderer es gemacht hätte, nur daß gerade die anständige Bewegung gegen ihn zeugte: ihm stand sie nicht an. Stephanie nahm den Arm, damit Poulailler sich nichts einbildete. Die

Frage war, wohin er sie zu führen plante: vorn in das längliche Eintrittszimmer und die Halle, seitlich nach der Konzertbühne, wenn nicht vielmehr zu den Räumlichkeiten gegenüber. Intimer beleuchtet und weniger besucht, erhielten gerade sie von dem Kavalier den Vorzug.

Sie blieb rechtzeitig stehen. »Nein«, sagte sie. Er war in anschaulicher Art betroffen, mit dem Finger deutete er auf seine Brust. Sie lachte ihn aus. »Sie geben vor, daß wir uns kennen. Es ist so wahr wie das übrige. Ich habe nicht geleugnet, daß Sie mir gestern begegnet sind, wenn auch in einem verwilderten Zustand.«

»Angeregt«, verbesserte er. »In heftiger, aber glanzvoller Tätigkeit!«

Sie stimmte bei. »Sie strahlen immer und handeln schnell. Fehlt nur ein menschenleeres Schlafgemach, schon wäre ich gefesselt, geknebelt und im Schrank versteckt, bis Sie Gelegenheit fänden, mich über See zu verkaufen.«

»Nach allem, warum nicht?« fragte er. »Sie sind hier eine der klügsten Personen. Nicht wahr, die ganze abgetakelte Gesellschaft genießt kaum noch Hochachtung, außer der unseren. Wir sollten in Kompagnie treten: die Jungfrau und – «

»Der Hochstapler«, vollendete sie. Er wendete ein, daß dieser Begriff der Literatur angehöre; das Leben sei mehrdeutig. Hierbei verwies er sie auf die niedrigen roten Sofas in ihrer Nähe, mit der richtig gepaarten Besetzung: Rüstungskapitän und Nutte, große Dame, vergangen, großer Sänger, verwachsen.

Seine Absicht war, daß sie mehr bemerken möge als nur dies, und wirklich konnte sie nicht länger umhin. Ihre schöne Mutter hatte die beiden Geschäftsfreunde einander überlassen, soeben traf sie im Musikzimmer, du glaubst es oder glaubst es nicht, mit André zusammen. Melusine war es, die von hinten seine Schulter berührte.

Stephanie dachte: Alles in Ordnung. Gleichwohl drehte sie sich einmal um sich selbst und wußte für den Augenblick durchaus nicht, wohin. Hierauf stürzte sie in das erstbeste Gedränge. Der abgeschaffte Poulailler verzerrte den Mund genau wie sie es erwartet hätte. Aber er war schon vergessen.

Zu Nolus sprach Arthur: »Meinen Glückwunsch, lieber Freund! Ein Geschäft wie dieses bekommt auch der genialste Kaufmann nur einmal in die Hände.«

Der Bankier versuchte zu zweifeln: »Genial, das bin ich, aber die Hände sind Ihre.«

»Ganz recht«, bestätigte Arthur. »Ich allein konnte alle Umstände wahrnehmen, die abweichenden Interessen vereinigen: Finanz, Kunst und was Sie sonst noch auf einem Haufen sehen.«

»Ich sehe Hereingefallene«, probierte Nolus behutsam. Daß er nur der Mann der täglichen neuen Schuhe blieb! Etwas verschroben, aber harmlos. In Wirklichkeit war er entschlossen, diesmal kein Verlierer zu sein. Es wurde Zeit, seine Verhältnisse zu ordnen, am einfachsten als Tourist. Er dachte sogar an Übersee.

Unter diesen Verhältnissen war das wenigste, daß er Arthur reden ließ: »Sie sehen keine Gesellschaft von aigrefins und poires. Was Sie erblicken, ist das Jahrhundert!«

So der kühne Anlauf des Agenten. Der künftige Weltreisende nickte ein stilles Meinetwegen.

Der Agent rief: »In der Tat, das Jahrhundert!« Er wurde im folgenden laut genug, daß eine Umgebung sich ansammelte. Er hatte nichts zu verheimlichen. Das neue Opernhaus, materiell so gut wie gesichert, erhielt nunmehr als obersten Zierat seine sittliche Verklärung. Nur hereinspaziert! Niemand sitze auf den Ohren! Der Form wegen an Nolus gewendet, redete Arthur für eine Welt, die nur gehandhabt werden will. Seine Festigkeit und Begeisterung wurden von der Übung um so echter.

»Sie, als Financier, sind auf die Kunst persönlich angewiesen, sind ihr wesentlich verbunden. Sie werden immer nur gedeihen und blühen in einem Jahrhundert, das sich achtet. Hier, der Schwarm berühmter Namen und der Namen, die ich berühmt machen werde, rechtfertigt das Jahrhundert, das es, wir wollen ehrlich sein, sehr nötig hat. Die ausgelassene Menschheit dieser Zeiten würde sich überhaupt nicht mehr schämen. Das Sterbebett der Kultur ganz allein gemahnt sie an den letzten Rest von Anstand.«

Arthur ertappte sich auf rednerischen Ausschweifungen; es bedurfte seiner erhöhten Kraft, sie zum Guten und Erlaubten zu wenden. »Wir insgesamt, gesicherter Reichtum, unvergängliche Schönheit und ein Können, das jedes Zeitalter in die Schranken fordert, was sag ich, das Bollwerk sind wir gegen die Barbarei. Keine Übertreibung, aber können Sie sich geschäftliche Transaktionen mit Wilden vorstellen?«

»Je nachdem«, sagte vom Sofa her die reizende Künstlerin, die den Kriegsindustriellen gezähmt hatte.

»Ich«, rief Arthur befeuert, »ich bewahre meine Zeitgenossen vor dem Menschenfressen! Das macht meinen Beruf ehrwürdig. Das neue Opernhaus zu eröffnen, wird für jeden einzelnen unter uns, zu schweigen vom Ehrgeiz und Gewinn, ein Gegenstand ohnegleichen. Wie wir da sind, retten wir die Civilisation!«

Er schloß, der Mund und die Augen waren ihm naß geworden. Eine Dame, leider die häßliche Kleine, warf sich ihm an den Hals. Aber alle anderen jubelten, klatschten in die Hände, und der Radiopräsident drückte Arthur die Hand.

»Sprechen Sie das bei mir, gemildert natürlich. Meine Preise gehen Ihnen morgen zu.«

Nolus dankte mit den übrigen Hörern. »Kommt vom Herzen, geht zum Herzen«, sagte er. Bei sich sprach er mit einer Wärme, die er nur dem Redner verdankte: San Domingo ist auch eine Gegend.

VIII. Ein Armband, oder das Ende

Was auf dem einen Empfang des Konzertagenten Arthur alles vorging, dafür brauchen andere drei. Auch dann fragt sich noch, woher sie soviel Schicksal, Zufall und Berechnung nehmen. Auf den Intendanten des Opernhauses wird vorläufig gewartet. Er verläßt eine staatliche Anstalt, für ausgesprochen heroische Remunerationen übernimmt er diese Oper auf Aktien.

Verläßt und übernimmt er endgültig? Hiervon hängen beträchtliche Beteiligungen ab, obwohl sie oft noch tiefer begründet sind: in dem kulturellen Gewissen des einen, der Neigung mehrerer, ihre Kapitalien einem höheren Zugriff zu entziehen; und auch das rote Sofa verbildlicht bekannte Motive.

Bar Geld betastet bis jetzt nur das häßliche Entlein, aber mit weniger geistreichen Mitteln haben sowohl verlokkende Mädchen als auch bezaubernde Jünglinge es so gut wie im Sack. Beiseite bleibt hier die große Strategie der Arthur und Nolus. Die Antwort erfolgt vielleicht, ob ein Poulailler verdienen soll und womit. Vor ungelösten Fragen steht sogar der meisterliche Tamburini, obwohl er an Spekulationen unbeteiligt, scheinbar eine gesicherte Kraft, vor Madame Babiline steht.

Er hält sich länger als üblich an die grande dame, sie reden französisch, und er dreht dem Saal seinen Rücken zu: lauter zweckvolle Vorkehrungen. Eine Menge Leute, die ihn in Anspruch genommen und, er kennt das, banalisiert haben würden, lassen sich einschüchtern von der Fürstin, von der Sprache der beiden sowie auch, wohlverstanden, von der Krümmung zwischen den Schultern des Sängers.

Besonders hiermit rechnet er. Sie müssen an seinen, übrigens bescheidenen Auswuchs als eine untrennbare Eigenheit und organische Begabung seiner Person gewöhnt werden. Er besitzt die Stimme und den Höcker, nie eines ohne das andere. Sie sollen später, wenn er die Bühne betreten wird, nicht lachen dürfen, da sie es vorher nicht gewagt haben! Dies erreicht er oder verfehlt seine Absicht. Erfahren und alt, hat er dem unbekannten Willen, der ihn schuf, schon lange zugestimmt.

Seine Schwäche ist, dieselbe Selbstbejahung von anderen zu verlangen – trotz Fehlschlägen, auf die er nachgerade gefaßt sein könnte. Der hohen Frau hier rät er ab, die Carmen zu singen. »Que Votre Altesse garde jalousement ses rêves! Une fois sortis de votre sein, de chimères qu'ils avaient été, ils se seront fait harpies.«

Anastasia senkte die Stirn, er sah in ihren Schoß eine Träne fallen. »Maître!« hauchte sie. »Vous, dont j'attendais mon salut!« Jetzt klagte sie still, und jetzt begehrte sie auf. Sie warf ihm vor, daß sie oft und überall zu seinen Füßen gesessen habe. Er, der Vater ihrer Chimären, wolle ihr Furcht machen, daß Ungetüme mit Krallen daraus entstehen und sie zerfleischen würden? »Vous n'êtes qu'un lâche«, sagte sie stürmisch. »Vous m'annoncez tout bonnement un four noir.«

Dies leugnete er. Aber sie habe Schlimmeres zu gewärtigen als die einfache Abfuhr: einen Achtungserfolg. Die Achtung werde sich gleichmäßig erstrecken auf ihren sozialen Rang und – hier zögerte er – auf ihre Finanzkraft.

Sie begriff, was er meinte: daß sie zahlte für die Carmen. Ihr Zorn wich der Entmutigung, sie sah einen reinen Künstler. Mit der Arbeit seines Lebens hat er einiges erworben; pourvu que ça dure, bei diesen Läuften. Er besitzt in Toscana ein bescheidenes Gut, das Häuschen im Grünen, ersehnt und ausersehen von jung auf. Singt er neben ihr den José, verdoppelt er für dieses Jahr sein Einkommen. Er will es nicht auf ihre Kosten. Er wird neben ihr nicht auftreten. Ein Edelmann!

Während er von der Fürstin widerwillig bewundert wurde, fühlte Tamburini sich rückseitig angerührt. Er zuckte, nur sehr leicht, aber ganz hatte er das kleine Erschrecken nie verlernen können. Hinter ihm in der wechselnden Menge gingen viele vorbei, darunter natürlich Kartenspieler und andere Abergläubische des Glücks. Ihnen wäre es zu schwergefallen, einen Buckel nicht zu bestreichen.

»Manche freilich wohnen oben«, sprach der weltberühmte Sänger. »Ich habe meine Leichtigkeit, die für jeden das Höchste ist, zu bewahren, was auch immer mich niederziehen möchte.«

Der Hoheit war anzusehen, daß er bei ihr verloren hatte. Sogar die Kartenspieler hatten nunmehr beigetragen, ihr seine Person zu verleiden. Trotz meinem Achtungserfolg mit der Gage, dachte er und lächelte.

»Kompromittiert wie ich ohnehin bin –« Er verneigte sich, um zu beenden: »Wag ich zum Abschied das letzte. Sehen Sie dort die Sängerin Alice! Sie kann viel, aber sie hat auch einen Stiernacken. Votre Altesse est fragile, même orageuse.«

Bevor der Sturm, auf den er anspielte, neu ausbrechen konnte, verschwand Tamburini. Weiterhin tauchte er aus den Leuten nochmals hervor, er schritt, als ob er tändelte. Dann war er fort.

Wer, in der Ansammlung falscher Müßiger, wo jeder mit sich vollauf zu tun hat, wer beachtet die Sängerin Alice? Ihre Person erregt Neugier um die Wette mit den Präsidenten des Wirtschaftslebens. Ihre Sorgen kümmern niemand. Pressephotographen, die auf diesen Empfang entsendet sind, nötigen den Lebenswichtigsten aller Anwesenden von seinem Sofa herbei. Das hübsche Mädchen muß er zurücklassen und, der Aufnahme wegen, in eine gestellte Unterhaltung mit der Sängerin vertieft sein. Alice hätte ihm in Wirklichkeit nur eins zu sagen: Haben Sie zufällig ein Diadem bei sich?

Hierauf würde er notwendig mit Nein antworten, und die Künstlerin hätte vergeblich ihr Bedürfnis entblößt, ihrer Geltung wäre leichtfertig Abbruch getan – für lange; aber sie ist nicht jung genug, Verdunkelungen zu ertragen. Woher das echte Schmuckstück nehmen! Gleichviel welches und wo es zu tragen wäre, um die Stirn, den Hals, das Bein: nur echt sei es! Die erfolgreiche Laufbahn eines Vierteljahrhunderts bestätige das Kleinod ihr mit seinem unwiderleglichen Glanz. Wo nicht, tritt heute abend eine arme Frau auf, ersichtlich ohne Bankguthaben, daher im Niedergang und nie wieder auf dem Gipfel, wo man zakkige Verträge kriegt!

Einer selbstbewußten Attraktion, gerade ihr, kann es minderwertig zumut werden unter so haarscharfen Umständen. Die Sängerin Alice hatte den Photographen stillzuhalten, aber Autogramme verlangten von ihr die Damen, darunter reiche, deren Gliedmaßen, eines oder mehrere, von Juwelen funkelten. Die verehrte Meisterin wagte nicht aufzublicken von der Einladungskarte, auf die sie, steil und genau, ihren Namen malte. »Kammersängerin«, schrieb sie hinzu, auch dies eine Folge des Mangels, der sie quälte. Ihren Theaterschmuck hatte sie zu Hause gelassen. Sie fühlte sich nackt oder schlimmer, zerlumpt.

Ein Zusammentreffen führte sie in Versuchung, vom Stolz und von der Ehre abzuweichen. Wenn keine mit tödlichem Ausgang, eine Anfechtung war es doch. Sie überholte Melusine und André, beide ersichtlich unterwegs nach dem Cabinet der Pompadour. Der junge Mann grüßte artig, aber befangen. Von den vier Anwärterinnen auf seine Gunst lehnte die Nummer zwei an seiner Hüfte, da mußte die Nummer eins vor ihn hintreten, wuchtig wie die rächende Statue aus der Oper. Gern hätte er ausgerufen: Die Damen irren, ich bin kein Don Giovanni! Indessen wollen sie auch das nicht hören. Er überließ es ihnen, die Lage auszugleichen.

Sooft Alice und Melusine genötigt waren, einander anzureden, geschah es unter gemessenen Förmlichkeiten. Hervorgehoben wurde von beiden der Abstand, der seit ihrer verjährten Kameradschaft unüberbrückbar erweitert war. Aus dir ist nichts geworden, sagten Ton und Blick der Banquière, ich kenne deine Schulden. Die Sängerin antwortete unter einer Decke aus Schmeicheleien, wieviel verträgt davon die schöne Haut: Halte dir Lieblinge, deine Stimme ist beim Teufel! Da alles zuletzt langweilig wird, früher der Haß als der Neid, hatten sie sich schließlich gewöhnt, aneinander vorbeizusehen. Diesmal ging es nicht.

Der Triumph der reichen, aber heiseren Frau über die wohllautende arme verletzte die angenommene Grenze bis wo man schwieg; er gebot beiden eine offene Kundgebung. Wirklich hielt Alice schroff genug an; ein Zugriff, ihre Muskeln waren die besseren, sie hätte der anderen den verirrten Jungen entrissen und ihn mitgenommen. Melusine, die es kommen sah, erhob zum Schutz ihres Eigentums den Arm mit dem bracelet. Es bedeckte ein Viertel des Gliedes, so breit war es, und funkelte übermächtig. Auch eine Künstlerin, die nicht gerade jetzt an Minderwertigkeiten leidet, kann vom Schrecken gelähmt werden. Dabei kannte Alice das Schmuckstück. Von allen, die sie begehrte, war gerade dieses ihr nicht eingefallen; wahrscheinlich reichte bis dorthin ihr Mut nicht mehr.

Um so stärker die Anfechtung. Der Gegnerin eine Szene machen, und bevor Leute sich ansammeln, der Skandal ausbricht, ihr die Wahl stellen: den Knaben oder das Armband! Das Armband, gesetzt, man leiht es ihr, ist die Rettung. Eine Liebessüchtige wird nicht zögern. Das

Geschmeide geht auf Alice über, sie trägt es vor allem Volk, ihr gehört der Abend, der Vertrag, die große Zukunft.

Wie verdienstvoll! Stolz und Ehre der Künstlerin wurden fertig mit der Versuchung. André, den sie hätte lieben können, der sie hätte lieben sollen, wäre Zeuge geworden bei dem beschämenden Handel zweier Altersgenossinnen, deren jede seine Mutter hätte sein dürfen. Nein. Wenn schon Entblößungen, dann nicht diese!

Sehr merkwürdig geschah es hier, daß Melusine ungebeten ihren Vorsprung aufgab, den eroberten Unmündigen von ihrem Arm ließ, den Arm mit dem herausfordernden Glanz unauffällig fortbog. Was noch? Auf einmal beteuerte sie der Jugendfreundin ihre Bewunderung, sie sagte ihr den Aufstieg voraus, als läge der nicht hinter ihr, unwiederbringlich, und als wüßten sie es nicht beide, jede von der anderen und von sich.

Das ist es, was vorgeht. Dieselbe grausame Tatsache, die Alice richtete, Melusine bezog sie auch auf ihre eigene Person – vorübergehend, wie sich versteht; aber sie verriet die Anwandlung von Schwäche. Ihr Lob einer Zukunft, die es nicht gab, fiel naiv aus, so unsicher fühlte sie sich an diesem Punkt. Angesichts der Altersgenossin bezweifelte sie selbst ihr Glück, ihr Anrecht auf Liebe, ja, ihre leibliche Wohlerhaltenheit. Das sind furchtbare Überfälle der Wahrheit, sie müssen unverzüglich abgewiesen werden. Sehe jeder selbst zu, ich kann dir nicht helfen, diese Unterredung ist abzubrechen. Die eine nahm ihren Jüngling wieder an sich. Die andere, ohne einen Abschiedsblick weder für ihn noch für den dringlicher benötigten Gegenstand, machte, daß sie weiterkam.

Alsbald geriet sie an Tamburini. Endlich ein Mensch! Alice eröffnete sich ihm. Er war ergriffen von ihrer Geschichte, ihrem Vertrauen, ihrem Gram. Als einziger unter allen hätte dieser ihr beigestanden: des war sie gewiß, auch wenn er den auf Tod und Leben benötigten Gegenstand natürlich nicht in der Tasche trug.

Er sprach mit ungespieltem Leidwesen: »Was hab ich getan! Ich beleidigte Madame Babiline, die von Preziosen strotzt. Nichts zu hoffen bei der Fürstin, seit ich zu verstehen gab, daß ich neben ihr den José nicht singen werde.«

Unverzüglich erfaßte Alice, was diese Neuigkeit wert war. Sie hörte seine Beteuerungen nicht zu Ende. Schon hatte sie den Tenor verlassen: ihren schmählichen Freund Arthur holte sie bei seinem roten Frack aus der lebhaftesten Gruppe. »Ich sehe, du weißt noch nichts«, begann sie kalt entschlossen.

Er übersetzte, aber sie hätte auch das Original verstanden: »Genährt im Serail, kenne ich seine Windungen.«

»Windungen«, wiederholte Alice. »Die kennst du. Nie wirst du voraussehen, wie eine gerade Natur handelt.«

»Gibt es Natur in deinen Kreisen? Gerade obendrein?«

»Genug des Geredes!« befahl sie. »Tamburini wird mit deiner zahlungsfähigen Dilettantin nicht auftreten.«

»Er ist verrückt geworden!« Aber seinen entschiedenen Ton beiseite, zeigte die Miene Arthurs einen hohen Grad von Verwirrung. Während die Sängerin Alice sich hieran weidete, überlegte er schon, welcher Tenor zweiten Ranges den ausgeschiedenen Partner der Fürstin ersetzen solle. Sie selbst muß bleiben, zuviel Geld steht auf dem Spiel. Im Grund ein Vorteil, wenn keine erste Kraft alles kostet, was Anastasia einbringt. Wird sie sich mit einem schwächeren José begnügen? Dort setzt meine Energie ein – obwohl mein ganzer Vorrat an Festigkeit die Aufführung nicht retten kann, wenn keine einzige Rolle groß besetzt ist.

Seine Freundin war seinen Gedanken mühelos gefolgt. Endlich senkte er die Augen auf sie, da konnte sie ihre Rache kühlen, und tat es mit Lauten der Herzlichkeit: »Jetzt brauchst du mich. Bei Tamburini ist nichts zu machen, soviel begreifst du. Daher bist du im Begriff, mir die segonda donna anzubieten. Mein Lieber, das geht nicht. Auch ich habe Grundsätze – unverbrüchliche, ob es dir jemals aufgefallen ist oder nicht.«

»Aber gewiß, liebste Freundin« – seine Stimme bebte von Verehrung. »Die Gage wird mit deinen Prinzipien Schritt halten.«

»Armer Mann!« Sie nickte schwer. »Wiegt sich wie immer in Täuschungen. Dabei wird es Zeit, daß ich dich vorbereite: auch heute abend werde ich nicht singen.«

Diesmal hätte es ihn übermannt. Der Absage des Tenors folgte eine zweite Desertion auf dem Fuß: dem Opernhaus kündigte Unheil sich an. Nun gibt es Vorbedeutungen, die nach Wahl, schlimm oder gut sind. Je mehr Schwierigkeiten einer Eröffnung und ersten Vorstellung begegnen, um so glänzender verläuft sie. Indessen, die Auffassung der theaterfremden Geldgeber wird dies nicht sein. Gefahr droht, daß sie abgeschreckt werden!

Arthur öffnete den Mund, um sich rundheraus auf Bitten zu verlegen. Rechtzeitig kam die alte Freundin ihm zu Hilfe. Mit Fleiß, aber eher noch unwissentlich führte sie die Hand an ihren qualvoll entblößten Hals. Da hatte Arthur auf einmal das wirkliche Problem mitsamt der Auflösung. Diese Frau war besessen. Ihren Erfolg, nicht allein den einzelnen, sondern ihre ganze noch übrige Laufbahn in die Waage werfen gegen ein Schmuckstück, das können wenige, nur eine außerordentliche Kraft ist das Wagnis wert.

Die Fortsetzung seiner Gedanken ließ er laut werden: »Der Schmuck, den du bald anlegen sollst, wird echt sein wie du selbst, und wird um die Üppigkeit mit deiner Stimme buhlen.«

»Du hattest ihn vergessen«, bemerkte sie richtig, und um sie zu versöhnen, leugnete er nicht.

Sie fragte furchtbar dringlich: »Wo ist mein verkauftes

Halsband? An wessen Hals? Bei welchem Halsabschneider?«

»Es handelt sich um keine Hälse.« Auf dem Punkt, wo man war, hielt Arthur die ganze Wahrheit für geboten. »Du wirst ein Armband tragen – oh! keines der üblichen. Dieses kommt nicht zweimal vor. Es bedeckt den halben Unterarm. Wem sie die Hand zum Kuß reicht, der muß die Augen schließen.«

»Elender!« sprach sie klangvoll; das überstandene Erlebnis vertiefte die Schönheit dieser Stimme. Sie unheimlich zu dämpfen, war auch nicht schwer: »Du willst mich an Melusine verraten.«

»Sie an dich!« behauptete er. »Wärest du die Frau, ihr das bracelet, diesen Ausbund von einem bracelet, niemals zurückzugeben, schweigen müßte sie auch dann. Ihre Bank, des Eindruckes bin ich gewiß, steht und fällt mit dem Opernhaus. Das heißt: mit dir.«

»Ein Frauenkenner willst du sein?« fragte Alice, herb und hart, aber die Tränen waren nahe, und er spürte es. Er wurde mild und tröstlich: »Sie beneidet dich, ihre Stimme hätte es einst mit der deinen aufgenommen, und sie besitzt keine mehr. Du haßt sie, wegen meines kleinen Sohnes. Glaube mir, eure Gefühle sind ein Nichts gegen die Macht der Tatsachen.«

Die Sängerin ließ sich erweichen, ganz unvermittelt, mehr, als er wollte. »Ich zweifle an mir«, gestand sie. Das übrige kam allerdings gekürzt: »Vorhin, als ich sie mit André durch die Mitte abgehen sah, fühlte ich mich zu sehr erschüttert, um ihren Weg zu kreuzen. Sie sind beisammen in dem Cabinet der Pompadour. Ich aber soll singen.«

Arthur hatte Grund anzunehmen, daß Melusine bei André nicht glücklicher sein werde als ihre Altersgenossin Alice. Dies verschwieg er, und sprach aus, was sie ohnehin wußte: das Unglück empfiehlt sich nicht. Um jeden Preis muß man blenden, die Brust beseligt von erwiderter

Liebe; muß Gesang ausströmen, die Hörer berauschen, allenfalls mit der Nothilfe durch blitzendes Edelgestein.

Der Ärmsten blieb ein Vorbehalt übrig: »Nicht dein Junge soll ihr das Armband abverlangen!«

»Für welchen Barbaren hältst du mich?« Bei sich dachte er, daß André der letzte wäre, es geliehen zu bekommen, von der einen für die andere. Den Richtigen kannte er und begab sich alsbald auf die Suche.

Er fand Poulailler im Musikzimmer, das für den Abend als Konzertsaal ausgestattet war, mit erhöhter Bühne und den breiten Reihen bequemer Sessel. Einige der trägsten Gäste saßen und schliefen. Hinter dem Podium, beim Eingang in das kleine Cabinet, hatte Poulailler seinen Posten bezogen. Die Schleife eines vergoldeten Lorbeerkranzes, mit der Inschrift »unsterblich« fiel ihm über das Gesicht.

Kaum daß Arthur ihn anredete, drückte der beiläufige Freund sich das seidene Band auf die Lippen. »Still!« flüsterte er. »Das Zarteste im Leben stört man nicht.«

»Eine Verführungsszene, wollen Sie sagen?« Arthur nahm es leicht. »Sie sehen natürlich, daß es höchstens ein Flirt ist. Der Magnet, der Sie angezogen hat –« Arthur zuckte die Achseln.

Einmal durchschaut, machte der eleganteste Mann des heutigen Empfanges keine Umstände mehr: »Unter Brüdern ist es mehr wert als ich und Sie zusammen.«

»Das ist ein Wort«, sagte Arthur schlicht. »Da Sie gehorcht haben, kennen Sie das Liebesbedürfnis der Dame. Mein Sohn ist nicht geneigt, es zu befriedigen. Treten Sie für ihn ein! Die leihweise Erlangung des bewußten Gegenstandes liegt im Bereich Ihrer natürlichen Fähigkeiten.«

»Die mehr als natürlichen kommen auch in Frage«, verbesserte Poulailler. »Aber leihweise! Sie sagten: leihweise? Das ist zuviel verlangt. Es überschritte jede Vernunft Himmels und der Erden.«

»Üben Sie Ihr Talent aus, wie Sie es verstehen. Ich weiß von nichts«, verfügte Arthur. »Worauf es ankommt: Alice muß sechzehn Minuten lang Glanz ausstrahlen. Liefern Sie ihr, was sie braucht! Es geht um das Ganze. Von mir bekommen Sie kein Honorar.«

»Ich bin gewohnt, mich selbst bezahlt zu machen«, sprach Poulailler, unsterblich, wie sein Behang ihm bezeugte. »Echte Fruchtbarkeit trägt in sich ihren Lohn.«

Von dem Festsaal her erschien Stephanie, in einem Schwarm beflissener Mitgiftjäger, auch reifer, die es schon lange trieben. Als sie des Herrn hinter der Schleife ansichtig wurde, kehrte sie um. Ein Blick von ihr hatte Arthur verständigt; er eilte, sie zu befreien.

»Cocktails, die Herren?« Er gab sich täuschend die Art des Oberkellners vom French Restaurant. Sein Angebot wurde bewilligt, nur an der Bedienung scheiterte es.

»Nina!« rief er. »Was tun die vier Dummköpfe mit den weißen Zöpfen?«

»Sie streuen Puder und machen sich unbeliebt«, erklärte die kecke Person. »Ich selbst kann nicht überall sein. Der Dame Melusine und Herrn André brachte ich Getränke in das Cabinet der Pompadour.«

Reizende Grübchen bekam Nina, vor Vergnügen über den Schrecken, den ihre Nachricht der jüngeren Barber bereitete.

Stephanie nahm sich zusammen, ihr Lächeln fiel kläglich aus, aber der Lakai servierte: sie fand es leichter auszutrinken, als ihrem Gefolge treffende Zurechtweisungen zu erteilen. Übrigens winkte Arthur ihr, sie möge sich nicht erst setzen. In der Nähe dieses Tisches entstand eine Bewegung, er führte das Mädchen geschickt hindurch.

Einer ihrer Bewerber paßte besser auf als der Rest: ein Baseballspieler von Beruf, jetzt, durch die unheilbare Neigung zu verfetten mit Erwerbslosigkeit bedroht. Arthur wußte es einzurichten, daß im Gedränge eine dritte Person ihren Ellenbogen in den Magen der sportlichen Prominenz stieß. Es ergab Weiterungen. Arthur und seine Schutzbefohlene entkamen.

»Mein Lebensretter, ein über das andere Mal!« seufzte Stephanie. Er beruhigte sie väterlich: »Der Busch und Abgrund, denen ich Sie entreiße, sind meistens eingebildet. Mein Kind, Ihr Tun und Lassen verrät, daß Sie lieben.«

»Fragt sich nur, wen.« Sie sprach beherrscht und kühl.

»Mag sein, auch mich – mittelbar. Sie wollen über sich bisher nicht alles wissen.« Ein erstaunliches Wort. Stephanie hielt nicht länger an sich.

»Sie stehen in dem Ruf, Arthur, das zweite Gesicht zu haben.« Vor Erstaunen, oder war es Bewunderung, nahm sie seinen Arm.

Er sagte: »Gleich werden Sie sehen, das Cabinet ist leer.« Da drückte sie den Arm.

Die Sorge, seine Angabe wahr zu machen, überließ er Poulailler. Immerhin wählte er nach dem verdächtigen Schauplatz den längsten Weg, über die Halle, dann durch die Geschäftsräume, an denen nur wenig verändert worden war, damit sie Salons glichen. Hier hatten Kartenspieler sich festgesetzt, sie blickten kaum auf. In den Nacken seiner Begleiterin flüsterte Arthur: »Allein auf weiter Flur. Du würdest dich in dem pastellblauen Winkel zauberhaft ausnehmen.«

»Und das berühmte Cabinet?« wollte sie wissen.

»Das berüchtigte Cabinet?« wiederholte er. »Ich verstehe. Ihre Liebesbriefe liegen darin.«

»Dich zieht es nach der historischen Kommode der Hetäre.«

»Spaßvogel! Dir hat sie keine geschrieben.« Kindlich belustigt, im Vertrauen auf den Scharfsinn ihres Begleiters vergaß Stephanie zeitweilig ihre arge Besorgnis: sie hielt sogar an. Was sie nicht sah, der Aufenthalt erleichterte ihn. Unter der Berührung ihrer unantastbaren Gestalt war ihm bewußt geworden, daß er leichtsinnig handelte.

Wer mit ihr weiterging, mußte in einem gegebenen Augenblick anlangen, und es konnte der falsche sein. Arthur hatte den Ehrgeiz der Feinfühligkeit und gefiel sich nicht schlecht in ihr. Die Brutalität, zu der er sich gleichfalls erzogen hatte, nahm seiner Fähigkeit mitzuempfinden nichts.

»Eine Bitte an deine klaren grauen Augen!« Er stand vor ihnen und blickte hinein. »Fürchtet kein schwach erhelltes, leeres Cabinet! Ihr reinen Augen, glaubt mir! Ich habe nie eine Jungfrau berührt, noch eine Frau, wußt ich, daß sie vermählt sei.«

Der arme Arthur bildete seinen Satz mit Hilfe poetischer Erinnerungen. Selbst hiervon abgesehen, machte er sich in voller Absicht lächerlich, erreichte auch wirklich, daß sie den Mund auftat und ihn laut auslachte: die Kartenspieler sahen sich nach ihnen um.

Sein Edelmut tat ihm unendlich wohl. Jetzt war ihre letzte Furcht dahin, als erwarteten sie am Ziel der Wanderung schreckliche Entdeckungen. Zur Verlängerung der Frist führte er weiter aus, was ihm selber weh, dem Kind aber wohltun sollte: »Du spielst mit dem Feuer, Liebling. Wollte ich sagen: O komm mit mir und sei mein Weib, einer Sechzehnjährigen bliebe trotz allem der Klang im Ohr.«

»Ich bin achtzehn«, sagte sie nett, »und bin glücklich hinaus über Illusionen deiner Gattung, Arthur, du sympathischer Komiker!«

Schmerzbewegt wendete er sich ab, hielt aber ihre Hand fest, damit sie noch verweilte und nicht zu früh einträfe, in keinem falschen Augenblick.

Alle seine Vorsicht war begründet, und wie sehr! Melusine hatte das Cabinet der Pompadour flüchtig besichtigt, nur während der Minuten, als draußen Arthur seine Weisungen an Poulailler gab. Was hier aufgestellt war, hielt sie insgesamt für Fälschungen, besonders das Echte. Ohne unnötiges Besinnen fiel sie André an die Brust.

»Das ist das einzig Merkwürdige«, sprach sie mit ihrer besten Stimme, nahezu gar nicht heiser. Dennoch fürchtete sie sein Gehör.

»Was?« fragte er und erwiderte das Entgegenkommen des schönen Körpers. »Ich kenne auf der Welt nichts weniger Merkwürdiges als mich.«

»Aber daß wir uns begegnen mußten?« Sie flüsterte ihm dringlich in das Gesicht. War er wirklich nicht zurückgezuckt?

Er sagte liebenswürdig: »Deine Bekanntschaft, prachtvolle Frau, ist ein Geschenk des Wagenverkehrs auf den Landstraßen, den ich in keiner anderen Hinsicht ergiebig finde. Ich will zugeben, daß bei Bahnfahrten die Gelegenheiten nicht dieselben sind.«

Sie griff unter sein Frackhemd und fühlte seine Brust an: »Sprich weiter! Gleichviel, was du sagst, alles heißt, daß du mein bist.«

Ihre Hand war nachgerade zutraulich, viel weiter konnte sie nicht gehen. Das siebzigjährige Kanapee wartete neben ihnen, unter ihnen. Nicht, daß sie ihn darauf niedergezogen hätte; aber sein Gefühl für Anstand belehrte ihn, daß er selber ziehen müsse. Warum nicht? dachte er. Schwül war ihm ohnedies. Aber er kannte Einwände, die er für sich behielt, und den Augenblick vorher hätte er ihnen den Namen Stephanies noch nicht gegeben. Erst als seine aufgerührten Sinne ihm ganz den Verstand verdunkeln wollten, kam ihm die Erleuchtung.

»Aber du schwankst!« bemerkte Melusine. Sie versuchte ihn loszulassen, da verlor er wirklich das Gleichgewicht. Klugerweise taumelte er nach der anderen Seite. Nahe der Tür kam er zum Stillstand. War die Mutter gestern so heiser? dachte er.

»Du willst nachsehen? Oh! wir sind allein. Das Haus voll Menschen, uns aber übergehen sie zufällig.« Sie berief den Zufall, einen unwahrscheinlichen, zum Verwechseln ähnlich der Vorbestimmung.

Wieviel Leidenschaft in dem Zwanzigjährigen! sah Melusine. Er wäre vor mich hingestürzt, wann war das schon? Und die rührende Bemühung um meine Ehre! Der Knabe wird den Schlüssel umdrehen.

Sie breitete die Arme aus. Die Schleppe ihres Glitzerkleides umwand ihre Füße. Herrlich modelliert, eine Plastik ohne Fehler, stieg sie aus dem Faltenwurf auf, in den Hüften rückwärts geneigt, die Arme weit – und keine Regung, sie wartete ganz.

Ach, wie welke Kränze häßlich rascheln! Nicht als Gleichnis, das man überhört, nein, sie rascheln wirklich, gleich jenseits der Tür in das Musikzimmer und neben ihrem offenen Spalt. Dieser wird von nerviger Manneshand erweitert, der geschmeidigste Kavalier des Abends streckt sein Tigerköpfchen hindurch. »Da bin ich«, spricht Poulailler, als käm es hier auf ihn an.

André wurde unsichtbar, in dem Maß, wie der Eindringling den Türflügel über ihn legte. Der eine trat weiter vor; hinter seinem Rücken, der scheinbar keine Augen hatte, verschwand der andere beflügelten Schrittes ins Weite: zu sehr beflügelt, fand die Zurückgelassene.

»Ich habe Madame doch nicht warten lassen?« erkundigte sich der Gast.

IX. Dieb, Kinder und ein guter Mensch

Längst hatte Melusine ihre schönen, nunmehr nutzlosen Arme fallen gelassen. Böse vorgebeugt zischte sie ihn an: »Auf Sie Canaille mußte ich gefaßt sein. Da Sie spioniert haben – wieviel?«

Nach einiger Ratlosigkeit begriff Poulailler die Frage: »Wieviel? Ah! Man sagt, ich sei käuflich.« Er lachte freimütig, dabei verschwiegen. »Nichts ist beständig wie der Ruf, den man hat. Einer begehrenswerten Frau kann es nicht entgangen sein.«

»Sie haben es auf eine Ohrfeige abgesehen«, Melusine war weiß vor Wut, aber die Hände spannte sie um ihre beiden Schenkel. Der elegante Herr widersprach höflich:

»Auch darauf rechne ich nicht. Jedweder Lohn ist verboten. Mein Anliegen wird Sie enttäuschen durch seine vorbehaltlose Uneigennützigkeit. Dafür wird es an Ihr Bestes rühren: ich meine Ihre Menschlichkeit.«

Er ist betrunken, dachte sie. Nur keinen Anfall und Skandal! Daher nötigte sie ihn niederzusitzen. »Sie interessieren mich«, sagte sie, noch immer auf den Füßen und bereit zur Flucht, bei der ersten falschen Bewegung des Menschen.

»Mit Recht ist Madame begierig, mich anzuhören.« Er sprach traurig, ach traurig. »Seit einer Stunde wandle ich zwischen Zypressen und weiß wohl, wo sie einmünden.«

»Gewöhnlich bei Friedhöfen«, vermutete sie. Er nickte schwer: »Auch Sie werden der Unglücklichen außer einem gnädigen Aufschub nichts gewähren können.«

»Welcher Unglücklichen? Aufschub, wieso?« forschte sie, und er schätzte ihre Wissenslust ab. Es war ihm gelungen, sie zu spannen. Fortlaufen kam nicht mehr in Frage. Statt dessen machte er selber Miene, aufzubrechen. Er murmelte:

»Dergleichen spricht man ins Ohr. Aber ich bin von Natur bescheiden, und dieses enge Möbel ist für die wohlerzogene Haltung zweier Personen nicht gedacht. Klassische Formen, deren Madame sich erfreut, wollen reichlich umrahmt sein.«

»Lassen Sie Ihr Kauderwelsch!« befahl Melusine und sank auf das Kanapee, Knie an Knie mit Poulailler, wenn das genügte. Ihr war es gleich, mit Strenge befahl sie: »Nun?«

Er sprach ihr nicht in das Ohr, sondern an ihm vorbei, gebeugt von Kummer und Demut. Der Durchschnitt der Sterblichen, dies flüsterte er, dürfe an das Leben keine nennenswerten Ansprüche mehr stellen, wenn heutzutage ein Liebling des Publikums, der es zu lange geblieben war, keine andere Wahl mehr habe, als zu verhungern oder sich aufzuhängen.

»Wer hängt sich auf?« fragte die einstige Sängerin, der es an Stimme fehlte. Sie antwortete selbst: »Alice. Es war vorauszusehen.«

»Sie sind die Siegerin!« Poulailler faßte sie ins Auge, bevor sie es vermuten konnte, ein Mitwisser, vor dem sie errötete. Es war richtig, seine Nachricht hatte sie beglückt, obwohl erschreckt. Sie wünschte sich mehr von der Labsal, bei der es ihr kalt über den Rücken lief.

»Sagen Sie mir alles! Als Mann von Ehre!«

Erst dieses unerwartete Wort bezeugte ihre ganze Ergriffenheit. Ihr Zustand verhinderte, daß sie Poulailler lächeln sah; der Rest des Gespräches hätte sonst nicht stattgefunden. »Sie hat mit Selbstmord gedroht?«

Er antwortete ein schlichtes Ja.

»Zu Ende«, murmelte Melusine, hineinversetzt in ein Schicksal, das ihr eigenes gewesen wäre. Bewahrt hatte sie der Verlust ihrer Stimme – und hatte sie dennoch zur Unterlegenen gemacht durch viele Jahre: sie kannte nur zu gut die Zahl. Jetzt aber, gerettet bin ich, verspielt hat Alice! Mein ist die gepflegte Linie, sie dagegen, ihre Arbeit macht sie kantig und gedrungen, eine Athletin, und kann nichts mehr. Zu spät für sie zu lieben, zu verführen, auch das will geübt sein. Zu spät!

Immer das lästige Abschweifen, von den Bedrängnissen einer anderen zu den eigenen! Ohne Not, aber es scheint unvermeidlich, vergleicht man und stößt auf Entdeckungen, die keine mehr sind: die Kunst wäre schon längst gewesen, sich ihnen zu verschließen. Nicht für ihre Altersgenossin allein ist es spät geworden, auch für Melusine in all ihrer Wohlerhaltenheit, die zuletzt zur Übereinkunft und Legende wird, wie die üppige Stimme ihrer Freundin. Ausgesungen, fertig geliebt: man sehe nüchtern hin, dann ergänzen sich die beiden trostlosen Tatsachen, und die Kameradinnen haben von jeher alles gemein gehabt, jetzt auch den Schiffbruch. André ist vor meiner heiseren Stimme zurückgezuckt! Gerade er!

Ach! daß ich ihr vor einer halben Stunde nicht begegnet wäre, dachte Melusine und versuchte sich einzureden, sonst stände es nunmehr besser um sie. Den jungen André am Arm, gerät sie rein zufällig, wie man lieber annimmt, an die alte Konkurrentin, die ihn auch nicht haben wird. Auch! dachte die Unglückliche, so kurz nach einer Liebesszene, an die sie nicht mehr glaubte, seit die Alte mit Aufhängen drohte. »Die Alte, sag ich, und sie ist drei Monate jünger als ich. Schrecklich!«

Dies ließ sie laut werden, oder gestand es nahezu hörbar, wenn gar ein Poulailler da ist, ihr das Gestammel von den Lippen zu fangen. Er versäumte nichts, er lehnte seinen Katzenkopf an die Schläfe der Frau, damit ihr in der schwersten Stunde das gewohnte Begehrtwerden nicht fehle. Natürlich schonte er den Aufbau ihrer Haare, weshalb sie denn stillhielt.

Ihr kamen Tränen: oh! nur eine einsame Träne rann, und Melusine erlaubte es ihr, über den Schoß geneigt, damit der Tropfen das Gesicht womöglich nicht streife. Da sie rückwärts einen Halt suchte, bot der Schenkel ihres Trösters von selbst die Stütze. Poulailler liebkoste den Arm von oben angefangen, bis er, immer bei der Sache, die Schließe des Armbandes fühlte. Melusine leistete keinen Widerstand, es ist klar, seine uneigennützige Zumutung ist ihm gewährt, er darf es nehmen.

Dieser Art standen die Dinge in dem gefürchteten Cabinet, als Stephanie, gedeckt von dem Rücken Arthurs, einen Blick hinein wagte. Was sie sah, waren rätselhafte Vorgänge, mit ihrer Mutter, man weiß nicht wieso, als Mittelpunkt. Der andere Mitwirkende kam durchaus unerwartet, sowohl seine Identität als seine Haltung. Was immer er vorhaben mochte, Stephanie wünschte ihm Erfolg, wenigstens das Mindestmaß, das er bei ihr selbst verfehlt hatte. So sehr war sie erleichtert. Sie drückte ihren Mund an die Schulter Arthurs, um nur nicht aufzuseufzen oder aufzulachen. Er verstand sie. Als er Poulailler in der Ausübung seiner Talente beobachtet hatte und sich abwendete, verwunderte es ihn wenig, daß er allein stand.

Stephanie meinte über den Teppichen zu schweben. Den großen, der den Boden der Halle bedeckte, hatte sie hinter sich und war um die Ecke. An dem Festsaal außen vorbei erreichte sie die verkehrsarme Gegend, wohin vor einer Ewigkeit der brave Hochstapler sie gern verschleppt hätte. Alles gut verlaufen, alles wohl gefügt. Wie hübsch, diese weit offenen Zimmer, eher kahl, jedenfalls ohne lauschige Winkel; aber sachlich aufgestellt und aus Versehen nicht fortgeräumt, bemerkt sie einen Zeichentisch, seinen Tisch, darauf ein Bildnis, ihr Bildnis.

Es ist nicht besonders gut, obwohl geschmeichelt, soviel erkennt ihr vernünftiger Geschmack. Ihre unbedachte Regung gebietet, das Blatt zu falten, mehrfach, bis es in ihre Handtasche paßt.

Eine Stimme, die seine, überrascht sie: »So geht man mit den Werken meines Fleißes um!«

Sie drückt in aller Ruhe den Bügel zu: »Man könnte Mißbrauch damit treiben.«

Er bleibt unter der Tür stehen: »Sie haben sich ähnlich gefunden? Sie sind die erste. Mein Vater erkennt niemanden darin, oder gibt es nicht zu, wegen der Schlüsse, die sich aufdrängen würden.«

»Die ein kluger Betrachter wie Arthur vermeidet«, sagt sie statt dessen. »Warum treten Sie nicht näher?«

»Weil dies mein Schlafzimmer ist.« Hierbei lächelt er bescheiden. Sie verläßt die Stätte alsbald.

Er macht ihr Platz, sie blickt umher, wohin sich wenden. In diesem Himmelsstrich will sie bleiben. Schnell, bevor sie die Meinung wechselt, führt er sie nach dem Eingang gegenüber. Dort sieht es aus wie in einem Club für ernste Mitglieder.

»Hier gefällt es mir«, spricht Stephanie.

»Mir auch«, erklärt André. »Es ist im normalen Zustand das Frühstückszimmer, wo ich faulenze.«

»Das einzig Richtige.« Schon läßt sie sich nieder.

Er taucht nebenan in einem Sessel unter. Er redet obenhin: »Lang nicht gesehen.«

»Wer?« fragt sie. »Ich – Sie? Allerdings. Manches fällt heute abend vor. Hinter uns sitzen drei Präsidenten auf einmal.«

»Betrifft nur das Opernhaus«, murmelt er.

Sie scheint zu erwidern: »Nur? Das lassen Sie unsere Eltern nicht hören!« Aber sie ist schwer zu verstehen. Er muß sich nach ihrer Seite überneigen, als hätten sie Geheimnisse. Sie haben doch keine?

Eher sollten die drei Herren ihre Stimmen beherrschen, sie äußern sich mit einiger Schärfe über das Kunstinstitut, das sie dennoch gründen helfen. In Wirklichkeit prüft jeder die beiden anderen, wieviel sie zeichnen werden. Sein eigenes Opfer darf keiner strafbaren Hinterziehung ähnlich sehen.

»Arme Leute«, raunt der junge Mann. Auch das Mädchen bleibt leise: »Die Reichen geben sich Mühe zu verarmen. Wir dagegen –«

Er beendet: »Lassen es uns wenig kosten, reich zu werden.« Darüber lacht sie hell auf, und er mit.

Zuerst bezogen die drei Geschäftsleute es auf sich. Über

die hohen Lehnen, alles was sie sahen, hingen, vermischt sozusagen, zwei blonde Schöpfe. Das ist die leichtere Seite des Lebens, die Herren verständigten sich darüber mit Achselzucken und einem flüchtigen Mienenspiel von zärtlicher Geringschätzung.

Für den Augenblick verstummten sie, und hinter den beiden Lehnen zirpte keine Grille. Um so vernehmlicher entstanden ferne Geräusche, in der Halle, im Festsaal, wo noch. »Der Intendant!«

Die Herren fingen die Nachricht auf oder fanden sie selbst. »Der Intendant ist eingetroffen«, wiederholten sie. »Auch etwas. Der Zauber kann losgehen.«

Hiermit setzten sie sich in Bewegung. André wartete ab, bis er entschlossen hochkam und Stephanie auf das Haar küßte.

»Das gilt nicht mehr«, sagte sie gelassen. »Du hast es zu lange verschoben.«

»Ich habe die Vorfreude verlängert«, erinnerte er sie.

»Ja. Die Vorfreude.« Sie erhob zu ihm das Gesicht. Darüber ausgebreitet lag das reine Glück; er dachte: Womit habe ich es verdient – und sah, daß auch sie bei seinem Anblick zweifelte, ob wirklich ihr Dasein ihn beseligte. So wenig Erfahrung besaßen beide Kinder mit ihren schönen Gefühlen und mit der Vertrauenswürdigkeit zweier Herzen, das eine ihr eigenes.

»Es war schön«, seufzte Stephanie, als wäre ein Erlebnis schon beendet. »Wir sind einander absichtlich ausgewichen.«

»Absichtlich, so war es.«

André sprach nur die Wahrheit, und doch erschrak er. Wird sie mich fragen, womit ich meine Zeit verbracht habe? Ob ich in dem Cabinet der Pompadour war, und mit wem?

Wirklich sprach sie es aus: »Wo bist du gewesen? In wessen Gesellschaft?« Aber es war kein Verhör. Lieber hätte sie selbst ihm eingestanden, daß sie in das Cabinet gespäht, was sie gefunden hatte und, gottlob, was nicht.

Von der Hauptsache mußte sie still sein. Ihrem Gewissen zuliebe näherte sie sich der Wahrheit auf Umwegen: »Hast du es gehört? Melusine soll auffallend lange mit Poulailler verhandelt haben?«

»Mit Poulailler«, wiederholte er, scheinbar unbeteiligt. Ach, hätte er nicht fürchten müssen, daß eine Verwechslung stattfand!

»Sie ist nicht die Frau, sich mit einem Gangster aufzuhalten«, behauptete er. »Wenn die Umstände es verlangen, bricht er ein.«

»Genau das«, bestätigte sie, Angst im Innern; aber wenigstens das Cabinet kam außer Sicht. »Tatsächlich wußte man in unserer Direktion, daß er einen Einbruch verübt hat.«

Man wisse viel, meinte André leichthin. Sie teilte sogleich seine Zweifel. Aus vornehmen Häusern gelangt über Dienerschaftstreppen ein Gerücht bis in zuverlässige Geschäftsleitungen. Wo denn hatte Poulailler eingebrochen? Das war unbekannt. Erwiesen blieb nur, daß er über Häuser sprang: darunter leidet ein Ruf.

Ohne Überzeugung verteidigten die schuldlosen Kinder einen Fremden, damit keiner sich belogen fühle vom anderen. Reinen Herzens, nahmen sie des Trugs nicht wahr. Jeder verschwieg das Seine; die Aufrichtigkeit hat ihre Grenzen; um so fester ihr Vorsatz, einander nie zu belügen.

Stephanie bat: »Sei aufrichtig! Du hast mich beobachtet, wenn ich dich nicht sah.«

Wie ihre Hand ihn anwies, setzte er sich zu ihr, in denselben Sessel. Einer genügte; kaum, daß die jungen Schultern zusammenstießen.

Er beschirmte seine Augen: was er suchte, kam langsam näher. Wann doch hatte er sie ohne ihr Wissen erblickt?

»Das letztemal sah ich dich –« Er suchte, und sie lauschte.

»Als ich auf einer glatten Treppe stand«, beendete er.

»Warum glatt?«

Das konnte er ihr schwer erklären: »Vielleicht war sie aus Eisen. Ja, aus Eisen. Unter mir – nichts, glaube ich. Rückwärts die tiefe Dunkelheit, aber darin, wie ich umsah, erschienst du mir.«

»Ich erscheine niemandem«, behauptete sie. »Du warst auf keiner Treppe. Vermutlich hattest du dir ein Sofa ausgesucht und schliefst, bei allem Lärm, den hier das Umräumen des Hauses machte.«

»Geschlafen habe ich später.« Sein Gesicht fand sich allmählich zurecht. »Vorher entwarf ich noch dein Bild, ungenau, wie du weißt; aber es erinnert mich an deine Erscheinung vor einem durchaus unbeleuchteten Prospekt. Woher du dein Licht bekamst?«

Stephanie fing an zu begreifen. »Woher kam dir selbst die Erleuchtung? Mitten unter dem Zeichnen bist du eingeschlafen. Das Bild in meiner Handtasche wurde nicht fertig. Dir muß etwas ganz, ganz Ungewöhnliches zugestoßen sein.«

»Wenn du willst. Ich war betrunken.«

Hierzu nickte sie. »Niemand hätte es erraten«, meinte sie, vorgeblich ernst. »Nehme ich mir schon die Mühe, dir zu erscheinen, dann hast du dich gerade um den Verstand gebracht und stehst auf einer Treppe, die nirgends hinführt.«

Er widersprach, sehr angeregt. »Jetzt weiß ich es wieder!«

Pause der Gespanntheit. Die Wahrheit ist, daß der Keller des alten Balthasar ihm niemals völlig entfallen war. Nur an Glaubwürdigkeit kann dieser Keller und was dort vorgeht, inzwischen wohl eingebüßt haben; und da André sich selber nicht schlechthin traut, bedarf es natürlich vieler Umsicht, bis er Stephanie einweiht. Jetzt soll es geschehen.

»Höre die Geschichte!« begann er. »Du wirst mir glauben?«

»Jedes Wort«, versicherte sie. Er verstand das Gegenteil: kein einziges.

»Bereite dich auf Unwahrscheinlichkeiten vor«, bat er, »und versuche mir zu folgen! Ich muß weit ausholen.«

Indessen, hierzu kam es nicht. Er schloß die Lippen, ein Druck ihrer Schulter hatte ihn gewarnt.

Beide gleichzeitig schnellten sie von ihrem gemeinsamen Sitz auf. Sie glitten über den Teppich leicht dahin, obwohl er auch feste Schritte lautlos aufgenommen hätte. Einen Bogen machten sie um die äußere Tür, die unter anderem nach einem Schlaf- und Arbeitszimmer führte. Sie hatten es eilig, die breite Mitte des Inneren zu erreichen. Je belebter die Räumlichkeiten, um so näher der Intendant.

Zwei Personen betraten das Zimmer des Sohnes vom Haus, ohne übrigens zu wissen, wo sie waren. Die jungen Leute hatten schon bei ihrem Näherkommen die Stimmen erkannt; jede von ihnen gab es nur einmal.

Melusine sagte: »Hier sind wir ganz verlassen.«

»Ich möchte es hoffen«, sagte Tamburini.

»Haben auch Sie keine Vorliebe für die Gaffer?« fragte sie beiläufig. Ihr fiel aber ein: »Ah! Sie selbst machen mehr Aufsehen als ein Intendant.«

»Les badauds sont des innocents«, sprach er barmherzig. Sie schloß sogleich an, es kam dringlicher, als sie gewollt hätte: »Vous-même en savez long sur la condition humaine, et sur la nôtre.«

Als sie es ausgesprochen hatte, sah sie weg. Sie war überrascht. Wie hatte es ihr geschehen können, daß sie von dem allgemeinen Menschengeschick gerade seines und gerade ihres abzweigte? Die beiden Geschicke waren ungleich, soviel stand fest. Was man niemals wirklich weiß: bin ich die große Ausnahme? Unterscheide ich mich so sehr wie ich dachte, von den anderen Frauen, denen ihr jüngster Liebling davonläuft? Einmal muß es sein. Ich vermutete es nur nicht heute, ach! von ihm nicht.

Melusine verlor ihre Fassung. Zu verwundern ist, daß sie sich bis dahin beherrscht hatte. Nach dem Verschwinden des Spezialisten – denn kaum im Besitz des Armbandes, machte Poulailler sich unsichtbar, sie hat nie erfahren, wie – war sie dem verhängnisvollen Cabinet, einer wahren Schreckenskammer, entronnen – trotz allem mit sorgfältig wiederhergestellter Schönheit. Der bucklige Sänger begegnete ihr zufällig. Durch Zufall, woher sonst, stand er allein im Musikzimmer und betrachtete die leere Bühne.

Beim Anblick ihrer Prachtgestalt legte er die Hand auf sein Frackhemd: eine unverbindliche Huldigung, man übergeht sie, an der Lebenswende, die jetzt ihre war. Dennoch hielt sie an, um zu erfahren, was er wollte, ob er sie kannte. Ihr Name bei der Bühne war längst verwelkt. Abgeblüht an Seele und Leib wußte sie sich seit dieser Stunde.

Sein Gedächtnis war vorzüglich. Er begrüßte sie als Kollegin und versicherte, zu Hause verwahre er ihr Bild, einst ihm zugeeignet von ihrer Hand. Das seine, erwiderte sie, behaupte unter ihren Andenken die erste Stelle – worauf er sprach: »Mich hört man, und sieht mich nicht an.«

Nach diesem Wort bat sie ihn, weiterzukommen. Während sie nun den Festsaal umgingen in Richtung stillerer Gefilde, betrachtete Melusine ihren neuen Begleiter. Es war ihr leicht gemacht, da er den Kopf hätte in den Nacken legen müssen, um sie dabei zu ertappen. Das scharfe Profil gehörte mehr einem Kenner als einem

Künstler. Die Stirn war breiter als hoch, untadelig der Ansatz des Haarbodens, das Ohr ein Meisterwerk. Dünne Einschnitte der Haut umrahmten die mageren Wangen, überall lag das Gewebe straff, wenngleich braun verfärbt unter den Augen.

Ein altes, vielerprobtes Gesicht, das neutral erscheinen möchte, aber das verbietet ihm der Mund. Für den Augenblick entschied die Verlassene, nicht der Mund ihres verlorenen Knaben habe diesen Zauber. Gut denn, nicht diesen, dafür aber macht der andere Mund jugendliche Versprechungen, die er hält oder bricht nach Lust und Belieben. Der Sänger verwirklicht alles, er muß. Ein Leben lang hat er geübt, das Vollkommene zu spenden. Das Vollkommene sind Töne, es sind Ausbrüche einer Seele, die kenntnisreich und noch immer voll des unschuldigen Genusses ihrer selbst ist. Es sind nur Töne.

Die unglückliche Frau vermeinte die rechte Gesellschaft gefunden zu haben. Dieser liebenswürdige Mann, beides mit dem nötigen Witz zu verstehen: liebenswürdig und Mann, er genoß. Die Tatsache ist als historisch anerkannt und abgefertigt von der achtungsvoll belustigten Welt. Eine Prinzessin war um seinetwillen verstoßen worden, eine Milliardärin hatte von der Kasse weg die Flucht ergriffen. Sein eigenes Herz aber schwelgt durchaus nicht. Wo es höher schlagen möchte, da hat ein einfaches Kind seinen Namen nie gehört, seine Stimme konnte den Zauber nicht üben, kurz, sein jüngster Liebling läuft ihm davon. Dergleichen kennt man.

An dieser Stelle verlor Melusine die Fassung und sank auf den Diwan: ein Schlafdiwan, aber durchaus keine Ahnung sagte ihr, wem er gewöhnlich diene. Sie war verzweifelt, daher behielt sie diesmal trockene Augen. Sie überlegte, wie unsinnig es wäre, ihr frisch hergerichtetes Gesicht gleich wieder durch Tränen zu beschädigen. Tamburini wohnte geduldig bei, wie sie seitwärts zu Boden starrte. Nach seiner Erfahrung mußte sie nunmehr fragen, ob es ein Glück gebe; oder ob sie es verdiene; oder drittens, ob er selbst es besitze.

Sie wendete sich ihm zu. »Ich möchte wissen, ob Sie glücklich sind.«

»Meine Verehrung, schönste Frau«, sprach er wunderbar. Ihr armes Gemüt vernahm auch die Harfenbegleitung, die nicht fehlen konnte.

»Gleichwohl«, bat sie, schwach von all dem Wohllaut, »ist das keine Antwort. Maestro, sind Sie glücklich?«

»Sie erwarten von mir ein Nein«, erklärte der Kenntnisreiche. »Ich schulde Ihnen die richtige Auskunft. Ja, ich bin glücklich, solange ich Sie betrachten darf.«

Melusine wendete ein, daß er sich auf die Betrachtung der Frauen nicht immer beschränke. »Die Welt weiß es.«

Er erwiderte: »Mein Agent weiß mehr. Der kluge Arthur erhält mir Achtundfünfzigjährigem den Ruf eines Verführers. Gerechtfertigt hatte ich ihn in der Jugend kaum.«

»So ist das?« bemerkte sie und bekam seit ihrem Zusammenbruch die erste Spur eines Lächelns. Gerade deshalb hatte Tamburini ihr das Geständnis gemacht. Wenn sie reden wollte – historische Legenden stößt sie nicht um. Aber sie hat ihre Gründe, für sich zu behalten, was hier vorgeht. Er lächelte wie sie. Zum Schein waltete gegenseitiges Verständnis, immer schon ein Trost.

Die erniedrigte Schönheit richtete sich auf, bis ihr Gesicht die Höhe des seinen erreichte, und er stand doch. »Teuerster!« gurrte sie wie ein Täubchen ohne Singstimme. »Wirklich, Sie litten Mangel an Gelegenheiten?«

»Seien Sie vom Gegenteil überzeugt«, erwiderte er.

Sie bewunderte, wie traurig er sich gab. Jeder Verdacht der Eitelkeit fiel weg: der ganze Künstler!

»Ich will es glauben. Eine Stimme, keine andere gleicht ihr!«

Jetzt sprach er nicht mehr betrübt, nur sachlich: »Die Stimme allein würde mich nicht begehrenswert machen. Aber ich besitze auch einen Buckel.«

Zuerst verging ihr der Atem. Dann versuchte sie: »Ich verstehe.«

»Noch nicht«, bemerkte er. »Aber wollten Sie bedenken, oder könnten Sie sogar –« kurzer Absatz »vergleichen.«

Sie schwieg. Dann wiederholte sie, ihm in das Gesicht: »Ich verstehe.«

Wenn sie meinte, hiermit sei es getan, nein, seine Miene verlangte, daß sie den Gegenstand ohne Schonung anfasse. Gut denn: »Ihre Stimme und Ihr Gebrechen. Das ist der Reiz, um den man nicht weiß, dem man erliegt: der Widerspruch von Herrlichkeit und Schande.«

»Genau das.« Er nickte ihr zu, nicht nur, um anzuerkennen. Ermutigen wollte er sie. Wirklich kam ihr der Mut, den er verlangte.

»Ich bin Ihresgleichen, Tamburini«, sprach die schöne Melusine. »Kehren wir's um: eine ungewöhnliche Erscheinung, eine Stimme, die abstößt. Es bleiben Herrlichkeit und Schande.«

Er stand vor ihr: »Melusine, ich habe Sie gehört, als Sie noch etwas waren. Es tut mir leid um Sie.«

»Mir tut es leid um Sie.« Die Ärmste wagte ironisch zu werden. Bis zur Bosheit ging sie: »So viel wie Sie, der Sie keine Frauen haben, bin ich auch noch.«

Er blieb gütig und ernst: »Ich hoffe, daß Sie sich Eroberungen versagen.«

»Durchaus nicht. Warum verzichten denn Sie?«

Hierauf folgten von ihm zwei Worte: »Aus Stolz.«

»Oh!« Sie knickte ein, ihre Stirn hing über den Knien.

Nicht dem mißgestalteten Sänger, nur ihren wohlgebildeten Knien beichtete sie: »Zu spät. Daß ich lieben mußte, bis das Unglück geschah! Der Knabe fühlte nicht meine Umarmung, er hörte meine Heiserkeit. Er war der erste, den sie vertrieb, ihn aber hätte ich mehr als alle geliebt.«

Ihr Zuhörer erlauschte gleichzeitig ihr Bekenntnis und den Vorwurf seines Gewissens. Wieder einmal stand er vor einer Törin, die er aufgeklärt hatte. Anastasia oder Melusine macht keinen Unterschied. Höchstens fehlen die Kartenspieler, die beim Vorübergehen seinen Buckel bestreichen. Er hat in jedem Fall das gute Werk getan, auch künftig wird er es sich selten versagen. Man ist Moralist oder ist keiner.

Seine Wahrheiten halfen den gequälten Damen nicht weiter, sie verschärften ihre Pein, wie ihm nachgerade bekannt sein mußte. Schon bereute er und war auf das gewohnte Ende ähnlicher Unterredungen vorbereitet. Von Zorn und Verachtung verfolgt, ganz unbedankt pflegt er tändelnd abzugehen.

Nun kam es anders. Melusine nahm seine Hand. »Schöne Hand«, flüsterte sie. »Die Hand eines reinen Menschen. Ich danke Ihnen.«

Schnell kam sie auf, war schon von dannen. Noch hurtiger, während sein Erstaunen anhielt, erreichte Tamburini die Tür und blickte hinterdrein. Welch ein Charakter! dachte er. Diese wäre die Frau gewesen für mein Haus im Grünen! Viele Kinder! Lachen! Lärmen!

Er seufzte und ließ es gut sein.

X. Der Intendant

Der Intendant, der in jede Gesellschaft eine ungeahnte Bewegung brachte, war persönlich der ruhigste Mensch. Da niemand ihm seinen Mantel abnahm, legte er ihn über das Treppengeländer. Dies geschehen, erstieg er die Treppe still und allein. Allerdings blitzten auf seiner Brust zwei

Ordenssterne, einer zur Linken, der andere rechts, und an seinem Halse hing und funkelte ein Kreuz.

Nina, die vorbeilief, erfaßte das Ereignis, schnell holte sie Arthur, und Arthur eilte. Vor einem Schweif von Zuschauern, der mit der Zeit länger wurde, umarmte er den Intendanten. Obwohl kein naher Freund, begriff der Intendant, was hier zu tun sei, und erwiderte die Vertraulichkeit.

»Exzellenz, dein Auftritt ist richtig«, sagte Arthur. Er wurde noch leiser: »Die Scheckbücher sind in den Taschen gelockert.«

Die Stimme des Intendanten trug von selbst, er strengte sie nicht an.

»Wohlhabende Greise lassen sich vermuten, denn ich sehe Scharen schöner Mädchen. Es empfiehlt sich, daß wir uns loslassen«, fügte er hinzu; aber als Entschädigung für den Kuß, den er scheute, klopfte er den Agenten auf die Schulter.

»Den Abend beschließt ein Nacktballett?« fragte er, die weißlichen Brauen hochgezogen.

Arthur konnte nur lachen mit allen, die zuhörten. Schon hatte ein Mann von Format die öffentliche Meinung für sich gewonnen. Was gefiel, war die ungezwungene Rede, bei so viel sichtbarer Auszeichnung. Die augenscheinliche Würde und fühlbare Bequemlichkeit ergaben ein angenehmes Ganzes. Auch schmeichelte es dem Publikum, daß seine »Reaktionen eskomptiert« wurden, wie es sich medizinisch-bankfachlich ausgedrückt hätte.

Wirklich verlor der Mann von der erzeugten Wirkung nichts. Mit den Augen dankte er sogar; oder aber jemand hätte geargwöhnt, daß ihr Geblinzel eine innere Unterwühltheit anzeigte. Wozu den Fall komplizieren. Wer dem Intendanten irgend beträchtlich schien, bekam einen, wenn auch schlaffen Händedruck.

Übrigens ging er nunmehr, geleitet vom Hausherrn,

durch eine Menge, die sich bereitwillig teilte. So zugänglich er sich gab. Belästigungen waren verbeten. Dafür sorgte schon die Vorsicht, mit der er seinen Kopf trug. Der Schädel hoch und kahl, zarte Schläfen, eine verwaschene Tönung, alles zusammen erregte unbedingt die Vorstellung von Porzellan. Um davon abzusehen, hätte man derb sein müssen wie die Sängerin Alice, oder eingeweiht wie sie.

Bei ihr blieb er zuerst stehen. Arthur hatte ihn auf die noch wichtigeren Erscheinungen verwiesen, das vermochte über den Intendanten nichts. Sein Wahlspruch war: Wo ich sitze, ist immer oben. Sein Geheimnis hieß Demut. Man muß sie nur für sich behalten bis zu dem seltenen Augenblick, wenn einer, der sich beugt, erst richtig groß wird.

Ihren unordentlichen Gemütszustand hatte er als alter Bekannter der Sängerin gleich bemerkt. »So ist es recht«, sprach er in seiner Art, die nichts hervorhob, alles ausglich. »Du trägst dein Ordensband vom Sultan von Lahore. Liebe Freundin, dergleichen Kleinigkeiten tun Wunder, du bist ganz groß in Form.«

Ihre Eröffnung, sie werde heute abend nicht singen, beantwortete er aus gesenkten Lidern. Wer weiß, sagte der Blick. Siehe aber, der Intendant setzt seine Runde fort, da fühlt Alice am Arm eine Kälte: etwas Kaltes wird herumgelegt, eine Schließe zugedrückt. Sie vermeidet, sich nach dem Urheber umzuwenden, gewiß ist er untergetaucht. Der Intendant – nun, er hat sich weiterhin eingelassen, dennoch möchte sie keinen anderen als ihn für ihren Retter halten. Auch kräftige Naturen macht er abergläubisch.

Er allein könnte den weltberühmten Tamburini in die Täuschung wiegen, als habe der Tenor einen geraden Rükken, oder als besitze auch der Intendant keinen und benötige ihn nicht: dies vermag seine stille Entschiedenheit. Indessen, sie zu mißbrauchen, liegt ihm fern.

Die Fürstin Babiline, soviel steht fest, hat an ihre Berufung, die Carmen zu singen, so unerschütterlich noch niemals geglaubt wie seit der Anrede des Intendanten. Er beugt die Schultern devot, schlägt dabei den Ton der Kameradschaft an; kein Gedanke wäre schlechter angebracht als der Verdacht finanzieller Hintergründe. Arthur selbst vergißt sie und staunt. Anastasia wird infolge dieser Augenblicke eine erträgliche Carmen sein.

Der Intendant sprach noch manchen an, darunter ganz gleichgültige Personen, deren inständige Mienen ihm dennoch eine Besonderheit weissagten. Eine rief ohne jede Vorbereitung aus: »Ich bin Pauline Lucca!«

Er blinzelte, hielt sie aber nicht für verrückter als üblich. »Wie geht es Fanny Elßler?« fragte er gelassen.

»Danke, gut«, war die Auskunft des ältlichen Fräuleins, das boshaft kicherte: »Ein Mann von Ihren Kenntnissen sollte nicht bemerkt haben, daß ich meiner Tante täuschend ähnlich sehe?«

»Täuschend«, wiederholte er. »Genau ihre Lichtbildaufnahme mit Bismarck. Es war ein Vorzug der ehemaligen Badeorte, daß sie aus verschiedenen Gebieten wie Musik und Staat die Spitzen zusammenführten.«

Einer der Präsidenten, dem es Eindruck machte, daß er noch immer übergangen wurde, warf dazwischen: »Ein Photo Hitlers im Kreise von Damen existiert gleichfalls.«

Der Intendant tat erschrocken: »Wer, außer mir, kann wissen, daß Hitler sich von einer Negerakrobatin auf den Arm nehmen und in dieser Stellung knipsen ließ? Als ich das vorige Mal in Deutschland war, vernichtete jemand, den ich vorsichtshalber nicht identifiziert habe, den einzigen Abzug vor meinen Augen. Historisch!« setzte er hinzu.

Hiermit war es genug, oder war schon zuviel: der Intendant tat einen schnellen Schritt hinweg von der mehr oder weniger echten Nichte und dem falsch unterrichteten

Herrn, die ihn veranlaßt hatten zu plaudern. Sein Feinsinn war verletzt worden, wie man sehen konnte.

Der nächste Angriff folgte alsbald. Um sein Taktgefühl nunmehr zu achten, hatten die Umstehenden sich abgewendet, wie unabsichtlich. Zwei Frauen, eine Tochter mit ihrer Mama, traten ihm ungehindert in den Weg. Die Mutter sagte: »Adrienne ist so musikbegeistert.«

»Daher unbegabt«, sagte der Intendant.

Unter Tränen der Leidenschaft erinnerte das Mädchen ihn an sein Versprechen, sie auftreten zu lassen. Er entschied zart, aber fest: »Das geschah in einer Lage, auf die ich nicht zurückkommen möchte. Sie überraschten mich – mit Ihrer Mutter«, schloß er unerwartet, aber nachdrücklich. Die reifere der Frauen verschwand fluchtartig.

Die junge Sängerin wurde von ihrem Fanatismus an den Fleck gebannt. »Aber Sie haben versprochen!« rief sie.

»Dann habe ich gelogen«, sprach der Intendant und hatte nicht nötig, die Stimme zu erheben, ohnehin trug sie. Wer den Rücken gekehrt hatte, zeigte wieder sein Gesicht. Sie gaben einmütig den Frauen die Schuld. Der Intendant, hier ermesse man die Macht seiner Persönlichkeit, schritt unangefochten weiter. Er ging durch das vernichtete Mädchen hindurch, ihm war sie Luft, der Welt noch weniger.

Die edle Ausnahme machte Tamburini. Er bot der Beleidigten und Erniedrigten seinen Arm an; in ihrer Verwirrung ergriff sie ihn: und während er sie zu einem der roten Sofas geleitete, wird er stärkende, gewissermaßen religiöse Worte für sie gehabt haben, nach seiner Gewohnheit und Eigenart. Gleichviel wie er es anfing, die Sängerin mißbilligte ihn. Ihren entsetzten Augen entnahm er, daß der Nervenanfall, den sie bis jetzt nicht gewagt hatte, nahe war. Dies eine Mal entwich er rechtzeitig.

An seine Stelle trat die junge Stephanie. Der junge André, der seine Entrüstung eher als sie beherrscht hätte, mußte mitkommen. Stephanie befahl der Verunglückten: »Beißen Sie die Zähne zusammen! Bleibt der Mund offen, werden Sie schreien. Der Intendant, das Schwein, freut sich.«

»Aber, aber!« bat André.

Das fremde Mädchen fragte herausfordernd: »Was wollen Sie von mir? Sind Sie vom Fach?«

»Danke, nein.« Stephanie ließ ihren Zorn laut werden: »Von mir hätte er einen Kinnhaken weg und bekäme jetzt kalte Umschläge!«

»Unverschämte Person!« erwiderte die andere. Sie sprang vom Sitz auf und zeigte die Fäuste. Ihre Gegnerin war bereit, das Handgemenge konnte anfangen. André vermittelte geschickt: »Die Damen sprechen aneinander vorbei«, behauptete er entgegen dem Augenschein. »Mein Vater wird durchsetzen, daß Sie dem Intendanten nochmals vorsingen, Fräulein –«

»Adrienne«, ergänzte die hoffnungsvolle Künstlerin, und erklärte: »Er hat natürlich recht.« Den Intendanten meinte sie. »Damals kam es nicht dazu, daß ich ihm vorsang. Wenn die Mutter mit ihm schläft, für das Talent der Tochter beweist das zu wenig.« Sie zuckte die Achseln. Den Kopf im Nacken, von oben erinnerte sie den Sohn des Agenten: »Mit deinem Alten machst du die Sache schleunigst glatt, mein Süßer!«

Einen siegesbewußten Blick auf Stephanie, und das gelungene Exemplar begab sich weiter fort, in einen Kreis von Kameraden, die nichts dabei fanden.

»Siehst du?« bemerkte André, und wirklich sah Stephanie, daß der Intendant, oder wer immer sich frech vermaß gegen Menschen, vor allem in ihren armseligen Herzen mächtig war, und hätte es anders nie vermocht.

Melusine, ganz Geschäftsfrau, bildete eine gleichgestimmte Gruppe mit Arthur und Nolus. Alle drei wollten wissen, wieviel, in Zahlen ausgedrückt, der Intendant den

Präsidenten wert sein werde. Bei ihnen hielt er endlich; sie umzingelten ihn. Der Eindruck kam nicht auf, als ob er sie gesucht hätte und sein Rundgang hätte zuletzt doch stattgefunden im Hinblick auf sie. Nein, sondern nur verhältnismäßig abseits ihrer eigenen Befehlsgebiete, in der Vergnügungsindustrie, entdeckten sie einen Mann ihres Geblütes und nahmen ihn in Besitz, er durfte nicht wieder verlorengehen.

Ihre schleppenden Stimmen führten möglichenfalls Millionenbeträge mit; es war ein angeregter Abend, der leichtsinnige Lärm des Völkchens ringsum löste auch diesen Herren die Zungen, vermutlich wurden sie ruhmredig. Wer als Kenner den Vorgang beobachtete, aber das taten allenfalls drei Personen, zweifelte kaum: die Überlegenen waren nicht die Fürsten der Wirtschaft, der Intendant warb um ihre Achtung nicht. Sie erstrebten die seine, so lagen die Dinge. Sie fühlten sich ihrer Majestät entkleidet seit der Viertelstunde, oder war es noch keine viertel, daß der Mann sich hier konkurrenzfrei entfaltete.

Man nehme seine Auszeichnungen! Wir tragen bescheidenere, wenn unsere Fräcke nicht durchaus kahl sind. Er wird Exzellenz genannt! Unter uns steht die Anrede nur einem zu. Gerade der ist diesen selben Abend in den Dienst einer Nutte getreten: als ob ein Unglücksfall der sichtbarsten Klasse vertraulich bleiben könnte. Auf dem Gesicht des lebenswichtigen Rüstungsfabrikanten erscheinen, Aug in Auge mit dem Intendanten, sowohl Angst als Unterwürfigkeit. Der Neid, den er fühlt, gelangt zu Worte, oh! nicht feindlich. Sei mein Freund! Komm auf mein Schloß mit mir! So wird es auf seiten des Kriegsindustriellen geklungen haben, gesetzt, das Gehör dafür war vorhanden.

Der Intendant kennt noch ganz andere Schlösser und ist in ihnen zu Hause. Er hat selbst von allem etwas gebaut, den kilometerlangen Palast als Nebenanlage von Schauhäusern, die mehrmals niedergerissen werden, um schließlich einer einzigen Aufführung zu dienen. Unendliches Geld, den Überfluß zweier Welten und auch ihren Mangel, seinen Anteil von allem, was den Bedürftigen vorenthalten ist, hat er verbaut, verspielt, vertan; hat Dunst gemacht; hat Kultur und Kunst gemacht, wie es sich traf, oder einfach Jux. Ganz gleich, zu verkrachen drohen immer sowohl das Ernstgemeinte wie das Scherzhafte, das manchmal das Gediegene ist.

Sieht man genau hin, ist alles verkracht, besonders der Intendant. Er wird es nicht zugeben, weder wachend noch schlafend, und ist auf seine Art im Recht. Wer vieles dem Leben abgewinnt, wird ein Großlieferant des Sterbens sein. Die Anwesenden sind hierin wohlerfahren. Sind all noch da, mit ihrem unberechenbaren Gefolge von Zusammenbrüchen und von Toten. Aber zwei strahlende Sterne auf der Brust und um den Hals das Kreuz mit den Abzeichen der Macht, derart eröffnet einer die Parade der Sieger.

Zeremonienmeister Arthur klatschte in die Hände. »Das Konzert!« rief er. Schallend rief er: »Unseren Prominenten den Vortritt!« Aber so hervorragend sie sein mochten, ließen alle bereitwillig zu, daß an ihrer Spitze, um zwei Schritte früher als sie, der Intendant das Musikzimmer betrat.

XI. Kultur, mit Ausschreitungen

Es war ein Saal. Die Wand auf seiten der Halle stand nunmehr weit offen, gleichviel ob weggeschoben, versenkt oder durch Zauber entfernt. Statt ihrer war von der Decke eine Galerie herabgelassen, man kann alles, sie reichte mit ihrer vorgeschobenen Rundung bis an die verhängte Bühne, und droben hatte das Orchester seine anschauliche

Stätte. Ob aus Gründen der Raumersparnis oder weil es auffallen wollte, das Orchester schwebte. Als es jählings den atonalen Einzugsmarsch anhub mit Gerassel, Kindergequäk und süßesten Lauten mittenhinein, verirrte Herzen unter Paukenschlägen des Weltlaufes: da war keiner, der nicht hinaufsah und, mäßig erstaunt, im Dirigenten den Opernkomponisten Richard Wagner erkannte.

Warum nicht. Der Herr schüttelte das greise Haar, das Samtbarett, sowie die reizbaren Schultern und Hände. Der fanatisch verschlossene Mund verdickte seine Winkel zu Knoten, die Augen blitzten, der Stab von eitel Golde befehligte die jeweiligen Einsätze der anderen großen Männer. Dem Kapellmeister einmal gegeben, bestand das Orchester natürlich aus Mitgliedern wie Verdi, Berlioz und Debussy. Der zuverlässige Brahms im wallenden Bart bearbeitete das verwickeltste der Jazzinstrumente. Auf dem Flügel erging sich Chopin selbst.

»C'est bien lui. Il baye aux nues«, rief Madame Babiline.

Indes er aber mit offenem Munde schlief, hämmerte er doch die Tasten trotz einem Paderewski. Bach, dem die Perücke gleich anfangs verrutscht war, zeigte in ganzer Gestalt seinen braunen, anmutig bestickten Cutaway und seine dicken weißen Waden. Das Instrument, das er spielte, soll vorzeiten die singende Säge geheißen haben. Er handhabte sie fromm, und sie lohnte es ihm. Wenn Mozart da war, versteckte er sich und seine nicht wörtlich gemeinte Heiterkeit hinter Tschaikowski, der hochgewachsen, brennend ehrgeizig die Kesselpauke schlug, Beulen in die Becken schlug und einen Ersatz für Schellengeläute sofort zu Stücken schlug.

Dies alles nahm die eingedrungene Gesellschaft zur Kenntnis und in Besitz. Noch mehr, es gehörte ihr durch eingefleischte Überlieferung, die nach dem Gesetz der wandlungsreichen Zeitalter nachgerade ein Gesicht bekommen hatte, diesem gleich. Kultur, Kultur, sie fühlten sich zu Hause.

»Botticelli, Primavera«, warf Bankier Nolus nur hin wie die klarste Selbstverständlichkeit. An der Harfe stand, übertrieben und daher erkennbar, die mittlere Figur des alten Gemäldes: der Behang aus Spinnengewebe über dem geisternden Leib, das tief törichte Antlitz umringelt von blonden Schlangen. Da Nolus Bilder kaufte und verkaufte, beauty house nannte er seine Villa, empfing man seine Auskunft auf Treu und Glauben. Man hatte übrigens nähere Sorgen.

Mozart, mitsamt den übrigen, gehaben sich oberhalb, außerhalb, ledig unserer Mängel, und sind eigentlich Übermut, bedenkt man zum Beispiel die Platzfrage. Ernst ist hier unten, neben wen du zu sitzen kommst, wie weit vorn, ob du gesehen wirst, ob du dein Eigenlob in das richtige Ohr bläst. Wohlverstanden muß die persönliche Politik aus demselben Atem wie die Schmeicheleien sein. Diese, wie dick du sie aufträgst, werden niemals verletzen, gib ihnen nur obendrein eine Wendung, als wären es dreiste Geständnisse. Ein Meister des geselligen Verkehrs, kein anderer als Poulailler, bestand seine Prüfung sogleich. Es geschah am Anfang, im ersten Gedränge, als viele, die nach Recht und Verdienst höchstens für die äußere Halle gepaßt hätten, mit Tritten und Stößen vorwärts, bis unter die geschlossene Bühne gelangten. Später soll Arthur ihrer Herr werden, daß sie sich nur nichts einbilden! Damals, das Orchester der Unvergänglichen griff sein zweites Stück an, behauptete sich Poulailler zu Häupten eines Parketts von Edelauslese. Sein Gesicht, dem gestiefelten Kater entlehnt, berührte, wenn man wollte, die entlaubte Stirn des Rüstungsmannes. Der zweite Kahlkopf, dem Intendanten zu eigen, saß seitlich gewendet: er war soeben photographiert. Die Reihe kam an den Rüstungsmann.

»Exzellenz! Man schießt!« Poulailler hatte einen äußerst dringenden Angstruf ausgestoßen.

»Sie?« fragte der Präsident, als entdeckte er ihn. »Ich höre, daß Sie niemals schießen bei Ihren Einbrüchen.«

»Sie bedienen auch nicht eigenhändig Ihre Kanonen, auf denen dennoch die Ordnung der Welt steht«, entgegnete Poulailler vertraulich. Gleichzeitig entließ der Bildreporter seinen Blitz. Nicht weniger gleichzeitig fühlte der gepanzerte Fabrikant von einer nervigen Hand seine Schulter umspannt.

»Also doch«, grollte er furchtbar, versuchte auch ein verspätetes Aufbäumen, aber die Hand drückte ihn nieder.

»Sie haben es fertiggebracht! Haben Hand an mich gelegt und entehren mein Bildnis! In der Unterhaltung mit dem Meisterdieb Poulailler begriffen, dies wird der Titel unserer, ja unserer Aufnahme sein.« Die Wut ging bis zur Verzweiflung.

»Machen Sie sich daraus nicht mehr als nötig!« bat der gefährliche Kavalier, einfach reizend. »Im Gespräch mit einem Freund, so wird der Text heißen. Das ist für Sie unverbindlich, und mir dient es.«

»Ihren Schwindeleien«, stöhnte die mißbrauchte Autorität. »Auf das Bild hin bekommen Sie soviel Sie wollen. Ich darf es nicht einmal ableugnen.«

Hier wurde sein Quälgeist schmeichlerisch.

»Ich selbst erkläre mich bereit, der Presse eine Berichtigung zu schicken, des Sinnes, daß Sie nicht groß genug seien, Ihren Umgang nach Laune zu wählen. Wetten wir, daß sie zurückgewiesen wird? Daß niemand weder mir noch Ihnen glauben würde?«

»Es ist zu fürchten«, dies kam schwach. Ein Funkeln aus gesenkten Lidern folgte, und man wagte, als letzte Ausflucht, eine Drohung: »Soll ich reden?«

»What about my check?« war die ganze Antwort.

»Sie sind bei mir eingebrochen«, wurde geflüstert.

»Warum so leise?« lautete die Gegenfrage. »Der herrschende Lärm sollte Eure Exzellenz ermutigen. Gespielt wird der ›Bolero‹ von Ravel, und technisch vollkommen ist auch die zweite Ausschreitung, dieser wilde Kampf um die Plätze: Sie aber nennen nur im Flüsterton meinen nächtlichen Besuch Ihres Stadtpalais einen Einbruch.«

»Sie, lieber Freund –«

»Sagte ich es nicht?«

»Schweigen Sie endlich!« Dies kam vertraulich und dringend. »Was haben Sie mit mir gemacht? Sie hatten sich selbst eine lithographierte Einladung geschickt, und die Doublette mir. Sie wurden nach Gebühr empfangen. Die ersten zwei meiner Diener haben Sie niedergeschlagen, den dritten wollten Sie zwingen, Sie Arm in Arm mit mir zu knipsen.«

»Heute ist es mir gelungen«, stellte Poulailler fest. »Wäre es Ihnen lieber gewesen«, erkundigte er sich, »ich hätte Ihnen nächtlicherweise einen großen Scheck abgenötigt?«

»Natürlich ja. Dann säßen Sie jetzt, wohin Sie gehören.« Immer vertraulich.

»Natürlich nein, denn weder Sie noch ich fänden dort Platz.« Der Verbrecher sprach zu dem Kriegslieferanten von staatlichem Rang und Belang: »Wir zieren seit heute dasselbe Bild. Die gleiche Klasse, und wenn wir klassenlos sind, der nämliche Gang vereint uns längst. Wir beide kennen unsere Lebenswichtigkeit, und daß keiner von uns unsterblich wäre, oder beide sind es.«

»Lieber Freund!«

»Das zweitemal lieber Freund! Du fühlst auf deinen Freund einen Stolz, wie nur ich auf meinen.«

»Du stellst dich als Humorist heraus«, sagte der Industrielle, da er geduzt wurde und nicht um Hilfe rufen konnte. Aber ob er wollte oder nicht, öffneten sich ihm innere Weiten, ein angedeutetes Ausbreiten seiner Arme machte sie sichtbar.

»Versinke in den Boden!« rief er. »Ich werfe dir mehrere Millionen nach.«

»Das nicht. Du sprängest selbst hinterher«, entschied sein unverlierbarer Genosse. »Seitdem du es erkannt hast, geht dir das Herz auf. Die sozialen Grenzen schwanken und stürzen ein. Von Freude bebend erkennst du dich selbst. Das erste war die Nutte. Den Rest an diesem denkwürdigen Abend gebe dir ich, gibt dir der –«

Die Brust, an die der Freund ihn zog, erstickte das Wort und fast auch Poulailler.

Der Dieb, dem nichts zu beweisen war, an der Brust des rühmlichsten Verdieners! Wer dies mit ansah, hätte den Glauben an die sittliche Weltordnung verloren. Im Fall, daß es keinen zu verlieren gab, war hier die Gelegenheit, ihn zu finden. Wer machte Gebrauch? Der »Bolero«, von Ravel, erreichte soeben seine motorisierte Höchstwirkung. Mehr ließ sich nicht tun mit wenigen, immer wiederholten Takten, wären sie aufgetrieben bis zum Zerspringen. Wenn das menschliche Vermögen, unersättlich wie es ist, dieselben Schläge endlos überboten ertrüge, der schönste Lärm stößt an die Grenzen der Technik, und nur der Mensch hat keine.

Tschaikowski mit seinem Schlagzeug war schon ganz verwildert, was half es ihm, was half es dem Meister mit seinem goldenen Stab, daß sie schüttelten, daß der Meister, nachgerade ein ausgesprochener Schüttler, den Stab bis unter die Decke warf und ihn richtig wieder auffing. Der beleibte Bach hatte verzichtet, er wich der Gewalt und betrachtete wohltemperiert das entfesselte Parkett. Der Anblick hätte niemand gereut.

An ihrem Schleppkleid zu Boden gezogen, war die Fürstin Anastasia für eine halbe, aber schreckliche Minute unter die Füße der Menge geraten. André, der sie hervorzog, bekam die Ohrfeige, der Dank fiel an Poulailler. Er benutzte den Umstand, um durchdringend zu rufen: »Die Hoheit ist mißachtet, wir gehen!«

Schon umschlang er ihre Hüften, welch ein gelegener Anlaß! Vor den Augen des Publikums wird er verschwinden, wird ein Alibi besitzen für Fälle, die später eintreten könnten.

Wer es verhinderte, war wieder André. Vermittels eines Griffes, den man kennen muß, lähmte er den Arm des Ritters, machte die Dame los und beförderte sie, gegen den allgemeinen Willen und ihren eigenen, nach den Edelfauteuils der Auslese. Es brauchte Zeit. Unter den Stößen, die er statt ihrer empfing, rettete sie viele Male ihre Schleppe, die abgetrennt, nur noch an wenigen der aufgestickten Diamanten hing.

Hier blieb Spielraum für die Sache zwischen dem Intendanten und einer anderen Person von nur verhältnismäßigem Gewicht. Bankier Nolus, vorher in fehlerfreien Schuhen, trug jetzt beschädigte. Er warf auf das überwundene Gedränge ein düsteres Auge, zu dem Nächstbesten sprach er: »Der Feind ist die Masse.«

Sonst ohne Meinung, entschied sich Nolus für diese, den Anstoß gab seine Fußbekleidung. Was ihn im Grunde umwälzte, hätte er gerade jetzt nicht sagen können: der Nächstbeste sagte es ihm.

»Alter Gauner«, dies gab der Intendant zur Antwort und gebrauchte im weiteren das Du, obwohl er Nolus sogar geschäftlich nur von fern kannte.

Wie folgt äußerte sich der Intendant, ein Mann der Rücksichten und Übereinkünfte, wo sie am Platz sind, nötigenfalls auch zur Demut bereit und liebt sie, aber mit ihr ist vorsichtig zu verfahren: »Alter Gauner, vergiß die Masse nicht, wenn du mit den Geldern des Opernhauses durchbrennst!«

»Wie? Was?« stammelte Nolus und tat einen Hochsprung. Der Intendant erläuterte: »Die Masse zahlt immer, wie du weißt. Edle Spender sind ein Umweg von der Masse, deren Geld sie haben, nach den Objekten, die wieder andere sich aneignen.«

»Du vielleicht, du Tellerlecker, du Schlinggewächs!« schalt Nolus, mit tief gerötetem Hals.

»Ich besorge mein Geschäft an Ort und Stelle.« Die Stimme des Intendanten trug von selbst. Nolus dagegen mußte keifen.

»Ich verreise!« Sein Gekeif überschlug sich, ein Junge in dem Wechselalter hört sich derart an. Nolus aber hatte einen schlagflüssigen Hals.

Der »Bolero« ließ sein Höchstmaß hinter sich, es geschah plötzlich, der Nervenprobe wegen vernachlässigte Dirigent Wagner die Übergänge. Um die gleiche Zeit war dem Veranstalter Arthur, unter Beistand seines trefflichen Sohnes, die Räumung des Saales von den meisten Ungehörigkeiten gelungen. Kamen noch Übergriffe vor, dann heimliche, bei denen schon wieder gelächelt wurde.

Nolus und der Intendant erkannten einander, oder angenommen, sie hätten während ihrer Szene gewußt, wer sie waren, dann täuschten sie nunmehr ein Wiedersehen vor. Händedruck, Gemurmel, Trennung beiderseits. Der Intendant erhob sich zum Empfang der Fürstin. Hinter seinem Rücken dachte Nolus: Was hatte dieser Mensch? Der Intendant dachte: Ein Apoplektiker, sein Stündlein ist nahe.

Jeder versagte sich die Erklärung seines eigenen Ausbruches von Reizbarkeit. Sie hatte sich nun einmal Luft gemacht, und wahrhaftig nicht bei diesen beiden allein. Die zerrissene Schleppe der Fürstin bezeugte es. Dergleichen Abweichungen kommen vor, am einfachsten nennt man sie »irrational« und beruhigt sich deswegen. Über welche Abgründe des Widersinnes hätte der lebenswichtige Kriegsindustrielle sich neigen müssen. Er tat es schwerlich. Wahrscheinlich ist, daß er seinen neuen Freund Poulailler, erholungshalber, vorerst vergaß bis auf den Namen.

Das beste wäre für den Lebenswichtigen die Selbstbesinnung gewesen. Das Weltgetriebe in Gang zu erhalten ist er nach wie vor berufen. Leider erweist sein Abgleiten sich als unaufhaltsam: er reckt den Hals, er sucht in allen Windrichtungen nach seiner Nutte. Es bleibt vergeblich, sie ist anderswo.

Während des voraufgegangenen Kampfgewühls war die hübsche Person an das häßliche Entlein geraten, die früher versäumte Auseinandersetzung wurde von Grund auf nachgeholt. Den Schaden hatte weniger die Häßliche, da keine ausgerissenen Haare sie zu ihrem Nachteil verändern können. Die hübsche Person hat mehr zu verlieren. Das geschwollene Auge, das die Verderberin des Präsidenten davonträgt, müßte sie ihm, menschlichem Ermessen zufolge, für den Rest des Abends verleiden.

Arthur hat es befürchtet. Als er den Konzertsaal von Ungehörigkeiten räumte, hat er mit dem ganzen Gesindel auch das reizende Geschöpf hinaus in die Halle befördert, es darf nicht weiter beschädigt werden. Er schickt André nach Nina. Hocherfreut schickt Nina ihre verkleideten Lohndiener nach Eiskübeln und leinenen Tüchern. Sie ist bemüht, das schwarz unterlaufene Auge zu kühlen, solange ihr Brotgeber noch zusieht. Andere Pflichten werden ihn abrufen. Nina darf ihrem Herzen nachgeben, sie lacht das beschämte Mädchen aus. Nicht viel, das ganze Gesindel hätte eingestimmt. Rechtzeitig erscheint Nolus.

»Man lache nicht!« befiehlt der wuchtige Mann, seine Haare sträuben sich zur schwarzen Bürste, seine großen Hände voll schwarzer Büschel beseitigen Nina und wer sonst hinderlich wäre. Der Ausersehenen des Schicksals bietet er den Arm, gleich hiermit überzeugt er sie, daß ihre Berufung fortbesteht. Beim Abgehen, das unbedeckte

Auge, wie es nun ist, der ohnmächtigen Menge zugewendet, spricht sie kühl und spröde: »Kommt keiner mit?«

Die Kapelle spielte das Menuet aus »Manon«, bei seinen zierlichen Klängen beschritt die Ausersehene, auf Nolus gestützt, den Mittelgang. Ihre rechte Hand drückte das Tuch auf das Auge, seine linke hielt den Kübel. Allerseits verfolgte man ihren Weg mit Schweigen, aber sie fühlte: nicht zu meiner Schande verstummen die Leute, sondern mir zu Ehren. Davon wandelte sie lässiger. Ihre Linie, vorzüglich die rückwärtige, verständigte jeden, der es wollte, von ihrer unbegrenzten Gleichgültigkeit.

Die Bühne war verhangen, aber Beachtung fordert auch diese gewohnte Einzelheit. Wo rollt man den Vorhang noch hinauf? Wo täuschen gemalte Schnüre und Klunker vor, daß man an ihnen ziehen könne? Das große Stück Leinwand zeigte ein konventionelles Gelage griechischer Götter mit ihren blühenden Gefährtinnen, allesamt in rosiges Licht getaucht, während silberne Wölkchen die Gruppen der Säulen umspielten. Schablone bis zur Herausforderung, aber das möchte wohl mancher, auf echten Marmorstufen und diesen schwellenden Pfühlen ruhen. Alles rührte an Kindergemüter.

Fürstin Anastasia, erste Parkettreihe links, wurde durch den Vorhang von dem Ärger über ihre Schleppe abgelenkt. »Woran gemahnt mich der reizend altmodische Anblick?« fragte sie ihren Nachbarn, den Intendanten.

»Eine jugendliche Dame an nichts Erlebtes«, behauptete er. Zu seiner anderen Seite träumte eine sympathische Greisin. »Uns, an unser frühestes Sommertheater«, sagte der Intendant ihr ins Ohr.

Hier wurde derselben würdigen Frau etwas zugemutet, es ist unerhört, bis jetzt begreift ihr armer Kopf nicht. »Herr Nolus, meinen Sie wirklich?«

Es ist sein Ernst. Sie soll den Sessel räumen: eine Großmutter, die sie ist, bedeckt mit Brillanten in nicht mehr üblicher Fassung, soll aufstehen und ihren Platz abtreten. »Wem?« fragt sie unerfahren, als wäre nicht der Präsident des Konserventrustes ihr Gemahl, als hätte sie nicht einen Sohn verstoßen müssen, da er seine Geliebte heiratete, als hätte sie mit einer Tochter nicht gebrochen, seitdem die Unglückliche eine Lehrerin wurde und, in unrichtiger Einstellung zu ihrer Gesellschaftsklasse, weiter nichts verbrauchen wollte als ihr Gehalt.

Von traurigen Neuerungen persönlich verfolgt, soll sie nunmehr weichen, wem? Einer Person, die sie nicht kennt, nicht kennen will und in der ersten Überraschung wirklich nicht unterbringt. Aber Nolus wird schamlos deutlich. Umsonst, ihm nicht zu glauben: ihr Nachbar zur Rechten, kein anderer als der Gebieter der Rüstungsindustrie, macht in der Tat das Schlimmste wahr. Gewappnet, wie er nach seiner lebenswichtigen Bestimmung sein müßte, bewegt ihn dennoch der abstoßende Zustand einer Dirne, die aus Prügeleien kommt. Ihr bringt er tröstliche Worte dar, jeden Augenblick kann er selbst zum gemeinen Schauspiel herabsinken.

Schon geben sie das Spektakel dem aufmerksamen Publikum, alle, die hier vorn den sichtbarsten Raum einnehmen. Es sind eine interessante Aristokratin, ein weltbekannter Inhaber von Kreuz und Sternen, eine First Lady der herrschenden Schicht sowie der Lebenswichtige schlechthin. Ihr attraktiver Mittelpunkt: eine Nutte, die, gleichgültig gegen jede Öffentlichkeit, das Tuch in den Kübel taucht. Sie veranlaßt den Bankier, das Gefäß bequemer aufzuheben, und ruhig kühlt sie ihr verquollenes Auge.

Sind dem Skandal noch Grenzen gesetzt? Die beleidigte Matrone hofft es, gegen jede Wahrscheinlichkeit. Ihre beharrliche Nichtbeachtung rettet allenfalls die Lage, obwohl es bezweifelt wird. Weiter hinten würden Wetten abgeschlossen werden, nur die Zeit fehlt. Die Person, auf die es nun einmal ankommt, hat nach ihrer eigenen Meinung lange genug dagestanden. Niemand kann sagen, daß sie die Geduld verliert. Bei ihr kommt das meiste, wie es muß. Sie hat gestanden und nimmt Platz. In Ermangelung anderer Gelegenheiten läßt sie sich auf die Knie ihres Freundes nieder. Der Präsident, nun, er empfängt sie.

Die Konservenpräsidentin, in Ohnmacht fallen war eins. Der Intendant, sie auffangen, Madame Babiline, ein ironisches Lorgnon auf die Dinge richten, Nolus, den Kübel wegstellen zu jeder Hilfe erbötig, dies alles gleichzeitig bildete die zweite Bewegung. Die dritte wäre Sache der Zuschauer gewesen, sie aber rührten sich weder noch ließen sie Entrüstung merken. Sind sie in diesem Grad abgehärtet durch zerrüttete Zeitläufte? Wird hier tatsächlich eine Wette ausgetragen? Der Rangälteste einer Gesellschaft, die ihre Gipfel hochhalten sollte, wohin kommt man; er ist besetzt. Der gewölbte Körperteil, der auf ihm sitzt, reicht bis an sein Frackhemd, ein entblößter Rücken lehnt sich gegen das kahle Haupt, das er senkt.

Zu viel, oder es gibt kein Halten mehr. Die entseelte, vornehme Matrone geht in einem hin, was überstiege denn noch die sittliche Entkräftung der Welt, die einfach zusieht. Gesund und im Sinn der Lebenserhaltung zulässig ist allein, daß einer wirklich ausruft: Zu viel! Arthur übernahm es.

Arthur, auf der Höhe seines Berufes, rief es nicht zu laut, aber sein »Zu viel! Man muß einschreiten!« gelangte zur Kenntnis mehrerer Personen, die ihm nachblickten, wie er den Hintergrund absuchte, wonach? Das wollten sie wissen. Ihre Neugier griff um sich. Um Zeugen zu sein, wie Arthur den bärtigen Konservenpräsidenten, sehr gegen seinen Willen, aus der wimmelnden Halle zog, erhob sich, Reihe um Reihe, das ganze Parkett. Es stand fortgewendet von den unrühmlichen Vorgängen im Schoß der Elite.

Die Gefügigkeit der versammelten Leute wird schwer ermessen. Vielleicht, als sie die vordere Edelauslese nicht mehr vor Augen hatten, faßten sie schon wieder die schuldige Achtung. Wenn die Mächtigen sich bloßstellen, gebrauchen sie schließlich nur eines ihrer Vorrechte. Mit beschränkten Befugnissen wären sie vorsichtiger und die Leute weniger geneigt, ihnen zuzusehen, abgehärtet aus Respekt, oder durch Ergebenheit schamlos, falls zwei Ungleiche einander erklären sollten.

Den Rüstungsmann kitzelte es im Nacken, er fühlte sehr wohl die gewagte Lage, und daß hinter ihm sein Ansehen eine scharfe Probe bestand. Die Schadenfreude der Leute, wer will sie leugnen, aber sie scheiterte an ihrer Unterwürfigkeit, wie seine Rückseite mit Spannung verfolgte. Als er bemerkte, daß ein neuer Vorgang die Zuschauer ablenkte, enttäuschte es ihn.

Die Gefügigkeit der Leute ist größtenteils aus ihrer Gleichgültigkeit gemacht, darüber wurde der Lebenswichtige bitter. Meine merkwürdige Kameradschaft mit Herrn Poulailler ist ihnen entgangen, dachte er unbefriedigt. Damals traten sie einander tot: ihre gewöhnliche Beschäftigung, wenn sie besser daran täten, auf unsereinen aufzupassen. Nun, sie scharren schon wieder. Entweder geht jetzt der Vorhang hinauf, oder diesseits wird gespielt.

Um selbst den Anfang zu machen, im Übermut der Ereignisse, nicht im eigenen, begann er, den entblößten Rücken zu küssen. Wozu diese Menge nackter Haut, und andererseits, ist es nötig, öffentlich davon Gebrauch zu machen?

»Wozu?« fragte die Inhaberin der duftenden Reize selbst, hob die Schulter, ihr verquollenes Auge winkte herüber, gelassen sprach sie die Tatsache aus: »Bemühe dich nicht, niemand sieht zu.«

Es ist wahr, sein bärtiger Greis machte es Arthur nicht

leicht, ihn aus dem Knäuel zu wickeln. Der Konservenmann hatte sich mit der jugendlichen Bevölkerung der Halle tief eingelassen, an Hals und Armen hingen ihm schöne Fräulein, reizende Knaben, ihm war alles recht. Er sagte:

»Kinder! Bei euch hört der Präsident auf, ich bin Mensch. Wünscht euch etwas!«

Die Beträge, die ihm zugerufen wurden, blieben hinter seiner Begeisterung zurück. Er konnte froh sein, daß der Zudrang ihn verhinderte, sein Scheckbuch zu ziehen: er hätte sich vergessen.

Ein junges Mädchen, das er, gelöst und entzückt wie er nun war, nicht wiedererkannte, ermahnte den hohen Herrn des Konserventrustes: »Herr Präsident! Das Beispiel des anderen Herrn, der heute ausgeartet ist, auf Sie trifft es nicht zu. Erinnern Sie sich bitte!«

»Ein Kuß, wieviel?« fragte der graue Bart.

»Von mir? Fragen Sie lieber, was Sie einer Sekretärin zahlen, wenn sie in Ihrem Direktionsbüro täglich sechs Stunden lang getippt hat.«

Endlich erkannte er Stephanie.

»Bist du das? Dein Gehalt ist ab morgen verdoppelt!«

»Das will ich nicht gehört haben«, war die Antwort, sie erregte Murren im weiten Umkreis.

»Spielverderberin!« sagten die Jugendlichen, die den alten Hals, die klapprigen Arme umfangen hielten. Sie gaben alles frei, in gewalttätiger Absicht gegen das unbequeme Mädchen, wie zu vermuten stand. Hier erhielt Arthur die Gelegenheit, sich des unbesonnenen Greises zu bemächtigen.

»Danke, Stephanie.«

Sie ergriff ihren Oberbefehlshaber von der anderen Seite, beide vereint schleppten sie ihn ab, in Richtung seiner offenkundigen Pflichten, die er vernachlässigt hatte.

»Besinnen Sie sich!« riet Arthur ihm höflich.

»Auf Ihren Empfang können Sie stolz sein«, wurde ihm unsanft erwidert.

Stephanie unterrichtete ihren hohen Chef von dem Unglücksfall seiner Gemahlin, als hätte er das Ereignis nicht vor Augen gehabt.

»Sie waren anderswo befaßt«, erinnerte Arthur ihn mit Bedauern.

Der Konservenmann brummte: »Seien Sie froh, daß ich anderswo befaßt war. Sonst hätte ich durchgreifen müssen. Ihr Skandal wäre grenzenlos.«

»Mein Skandal?«

Die unvorsichtige Frage des Veranstalters erlaubte dem beleidigten Gast, stehenzubleiben und grundsätzliche Erklärungen abzugeben. Erstens sei er gegen gesellschaftliche Vermischungen und gemischte Geselligkeit. Daher mißbillige er die persönliche Berührung mit den Künsten. »Samt und sonders wimmeln sie von sozialem Ungeziefer«, behauptete er und erhob sich rednerisch über seine gewohnte Ebene.

»Sie meinen die Nutten?« fragte Stephanie mit reiner Stirn.

»Fräulein, sind Sie –?« Der Präsident stammelte. Plötzlich fiel ihm ein, was sie sei.

»Sie sind entlassen«, bestimmte er, die Stimme mild, das Auge blitzend. Da erschrak er: man sah sich nach ihm um.

Das Publikum, trotz aller Abhärtung, nahm Anstoß, es wußte nur nicht woran. Es hatte selber zu laut geschnattert. Jetzt vollführt es seinen bekannten einhelligen Ruck und will zuhören.

An Arthur war es, die Unterhaltung in das allgemeine zu retten.

»Herr Präsident! Vermeiden Sie Ihrerseits die Vermischungen, wenn ich gehorsamst gebeten haben darf. Die Konserven sind ein hervorragendes Produkt der Civilisation. Indessen muß festgehalten werden, daß die Gesittung wesentlich eine Kunst ist. Die frühesten, mehr als triebhaften Regungen des Menschengeschlechtes kennen wir aus den Künsten. Die Konserven treten später auf, ich will sie deshalb nicht nachgeordnet nennen.«

Der versöhnliche Schluß bestimmte auch den anderen Teilnehmer des Gespräches zum Entgegenkommen.

»Tatsächlich«, gab er zu. »In meinen Betrieben lasse ich neuerdings sogar Musikplatten laufen. Die statistischen Erhebungen, ob deshalb mehr geleistet wird, schweben noch.«

Arthur, den allgemeinen Betrachtungen nur zu sehr geneigt, hätte auch diese fortgesetzt. Stephanie blieb fest auf das Sachliche gerichtet. Nachgerade war ihr klar, daß der alte Biedermann nur redete, um Zeit zu gewinnen. Viel weniger unbesonnen als man meinte, hatte er sich in den Hintergründen zum Gespött gemacht, lieber, als daß er ganz vorn in die Angelegenheiten der Edelsitze und in lauter Dornen langte. Er tat ihr nicht leid, auch die Absicht, ihn zu quälen, lag ihr fern. Sie sprach einfach: »Die Dame fiel vor genau zwölf Minuten in Ohnmacht.«

Stephanie las es gewissenhaft von ihrer Uhr ab. Wie richtig hatte sie auch im übrigen gerechnet! Ein einziger unbewachter Augenblick, schon wollte der Greis sich drücken, ein vorgestreckter Fuß verhinderte es, er hätte den Flüchtling zu Fall gebracht. Es war der Fuß des häßlichen Entleins, das nochmals eingeschlichen und voller List in den Besitz eines Eckplatzes gelangt war. Soviel auf sie ankam, sollte nichts versäumt werden, damit ihre Feindin unter vernichtenden Umständen von den Knien, die sie besetzt hielt, und aus dem Saal entfernt würde.

Der Konservengreis, den Arthur gerade noch auffing, verlegte sich auf das Jammern. »Ich wäre bald wirklich zu Schaden gekommen. Ihr Empfang, mein Lieber! Ohnmacht! Kennen Sie eine Ohnmacht von zwölf Minuten nach der Armbanduhr?«

»Reden wir nicht länger!« verlangte Stephanie. Im Gegenteil forderte Arthur: »Ein letztes Wort! Herr Präsident, Sie sprachen, übereilt oder versehentlich, eine Entlassung aus. Wenn ich Ihnen aus der Klemme helfe, nehmen Sie die Kündigung Ihrer Mitarbeiterin zurück?«

»Es bleibt dabei« – der Präsident schöpfte Atem –, »daß ich ihre Bezüge verdopple.«

Jetzt machte er sich freiwillig auf den rechten Weg.

»Halt!« befahl der Gründer des Opernhauses. »Die Fürstin Babiline hat einen hohen Betrag gezeichnet. Ich werde sie von ihrem Fauteuil auf einen Strapontin verweisen müssen. Sie wird nicht zahlen. Wer tritt statt ihrer ein?«

»Ich«, sagte der Präsident als ein wahrhaft Mutiger, der den Zufällen in das Gesicht blickt, welches immer sie annehmen.

Nur drei Sitzreihen fehlten bis zu der verhängnisvollen ersten. Dem Schöpfer des Kunstinstitutes in das Ohr drückte der neue Hauptaktionär seine ganze Bewunderung aus: »Sie erpressen mich, wo ich wehrlos bin. Soll ich mich weigern, der Erwählten des Mächtigsten unter uns den Platz meiner armen Frau abzutreten? Soll anderenfalls der Zusammenbruch einer Greisin die Fortsetzung finden, daß wir unter dem Hohn der Menge aus dem Hause wanken? Ich zahle, du Muster eines Geschäftsmannes, ich zahle.«

»Sorry«, erwiderte Arthur. »Zeuge unserer Abmachung ist Ihre Sekretärin.«

»Deine Geliebte?« wurde gefragt.

»Familiennachrichten später.« Hiermit legte Arthur einen Arm um die Schulter des freundlichen Alten. Sie waren am Ziel.

Dort stand oder lag alles wie vorher. Nolus bediente mit kalten Umschlägen die ohnmächtige Matrone, die, in den Armen des Intendanten zusammengesunken, an ihrer Bewußtlosigkeit festhielt. Zur Rechten war die Haltung der anderen Gruppe womöglich noch weiter entartet. Die anmutige junge Person benutzte, um sich auszustrecken, den Rüstungsindustriellen nunmehr als Sofa. Ihre Beine, sicher waren es preisgekrönte Beine, hatte sie vollends frei gemacht, erhob sie in ganzer Länge bis zu dem Rand der Bühne und stützte die Füße dagegen.

Madame Babiline auf ihrem Eckplatz links, war genaugenommen nur noch Lorgnon. Ihre Schleppe, dies gefährdete Stück, zwei, drei aufgestickte Diamanten waren sein letzter Halt – Anastasia gedachte der Schleppe zu wenig, als es Zeit gewesen wäre. Ein Ruck, der Fetzen flog fort, es rollten die Edelsteine.

»Wer hat gewagt?« fragte die Fürstin zu spät.

Arthur, ein Mann, dem niemand Ungeschicklichkeiten zutrauen wird, überging die Frage, er forderte vielmehr: »Hoheit wechseln bitte den Platz.«

Vor Staunen erbleichte die Frau.

»C'est un ordre?«

»Sie hätten es von selbst tun können«, wurde ihr tatsächlich im Ton eines Befehls erklärt. Sie erkannte die dienstbereite Stimme nicht wieder.

»Je vois que vous vous passerez de ma Carmen, et de mon argent.« Sie überstürzte sich, sie bebte. Ihr hochmütiges Gesicht war jetzt schneeweiß.

»C'est le cadet de mes soucis«, bekam sie zu hören von diesem Agenten, ihrem Domestiken. Er erlaubte sich sogar eine geschwollene Stirnader zu haben. Madame Babiline mußte sehr irren, wenn der Mensch sie nicht anfuhr: »Seit zwölf und einer halben Minute verfolgen Sie den Skandal, der meine Oper ruiniert.«

»Vous m'intéressez«, sagte sie kalt und stand auf, bevor man sich vielleicht an ihr vergriff.

Die einzige wirkliche grande dame des Empfanges hätte ihn mit allen Zeichen der Mißbilligung verlassen. Auch nicht übel, dachten die abgehärteten Gäste, soweit sie etwas bemerkt hatten, aber die Musik spielte stark.

Nun ist es wahr, daß Fürstin Anastasia innerlich die Bewegung des hoch aufgerichteten Abgehens machte. Sichtbar war vielmehr, daß sie das nächste Gestühl umklammerte und nicht den Fuß heben konnte. Wie sehr sie unglücklich war, erfuhr sie selbst erst, als jemand sie anredete.

Nicht, als ob Stephanie einer reichen Person, die eitlen Sorgen nachhing, ein unerbetenes Mitleid aufdrängen wollte. »Ihre Diamanten, Madame«, sagte sie einfach und hielt die Steine auf der offenen Hand hin. Gerade die Schlichtheit war es, sie erschütterte das ärmste Weib, unter Verzicht auf andere Stützen gab es sich ganz in den kräftigen Arm, der ihr geöffnet wurde.

»Ich kenne Sie nicht«, stammelte sie. »Ich kann Sie nicht einmal sehen.« Sie versuchte es, durch den Schleier von Tränen.

»Ich bin nur das Gewöhnliche«, sagte Stephanie. »Nichts von Ehrgeiz wie Sie, Madame.«

»Mein Kind, Sie können nicht verstehen, was es heißt: noch einmal zu leben hoffen, und nicht als dieselbe.«

»Sie werden die Carmen singen«, hiermit erwiderte Stephanie das schwere Geständnis.

»Sie sprechen bestimmt, obwohl Sie gleichgültig sprechen. Wären Sie gewohnt, daß Ihnen gehorcht wird?«

Die Vermutung lief in merkwürdiger Weise der Wirklichkeit zuwider. Stephanie indessen fühlte, daß sie nicht enttäuschen dürfe.

»Die Hauptsache ist, daß Sie sich setzen«, riet sie der Dame, die es sich nicht einfallen ließ zu widersprechen. Ein schmales Brett wurde für sie heruntergelassen – neben der siebenten Parkettreihe, die vorderen hatten keine Strapontins, wie Arthur die Notsitze nannte.

Da saß nun eine Fürstin Anastasia, der zum erstenmal

im Leben die Lehne fehlte, und wo bleiben ohne sichere Rückendeckung die Hoheit, Anmut, unbeteiligte Haltung? Sie aber empfand keine Erniedrigung, das unbekannte Mädchen hatte wunderbar von ihr genommen, was zuviel gewesen wäre. Die Frau überzeugte sich nicht erst, ob hinter ihr das Kind stehe; sie glaubte es ohne den Augenschein.

Wir beide, dachte sie, ließ die geretteten Steine von einer Hand in die andere gleiten und entspann mit der Unsichtbaren, die auch wieder sie selbst war, ein nahezu heiteres Selbstgespräch. Wir beide verstehen uns. Nichts von Ehrgeiz. Wozu singt man die Carmen und verschenkt seine Seele? Für eine ganz verwahrloste Gesellschaft? Dort vorn die Gestalten, die uns vormachen, wie schamlos man sich ausstellt?

Mit Stephanie, die in Wirklichkeit nicht mehr da war, zählte sie her, wer alles vorn agierte: drei weibliche Mitglieder und von männlichen ein verwirrter Haufen. Wir spielen nicht mit, wenn die abscheuliche Greisin noch länger an Stelle ihres weggerutschten Diadems die kahle Platte zeigt, die entblößte Schönheit aber ihre derben Fesseln endlos von sich streckt. Auf der Rampe liegen die anschaulichen Extremitäten, höher als der Kopf und dick wie das unterlaufene Auge. Dafür meine Carmen?

Der inspirierten Dame wurde rückwärts eingeflüstert: Da haben wir ihn! Dieser hilflos alte Bart hat meine Schleppe abgetreten. Welch ein Jammer, wie er die Entseelte, seine Legitime wahrscheinlich, aus der Klemme losmachen möchte und nicht kann! Der Domestik im roten Frack will mittun, sie sind einander nur im Wege. Der Intendant gibt sie nun einmal nicht frei; unter dem Vorwand zu helfen, wird er ihr den schlaffen Hals abreißen.

Himmel! Daß alle mit dem Leben davonkommen möchten! Glauben Sie es? fragte Madame Babiline ihr zweites Ich, das bereitwillig antwortete: Man muß das

Schlimmste befürchten. Der Kriegsindustrielle in Person erscheint nunmehr erschöpft und dem Zusammenbruch ganz nahe. Das schwarze Individuum, dessen Haare erstaunlich tief angewachsen sind, legt jetzt einem Verlorenen die Kompressen auf seine fliehende Stirn. Vorher der Schönheit auf das Auge, der Greisin auf die Glatze.

Beide Stimmen, die innere der Fürstin und die abwesende ihrer unbekannten Freundin, vereinigten sich zu einem Stoßgebet: Maestro Tamburini! Sagen Sie ab! Sie sehen doch, hier werden zahllose Kompressen benötigt, mitnichten Ihr einziger Kehlkopf. Wo so viel Eiswasser verfehlt, Absterbende zu erfrischen, würde der Atem Ihrer Brust nur über die Toten hinwehen! Dies erfleht inständig Ihre niedrigste Schülerin, die verzichtet hat. Verzichten auch Sie! Sagen Sie ab!

Die gutgläubige Anastasia seufzte tief, ihr Sinn war beruhigt, das erstemal wieder seit ihrer schrecklichen Besessenheit. Da sie sich erlöst von ihrer Carmen fühlte, wünschte sie dem verehrtesten Künstler dasselbe Glück. Er hatte ihr abgeraten, der Öffentlichkeit zu trotzen, und sollte recht behalten, unter der Bedingung, daß er sich selbst mit einbezog. Wir haben begriffen, mein herrlicher Meister. Désormais, nous n'écouterons que notre respect humain. Nous lui devons le silence.

Wirklich hielt sie für ausgemacht, der berühmte Sänger werde um seiner Menschenwürde willen das Schweigen erwählen – als ob sie auch nur ihrer eigenen Enthaltsamkeit ein für alle Male versichert gewesen wäre. Jenseits des Vorhanges mit dem Gelage der Götter wartete der Erfahrene, Bejahrte, an den sie unbedachte Zumutungen richtete. Er hatte Geduld, hinter der Bühne rauchte er die gewohnte Zigarette, wie vor jedem anderen Auftreten, bis man ihn riefe.

Alles stimmt, insofern er sich an die Uhr hält und auf das Orchester achtet. Recht und schlecht leitet es den zweiten Akt ein, bald beginnt der Monolog des Ritters Des Grieux, des geborenen Liebhabers, der ein Geistlicher werden soll. Als ob man zuletzt nicht dennoch ein Geistlicher würde, denkt Tamburini. Was sonst bliebe dem Ritter übrig, wenn Manon dereinst tot sein wird? Geistlicher eh und je. Ma sono io, Cavaliere, ci conosciamo. Schon Priester, als wir Manon noch anbeteten. Oh, mia Manon!

So sprach Cavaliere Tamburini aus der Brust des anderen Vielgeprüften, den er sogleich singen, mit dem er sich verwechseln wollte. Es war sein Mittel, bevor er herauskam: man ändert sich nicht. Sono giovane, sono bello, anzi, un amore di prete, pieno di vita, eppure attirato mortalmente dall' antico fascino. Du, Manon, und ich, dein Ritter, beschwören zusammen den uralten Zauber, der nie vergeht. Unsterblich, geisterhaft, uns sieht man nicht, keine leibliche Hülle, ihr lauscht durch sie hindurch: l'antico fascino.

Nun, dies war die Manier eines Künstlers, der in Toscana ein grünes Häuschen besitzt, sich den Aufschwung der Gefühle zu geben. Andere machen es anders, oder unterlassen dergleichen ganz. Dieser Tamburini, so gut bei Stimme er sich übrigens weiß, muß einer Ermutigung wohl bedurft haben. Dabei geschah es ihm, daß er in seinen Erinnerungen die »Manon« von Puccini verwendete, und die Szene, die ihm bevorstand, ist von Massenet. Das war noch sein geringster Irrtum.

Er hätte die Zigarette weglegen können in die Schale mit Wasser, die ein Diener bereithielt. Er wäre durch eine Bühnentür aus bemaltem Sackleinen und hinüber geschritten, bis an den rollbaren Vorhang, der nach der Überlieferung ein rundes Loch, gerade groß genug, aufweist. Er hätte in das Haus gespäht, womit er gegen alle seine Gebräuche verstoßen hätte. Aber lassen wir ihn ausnahmsweise nicht stolz, sondern lüstern sein, dann würde er also die vorderste Sesselreihe beobachtet haben bei ihren Anstalten umzuziehen. Meno male! Tutti matti!

Durch das Loch gesehen, benahmen sie sich verrückt, indessen sie gerade jetzt um Ordnung und Anstand bemüht waren. Die alte Dame wurde ihrer Ohnmacht entrissen, obwohl ihr alter Gatte fälschlich angab, es währe oft Stunden. Arthur dagegen: in einem Ton, der keinen Widerstand erlaubte, fragte er die Bewußtlose, was die Musik spiele; und als sie die Antwort lallte »Lohengrin«, erklärte er den Zustand für behoben. Blieb nur übrig, daß der starke Mann der Gruppe sie zwischen den Schenkeln des Intendanten hervorzog, so tief war sie gesackt, und sie auf den verlassenen Platz der Fürstin setzte.

Just a moment, Nolus muß zuerst noch eine Widerspenstige zähmen. Das zarte Wesen mit den dicken Fesseln hatte den Rüstungsmann preisgegeben, sobald ihm nicht wohl wurde. Sie stand von ihm auf, unbeteiligt wollte sie ihrer Wege gehen. Ein fester Griff um ihre gewölbte Rückseite holte sie zurück. Nolus drohte ihr mit noch einem verbeulten Auge. Sie ließ es sich gesagt sein. Des Anstandes wegen erhob sie Einwände: Was »der alte Knochen«, so nannte sie ihren Freund, sie angehe. Sie werde nicht dafür bezahlt, daß der »Penner«, wie sie ihr eigenes Opfer bezeichnete, ihr unter den Händen wegstürbe.

Nolus sprach mühelos in ihrer angeborenen Ausdrucksweise. Unter den Händen, sagte er, wäre der »Hundertmarkfreier«, oder welche Münze er ihm beilegte, ihr keinesfalls eingegangen, da sie ihn bekanntlich als Sofa benutzt hatte. Den Teil ihres Körpers, den er meinte und treffend betitelte, drückte er auch schon auf das angrenzende Kissen, das ihm nun einmal bestimmt war, ob ohnmächtige Greisinnen dort lagerten oder nicht.

Angetroffen wurde keine. Der nachlässigen Person wäre es gleich gewesen, sie sitzt auf wem sie muß. Ohne jeden Übergang kehrte sie zu der anbefohlenen Verführung ihres Nebenmannes zurück. »Das wäre noch mal gutgegangen«, sprach sie über ihre nackte Schulter, und damit er ihre Gegenwart fühlte, hauchte sie ihm kräftig in den offenen Mund.

Wie wenig es dem duftigen Geschöpf ausgemacht hätte, auf ihr Platz zu nehmen, die ältere Frau hatte »Lohengrin« erkannt, auch sonst sah sie klar, dem neuen Angriff wich sie aus. »So bewußtlos ist man in unseren Kreisen denn doch nicht«, eröffnete sie dem Intendanten, der lange vergeblich an ihr gezerrt hatte. Ehe er es sich versah, war sie hochgekommen, machte einen lebhaften Sprung über seine Füße und ließ sich federnd nieder, wo man sie haben wollte. Eine Fürstin war darum ausgewiesen von dem Ehrensitz.

Im Handumdrehen war auch ein Stuhl zur Stelle, der Konservenpräsident ruhte, aller Sorgen enthoben, an der Seite seiner Gemahlin. Arthur erkannte hier, daß es nicht nötig gewesen wäre, Anastasia von der ersten nach der siebenten Reihe zu verschicken. Geschehen ist geschehen, Maßnahmen, die von Entschlossenheit zeugen sollen, werden im nächsten Augenblick unverständlich. Zum Folgenden! Arthur verfügte sich auf Wegen, die er allein kennt, aber auch sein Sohn wird noch beweisen, daß er im Geheimnis ist, nach dem Cabinet der Pompadour, falls die Künstler seines Zuspruchs bedurften. Ihre empfindliche Natur konnte verstimmt worden sein.

Vor dem schmalen Rund einer ältlichen Psyche, die nur nebelhaft spiegelte, traf er die Sängerin Alice an. Sie hatte Lampenfieber, prüfte auf einmal ihren Hals und Mund, als wäre dieses Handwerkszeug ihr seit heute anvertraut, und ängstlich nahm sie zur Kenntnis, daß sie von einem »guten« Publikum erwartet werde.

Tamburini stand, wie andere vor ihm, unter dem Kranz, auf dessen Schleife die Unsterblichkeit angepriesen wurde: nach allem Vorgefallenen hatte die Inschrift nichts Erhebendes mehr, man wurde davon verlegen, wenigstens Arthur. Der Weise von Toscana machte sich nichts aus den Vertröstungen auf die Nachwelt, und von den Mitlebenden, besonders den Vorderen der Seinen, hielt er ungefähr so viel, wie das Loch im Vorhang ihm gezeigt haben würde, angenommen, er hätte hinausgesehen. Indessen war er nicht lüstern.

Arthur fragte ihn – der Vorsorge wegen, damit kein Mißtrauen aufkomme, aber gerade seine Frage hätte es erzeugen können: »Sie haben Lärm dort draußen gehört, Maestro? Oh! nicht Lärm, ich übertreibe absichtlich. Sagen wir dann doch gleich Skandal, sagen wir Streit und Prügelei, offener Aufruhr, ein Aussetzen der gesellschaftlichen Ordnung, mitsamt Attentaten gegen die Sittlichkeit, gehen wir bis zu Personen von Rang, die in Ohnmacht fallen oder mit Apoplexie drohen! Ich scherze, davon ist nichts zu Ihnen gedrungen, Verehrtester, und hat auch nicht stattgefunden, weil nur sein kann, was sein darf. In Erwartung Ihres Auftretens, ich bitte Sie! Was Sie vernahmen, waren Geräusche der Vorfreude.«

»Vous n'êtes pas dans votre assiette«, bemerkte Tamburini, und wirklich, dem Agenten im roten Frack war gar nicht wohl. Die Erklärung fand der Weitgereiste leicht: an dem Erfolg des Abends hing sehr viel Geld – zum Beispiel das Geld seiner Verehrerin Madame Babiline, wie ihm einfiel. Er beteuerte sein Bedauern, daß er gerade ihr habe mißfallen müssen. Er versprach, seine Verfehlung wiedergutzumachen. Wie oft schon, in wie vielen Ländern der Erde, habe sie von ihm den Mut zu leben erhalten, nichts anderes suche eine Seele wie sie. Ihrer sei er auch diesmal gewiß, er werde im Singen nahe vor sie hintreten, wie immer sitze sie natürlich ganz vorn.

Bestürztes Schweigen des schuldbewußten Arthur. Er hätte noch am ehesten gesprochen: Sie Mann von außerhalb der Welt, mit Ihrer unverlierbaren Stimme, Ihrer Heimat und umgrünten Zuflucht! Statt dessen folgte das Klingelzeichen, erlassen wahrscheinlich von dem Kapellmeister Wagner.

»Nous voilà«, sagte Tamburini, bekreuzigte sich und setzte den Fuß auf die Stufen zur Bühne. Er richtete nochmals das Wort an seinen nervösen Direktor: »Du courage, mon ami! Tout passe, j'en ai pour quelques minutes.«

Er hätte noch hinzugesetzt, daß er bis dahin kaum gewartet habe. Für all das Unheil, wie sein abergläubischer Freund es soeben auszumalen beliebte, sei einfach nicht Zeit genug gewesen während der kurzen Takte des Vorspiels. C'est surtout faute de temps que, parfois, le pire n'arrive pas, würde er beiläufig mitgeteilt haben aus dem Schatz seines Wissens. Die Klingel gab aber das zweite Zeichen: Tamburini trat hinaus.

Andächtig, gemäß seiner Rolle, betrat er das getäfelte Zimmer der geistlichen Anstalt, ein Des Grieux im Frack, mit leichtem Umhang, der allenfalls den Abbé andeutete, aber je nachdem erkannte man auch den schwachen Versuch, die Unebenheit der Schultern auszugleichen. Die erste Regung des Publikums war zweifellos: Ah! das Mäntelchen. Ein beifälliger Empfang ist an dieser Stelle versucht worden. Der Applaus setzte stark ein, und geradeso plötzlich, aus unerklärten Gründen, brach er ab.

Der berühmte Sänger hat sich wenig geneigt, zu wenig, fand man wohl, denn schließlich ist dies ein Konzert: er spielt keine Rolle, er verkörpert keinen Priesterzögling, der vor den Weihen durchbrennen wird, weil er hübsch ist und verführt wird. Er ist und bleibt der bucklige Tamburini; bei uns steht es, seinen Schaden zu vergessen oder nicht.

Angedeutet, wie die geistliche Erscheinung selbst, war

auch ihr kleiner Umkreis, zur Rechten die Tür mit dem Kreuz darüber: Manon wird dort auftreten; gegenüber das Kruzifix, und zu seinen Füßen der Betstuhl. Wer ihn unbenutzt läßt, ist dieser verwöhnte Tenor. Man sieht: der Beifall hat ihm nicht genügt, er will stürmischer empfangen sein! Seine schmale Hand beschreibt in Richtung der Bank einen Halbkreis, um zu sagen: Ich sollte hinknien; man schenke es mir und sei glücklich, weil ich singen werde! So versteht man ihn und mißversteht ihn.

Vergebens ist einer namhaft, gerade sein Ruhm täuscht die Leute nur. Tamburini, überheblich, Tamburini von einem Publikum verlangen, daß es eine Handbewegung für das wirkliche Hinknien nehme! Grobes Mißverständnis, unbegreiflich, daß eine ausgesuchte Versammlung es begehen kann. Aus Achtung vor ihr kniet er nicht hin und vermeidet, um der wohlbedachten Schonung ihrer optischen Erregbarkeit willen, gleich anfangs seine Rückseite darzubieten. Man sollte verstehen.

Dieser ungewöhnliche Mann mit seinem Takt für das Menschliche wird immer glauben, daß die meisten nicht eigentlich boshaft, sondern unglücklich sind, das heißt mißraten im Herzen, während er es nur zwischen den Schultern ist. Sie lachen, er weiß; er hört ihre bedauerliche Belustigung noch vor dem Ausbruch, er fühlt sie im Entstehen. Es ist immer dasselbe, sooft es ihm zustößt, es beginnt mit Ansätzen, die lustlos, eine Verlegenheit für den Lacher sind. Der Lacher könnte es lassen; er scheint eine peinliche Schuld abzutragen, wenn er lacht.

Arme Menschen! Aber Tamburini verrät ihnen kein Mitleid, das sie demütigen könnte, sie unempfänglich für das Gute machen müßte. Er besitzt eine innere List, das Gute und Vollendete dennoch durchzusetzen gegen den geteilten Empfang bei der Welt.

Seine Miene wird zusehends gehorsam. Das Meisterhafte: daß sie auch würdig bleibt. Euch beliebt, mich zu verhöhnen. Ihr trefft mich nicht, ruhig zugegeben, daß ihr im Recht seid. So lacht denn vorläufig! Die Höhe eures Vergnügens, wenn es eines ist, sollt ihr erst noch erreichen. Dem zaghaften Gekicher folgen leichte Aufschreie, die weh tun wollen – wem? Oh! mir, der ich vereinsamt hier oben stehe. Ihr selbst habt keine schwache Stelle.

Hinter seiner geduldigen Stirn dachte Tamburini, daß sie leider sich selbst beleidigten, ihre Achtung vor der Person, ihrer eigenen, und fanden dessen kein Ende. Waren nunmehr angelangt beim reihenweisen Gelächter. Eine Abteilung lacht sich tot, die nächste zischt sie nieder und reizt die folgende, auszuschweifen. Das ergibt einen greulichen Chor der Selbstverleugnung, mit dem einzigen Zuhörer hier oben, seinem Gehorsam, seiner Würde, List und wohlerhaltenen Besonnenheit.

Unter Tränen der Ausgelassenheit sahen sie ihn gar nicht mehr, er aber beobachtete. Gleich unter ihm die augenfälligsten Ehrengäste, was tragen sie bei? Nun denn, jeder nach seinem Vermögen. Ein halbnacktes Geschöpf schwingt sich auf die Schenkel ihres Nachbarn rechts, eines hohen Würdenträgers, wie man sagt, er wird früher oder später in seinen Beruf zurückfinden, wird aufhören mit dem kläglichen Gebell, das sein Lachen vorstellt. Die Entblößte turnt inzwischen hinüber, auf den Schoß des Intendanten, der ihr etwas anvertraut, des Sinnes, daß Tamburini ausgesungen ist.

»Er hat so wenig Stimme wie du, honey«, sprach der Intendant. »Unsereiner kann irren, das Publikum nie.«

So dieser Sachverständige und Leithammel des öffentlichen Vergnügens, was er hat werden müssen durch eine besonders pünktliche Nachgiebigkeit gegen jede höhere Laune. Tamburini nennt es weder Gesinnungslosigkeit noch Schwäche. Er will dem verdienten Mann eine seltene Tugend zuerkennen, die Demut – die mir versagt ist. Ich beuge mich keinem Gelächter, obwohl ich es gehorsam entgegennehme. Innerlich voll List und Hochmut, erwarte ich meine Stunde, ich sollte sagen: die Vergeltung. Auf Wiedersehen, Eure Exzellenz mit Ordensstern und müdem Herzen!

Der Rest der vordersten Prominenz fesselte ihn trotz seinem besten Willen nicht genug: die wacklige Greisin, die ihr verrutschtes Diadem auf keine Weise mehr an Ort und Stelle brachte, vom Lachen zitterten ihr die Hände; schließlich aber ein Graubart ohne Bosheit, nur angesteckt. Im Fall dies kein virulenter Lachzwang, sondern die Lungenpest gewesen wäre, hätte der Brave sich ihr in gleicher Harmlosigkeit anheimgegeben. Sicher schmerzte es ihn, den Mund aufzureißen, daß Bälle hineinpaßten, wenn man zielte und warf. Genug, wie steht es um Madame Babiline?

Tamburini empfand ihretwegen einen stillen, schweren Kummer. Zuerst beleidige ich sie, in meinem unheilbaren Drang zu bessern, sciocco che sei! Bouffi d'orgueil! Dann lade ich sie zu diesem Schauspiel, und sie muß die Flucht ergreifen. Sie erträgt schwerlich die Martern ihres Maestro, gesetzt, es wären Martern. Zufällig hat sie meinem Auftreten immer nur beigewohnt, wenn es mit Anstand verlief. Nein doch, Verstöße fehlen selten, und bevor meine Stimme siegt, hat den Erfolg mein Buckel. Er errang in ihrer Gegenwart vielleicht noch niemals diesen lauten, langen?

Vais-je perdre mon sang-froid? Stia zitto, poverino! Du fängst an, ihn zu überschätzen. Er bildet eine bescheidene Unebenheit, sie langt nur gerade für diese einzige Minute der allgemeinen Erheiterung. Sogleich werden die gewohnten sechzig Sekunden abgelaufen sein, gleichviel, was du dir, während sie vergehen, ausmalst oder einbildest. Die kleinste Spanne der Uhr hat Raum für alle meine Gedanken: der entsetzte Abgang einer Person vollzöge sich schwierig, er verlangt mehr Zeit, als gegeben ist, und mehr Unabhängigkeit, als eine einmütige Gesellschaft zuläßt. Ihre Hoheit Anastasia muß vorhanden sein.

Dies einmal ausgemacht, fand er sie. Die Fürstin saß wohlgezählte sieben Reihen zurück auf einer Klappe und bewegte gegen ihn den Kopf, es konnte Wiegen oder Nikken sein. Mißbilligung bedeutete es jedenfalls. Der Vereinzelte hier oben fühlte sich getroffen – von der einzigen, die nicht lachte. Er verstand: ich habe sie beleidigt, wie sehr ist sie im Recht, mir entgegenzuhalten, daß ihr eigenes Auftreten wohl schwach, aber kein Skandal wäre!

Nur gut, wenn er Anastasia mißverstand. Er war nicht zugegen gewesen, als sie ihres Ehrensitzes verwiesen wurde. Ihr hatte die Auslese der Edlen ein entmutigendes Schauspiel geboten, bevor ihm selbst dasselbe zugedacht wurde von der vollzähligen Versammlung. Sie war erniedrigt worden, ohne daß körperliche Abweichungen dazu herausforderten. Sie hatte in einem Alter, das verschwiegen wird, den Empfang bei der Welt nunmehr erfahren. Verzichtet hatte sie, vermeintlich für immer, auf jede Darbietung ihrer gerade gewachsenen Glieder und ihrer Stimme, die in den üblichen Opernhäusern nicht über das Orchester gegangen wäre.

Auch von dem Künstler, dem sie oftmals nachgereist war durch Länder und Erdteile, forderte sie zu guter Letzt, daß er verzichte und abgehe, ja, abgehe durch die Tür aus gestrichenem Sackleinen. Machen Sie nicht nur Ihre Schultern unsichtbar, Maestro, die dürften Sie zeigen. Entziehen Sie der Welt Ihre wohlgebildete Seele und erzogene Stimme!

Er irrte, der Weise von Toscana irrt. Er hält Anastasia für eine Beleidigte und Erniedrigte. Aber sie warnt ihn, für diese Welt zu schön zu singen; sie will nicht, daß er mit einem wohllautenden Wesen quittiert für alle aufgedrungene Häßlichkeit: am Rücken trägt er die geringste. Alles gegeneinander verrechnet, trägt er gar keine.

Der Verwachsene dort oben ist erbleicht, er zieht sich um zwei Schritte zurück, schon fürchtet man, daß er die Bühne verläßt. Dem Kapellmeister auf der Galerie, die über der Szene schwebt, gibt seine Hand ein Zeichen abzubrechen. Das hätte früher geschehen können, ohne Musikbegleitung wären die Lacher weniger anonym geblieben, vielleicht, daß sie sich durchschaut und gebändigt hätten. Der Dirigent in der Maske Wagners mag an dem Zwischenfall sein Wohlgefallen gefunden haben: man bedenke, einer Größe, gegen die es sonst kein Mittel gibt, ist dennoch beizukommen, furchtbarer als uns Unberühmten.

Die Maske klopfte ab, und nicht nur dort oben, im ganzen Hause war es plötzlich zum Erschrecken still. Wahrscheinlich hatte das Haus seine vorschriftsmäßige Lachminute ohnedies abgearbeitet, es schwieg noch um einen Atemzug früher als die Instrumente, überhaupt wird es ganz so außerordentlich nicht aufgeführt haben. Oder es wäre ein eigens zusammengesetztes Haus, das in jeder Hinsicht das Maß überschreitet, und was es an Grausamkeit zuviel tat, wird nachher eingeholt werden von seiner Selbstachtung, respect humain, wie sie auch heißt, und von anderen hohen Kräften derselben Gattung.

Glück und Segen mit dem Haus! Dies wünscht dir innig dein Tamburini, der dich tief begreift. Seine innere List, die aus reinem Herzen kommt, bewog ihn, nicht abzugehen durch die Sackleinwand, vielmehr benutzte er den angetretenen Rückzug, um nach dem Betstuhl zu gelangen. Jetzt war der Moment und war kein leichtfertiges Wagnis mehr, dem Publikum seinen Rücken hinzuhalten, mit dem vollen Anblick seiner Unebenheit. Er kniete vor dem Gekreuzigten nieder, seine Stellung beschönigte nichts, sogar das Mäntelchen ließ er weggleiten und hob die Hände zum Gebet.

Es war sein Ernst, in seinem Herzen redete er wirklich

zu dem hohen Herrn, und blieben seine Lippen auch stumm, hinter ihm das andere ergriffene Schweigen eines vollbesetzten Hauses begleitete ihn willfährig. Öffne ihnen den Sinn! bat er. Du weißt es besser als ich, wie sehr sie zum Unfug neigen, angefangen mit Golgatha, aber fürchte nicht etwa, daß ich lästere! Um eine kurze Weile will ich schwerlich bei dir im Paradiese, nur auf meinem mäßig bequemen Landsitz denk ich zu sein und zu ruhen. Inzwischen gib mir Mut und Kraft, da ich noch einige Male singen muß – vielleicht zu deinen Ehren, aber daß ich mich nicht vermesse! Ich habe dir rein gar nichts zu erwidern, wenn du mir schenkst, wessen ich bedarf, das sind Mut und Kraft.

Hinknien und Aufstehen, beinahe wäre es dieselbe Bewegung gewesen, nach gemeinem Ermessen blieb kein Raum dazwischen, um in der Tat zu beten, was denn niemand als wirklich geschehen ansah. Tamburini in seinem schlauen Sinn war einverstanden, daß sie ihn beim Beten für einen Schauspieler hielten, ihm aber seine nunmehr folgende Ansprache hoch anrechneten wie eine Eingebung, ihnen allein gewidmet, niemals vorgesehen, und ausprobiert schon gar nicht. Der alte Verwachsene trat gemessenen Schrittes, was kommt jetzt, vor die Rampe und sagte her: »Ich bin hier, nicht mich sehen, sondern mich hören zu lassen.«

Er sagte her, aber wie! Stolz und Gehorsam sind meisterhaft gemischt. Eine abseitige Persönlichkeit ergibt sich der Masse, während sie ihre ganze Würde rettet. Der Glanz der Stimme huldigt den Empfängern, und ihn, der sie sendet, entrückt ihr Glanz.

Man ist betroffen, denn Erzengel erscheinen nicht, obwohl, wer bringt es auf der bekannten Welt bis zu dieser wohllautenden Autorität? Gar niemand, kein Präsident oder anderer Gewaltiger. Wir beugen uns. Dabei wissen wir durchaus: die Autorität hat in ihrem Rücken keine

Panzerdivisionen, nichts weiter hat sie als ihren Buckel. Seine kleine Ansprache, die uns vernichten soll, der sogenannte Meister hat sie auf ungezählten Bühnen der Welt an uns gerichtet, einige erinnern sich. Heut ist sie dennoch neu, gebietet über Macht und Befugnis wie vorher nie. Man sollte ihm ein Wort wie »Schwindler!« zurufen. Leider paßt es auf ihn schlecht. Wäre bei ihm erfreulicherweise verfehlt. Er wird singen.

Hörbares Aufatmen des Hauses – dann der Beifall, zum Empfang des berühmten Gastes, derselbe Beifall, der vor Minuten wohl unternommen, sogleich aber gestört worden war. Das ist nun eine Art von Beifall, wie niemand ihn erhält, oder soeben hätte ein Mißgriff stattgefunden und soll ausgeglichen werden. Darum war das Haus mit allen seinen erhobenen Händen und Köpfen beispiellos bemüht. Auf den Sitzen machte man sich größer, damit das Händeklatschen noch höher oben geschehe, und Bravo wurde aus umgelegten Hälsen gen Himmel gerufen. Wenigstens das Haus selber erinnerte sich hierfür keines Beispiels.

Sehr richtig, dasselbe Haus war niemals dagewesen. Wer hätte vor ihm einen ähnlichen Sturm verübt? Das weiß allein Tamburini, und behält es strenge für sich. Das Orchester tat mit, Mendelssohn und Bach bekamen rote Augen von ihren angestrengten Zurufen. Chopin vergaß, daß er seine Hände hatte gegen Unfälle versichern lassen, durch wilde Schläge auf das Holz seines Klaviers setzte er sie Beschädigungen aus. Als das Publikum, in seinen Gefühlen radikal, tatsächlich auf die Füße sprang, wollten die Musiker nicht zurückbleiben, sie erschütterten ihren luftigen Balkon, Kapellmeister Wagner fürchtete den Einsturz, in der Not verzieh er dem Sänger seine Berühmtheit.

Er kniete hin, es war nicht mehr, als in diesem Augenblick erlaubt schien. Erst im nächsten wird es zu viel und eine Beschämung sein. Die Viertelminute des Beifalls, der nicht enden wollte, war zu Ende, es wurde still, während Wagner hinunterrief: »Benito! Für dich spielen wir kniefällig.«

Niemand lachte, trotz Unbehagen: daran ermesse man die Kundgebung beim Empfang eines Tenors, der noch immer nicht gesungen hat. Er selbst, mit gewohntem Takt, drückt aus, daß es Zeit wird. Als Dank an das Haus legt er die Hand auf das Herz: sehr ergeben, aber noch anmutiger als ergeben, womit eine gewisse Flüchtigkeit der Gebärde entschuldigt sei. Ernst bleibt sie, und ein Empfang wie dieser, von einem Haus wie hier, war nie dagewesen. Jetzt ist er dagewesen.

Kurzer Wink nach dem Dirigenten, in aller Freundschaft gerade scharf genug: er möge dem geschmackvollen Hause keine Übertreibungen zumuten, sondern von seinen Knien aufstehen und wieder anfangen. So geschieht es. Der Sänger erwartet seinen Einsatz. Nein, kein Konzertsänger, der jemals Schwierigkeiten zu bestehen hatte: der Ritter Des Grieux in eigener Person nimmt seine bekannte Haltung ein. Er sucht aufwärts gewendet die fromme Kraft, Manon zu vergessen. Er ringt verzweifelt und doch mit der überlieferten Artigkeit um den Mut, ein wahrer Geistlicher zu werden. Er hat ein Publikum und weiß es. Alle Rücksichten beiseite, ist er äußerst allein mit sich und singt: »Oh! fuyez, douces images.«

Man nennt es eine Arie und kennt ihresgleichen, aber was wird unter diesen Händen daraus. Wer hört, gedenkt eigener, verfehlter Vorsätze, bange von Hoffnung, als wären sie nicht endgültig aufgegeben. Man starrte in das Licht des Scheinwerfers, natürlich läßt Arthur ihn genau jetzt in Tätigkeit setzen. Man starrte in den weißen Kreis und sah den Sänger nicht, keine leibliche Hülle, durch sie hindurch wird gelauscht, wie er es gewollt und gesagt hatte. Einige senkten still das Gesicht, eine sanfte Träne rann und fiel. Nebenan beneidete oftmals ein anderer, der nicht weinen konnte, die fremde Träne. Jeder erkennt in dem Nächsten sich selbst und läßt ihn für diesmal gewähren.

Darf eine Nutte schluchzen? In der vordersten Reihe die Verderberin des Rüstungsmannes, entblößt wie sie ist, darf vernehmlich aufschluchzen? Sie hat mit ihrem Opfer ungleich Schlimmeres vor, als was Manon ihrem Ritter zudenkt. Ihre Entschuldigung ist, daß beide, Manon und die andere Nutte, weder etwas denken noch vorhaben. Sie tun, wofür sie bestimmt sind. Auch Präsident und Ritter gelten vor dem Schicksal gleich. Es wird vollstreckt werden, ob Tamburini singt oder die nachlässige Person dort unten von Rührung gepackt wird. Alles begreifen wir.

Solange er singt: »Oh! fuyez«, finden verhärtete alte Leute zurück zu den »süßen Bildern«, die er bereut, die er ersehnt. Jugendliche dagegen, denen dieselben Bilder nur alltäglich sein sollten, erschrecken vor ihnen: man blicke rückwärts in die Halle. Dort steht das Fußvolk und bildet tragische Gruppen, wie um einen, der stürbe. Auf verschränkten Armen liegt ein zitterndes Kinn. Nun, ihre Stellungen werden bald wechseln, ihre Eindrücke vergehen. Wenn etwas bleibt, findet es sich offenbar im Parkett, elfte Reihe, Mitte: genau Nummer fünfundvierzig.

Die Ziffer des Platzes kann nicht höher sein, da die beiden weitläufigen Abteilungen von Sesseln dem Gang in ihrer Mitte einen verhältnismäßigen Raum lassen. Der gewährten Breite ungeachtet, hat seinerzeit eine gebildete Menge, die damals rätselhaft entartete, hier um die Niederlassung gekämpft, der rote Bodenbelag trägt die Spuren; sogar eine goldene Handtasche, hoffentlich unecht, liegt mitten darauf. Die Dame vermißt sie noch nicht.

Melusine allein hat ohne Mühe das Ziel erreicht, ein ungesuchtes, aber die Stätte war ihr bereitet. Nummer fünfundvierzig, ein angehängtes Schild aus Pappe zeigt ihr genau die Zahl ihrer eigenen Jahre, wie sich das trifft! Frage nicht, dies ist der Tag der ungereimten Zufälle, der Zusammenhänge, die sich bitter reimen.

Sie mußte nehmen, was sich anbot, Nummer fünfundvierzig: kein anderer besetzte den Platz, der doch gleich am Wege stand, und alle übrigen wurden erobert. Einen freien Eckplatz so vielfach zu übersehen! Aber er war vergeben, frage nicht. Melusine konnte nicht anders, das Gedränge trug sie wohlbehalten bis hierher und nicht weiter. Da lehnte sie, neben ihrer weißen Schulter baumelte schwarz und aufdringlich die Zahl ihrer Jahre. Mehrmals war sie nahe daran, das Ding herunterzustoßen auf den Boden, wo mehr lag. Jedesmal unterblieb die Regung.

Melusine hat nicht mitgelacht, als das Haus sich an dem unglücklichen Tamburini rächte für seine Mißgestalt, oder wohl eigentlich für seine berühmte Stimme. Der Gedanke ist von ihr, niemand sonst hat ihn gehabt. Als er betete, war sie es, die ihm glaubte, ja, auch sie hat gebetet. Um Mut und Kraft? Das steht dahin, es ist ihr selber unbewußt. Erst sein »Weicht von mir, ihr süßen Bilder« hat sie aufgeklärt, über den Sänger ganz, wie sie meint, und bis ans Ende, meint sie, über eine Melusine.

Indessen er singt und seine unwiederbringliche Arie hinaus in die erstaunte Welt entsendet, schließt sie die Lider in dem Gesicht, das Marmor wird, das mit sich fertig ist: die schönste Tote, wie sie leibt und lebt. Wenn sie denkt, dann schwerlich wohl, daß man sie nie mehr sehen soll – da dieses Bedürfnis schlechthin all ihr Trachten von selbst begleitet hat, seit eh und je. Eine Melusine, das Weltkind im Unglück, das verzichtet, gesehen zu werden und der Eitelkeit absagt? Geliebteste Frau, spricht jemand zu ihr, das tut man einfach nicht.

Die Stimme ist ihre eigene, innere, sie gibt sich klar, melodisch, kraftvoll. Sie meldet der in sich selbst vertieften Schönheit, daß sie wohl sterben wird, denn wer überlebt das Ende der Liebe; aber sehen wird man sie dennoch, in einem Glassarg wunderbar. Ihr wird wohler sein als zu den Zeiten der unzuverlässigen Geschäfte und Lieblinge. Beruhigt wird sie ihre Anbeter empfangen, dies singt die innere Stimme, im Gleichklang mit Tamburini, der, ganz wie Melusine, eine stürmische Musik macht, um den Wunsch nach Frieden auszudrücken.

Es ist ein Duett, des Sängers und der Lauschenden. Sie eignet sich von ihm den starken Wohllaut an, übrigens auch die prunkhafte Ausstellung im gläsernen Sarg. Tot wird er nur auf diese Art sein, sie weiß es aus noch gegenwärtigen Beispielen: hinter Glas, geschminkt, im Frack nach der diesjährigen Mode, und zu seinen Häupten, unter Blumen versteckt, entsendet ein Apparat seine unsterbliche Stimme: »Oh! fuyez.« Das ist vom Verzicht und der Verewigung die zierliche Vorstellung der unseligen Melusine, und sie glaubt sich einig mit dem Weisen von Toscana.

Wenn ihre unweisen Gedanken bis zu ihm drängen, gekränkt wäre er darum nicht. Sie begeht nur einen der hundert Irrtümer, die er in jedem seiner wahrhaft ergriffenen Häuser herausfordert. Er kennt seine Wirkung. Die Prinzessin und die Milliardärin, die er beide entführt haben soll, gehen in den Zauber mit ein. Ritter Des Grieux muß, wie herkömmlich, die Augen verdrehen. Sein Vorsatz, fromm und stille zu sein, bedarf eines außerordentlichen sinnlichen Aufschwunges, damit er überzeugt – wovon? Daß begehrenswert kein Friede, nur Manon sei.

Aber der Friede, mit aller Güte und Barmherzigkeit, die sein Geleit sind, finden sich in der Brust des Sängers, wie schließlich doch gefühlt wird. Er ist begabt, dieser nicht einwandfreie Tamburini, den hohen Sturm der fleischlichen Begierde zu entfesseln, ihren ungeheuren Wohllaut, Überschwang und Triumph, daß es eine Herrlichkeit und Qual ist. Ecco l'artista. Er ist bis zu dem Grade begabt, eure Gelüste, all euren Anspruch auf die Welt zu singen und zu sagen, daß ihr ihn, als unerträglich und vergeblich, ablegt und verzichtet. Ecco l'artista.

Es dauert nicht, wie er sonst weiß. Nur solange er arbeitet, verwandelt er sich selbst, das Haus, die Menschen. Seine Stimme trügt, tröstet, macht schön und gut. Als er damals sein »Oh! fuyez« geendet hat, ist es ihm ergangen wie schon oft. Man schwieg ziemlich lange, den Bruchteil einer Minute rührte niemand sich. Dann kam der Beifall zage, als wär er nicht erlaubt und zu gering für diesen Meister. Dann faßte man Mut, des Jubelns fand man kein Genüge.

Das Fußvolk der Halle machte sich in Richtung der Bühne auf. Die Parkettgäste gaben ihnen Raum, ohne Ungebührlichkeiten umringte man gemeinsam den kleinen Mann dort oben, die Zurufe hielten ihn fest, das Händeklatschen holte ihn aus der sackleinenen Tür zurück, sooft er rücklings hindurch war und sich anstellte, als schlösse er sie ernstlich. Niente paura, ich bin schon wieder da, nur daß ich zwischen den Hervorrufen unmerklich längere Pausen einlege, bis ich mit Anstand ganz fortbleiben werde, bevor eure Huldigung entarten kann und eine neue Roheit würde.

Vorläufig kommt er gehorsam heraus, soviel verlangt wird, das Licht des Scheinwerfers folgt ihm, wohlüberlegt hält er auf halbem Wege an – die Nähe wäre ein Mißbrauch beiderseits, zwischen ihm und dem Hause darf nicht mehr als eine sinnbildliche Vertraulichkeit aufkommen. Diese macht er anschaulich, wenn er sich selbst die Hände schüttelt. Das will gekonnt sein. Seine Hände umfassen einander und werden unwiderstehlich gerüttelt und geschüttelt, ein ergriffener Dank an alle, denen er sie reichen möchte. Leider muß er allein im weißen Kreise stehen.

Geht ab, immer rücklings, weil die Bescheidenheit und noch ein körperlicher Umstand es will, folgt gehorsam dem Befehl, sich zum vierzehnten Mal zu zeigen, schüttelt Hände, die seine eigenen sind, und hat ein neutrales Gesicht, als wäre nicht er es. Pronto l'artista, beteuert sein Gesicht dieser fremden Bevölkerung und fügt hinzu, wenn man es verstehen könnte: Se la goda, genieß das Fest nur, was geht mich's an.

Zuletzt hat er den Einfall, der wahrscheinlich oft geübt ist: er lenkt den Jubel der Bevölkerung, die nicht wegfindet, auf das Orchester ab. Seht dort oben, tanti distinti professori! Und während alle Köpfe hinaufgerichtet sind, vollführt er unbemerkt seinen endgültigen Abgang – nicht rücklings mehr; sondern die Sackleinwand fällt zu, als ob nichts wäre, über seinem hergewendeten Buckel.

XIII. Zwei hart Geprüfte

Hiernach blieb der Vorhang offen, der Dirigent erinnerte durch starkes Aufklopfen an die Fortsetzung des Konzertes, das Publikum ordnete sich wie vorher, das Orchester leitete die nächste Nummer ein.

Nicht zu vergessen: dies ist ein Konzert, kein Theater. Die Anspielungen auf eine Opernaufführung sind für Kenner bestimmt. Eine Auslese der Besten nimmt zur Kenntnis, was geboten wird, und schließt mit erprobter Sachlichkeit auf die bevorstehenden Leistungen der Bühne, die man erst noch eröffnen will. Vielmehr kann sie für gesichert gelten, bei diesem Andrang von Ehrgeiz, Kultur, Geldbedürfnis, und angesichts so vieler wohlhabenden Greise, wie der Intendant sich ausdrückt.

Der Intendant war der Meinung, daß man eigentlich ohne weiteres zum Buffet übergehen sollte. Tamburini für sich allein hat das neue Opernhaus gerettet, es schwimmt nicht mehr weg.

»Ein Wunder von Stimme, die nächsten fünfzig Jahre

hält sie vor«, sprach der Intendant, über die junge Künstlerin hinweg, zu dem Rüstungsmann, der zustimmte.

»Sie haben aber gesagt, er sei ausgesungen«, erinnerte die unschuldige Person den Fachmann der höchsten Grade. Im Hinblick auf ihren Beschützer gewährte der Intendant ihr eine Antwort: »Das war vorher«, sprach er nachsichtig. »Und angenommen, liebes Kind, die Stimme wäre futsch, bleibt ihm bestimmt die zweite Gabe der Natur.«

Das liebe Kind verstand nicht, der Präsident aber nickte. »Mascotte«, sagte er und beschloß, das Ding für alle Fälle noch zu streicheln.

Nicht jeder fand es überflüssig, jetzt auch die Sängerin Alice zu hören. Sie hatte hier Schüler und Schülerinnen, ihre Verehrer überwogen, wo sie oftmals den Ausschlag geben, in den Hintergründen, bei der Jugend: diese ist kritisch sowohl als hochherzig. Sie wäre auch neidisch, aber das lohnt nicht mehr.

Eine Anfängerin namens Adrienne kam unlängst, nach einem der vorigen Triumphe der Meisterin, zu ihr gelaufen. »Wie Sie jung sind, angebetete Frau!« schwärmte die Kleine.

»Aber Sie würden sich bedanken, für meine Jahre und meine Anbeter«, antwortete Alice nichts weniger als gerührt, mit dem Fuß kehrte sie Chrysanthemen, Lilien, Rosen, alle dargebrachte Liebe des zahlenden Publikums kehrte sie beiseite. Die zufällige Zeugin hat hierüber ein eifersüchtiges Schweigen bewahrt, vergessen wird sie das Geheimnis nie. Wenn alles gutgeht, ist es dereinst ihr eigenes.

Achtung, Auftritt Manon. Das Zeichen, sie gebührend zu empfangen, gab Adrienne. Sie erklärte: »Das Schwein von Intendant rührt keine Hand«, worauf die Umgebung ihre Pflicht begriff. Veranlaßt von den Hintergründen, begrüßte das Haus die Sängerin in voller Sympathie. Der

Intendant winkte ihr vertraulich, sie erwiderte mit einer Handlung: den Haufen von Blumen, die sie im Arm trug, legte sie an der Rampe vor ihm nieder.

Übrigens hätte sie auf jede Weise den Arm frei machen müssen. Manon betritt den geistlichen Schauplatz nicht, um ihren Ritter zu bekränzen. So wäre als Ablage nur der Betstuhl geblieben, aber daneben, vom Kruzifix nahezu versteckt, wartete Tamburini, oder erwartete für sich gar nichts. Willig überließ er der Sängerin die Szene, die mit ihm zu teilen sie vorerst nicht gesonnen schien.

Der reizbare Richard Wagner flatterte dort oben, in Angst und Sorge, daß sie weder zu spät noch zu früh komme. Was will der Fremdling, dachte Alice und strahlte das Haus an; ihre Augen wurden bekanntlich bei jedem Auftreten schön. Ein altes Zirkuspferd wie ich, dachte sie und setzte von selbst ein.

»N'est-ce pas ma main?«

Sie legte los. Das Haus war augenblicklich von ihrer Stimme voll: nicht nur hier und bis auf die Treppe hinaus, noch in dem entfernten Frühstückszimmer hätte jeder sie genossen, wie zuvor das Paar Nina-André, als sie mit Arthur probte. Gläser klirren lassen, erwies sich als Warnung schwächlich: nun der Ernstfall vorlag, dröhnten Köpfe, und Trommelfelle fühlten den Druck wie im Flugzeug, wenn es am höchsten steigt. Alice bleibt, was sie ist.

Arthur sagte unverhohlen: »Sie brüllt.« Er stand damals im Mittelgang bei Nummer fünfundvierzig. Melusine ins Ohr fragte er angestrengt: »Muß sie soviel hergeben in einem Konzertsaal, der nur die Hälfte ist, und auf der Bühne kann sie sich knapp umdrehen?«

»Sie muß«, erklärte Melusine. »Denn sie ist da. Tamburini, haben Sie wohl bemerkt, hat die Weisheit, Abstand vorzutäuschen.«

»Wie?« fragte Arthur. »Er hat Sie enttäuscht?«

»Er singt, je nach den räumlichen Bedingungen, zehn Meter entfernt oder zwei Jahrhunderte.«

Arthur, der schlecht verstanden hatte, behauptete auf gut Glück, das sei die Kunst.

»Die Kunst ist immer noch, uns zu betören«, gestand die Liebhaberin, die es bis heute gewesen war. Gehört zu werden, gab sie auf und wünschte es nicht. »Wer mich von mir selbst befreit, der ist mein Freund«, sagte sie, in undeutlicher Erinnerung an einen gläsernen Sarg, den sie leider durchaus nicht mehr angenehm fand. »Der Künstler ist er bestimmt«, schloß sie laut und mußte husten.

So heiser und so schön, sprach Arthur bei sich, und für Melusine: »Alice war immer nur ein Kehlkopf.«

»Den hat eine große Frau«, berichtigte sie, auf einmal vollkommen klar. »Wenn eine es weiß, bin ich es.«

»Ich verstehe«, sagte er und hätte sie gern auf ihre blendende Schulter geküßt. Die schwarze Fünfundvierzig baumelte daneben, Arthur ließ sie verschwinden.

Die tönende Altersgenossin dort drüben breitete sich herrlich aus. Zugegeben, sie ist keine Manon oder geträumte Wiedergekehrte der holden Zeiten. Sie macht nichts anderes gegenwärtig als die Sängerin Alice, aber oho! mit ihr ist nicht zu scherzen, wie unverzagt hatte man über den Krüppel doch lachen können! Hier, die große Robe und Kraft der Gestalt gebieten Ernst. Die breiten Schenkel sind nicht zum Vergnügen prall eingespannt, ein wuchtiger Fuß schlägt die Schleppe weg, vor jedem Gang der Person und ihres gehorsamen Scheinwerfers die Rampe entlang.

Alice ist da. »N'est-ce pas ma main?« Ihre Hand ist da, und nicht allein die Hand, die im Format, in der Gliederung das Muster einer Hand vorstellt: sondern sooft sie auf die Brust gepreßt, immer wenn sie anschaulich gespreizt oder erhoben wird, funkelt das Armband. Ein nie gesehenes Armband, kein Mensch erinnert sich seiner, mit ihm und der Frau, die es trägt und um sich blitzt, geht heute Außerordentliches vor. Dramatisiert es! Ah!

Für das Ah! des Hauses dankte die Sängerin Alice. Mindestens bestanden Zweifel, was gemeint sei mit der beiläufigen Beugung ihrer Schenkel. Der Sinn und Vortrag der Arie hätte allenfalls begründet, wenn Manon, ein leichtes Persönchen, in den Knien zitterte. Aber Alice? Die zittert nicht. Sie ist, den Kehlkopf abgerechnet, die Ausstellerin eines unwahrscheinlichen Schaustückes, seinen Eindruck wird sie beileibe nicht übergehen.

Kein Schauspieler, und spräche er seine besten Sätze, vergißt seine Krawatte. Eine natürliche, robuste Alice betäubt die Leute mit Geschmetter ohnegleichen, sie müssen sagen: darüber hinaus geht es nicht. Den schlagartigen Sieg ihres Armbandes sollte sie mit Wegsehen quittieren? Das verhüte ihr guter Geist! Ah!

Die Fürstin Babiline war es, die ihre Anerkennung in die treffendsten Worte kleidete: »Elle est un peu là«, rief sie ihrer gesamten Nachbarschaft zu. »Elle m'assourdit et me foudroie. C'est à n'en pouvoir plus, on s'écroule à force d'être ravi!«

Was sie mitzuteilen versuchte, wurde zugedeckt von dem riesigen Organ der Sängerin. Gleichwohl triumphierte Madame Anastasia, als hätte sie selbst dies Haus betäubt, niedergeblitzt und vor Entzücken hingestreckt. Sie saß auf keiner Klappe mehr, sie schwebte darüber, ihre Demütigungen waren gerächt.

Auch diesem Gefühl gab sie Ausdruck; eine geschulte Dame wurde redselig. »Et ce cher Tamburini?« fragte sie Personen, die nichts hörten. »Mais il s'est évanoui, l'artiste insigne, l'incomparable bossu.«

Eine Frau, die ihr Rang davor hätte bewahren sollen, niedrig zu denken, stellte sich dennoch an, als wäre der Meister, den sie nur zu wohl kannte, hiermit in der Versenkung verschwunden. Künstlerschaft und Auswuchs, beides hätte weichen müssen vor der Übermacht einer Sängerin – niemand hierselbst nennt sie gemein. Nur gerade eine geschmackvolle Vielgereiste weiß, was sie weiß.

Une médiocrité impudente ne reculant devant rien, urteilte ihr Gewissen: ach! seine sanfte Altstimme unterlag geräuschvolleren Obertönen. Elle prend tout ce beau monde d'assaut et elle s'assoit dessus, sagte die gerechte Einsicht, die auch wieder fehlerhaft sein mag. Schließlich tut die Sängerin, wofür sie da ist. Ihr Empfang bei der Welt ist verdient, die Welt will gezwungen sein, auf ihren Instinkten sitzt man bequem.

Im Privatleben ist dieselbe Alice von mittleren Maßen, eine unzulängliche Bühne übertreibt bekanntlich. Das gilt für die Schulterbreite, den Aufwand stimmlicher Mittel und den Lärm, den das fabelhafte Armband macht. Au théâtre de la Scala, erinnert die Babiline sich und gibt es ehrlich zu, ce bracelet ne serait qu'un joujou quelconque. Der Szene gegenüber, wo sie am entferntesten ist, in der großen Mittelloge würde ich diese Stimme gerade groß genug finden. Don Pasquale sah von dort wie ein Puppenspiel aus; winziger als die anderen Marionetten wäre auch Tamburini nicht.

Die grande dame auf der Klappe ging in Träumerei über; vollsinnig war niemand. Was zuviel ist, unterhält nicht lange. Die Sängerin Alice, ein altes Zirkuspferd, wie sie sich genannt hatte, bemerkte es früher als ihr Publikum: schon nach einigen Takten ihrer Arie und zwei funkelnden Gängen längs der Rampe. Übrigens brauchte sie ihren Partner, der Gegenstand ihrer Verführung war nicht länger zu entbehren, sie winkte ihm vorzukommen.

Willig verließ er seine Zuflucht, spielte sich unauffällig nach vorn, hinter seinem Rücken hing wieder das diskrete Mäntelchen, er tat schlechthin keinen Seufzer, um auf sich hinzulenken. Faccia pure, sagte seine ergebene Miene. Mio dovere, versicherte sie, aber sogar sein Pflichtgefühl verstand sich dahin, daß er die große Frau gewähren ließ. Hier meine Hand, è lei la seduttrice immortale, Ihr Ritter kann nicht umhin, ihn überwältigt Ihr Gesang.

Tatsächlich, ihr letzter, zauberischer Aufschwung, »N'est-ce pas Manon?« – hätte sie selbst hinreißen sollen bis zum Bewußtsein ihrer Rolle, der einzigen Verführerin, die ohne Ende verführt und singt an Stelle aller vergessenen. Die Sängerin Alice gedachte der Geschichte nicht, noch ihres ruhmreichen Geschlechts. Sie blieb, die sie war, und schickte ihre Lungenkraft in das Haus, das davon unerschüttert blieb. Sturmangriffen widerstand es nunmehr vermöge der Gewöhnung seiner Ohren und seiner wiedergewonnenen Gleichgültigkeit.

Von Manon überzeugt war ihr Des Grieux allein. Erschrecken, Entzücken, beides zeigte er den Leuten zum Schein, ernstlich geschah es dennoch in seiner Brust. Nicht umsonst hatte er im voraus eingeübt, den alten Zauber zu fühlen. Gleichviel wer ihn vollstrecken soll, l'antico fascino, den Bescheidenen trifft er sogar von einer Manon, die nur ein Mordsweib ist. Tamburini ließ zwischen sich und ihr eine räumliche Lücke, die Last ihres Körpers hätte ihn umgeworfen, falls sie den klugen Einfall hatte, ihn nach ihrem ganzen Umfang zuzudecken.

Dies versäumte die Darstellerin, trotz aller ihrer Schulung nahmen die beklommenen Umstände ihr den Witz. Sie gab das Gesicht des Mitspielers frei, kein Mitspieler darf zugedeckt werden, das ist Gesetz. Man sah ihn, sah Erschrecken, Entzücken. »Verzeihen Sie«, murmelte ein Präsident, »ist der Mann verliebt?«

Er meinte genauer, ob der Mann an die Liebe glaube, an ihre Macht, um eventuell, nehmen wir an, aus einem Angehörigen der guten Gesellschaft einen Abenteurer zu machen? Gewiß, es kommt vor, der andere Präsident, erste Reihe rechts, verspricht in der Hinsicht manches. Aber er verjüngt sich darum nicht, im Gegenteil. Der merkwürdige Mensch auf der Bühne ist wirklich hinüberversetzt in die Geschichte zweier Minderjährigen – die meinetwegen aus anderen Zeiten kommen, aber wie alt ist er selbst?

Sein erfahrenes Gesicht wird kindlich, er hat achtzehn Jahre, hat alle törichte Begeisterung, die den wirklich Jugendlichen, soweit man sieht, etwas zu sehr abgeht, oder ihnen gebricht es am physiognomischen Ausdruck. Unterhalb des Orchesters standen nebeneinander André und Stephanie.

Auch sie wahrten unter sich den räumlichen Abstand. Schlank aufgerichtet, hell und kühl betrachteten sie den theatralischen Vorgang: Nachahmung verdient er kaum. Realistisch ist nicht die Welt allein, wir sind es vor allem. Wir machen uns keine Übermacht der Sinne vor; ob tippen, zeichnen, lieben oder essen, es liegt auf demselben, nur mittleren Gebiet, das Leben ist durchaus beherrschbar. Dennoch geschah es den verfrühten Kennern, daß auf der Wand, sowenig sie daran rührten, ihre Hände zueinander fanden.

Von ihren Augen weiß man nichts; sie waren weggewendet nach dem ältlichen Tamburini. Möglich, daß er sie rührte wie einer ihresgleichen. Dies einzugestehen, wäre die Sache ihrer Hände. Soviel ist richtig, als sie die Sprache wiederfanden, bemäkelten die netten jungen Leute sowohl den Ritter wie seine Verführerin, mitsamt dem Theater überhaupt. So sieht es aus, allemal wenn ein Paar besonders hübsch sein müßte, besteht es aus einem brüllenden Koloß und einem Zwerg, er gibt die Partie verloren.

Das Haus, nein, es dachte anders, dieser Narr von Tamburini führte es mehr und mehr am Seil. Als er endlich wieder sang, befriedigte er eine gefährlich angewachsene Ungeduld, von seiner übermächtigen Manon hatte man entschieden genug. Natürlich wußte er es, und zweifellos fühlte sie es dunkel. Daher drehte sie dem Haus den Rükken; fortan, wenn ihr Stichwort fiel, schrie sie ihrem Liebhaber kurzweg ins Gesicht. Über ihm blitzte ihr Armband, das Muster einer Hand war gegen ihn erhoben, wann schlägt sie zu?

Er, ihren Mißerfolg erkennen und Partei für sie nehmen war eins. Die Unglückliche kämpft um ihr Leben: er wurde davon aschgrau anzusehen. Seine Stimme gab nur her, was nicht ohne grobe Ungezogenheit zu unterdrükken war. Er tat, als sänge er, ein Schatten singt. Das ist nun der Fehler, aber wie er es auch gemacht hätte, es wäre falsch gewesen.

Retten will Tamburini die arme Alice – et il l'enfonce, sah eine Dame mit scharfem Blick. Eine andere Dame, vormals Nummer fünfundvierzig, wiederholte die Bemerkung, die sie dem roten Frack an ihrer Seite schon einmal gewidmet hatte: »Er singt aus einem Abstand von zwei Jahrhunderten.«

Das hieß: Er entrückt mich, beglückt mich, er ist in Wahrheit Des Grieux, das Wunder eines Liebhabers, ich hoffte darauf nicht mehr.

Wäre nur Melusine allein seinem ungewollten Zauber erlegen! Hätte Madame Babiline als einzige festgestellt, daß er Alice, o wie ungern, in Grund und Boden sang! So stand es nicht. Das Haus teilte in jedem Betracht diese Eindrücke. Gedämpft fand es die Stimme des Sängers um so vertrauter und näher, indes er bemüht war, aus dem Spiel zu bleiben. Er kämpfte für seine Mitbewerberin, er machte sich zum Schatten, damit sie groß zugegen sei. Was er erreichte, war der vollkommene Ausdruck eines gequälten Herzens, widerstehe, wer kann! Wir halten nicht nur auf Takt, wie man weiß, auf den Sinn für edle Pflege, den wir mitbekamen. Das Erwerbsleben beiseite, schlägt auch unser Herz, wir möchten darum gebeten haben.

Der Erfolg wird eine Katastrophe sein, die genaue Umkehrung der menschenfreundlichen Absichten, wie der weise Kauz von Toscana sie allenfalls gehegt hat.

»Ein Kauz, gewiß. Weise, das fragt sich«, sagten Stephanie und André aus einem Munde, da ging der Vorhang nieder. Den üppigen Gottheiten bei ihrem Gelage konnte nichts ahnen von der Vielfalt menschlicher Ungewißheiten.

»Ist er doch nur ein Intrigant?« fragte Stephanie.

»Er hat sie ruiniert, mehr kann man nicht wissen«, antwortete André.

Der Vorhang wurde eilends hochgezogen, auf der Bühne die beiden Künstler hielten sich an den Händen, und jede rüttelte und schüttelte die andere, um den Beifall abzulenken, wohin er gehörte. Weder Tenor noch Sopran gaben zu, daß ihm selbst der Dank des Hauses gebühre: sein Gefährte allein habe ihn verdient.

Von seiten der Sängerin war dies bloßes Wohlverhalten, die Überzeugung fehlte. Man sah: den Kleinen hätte sie womöglich in eine Versenkung gestoßen und wäre allein auf dem Platz geblieben – indes er wahr machte, was seine Hand beteuerte. Er führte seine Mitbewerberin bis vor die Rampe, ließ sie los und trat zurück.

»Tamburini!« rief jemand. Er erschrak – nicht zum Schein, wahrhaftig hüpfte er vor Entsetzen auf, um ganz hinter der großen Frau zu verschwinden. Ach! er reizte nur das Haus, es verlangte nach ihm wütend mit Händeklatschen und Aufschrei: »Vogliamo il Tamburini!« rief man, damit er es sicher verstehe; als ob er nachgerade nicht begriffen hätte, sein Verschulden sei unwiderruflich.

Er wagt sich nicht zu zeigen. »Tamburini wollen wir!« Er duckt sich, er greift zu dem verzweifelten Mittel, die Schleppe der Sängerin über sich zu werfen. Am Anfang der Vorstellung hätte es Gelächter erregt: Buffone! Jetzt beharren die Leute todernst auf ihrem Willen, am festesten in den Hintergründen bei der hochherzigen, aber kritischen Jugend. Eine helle Stimme dringt durch: Adrienne, sie verleugnet die verehrte Meisterin. Weg mit ihr! Nach vorn mit dem Sieger! Der Intendant sieht sich um, welche helle Stimme so trefflich durchdringt. Mittlerweile senkt sich schon wieder der Vorhang.

Des öfteren wird er nieder- und aufgehen. Tamburini tritt darum nicht in Erscheinung, auch er ist hartnäckig. Seine lehrhafte Absicht schlägt ihm fehl wie schon mehrmals, aber er läßt nicht ab. Hinter der Sackleinwand, die eine Tür sein will, bewegt er Alice, ohne ihn hinauszugehn.

»J'insiste, chère amie, pour que vous en appliez à la conscience d'un public qui sera trop heureux de réparer ses torts.«

Innig beharrt er bei seinem Wunsch, sie möge auf die bessere Einsicht dieser reizbaren Auslese vertrauen. »La grande artiste que vous êtes ne leur en tiendra pas rigueur.« Verständnis für die Launen der Menge erbittet er von ihr, die man verkennt! »Montrez-vous! Un triomphe sans précédent vous attend.«

Sie hat sein Versprechen, ob glaubwürdig oder nicht: sie stürzt hinaus, gerade noch rechtzeitig, daß der halb gefallene Vorhang ihre schönen kraftvollen Arme zeigt, wie sie ausgestreckt sich hingeben dem Empfang der Welt. Schrecklich, gerufen wurde der andere Name, für sie waren üblere Geräusche. Ihre Knie, das einzige, was nachgerade übrigblieb, zischte man aus, in Ermangelung ihres Gesichtes, das vom Mahl der Götter dem Anblick entzogen, vom Haß entstellt laut fluchte, was kam darauf noch an.

Jenseits der Sackleinwand bedurfte der Moralist seines ganzen Mutes, um nicht davonzulaufen; das leichte Schlendern, das seinen anderen Niederlagen gefolgt war, stand ihm nach dieser nicht zu Gebot. Seine Haut wurde feucht, er klebte an dem Pfosten, hoch über ihm meldete ein Kranz die Unsterblichkeit an. Er dachte: Was tat ich nur! Sie hat Schulden, und das Alter naht. Ich mußte lauter schreien als sie. Das ist es, da liegt mein Versehen, da liegt, wer kennt sich ganz, meine Eitelkeit.

Dies kaum gedacht, empfing er von einer Hand, die wütend funkelte, die längst schon fällige Ohrfeige.

»Une gifle bien acquise«, murmelte er, während sein Auge tränte. »Merci, Madame... Ma non si incommodi! Ne vous dérangez plus«, sprach er merkwürdig fest; ihre nochmals erhobene Hand blieb stehen, vor seiner stillen Autorität.

XIV. Es schickt sich nicht

Die Sängerin Alice wird nunmehr im Cabinet der Pompadour umherirren, wird stöhnen und dennoch erwarten, daß Tamburini sie rettet. Sie fühlt durchaus: nur er vermag und will es.

Sie fragte mit Stöhnen: Wo bleibt Arthur? Er verrät mich. Verräter! Das Wort machte ihr kalt im Rücken, ein Messer muß sich ähnlich anfühlen, wenn es eindringt. Das Folgende kam hörbar, gesetzt, daß jemand horchte:

»Seine Rache! Ich habe mich geweigert, die Micaela zu singen, neben der Carmen seiner reichen Dilettantin. Ein Opfer meines künstlerischen Gewissens, das und nichts anderes bin ich. Er hat die Stehplätze gegen mich aufgewiegelt. Deutlich unterschied ich das unmelodische Kreischen der falschen Adrienne. Oh! der Neid. Ich – kann nur bezeugen, Neid hab ich nie gekannt.«

Ihre Rückkehr zu sich selbst erweichte die Ärmste. Als sie aber zart im Gemüt war, gerade hier erschien von hinten Poulailler. Auf der echten Kommode schlug ihm das alte Uhrwerk die Stunde. Es erschrak davon selbst, daß seine Säulchen bebten.

Zur gleichen Zeit bereute das Haus. Einkehr und Milde werden jedenfalls eintreten; warum sie ihm nicht vorweg zubilligen in dem Augenblick, als das Haus mit Zischen aufhörte, einfach weil der geschlossene Vorhang ihm seine Beute entzog.

Unterhalb des Orchesters, soeben spielte es eine belebende Weise mit viel Schlagzeug und der süßen Säge, bemerkten zwei kühle junge Leute den Umstand, der die unglückliche Alice vor allem quälte.

»Arthur«, sagte Stephanie, »rührt sich nicht. Was hat der Gute?«

»Melusine, an ihr hat der Gute genug«, erklärte André, sein lieber Sohn.

Das Mädchen wendete ein, er verweile bei ihrer vortrefflichen Mutter zu lange.

»So lange, bis sein Opernhaus zusammenbricht«, meinten beide. Der Einzelfall machte sie besorgt, obwohl diese Kinder im ganzen beruhigt waren: etwas früher, etwas später breche alles zusammen.

»Wir müssen sie verheiraten«, entschied Stephanie.

»Unsere Eltern?« erkundigte er sich und wußte selbst: die Frage, besonders das Erstaunen hätte ich unterlassen sollen. Meine Unbefangenheit ist verdächtig. Sie lächelt denn auch nur von mir weg, ich bewundere sie.

»Ich kenne Mama. Sie hat heute abend eine große Enttäuschung erlitten.«

Nicht leichthin gesprochen, nicht künstlich. Stephanie bedauerte ihre Mutter. Ihn überkam sein Schuldgefühl.

»Alice ist zu bedauern«, versuchte er, aber sie schnitt ihm die Ausflucht ab:

»Das geht nicht dich an. Mein Junge!« Streng und barmherzig redete sie ihm zu. »Sieh Melusine! Sieh, was du angerichtet hast! Das ist die Frau, der ein einziger Mißerfolg genügt; keine Sängerin, die zehnmal durchfallen muß, bis sie abgeht.«

»Leider überraschtest du sie mit Poulailler.« Er schämte sich, daß er es sprach, und wie, über sich weg in die Luft.

Stephanie ließ ihm Zeit, sich auf die Wahrheit zu besinnen. Als nichts erfolgte, schloß sie: »Einen anderen als dich würde ich aufgeben.«

»Du gibst mich nicht auf?«

Sehr langsam bewegte sie ihr geliebtes Gesicht hin und her, es war tiefernst. Er konnte es küssen vor aller Welt, sie hätte stillgehalten. Nicht einmal ihre Hand berührte er.

»Ich verdiene dich nicht«, sagte er.

»Du verdienst mich. Du hast meine Mutter sehr unglücklich gemacht. Tu mit mir, was du willst.«

Hiernach schwiegen beide. Er sprach wohl mit dem Lippenrand, sie sollte ihn nicht hören, und verstand ihn gleichwohl. An Melusine handelte ich unentschlossen, so hieß sein Bekenntnis ungefähr. Warum? Wenn ich sie genommen hätte, jetzt ständ es nicht schlimmer. Ich, so einfältig. Stephanie, so klug.

Sie antwortete mit ihren erschrockenen Augen: Gut, daß du sie nicht nahmest. Die Enttäuschung wäre mein, käme aber um vieles früher als ihre, und vielleicht ertrüg ich sie nicht.

Plötzlich lachte er auf, sie schienen das heiterste Gespräch zu führen: »Ich, ein begehrter Mann!« – und sie lachte mit. Wirklich, dies waren recht muntere Jugendliche, versäumten nichts von Belang, waren allem, was wichtig ist, noch immer ausgewichen. Des enfants bien nés, sah Madame Babiline, da sie alles sah.

Nun kam aber in den kühlen Jungen eine Bewegung, niemand hätte in diesem Augenblick erwartet, er werde einen Sprung tun und davonlaufen.

»Was hast du?« fragte Stephanie.

Er spreizte die Finger nach seiner Schläfe. Den Namen »Poulailler!« stieß er aus und kannte nichts weiter mehr.

»Die Welt hat dich wieder«, vermutete sie, ohne zu verstehen.

»Poulailler!« preßte er hervor, ein unerbittlicher Beschluß war gefaßt: Er oder ich!

Sie hob die Schultern, ihr fiel nicht ein, was irgend von Belang versäumt werden konnte, nachdem die Wahrheit der Herzen hergestellt war für sie beide. Er belehrte sie hastig, den Fuß schon anderswo, und auch den Sinn: »Du selbst hast einen Herrn mit Melusine überrascht. Das war nicht mehr ich, oder verwechselst du mich mit Poulailler? Mich hast du entlarvt, Kompliment. Ich errate andere. Wir haben neben der Liebe die Diebe, nicht zu vergessen.« Hierbei drang er vor ihren Augen in die Wand ein.

»Geh in keine Falle!« riet sie ihm noch, als ein Türchen, das unsichtbar gewesen war, sich über ihm schloß.

»Nourri dans le sérail, j'en connais les détours«, sagte er zu ihrer Beruhigung und wurde länger nicht gehört.

Zur gleichen Zeit trat die Reue des Hauses in Kraft. Wer sie mit dem Rücken fühlte, war der Intendant; er erinnerte in aller gebotenen Vorsicht an die Verdienste der durchgefallenen Meisterin: »Wir können sagen, daß wir uns selbst zum Gespött machen. Vergessen wir ganz die Photoreportage?«

Er sah sich nach Hilfe um. Pauline Lucca oder wen sie sonst vorstellte, stützte sich über zwei Sitzreihen hinweg auf die entblößten Schultern einer älteren Dame. Selbst kein Säugling mehr, wie sie ausdrücklich zugab, hatte sie ein dermaßen unstatthaftes Verhalten dennoch nie erlebt von seiten eines Hauses, das sich achtete.

»Herr Intendant! Frau Präsidentin! Meine Damen und Herren, sind wir das? Ist es zu glauben, wir, die auf dem heutigen Trümmerfeld der Kultur die letzten Säulen bewachen? Meine Tante«, schrie sie schrill, ein verfolgter Vogel, kurz bevor man ihm die Kehle durchbeißt, »meine Tante Pauline Lucca hat überall und immer hergegeben, was sie besaß, ich schwöre, sie war wuchtiger als Alice. Unsere Eltern aber vertrugen die Schönheit, wo sie am kraftvollsten ist, die strotzenden Gliedmaßen, das üppige Organ, keine Größe konnte sie schrecken. Wir? Was zischen wir nieder? Unseren eigenen Verfall, oder ich heiße nicht Lucca!«

»Sie heißt ganz anders«, murmelte die Babiline, die nachgerade zersetzte, wo sie konnte. Das Haus in seiner Betretenheit stand auf seiten der Rednerin.

»Noch mehr Wahrheiten!« wurde verlangt. »Wir vertragen! Die Korpulenz, das Gebrüll, wir vertragen!«

Die öffentliche Erzieherin erging sich weiter, obwohl ihre Eingebung zu Ende war; die Babiline unterließ nicht, darauf zu verweisen; ihr Tonfall parodierte jede Würde:

»Il pleut des vérités premières,
Ouvrez vos rouges tabliers!«

Der Hohn mochte recht haben, die Babiline tat Unrecht, bald hätte es sie einen Abrutsch von ihrer Klappe gekostet. Den Stoß, der ihr zugedacht war, Stephanie fing ihn auf, wieder sie, und händigte der Fürstin nochmals ihre entfallenen Diamanten aus.

»Genug damit!« gebot sie der großen Dame. »Sie sehen, die Meinungen sind wandelbar.«

Dies hatte Arthur erkannt.

»Ruft Alice!« gebot er seinerseits den Hintergründen, die als letzte störrisch blieben und auf den Fingern pfiffen. Benachteiligt wie sie waren, unbestechlich wie sie geurteilt hatten, hielten die Hintergründe daran fest, daß die Laufbahn der berühmten Alice beendet sei. Endlich kommen andere daran!

»Ein offener Skandal! Der erste, der uns zustößt«, sprach Arthur in Übereinstimmung mit dem Intendanten, dem Rüstungspräsidenten und den vereinigten Notabeln.

Man verständigte sich dahin, daß der geschehene Mißgriff zu berichtigen, die verunglückte Sängerin dem Leben zurückzugeben sei. Eine Abordnung wurde beschlossen, um die Minderbemittelten an Vernunft und Anstand zu erinnern. Die Wahl fiel auf Nolus und die Nutte. Indessen sind der Schauplätze mehrere. Wo immer Dinge sich begeben, ergänzen sie Zwecke, die insgesamt keiner kennt, bevor sie erfüllt sind, und nachher auch nicht.

Der vielbegehrte André war nach dem Ort seines tätigen Eingreifens unterwegs, der Tenor Tamburini, wer denkt noch an ihn, hatte seinen Posten bezogen. Er ersehnte zu retten. Der bange Drang gutzumachen, was er verdorben hatte, erregte ihn wie einen Anfänger. An der Sackleinwand, die ihn vom nächsten Schritt trennte, stand der erfahrene Mann, Lampenfieber färbte seine gefurchten Wangen, er lauschte den widerspruchsvollen Geräuschen des Hauses, klopfenden Herzens erwartete er seine Berufung.

Den Anlaß, der ihn jung und des Kampfes froh machte, die arme Alice persönlich ließ er dort unten irren und stöhnen, gerade sie hatte Tamburini vergessen. Wer nichts vergäße, täte nichts.

Alice, wenn sie das wüßte! hatte ein einziges Gehirn fortwährend beschäftigt. Hier ist es. Poulailler streckte seinen ritterlichen Katzenkopf von der falschen Seite her in das Cabinet der Pompadour. Überfälle geschehen hier meistens von der falschen Seite: unter dem rückwärtigen Ausgang hatte zu ihrer Zeit Stephanie, gedeckt von Arthur, in das Cabinet gespäht: sie sah Poulailler dabei begriffen, vom Arm Melusines das Schmuckstück zu lösen. Jetzt zeigte leider der Augenschein, daß Alice, so wenig wie die andere, es freiwillig ablegte. Als ob es ihr Glück gebracht hätte! Aber so sind sie. Die durchgefallene Manon irrte, stöhnte, aber fuchtelte auch, damit es blitzte.

Als sie Poulailler kommen sah, erstarrte sie tragisch. »Ein Freund«, sprach sie dumpf. »Der einzige. Auch gut.« Sie überließ ihm ihre Hand, er nahm den Arm, gierig betastete er ihn rund um das Schmuckstück.

»Fühlen Sie denn gar nichts?« fragte er und flehte um Erbarmen.

»Sie lieben mich«, erkannte sie mit dem Scharfblick des eigenen Elends.

»Daher«, bestätigte er. »Weil ich Sie liebe, göttliche Frau, habe ich Sie übermäßig geschmückt. Wir sollen in der Anbetung nicht zu weit gehen, das bracelet ist verflucht und vergiftet, geschrien haben nicht Sie, sondern das teuflische Juwel. Es war im Bund mit Ihren verschworenen Feinden.«

»Daher«, begriff sie.

»Ich liebe Sie, ich befreie Sie von dem bösen Zauber.«

Er öffnete den Verschluß. Ihren entblößten Arm ließ er fallen nach dem Gesetz der Schwere. Sie hatte ihren gequälten Kopf an seiner zuverlässigen Brust geborgen. Sie seufzte erleichtert: »Einziger Freund, mir wird schon besser. Dein bin ich.«

»Hörst du es rauschen? Das ist der Beifall. Das Getöse? Sie rufen dich.«

Dies bezweifelte Alice, kein altes Zirkuspferd zu bleiben, war ihr unmöglich, mochte übrigens ein Schwindler sie dumm machen mit dem mäßigen Gewäsch, über das sie niemals hinauskommen. Dumm wird eine Alice, weil es im Augenblick das Erträglichste ist.

Sie folgte willig, als er behutsam zurückwich in Richtung der historischen Kommode. Er zog eine Schublade hervor, versenkte das Armband, drückte sie sachte zu, drehte den Schlüssel um, behielt ihn – Alice an seiner Brust geborgen wird auf ihren Eid nehmen können, daß sie von allem nichts weiß.

Anders Nina. Dieses Mädchen ist dafür bekannt, daß es nach seiner Pflicht und Bestellung überall gleichzeitig sein muß. Es hatte dem Vorgang beigewohnt, auch wieder auf der falschen Seite, aber mit echtem Vergnügen. Einmal entdeckt, war Nina fort. Poulailler, bei größter Geschmeidigkeit, konnte die mächtige Last seiner neuen Eroberung nicht schnell genug abwälzen, der Flüchtigen nachzusetzen erwies sich aussichtslos. Er kehrte wütend zurück: »Noch immer der Fluch, beste Dame! Ihr Gefühl für mich ist beobachtet worden.«

»Dummkopf!« antwortete Alice.

Hier traf André ein; vielleicht war er früher als nötig zur Stelle gewesen, jedenfalls zeigte er sich jetzt.

»Woher kommen Sie? Über die Bühne?« fragte Poulailler ungläubig.

»Du kannst in Wirklichkeit nicht hier sein«, bestimmte Alice. »Es gäbe keine natürliche Erklärung, sieh den bleichen Poulailler! Uns vom Theater hält er für abergläubisch. Er selbst hat Furcht.«

»Furcht, ich?« Poulailler wuchs, aus dem mittleren Kater wurde ein sehr beträchtlicher.

André, sportlich ungeübt, ein Knabe ohne volle Reife, sprach über die Schulter nach dem gefährlichen Kavalier hin: »Er wird sogleich selbst auf rätselhafte Weise verschwunden sein.«

»Sie meinen?« Noch schärfer kann niemand eine Auseinandersetzung fordern als der Kavalier.

André lehnte sich, die Beine gespreizt, gegen die Kommode: das war seine Antwort, wenn es als Antwort gemeint war. Unentschieden blieb sogar für einen Poulailler, ob diesmal nur ein schwacher Knabe dreist wurde. Er konnte Waffen haben, zum Beispiel eine verschlossene Schieblade, einen abwesenden Schlüssel, gesetzt, der Knabe wäre um eine Viertelminute früher hier gewesen, als er sich zu erkennen gab. Ein Poulailler, der nächtliche Besuche bei Präsidenten abstattet, läßt es darauf ankommen.

»Alice, der Intendant will mehr von dir hören«, sagte André.

»Ahnungsloser Junge!« war alles, was sie für ihn übrig hatte.

»Beinahe will der Intendant es«, erklärte Poulailler mit untadeliger Höflichkeit. »Damit er es vollends will, genügt ein Wort von mir an seinen Nachbarn, den Schießpräsidenten, der mir nichts abzuschlagen hat.«

»Er erlaubt Ihnen Einbrüche?« fragte André.

»Lesen Sie die Morgenblätter!«

Poulailler leitete seinen Rückzug ein, langsam genug, daß die Sängerin ihn noch vor dem Ausgang einholen konnte. Sie warf ihm beide Arme um den Nacken: »Tu es für mich! Wenn du es dahin bringst, daß ich meine Arie wiederholen darf, für dich stehl ich, mord ich und zünde das Haus an!«

Sie küßte ihn schallend. Man mochte von Alice befürchtet haben, was immer, dies war mehr. Der junge André, mit all seinem Vorrat an unwahrscheinlichen Erfahrungen, hatte heute abend wenige zu beklagen gehabt wie diese. Im Haus ging ein Meinungswechsel vor. Mir, sah André, glaubt sie nicht einmal die Meldung. Dem anderen traut sie zu, daß er sie wahr macht. Wahr ist leider, daß sie mit ihm stehlen würde. Er braucht nur die Duldung eines Präsidenten, schon hat er ihren schallenden Kuß.

Als die vorurteilslose Künstlerin sich ihres Zuschauers erinnerte, lachte sie ihn aus.

»Ich weiß, was du denkst. Schrecklich ist der Existenzkampf.«

»Noch schrecklicher der Erfolg«, sagte André.

Poulailler seinerseits hatte draußen Nina angetroffen. Diesmal lief sie nicht fort, beide verstanden sich sogleich.

»Achtung auf die Kommode!« verlangte er, und das Mädchen: »Den Schlüssel her, oder ich rede.«

Sie bekam etwas dergleichen in die Hand gedrückt, fühlte es an, fragte, was das solle, in welchen Geldschrank es passe; aber ein fester Griff setzte sie in Bewegung. Das Paar erreichte die Halle, als man dortselbst im besten Prügeln war.

Nolus und die Schützlingin des Präsidenten erfüllten bei den Hintergründen ihren Auftrag, jeder nach seiner Art. Der Bankier mit geschwollener Stirn, soviel Stirn seine tiefgelegenen Haarwurzeln ihm erlaubten, streckte zwei, drei der kräftigsten jungen Leute nieder, bevor sie seine Faust auch nur kommen sahen. Infolge der gelungenen Kinnhaken wankte bei anderen das unbestochene Urteil über die Sängerin Alice, fanatische Rufe nach ihr wurden laut. Die Kraft der eigenen Stimme macht unter Umständen gewalttätig. Wer noch widersprach, mußte dafür leiden.

Die Nutte zeigte Geld her. Nicht, daß sie es den Kameraden ausgeliefert hätte: ihr einst gering geschätztes Beispiel siegte durch sich selbst, obwohl nicht überall. Das häßliche Entlein blieb fest; ihm mußte die Verführerin etwas Greifbares zustecken, damit es auch nur zeitweilig abließ von seinem Mißgetön. Adrienne, wie anders ihre Redlichkeit und Reue! Sie entriß dem Entlein seinen Schein, trat ihn mit Füßen, ihre Hervorrufe der verehrten Meisterin unterbrach sie darum nicht. Siehe, der Rache entging die ehrliche Haut, weil am Boden um die Banknote gekämpft wurde.

»Alice! Wir wollen Alice! Alla porta! Fine funerals! Zut!«

Ein Hingestreckter und Wiedererstandener schrie besessen Heil! Verwirrte Gefühle einer Masse, die sich weder beherrscht noch kennt. Dagegen werden Strenge des Gedankens, ein Wille, der Richtung hält, schlechterdings nur vorn angetroffen. Die schlaue Auslese wird immer führen, aber zwischen ihr und der geballten Unfähigkeit des Hintergrundes sehen die mittleren Ränge abgehärtet zu und lassen geschehen. Das ist das Haus.

Die paar individuellen Beobachter können unmöglich eine Klasse für sich beanspruchen. Ihre private Sache, wie Melusine, Anastasia, Stephanie und André die Lage ansehen. An mehreren Stellen der Geschichte haben sie nicht nur die Sängerin Alice verlorengegeben: das Opernhaus selbst schien der Vergangenheit anzugehören. Ihre Eindrücke unterliegen dem Wechsel. Anastasia besonders ist erfreut von der Brutalität des Bankiers, der Sittenlosigkeit der Nutte; beide gemeinsam machen den Skandal unwiderruflich. Aber wer kann wissen, vermutet Melusine. Aktien, die nur noch Fetzen Papier waren, und so weiter, wie bekannt.

André neigte unversehens sein liebes, wohlanständiges Lächeln gegen Stephanie, sie wendete sich hin: »Aus der Wand zurück?« bemerkte sie. »Geheimnisse, und im Gesicht keine Spur von ihnen?«

Er entschuldigte seinen natürlichen Mangel an Ausdruck des Mienenspiels.

»Doch. Du bist blaß.«

»Du wärest es auch«, erwiderte er ihr. »Es war höchst widerwärtig. Immerhin wird Alice ihre Nummer wiederholen. Tamburini hat etwas vor, mais il y a des aléas, würde mein Großvater befürchten. Gleichviel.«

Sie hielt von keinem Eingreifen etwas, wenn es zweideutig ausfalle; das Haus sei gerade unsicher genug. »Auf der Höhe der Ereignisse bewegt sich dein prächtiger Vater«, sprach sie in der Manier eines Radioberichterstatters bei dem aufregendsten Boxkampf. »Unser Arthur erteilt den Reportern seine Weisungen! Sie werden befolgt werden, dafür bürgt das unverkennbare Interesse der Präsidenten, die ihn jetzt sämtlich umringen: um ihr Geld geht es! Ihr Mienenspiel leidet an Ausdruck keinen Mangel.«

»Gut«, gab André zu. »Die Morgenblätter werden von den wirklichen Vorgängen schweigen. Sind die Skandale darum aus der Welt? Stephanie, im Vertrauen, das Schicksal unserer Eltern bleibt allen aléas unterworfen.«

Und meines? Und deines? fragte ihr Gesicht, angstvoller als sie wollte, zärtlicher als sie wußte – während die törichte Musik abbrach, was sie längst hätte tun sollen; während der Vorhang hinaufging und Tamburini nach vorn kam.

Er kam dem Hause ganz unerwartet, daher verstummten augenblicklich die Geräusche. Auch gab er sich als freudige Überraschung, dermaßen unbescheiden hatte niemand ihn gekannt. Er hält sich für ein Weihnachtsgeschenk! Im Erstaunen über seine lyrische Geschwelltheit rief aus der Mitte jemand hinauf: »Vuol cantar la ›Bohème‹?«

Der Vorwitzige wurde unsanft zum Schweigen gebracht.

Sonderbar! Ein Mann, dessen ganze Sorge früher gewesen war, nur ja das Haus nicht herauszufordern, bevor sein Gesang es rühren und erheben konnte, auf einmal will er um seiner selbst willen bewundert sein, die kleine Unebenheit mit eingeschlossen, und erreicht es. Nun er von seiner Leiblichkeit überzeugt, Begeisterung leuchtend den Kopf in den Nacken wirft, weiß immer noch jeder, was dahinter steckt: genug, dies Ding hat aufgehört mitzuspielen. Kein Mäntelchen tut es, die Kraft, die geradmacht, legt niemand sich einfach um, sie muß in vieljähriger Übung erworben sein.

Nehme man an, daß er vor seinem Spiegel ungezählte Male versucht hat, den Schönen zu geben. Es wird in der Jugend gewesen sein, als vor seinem schmerzlichen Bewußtsein die Mehrzahl der Menschen schön und er allein die beschämende Ausnahme war. Vergebens, der Buckel erwies sich stärker, er hat damals jede Anstrengung zuschanden gemacht. Retten konnte den Sänger einzig die Leistung, wenn beide, Leistung und Gestalt, auf den öffentlichen Schaubühnen um die gleiche Seltenheit wetteiferten. Das ist gelungen, mit Stolz, mit Demut, wer unterscheidet sie, und dem bekannten Vorspruch:

»Ich bin gekommen, nicht mich sehen, sondern mich hören zu lassen.«

Das Können und der Fehler haben, unentwegt vertauscht, ihre großen Augenblicke gehabt, beinahe in allen Vorführungen, über die endlosen Jahre. Hier und jetzt, nein, die Jahre sind zu Ende. Das Schicksal des beschwerten Genies wird von ihm selbst nicht länger anerkannt. Dort oben bewegt sich unbescheiden, im lyrischen Genuß eines nie beanstandeten Daseins, der Weltberühmte, bewundert, beneidet, verherrlicht von schönen Personen beiderlei Geschlechts, und weiß es, und macht davon den glänzenden Gebrauch.

Nur scheinbar geschieht dies plötzlich; es muß in Wirklichkeit oft geprobt sein. Wie anfangs vor seinem Spiegel, hat der Mann sich seither vor einer inneren Psyche in der Schönheit versucht und fand nur den unanständigen Entschluß nicht, sie bei der Welt hervorzukehren. Wie wenn die Welt der noblen Enthaltung schon einmal Dank gewußt hätte! Mach ihr großartig vor, was du nicht bist, sie erkennt dich.

Kein Vergleich mit seinem vorigen Auftreten, als man in den weißen Kreis des Scheinwerfers starrte bis hinter die leibliche Hülle des Zauberers, ihm lauschte und ihn nicht sah. Diesmal zaubert er ungezwungen, betrachte ihn dir ruhig, kein Tadel an ihm, und wird sich hören lassen, wann es ihm beliebt, unsere Nachsicht braucht er nicht. Der, um Erlaubnis bitten? Er befiehlt, das ist klar, wir haben die ganze Szene mit Kruzifix, Manon und Zubehör von »Douces images«, »N'est-ce pas ma main« von vorn an durchzunehmen, unsere erste Prüfung bestanden wir schlecht. Aber gern! Wie gern!

Die Hände rühren, in Jubel ausbrechen wäre unstatthaft. Der selbstherrliche Meister heischt Schweigen und Gehorchen, was auch bei weitem das Angenehmste ist, immer vorausgesetzt seine glatten Bewegungen, die vollkommene Eingenommenheit seiner Person von sich selbst, sein Leuchten. Die Gesten in das Haus hinein haben genügt, es kennt nunmehr das weitere Verhalten der Dinge und sein eigenes. Ein Wink für den Kapellmeister, aber Richard Wagner war im voraus erbötig, glänzend setzt er ein. Der folgende Verlauf ist fraglos, kein Wort darüber vonnöten, ja, wer gar nicht mehr dabei wäre, im Bilde ist er doch.

Mais il est épatant, war der Eindruck der Fürstin Anastasia, und schlicht, wie sie empfand, stimmte sie für diesmal mit den Geringsten überein. Das alles, um Alice zu retten. Warum nicht mich?

Dasselbe hoffte Adrienne, gewiß kam noch anderen der Mut. Sie sahen ihn hochherzig, sie überlegten nicht, ob sie ihn gerade darum auch schön sahen. Melusine, ach! von keinem gläsernen Sarge träumte sie, als er seine Arie wiederholte. Könnte ich trotz allem meine Stimme wiederfinden? war ihr Traum.

Still und lieb sprach Stephanie zu André: »Wir sollten fortgehen.« Da er fragte, warum: »Wo wir dabei sind, geschieht selten das Merkwürdigste, eher noch draußen. Hier innen ist bekannt, daß in einer Minute die wiederaufgelebte Alice schreien, vielleicht nicht mehr schreien, jedenfalls aber triumphieren wird.«

»Du weißt selbst nicht, wie sehr du recht hast. Sie trägt kein Armband mehr.«

Auf seine dunkle Anmerkung ging sie nicht ein.

»Ich muß nicht dabeigewesen sein«, wiederholte sie. »Es ist so gut wie geschehen.«

Sprach André zärtlich und leis: »Wir wollen durch die Wand entweichen. Kann sein, daß draußen mein Großvater erscheint, er wäre merkwürdiger als Alice. Aber was treibt dich von dannen?«

Sie gab Auskunft: »Ich bin bewegt. Für eine Jugend, wie wir sind, schickt es sich nicht, zu weinen.«

Die Straße war kaum breit genug für die Luxuswagen der wirtschaftlichen, kulturellen und menschlichen Auslese, die droben im Begriff stand, vom Konzert zum Buffet überzugehen. Sie ließ sich Zeit. Noch vor der geschlossenen Bühne und im Stehen, während Richard Wagner ihnen aufspielte, neidlos den Marsch aus »Aida«, plauderte die Auslese. Ihre Eindrücke der abgelaufenen Stunde erwiesen sich als durchweg erfreulich.

Der Rüstungspräsident betonte das gelungene Zusammenwirken aller – »ohne Ausnahme, meine Damen und Herren! Es wäre auch beklagenswert, wenn wir, auf die eine Welt blickt, nicht verstanden hätten, was uns verpflichtet.«

»Das Gute, Schöne, Wahre über einen toten Punkt hinwegzuretten«, ergänzte Nolus, ohne zu bedenken, wohin. Nach Portorico, hätte er angeben können.

Der Präsident wurde, seines feierlichen Augenblickes wegen, von allen Seiten geknipst: diesmal mit der Nutte. Sie hatte es nicht herbeigeführt; den Drang nach Bildreportage über ihr Tun und Lassen wird sie später kennenlernen, wohl erst, wenn diese Stufe mit dem zertretenen Opfer hinter ihr liegt. Nein, aber sie wirkte anschaulich, je unbeteiligter sie sich gab – halb weggewendet, nur mit ihrer hinteren Wölbung dem alten Menschen meinetwegen verbunden. Ohne Absicht dramatisierte sie das Verhältnis. Einige Betrachter der Aufnahme mögen gleich heute früh den Blättern entnehmen, wie es mit einem Großen der Erde weitergeht.

Genug, daß hier eine Pause eingetreten war. Stille, Sammlung, unentschieden wofür, wenn nicht als Vorbereitung auf das Buffet. Den Hintergründen der Unwesentlichen wurde bekannt, es sei bedient und aufgebaut, es warte. Dennoch unternahmen sie keinen Sturmangriff, weit davon. Die Unwesentlichen mit dem leeren Magen rochen unvergänglich nach ihrem Kaffeehaus, manches Mädchen erinnerte die Nase an die Mottenkiste. Es hinderte nicht, daß sie aushielten, und wußten sich deshalb kein Verdienst.

Gesittung, Rücksicht, une politesse exquise, wie Fürstin Anastasia es nannte, herrschten nunmehr allein. Derselben Dame wurden Diamanten, die sie wieder einmal verloren hatte, ausgehändigt von einem ganz armen Schlucker. Er durfte dafür auf ihrer Hand den größten Brillanten küssen, und beide waren gerührt. Sie hatten Herz, sie hatten Zeit.

Draußen in der Straße galt dies weniger. Muße hätten die Führer der Luxuswagen gehabt, sogar mehr als ihnen erwünscht war. Es regnete, stark und plötzlich. Indessen sind um zwölf Uhr die letzten Theater aus. Bei dem Wetter nicht hinfahren und fremd gehen, hätte fühlbare Verluste gebracht. Ein herrschaftlicher Chauffeur lenkte seinen Buick aus der Reihe; dem Kameraden, der sich nicht entschließen konnte, erklärte er seine Sache. »Neulich wohnte eine schwarze Fuhre stundenweit draußen. Es goß, und eine Damenbekanntschaft war mit. Du begreifst die Marktlage. Ich, vornehmer als der Jüngling, Madame schon eingestiegen. Er war wehrlos. Höchstens hat sie zuwenig bekommen, was ich zuviel nahm.«

»Deine Alte hat so lange gewartet?«

»Schlimmstenfalls hätte ich ihr das Gasolin ersetzt. Aber sie war überglücklich, mich wiederzusehen.«

»Heute könntest du noch länger ausbleiben«, sagte ein dritter, der hinzukam.

»Was treiben sie denn oben?«

»Sie spielen sich auf«, meinte der dritte.

»Sie verdienen sich tot«, behauptete der zweite. Im Abfahren bemerkte der erste: »Werden aber niemals unseren gepflegten Stil erreichen.«

Die Verbleibenden fragten einander, wer über die Dauer des Empfanges unterrichtet sei. »Seine Geheimpolizei«, vermuteten sie – nicht im Hinblick auf den Hausherrn, der noch keine Leibwache hielt. Diese ist ein Vorrecht der Höchsten und Sichtbarsten. Ein Präsident der Rüstung schuldet sie seinem Range, nicht erst seiner Sicherheit.

Ein Mann, gebaut wie ein Kleiderschrank, zeigte sich unter dem grell beleuchteten Eingang. Die halbe Straße entblößte alle ihre nächtlichen Einzelheiten, sooft die Tür des festlichen Hauses aufging. Der Regen, schräg und weißlich herabgekommen, spritzte von dem Macadam in bunten Garben, da die Pfützen farbig vom Öl der Automobile waren.

Zwei späte Spaziergängerinnen rannten quer hinüber nach dem Café an der Ecke. Ihre ausgeschnittenen Lackschuhe waren sofort voll Wasser. Andererseits umspannte das durchnäßte Kleid ihre Formen, als hätten sie gar nichts an. Ein Gast verließ die Drehtür, entschlossen, das Wetter zu nehmen, wie es war. Die Ansicht der Nymphen, nun sie herbeischwammen, ungeordnet aber suggestiv, bestimmte den Mann im besten Alter, haltzumachen unter dem äußeren Baldachin. Einige warteten hier ihre Zeit ab.

Die Schwimmerinnen bemerkten den Mann nicht gleich, ihre Gesichter waren gesenkt bis auf die Büste. Lieber als ihre Fassade preiszugeben, ertrugen sie das Triefen im Nacken, die Rinnsale den Rücken entlang. Eingetroffen, bemerkten sie mit dem ersten Blick, daß die Gesellschaft schlecht gewählt wäre. Bridgespieler vor dem Auseinandergehen, ihre Frauen mit Brillen, Schminke, Zigaretten, überdies noch ganz trocken am Leibe. Kein Schutz zu hoffen gegen einen peinlichen Herrn, der sie kommen ließ, seiner Gelegenheit kühl versichert.

Sie bogen schroff ab, unter Verzicht auf das Dach. Ihre reizvoll gebrochene Linie, die Schenkel, woran nasse Seide klebte, alles strebte nach der Ecke, und wäre verschwunden. Eigentlich schon herum, stießen sie dennoch zusammen, mit wem oder was? Da half keine Übung. Ein Herr, oder nicht? Um die Ecke lag Dunkelheit. Vielleicht einer gewesen; man war nur nicht geboren, als dies ein Herr war. Sie einigten sich kurz auf Papa.

»Papa!« riefen sie wie aus einem Munde.

»Ihr habt mich bestellt, meine Töchter«, erwiderte die Gestalt. »Ich erscheine pünktlich.«

So eilig sie es hatten, die Rede erregte ihren Argwohn.

»Was tatest du hinter der Ecke, daß man dich nicht gleich sah?« fragte die eine. Die andere, mit offenem Mißtrauen, wenn auch geneigt, in der Not jede Erklärung anzunehmen: »Und gehört hat man dich noch weniger.«

Sie bemerkte seine Füße und lachte. »Er trägt Gummischuhe! Alterchen! Dich haben wir gefunden. Nur noch dein Auto!« Ihr Gefühl sprach dagegen, daß der ehemalige Herr mit seinen Galoschen allein unterwegs sei. Auch die zweite war der Meinung. Einmütig verlangten sie: »Nimm uns mit!«

Da er den Kopf hin und her bewegte, gaben sie ihm Bürgschaften, anstatt welche zu verlangen, so zweifelhaft die Erscheinung blieb. »Wir wollen nur nicht naß werden. Du übernimmst keinerlei Verpflichtung.«

»Bring uns zum Trocknen!« bat die Reifere mit tiefer Glockenstimme und stützte ihre Brust auf seine. »Ich werde heiser, das willst du nicht verantworten, als Kavalier der alten Schule.«

Gemeinsam zogen sie ihn in den nahen Schutz eines vorspringenden Portals. »Hast du hier gewartet? Du bist noch trocken.«

»Papa, mit dir ist etwas nicht richtig«, vermutete die Schlanke, diesmal arglos, sogar zärtlich. »Gesteh es ruhig, du fährst einen falschen Wagen.«

»Das tun die besten Herren, bei einem Wolkenbruch.«

Damit er ihnen vertrauen sollte, hängten sie je einen abtropfenden Arm über seine Schultern. In einem beruflichen Idiom, nur wenigen verständlich, teilten sie einander mit, seine ausgestopfte Brust verspreche manches.

»Es ist nicht die Brieftasche«, sagte er so unerwartet, daß beide ihn losließen.

»Sie!« meinte die eine drohend, da sie sich getäuscht sah. Die Reifere begütigte: »Jetzt wissen wir Bescheid. Der hat einen Wagen. Nachher stellt er ihn wieder hin, wo er ihn abgeholt hat.«

»Auf dem Friedhof.«

Dies kam ruhig. Es hatte zu wenig Nachdruck, um so mehr befremdete es. Zwei der nächtlich Begegneten kannten den dritten nicht mehr und verleugneten ihn. Sie fliehen, könnte man sagen, wenn nicht ohnedies das Wetter zur Eile drängte. Als sie aber einlenken wollen, woher sie gekommen sind, schlägt es hinter ihnen zwölf. Davon halten sie an, ernstlich erschrocken.

»Wie kann die Uhr schlagen, wo keine Kirche ist?«

»Es war auch keine Kirchenuhr.«

Man hat Erfahrung, aber sogar die Reifere war nahe daran einzugestehen, hier sei sie fehlgegangen.

»Merkst du, was er ist?« fragte sie.

»Ein Penner«, entschied die Jüngere.

»Ein ironischer Papa, meine Liebe. Einige werden vom hohen Alter komisch, aber auf unsere Kosten.«

»Das mußten wir aufgabeln!«

Aus innerer Erschütterung ließ keine die andere weitergehen. Nebenbei hatten sie festgestellt, daß vor dem Café ziemlich alles stand wir vorher. Vielleicht, daß ein paar Bridgespieler wieder drinnen weilten. Draußen blickte der nicht genehme Mann von vierzig ihnen unverwandt entgegen. Sein Gesicht zeigte über ihre Rückkehr eine Genugtuung, die hätte kränken können, wären die armen Schönheiten nicht zu sehr begossen, außerdem soeben gedemütigt von einem rätselhaften Greis. Um so schlimmer, wenn er zuletzt harmlos war!

Daher verständigten sie sich über die andere Gefahr verhältnismäßig leicht und ohne Worte. Wenn das Individuum von seinem auch schon überschwemmten Fleck solange nicht gewichen ist –! Angesetzt, lauf, lauf! Über den Damm rannten sie nach vorne umgelegt, das Wasser, das sie nicht auf den Rücken bekamen, spritzte ihnen von unten in den Mund. Denn jetzt stand er ihnen offen, nachgerade gaben sie ihre Selbstachtung auf, sie weinten.

Ihre nächste Absicht bedurfte keiner Mitteilung. Wenn man dieser Hauptstraße entkäme, übermäßig beleuchtet wie sie ist von dem einzelnen verdammten Haus, und ein Netzwerk dunkler Gassen erreichte, hätte man schlecht gerechnet fünfzig Prozent gewonnen. Soll es nur fort gießen, dachten die Verfolgten, dann rührt er sich nicht und wir sind längst im Blauen Engel. Dort zieht man sich aus und legt sich trocken!

Gesagt, getan, sie liefen oder meinten zu laufen. In Wirklichkeit ging es mit ihnen nicht vorwärts, oder dauerte, wie wenn ein Fahrdamm mittlerer Breite ein Amazonenstrom gewesen wäre. Sie aber verkannten die Ursache, ihre hinderlichen Röcke, die ohnedies eng, jetzt ein angeklatschtes Futteral, keine ihnen beliebige Bewegung zuließen. In ihrem Zustand, so wenig Ordnung er, nachgerade auch innerlich, aufwies, hätten sie sich, einige Jahrzehnte früher, den Spielball höherer Mächte geglaubt. Dies war nicht mehr möglich, da sie, bescheidener als voraufgegangene Geschlechter ihrer Gattung, Genüge fanden an der erklärbaren Natur. Wäre sie in diesem gestörten Augenblick nur auch erklärbar gewesen!

Erstaunen, nein, als von der hohen Kante des jenseitigen Ufers zwei Hände ihnen dargeboten wurden. Ihnen wird immer etwas angetragen, die leere Hand ist wenig genug. An Vertraulichkeit gewöhnt, den meisten Vorurteilen entfremdet, lassen sie sich hinaufhissen. Nun sie ihre verweinten Gesichter heben, wer steht vor ihnen? Der ironische Papa!

»Schon wieder. Du, mein Junge, kannst einen hysterisch machen. Wieso kommst du mit deinen Knickbeinen vor uns an?«

»Warum hast du zwölf geschlagen?« erkundigte sich die Gefährtin.

»Die Glocke warnte euch gerade beizeiten.« Mehr ließen sie ihn nicht sagen, mit Gelächter übertönten sie die Fortsetzung. Er sah beide an, bis sie schwiegen. Endlich hörten sie ihn. »Es wäre besser, ihr folgtet mir – oder blicktet hinter euch.«

Dies taten sie, während er einfach weiterging. Was war nur mit ihnen? Halten sich mit einem Verrückten auf, wenden der Straße den Rücken, als ob drüben kein jemand für sie Interesse hätte. Er hat es nur zu sehr und übt es aus. Entschlossen steigt er in die Gosse. Warum er auf einmal die treibenden Gewässer nicht mehr scheut? Weil die stürzenden plötzlich abbrechen. Vielmehr sind sie beendet, seit wann? Diesseits war nichts bemerkt worden, in ungeordneten Zuständen ist es denkbar, daß ein nicht mehr aktiver Wolkenbruch weiterwirkt im Gemüt, als bräche er noch immer. Wozu die Betrachtung? Eilends folgen sie ihrem Alten.

Ihr rüstiger Feind begeht aus Stolz auf seinen nahen Sieg den Fehler, daß er aufrecht schreitet, nach hinten gelehnt, anstatt vorgebeugt. Im Auge behält er seine beiden Opfer, nicht seine beiden Füße. Alsbald gleitet er aus, fällt auf das Gesäß, und Strahlen öligen Wassers schießen um ihn her, ein abgerundetes Farbenspiel, beinahe kunstvoll.

In den Armen des Alten von Mitternacht hängt je eine hingebende Gestalt: sogar einen Präsidenten könnte die feuchte Last erweichen. »Wenn man auf Papa nicht hört!« sprach er streng, aber für sie allein. Sie sagten ihm auch nur ins Ohr: »Du hast es in der Hand, daß wir durchkommen. Nenn uns deine Nichten!«

»Unnütz«, bestimmte er kalt. »Und wenn ihr Paula und Polly hießet.«

Da taten sie einen unwillkürlichen Ruck, hinter seinem Nacken sahen sie einander an. Woher weiß er nun das wieder? Ihre Handtaschen hingen vorn, ihre Namen standen darauf gestickt, wer besinnt sich gleich. Mit rechten Dingen geht es trotzdem zu, sie haben nie gezweifelt. Nur betroffen ist man. Wie erst von dem Ereignis selbst!

Ihr Feind hatte sich aufgerafft. Seine erwiesene Hinfälligkeit setzt ihn nicht nur im Aussehen herunter: auch sein Prestige versagte. Dafür war er wütend. Mochte er jemals aufgelegt gewesen sein, vorgebliche Nichten einem älteren Herrn hingehen zu lassen, damit war es aus. Indessen wendete der Beschützer der Verfolgten ihm das Gesicht zu. Was seine Schützlinge nie geglaubt hätten, dies genügte.

Man bewegte sich in Richtung des festlichen Hauses, seine Scheinwerfer, auf dem Dach, wo noch – hoben grell und genau hervor, was jeder nach sichtbaren Zeichen wert war und verlangen konnte. Gar nichts, die Gestalt aus der Pfütze, mit ihren Händen voll Wagenschmiere. Alles, die gepflegte, so gut wie trockene Erscheinung ohne Alter, die Waden straff, der lange dunkle Überrock auf Figur zugeschnitten, der hohe seidene Hut von den Augen geschoben, und sie blitzten!

Waren es die Scheinwerfer, oder walteten Berufung, Rang und Macht, wenn sie blitzten, das unterlegene Phänomen unterschied nur einfach das höhere, seiner Beurteilung unzugänglich ist es jedenfalls. Der Mensch erschrak vor dem Gesicht, nicht, daß es furchtbar gewesen wäre. Aber es wahrte einen unbekannten Abstand. Hätte sich noch von einfachem Hochmut reden lassen, ihn beugt man, bei irgend günstigen Umständen. Nein, hier begegnete dem Mann der Straße eine Fremdheit, die ihn verdrängte, ihn körperlich abdrängte vom Rande des Gehsteiges. Er bestieg ihn nicht. »Zu Befehl, Herr Geheimrat!« war alles, was er vermochte.

Niemand hatte dem Mann etwas befohlen, den Geheimrat erfand er auch nur, weil er nicht anders konnte. Sein rechter Arm beschrieb zwei, drei zackige Bewegungen, Teile eines Grußes, der unbegrenzten Gehorsam ausgedrückt hätte. Es kam nur nicht ganz heraus. Der Mann tritt in ziemlicher Verwirrung seinen Rückzug an. Hinüber, unbedingt hinüber nach der unbefugt verlassenen Seite!

Paula und Polly, oder wie sie sich nennen, schicken sonst jedem, mit dem sie fertig sind, ein abschätziges Gelächter nach. Sie unterlassen es im Hinblick auf den Geheimrat, dessen Arme sie bis jetzt umfassen. Nicht anders als den gehorsamen Mann, hat ein Gesicht sie beängstigt mit bloßer Vornehmheit. Auch sie fühlen sich verdrängt. Hier schmiegt man sich nicht, man tritt weg und dankt. Ironisch gewiß; andernfalls wären sie Bettlerinnen, das sind sie nie und nirgends.

»Danke, Geheimrat«, hiermit ließen sie ihn los. Einen Schritt hinter ihm sagten sie schon: »Witze! Aber Hauptsache, wir kommen durch.« Zwei Schritte war er voraus, als sie überlegten: »Diesmal ist es noch gutgegangen, aber wie lange. Ob wir türmen?«

Die Flucht wäre zweifellos vorzuziehen, aber wohin, da jenseits des Dammes der Feind immer mitzog. Abgewiesen, beschämt, bestand er dennoch auf seiner Befugnis, beizuwohnen und abzupassen. Die Reihe konnte wieder an ihn kommen. Den Geheimrat mitsamt seiner Größe bezweifelte der Mann aus sicherer Ferne. Bislang war nichts zu machen. Die erste Blöße, die ein vornehm – allzu Vornehmer sich zuzog, sollte den Mann rächen. Im voraus freute er sich seiner beschmierten Hand: sie soll an den feinen Rock greifen, und womöglich in das noch gewähltere Gesicht!

Wird der Verdächtige sich zum Empfang begeben? Das Haus betreten, wo die Welt empfängt, und zugelassen werden? In dem Fall, gute Nacht. Nein, er geht vorüber, womit die Frage als entschieden gelten soll. Er gehört nicht zu den Unantastbaren, nächstens wird er greifbar sein.

Er läßt die lange Reihe der Wagen zur Hälfte hinter sich. Bleibt er nunmehr stehen, scheint der Aufenthalt doch nicht von ihm herausgefordert, eher von dem herrschaftlichen Chauffeur, der, stolz auf die Bekanntschaft, seine Kappe berührt. Wen hätte es nicht überrascht? Der Mann drüben hält entgeistert an. Die Begleiterinnen diesseits, von ihrem Freund auf manches gefaßt, verzichten weiterzugehen, bevor seine Absichten sich zeigen. Man könnte sie vermuten, mit ihm hat man schon mehr erlebt. Dieser bessere Greis ist nun einmal ein Effekthascher. So geheimnisvoll er sein möchte, kann er nicht sein.

Der Fragliche tat übrigens nichts Auffallendes, sehr wenig neigte er den Kopf seitwärts. Der Chauffeur, dessen Wagen offenbar gemeint war, antwortete mit einem zweiten Griff nach der Kappe, noch freudiger als der erste. Damit schien alles geordnet. Eine Unterredung war es kaum gewesen. Der eine sprach gar nicht. Der willfährige Diener folgte nur dem Bedürfnis, sich obendrein zu entschuldigen.

»Herr Geheimrat haben zu befehlen«, sagte er, vernehmlich für diese und jene Seite. Drüben zog jemand sich lautlos zurück, nach einem beschatteten Winkel, aber wo war einer. »Für diese Eventualität stehe ich hier«, sagte der Chauffeur. »Damit ich die Damen wegfahren kann.«

Hierbei hatte er den Takt, die Damen nicht anzusehen. Jeder hätte zuerst seine Neugier befriedigt. Schließlich sind wir hübsch, dachten sie. Nasse Kleider nehmen uns nichts, wir verstecken uns nicht, wie der Mann drüben. Nein, der

Junge hat nicht für uns sein Zartgefühl. Dem Alten erweist er es, er will nicht wissen, wen der Alte mitbringt. Der dringt schon wieder durch, erkannten sie, mit einer Hochachtung ohne Ironie, beeinflußt von der Haltung des Chauffeurs. Er, von dem man etwas wollte, wurde leise und bat.

»Möchte Herrn Geheimrat um einen kurzen Augenblick gebeten haben. Herr Arthur begleitet manchmal Damen, wenn man aufbricht. Oh! Zeit ist genug, ich stehe zur Verfügung. Nur möchte ich eine Benachrichtigung hinterlassen haben, wenn der Wagen anders benötigt werden sollte.«

Sehr gedämpft und besonders devot schloß der Mensch, der vielleicht die Wahrheit sprach. Sprechen konnte er, wie folgt: »Herr Geheimrat, man weiß es, besuchen keinen so weltlichen Empfang. Übrigens würde ich mir nicht gestatten, Herrn Geheimrat eine subalterne Meldung zuzumuten.«

Seine Fähigkeit sich auszudrücken, machte den beflissenen Angestellten glücklich. Er grüßte, strahlte, schnell trat er seinen Weg an. Die Erlaubnis hatte er gewiß erhalten; wie, war nicht zu bemerken. Ein Hochgestellter wartet jetzt allerdings, bis er bedient wird. Aber seinem hohlen Rücken, den Händen in feinem Leder, die darauf ruhen, ist abzulesen, daß er aus eigener Laune im Regen steht. Es regnet wieder, wenn auch mit Maßen.

Der musterhafte Chauffeur unterließ sogar im Vorbeistreifen, die Damen zu besichtigen. Sie begriffen, daß er es längst getan hatte, und waren einverstanden. Er kniff ein Auge zu, damit sie sähen, er wisse Bescheid. Auch sie gaben ihm ein diskretes Zeichen. Der Geheimrat, der nicht hersah, beherrschte dennoch den Vorgang. Die Kameraden des jungen Chauffeurs nahmen dieselbe Rücksicht wie er; sie hielten ihn unterwegs nicht auf, sie begleiteten ihn nur, um sich das Phänomen erklären zu lassen.

»Quelle idée!« sagte einer. »Die Fuhre ladest du auf? Hier vor dem Haus, und jeder kann zusehen.«

»Drüben nimmt einer Anstoß«, sagte der zweite. »Wenn dir das gleich ist.«

»Ich weiß«, war die Antwort. »Aber der Alte will es nun mal. Was kannst du machen.«

»Sicher machst du ein gutes Geschäft.«

»Das denkt ihr. Von dem Alten bekomme ich gar nichts. Mag sein, Arthur holt es morgen nach, daher melde ich mich gleich jetzt.«

»Ja so, der Alte ist großzügig auf deine Kosten.«

»Die Zusammenhänge«, betonte der junge Mensch. »Die Zusammenhänge muß man kennen«, raunte er, nicht mehr hochgemut und dreist. Er schien sogar ergriffen, wahrscheinlich von den Geheimnissen, die er bei sich trug.

»Was ist denn los?« wurde er gefragt, als er schon halb im Haus war. Er überzeugte sich, ob niemand aufpaßte. Hier gingen Detektive ein und aus. »Soll ich?« fragte er sich selbst. »Ach was!« entschied er.

»Ach was, ihr könnt es hören. Dort oben sind reiche Leute, meint ihr? Schlucker sind es, wenn ich den Alten sehe.«

»Er spart die Trinkgelder«, wurde eingewendet.

»Aber den ganzen Empfang, mit Scheinwerfern, Musik und Polizei, bezahlt er.«

»Bitte sehr. Mein Präsident hält sich die Leibwache selbst.«

»Wer weiß. Manch einer müßte seinen Laden zumachen, wenn nicht der Alte eingriffe. Sie wackeln alle.«

Hiermit sprang er im Vorflur die Treppe hinan. Seine Kameraden sahen ernst einander an. »Wackeln. Mich wundert nur, daß er es bemerkt hat«, sagte der Ältere, kratzte sich unter der Kappe den Kopf und wurde sichtlich düsterer.

Der zweite fragte: »Kommt es dir auch vor, als ob bald abgereist wird?«

»Man kann es abreisen nennen«, murrte der Graue. »Was nachher sein wird? Wo es keine Präsidenten mehr gibt?«

»Die Existenzangst wird sein«, entschied der Befragte, aber es war keine Frage gewesen.

Der Chauffeur des Hausherrn Arthur erstattete droben seine Meldung: Nina war es, die vorüberlief, ihr rief er besonders freudig nach: »Ich soll ein paar Straßenmädchen nach Hause fahren!«

Sofort kehrte sie um. »Haben Sie das erfunden, oder Arthur?«

»Ni l'un ni l'autre«, sagte der hübsche Junge und versuchte eine Annäherung, die gelang.

»Dann ist es –?«

Er nickte stark. »Sie, Nina, haben ein Urteil über uns Männer.«

»Nachgerade.«

»Wer wird sich etwas ausdenken, als ob er alle zum besten hat: Arthur und seine Gäste, die Polizei, die dabeisteht, die Mädchen selbst, die an der Ordnung zweifeln müssen. Sogar ich bin ihm gut genug, mich zu verblüffen.«

»Halten Sie mich nicht auf, wegen eines Verrückten!«

Aber der Junge spannte sie in dem Grade, daß sie blieb. Er sah atemlos aus, von seinem Zuviel an Wissen.

»Diesen, ich behaupte leichtsinnigen Gedanken, der aber viel bedeutet, behaupte ich – hat nur ein echter Reicher.«

»Sie sind gut.«

»Und aus dem vorigen Jahrhundert muß er sein. Gar nicht mehr lebendig, man kennt ihn durch alte Schmöker.«

»Sie haben Zeit zu lesen.«

»Auch aufzupassen auf ein altes Haus. Vor der verschlossenen Tür wartet der Vater mit dem Sohne. Stundenlang, sozusagen, wird ihnen nicht aufgemacht. Mensch! Hast du schon mal so was von Geduld gesehen? Die Zerknirschtheit? Und das war unser energischer Arthur! Ganz zum kleinen Kind geworden, fürchtet sich vor Schlägen!«

»Unser Arthur? Sie träumen. Hatte er Sie dabei eingeladen?«

»Mich läßt er eine Straße weiter parken, ich und der Wagen dürfen uns nicht zeigen. Ich schiele um die Ecke. Würden Sie glauben, daß er den Sohn als Stütze benutzt, und ohne ihn nicht eingetreten wäre?«

»So habe ich es mir gedacht, nach allem was André sagt. Deshalb trauen Sie dem Alten Geld zu?«

»Sie nicht? Wovor sonst wird Arthur klein!«

»André hat manchmal den Verdacht, dann läßt er ihn wieder fallen. Sie, mein Junge, sind ein Zugelassener, die sehen mitunter mehr als wir Zugehörige. Wenn Ihre Einbildungen wahr sind, darf ich hier nicht weggehen.«

»Sie verreisen – auch?«

»Verreisen, woher haben Sie das? Allerdings, ein Herr, der dringend verreist, weit fort, macht mir Vorschläge.«

»Sehen Sie, der auch. Demnächst verreisen alle.«

»Ich nicht«, beschloß Nina. »Hier könnte etwas zu erben sein.«

»Aus dem verschlossenen Haus verreist niemand, der Besitzer hat Laune für zwecklose Wunderlichkeiten um Mitternacht. Jetzt muß ich seine Mädchen fahren«, erinnerte er sich beizeiten und lief. Nina stand noch da, als er fort war. Sie sann: Herr Nolus verreist und will mich mitnehmen. Sicherer wären Arthur und André, wenn sie erben. Sorgen hat man, bei den Zeiten!

Draußen hatte sich so vieles verändert, daß der Chauffeur unruhig wurde. Seine Kameraden waren auf seine Erlebnisse nicht mehr neugierig, vielmehr lachten sie ihn aus. Wenn er ihre stummen Hinweise recht verstand, war ihm unterdessen ein Streich gespielt worden. Jedenfalls sah er weder den Alten noch seine beiden Freundinnen.

Er eilte, und kam gerade zurecht, um die drei zu ertappen. Sie waren eigenmächtig in den Wagen gestiegen, aber nicht nur das. Ihr Geheimrat veranlaßte die beiden Damen, endlich ihre nassen Kleider auszuziehen. Ja, sie taten es ihm zuliebe, denn den Schnupfen hatten sie schon. Enthüllten sich unentgeltlich. Bis ich soweit bei ihnen wäre! dachte der Chauffeur und kannte des Wunderns kein Ende.

Der alte Kavalier hielt die große Pelzdecke des Wagens weit ausgespannt vor das Fenster. Wenn der rüstige Mann dort drüben kein schattiges Versteck gefunden hatte, der Blick in den Wagen wurde ihm auch erlassen. Der Chauffeur erwog den Gedanken, gleichfalls die verhangene Seite aufzusuchen, nur daß sein Taktgefühl sich verspätet meldete. Drinnen war man bereit.

Der Herr legte schnell und gewandt seinen Gefährtinnen die Decke um, worauf er sie plötzlich verließ und nicht mehr kannte. Ein Wink, der Chauffeur öffnete, der Herr stieg aus, ohne weiteres nahm er die Richtung des Hauses. Die aufgerissenen Augen des tief ergriffenen Jungen folgten ihm, wie er stelzte und den Kopf hoch trug. Da sieht man noch einmal, wie es war, dachte er, ohne einzeln zu unterscheiden, was er alles einbegriff: den Herrn von einst, seine Ironie und Launenhaftigkeit, sein unbekümmertes Selbstbewußtsein. Der junge Fahrer und Leser blickte einem Zeitalter nach: seines war es nicht, er wünschte es sich keineswegs.

»Wohin befehlen die Damen?« fragte er mit gezogener Kappe in den Wagen hinein. Er versuchte sich in dem Ton, den der Alte vermutlich gewohnt gewesen war von seiner wohlerzogenen Dienerschaft. Den nackten Mädchen unter der Pelzdecke blieb die Spucke weg, wie sie selbst es genannt hätten.

Dem Führer der präsidentiellen Leibwache, der gebaut war wie ein Kleiderschrank, lag nichts ferner als Achtung vor dem Altertum. Es traf sich, daß der Leibwächter wieder einmal das Haus verließ, als der Unbekannte es betreten wollte. Er hielt sich an die Form, aber in rauher Art.

»Mein Herr, wollen Sie sich legitimieren!«

Er bekam keine Antwort, nur den gebieterischen Blick weit offener brauner Augen. Der illegitime Gast wollte weitergehen, als ob nichts im Wege stände, an dem Kleiderschrank vorbei, vielmehr durch ihn hindurch. Ein Arm, der Eisen war, schnellte vor. Im letzten Augenblick meldete sich ein zweiter Leibwächter.

»Mensch! Lassen Sie doch, er tut nichts.«

»Wer so spät kommt und sich verkleidet hat!« sagte der erste. Denn der erste Leibwächter glaubte dem Fremden seine Erscheinung nicht. Er prüfte das Gesicht aus der Nähe, sah wirklich Schminke darin, und verfügte: »Der Mann ist gar nicht alt. Der hat Absichten. Geradeso sehen sie aus, wenn unser Patron ihr Geld hat.« Hiermit holte er aus seiner Pfeife einen gellenden Ton, damit ein Uniformierter käme und den Verdächtigen mitnähme.

Der zweite Leibwächter wünschte dringend, den Fehler zu verhüten. »Das ist doch der Vater vom Alten«, raunte er dem ersten zu. Er fand nur Unglauben, aber die Chauffeure sollten es ihm bestätigen; schon umringten sie den Eingang. Auch der rüstige Mann von drüben war da und witterte Morgenluft.

Der erste Leibwächter verlor die Haltung. Ängstlich fragte er: »Der Vater unseres Präsidenten?«

»Na ja doch«, beschied ihn der zweite fälschlich; er wendete den Kopf nach irgend jemand, zufällig war es der Mann von drüben. »Der Kerl ist zu dumm«, warf er hin.

Alsbald sanken die Hoffnungen des Rüstigen um das ganze Maß der Verachtung, die der zweite verriet.

Der Chauffeur des Präsidenten unterhielt sich köstlich. »Unseren Vater muß ich doch kennen. Seit Menschengedenken sieht er aus wie der Weihnachtsmann.«

Der Kleiderkasten hätte sich wahrhaftig gern durchgesetzt, aber er fürchtete die Folgen. Er nahm seinen Hut ab, er bat: »Mein Herr, wenn Sie es nicht Ihretwegen tun wollen, tun Sie es für mich! Zeigen Sie irgendeinen Ausweis!«

Da machte der Fragliche Front, nicht gegen ihn, gegen die Versammlung, die allem Möglichen entgegensah, nur gerade dem Ereignis nicht.

Er öffnete seinen feinen, auf Figur geschnittenen Tuchmantel. Der Frack erschien. Er entfernte den Shawl, der Hals wurde frei, und unterhalb begann ein Blitzen.

Es war kein Ordensband, keine Rosette, auch kein einzelner Stern. An roter Krawatte über die weiße zu legen, funkelte, blitzte, erschlug den Blick ein gedrängtes Abbild des Nachthimmels, aber dermaßen strahlt er nicht. Das Weltall verträgt bei weitem nicht den Vergleich mit einem Glanz wie ihn die Welt verleiht, gesetzt, sie will einmal. Hier hatte sie gewollt, und dieser Alte blendete.

Die Chauffeure konnten nicht lange in eine mehrfache Sonne sehen, verstärkt wie das diamantene Feuer war vom Licht der Jupiterlampen, der Scheinwerfer. Sie kniffen die Lider ein. Mit gesenktem Blick salutierten die Leibwächter. Der rüstige Mann selbst, solange er auf ganz andere Handlungen bedacht gewesen sein mochte, jetzt riß er mit Anstrengung die Augen auf und knallte die Absätze aneinander.

Ihr Sieger betrachtete sie der Reihe nach gebieterisch. Ohne ein Wort kehrte er ihnen den Rücken, er erstieg langsam die Stufen im Vorflur. Bevor er oben war, hatten die Leibwächter sich besonnen, daß er eskortiert werden mußte. Keine Verhaftung kam hier in Frage: ein Ehrengeleit.

Leer lag die Diele, die Treppe mit den großartigen Kandelabern. Droben die Halle verriet keine menschliche Gegenwart. Auf halber Höhe hielt der Gast den Fuß an. Erstens fehlte es ihm an Atem. Ferner bedurfte es der Gebärde, die seinem Gefolge befahl, zurückzubleiben. Sie wären nachgeklettert bis auf das Dach.

In dem Eintrittszimmer, seitlich zwischen Halle und großem Saal, schlug eine Uhr: halb eins. Auftritt Balthasar.

XVI. Das Buffet

Auf dem weichen Teppich wäre er nicht zu hören gewesen. Überdies schlich er, infolge seiner unvermittelten Ermüdung. So ist nun einmal unsere Wiederkehr, hiermit erklärte er sich seine Schwäche. Wir erscheinen – sind eingeladen und kommen. Die Lebenden werden, solange sie von dieser Welt sind, nie bemerken, was es uns kostet. Womöglich fürchten sie sich, als wäre unser Zustand nicht vor allem uns selbst gefährlich.

In den nächsten Sessel ließ er sich beschwerlich nieder. Meine letzte halbe Stunde, so sann er, war bloßer Übermut. Tote, die des Namens würdig sind, verachten Unfug und Schabernack. Diese begründen gerade die müßige Vorstellung, die Weltkinder sich von uns machen. Allerdings quittierte eine so leichte Ungebühr nur das Aussetzen meiner Selbstkontrolle: das aber verantworte ich. Unverzeihlich hatte ich an dem heutigen, jetzt schon gestrigen Tage ausgeschweift.

Ich badete in meinem Gold, gleichwie im Fluß der Ewigkeit, der nirgends entspringt, niemals mündet. Wundervoller Überschwang, wenn auch anstrengend außer jeden Vergleiches! Ich widerstehe nicht, bin weder fähig noch gewillt, mein Gesetz zu brechen, und es will die Ausschweifungen der Passion. Verhängnisvoll wären sie? Mir, »dem Abberufenen«? fragte er, bewegte die Lippen kraftlos und hatte bei Gott keinen gebieterischen Blick.

Aber hätte ich nicht gebadet und soll es zu meiner Stunde wieder tun, was vermöchte über mich, den sie für neunzig halten, eine leichtsinnige halbe Stunde mit einigen Geschöpfen gemeiner Ordnung, Nutten, Polizisten und so fort. Sie gehören in die irdische Zeitrechnung. Anders als wir, haben sie wirklich ein Alter, der Regen durchnäßt sie nicht zum Schein, ihre Automobile und Gefängnisse gehen ihnen an die Nieren. Meinem Sohn Arthur seine Geschäfte. Ein drolliger Empfang bei der Welt wird dies sein.

Die Selbstbetrachtung Balthasars fiel in die bemessene Weile, als, mehrere Räumlichkeiten dahinter, das Konzertpublikum seinen Appetit beherrschte, sich vielmehr anstellte, als habe es alle begehrten Genüsse im Musiksaal schon empfangen, das Buffet sei vergessen. Die beladene Tafel wartete solange einsam.

Silber oder Kristall klirrten wohl einmal heimlich, ohne menschliches Dazutun, hätte einer gedacht. Indessen, von den vier Aufwärtern, die kostümiert die Wand entlang standen, war dem oder jenem eine Berichtigung des Aufbaues eingefallen. Er begab sich an die Stelle. Sein Gang war lautlos, seine Hand behutsam, auch wahrten sie ihre Zungen, gewiß aus Scheu vor ihrem eigenen, unerhörten Werk. Dies hieß ein Buffet! Aber dreißig Jahre mußte beim Geschäft sein, wer es das vorige Mal gesehen haben wollte. Der älteste Lohndiener flüsterte davon, mit völlig geisterhaften Lippen.

Gesetzt, nebenan lauschte ein Gespenst, konnte es bislang nichts einwenden, es hätte sich zeigen dürfen. Da brach eine Stimme die Beschwörung. Eine unbedingt lebendige Stimme, sie sagte: »Mich wollen Sie neppen?«

Das war die hübsche Nina, der unsichtbare Balthasar erkannte sie, obwohl er sie nicht sah. Die Stimme war unnachahmlich spröde, hier und da brach sie; dann folgte der gewisse tiefe Ton, der an die Sinne rührt.

»Mensch!« fügte sie hinzu; zweifellos tippte sie dabei ihren Zeigefinger an die Schläfe. »So schlau wie Sie bin ich auch. Mein Zimmer braucht er! Und was noch?« Hier kniff sie gewiß ein Auge zu. Der Mann, nach dem Gehör ein Unbekannter, sprach bezaubernd auf sie ein. Über welchen Gegenstand? Das wußte er zu verschleiern.

»Sie haben das Ding gar nicht. Lassen Sie sehen!« forderte Nina.

»Ich habe es. Ich muß es einfach abholen, wo es ist. In Ihrem Zimmer will ich die Gelegenheit erwarten. Sie lassen mich ohnehin ein.«

Dieser Satz des Mannes war im Durchgangszimmer zu verstehen. Die Sprechenden hatten, ihrer Heimlichkeiten wegen, die inneren Gemächer verlassen – Frühstücks-, Billard-, Sitzungszimmer, was es sein mochte. Sie waren hinausgetreten in die Galerie, wie der Korridor genannt wurde. Bekanntlich war er stattlich genug; vorgebaute Glaskästen mit Sehenswürdigkeiten besetzten seine Seiten. Balthasar mochte beruhigt sein, die Schränke deckten ihn. Ihrerseits ließen die beiden aufgetauchten Figuren ihrer Erregung den Lauf, ohne Rücksicht auf neugierige Lohndiener oder Tote.

»Abholen!« wiederholte Nina. »Er nennt es abholen. Wenn es so einfach wäre, brauchten Sie mein Zimmer nicht. Ich tät es selbst.«

»Tun Sie es!« sagte er weich und gefährlich. »Sie haben den richtigen Schlüssel.«

Sie lachte. Wahrscheinlich hob sie die Schultern und senkte sie ausdrucksvoll: Balthasar ermangelte nur des freien Ausblicks. Er war überzeugt, dieselbe Geringschätzung, einbegriffen das Lachen und Achselzucken, hatten ihm von seinen beiden Straßenmädchen gedroht, falls er in einem seiner Wagnisse versagte.

»Natürlich haben Sie mir einen anderen Schlüssel gegeben, Sie gestiefelter Kater!« Dies waren ihre Worte. »Die morsche Kommode öffne ich mit der Haarnadel, und das Armband kann ich so gut verschwinden lassen wie Sie.«

»Die Polizei wird es wiederfinden, wenn sie eine anonyme Anzeige erhält.«

»Auch Sie kann man anzeigen.«

»Eben nicht. Oder ohne Erfolg, denn ich habe Beziehungen. Lesen Sie die Morgenblätter! Meine enge Freundschaft mit dem wichtigsten aller Präsidenten wird, bildlich dargestellt, auf Seite eins stehen.«

Sie sprach, als ob sie die Hände in die Hüften stemmte: »Naiv! Der Präsident hat natürlich das Bild verboten.«

»Er könnte es«, gab die weiche Stimme zu, weich aus echtem Wohlwollen; einer furchtbaren Schärfe war sie fähig, das hörte man hinter den süßen Lauten. »Aber mein Freund hat es satt, anderen und sich selbst die Ungehörigkeiten zu untersagen. Auch mit seiner Nutte läßt er sich für die Presse aufnehmen.«

»Is that so?« fragte Nina, merklich erschüttert. Noch einmal besann sie sich. »Nein, Poulailler. So liegt es nicht. Ich soll Sie in meinem Zimmer verstecken, damit ich Ihre Complice bin. Sie haben es nötig, mich unschädlich zu machen.«

»Sie sind mir allerdings gefährlich, nur nicht, wie Sie meinen. Sondern so.« Hiermit mußte der Kavalier einen tätlichen Angriff unternommen haben. Nina kreischte auf, sie lief ihm weg – wenige Schritte; weiter vorn wäre sie dem Eingang des Saales zu nahe gelangt. Poulailler holte sie alsbald ein. Nina, als praktische Person, machte keine überflüssigen Umstände. »Das mußte sowieso kommen«, stellte sie schnell noch fest, schon legte sie den Oberkörper rückwärts um, im Vertrauen auf seinen starken Arm. Er tat mehr, auf seinen Fingerspitzen ließ er sie schweben, ihre Füße sogar durften den Boden verlassen.

»In der Hauptsache bist du von Eisen«, erklärte sie in ihrer waagerechten Lage und bot ihm den geöffneten Mund an. Er erreichte ihn wirklich, wer hätte es geglaubt: eine horizontale Luftfee, deren Brust unter seiner hingeschmeichelten atmet, indessen ihr Rücken auf seinen Fingerspitzen ruht! Es war eine akrobatische Nummer; mancher hätte darüber vergessen, daß es ein großer Akt der Sinne war. Balthasar nicht.

Der tote Balthasar begriff die Lebenden besser als zu den Zeiten, da er auf ihrer Seite war. Er sagte sich: Diese beiden sind Verbrecher, was man so nennt; ihr gespanntes Dasein macht sie empfänglich füreinander. Über das gemeine Maß vermögen sie zu genießen, weil jeder dem anderen zum Verhängnis wird, sobald er will. Nicht das Fleisch allein ist ihr Teil, auch gleich das Zuchthaus, das es dahinnehmen soll, und gerade darum lieben sie außerordentlich. In dem Zimmer, wo der Dieb auf die Diebin wartet, wohin sie sich schleicht, das Geschlecht zum Geschlecht, werden blendende Sachen vor sich gehen. Die Scheinwerfer vom Dach könnten es mir nicht deutlicher machen. Genug damit. Ab, das Paar!

Balthasar befahl stumm, aber siehe, man gehorchte. Poulailler stellte die luftige Nina auf ihre Füße, bei seiner eigenen Person zupfte er an den Manschetten. Sie ordnete sich, las Haarnadeln auf, befestigte Strumpfhalter, alles so gut wie auf einmal. Ihm drohte sie mit den gefalteten Augenbrauen, er habe zurückzubleiben, was er ohnedies wußte. Er sah sie die ersten der eingetretenen Esser empfangen, schon bot sie Teller und Bestecke an, ihre Haltung war musterhaft, die Würde und die Lieblichkeit.

Der aufmerksame Poulailler vergaß dennoch, hinter den Türflügel zu sehen. Übrigens war der Sessel tief und sein Inhaber darin zurückgezogen bis zur völligen Abwesenheit. Wie erstaunte der Kavalier, als er im Begriff glänzend wie immer aufzutreten, sich überholt und schlechthin beseitigt fand. Wer war das? Woher so plötzlich ein alter steifer Herr, dem schnelle Bewegungen nicht zugetraut wurden? Als ob er erscheint, ohne gekommen zu sein! dachte der abergläubische Poulailler und machte Platz. Hierbei wurde er angeblitzt.

Ja, er hatte sich dergestalt gewendet, daß die Monstre-Dekoration auf der Front des Erschienenen ihm in die Augen stechen mußte. Dasselbe geschah mehreren, aber alle halfen sich in der gleichen Art. Um nicht die Augen mit der Hand zu schützen, was die erste Regung gewesen wäre, neigten sie die Stirn. Es sieht wie eine Begrüßung aus, verstößt jedoch gegen die Gleichberechtigung; man grüßt aufrecht!

So erwünscht wie taktvoll war ein Einfall des Wirtes und maître de plaisir. Er breitete die Arme in seinem roten Frack weit aus, er tat, als stürzte er an die Brust des Störenfriedes. Er deckte ihn, der höchst Dekorierte wurde zur einfachen Unterlage für seinen erfolgreichen Veranstalter. Während der Umarmung mit Kuß, die er selbst, ohne Teilnahme Balthasars, besorgte, sagte er ihm in das Ohr, leise, aber stark: »Vater! Habe Dank! Du erscheinst, ich wußte es und behielt es für mich. Bemerke die Wirkung! Du allein bist die große Attraktion, gegen dich fällt jede ab. Meine Künstler werden heiser, meine Präsidenten verreisen.«

»Ich höre es von ihren Chauffeuren«, sagte Balthasar. Arthur ließ dies gut sein, ihm lag nur an der gebrauchten Redewendung. Eine neue accolade, doppelter Kuß auf beide Wangen, gemimt von dem Fünfzigjährigen. Der Neunzigjährige hielt so still, als wär er nicht zugegen.

Indes er den Gegenstand seines Überschwanges schon freigab, sagte der Sohn noch: »Mein Kredit war nie so unerschütterlich verbürgt wie seit diesem Auftreten meines edlen Vaters, mit dem grand cordon an seinem ehrwürdigen Hals! ... Mein Herr Vater!« Dies laut an die Versammelten gerichtet.

Beides war nunmehr bloßgestellt, der eindrucksvolle Greis und seine überwältigende Auszeichnung. Ihm gegenüber, fünf Schritte in gerader Linie, zeigte sich der Rüstungspräsident. Es stimmte, dort mußte er stehen, er nahm die gesonderte Mitte von übrigens Ranggleichen ein. Nicht unmöglich, daß der Präsident gewartet hatte: jetzt jedenfalls trat er vor.

Balthasar, der mitnichten entgegengekommen wäre, wurde von Arthur scheinbar zart geleitet. In Wirklichkeit erhielt seine Rückseite einen Stoß, infolgedessen er zwei Schritte tat. Drei machte der Präsident.

So trafen diese beiden aufeinander, von der vorhandenen Öffentlichkeit aufmerksam begleitet, gewiß auch stumm verglichen. Der Präsident hatte ein langes Gesicht bekommen, Balthasar sardonische Mundwinkel. Er schwieg, sogar noch, als der Präsident schon sein erstaunliches Wort gesprochen hatte. Es sagte aber der Präsident, der sich selbst nicht wiedererkannte: »Meine Verehrung, Exzellenz!«

Wenige hatten bis jetzt gewagt, mit Geschirr zu klappern. Bei diesem Wort hörte alles auf.

Der Präsident, prominent vor jedem anderen, verehrte einen alten Mann. Für seine Dekoration: soweit richtig. Wofür, näher bedacht? Wofür im Grund und zuletzt? Das muß jeder mit seiner Erfahrung ausmachen, oder es bleibt seiner Einfühlung überlassen. Keine der beiden Gaben fehlte hier ganz.

Die unbekannten Anfänger, die auf dem Empfang der Welt ihre Nahrung und Namhaftigkeit suchten, mußten nicht viel überlegen. Kein großer Mann, wäre er der Beherrscher der lebenswichtigsten Industrie, sieht ihnen aus, als sollte er immer oben liegen. Heute mir, morgen dir.

Einen überlebten Jubilar, der ausgelitten, aber den Krieg gewonnen hat, klar, unser großer Mann verehrt ihn.

Indessen war da der Intendant, mit seinen zwei Sternen links und rechts, die auf einmal nichts mehr bedeuteten. Er ging so weit, daß er eine Geste, die sie zugedeckt hätte, wenigstens markierte. Der Intendant denkt bei sich: Hallo! Ein Auferstandener. Solche Gestalten hatten wir, wo sind sie hin, woher dieses Wiedersehen? Die Zeit kehrt nicht zurück, als der einzelne Millionär mir mein Opernhaus gestiftet hätte – aus kulturellem Standesgefühl, nicht um Steuern zu hinterziehen oder damit kein Geld den höheren Gewalten in die Hände fällt, wenn sie sich an seine Stelle setzen und wenn er abreist. Zu spät, dieser Tote bleibt mir massenhaft Geld schuldig. Dieser Tote, dachte der Intendant. Aber nicht viel hoffnungsvoller beurteilte er die Wohlerhaltenen oder die es sein wollten, die ganze anspruchsvolle Gesellschaft – ach! der Intendant war dafür bezahlt zu wissen, was von ihr noch zu erwarten stand. Nichts. Kurzfristige Selbsttäuschungen, anfangs beflügelt von der Aussicht, andere zu mißbrauchen, bis man merkte: der erste der Hereingefallenen bin ich selbst. Der Intendant, seinen Erkenntnissen, die nicht neu waren, ungewöhnlich hingegeben, seufzte schwer auf.

Bankier Nolus klopfte ihn auf die Schulter, davon kam der Intendant wieder zu sich. Nolus meinte es freundlich, er sagte sogar »Verehrtester!« Er machte es deutlich, Verehrung, wo sie am Platz sei, müsse gewahrt bleiben: sonst gebe es für die gegenseitige Nichtachtung keine Schranke mehr.

»Sonst wird man gleich zum Tellerlecker und Schlinggewächs«, bestätigte der Intendant.

»Oder man heißt alter Gauner«, ergänzte Nolus. Interessiert sahen beide Teile aneinander vorbei.

»Sollte man es glauben?« fragte der eine. »In dem Konzertsaal, unserem vorigen Aufenthalt, ist zeitweilig etwas vorgefallen: am besten schließt man auf akutes Irresein. Überkommt uns unversehens, verläßt uns ebenso schnell.«

»Warum uns?« fragte der andere. »Es war eine Massenpsychose. Der einzelne verantwortet sie nicht. Er ist als Individuum kaum beteiligt.«

»Um so eher als Zugehöriger, Mitgerissener, nach dem Verlust der üblichen Hemmungen. Gauner! das Wort gebrauchen nicht wir.«

»Tellerlecker! Schlinggewächs! Nur eine Gesellschaft im ganzen bringt es über die Lippen, und sie muß bei vorgeschrittenem Befinden sein.«

»Sagen Sie ruhig: hysterisch! Vor dem Kollaps!«

»Richtig. Ich behaupte: aller Welt ist es übel.«

»Sterbensübel.« Beide überboten sich, keiner glaubte genug zu tun.

»Bemerken Sie diese auffallende Wendung, wie sie den Leuten nunmehr beliebt, zum Anstand, ja, zur Verehrung! Das ist so wenig gesund wie vorher das Gegenteil.«

»Wem sagen Sie es. Man sieht den drohenden Symptomen eine Weile noch zu.«

»Bei gepackten Koffern« – der Intendant blinzelte an dem Bankier vorbei, und Nolus an ihm. »Nach Abhebung aller nicht eingefrorenen Guthaben«, schloß Nolus, mit Blinzeln an dem Intendanten vorbei.

Hierauf tranken sie auf beiderseitiges Wohlbefinden, was außer ihnen viele taten. Das geleerte Glas streckte man von sich, schon hatte ein schwitzender Bedienter den Champagner nachgefüllt.

Die vier Perückenmänner arbeiteten auf die Gefahr der völligen Erschöpfung. Das Publikum, ein ungewohntes, wie sie feststellen mußten, nahm ihnen keinen Handgriff ab. Entgegen allen ihren Erfahrungen unterließ es diesmal, sich auf das Buffet zu stürzen. Die hungrigsten der jungen Leute wollten dennoch nicht die gierigsten sein.

Manche, darunter sogar das häßliche junge Entlein, betrachteten den Aufbau der Tafel mit andächtigen Augen, die Hände untätig über dem Magen.

Diesem Mädchen, das sich sonst zu helfen wußte, da es weder Vater noch Mutter hatte, mußte man einen Teller mit Pastete und Truthahn dringend anbieten. Schließlich hätte es ihn genommen, aber ihr freiwilliger Beschützer, hübsch, auch nicht ganz geldlos, ging in der Güte sogar weiter. Er führte das Entlein zu einem der Tische im Club- oder Spielzimmer und ließ sich ihr Leben erzählen. Von ihrem Talent und Ehrgeiz durfte sie sprechen, zum erstenmal auf ausdrückliches Verlangen. Damit hatte sie sonst nur ungefragt angefangen, bald unterbrach man sie. Finden Sie nicht, daß es hier langweilig ist? – oder ähnlich. Nicht so dieser wirklich anständige Junge.

Er machte aber keine Ausnahme. Ein anderer, hochblondierter, hatte sich mit der Künstlerin Adrienne dahin verständigt, daß ihnen der Dienst am Kaviar zufalle. Zu würdigen bleibt hier das besondere Opfer. Kaviar ist die ersehnte Lieblingsspeise der begabten Adrienne, die ihn nur niemals bekommt. Ihr erster, unverzüglicher Eindruck vom Buffet: die Schüsseln grauer Körner, auf anmutigen Maschinen mit Eis, das von innen rosig schimmerte. Löffelweise! In jeder anderen Nacht hätte sie die endlich erreichte Köstlichkeit mit Löffeln gegessen.

Statt dessen nahm sie an der Seite des Blondierten, auch ein Kaviarfreund, den speziellen Dienst auf. Sie wendeten sich an die reiferen Notabeln, denen ein Zugreifen im Gedränge nicht angestanden wäre. Überall traten die beiden gemeinsam auf; der Verdacht fiel weg, als suchte jeder seinen heimlichen Vorteil. Bei dem Intendanten angelangt, schlug das Mädchen die Augen nieder und gab den Vortritt dem Jüngling.

Der Intendant selbst stellte die Dinge richtig. »Liebes Kind«, sagte er, »Sie kennen mich wohl nicht mehr? Ich hätte es verdient. Was ist einem nur, daß man Versprechungen ableugnet, wo sie einzuhalten vor allem ehrenhafter wäre. Außerdem hat meinesgleichen seine Erfolge hauptsächlich dank euren Begabungen. Ihr seid natürlich engagiert.«

»Joe auch!« Adrienne triumphierte, nicht für sich, nein, für den anderen, der ihr noch nie etwas gewesen war. Sie bat: »Im Zweifelsfall, Herr Intendant, ziehen Sie Joe vor!«

»Nicht mich! Adrienne!« verlangte dagegen Joe. Vor Erregung hatte er plötzlich seine Stimme verloren: selbst damit konnte er sich nicht schaden bei dem Intendanten. Vielmehr nahm der Intendant den Kaviar unter der Bedingung entgegen, daß beide mit ihm äßen. Sie gehorchten. Als dann jeder der drei an seinem belegten Graubrot kaute, fiel dem Intendanten wohl ein, daß seine Gefährten armselig, er aber notabel sei. Es erschreckte ihn gar nicht. Nun wohl, er überraschte sich bei einer Anwandlung von Demut. Er hatte sie weder berechnet noch kommen gesehen, daher fühlte er sich beschenkt.

Er streckte den Arm mit dem geleerten Glas aus. Die Aufwärter befanden sich anderswo; wer füllte sein Glas? Keine andere als die Fürstin Babiline, eine Beleidigte und Erniedrigte: der Intendant hatte sie fallengelassen im Bunde mit aller Welt. Ihre Rache war, daß sie ihn bediente. Keineswegs wünschte sie dafür zu hören, sie solle die Carmen nun dennoch singen. Sie hörte es gleichwohl, während sie sich schnell entfernte. Der Intendant war ihr anfangs auf dem Fuß. Natürlich wurde er aufgehalten.

Was geschah hier noch alles des Merkwürdigen! Nolus widmete sich der greisen Präsidentin, die er vordem von ihrem Konzertsitz rauh entfernt hatte. Mit Glas, Besteck und gehäuftem Teller brachte er sie an einen bequemen Platz: gerade dort pflegte der Sohn des Hauses zu frühstücken und mit der Jungfer zu schäkern. Nicht genug daran, trug Nolus dem Kapellmeister auf, die »Letzte

Rose« zu spielen: sicher gehörte sie zu den freundlichen Erinnerungen der Greisin. Beim Fortgehen trat der schwere Mann leicht auf.

Das war noch wenig. Poulailler, gewiß eine starke Eigenart, spürte, wie jeder, die Atmosphäre. Sie enthielt einen außergewöhnlichen Zusatz von Menschenfreundlichkeit – wobei die »Letzte Rose« erklang und das sanfte Geriesel der indirekten Beleuchtung den Gestalten die geschlossenen Umrisse nahm: sie wurden unfest.

Poulailler fühlte den Drang, der Sängerin Alice zu danken für das herrliche Armband. Schließlich, mit ihrem, wenn auch unabsichtlichen Beistand hatte er es stehlen können. Er hielt es so gut wie in seiner Hand, dessen war kein Zweifel. Er küßte ihren Arm. Inbrünstig, dennoch mit Anstand, was nicht leicht war, küßte er den Platz, wo der breite Reifen gelegen hatte. Der ausdrücklichen Danksagung enthielt er sich gerade noch. »Je donne dans les vieilles«, bemerkte er, aber es war kein Tadel.

Am schwersten hatte er es mit Melusine, damit er sich ihr nicht unvorsichtig näherte. Der Bestohlenen selbst hätte er gar zu gern gebeichtet – nicht eigentlich aus Ehrsucht, auch, ungleich dem Intendanten, ohne Demut. Er ließ unentschieden, was ihn antrieb, vielleicht einfache Sympathie, sei es für die Person der Banquière, oder gleich für das Menschengeschlecht. Ein Mann wie dieser liebt es. Die große Menge Leben, die er in sich fühlt, erwärmt ihn für alle, insbesondere für die Benutzten, von denen er Armbänder hat.

Der Verlockung durch Melusine, die übrigens andere Sorgen hatte, entrang Poulailler sich. Dafür geriet er an die Nutte – ja, an die große, nachlässige Nutte des ersten Präsidenten. Und das muß mir passieren! dachte er bei klarer Besinnung, während er der Person einen nackten Antrag machte. Wie verhielt sie sich?

»Mensch!« sprach ihre gleichgültige Stimme. »Wir kennen uns vom Wegsehen. Sie haben Ihr Fach, ich meines, sonst ist alles gleich. Mit mir wollen Sie es wissen?«

»Darum eben«, sagte er weich, so weich, so dringlich. Sie hob die matt schimmernden Schultern, ihr Arm erwies sich ungeahnt kräftig: er holte mit Schwung, ohne daß sie auch nur das verquollene Auge hinwendete, ihren Präsidenten nach vorn. »Dein Freund«, berichtete sie frei von jedem Pathos, »will es plötzlich mit mir wissen. Sag ihm selbst, daß ich treu bin!«

Der Präsident, für den Meisterdieb: »Sie werden lachen, lieber Freund, aber ich glaube diesem Mädchen. Halten Sie sich ruhig für belehrt!«

»Ich bin es. Mehr konnte ich nicht wünschen.«

Poulailler schien bewegt, wie denn nicht: er war es. Der Präsident glaubte mit demselben Recht dem Freund wie der Geliebten. Jeder einen Arm um die Front des schönen Wesens, den anderen hinter ihr, schüttelten die Männer einander beide Hände.

Diese drei trennten sich, jeder ging eigenen Geschäften nach; Poulailler aber stieß noch mehrmals auf Gedanken, die abwichen von seiner bekannten Art. Ja was denn! Sie läßt mich nicht nur abfallen, bei ihrem Alten macht sie mich lächerlich, ils rigolent, und ich freue mich. C'est moi, le cochon sans rancune.

Er achtete sonst niemals auf sein Wohlbefinden, es stand damit bestens. Jetzt fiel ihm auf, daß nicht nur die erlebte Niederlage seinem Gleichgewicht behagte: noch reizvoller waren die Ideen, auf die sie ihn brachte. Nicht, daß sie schmeichelhaft gewesen wären.

Der glänzendste Kavalier des Empfanges traf in der dargebotenen Menschheit durchschnittlich alle zwei Minuten auf eine Bewunderin. Das war sein Schicksal und Beruf, es wäre ihm sonst nicht aufgefallen. Wohlverstanden verlor er jetzt und hier von seinen Mitteln nichts: er bezauberte. Nur, indes er eine relative Schönheit gewohntermaßen für sich einnahm, ihre Augen, ja, ihre Glieder zu unverbindlichen Versprechungen verleitete, vielleicht züngelte sie – gerade hierbei wiederholte sich mehrmals sein Einblick in die ernsten Tatsachen. Die Nutte, die es mir gab, war die einzig Richtige! »Elle va au fond des choses!«

Das geradzügige Geschöpf zeigte ihm, was er eigentlich hatte, was ein Don Juan schließlich hat. Die beiden reifen Damen, Alice und Melusine, konnten ihm immer noch in die Arme sinken, so wenig sie geneigt schienen; aber sie hatten Kummer. Ganz unangreifbar wußte er Stephanie, die jede Bemühung gelohnt hätte. Es genügte zu sehen, wie sie, am Tisch mit anderen, ihrem faden André kaum Platz machte neben ihrem Stuhl. Sie hat die Keuschheit ihrer Leidenschaft. Mir nie begegnet. Ich und Nina! Wir finden uns im Vergnügen, weil es mit den Geschäften zusammentrifft.

Bleiben als Liebhaberinnen ohne Nebensinn die Zünglerinnen und relativen Schönheiten, je weniger schön, um so eher. Gesetz des Don Juan, die Häßlichen nicht auslassen! Von ihnen abgesehen, wäre die Liste kurz.

Mitten im Austausch von Süßigkeiten mit einer Elevin, die ihm wirklich gefiel trotz ihrer kleinen Augen, überkamen ihn schon wieder befremdliche Einblicke: seinen Sinn erheiterten sie sogar. Bei dieser kann ich vom Fleck weg glücklich sein. Sie selbst wäre noch glücklicher. Hindert nicht, daß ich der völlige Herzensfreund erst bin, wenn ich ihr einen Beschützer wie den Intendanten zuführe. Da ist etwas, das sie allein nicht fertig bringt, ich aber erweise mich allmächtig.

Alles in Ordnung, beschloß er denselben Augenblick, als er die Begehrte stehenließ. Warum fiel ihm eine andere ein? Bekannt war sie ihm nur dem Namen nach, als das Entlein. Die bietet gar nichts. Niemand kommt in ihr Gehege: ich bin das Wunder, sie hat es nie erhofft, sie erstirbt, ihr erübrigt kein Wunsch, nach Intendanten, Präsidenten, nach der Herrlichkeit der Welt... Er konnte wissen, daß dies auf keine zutrifft, am wenigsten auf diese. Gleichviel, die Atmosphäre. Sie lockerte sogar einen Poulailler.

Den unvorgesehenen Gegenstand seiner Träume, Poulailler entdeckte ihn endlich. Sie lag in demselben Sessel eng vereint mit einem recht wohlgestalten Jungen, auch nicht geldlos. Das umfängliche Möbel hat früher am Abend ein erstes Paar, André und Stephanie, zusammengefaßt, was niemand wissen muß. Die öffentliche Schaustellung ließ kaum Zweifel übrig, daß die beiden sich soeben verlobt hatten. Nicht das häßliche junge Entlein, das strahlte oder je nachdem weinte, der hübsche Jüngling unterrichtete jeden, der ihnen nahe genug kam, in voller Seligkeit: »Verlobt! Verlobt sind wir!«

Hiervon erfahren, und Kapellmeister Wagner spielte seinen beliebten Hochzeitsmarsch. Zu früh! meinte mancher, besonders einer, der in der Absicht, den Wohltäter zu machen, hergekommen war. Jetzt fand er sich geteilt zwischen Ärger und Mitleid. Eine Verlobung, die ein Erzeugnis der Atmosphäre und auf sie angewiesen ist! Im Konzertsaal, wir erinnern uns, herrschte keine menschenfreundliche Luft; Verlobungen aus Güte fanden nicht statt, sondern wir waren Zyniker. Einer harten Epoche folgt jedesmal die weichere. Je besser die Vorsätze, die es tragen, um so unzuverlässiger ist das Zeitalter der Liebe. Wir fürchten, ja, fürchten sehr für das Entlein.

Kein Grund, insofern es dieses besondere Mädchen angeht! Der hübsche Junge ist schwächer als sie, was sie sofort erkannt hat, als er sie, hilflos gegen seine eigene Güte, fütterte und verwöhnte. Wäre sie nicht gewiß gewesen, ihn zu haben und zu halten, sie hätte es bis zu seiner Erklärung nicht kommen lassen. Immerhin –

Das häßliche junge Entlein wird vom Glück nicht leichtsinnig. Vorsorge ist immerhin geboten: ein möglichst anschaulicher Akt sogar, damit die Verlobung unwiderruflich wird. Die Glückwünsche, die man ihr im Vorbeigehen spendet und gleich vergißt, bieten keine Sicherung. Unter Tränen, beim Aufblenden der Freude, in jedem ihrer Zustände prüft sie dennoch über beide Schultern das Haus, welche Gelegenheit sich ihr empfehle. Die gewaltige Dekoration des ältesten Gastes zieht aber so lange den Blick an, bis sie auf Gedanken bringt.

Balthasar nahm, ganz für sich, das mittlere der breiten roten Sofas ein. Auf den anderen wechselten die Inhaber, bis der Moment kam, wo sie leer blieben. Der Saal wurde darum nicht gemieden; im Gegenteil übte er nunmehr eine unvergleichliche Anziehung, wenn auch diskreter als vorher mit seinem fabelhaften Buffet. Dieses war abgegessen, das Gedränge gelichtet. Wer sich anstellte, als wünschte er hier zu plaudern oder käme nach verzehrbaren Dingen, täuschte andere und sich.

Getränke waren kein passender Vorwand. Sie wurden schon längst in sämtlichen Räumen gereicht, nach den entlegensten nahm man sie mit. Arthur empfahl Paaren, die sich abzusondern verlangten, das Cabinet der Pompadour. Unnützerweise machte er einen Versuch, André mit Melusine dorthin zu schicken.

Dies hinkte nach, wie er sich hätte sagen müssen. Im ganzen blieb Arthur klar trotz festlicher Gehobenheit, unabhängig nahezu als einziger, von der besänftigten Atmosphäre, auf die kein Verlaß war. Existenzkämpfer Arthur erinnerte sich mehr oder weniger ausdrücklich: Und weiche keinen Finger breit von Gottes Wegen ab! Deiner Gläubiger gedenke! Heute abend gibt es nur gute Menschen. Morgen werden sie ins Telefon sprechen: What about my check?

Nun war der Sohn, obwohl ein Fünfziger und von seinen Jahren die Hälfte im Erwerbsleben, noch keiner Chance begegnet wie dieser. Er hatte Balthasar in Wirklichkeit nicht erwartet, begriff auch nicht, warum der Alte da war – noch dazu als grand cordon: sein erster und einziger großer Auftritt seit den Zeiten, als die selige Mutter ein Haus machte. Damals wog er Goldmillionen. Heute, auf das grand cordon hin, traut die Welt sie ihm noch einmal zu. Solange sie in der Stimmung ist, versteht sich. Morgen – alles weggeblasen. Man verliere keine Zeit!

Der Sohn hatte beschlossen, bevor der Empfang sich auflöste, die Schecks einzusammeln, ja, die Runde zu machen mit der offenen Hand. Die Gegenwart seines Vaters ermächtigte ihn: dem Reichen wird gegeben. Daher wiederholte er unentwegt: »Mein Herr Vater.« Er sagte: »Herr Präsident, der Geheimrat, mein Herr Vater, wird sich besonders freuen... Mein Herr Vater, erlauben Sie mir, Ihnen den Präsidenten der Konservenindustrien vorzustellen. Die lebenswichtigsten nach den Kriegsindustrien, wenn nicht sogar in gleicher Ordnung mit ihnen, wie Sie wissen.«

»Ich weiß gar nichts«, ließ Balthasar vernehmen, die Stimme unbeteiligt wie die Haltung. Er reichte nie die Hand. »In meinem Hause verkehrten Gelehrte, die seit dreißig Jahren tot sind. Ich selbst –«

Arthur griff schleunig ein. »Sie selbst nahmen in den Wissenschaften, genau wie in den Geschäften, einen Rang ganz für sich ein. Diese Kombination ist angesichts unserer üblichen Begrenztheit selten genug, daß sie blendet!« Hierbei drückte Arthur hinter seinem Rücken auf einen Knopf. Alsbald traf von oben ein wohlgezielter Lichtstrahl das überlebensgroße Ordensgestirn. Sein Träger schien nicht zu bemerken, daß der vorgestellte Präsident oder wer es war, zurückprallte wie gebrannt. Kurzweg verabschiedet, quittierte der Überrumpelte mit einer Verbeugung, bestände sie auch nur in gesenkten Augen. Alles war verlaufen, als wäre der Vater mit dem Sohn verabredet gewesen.

Die Zugänge des Saales standen mittlerweile unter dem

Druck von Zuschauern, die sich in die Mitte nicht vorwagten. Die Leute fragten einander: »Hat der Hundertjährige Sie auch schon erschlagen?« Niemand bekam heraus, wie es zuging. Die Neugier nahm ungesunde Züge an. Arthur winkte dem Millionär, der ihm gerade reif schien. »Auf Sie wartet mein Herr Vater nur!« Bevor der kalte Herrenmensch bei dem Sofa ankam, hatte sein Herrentum gelitten, und er war erhitzt.

Entgegen sah ihm ein olympischer Geheimrat, etwas äußerst Großartiges – gesetzt, der Augenblick, es zu bemerken, wäre da. Der alte Kopf, vornehm wie höchstens Porträts; die gewölbten Brauen, der launisch geschwungene Mund mit Falten der Überlegenheit. Unnachahmlich gebieterisch, der Blick dieser weit offenen braunen Augen! Die Stirn, so hoch sie anstieg, war knochig anstatt erhaben, was der Betrachter, sein unbeirrtes Urteil einmal angenommen, zugunsten des Gesamteindruckes übersehen hätte. Ergraute Löckchen ringelten sinnreich über beiden Schläfen; wer denkt an Perücken, und wenn schon.

Fürstin Anastasia Babiline hatte heute abend manches besichtigt: zuletzt war alles nur mit Vorbehalt ernst zu nehmen, ihre eigene, so anschauliche Ausweisung aus der vorderen Parkettreihe, ja sogar, daß sie jetzt wieder die Carmen singen sollte. Maestro Tamburini, bis zu einem gewissen Grade ein Weiser, verweilte über seine Zeit auf diesem Empfang der Torheiten, nur ihretwegen, wie sie meinte: um sie vergessen zu lassen, was er verfehlt hatte, seine nunmehr berichtigte Weigerung, neben ihr den José zu geben.

Er findet nicht fort, meinte sie. Seine Zeit schlafen zu gehen ist vorbei. Mag sein, er hat sich in mich verliebt; pour un homme de la classe moyenne, une princesse a toujours trente ans. Ohne daß sie es ernster nahm als den Rest. Nach allen Eindrücken dieses Abends war Madame es gründlich müde, aus fremden Existenzen, wären sie sogar absonderlich, viel zu machen. Was alles fühlte ich für diesen Sänger, als er, vereinsamt und bedroht, oben stand? Oh! nichts. Wir haben an unserer eigenen Schwäche genug. Auch verehren könnten wir mit demselben Recht uns selbst.

Etwas weiterhin rührte der Sohn Arthur die Trommel für seinen Herrn Vater. Rot befrackt, wie es richtig war, rief er seine Sehenswürdigkeit aus. Wer da noch mal will! Wer da noch mal Lust hat! Sie kamen nachgerade weniger leicht. Die Neugier hielt an, aber Vorsicht, wenn nicht Mißtrauen, war hinzugekommen. Eine unverhohlene Absage holte Arthur sich bei der berühmten Alice. »Du bist berühmter als je«, begann er. »Dein Erfolg ist unbestritten. Ein übriges! Ich führe dich meinem Herrn Vater vor.«

»Laß deinen Schwindel, Arthur!« sagte sie, wirklich leise genug, aber die Babiline hörte, über andere Gespräche hinweg verstand sie. »Wenn du einen reichen Vater hast, kaufe meinen verfallenen Schmuck zurück! Mindestens kannst du sein grand cordon versetzen. Es hat auch gar keinen Zweck, daß er aussehen möchte wie Goethe.«

Genau dies letzte hätte Anastasia einwenden können. Sie wunderte sich, daß ihr ein Wort oder Name bis jetzt gefehlt hatte. Endlich bemerkte sie auch, was ihren Maestro, entgegen seiner geordneten Einteilung, hier zurückhielt. Sie begehrte er nicht, trotz allem, was von ihr übrig war, Sex-Appeal und Titel. Um so schlimmer für ihn! Während ihrer Bemühungen, der Rede Alicens zu folgen, war er noch kleiner geworden; etwas mehr, er hätte unter dem Tisch gesessen.

»Was suchen Sie da?« fragte sie ohne echtes Erstaunen. Natürlich verschaffte er sich mittels einer Lücke zwischen den Beinen der Leute, anders ging es nicht, den Anblick des gespenstischen Geheimrates. Von ihr ertappt, kam er hoch, aus Beschämung legte er den Ton auf das sachliche Interesse der Erscheinung.

»Le phénomène en vaut la peine. Ce personnage serait-il, par hasard, décédé?« Er sah sie groß an. Sie erwiderte ernst.

»D'accord. Il se pourrait que ce monsieur ne soit pas, à proprement parler, de ce monde. Les revenants vous rebutent? Pas moi.«

Beide hatten sehr schnell gesprochen. Sonst erwägt man wohl eher zögernd die Gegenwart von Toten, und ob Gespenster etwas Abstoßendes hätten. Hiernach geradezu gefragt, zuckte Tamburini mit den Lidern. Auch ihr wurde bewußt, daß dieses Gespräch die Grenzen des Erlaubten zu verlassen drohte. Peinliche Pause; dann sagte sie mit gewollter Nichtachtung, aber kleiner Stimme etwas von der Maske des »Interessierten«, die, unpassend gewählt, übrigens schlecht befestigt sei.

»Il en impose à tous ces boutiquiers, avec sa copie éberluante d'un modèle qui, lui non plus, ne m'avait jamais convaincue.«

»Supposons pourtant que l'imitation soit réussie?«

»Ce ne serait jemais qu'une édition posthume d'un grand âne solennel, ainsi que s'exprime l'écrivain Gide. C'est, en tout cas, ce que j'ai entendu répéter.«

»Et vous n'en avez pas cru vos oreilles!«

Tamburini ereiferte sich, in dem Augenblick, als er einen großen Mann herabsetzen hörte. Gleichviel ob dieser, oder meinetwegen Rossini und Präsident Roosevelt – In seiner Bestürzung stellte er zusammen, was ihm einfiel. »Eines weiß ich«, dies feierlich gesprochen, »ohne das Beispiel und die beständige Gegenwart meiner großen Männer – ja, ihre innere Gegenwärtigkeit, entfielc mir auf einmal der Mut.«

Sie begriff ihn, ob sie wollte oder nicht. Nur war die Ärmste gerade jetzt in der Verfassung, Bilder zu stürzen und nicht wohl, sondern wehe zu tun. Sie bedauerte ihren folgenden Ausspruch, noch bevor er heraus war.

Dieser Empfang müsse ihn vollauf befriedigen, sagte sie dennoch. Gleich das Orchester umfasse ein Dutzend seiner geliebten großen Männer.

Er schwieg strenge. J'ai jeté un froid, sah sie. Il n'est pas près de me pardonner ce mot, que j'avais voulu spirituel et qui se révèle à peine méchant. Als er tatsächlich aufstand unter Berufung auf die späte Stunde, reichte sie ihm kühl die Hand zum Kuß, aber er küßte in die Luft. Tant pis pour lui, dachte sie. Um zusammen aufzutreten, müssen wir nicht befreundet sein. Im Gegenteil sollen wir einander schaden.

XVII. Man konnte es entmenscht nennen

Hier unterbrach sie der Vorfall mit dem Entlein, der auch sonst Sensation machte. Das Mädchen, eine Kämpferin und Braut, wählte ihren Augenblick: dieser war es. Sie befahl ihrem schönen Blonden, bescheiden hinter ihr zu bleiben. Im richtigen Zeitpunkt dürfe er auffallen, aber ohne Übertreibung.

»Ich werde schon genug übertreiben«, sagte sie. Zu seinem höchsten Erstaunen wechselte sie das Gesicht. Aus einem niedrigen Vogel wurde sie natürlich nicht ohne weiteres ein Geschöpf der Sphären; genug, daß sie den Anfang skizzierte. Um nachzuhelfen, zirpte sie, ja übte Schwalbentöne.

»Was ist denn los?« fragte Nolus; zufällig wohnte er dem Ereignis aus der Nähe bei, er brauchte sich nur umzuwenden: da wurde der Kunstkenner aufmerksam. »Bist du gepiekt, Kind? Ausgerechnet du, ein Guido Reni?«

»Wenn Sie es doch erkannt haben!« zwitscherte das Entlein, nicht ohne Wohllaut, aber noch verhalten. Es sparte sich auf, während es den Hals schon reckte und streckte, um in Verklärung fortzuflattern.

Ihre Bewegungen, geistig in voller Ausführung, wurden von der Stofflichkeit der Körper unleidlich aufgehalten. Niemand rührte sich, um die Kämpferin durchzulassen. Wenn sie die Vorteile ihres mutigen Anlaufes nicht verlieren wollte, mußte sie gegen widerspenstige Figuren ihre Fäuste gebrauchen. »Alle Wetter!« bemerkte Nolus. »Prügel – und das süße Himmeln der Beatrice! Allerdings –« hier ergriff er den glücklichen Verlobten beim Knopf und sprach intim. »Gerade dieses Himmelskind hat ihren Mann umgebracht.«

Der Blonde erschrak, wenn auch mit Maßen. »Das wußte ich noch gar nicht. Sie war schon verheiratet? Sie hat ihren ersten Mann –?« In seiner Kehle verursachte er ein Geräusch, das Halsabschneiden bedeutete.

Nolus sah mit Verachtung, daß dieser, wenn auch blondierte Geschäftsmann die Geschichte der unsterblichen Beatrice Cenci nicht kannte. »Sie sind kunstfremd«, entschied er und drehte kurz ab.

»Kunst?« murmelte hinter ihm der Jüngling. »Halsabschneiden nennt er –? Aber ja doch. Aber gern.«

Seine künftige Frau war ihm auf einmal um vieles interessanter geworden. Daher nahm er tätigen Anteil an ihren Angelegenheiten, so wenig er sie bis jetzt begriff. Er half ihr, eine Gasse zu öffnen. »Entschuldigen Sie«, bat er die Leute, oder wenigstens »Moment mal!« Sie selbst unterließ dergleichen. Auch wurde ihr keineswegs aus Gefälligkeit Platz gemacht. Manche hatten das deutliche Gefühl, hieraus könnte etwas werden, wenn es fertig wäre. Infolge von Spannung wurden sie gefügig.

Andere benutzten die Gelegenheit, um ihren Nächsten zu ärgern. (Sollte die Atmosphäre der Güte so bald entweichen?) Der verantwortliche Unternehmer Arthur beachtete das gewesene Entlein spät. Dann wollte er ihm nachsetzen, wurde aber umarmt. Männerarme zwängten von rückwärts seinen schlanken Leib ein; er vernahm die

Anrede: »Endlich, lieber Freund! Schon längst drängte es mich, dich zu beglückwünschen. Von deinem Empfang werden wir reden, bis wir alle abgereist sind! Eine Attraktion jagt die andere. Paß auf, was wir sogleich erleben!«

Die Arme gaben ihn frei, sobald Arthur sie unsanft berührte. Er sah: der Intendant! Was war es, mit dem Intendanten aus Porzellan? Und du sagte er! Betroffen blieb Arthur stehen; hiermit ließ er der Braut die Zeit, die sie brauchte, um ihre Szene ganz auszuspielen. Niemand war ihr im Wege, vielmehr zogen alle, die noch einen Fuß drinnen hatten, ihn aus dem Saal zurück: der Saal stand offen und leer.

Sie selbst vermied es, ihren erwählten Partner, den grand cordon, für die Augen des Publikums zu decken. Die Schwingen ausgebreitet, den Kopf im Nacken, eine entrückte Selige, schwebte sie um den Alten auf seinem roten Sofa. Er begleitete sie mit gebieterischen Augen. Seine auffallend feinen Hände wendete er um, die Fläche nach oben. Die Regung konnte Entgegenkommen versprechen. Eingehen auf ihre Absichten wurde darin erblickt. Wenige unterschieden, daß er keine Ahnung hatte und sie jeden Unfug verantworten ließ.

Sie beschrieb um ihren erwählten Partner einen weiten Halbkreis. Damit die Figur vollendet ausfalle, mußte sie die abgegessene Tafel streifen. In aller ihrer beflügelten Leichtigkeit stieß sie dennoch ein Glas um. Es zerbrach am Boden, ein Rest Champagner floß aus. Der Alte sah zu, als geschehe es plangemäß.

Jetzt war sie angelangt am jenseitigen Endpunkt ihres angenommenen Bogens. In Front ihm gegenüber, er von allen Seiten sichtbar, wie durchaus anschaulich, so hatte sie es eingerichtet. Völlig schamlos, man konnte es entmenscht nennen, tanzte das arme Geschöpf vor dem Reichen, dem Mysterium des Reichtums; vor dem Inhaber der höchsten Auszeichnung, die entsetzlich funkelte, aber zu allem entschlossen, hielt die Jungfrau es aus. Die törichte Jungfrau tanzte mit Armen und Bauch. Sie stieg auf die Fußspitzen und bis in die Lüfte vor einem Greise, zu weise, sie noch zu verstehen.

Dies ihrer Reklame wegen. Man sagt: schamlos, fühlt sogar: entmenscht. Es bleibt aber spannend. Wie sind dergleichen Zustände zu retten? Durch Übertreibung allein. Nur, wenn sie vollends unmöglich werden. Plötzlich, niemand hat sich dessen versehen, liegt die ausgelassene Person vor dem feierlichen Popanz auf ihren beiden Knien, die sie mittlerweile entblößt hat mit manchem anderen Stück Haut. Eine Hand preßt sie auf das Herz, es ist auch schon aus der Schale; und sie kreischt, aber mit Untertönen von Wohllaut, das ist unleugbar: »Ich soll heiraten. Der schönste Prinz hat meine Qualitäten entdeckt und sichert meine Existenz! Möchte mir eine andere dazwischenfunken, der kratz ich die Augen aus. Bedenke, alter Herr, heiraten! Wenn du dich noch erinnern kannst –?« Ihre zweite Hand weist deutlich nach der Gegend ihres Körpers, die besonders in Betracht kommt. Sie ist außer Rand und Band, es geht um ihre Existenz. Der Alte mit der gesicherten Existenz, gesichert weil abgelaufen, bewegt keine Miene. Aber seine stimmlichen Mittel sind wohlerhalten; man glaubt einen Mann aus der Mitte des Lebens zu hören, als er nun spricht.

»Meine Tochter, du wendest dich an einen Toten.«

»Weiß ich«, sagt sie unerwartet.

Ihr kommt es nicht mehr darauf an. Hier wird verrückt gespielt, obwohl es einige schaudert. Ihr ist nichts zu stark. Als ein schwerer Fall fühlt sie sich selbst. Das Phänomen, das sie zu Hilfe nimmt, will tot sein. »Läge ich dir sonst zu Füßen?« fragt sie. Dabei ist dies das erste was sie hört, von seinem Ableben. Alle Achtung vor so viel Unentwegtheit!

Einen Augenblick gerät das seltene Paar in Gefahr, an

Interesse zu verlieren. Der Bräutigam, getreu der empfangenen Weisung, sich zur rechten Zeit bemerklich zu machen, ist unter dem abgegessenen Buffet hindurchgekrochen: der Weg, der ihm freistand. Er schlägt das Tischtuch zurück, zeigt sich in gewagter Stellung auf allen vieren, die Rückseite nach dem Publikum. Seine Absicht wird vielfach dahin verstanden, als wollte er die Braut, wie sie ist, auf ihren entblößten Knien gleich hier in Besitz nehmen.

Man atmet bewegt, man ruft: »Schluß!« Man antwortet: »Abwarten!« – »Er stört. Er ist kunstfremd«, sagt einer. Der Jüngling scheint der Tatsache bewußt. Er rührt sich nur noch, um seinen blonden Kopf über den gesenkten Rücken zu halten. Auch er will sehen, was die beiden Hauptpersonen treiben.

Einen Augenblick verehrt die mehr als Lebendige ihren Toten bäuchlings. »Mein Vater! He is gone, und da ist er wieder! Im Kampf um die Existenz hatte ich weder Vater noch Mutter.« Dies unter Begleitung eines wirklichen Tränenstromes. Nicht viele legen sich Rechenschaft ab, aber das Mädchen ist nunmehr aufrichtig, daher wird es ungeschickt. Es weint zu naß, es heult zu weit hinten, es strampelt ohne Rücksicht auf seine fehlerhaften Beine. Kein Zweifel, es droht abzustoßen; das Kriegsglück wendet sich.

Wenn nicht der zauberhafte Alte wäre! Er fühlt auf den Glockenschlag – eine Uhr schlägt eins –, daß er das rote Sofa verlassen, durch hohe Würde den verlorenen Auftritt rechtfertigen und beenden muß. Er erhebt sich, weder übereilt noch unbeholfen. Steht, der Magen mäßig gewölbt, da ein Korsett den Bauch darüber schiebt. Steht hoch und feierlich, ein Geheimrat ex machina, über der hingebreiteten Büßerin. Um ihrer beiden Haltung willen, wie es sowohl dem Geheimrat als der Büßerin ansteht, läßt er eine segnende Hand schweben. Im Hintergrunde blitzt ein Licht: die Gruppe wird photographiert.

Die Braut kann lachen, aber sie ist busy, wie bekannt.

Sie sieht die Hand, stellt die ihren zum Gebet aneinander, ruft: »Vater! Segne mich!« Unüberlegt, wie man meinen kann, hascht sie nach seiner Hand, läßt sie alsbald fahren, schaudert, seufzt. »Oh! Wie kalt!«

Fraglich, sehr fraglich, welche Temperatur seine Extremitäten wirklich haben. Sein Gesicht jedenfalls zeigt Kälte, es ist strenge geworden, bei deutlichem Zusatz von Überdruß. Gutgläubige rechnen damit, daß er sich in Luft auflöst und ohne weiteres verschwindet.

Anastasia, sowie ihr Sänger, der noch da ist, nur hält er Abstand von ihr: diese beiden vermehren keineswegs die Zahl der Anhänger. Gespenster lassen sie gelten, pourvu qu'ils n'insistent pas. Wirklich erscheinen, ist taktlos. Aber diese ganze Szene ermangelt bis zu einem unwahrscheinlichen Grade des guten Geschmackes. Ihr Abschluß wird hinter dem bisherigen Verlauf nicht zurückstehen.

Die Hand des ältesten Mitspielenden war, ob man es zugab oder nicht, zu wenig angewärmt, um mit ihr irgend jemand zu segnen. Wie hilft man sich? Die Jungfrau bot vergebens dem Greis ihren Scheitel dar: wenn man vorzieht, ihren fächerartigen Aufbau von Haaren in auburn-rot. Auch ihm fiel nichts mehr ein. Indessen war da der Bräutigam – in dienender Rolle, das ist wahr; die Haltung unscheinbar, obwohl sympathisch. Ihm kam die Eingebung. Man überschätze sein Genie nicht! Er lag ohnedies auf allen vieren und konnte den Nacken nicht beständig versteifen.

Am Boden aber begegnete er von selbst den Trümmern des Glases, das kürzlich vom Buffet fiel. Es hatte weder Vater noch Mutter, wie er sagte; der Fuß war abgebrochen, der Kelch nicht unversehrt. Spuren der einstigen Flüssigkeit blieben darin übrig. Der Jüngling nahm den Scherben, reckte die Hand hinauf, erwartete, daß der ältere Papa sich bediene. Vermutlich wurde hier segnen mit taufen verwechselt: dieser jugendliche Broker führt derzeit ein Traumleben, seine Gedanken entbehren der Schärfe, hervor tritt der innere Sinn.

Bemerkenswerter wäre, wenn der hohe Greis auf die Zumutung eingeht. Er wird doch nicht? Siehe, er tat es mit einem Anstand, daß niemand fragte: Warum wird hier getauft? Sie wollte doch gesegnet werden? Sondern man begrüßte, daß ein echtes Requisit gefunden war, das Stückchen Glas mit einigen Tropfen Champagner, die, wirklich oder nur angenommen, auf die auburn-Frisur träufelten. Unter den Zuschauern, die jeder etwas Verschiedenes wahrnahmen, betrachteten Bankier Nolus und der Konservenpräsident den Vorgang auf ihre Art. Nebenbei schielte einer nach dem anderen.

»Richtig«, sagte Nolus. »Auch hier überschreitet man eine Grenze.«

»Wie Sie?« fragte der Graubart, mit dem Ausdruck stupider Unbefangenheit. Nolus wußte, daß seine Flucht von niemand im Ernst erwartet wurde. Traute er selbst sie sich denn zu? Er gestand:

»Es fragt sich immer, ob einer den bürgerlichen Anstand wirklich hinter sich wirft. Eins versichere ich: der Exhibitionismus dieser drei Personen liegt mir fern.«

In ihrem Rücken wurde gesprochen.

»Ce garçon qui nous montre la lune. Cette jeune dévergondée en passe d'être sanctifiée. Un vieillard inconscient.«

»Pas tant que ça«, erwiderte Nolus über die Schulter. Da enthüllte der Konservengreis einen ungeahnten Scharfblick.

»Der hat es von den drei am nötigsten. Führt uns die Weihe des Besitzes vor, in einem unverschämten Sinnbild. Getauft hat er sie mit einem kleinen Regen von Goldstükken!«

Nolus zweifelte. »Vielleicht Spielmarken? Er, der seit

zwanzig Jahren nichts besitzt«, ergänzte der Finanzmann. »Ich muß es wissen.«

Der biederste der Präsidenten, aus Entrüstung verriet er sich. »Der will tot sein. Ich möchte wohl am Sonntag so tot sein, wie er es sich die Woche lang einbildet. Dann muß einer nicht mehr abreisen zu seinem Kapital.« Nolus schwieg, aber er dachte: San Domingo. Weiter dachte er: Mein Kapital ist bisher weder dort, noch ist es schon meines. Mein wird es tatsächlich, daher auch legal, sobald ich wieder einmal gesiegt habe in dem Existenzkampf ohne Ende.

Über ihrem Gespräch, das sie anregte, sogar mitnahm, hatten diese beiden das dargebotene Schauspiel vergessen. Ihnen unbewußt, bestärkte es dennoch ihre geheimen Antriebe und half ihren künftigen Handlungen an das Licht des Tages. Nicht, als ob dasselbe für alle geschehen wäre. Die junge Adrienne zum Beispiel hatte etwas ganz anderes gesehen als die gewichtigen Geschäftsmänner. Sehr begreiflich, da nicht einmal sie – in betreff des Goldregens – übereinstimmten.

Die junge Adrienne behauptete in starker Abweichung von der Nutte des Rüstungspräsidenten, die auf ihm lehnte: das verzückte Entlein und ihr blondierter Typ haben augenscheinlich einander besessen, wörtlich, augenscheinlich und ausführlich. Das ganze Haus hat beigewohnt. Adrienne ist bereit, Zeugnisse zu sammeln. Nun, sie hätte eine Mehrheit bekommen, immer abgesehen von den unbeirrbaren Naturen, die in der Minderheit bleiben. Die lässige Person mit dem Quetschauge bohrte den Zeigefinger in die Schläfe, damit Adrienne auf das einfachste erfahre, wie es um sie stehe.

»Ein Idiot bist du selbst«, erwiderte die Künstlerin. Beide hatten unrecht. Nicht jede kann mit Phantasie begabt sein; eine trockene Sachlichkeit ist auch ein Vorrecht. Die eine hätte es aufgegeben, aber die andere tippte ihren

Finger nunmehr in das Gesicht ihres Freundes. »Wollen wir ihn fragen!« entschied sie.

Wie gewöhnlich, benutzte sie den Präsidenten als Sofa. Ihr eingeatmeter Nacken, abgelagert wie er duftete, hatte seinen Sinnen schwerlich Raum gelassen für unparteiische Beobachtungen auf anderem Feld. »Was hast du gesehen, schöner Mann?« fragte sie trotzdem.

Er antwortete. »Wenn in der Südsee nicht Krieg wäre!« worauf ihr Finger schon wieder die Richtung ihrer Schläfe nahm. Adrienne wendete sich fort von diesem hoffnungslosen Paar. Sie ihrerseits begriff. Der Präsident hatte geträumt – von einem Leben in gnadenloser Bläue, das gleichwohl eine späte Entschädigung gewesen wäre für alle seine Geschäfte mit der Welt, für diesen letzten Empfang bei ihr. Vergebens, in der Südsee ist Krieg.

»Wenn du sonst nichts weißt«, bemerkte seine Freundin. Hiermit verließ sie ihre Lagerstatt, in der unschuldigen Absicht, den blonden Bräutigam zu empfangen. Natürlich befand er sich in einem der Zimmer; der Saal schien kein menschliches Wesen aufzuweisen, oder sie hatten sich versteckt. Zum Beispiel konnte der Jüngling zurück unter den Tisch gekrochen sein, während der Alte auf eine ihm allein bekannte Methode unsichtbar geworden war und das Entlein heimlich geschlachtet hatte. Hierüber verständigten sich die Herren Poulailler und Nolus, die ihre Erklärung in Umlauf setzten und ihr eine gewisse Glaubwürdigkeit sicherten. Wer leugnete, konnte darum nichts beweisen. Was er gesehen hatte, erzählte der nächste ganz verschieden. Die Klugen, wie auch die anderen, einigten sich auf Eindrücke, die niemand gehabt hatte.

Die präsidentielle Nutte fand den Jungen, auf den sie ihr offenes, ja auch das geschlossene Auge geworfen hatte, unbeachtet und allein. Die zahlreichen Verehrer seiner Verlobten trennten das Paar. Ihren einfachen Sitten gemäß eröffnete sie ihm: »Nachher komme ich mit dir.«

»Aber es sind fünf Treppen«, gab er ihr zu bedenken, da er doch frisch verlobt war.

»Egal«, sagte sie. »Wenn mir einer gefällt, muß ich es mit ihm wissen.«

Hier durchbrach die Braut den Kreis ihrer Anhänger, sie nahte gefährlich. Die Anregerin des nächtlichen Beisammenseins entwich alsbald, sie wünschte kein zweites Quetschauge. Einen Blick des Einverständnisses hinterließ sie dem blondierten, so stattlichen Manne, der indessen schlotterte. Aus Angst vor seiner künftigen Beherrscherin schlugen seine Beinkleider große Falten, ihm zuckte das Gesicht. Seine Verlobte nahm ihn freundlich an ihren Arm.

»Siehst du wohl, das kommt davon«, sprach sie im Ton einer mütterlichen Warnung. »Versprich mir, mein kleiner Edgar –«

Unbesehen versprach der kleine Edgar: »Ich tu es auch nicht wieder!«

Ein einzelner Herr, es war nur der harmlose Möbelpräsident, spendete lauten Beifall. Aber alle, Adrienne ausgenommen, waren voll stiller Anerkennung für das Entlein, die entschlossene Braut. Ihn stellt sie nicht weniger bloß als sich selbst: das verbindet. Nach allem, was die beiden öffentlich getrieben haben, kann er nicht wagen, sich loszumachen... Denkt er auch nur daran? Ihm ist wohl, je tiefer er sinkt.

Fürstin Anastasia verglich das Paar mit dem großen Tenor, worauf sie noch kürzlich nicht verfallen wäre. Auch er stellte seinen Buckel aus und trug den Erfolg heim. Wo war er übrigens hingekommen?

Adrienne, es steht zu vermuten als einzige, war beleidigt, sie hätte nicht benennen können, wodurch. Alles, was sich zugetragen hatte auf dem Empfang, ging ihr auf einmal schändlich nahe: auch das längst Geschehene, so viel. Selbstentäußerung, damit sie zugelassen werde, ihre

Stimme zu zeigen, und daß dafür ihre Mutter mit dem Intendanten schlafen mußte.

»Warum weinst du?« forschte ihre Mutter, bei der sie Schutz suchte gegen ihr eigenes Gefühl: noch war sie nicht verhärtet. »Weinst du, weil du die Treppe fegen mußt und nicht engagiert bist?«

»Ich bin es«, schluchzte Adrienne.

»Dann können wir dankerfüllt heimgehen. Genug gerackert für heute.«

Nach dem toten Balthasar fragte niemand mehr.

XVIII. Erlebnisse des Ex-Toten

Er war verschwunden. Ob tot, ist die Frage: wird zum Problem für ihn selbst erst hier.

Unbeachtet war Balthasar aus dem Saal entwichen. Wenn dennoch der oder jener aufpaßte, behielt er es für sich, um der bewunderten Erscheinung von ihrem Geheimnis nichts zu nehmen. Andere sind um dieses Prestige mehr besorgt als sein Inhaber. Eine einzelne Person indessen konnte nicht an sich halten, sie vertrat dem schon Abgegangenen den Weg.

»Ich bin Pauline Lucca«, sprach sie mit ungedeckter Stimme, es klang unverschämt um jeden Preis.

Dem Alten ahnten Peinlichkeiten. Er reckte sich, er hoffte auf die erprobte Einschüchterung vermittels seiner Dekoration. Als die Wirkung ausblieb, bemerkte er das dunkle Zimmer, vor dem er stand. Sein Orden blitzte hier nicht; auch sonst wäre dieser Abart schwer beizukommen gewesen, er sah es ihr an.

»Nun?« fragte sie, hochfahrend und empfindlich, weil er versäumte, ihr die Hand zu küssen. »Zu unserer Zeit war man ritterlich.«

»Zu unserer Zeit«, wiederholte er, während er berechnete, wie lange her es wäre. Richtig, sie trägt drei Etagen von Locken, die Ohren entlang fällt je eine. An ihrem Rock sind sechs Absätze von Volants wenigstens angedeutet, ja, der Überwurf wagt es, sich hinten zu bauschen, eine Erinnerung an die Turnüre. Sie ist auffallend dekolletiert, mißachtet aber die Sitte noch nicht, da sie ihren Rükken bekleidet.

Das sind Faxen, dachte Balthasar; ihn verlangte fortzukommen. Da legte sie die Hand auf seinen Arm: die Leute hatten es sämtlich unterlassen. Ungern sah er in ihr rundes, erregtes Gesicht, das nur auf Anerkennung brannte – kindlich, zu kindlich für ihre Jahre. Genug, er mochte es nicht.

»Was wünschen Sie?« erkundigte er sich, d'une politesse exquise, so unzugänglich, daß jede erschrocken wäre. Diese war im Zuge, sie ließ sich nichts anmerken.

»Mit Ihnen unserer jüngeren Tage gedenken«, sagte sie.

»Die wir selbst nicht kennen. Je vois que ma franchise est inexcusable, chère Madame.«

»Mich werden Sie nicht glauben machen, daß Sie Pauline Lucca vergessen haben!« Ein kleiner Fächerschlag – wahrhaftig handhabte sie einen bemalten Fächer aus Elfenbein –, jetzt erst kam sie in Schwung.

»Sie machten mir den Hof, wenn ich nicht zu wenig sage. Sie sind mir nachgereist von einer der Hauptstädte zur anderen, um auf der Opernbühne eine meiner Nuancen nochmals zu sehen. Es war eine leichte Neigung des Knies, wenn ich es denn aussprechen soll.« Fächerschlag.

Phantasie, dachte er, indes ihm nicht geheuer wurde. Daher erfand er selbst; oder, waren seine Angaben nicht grundlos, dann schuf er frei nach den Tatsachen.

»Ich sehe den Badeort« – er streifte mit zwei Fingern seine Brauen. »Einer der berühmten jener Zeit. Die Kapelle vor dem Kurhaus. Hohe Lauben der verschlungenen Baumkronen; darunter die Damen in langen Handschuhen, ganz von Sonnenflecken gesprenkelt. Die wolkigen Schleppen ihrer Kleider lagen wohlgeordnet am Boden. Ihre Füße, die sie ausstreckten, erschienen winzig in den hohen Stiefeletten. Sie lehnten mit einer Anmut, die über ihre Person hinausging, in den gemieteten Sesseln aus Eisen. Ihr seidenes Jackett, um die Taille seine schaukelnden Falten! Das Kissen holte ein Verehrer bei der chaisière.«

Die anwesende Vertreterin der verblichenen Gesellschaft rühmte sie. Die Anmut, die er nur erwähnt hatte, beschwor sie wirklich zurück.

»Wir trugen echten Teint. Lippenpomade, die nicht färbte, vielleicht ein wenig Augentusche, mehr war nicht bekannt, außer den Dirnen. Gewiß, Unkeuschheit war keine Ausnahme. Man kann sagen, daß unser häufigster Zustand die Lüsternheit war. Wir verziehen uns, solange wir in der Convention blieben. Wir glaubten an unsere Reinigung durch den Anstand.«

»Zierliche Haltung. Zweites Rokoko, achtziger Jahre«, dies besann er, den Blick auf dem dunklen Zimmer: Bilder erschienen ihm; seinem gelösten Ausdruck war es anzusehen, wie heiter sie sein mußten.

»Wir Herren gaben uns nicht weniger geziert«, so erinnerte er sich. »Hüfte heraus, Daumen unter der Achsel, beugten wir uns in Anbetung über euch. Unsere Bartcôtelettes kitzelten euren entblößten Busen.« Atemzug. »Aber einen entmenschten Akt, wie er mir heute nacht zugemutet wurde, kannte ich nicht«, sprach er mit einer Stimme, die zurück in der Gegenwart war.

Sie verkannte dies. Als es das falscheste war, forderte sie ihn auf, ihr wie einst, den Sessel und das Kissen zu holen.

»Au revoir, Madame. Vous manquez d'esprit d'à-propos.« Aber er ging nicht; nur steif und trocken war er, wie vorher. Demgemäß veränderte auch sie sich.

»C'est plutôt votre mémoire qui a baissé d'une façon déplorable. Obwohl Sie in derselben Saison der vierte waren, erinnere ich mich, daß auch Sie mich heiraten wollten.« Sie gebrauchte wieder ihre andere Stimme, die ungedeckte.

»Ich war ein Leben lang verheiratet«, sagte er beiläufig. Gewichtiger sprach er: »Was alles Sie da reden, haben Sie nie erlebt. Oder Sie sind tot.« Zynisch, nicht im geringsten verschleiert.

Sie erbleichte davon. Seinen Blick, den ersten, der sie voll traf, ertrug sie nicht. Sie stammelte: »Tot, so weit gehe ich nicht.«

»Ich dachte es mir« – er war nur noch Geringschätzung. »Wie weit gehen Sie?« erkundigte er sich.

»Bis zur Wiederkehr.« Sie redete schnell und wirr. »Ich hatte eine Tante, das werden Sie mir glauben. Meine Tante war die Lucca: nur den einen Schritt weiter, bitte!«

»Nein«, entschied er.

»Aber dann hat alles keinen Sinn«, jammerte sie. »Mein Herr! Sie wollen nicht glauben, daß die Verstorbene in mir nochmals verkörpert ist. Vernünftigerweise müßten Sie. Aber Sie weigern sich – warum? Wenn nicht aus Eifersucht.«

Jetzt wählte er den offenen Hohn. »Wir konkurrieren nicht. Sie wollen wiedergeboren sein, ich bin nur tot. Nun betrachten Sie gefälligst meine Kleidung! Mein Gesellschaftsanzug hat nicht den neuesten, aber immerhin keinen veralteten Schnitt.«

»Das heißt?« fragte sie herausfordernd, obwohl geschlagen.

»Sie haben begriffen, was es heißt.« Er blieb ungerührt. »Wären Sie die Dame der siebziger Jahre, die Sie zu Ihrer Tante ernannten, Sie trügen die heutige Mode! In Wirklichkeit tragen Sie von ihr etwas. Ihrer Tante fremd waren seidene Strümpfe.«

Da ergriff sie die Flucht. Es war ein hilfloses Geschöpf, das diesen Wandelgang durcheilte, um nur dem Hause zu entrinnen. Ihre einzige Waffe im Leben – Pauline Lucca noch einmal zu sein – sollte ihr hier geraubt werden. Unerträglich bös und indezent war dieser Eingriff in ihr Innerstes, niemand hätte das Recht gehabt!

Sie hastete, wie in einem Traum, wo man nicht vom Fleck kommt. Mit ihren kleinen Stiefelchen trat sie, öfter als gut, in ihre Bänder und Rüschen; stolperte, schwankte, stieß einen winzigen Schrei aus, versuchte das Ganze von vorn.

Als die Halle und der Ausgang näher rückten, hatte sie die Hände vor das Gesicht geschlagen und schämte sich, als wäre sie auf offener Promenade bei einem Bedürfnis überrascht worden. Zu viel, es krümmt sich auch der Wurm. Über die Schulter wendete sie das Gesicht nach ihrem unerbittlichen Feind.

»Sie sind gar nicht tot!« rief sie. Oder hatte sie es nur geflüstert, er verstand genau.

Sie war herum, war fort, da betrat er das dunkle Zimmer. Er wußte, daß er nicht tot war.

Die Erkenntnis hatte sich ihm aufgedrängt während dieser nächtlichen Stunde. Von mehreren Seiten hatte sie ihn überfallen und niedergekämpft, gesetzt, er wäre nicht dennoch auf halbem Weg zu ihr und insgeheim auf sie bedacht gewesen. Das Folgende gab er mehr oder weniger zu:

Erstens: ein revenant, der in gutem Glauben zurückkehrt, verschwindet auf den Schlag ein Uhr. Es hat aber zwei geschlagen. Allerdings gebe ich meinen Gespenstern sogar Mittagsgesellschaften. Nun, ich kenne die Hintergründe. Sie enthalten schonungsbedürftige Stellen. Zuletzt bleibt es dabei, daß Geister mich heimsuchen und ich einer der ihren bin. In meinem Hause bin ich es. Ich hätte hierher nicht kommen dürfen! Ein Gespenst, auf dem Empfang bei der Welt! Schlimm genug, wenn man es glaubt. Aber ein Aufsehen davon machen, ohne es zu glauben, auf diesem Wege wird ein Toter klein. (Er nannte sich, wie er es gewohnt war, tot.)

Hier fand er es geraten, vor die Türöffnung den Vorhang zu legen. Warum mußten so viele überbelichtete Räume hier herein ihren Widerschein werfen. Das Zimmer war nach Minuten kein dunkles mehr. Plump wie niemals, setzte er sich auf einen harten Stuhl, der plötzlich stand, wo keiner gewesen war. Er sprach laut, aus bloßem Interesse für die Akustik des fremden Raumes: »Ich bin verzweifelt.« Als er aber den Klang vernahm, bemerkte er erst, daß er nicht eigentlich verzweifelt war, nur abgeschweift, in beirrende Umstände versetzt. Es ist beschwerlich für einen Toten, nicht mehr tot zu sein.

Glücklicher Zustand, in dem man nichts, was stören würde, zur Kenntnis nimmt! Das Leben, sonst alle seine Nachteile beiseite, die Vorteile auch, hat eine entschiedene Neigung, gegen unsere Würde zu verstoßen. Auftritte wie mit Pauline Lucca laufen einem echten Toten nicht unter, er mag Gift darauf nehmen. Eine Person, die sich weismacht, sie wäre wiedergeboren, und die beschämende Fehler gleich im Anzug begeht – wäre untauglich für geisterhafte Sphären; ihr Beispiel muß warnen, sei man selbst ein langjährig Verblichener. Dabei hatte diese Lucca nur den Ausschlag gegeben.

Als sie sich produzierte, war Balthasar seit einigem als Toter erschüttert, immer angenommen, er habe jederzeit ganz sicher gestanden, überall wenigstens auf so festen Füßen wie in seinem Weinkeller. Sein Empfang bei der Welt hatte ihn als erstes gelehrt, daß ein grand cordon, als das Abzeichen einer vordringlichen Lebendigkeit, jedes Ansehen der Geister bei weitem übermacht mit leerem Gefunkel.

Seine große Dekoration, aus den besten Gründen hatte er sie nie mehr getragen, seit er die Welt verließ: heute verriet sie ihn alsbald an alle, die sie gern gehabt hätten.

Unversehens wurde er ihresgleichen; aber das war noch nichts. Den erklärten Bankerott nötigte eine junge Betrügerin ihm ab, als sie ihn bewog, mit ihr zu halten.

Keine andere hätte ihn als Toten so bereitwillig begrüßt. Diese benutzte ihn. Unterstütze meinen Trick, ich helf dir bei deinem! Eine wortlose Verständigung, ich meinesteils habe sie befolgt. Nichts zu erwidern, seitdem bin ich verdächtig, wenn sonst keinem, dann mir. Das ist kein Toter auf dem Empfang der Welt, der eingeht auf ihre Geschicklichkeit, ja, sie übertölpelt, wie sein Orden die anderen schlägt. Obendrein gelang es mir, geisterhaft zu verschwinden!

Der Ewige ist mein Zeuge, daß dies keine Kunstfertigkeit mehr war! Ich hatte aufgegeben, der Sinn stand mir nicht danach, die Welt zu verblüffen, nur, sie alsbald wieder zu verlassen, endgültig diesmal, gleichviel ob lebend oder tot.

Der Ewige war durchaus nicht sein Zeuge, was der alte Balthasar sogleich bemerkte. Vom Fuß der Treppe, schon weither, meinte er nochmals ein schwaches Kreischen zu hören. Im Dunkeln für sich allein schnitt er ein Gesicht. Das doch nicht! Auf keinen Fall wäre er selbst, wie die Ertappte, die übrigens schon morgen wieder ihre eigene Tante sein wird, von dannen gehastet unter Lauten des Entsetzens. Das wußte er bestimmt und hatte den Beweis.

Er wäre nicht geflüchtet, weil noch mehr ihn hier zurückhielt, ihn anzog und verpflichtete, außer seinem eigenen Erfolg als Toter. Schließlich hatte er Erfolg gehabt, wobei jeder sich zuletzt beruhigen wird. Zwischenfälle mit gut geschliffenen Diamanten, mit Glasscherben, denen ein goldener Regen entfallen soll, oder mit vorsichtig imitierten Kostümen von 1870 – werden vergessen. Ohne die genannten Requisiten hätten sie gar nicht stattgefunden.

Geliebt wird unabhängig von umherliegenden Gegenständen, ja, einer Masse störender Fremdlinge zum Trotz wird geliebt. Merkwürdig, auf dem Empfang bei der Welt bleibt ein Toter nicht leicht, was er war; dagegen heimlich Liebende finden das Mittel, sich unerkannt und keusch vor allen Augen zu behaupten. Das habe ich bemerkt, von da an wurde mir, als ob ich lebte. Die übrigen Angelegenheiten laufen nebenher.

Als einziger den sterblich Verliebten hinter ihre Schliche kommen, darauf könnte ein nicht mehr Sterblicher sich etwas einbilden. Ich vielmehr habe mich hieran für sterblich erkannt. Wer noch die Liebe ansieht und versteht sie, lebt. Den Tod besiegt die Liebe allein. Wenigstens tut sie es vorläufig, und mit einer, allerdings gründlichen Unterbrechung, die ihm bevorsteht, lebt der gute Tote wieder.

Die Meditation fand statt – wo, hätte der Interessierte nicht sagen können: nahezu schlief er. Die Gedanken, an denen sich spinnen läßt, kommen im Traum, meinte er leichtsinnig, da sein herabgesetztes Bewußtsein ihn der Verantwortung überhob. Er fühlte sich wohl, wäre gern bei dieser Gelegenheit vollends und endgültig eingeschlafen – wurde aber zurückgerufen. Man klopfte an.

Es war sein Enkel André. Gerade er, der wie keiner die Umrisse der Gestalt dort hinten zu unterscheiden vermochte. Ganz so wenig angepaßt wie andere Augen fanden die seinen sich hier nicht. Er selbst hatte das Zimmer verdunkelt, es war sein eigenes. Nachdem Melusine und Tamburini es für ihre lauteren Zwecke verwendet hatten, fand der junge Mann sich veranlaßt, anderen Paaren, die möglichenfalls keines zurückhaltenden Verkehrs gepflogen hätten, die Gelegenheit zu unterbinden. Er tat es mit Ironie und Strenge.

Er ließ die Tür weit offen. Personen mit unreinen Absichten, eine Dame, die, er drückte es so aus, einen Knaben mißbrauchte, oder ein sittenloser Greis, wären genötigt gewesen, sich einzuschließen in tiefer Nacht – der

Lichtschalter war unauffindbar. So viel fürchtete André nicht für sein armes Zimmer, wo er noch am Nachmittag das Bildnis Stephanies entworfen und verfehlt hatte. Kam es dennoch vor, dann blieb abzuwarten, wen man überraschte. Der Konservengreis zum Beispiel wäre immun gewesen. Läuft deine Sittenstrenge auf Erpressung hinaus? Dabei hört die Ironie auf.

»Si può?« fragte André, wie der »Prolog« in den Pagliacci, auch streckte er nur den Kopf aus dem Vorhang. Balthasar gab Antwort, was ein artiges Publikum vermeidet. Er sagte her, alle Redensarten, die ihm einfielen: »Come mai. Avanti. Niente paura. Stia al buio, e se la goda.« Er war geradezu froh, daß jemand ihn störte. Er verglich damit, daß Störungen ihm sonst, dem Vorsatz nach, immer unerwünscht kamen. Wie lange schon? Wahrscheinlich, seit er tot gewesen.

Sein Enkel empfand die Auffindung des Ahnen geradezu als Glücksfall. Wem anders hätte er sich eröffnen können? Am wenigsten der Interessierten. Aber seine Erlebnisse um ihretwillen sprengten ihm die Brust, sie ängstigten ihn. Er war erfüllt, in einer Art, die ihm bange machte. Zweifel meldeten sich, ob dies sein dürfe. Verlobt man sich, um alsbald einander zu scheuen und zu meiden? Das hatten sie getan, es inständig fortgesetzt, beide, im gegenseitigen Einverständnis. Dies seit dem einzigen Augenblick, als sie das Vertrauen gehabt hatten, sich zu verloben. Gegen die Richtigkeit ihrer Handlung sprach mehreres.

Der Sessel, in dem es geschehen, hatte nachher zu dem gleichen Zweck – bilden wir uns nichts ein, der Zweck ist wesentlich gleich – das Entlein mit dem Jüngling aufgenommen. Schon belastend genug, wenn einer abergläubisch ist. Aber mehr, über ihr Schicksal waren sie einig geworden im Beisein einer Gruppe von Geschäftsleuten, die nicht umhin konnten, sie zu bemerken, und das mit Recht. Die Herren waren von dem jungen Paar nicht nur abgelenkt, auch angeregt, sogar gerührt. Ihre Steuerflucht und jeder Schwindel ihrer Existenz räumten bereitwillig das Feld – vor so viel Echtheit, wie der ironische André nachher erläuterte.

Gut so, die Herren wurden durch uns nicht ordinärer. Wir ließen uns von ihnen nicht abhalten, entrückt zu sein, im Fleisch und in der Seele. Brauchten wir denn die Zeugen? Kaum allein, der Intendant war eingetroffen, wurde uns auf dem Wege sonderbar befangen. Die Liebe funktionierte nicht mehr! Wir trennten uns, und fürchten alle die Zeit unsere Nähe.

Geräusch dort hinten im Vorzimmer unterbrach ihn. Gerade der Intendant war es, der ohne Aufsehen das Fest verlassen hätte. Da er nicht zu halten war, gingen andere mit. Der Aufbruch hatte begonnen.

»Wie befinden Sie sich, Großvater?« fragte André.

»Du sagtest sonst Geheimrat und du.«

»Hier ist es so dunkel. Se la goda, meinen Sie. Genießen, was? Ich weiß nicht, wohin ich trete.«

»Auch falsch. Du kennst dein Zimmer. Ich sitze auf einem Schemel, der sich schon mehrmals mit mir rundum gedreht hat.«

»Deine Unruhe muß von innen kommen, Geheimrat Balthasar.«

»Deine eigene Unruhe und daß du mich in diesem Augenblick mit meinem Schemel rundum drehst, zeugt einzig und allein für eine Person namens Stephanie.«

»Falsch, Geheimrat. Erstens, von mir hast du den Namen nicht gehört.«

»Dein Vater Arthur fand Zeit, ihn in den Wind zu rufen.«

»Arthur hat nur eins gerufen: hier ist zu sehen der illustre grand cordon! Er nannte keine anderen Namen.«

»Melusine, Alice und Nina«, sprach Balthasar gelassen aus. Seinem Enkel verschlug es endlich den Atem.

»Alles soll dein tüchtiger Sohn dir beigebracht haben? Verzeih mir, Geheimrat! Ein Toter kann sich natürlich immer informieren.«

»Ich mußte nicht tot sein«, sagte Balthasar, als käme darauf das wenigste an. André wiederholte ungläubig: »Du mußtest nicht tot sein?«

»Nicht unbedingt, damit ich, neben anderen Phänomenen, einen mauvais garçon belauschen konnte, wie er seine Genossin instruierte.«

»Da haben wir's«, meinte André.

»Es handelte sich um ein gestohlenes Armband, das an besonderer Stelle versteckt sein und nur warten soll, bis man es abholt.«

»Wirklich? Das hat Poulailler der armen Nina aufgebunden?«

»Nenne sie nicht arm! Auf das bracelet hofft sie. Ihren Liebhaber hat sie schon im Zimmer.«

»Je n'ai pas un théâtre: j'ai un bordel« – Arthur kann dasselbe sagen wie der Direktor der blonden Nana. »Ich danke dir, Großvater. Deine Geschichte ist interessant. Sie würde mich ganz und gar fesseln, wenn Poulailler mehr wäre als ein harmloser Aufschneider.«

»Für wen sagst du das?« Eindringlich fragte der Alte. Auch ergänzte er seinen Gedanken. »Hört Stephanie uns? Soll sie glauben, von dem gestiefelten und gespornten Kater, den ich mir ansah, habest du nichts zu fürchten?«

Hier war zu hören, daß Gäste sich verabschiedeten und aufbrachen.

»Stephanie wird, fürchte ich selbst, mit ihrer Mutter das schöne Fest verlassen haben.« Je leiser der Junge wurde, um so fühlbarer empörte er sich. »Nach mir selbst zu urteilen, hatte sie genug.«

»Nein«, belehrte ihn sein Großvater. »Sie ist geblieben.«

»Du weißt auch das?«

»Sie hat zu lange unter dir gelitten. Da dies ein Grund wäre, nach Hause zu gehen, bleibt sie.«

»Großvater, du verstehst heute alles. Sage mir, warum ich annähernd Haß fühle. Vorher war es ganz gewiß, was man Liebe nennt.«

»Das soll es erst werden, mein Lieber. Ich habe euch manövrieren gesehen. Ihr versuchtet beide, euch nie gekannt zu haben.«

»Was ist das, um des Himmels willen!«

»Ich könnte es mit meinem eigenen Abenteuer erklären.« Der Neunzigjährige sprach frisch und launig. »Mich zog ein anderes Paar in seine Angelegenheiten. Es wünschte sich nackt der Öffentlichkeit auszusetzen.«

»Da haben wir's«, wiederholte André. »Das hat uns abgeschreckt. Wortlos hoben wir unsere Verlobung auf.«

»Was du nicht sagst«, scherzte Balthasar. »Ihr verlobtet euch immer fester! Jeder von euch klagte um seine verlorene Freiheit, aber ihr waret wehrlos. Vor Zeiten kannte ich eine gewisse Melusine«, erinnerte er sich plötzlich.

»Wie! Ihre Mutter hat dich gekannt?« Als ob André gesagt hätte: Dann ist sie wirklich eine alte Frau.

»Siehst du? Eine Sorge weniger.« Balthasar brachte dies nicht ganz zu Ende; der Schemel drehte sich mit ihm rundum. »Und ich wollte dich nur auf die Schulter klopfen«, erklärte er, um zu entschuldigen, den Schemel oder einen, der ihn gedreht hatte.

»Du bist nachsichtig wie je, mein verehrter Geheimrat!« André äußerte ehrliche Freude. »Mein Zeichenschemel dreht sich auch mit mir, er kennt es nicht anders. Ich hätte dir höchstens den Schlafdiwan anzubieten.«

»Nicht liegen! Dafür ist die Ewigkeit lang genug.«

»Um so besser, wenn du noch einen Augenblick die irdischen Dinge, zum Beispiel meine, betrachtest. Denke dir, daß die Mutter mich schon längst betrauert. Was kann ich von ihr weiter gewollt haben, aber noch in später

Nacht hielt ich mich mit ihr auf. Großvater, um des Himmels willen, was tat währenddessen die Tochter?«

»Sei glücklich, sie weinte.«

»Unmöglich! Ich verdiente, mich umzubringen.«

»Verstelle dich nicht, du mäßig großes Scheusal! Gleich nachher hast du ihren Tisch aufgesucht, dich an ihren geröteten Augen zu ergötzen.«

»Mehrere Personen trennten uns. Wir saßen abgewendet. Beide redeten wir über dich, Geheimrat. Um einer den anderen ins Unrecht zu setzen, sprach jeder seinen eigenen Unsinn.«

»Du hast mich verraten, nur um dir Haltung zu geben. Die Liebe lockert die Bedenken, wie man sieht, macht sie hochherzig.«

»Bis jetzt, alter Mann, hast du mich ausgelacht, und nichts erklärt.«

André zeigte einen Ernst, der schon Strenge war. Der Schemel hätte sich, von wessen Hand diesmal, rundum gedreht, André hielt ihn fest. Mit einem Seufzer ergab sich der Neunzigjährige in das Stillhalten und die verlangte Würde.

»Ich erinnere mich, als ob es ein halbes Jahrhundert wäre«, begann er. »Meine Art zu lieben war nur in der Hingabe reich, und alles in allem eine gloriose Verlegenheit.«

»Du, Geheimrat, hättest dich hingegeben? Niemand sähe es dir an.«

»Sogleich und ganz. Eines Tages warf jede Frau es mir vor. Das fürchtete ich vor Beginn und zögerte unter dem Mantel der Gleichgültigkeit.«

»Hallo!« machte der Junge.

»Du scheinst dich wiederzuerkennen. Allerdings habe ich meinen Nachfolger weder geschäftlich noch anders in meinem Sohn Arthur gefunden. Vielleicht in dir?«

Neunzigjährige, dachte André, haben es nicht schwer,

tief zu sein. Was sie berichten, ist versunken. Er horchte gespannt.

»Überlege ich es genau«, berichtete der Alte, »war ich bequem und das Gegenteil von Wagehals. Gerade darum geriet ich mehr als einmal an die Rechte, die mich das Beten lehrte. Weißt du, daß sie mich auch ruiniert hätten?« fragte er in einer beträchtlich höheren Stimmlage. »Sie konnten nur nicht, der Staat überschüttete mich mit zu viel Geld.«

»Arthur hätte sich von ihnen niemals ruinieren lassen«, erinnerte der Enkel.

»Der nicht, aber du.«

»Glücklicherweise entfällt die Frage. Ich habe nichts und soll nichts haben. Übrigens verzichten wir, darin sind wir einig.«

»Du und Stephanie? Bilde es dir meinetwegen ein. Eine Frau wird immer wissen, wohin mit dem Geld. Ich zu meiner Zeit erfuhr dies erst, als es weg war. Deine Verlobte will auch an Liebe nicht sparen, am Leben ganz und gar nicht. Die Furcht, dich einzulassen und hinzugeben, ist auf deiner Seite allein.«

»Jedenfalls waren wir dahin verabredet« – André veränderte den Ton, »wenig zu arbeiten und den Kampf um die Existenz entschieden nicht mehr mitzumachen.«

Es war das erste hart gesprochene Wort des Jungen. Der Alte hörte, wiegte den Kopf und sagte ja.

»Wenn ich meinen tüchtigen Sohn ansehe, muß ich ja sagen«, erklärte er. »Von seinem Vertrauen auf jeden Erfolg hast du wieder zu wenig. Ich möchte wetten, deine Braut kennst du noch gar nicht.«

»Allerdings haben wir einander nie besessen, wenn du dies meinst, freundlicher Greis.«

»Ich bin noch freundlicher.« Keine Ironie. Balthasar sprach still. Eine Feierlichkeit, nicht gestellt, geheim vielmehr, wird sonst wenig an ihm wahrgenommen. Er sagt aber: »Der Tag ist nicht fern, da betretet ihr beiden mein Haus, die Treppe, die du als Kind liefest, sie aber erstieg sie nie. Führe sie recht!«

Nur die Treppe? Natürlich weiter. Aber warum der getragene Ton? Man erwartet einen Schauder im Rücken. Da ist er.

»Ihr erreicht die Säulenhalle, wo ich euch empfangen hätte. Nur bin ich abwesend.«

»Wenn du« – unsichere Stimme des Enkels – »abwesend bist, Großvater, kehren wir um.«

»Ihr werdet dableiben – und zu Hause sein. Nutzet den Tag! Vielleicht käme keiner mehr, an dem ihr einander in Besitz nähmet.«

»Das ist eine verantwortungsvolle Handlung, Großvater.«

»So meine ich es auch. Versprochen?«

»Versprochen. Gehen wir jetzt schlafen, guter Balthasar?«

»Du nicht. Der gute Balthasar hat seine halbe Lebenszeit verschlafen. Sein Tod wird wenig ändern.«

»Du redest heute ungewöhnlich.« André denkt: nicht recht geheuer. Er fürchtet für den Alten, der sonst in seiner Weise gesichert schien, aber das ist er nicht mehr.

Sein Großvater erhebt gerade jetzt den Finger, erstens, damit der Enkel schweigen möge, sodann, um ihm hinter der Tür einen Umriß zu zeigen. Ein Schatten fließt geräuschlos über den seidenen Vorhang. Wird anhalten? Die Hand ausstrecken? Fließt vorbei.

André ist sinnlos erschrocken. »Großvater, sie geht vorbei«, stammelt er.

»Aber sie weiß, daß du hier bist. Mit ihrer Mutter nach Haus gegangen, hast du das geglaubt?«

»Nein«, antwortet der Junge, obwohl es vorher nicht unmöglich war. Erst seit seinem Gespräch mit dem Alten ist es die unfaßbare Katastrophe und darf nicht stattfinden. Sie hat gewußt, wo ich bin! Er findet mehreres gleichzeitig. Was hier gesprochen wurde, sie kennt jedes Wort! Abschied ist von ihr nicht gemeint, sondern ein Stelldichein. Diesmal sind wir verabredet. Für den Alten sprach er: »Ich hätte sie hereinrufen sollen. Verzeih mir, noch immer ist sie dir unbekannt.«

»Mir? Meine Erbin?« Balthasar verläßt seinen Sitz, die Szene ist beendet. »Ich habe mich entschlossen, meinen Weinkeller nicht dir, sondern ihr zu hinterlassen. Morgen, eigentlich heute, bestelle ich den Notar.«

Draußen erlaubt er dem Jungen nicht lange, ihn zu begleiten; winkt ihm zu und verschwindet, diesmal im Ernst.

Er wird nicht gesehen, weil niemand mehr da ist, um von ihm Kenntnis zu nehmen. Die gelichtete Gesellschaft versucht, in den inneren Räumen sich nochmals festzusetzen, ohne Hoffnung auf Dauer.

André nimmt einen leeren Tisch und wartet.

XIX. Die schöne Melusine

Die schöne Melusine ließ sich den Pelzmantel von dem großen Sänger Tamburini umlegen. Es war ein Anblick, der viele neidisch gemacht hätte, sie waren nur zu müde. Die Gäste kamen verbraucht, bleich oder fiebrig in der Halle an; während nach ihren Kleidungsstücken gesucht wurde, erübrigte ihnen nichts anderes als nur, sich schlecht zu fühlen. Sie hatten einander nichts mehr zu sagen, obwohl noch soeben ihre ausgelassene Laune kaum wußte, wohin. Manche bereuten jetzt, daß sie für die Nacht verpflichtet waren. Die Nacht war vorbei, man hätte sich frei machen und schlafen sollen.

Aus Langeweile betrachtete man sich im Spiegel und überschlug den Schaden. Wieder älter geworden! sahen entzauberte Frauen und hatten nicht übel Lust, ihren Begleiter zu ohrfeigen. Er bemerkte es nicht, sondern gähnte hinter geschlossenen Zähnen.

Die schöne Melusine ließ sich Zeit, für den Mantel, den Sänger und das Fortgehen. Eine reife Dame nach der anderen verglich sich mit ihr und erschrak. Das ist die allein übrige, von einer Nacht, die ein einziger Verstoß gegen unsere persönliche Pflege war. Sie hat den Sohn des Hauses erobert, für das erste wird sie sich verjüngen. Bekanntlich wurde die siebzigjährige Ninon von dem Enkel ihres ersten Freundes geliebt. Zu bewundern wäre mehr, wenn auch sie noch geliebt hätte.

Die greise Gemahlin des Konservenpräsidenten hatte Ärgeres ausgehalten, auf der Treppe stolpern kann jeder. Ein kräftiger Junge griff selbstlos zu. Der Gatte hätte sie gewiß rechtzeitig aufgefangen, aber er war verärgert von dem Anblick des Rüstungspräsidenten, wie er abzog mit seiner Nutte.

Dieses phlegmatische Mädchen wieder brachte es bis zu einem Anflug von Verstimmung, als ihre Freundin, das häßliche Entlein, sie überholte, unterstützt, ja getragen von ihrem blondierten Athleten. Mein Penner soll das mit mir versuchen, dachte die Erwählte des Präsidenten und ließ ihn los, nur um besser seine dürftige Figur zu überblicken. »Na komm, Kleiner«, sagte sie, schnell beruhigt.

Es fügte sich, daß die wohlerhaltene Banquière und der berühmte Mann mit dem Verdruß im Rücken zeitweilig allein blieben. Sie hatte sich erboten, ihn nach seinem Hotel zu fahren. Obwohl es gleich um die Ecke war, nahm er aus Höflichkeit an. Anstatt abwärts, wendete sie sich aber nach einer Tür, die angelehnt war, und stieß sie auf. »Ich wette, Maestro, Sie haben noch nicht einmal das Cabinet der Pompadour gesehen?«

Er hatte es gesehen, wenn auch nur von außen, als er unter einem vergoldeten Lorbeerkranz seinen Auftritt besann. Wieder aus Höflichkeit sagte er nein, und beide betraten es – nicht ohne daß Tamburini sich umblickte, ob par le plus grand des hasards, seine ungnädige Freundin Babiline auftauchte. Im Grunde wußte er, sie sei längst fort, aber das hinderte nicht.

Ebensogut hätte ihm eine unvergessene, obwohl seit zwanzig Jahren vergangene Yvonne einfallen können: sie war sehr stürmisch gewesen; wenn es unmöglich schien, war sie da. Wirklich bekam in seiner Vorstellung Anastasia hier die ganze Art aufzutreten wie einst Yvonne. Sein szenisches Gedächtnis unterstützte die beginnende Neigung des Fünfzigjährigen, die Jahrzehnte zu verwechseln.

Betroffen, als ob er schuldig gewesen wäre, und innerlich auf dem Rückzug, folgte Tamburini der schönen Melusine in das Cabinet, das leer und obendrein historisch war. Figuren, die hineinpassen würden, bleiben abwesend. Was tun gerade wir an Ort und Stelle? Wir schweigen. Ich äußere keine antiquarische Kennerschaft. Sie hütet sich, auf ihre Schmerzen zurückzukommen.

Dies hatte ihr in Wahrheit ferngelegen, lag ihr fern, bis der Augenblick kam. Sie stand schon diesseits der Tür, drückte sie schon ins Schloß, und begriff noch immer nicht, um was es ging. Der äußerste Versuch war dies, ihr Schicksal selbst zu bestimmen, es aufzuhalten, sich der eigenen Person zu bemächtigen, sie nicht fahrlässig auszuliefern – dem Unglück, was weiß ich, der Würdelosigkeit.

Man kann, zu zweien im Raum, nicht lange abgewendet voneinander stehen, oder es wäre, daß Außerordentliches sich vorbereitet. Plötzlich ruhten eine Schläfe, eine Wange der Schönheit auf der Schulter des Kleinen. Die Knie mußten dieserhalb angestrengt ihre halbe Beugung festhalten. Lange wäre es nicht gegangen; die Stellung war verfehlt, wie der Erfahrene wußte. Schonend sprach er.

»Nicht weinen, meine bewunderte Freundin! Ihrem herrlichen Gesicht ist die bald vergangene Nacht nicht anzusehen. Wenige Tränen könnten viel verderben. Tränen, die Sie nicht zu Boden tropfen lassen, sind gefährlich Ihrer wie jemals glatten Haut.«

»Und meiner faltenlosen Würde, höre ich Sie sagen.«

»Gut, Sie lassen etwas nach von Ihrer Würde. Das hat keine Bedeutung, angesichts des Mannes, der ich bin. Die Würde aufgeben, kann eine Wohltat sein.«

»Der Mann, der Sie sind, verkleinert sich, um auszuweichen.« Dies ist hart gesprochen. Noch gut, daß es entrüstet klingt, er müßte sonst ihre Verachtung fürchten. Lieber nimmt er den Zorn.

Sie sitzt nunmehr auf dem gebrechlichen Kanapee, den übrigen Platz weist sie ihm an. »Ich habe Sie in keine Falle gelockt, mein Freund«, bemerkt sie beiläufig, als ob sie ihn bäte, ein Fenster zu öffnen oder zu schließen.

Tamburini glaubte an dieser Stelle, er dürfe lächeln. »Welch eine süße Falle wäre es gewesen«, sagte er, sowohl eitel als bescheiden. Ihr Blick streifte ihn von oben.

»Es scheint wirklich, Sie verstehen mich nicht.«

Er, die Hand auf der Brust: »Sie haben mich überschätzt, o Frau meiner Träume! Erliegen sogar jetzt noch Täuschungen. In Ihrem Interesse bitte ich Sie, mich zu sehen wie ich bin: ein Durchschnittsmensch ohne höhere Ansprüche für sein Alter, als jeder Krämer sie hat. Ich bin nur ausgezeichnet durch zwei, selten gepaarte Gaben. Sie wissen es.«

»Denn Sie sagten es mir, gestern abend, in einem anderen dieser Zimmer, wo ich glücklich war.«

»Sie hatten, ich weiß nicht vor wie vielen Minuten, Enttäuschungen erlitten.«

»Eine Enttäuschung. Gerade für sie fand ich Trost bei einem guten Menschen – den ich hier nicht wiedererkenne.«

»Er verstellt sich, um Ihnen nicht wehe zu tun«, sprach Tamburini aufrichtig. Ohne Umstände hielt er ihr Knie mit seiner Hand nieder; sie drohte aufzustehen und das Gespräch zu beenden.

»Wörtlich will ich Ihnen wiederholen, was ich mir dachte, als Sie gingen und ich Ihnen nachsah. Diese wäre die Frau gewesen für mein Haus im Grünen! Viele Kinder! Lachen! Lärmen!«

»Gewesen«, sprach sie ihm nach. Er erklärte: »Als ich jünger war. Auch ein anderer von jeher hätte ich sein müssen.«

Melusine lachte: armes Lachen, aber sie schämte sich seiner nicht. Dies war ihre erste Erleichterung seit Stunden und Stunden.

»Lieber Freund«, sagte sie, nicht einmal heiser. »Ihre vielen Bedingungen mache ich nicht, um zu gestehen, was ich mir, gleichzeitig mit Ihnen, gewünscht habe, oder jetzt glaube ersehnt zu haben. Vorbei ist vorbei.«

»Wer das wüßte«, seufzte er und schien sich an seine, oder ihre und seine Unschlüssigkeit zu klammern. Ein Aufschub, bevor man auseinander ging. Beim Eintritt in dieses Gespräch hatte er nicht gewußt, wozu. Jetzt sah er nur seine Angst, es hinauszuziehen so lang wie möglich; ihr zu widersprechen, sie zu halten.

»Vorbei, sagen Sie? Aber Sie gestanden sich, was Sie wünschten.«

»Muß ich es in Worte fassen?« Sie deutete ein Ausbreiten der Arme an, ganz kurz lag auch ihr Kopf im Nacken.

Er dachte: Doch von der Oper! Hätte ich sie aufstehen lassen, ihre Knie würden mitspielen. Eine leichte Senkung des Schenkels, um den, der ich nicht bin, angenommenerweise an ihrem so wirklichen, so schönen Körper zu empfangen.

»Sprechen Sie nichts aus, Melusine! Lassen Sie es das Teuerste bleiben, das ich im Leben gehört haben werde.«

»Es sollte keine Liebeserklärung werden«, sagte sie nüchtern. Er meinte: »In ihrer Art wäre es dennoch eine geworden. Sie hätte nicht dem weisen und edlen Kleiderstock gegolten: er gäbe den Vorwand, er hülfe der Gelegenheit. Die Zuflucht hätten Sie geliebt. Aber es wäre immerhin die Zuflucht bei ihm gewesen.«

Bevor er es verhindern konnte, stand sie auf den Füßen. Ihr prachtvoller Schenkel beschrieb genau den Grad einer Senkung, den er vorhergesehen hatte. Ihre Arme, von vollkommenem Weiß, da sie die dunklen Pelzärmel zurückwarfen, hielten sich anschaulich offen und bereit. Ihm blieb nichts übrig als hineinzusinken, außer, ihn verließen ganz und gar die Kräfte. Dies geschah, und er stürzte vor sie hin. Die Augen geschlossen, ein jählings abgestorbenes Gesicht, lag er auf den Knien, rührte sich nicht, wartete, was sie beschließe. Ihn mit der Fußspitze vollends umzustoßen, lag nahe. Auch das grausame Lachen, das sie haben, wenn wir versagen.

Sie faßte ihn aber unter beide Achseln, sie zog ihn hinan, legte ihm wie einem Knaben den Kopf zurecht, daß er sie ansehen mußte, und ihm in die Augen sprach sie: »Schade. Das war nun ein Menschenfreund, sogar ein uneigennütziger Freund der Frauen: sie dürfen auch häßlich sein. Die Babiline ist weder häßlich noch schön.«

»Oder ist beides«, warf er ein. »Aber ich habe sie gekränkt.«

»Mich nicht. Im Grunde enttäuschen Sie mich kaum. Einen Freund hatte ich mir mit Unterbrechungen gedacht. Die armen Liebhaber mit allen ihren Lücken verlören sonst gegen ihn. Aber Ihre, oh! wie menschliche Haltung verführte mich, ich konnte einen einzigen und letzten Versuch nicht unterdrücken. Sie haben mich verstanden. Richtig verstanden«, wiederholte sie.

»Ich will es bekennen«, sagte er still; und wahrhaft, als beichtete er: »Die Idee kam einer der gesuchtesten (um nicht zu sagen begehrtesten) Frauen, alles zu fliehen, was sie halten wollte: ihre Einsamkeit zu teilen mit einem, der war wie sie, seinen Abschied nahm und in Frieden alt wurde, wie sie.«

»Denn beide waren ausgezeichnet durch –«

»Herrlichkeit und Schande«, ergänzte er folgsam. »Es ist sogar bestimmt, daß die eine nachlassen, die andere überhand nehmen soll. Stände ich in zehn Jahren noch auf der Bühne, meine Stimme wäre verbraucht, und um so anstößiger träte das andere hervor.«

Sie verlangte das andere nicht mit Namen zu hören. Dafür hoffte sie, auch ihren eigenen Bestand werde er, in Worten wenigstens, schonen. Sichtlich erwog er die milde Fassung.

»Eine Frau, die von Grund auf schön ist, bleibt es, den Lebensstufen angemessen, immer. Da ist nicht die Gefahr. Sie liegt in der Flüchtigkeit der Verehrer, die nachgerade sehr jung sind. Die erfahrene Schönheit wünscht Dauer. Daher die Idee einer gesuchten Weltdame, ihre wandelbare Welt zu vertauschen gegen die beständige Zuflucht eines abseitigen Landhauses, mit dem verstummten Sänger darin.«

»Warum nicht?« dies war ihre eindringliche Frage. Ihr antwortete sein Gesicht: der Zweifel, den es darstellte, war endgültig, Worte belehren weniger. »Sechs Monate«, sprach seine reine Gesangsstimme, als wäre es eine Arie der ewigen Liebe. »Sechs Monate, oder geben wir ihm ganze achtzehn. Dann wird er eine neue Abschiedstournee antreten. Zurückgekehrt, findet er sie nicht mehr.«

»Warum aber?« fragte sie wieder. »Beide könnten es abwarten.« Nichts Eindringliches; sie sprach neutral, wie wenn man sich in fremde Angelegenheiten mischt. Sie sprach mit einem heimlichen Bangen: dies bitte nicht oft, es macht alt! Er antwortete: »Abwarten könnte eher der treulose Virtuose. Die einst gesuchte Frau würde jetzt suchen müssen, was sie leichtfertig verlassen hatte.«

»Nennen Sie es!« verlangte sie. Da er verstummte, auch

sein Gesicht, sprach sie selbst. »Ihre nie gesicherten Geschäfte. Die Knaben, die schon nein sagen.«

Er legte die Hand auf die Brust. Die Augen gesenkt bis zu ihren Füßen, bekannte er sich schuldig. »Verzeihen Sie mir, erträumte Gefährtin eines Abschlusses, der nicht stattfinden kann. Mein Gefühl erging sich in Erfindungen, die schön sind und nur darum anstrengen. Ich war es, ich gab Ihnen, nicht überlegt, aber auch nicht gegen meine Absicht, Pläne ein: eine vernünftige Person allein hätte sie nie gefaßt.«

»Sie wünschten es früher als ich? Mehr als ich?« fragte sie, hoffnungsvoll ein letztes Mal.

»Und mit weniger Recht als Sie«, schloß er.

»Ich fange an zu verstehen«, sprach sie vor sich hin. »Sie haben mich behandelt wie ein Publikum, das Sie über das bißchen Anstand belehren – wissen aber dabei, daß es bleibt, wie es ist. Bedienen doch Sie sich des gewohnten Mittels Ihrer berauschenden Stimme, als ob sie gar so dezent wäre.«

Pause: Sie starrte seitwärts zu Boden, er konnte heimlich nach der Uhr sehen. Zu lange, sah er, die Szene schleppt, aber so darf sie nicht schließen.

»Wollen Sie zulassen«, bat er, »daß ich nach meinem Schuldbekenntnis mich nunmehr rechtfertige? Nicht vor Ihnen; Sie hätten mir zu viel zu verzeihen. Aber ich war als – Moralist, sage ich mit Vorbehalt, nicht immer unglücklich. Was Sie gütig anhören werden, betrifft keine Frau. Wir sollten uns setzen« – mit anmutigem Wink seiner Hand.

Diesmal bestimmte er selbst, wieviel Raum auf dem Kanapee jeder einzunehmen habe. Er konnte die Arme bewegen, oder sich vorbeugen, unter Umständen nach einem Partner, der in Wirklichkeit abwesend war. Dies tat er alsbald.

»Eh!« machte er. »Lieber Freund Dorlenghi, auch wieder da?« Ihm antwortete niemand. Selbst sprach er weiter. »Mögen Sie schon lange von uns gegangen sein, die ›Arme Tonietta‹ lebt. Ihre einzige Oper, jedes Kind, bei uns zu Hause, kennt sie auswendig. Wer in der Laune ist, singt: ›Sieh, Geliebte, unser umblühtes Haus!‹«

»É morto giovane, poveretto«, erklärte er seiner Nachbarin, die keiner Erinnerung bedurfte. Bei seinem ersten Wort erblickte sie die alte Oper auf der Bühne, die überlieferte Dekoration des Bauernhauses, der Rosenhecken, der Lauben von lila Glyzinen, Tamburini in der Rolle des Matteo: die Arie, die er nannte, sollte einsetzen. Er unterbrach den Lauf ihrer Vorstellungen. Noch verweilen wir nicht bei dem umblühten Haus.

»Jetzt sagen Sie mir, wer von aller Welt, hier und anderswo, hat außer uns beiden die ›Arme Tonietta‹ gehört? So wenige Personen, behaupte ich, wie die ›Gioconda‹ des Maestro Ponchielli, auch sie die Summe eines ganzen Lebens. Wir zu Hause singen sie auswendig.«

Er drückte sich aus, als wäre er selbst ein Mann von der Straße, der mitsingt, weil die Sonne scheint.

»Hier draußen bringt die übliche Radiomusik wohl eine, höchstens zwei Melodien. Niemand fragt, woher. Ich bin nicht stolz«, sagte er ohne Pause. »Dennoch, Italien hat etwas noch Größeres als seinen universalen Ruhm. Die unbekannten Meisterwerke meine ich. Jedem Kind Italiens geläufig, über die Grenzen nie hinausgegangen.«

»Schlimm für uns andere«, sagte sie, ohne viel daran zu denken. In ihr sang es: »Sieh, Geliebte, unser umblühtes Haus« – wie er mit Sicherheit annahm. Ihr Leid ergoß sich in unverbindliche Worte, in Töne, viel zu sehr Träumen gleich, als daß man von ihrer Art eine Forderung hätte an sein wirkliches Erleben.

»Nicht schlimm.« Er beharrte auf seinem Selbstgespräch. »Aber für uns Landsleute der Meister ein wahrer

Grund, sie ganz unser eigen zu nennen. Dem Maestro Mascagni sagte ich: Wie stolz sind wir auf Sie, wie stolz auf Italien! Alle Sänger der Welt gebrauchen unsere Sprache, alle singen seit fünfzig Jahren die berühmteste Ihrer Opern.«

»Nur die eine«, sagte sie und schien zu erwachen. »Der erstaunlichste Fall. Warum nicht ›Le Maschere‹?« fragte sie, mit einem Anfang von Teilnahme.

»Dasselbe erwiderte mir der weltbekannte alte Meister, dem sie eine vollkommen glückliche unter seinen italienischen Opern nirgends spielen. Ich erklärte ihm: Halten Sie denn das Herz der Welt für unbegrenzt? Nur Ihres ist nie erschöpft. Sie eroberten die Welt, und haben auch noch hervorgebracht, was nur uns gehört, uns für immer. Das reichste der Länder ist unser, von den Künsten die allgemeinste, die unsere eigenste bleibt. Wir haben des Vollendeten zu viel für eine weite Welt.«

»Er verstand Sie wohl?« Nicht nur mit Teilnahme gefragt, auch mit Ironie.

»Ich sah Tränen in seinen alten Augen«, gestand er, und schnell weiter: »Cosa vuole. Tanti capolavori! Kam aber nie hinaus über die eine Oper, Spielzeit nur eine Stunde. So beschränkt ist auch ein großes Leben. E noi?«

Und wir? Daraufhin hatte all sein Reden gezielt: es zeigte sich nun. Merkwürdig, es verwundete sie nicht, es war der Schlag nicht mehr, der es wenig früher gewesen wäre. Wir mögen aus uns fortverlangen, wir haben endgültig nur dies eine Geschick, das wir selbst sind, außen und innen, von den Fingernägeln bis zum Geschlecht. Nichts kann meine Haut ändern, niemand mich in ein neues Leben führen, kein Tamburini in das umblühte Haus.

In diesem Augenblick sang er pianissimo an ihrem Ohr: »Sieh, Geliebte, unser umblühtes Haus!«

Sie bemerkte, daß er aufrecht stand, in schwebender

Haltung, schon zum Abschied gewendet. Die schöne Melusine lauschte ihm wie ein Kind, glänzende Augen, halb offener Mund. »Sehr schön. Sehr grausam«, sagte sie, als es aus war; aber sie lächelte, dankbar und blaß.

Er öffnete ihr die Tür; das heißt, daß seine Hand sie vor ihr geschlossen hielt, sekundenlang, genug, um an ihrer Schulter hin zu sprechen: »Heiraten Sie Ihren Geschäftsfreund, den man Arthur nennt!«

Sie ging durch die Tür, die er losließ. Sie sah sich nach ihm nicht um. Sein Abschiedswort scheint sie kaum überrascht zu haben.

Unten, draußen, war seither viel erloschen, abgestellt, untergegangen. Bogenlampen, Scheinwerfer, Leibwachen; Portiers, die nach Wagen rufen, rüstige Geheime, die scharf aufpassen; Getränke für die Chauffeure, Straßenmädchen, Faltern gleich in das weiße Licht geflogen, und welcher sonderbaren Passanten man sich noch erinnern mag: alles dahin. Aus, die Festbeleuchtung; die einst bedeutenden Ausläufer des Festes, wie es sogar noch die Straße eingenommen hatte, übermacht nunmehr vom herangrauenden Geschäftstag.

Eine einzelne Frau besteigt ihr Automobil, schlechthin das letzte. Auf dem Trittbrett wendet sie sich halb rückwärts. Sie wollte jemand nach Hause fahren.

Wo ist er?

XX. Ausklang des Festes

André und Stephanie hatten einen Tisch für sich allein, den ersten besten, die meisten anderen standen leer. Im Hintergrunde, um das Podium, das von der Musik seit einigem verlassen war, betätigte sich etwas schwach, etwas krampfig, ein mäßiges Gedränge.

Jemand konnte die letzten Gäste in Zahlung gegeben haben, daß sie nicht wegfanden. Indessen wußte man mehr oder weniger, daß dieses scharfgeschnittene Profil keine Bleibe hatte, daß die Figur mit Feldwebelallüren in ihrem Palast an Zwangsvorstellungen litt, weshalb sie sich die Nacht um die Ohren schlug. Was die Dame rechts betrifft –

Mit dem blauen Toupet?

Eben diese würde beide Gestalten nach Haus nehmen, in der einzigen Hoffnung, eine Geschichte möchte herauskommen und ihr Bild in die Zeitung. »Die ausgestreuten Sternchen habe ich schon beseitigt«, sagte André. »Wenn ich die ganze Beleuchtung abstellte?«

Das stille junge Paar hatte sich ohne Berechnung günstig gesetzt, aus seinem Winkel überblickte es beide Seiten: auch den Ausschnitt des Saales, mit ihrem lieben Vater. Arthur, über jeden Begriff hinaus erschöpft, was er niemals zugegeben hätte, lag mit Brust und gestützten Armen auf einer Ecke des abgeräumten Buffet. Die Speisen, die er blind vor Gier verschlang, waren Reste, er hatte sie den Lohndienern aus den Taschen gezogen, allen vier: sonst wären sie Nahrung für vier Familien gewesen.

»Schmeckt es?« fragte jemand hinter seiner Schulter den fressenden Arthur.

»Sieben Stunden keinen Bissen«, knurrte er, die Hand über der Schüssel, um sie gegen Beraubung zu schützen. »Der Existenzkampf verlangt den ganzen Mann. Ich mache ihn mir nicht bequem, wie Sie.«

»Schon gut«, sagte Nolus, auf dem Sprung anderswohin. Arthur knurrte ihm nach. »Die ganze Nacht setz ich unseren Geldgebern zu; eine Stimmbänderlähmung kostet es mich.«

»Es kostet Sie viel, viel mehr«, sagte der Bankier, die Haare besonders tief angesetzt, wie es schien, der ganze Gorilla, aber in seinen Lauten raunte ein unerforschlicher Unterton. Mitleid? Hohn? Die Freuden des Betrügers? Der übermüdete Arthur muß dergleichen gefühlt haben, nur in sein Bewußtsein gelangte es nicht. Er blieb bei seiner überholten Idee; kein Wunder, wenn sein Freund ihn bedauerte und verlachte.

»Nur die Maschine aufpumpen!« Der Speisende war schwer verständlich, er kaute die Worte mit dem Inhalt seiner Backen. »Dann gehe ich Schecks einsammeln: die Frucht meiner Anstrengungen! Die Krone meines Empfanges! Ça colle, mon Président. Her damit! Crachez la forte somme! Rattrapez-vous sur le beau sexe!«

Hauptsächlich des anschaulichen Aufpumpens wegen goß er einen sehr großen Kognak in seinen Champagner und beides hinter die Binde. Die Flaschen verdankte er der Leibesvisitation der vier Lohndiener. Hier bemerkte der gewitzte Börsianer, wie schlimm es stand. Der Patient hat sich seelisch noch mehr übernommen als physisch. Wir kennen das von schwarzen Freitagen her. Wenn irrtümlich nahebei ein Strick hängt –

Behende, wie niemand es dem schweren Mann geglaubt hätte, untersuchte er die Umgegend, oder gab sich den Anschein. Kein Strick zu finden. »Tragen Sie Gift bei sich?« fragte er streng.

»Ich frühstücke«, war die bestimmte Antwort.

»Dann liegt der Fall anders. Sie sind plötzlich kindisch geworden infolge Ihres konsequenten Mißbrauchs der Sensationen. Die Gefahr lauerte ständig in Ihrer beruflichen Intensität.«

»Ich bin allerdings Philosoph«, lallte Arthur. »Nolus der Dunkle schlägt mich aus dem Felde.«

»Schon geschehen«, sagte Nolus beruhigt.

Der Unselige über seinem Teller, noch immer durch Gier erblindet: »Aber die Schecks einzusammeln versuchen mal Sie!«

Nochmals schon geschehen, wäre ein zu billiger Schlag gewesen; der Kunstkenner vermied ihn aus gutem Geschmack. Beiläufig ließ er einen nichtigen Rat fallen.

»Von den laissés pour compte, die dort hinten nach Schlaf ringen, versuchen Sie Kapitalien einzutreiben!«

»Und Sie? Meine Präsidenten haben, jeder einzelne, aus Ihrem Munde gehört, daß Sie abreisen nach Panama.«

»San Domingo«, berichtigte Nolus; weiteres verschwendete er an keinen Verlorenen. Der hätte nichts geglaubt, sah nichts, hatte alles vergessen: die greifbaren Tatsachen selbst. Nehmen wir nur eine! Daß alle Präsidenten längst nach Hause sind. Der ärmste Existenzkämpfer aber frühstückt Illusionen.

Der andere, mit dem gesicherten Kopf, überließ ihn seinen Viktualien. Das kommt vor, bedachte er sachlich, ohne Furcht noch Mitgefühl. So einer scheint den meisten richtig gebaut! dachte er. Aber irgendwo fehlt es. Ein Bruch war ihm von jeher anzumerken, man wußte nicht, welcher. Übereifer allein erklärt noch nichts. Man habe zum Beispiel einen hundertjährigen Vater, der Komödie spielt! Auf diesem Wege ist der Wahnsinn des Sohnes geboren.

Sich selbst in acht zu nehmen, hielt Nolus nunmehr für unnütz. Überwundene Zeiten, man reist ab. Der Rüstungspräsident hatte vor dem zweiten Bananentouristen kein Hehl aus seiner Südsee gemacht, wofür jeder den anderen einen Idealisten nannte. Verhängnisvoll wurde dem mittleren Bankier das Beispiel eines Gipfels der Weltwirtschaft, der seine Nutte mitnahm. Es ihm hierin gleichzutun, erfüllte seinen ganzen Sinn, schon stundenlang.

Gut, Nolus hatte sich die Brust ausgestopft mit den Schecks der steuerflüchtigen Gönner, Musikgläubigen, Kennern schöner Beine. Sie konnten Gelder, die sie zu hinterziehen wünschten, geradenwegs an die Beine wenden. Aber nein, das Bedürfnis nach kultureller Geltung beherrscht noch Sterbende: mit ihrem letzten Atemzug gründen sie ein Opernhaus.

Der Intendant, bevor er diesem Empfang bei der Welt

den Rücken kehrte, hatte unvergeßlich gesprochen. Er sprach es in die Luft hinein, ihm gleich, wer hörte. Wenige sind auserwählt, auch Nolus höchstens für einen Augenblick, als sein Begriffsvermögen ungewöhnlich aufgeschlossen wird.

»Lehrreich, bei Ihnen heute abend«, sagte der Intendant – vorgeblich zu dem Hausherrn, den er gegenüber hatte, wirklich aber in die Luft. »Der letzte Empfang bei der Welt, man darf das nicht versäumt haben. Alle persönlichen Ansprüche einmal abgelegt, erfaßt man erst den Vorgang und ist ästhetisch befriedigt.«

»Sie – Ansprüche ablegen?« meinte Arthur, dem dies fern lag. Der Intendant ließ seine weißlichen Wimpern zwinkern. Vorsichtig wie sich selbst behandelte er diese Worte:

»Es wäre weise, das Unausbleibliche beizeiten ins Auge zu fassen. Unser Opernhaus wird nie gebaut werden. Die einen werden es vergebens bezahlen, die anderen ihm ihre Kraft nicht leihen, die dritten und vierten können weder Reklame noch Skandale besorgen. Ich werde es nicht ruinieren.«

Das war die Hinterlassenschaft des Intendanten. Arthur verdiente sie nicht; während er ihm nachblickte, richtete er seinen Zeigefinger gegen die Schläfe: nicht die richtige Antwort, wie Nolus fühlte. Aber wenn einer, nach angehörter Prophezeiung des Kundigsten aller Weltfreunde, nichts Besseres zu tun weiß als Reste essen!

Nolus, der seinen einstigen Mitkämpfer Arthur nunmehr hinter sich gelassen, ihn als ungleichen Wertes von sich gewiesen hatte, hing dessenungeachtet seinem eigenen Wahne nach. Das exotische neue Leben mit seiner angeborenen Gefährtin teilen! Diese war unbedingt eine gewisse Nina, die er bis diesen Abend nicht gekannt, oder immer übersehen hatte. Auf einmal verkörpert sie eine mehr als menschliche Bestimmung; der Zusammenhang des Geschehens fordert sie. Fraglich, ob der Weltreisende unangefochten über die nächste Landstraße käme, außer er hätte sie bei sich. (Den armen Arthur hält er für beschädigt in seinem Sinn für die Wirklichkeit.)

Der entschlossene Mann ging mit dem Schritt und Tritt, der ihm gebührte, das Haus ab, alle die Räume, die keinen Anspruch auf Festlichkeit mehr erhoben. Verödet wie sie waren, sahen sie auch schon verstaubt aus. Der Empfang hätte vor Jahr und Tag gewesen sein können; nur die Putzfrauen wären ausgeblieben. Allerdings würde bei längerer Verzögerung das Elektrizitätswerk den Strom gesperrt haben, aber die gesamte Beleuchtung arbeitete – ins Leere.

Von unbekannter Hand war sogar die indirekte, die rieselnde, kreisende wieder angestellt worden. Nolus fühlte sich entschieden belästigt: wieso, als dem einzigen Vernünftigen mußten ihm immerfort Sternchen über den Frack laufen? Arthur zählte nicht; auf Anruf drückte er seinen schwachen Kopf nur schwerer in den Arm. Holte er seine Bestandteile nochmals zusammen, dann, um weiter zu essen. Traurig, traurig, aber nicht für uns, meinte Nolus. Er bedeutet eine überwundene Gefahr.

»Hinter dem ersten Sofa, am Boden!« wies jemand den Ungeduldigen an. Nolus fand noch immer nicht. André kam hervor und sagte: »Sind eher ein Intellektueller? Daher technisch unbeholfen?«

Das peinliche Licht hörte auf; erhaben sprach Nolus: »Mein Junge, stundenlang hocken Sie mit Ihrer Freundin und sind technisch unbeholfen. Ich mache das anders.«

Er wollte seiner Wege gehen, indessen hielt André ihn, kräftiger als zu vermuten war, bei der Schulter fest.

»Lieber Herr«, sagte er im Ton des freundlichen Bedauerns. »Ich sehe Sie immer suchen, zufällig weiß ich, wen. Ihre Geliebte ist nicht diskret. Überdies betrügt unsere gute Nina Sie im voraus. Diesen Augenblick liegt sie in ihrem Zimmer mit dem berühmten Poulailler. Überraschende Begegnungen möchte ich vermieden wissen«, sagte er und schien mit seiner Rolle wirklich unzufrieden.

»Im Gegenteil danke ich Ihnen«, erwiderte der Entführer einer Verbrecherdirne, wie die gute Nina in seinem geschwellten Herzen nunmehr hieß. Einen Poulailler und sämtliche Abweichungen wollte er ihr von vornherein angesehen haben. Das war, was der entfesselte Bankier sich selbst als angemessen, vielmehr ihm mitgeboren zuerkannte. Jugendliche Gefühle bäumten auf. Seine Augen leuchteten.

Der Gorilla verfällt seiner ursprünglichen Wildheit, sah André, grüßte mit zwei Fingern und beeilte sich, Abstand zu nehmen von so viel Natur.

»Ist er betrunken?« fragte Stephanie, als André zurückkehrte.

»Wen meinst du?« fragte er selbst. »Der arme Arthur ist allerdings betrunken, sogar schlimmer als das. Nolus zieht nur die Konsequenzen.«

»Woraus?«

Er zuckte die Achseln. Es war ein weites Feld, Raum die Menge, um nachzusinnen.

»Du fühlst wie ich«, bemerkte Stephanie; und auf seinen Blick: »Dies Haus ist unheimlich, wie es nun ist.«

André schwieg, er war ganz Bewunderung – für sie und sich, daß sie gleichfühlten. Stephanie sprach.

»Wenn du mir das Haus deines Großvaters beschriebst, seine Gespensterhaftigkeit schien mir eher heiter. Hier könnte man depressiv werden.«

»Wir doch nicht«, sagte er, ohne viel zu betonen. Sie lächelte leicht wie er. »Wir nicht.«

»Wünschest du, daß ich die späten Gäste hinauswerfe?« erkundigte er sich, aus bloßer Galanterie. Er hatte schon einmal nicht dunkel gemacht: ihr schneller Seitenblick erinnerte ihn daran. Seinen Scherz belachte sie dankbar. »Es wäre grausam«, sagte sie.

»Es wäre grausam«, wiederholte er. »Zum erstenmal seit gestern abend ist den paar Lärmmachern leidlich wohl, bis auf den Umstand, daß sie noch lieber einschlafen würden, wo sie gehen und stehen. Kann sogar sein, daß nichts sie drängt, noch wieder aufzuwachen. Aber darin irre ich.«

»Darin irrst du. Das Leben ist für jeden schön.«

Die einfachste Wahrheit, einfach gesprochen, und sie sahen einander in die Augen. Von neuem fühlten sie es zwischen ihnen ernst werden, ganz ernst: sie bebten davon.

»Ich habe meinen Großvater nicht mehr gesehen«, begann sie. Er begriff, wen sie so nannte.

»Niemand sieht Balthasar, wenn er verschwinden will. Dennoch weiß ich: er sah dich. Du gingst ahnungslos vorbei.«

Ein Ausruf, der beinahe Schrecken war; aber sie besann sich sogleich. »Immer soll der liebe alte Balthasar ein Wunder sein. Er ist harmlos wie wir, die nach seinem Beispiel ablehnen, um Geld zu kämpfen. Er hält sich deshalb für tot. Aber«, behauptete Stephanie mutig, »das macht ihn nur sympathischer. Das unheimliche Haus ist vielmehr dieses«, wiederholte sie.

»Zugegeben, daß Balthasar hier abscheulich mißbraucht worden ist. Dermaßen, daß er wieder lebt!« André war zornig erregt, dafür zum Dank nahm Stephanie seine Hand. Im Affekt wagte er zu fragen: »Haben nicht auch wir uns aufgeführt, wie wir nicht wollten? Warum wichen wir einander aus!«

»Wenn du es nicht weißt, André.«

»Ich weiß es – von Balthasar. Daß du geweint hast, Stephanie.«

»Der alte Mann hat zu mir nicht gesprochen.«

»Als Arthur ihn öffentlich ausrief, war deine Zeit nicht, ihm zu begegnen. Warte, es wird geschehen.«

»Ich fühle, er ist mein Freund.«

»Unser Freund, Stephanie. Aber deiner mehr als meiner. Du sollst seinen Weinkeller erben.«

»Den du im Traum gesehen hast. Mit mir auf einer glatten Treppe. Du bist in sein Haus verliebt wie ein Dichter. Einen Empfang wie diesen hat sein Haus in hundert Jahren nicht erlebt.«

Er ergänzte, was sie sagte: »Ein Ausbruch nach dem anderen befiel die mythische Gesellschaft. Zuerst schlugen sie sich, wie gewöhnlich, um Vorrechte, Vorteile, um die vordersten Plätze und das vorlauteste Mundwerk. Ihre Selbstbehauptung war gegenstandslos und unbändig. Bis eine schöne Stimme sie zum Schweigen brachte, und ein edler Mensch ihnen Tränen der Erlösung entlockte. Da hatten sie endlich, den sie immer ohne Überzeugung anrufen, den hochherzigen Frieden.«

»Hélas«, warf Stephanie nur ein. André meinte dasselbe.

»Sie sind wohl eher zu bedauern für ihre guten, ach wie kurzen Regungen. Nachher kommt es mit ihnen um so schlimmer. Wir sind zu bedauern.«

»Vielleicht gibt es Ausnahmen.« Hiermit schlang sie einen Arm um seine Schulter, ihre Wange lehnte nun für eine Weile an seiner.

In dieser Haltung, der ersten ihrer Art, die sie versuchten, hatten die zu klugen jungen Leute es leichter, ihre Verschwiegenheit aufzugeben. Frage Stephanies:

»Wo warst du mit Balthasar, als ihr mich gehen sahet?«

»Im Dunkeln«, erwiderte er. »Aber wohin gingest du?«

Stephanie: »Weiß nicht. Weiß es nicht.«

André: »Mais encore?«

Sie: »Dich suchen.«

Er: »Hättest du mich nicht hier angetroffen, wie ich wartete und bereute, du wärest dennoch geblieben?«

»Immer«, sagte sie, noch bevor sein Satz aus war. Das

habe ich leidenschaftlich ausgestoßen, bemerkte sie voll Freude. Holen wir jetzt die Zurückhaltung nach! »Übrigens, konnte ich den Wagen nehmen und Melusine dalassen?«

»Sie ist lange fort. Begleitet war sie von Tamburini.«

»Das Paar, lieber André, verweilt noch immer – soll ich sagen, wo?«

»Es gibt nur den einen Platz. Viele waren schon dort. Nicht wir, o Stephanie!«

Sie küßte nicht. Sie atmete ihm auf die Wange. Er flüsterte, Worte, die eine gewöhnliche Tonstärke durchaus vertragen hätten. »Wir sind schüchtern. Das wohlerzogene Paar von eh und je, in der Gartenlaube.«

»Es kann so scheinen«, sagte sie.

»Ich werde dir niemals beichten, was Balthasar mir geraten hat zu tun.«

»Aber du wirst es tun?«

»Dieses Haus bestimmte er dafür nicht«, erklärte André, und sie trennten ihre Wangen, um einander anzusehen – belustigt hätten sie sein wollen. Über der Sache zu stehen, war ihr törichter Ehrgeiz. Sind wir dumm! dachten beide. Aber die eingeschlagene Wendung des Gesprächs war sans issue, wie jeder sich eingestand, und wechselte hierfür die Sprache; ihre Lage nannten sie unhaltbar. André fragte ohne Zusammenhang: »Was hatten deine Mutter und der Sänger einander zu sagen?«

Sie wußte, daß er die Frage so wenig nötig hatte wie sie selbst. Sie gab Antwort, aber nicht gleich die ganze. Oh! Keineswegs kam die junge Stephanie alsbald heraus mit dem Kummer der reifen Melusine. Das wäre für Zeiten, wenn sie mit ihrem André nicht fest die Hände verschlungen hat; wenn nicht beide ihre schnelleren Pulse fühlen, den eigenen, den anderen; wenn sie nicht lieben stumm und unsäglich.

Welch ein Unrecht, Stephanie hat diesen Augenblick

verlernt, ihrer armen, bewunderten Melusine nachzufühlen wie sonst: mit zärtlicher Ironie vielleicht, im Innern ernst und echt. Jetzt muß sie sich besinnen, wie es um ihre Mutter eigentlich steht: ihr Gedächtnis macht ihr Sorge: »Je suis toute chagrine«, spricht sie auf die Tischplatte.

Er begreift, weshalb. Ihr Gewissen beunruhigt sie. Aber seines? Was in dem Cabinet zu dieser Stunde immer vorgehen mag, er selbst ist hinein verwickelt, sie können ihn dort verantwortlich machen. Sollen sie! Ich gebe mir Schuld, mehr als mir zukommt. Ich übertreibe aus Eitelkeit. Die große, schöne Frau, ihr überfülltes Leben, aber ich, mit gar nichts weiter als nur meinen zwanzig Jahren, brächte sie zur Verzweiflung? So kann es nicht stimmen. Gott sei Dank, ich ziehe mich aus der Affäre!

Da sagt Stephanie: »Schon einmal habe ich ihr ein Glas voll aufgelöster Schlafpillen entrissen.«

»Schrecklich!« stöhnt André und will vom Stuhl hoch. Sie drückt ihn nieder.

»Laß! Damals gab es geschäftliche Anlässe – die durchschlagenden, wie es scheint.«

»Wir sitzen hier und sind glücklich, Stephanie! Wieviel Schuld in jedem Glück!«

»Still, Lieber! Fangen wir beim Anfang an, das ist die Tür, an der ich nicht horchen mußte. Sie ist mehr oder weniger historisch, jedenfalls brüchig. Ohne zu fragen erfuhr ich, daß Melusine in dieser währenden Minute – verschmäht wurde. Ich würde das Wort nicht anwenden, ich tue es im Sinn ihrer Generation, als die Liebe um jeden Preis feierlich genommen wurde; nur die Geschäfte durften nicht leiden.«

»Die Geschäfte beiseite, ist es damit nicht anders geworden«, sprach er, nachdem er so beschlossen hatte.

»Womit?« wollte sie wissen. »Was ist sich gleich geblieben? Sage, mein lieber André!«

»Daß wir sehr unglücklich werden können. Dich verlieren – eine Weile heute abend habe ich es vor Augen gehabt – wäre die unbedingte Sicherheit, daß mein Leben verfehlt ist.«

Das hatte sie hören wollen. Stephanie leugnete es nicht, heuchelte nicht, sie sagte: »Endlich.«

Endlich waren sie in Ordnung. Seiner Erklärung hatte es bedurft, damit beide ihre Bedrängnisse ablegten, ihre selbst geschaffenen in Verbindung mit dem Fall Melusine, dem Fall Balthasar. Auch der Fall Arthur war zu vergessen, und im ganzen genommen, der gehabte Empfang bei der Welt. Alles vorbei; eine einfache Liebeserklärung ist das Geständnis der Wahrheit und macht Ordnung. Sie durften hiernach diesen Tisch verlassen.

»Wohin aber?« wollte Stephanie wieder wissen. »Nachgerade muß Melusine wirklich fort sein. Mich hat sie sitzen gelassen, das Recht gibt ihr der große, große Kummer.«

André war, eh er es dachte, auf den Füßen. »Wenn die entsetzlichen Leute nicht freiwillig gehen, habe ich Pflichten gegen dieses Haus!« sagte er auswendig auf. Sie meinte: »Dieses Haus. Wo ist der Hausherr geblieben?«

Tatsache war: Arthur aß nicht mehr, betrank sich weder noch schlief er öffentlich. Er mußte eine kurze Selbstbesinnung benutzt haben, um seinen Rücktritt zu vollziehen. Aber wie tritt man hier zurück? Alles ist drunter und drüber, sein Schlafzimmer findet er nicht wieder. »Er ist in meinem«, entschied André.

Hierbei bewegten sie sich nach den letzten Hintergründen, wohin die gelichtete Gesellschaft verschlagen war. Unverkennbar wollte sie groß in Form sein, nur die Kräfte versagten. »Nichts zu trinken? Wirtschaft!« wurde dem neuen Paar entgegengerufen – so sehr ohne Überzeugung, daß eine Antwort sich verbot.

»Noch diese letzten kämpfen um ihr schwächliches

Dasein, man kann nicht verbissener angeklammert sein«, bemerkte Stephanie; und beide abwechselnd: »Ohne Whisky, ohne Musik ist es schwer. Dazu wachsen ihnen schon Bärte, und das Hemd läßt zu wünschen. Die Damen übergehen wir. Sie könnten in der Kriegswirtschaft tätig sein und wären besser erhalten.« Beide beobachteten, abwechselnd sprachen sie mit.

»Unheimlich munter, die Geschäftsfrau, die ein Chanson bringen wird. Ihre Rückseite in hilfreiche Hände gelegt, hißt sie sich auf das Podium. Leicht zöge man sie hierbei aus oder gäbe ihr einen Stoß. Indessen, das Künstlervölkchen enthält sich der Unanständigkeiten, die besorgt sie selbst. Nein doch, man hat vor, sie auszulachen. Mädchen, die schon mal hinter der Szene den ganzen Tag nicht darankamen, bis sie gehen durften ihr tägliches Geld wegtragen, triumphieren schonungslos über die reiche Dilettantin. Jetzt ist sie halbnackt, und sie kräht.«

»Schluß!« verlangte André. Ein reifer Herr sah entrüstet herüber. Einmal im Leben darf seine begabte Frau sich vor Kennern ausstellen, mit Klavierbegleitung von einem richtigen Kapellmeister. Er zückt die Brieftasche, womit die Schau gerettet ist. »Gleich bekommst du Geld«, sagte Stephanie.

»Ohne Arbeit?« wendete er ein. Sie mahnte: »Sei nicht streng, wie lange werden wir dergleichen Roheiten noch zu sehen bekommen.« Er meinte: »Immer.«

Die Sängerin war von sich hingerissen, obwohl bei jeder anstößigen Stelle ihres Vortrages von Zweifeln befallen. Ihre Augen machten die Runde, ob auch dies hingehen werde. Wirklich fanden sich Personen, die Gesichter schnitten, eigens um ihr den Mut zu nehmen. Nach überwundener Verlegenheit kam sie mit dem verbotenen Wort heraus, als spuckte sie Juwelen und wäre es gewohnt.

Sie war fertig. Dieselben boshaften Personen von vorhin verlangten nach mehr Nummern derselben Art, was leicht gesagt ist, aber die Dame wußte sonst nichts. In ihrer Laufbahn als Weltdame war ihr das eine unzüchtige Muster begegnet, für die frühen Morgenstunden genügte es immer wieder, dem Gatten besonders schien es ewig neu: wie anders kannte er seine Frau!

Er nahm den reichen Beifall für verdient entgegen: schließlich hatte auch er sich prostituiert! Wenn sie ihn und seine Gefährtin offen verhöhnten, ist nicht glaubhaft, daß er dagegen taub blieb. Nein, aber er fühlte: ein freies Leben ist dies, eine zweite Existenz! Denk ich an mein Büro, an unser langweiliges Eßzimmer. Dort sollte ich mir herausnehmen, was ich jetzt sogleich fertigbringen werde, und ohne Mehrkosten!

Er kniete, seinen gewölbten Körperteil erhoben, den Kopf nach unten, auf den Stufen zum Podium hin, damit seine eigene Ehefrau – kein Schritt vom Wege festgestellt, Verkehr zwischen ihnen geschäftlich außer sonnabends – ihm auf den Buckel steige! Sie ließ ihn warten, sie schüttelte sich selbst die Hände, wie sie es bei Künstlern gesehen hatte, wenn eine Ovation sie überwältigte. Nun denn, die Dame betrat das Hinterteil ihres Mannes. Das erste war, daß sie ausrutschte.

Mit weit ausgebreiteten Schenkeln, Bedeckung längst abhanden, kam sie wuchtig auf sein Kreuz zu sitzen; aber nicht, daß er wankte. Der Mann hier hat sich im voraus angespannt, seinen normalen Rekord wird er hinter sich lassen, wird in Erstaunen setzen, die Welt und sich. So fährt er seine Last – mittlerweile ist sie eine Schöpfung seiner sehnsüchtigen Seele, ist metaphysisch –, so fährt er sie auf allen vieren dahin. Sie winkt und kräht.

Der Weg war lang, und es war zu viel, in jedem Sinn zu viel. Als der bürgerliche Held versagte, ja, nahe der nicht mehr erreichten Treppe, platt und bewußtlos den Boden deckte, lachte plötzlich niemand; auf einmal bemerkten sie, daß sie schon vorher gegen Widerstände gelacht hatten. Alle, außer dem Ehepaar, flüchteten abwärts, womit sie gewiß ihr Bestes taten.

Ausklang des Festes. Nur noch die Kompresse für den Mann: Stephanie schob sie ihm unter das Frackhemd. Die Dame, nichts weniger als kopflos, ließ André ihre Bekleidung vervollständigen, während sie ihn prüfte. Als sich erwies, daß er nicht in Betracht kam, war sie auch das zufrieden. Das Paar wird hinausbefördert. Wir atmen auf.

XXI. Ohne Schleier

Stephanie konnte sprechen: Ich gehe gleich auch? Aber sie behielt es für sich. André konnte sagen: Ich rufe ein Taxi? Wie sie, äußerte er weder den Entschluß noch die bloße Frage. Beiden fiel auf, wie still es geworden war: dies bestätigten sie einander. Dabei gingen sie die Treppe wieder hinauf.

»Wenn keine Teppiche dalägen, würden unsere Schritte hallen.« Sie versuchten zu scherzen, da sie in der öden Weite nicht wußten, wohin. »Natürlich sollte man einen Augenblick schlafen«, meinte er. Sie erwiderte: »Euer Haus ist gerade dafür nicht eingerichtet.«

»Außerdem bin ich noch nicht fertig«, fiel ihm ein.

»Mit dem Empfang bei der Welt?«

»Die letzten Nachzügler –«

»Expedierten wir soeben.«

»Ich fürchte nein.« Er kräuselte die Stirn, obwohl sein Ton leicht sein sollte. »Wahrscheinlich haben sie sich nach oben verzogen.«

»Um Gottes willen, was tun sie dort? Wer ist es überhaupt? Nein, dies Haus!«

Gerade jetzt brach Lärm aus, kein Zweifel, in der Etage über ihnen. Es handelte sich um Getrampel, zerbrochenes Geschirr, möglichenfalls schlug ein Körper zu Boden. Ihr günstiger Standpunkt am Fuß der Treppe erlaubte dennoch den ungern Beteiligten keine genauen Wahrnehmungen. Die Architektur war weitläufig.

»Suchen wir eine Zuflucht!« verlangte Stephanie. Sie hatte drei Stimmen gehört und eine erkannt.

Nina empfing Gesellschaft: ein Herr im Frack; der zweite war ohne Hemd, aber wundervoll gebaut. Mit diesem stritt sie sich um die Decke für ihre Blöße, aber mehr der Form wegen als der Überzeugung. Wenn Poulailler Herrn Nolus damit ehren wollte, daß er unterkroch – bitte. Als an der Tür gepoltert wurde, hatte sie sogleich erraten, wer es sein konnte. Poulailler, den Störer erkennen, schon stellte er die Versuche, sich zu bedecken, ein, ja, untersagte sie auch der Dame, der es gleich war, sie ließ die Hülle fallen.

»Wer hat Sie eingeladen?« fragte der Herr im Bett.

»Und Sie?« fragte der Herr, der die Tür schloß.

Wenn Nina nichts mehr zu verbergen hatte, nahm sie wenigstens die vorteilhafteste Lage ein. »Ob Sie zusehen oder nicht«, hiermit empfing sie Nolus, »es kostet dasselbe.«

Poulailler fauchte vorläufig nur, ganz Kater, diesmal ohne Stiefel. Nolus tat phlegmatisch. »Laßt euch nicht stören«, sagte er und wollte eine Zigarre anzünden. Ehe man so weit denken konnte, hatte Poulailler, von der Matratze aufgeschnellt sozusagen ohne Gebrauch der Gelenke, ihm die Zigarre aus den Zähnen gerissen und in einen Toiletteneimer aus Blech geworfen. »Sie sind im Schlafzimmer einer Dame«, sprach der nackte Mann, er stemmte die Füße auf den Boden, bereit für jedes Handgemenge.

Nolus nahm hiervon keine Kenntnis. Zunächst betrachtete er auch die erwähnte Dame nicht, nur was man ihr Schlafzimmer nannte. Es wäre ein normaler Raum gewesen; sein Cachet, wie Nolus feststellte, entstand erst durch die unglaubliche Liederlichkeit der Bewohnerin. Dem Schrank, sonst Nußholz wie andere auch, hatte sie wahrhaftig die Tür halb ausgehängt – vielleicht, weil nur eine gewaltsame Drehung den Spiegel günstig stellte für die Inhaberin des Bettes, mitsamt ihrem Gast, meinte Nolus.

Er nickte befriedigt. »Wie ich es mir dachte«, sagte er. Mit einer zweiten Zigarre, die noch nicht brannte, zeigte er auf die Schuhe: ein ganzes Defilee von Schuhen genoß im Bilde den Vorrang. Abgetragen, neu, zierlich oder verkommen, besetzten sie im schiefen Bogen den Teppich, der einmal gut gewesen war. Seinen befleckten Zustand konnte nur eines erklären, die zweite, nicht eingestandene Lebensform Ninas, Neigungen, die Gefährlichkeit nicht ausschlossen. Der ganze Hintergrund der Person trat hervor mit den zerknitterten, von allen Wegen zurückgekehrten Schuhen, die sie triebhaft aufhob. Hübsch, nett, attraktiv wie sie selbst sich der Öffentlichkeit darstellte, ließ sie an den verschwiegenen Umständen dieses innersten Gelasses ihre unerlaubten Tiefen aus. Sie gab Proben ihrer geheimen, furchtbaren Reize – die Nolus entdeckte, wenn er sie nicht erfand.

»Die besseren werden naß«, bemerkte er, seine Stimme blieb sicher, aber es kostete ihn Anstrengung. Sagen wollte er mit unterdrücktem Beben, daß die alten zertretenen Schuhe, mit oder ohne Absicht, im Trockenen standen. Auf die neuen ergoß sich der überfüllte Eimer. Nicht ohne Zweck! entschied Nolus. Diese schmutzigen Einzelheiten enthüllen sie – dem Mann, der sie begreift. Der Mann ohne Hemd ist das nicht, behauptete der Bankier. Poulailler ist ein verfehlter Ehrenmann, behauptete er. Ein Poulailler strebt nach der guten Gesellschaft!

Laut, mit deutlicher Verachtung sagte er: »Recht so, retten Sie die guten neuen vor dem Eimer!« Tatsächlich holte der berühmte Hochstapler die besseren Schuhe aus dem übergelaufenen Spülicht. Niemand, außer einem Kenner, hätte ihm den Drang der Mittelmäßigen, Ordnung zu schaffen, angesehen. Aber Hohn äußerte nicht Nolus allein. Nina verzog das Gesicht. Kein Irrtum, sie machte sich, im Einverständnis mit ihrem Bewerber, lustig über ihren Freund, der allerdings vom jüngsten Datum war. Auch das lag in ihrem Naserümpfen. Den unbekleideten Helden, einen überdies erniedrigten, da er sich nach ihren Schuhen bückte, sie verwarf und verleugnete ihn.

Die Strafe folgte auf dem Fuß. Der Kavalier, den niemand unterschätzen soll, überschaute die Lage, sobald er mit seinem durchnäßten Paar Schuhe vom Boden hochkam. Den einen warf er Nina ins Gesicht und traf; mit dem zweiten zielte er nach der Zigarre seines Feindes: Nolus hatte sie einfach zu rauchen begonnen. Dieser Wurf ging fehl – nicht, daß die Hand des Kavaliers gezittert hätte. Die Geistesgegenwart des Bankiers vermochte ihn, das Geschoß aufzufangen, es zurückzuschleudern und unter Vorausberechnung, wenn auch einer unrichtigen, des Folgenden den Sturm zu eröffnen:

»Hallo!« rief Nolus, dem Klang nach eine Trompete: hierbei schnellte auch er, wie vorher der andere. Nicht elegant, nicht ohne Gebrauch seiner Gelenke – was erwartet man von der Figur eines Riesenaffen. Seine vier Gliedmaßen wild verbogen, Fäuste vorweg, anzusehen wie der unabwendbare Zugriff selbst, setzte er über das Bett, ein Doppelbett – auch zwei davon hätten ihn nicht aufgehalten. Es geht um die Kehle des nackten Mannes, zu stürmen ist seine Verschanzung zwischen Waschtisch und Schrank. »Hallo!« ruft Nolus, im Augenblick seines Überfalles aus der Luft.

Es ist schlechthin grausig, was man hört, was man sieht. Jeder andere hätte, schon gebrochen, die Hände über den Kopf erhoben; obwohl angesichts dieses Mörders sich aufzugeben das falscheste wäre. Ein Poulailler denkt an kein surrender. Er selbst würde, im Fall des anderen, Gnade ergehen lassen, aus Eleganz, insofern sein Vorteil sie ihm erlaubt. Die Raserei kennt er weder noch achtet er sie; ihr Anblick überzeugt ihn von dem eigenen sittlichen Vorsprung, woraus der materielle Sieg folgt, wie zu hoffen.

Vor so viel barbarischer Gewalt verlegte der Meister der gebildeten Athletik seine Stellung weiter rückwärts und hinauf. Plötzlich stand er oben am Waschtisch – wieso, weiß niemand. Gesprungen ist er nicht; hat die Luft, aus der Nolus niedersaust, unseren Poulailler hinangetragen? Von seiner Zeit verliert er keinen Augenblick: schon im nächsten hätte der Feind ihn gepackt. Das wird der Feind nicht erleben! Eher vergehen ihm die Sinne; wenn nicht, erfreut er sich einer verhärteten Schädeldecke: das Waschgeschirr, Krug und Becken, sind an seinem Hinterkopf zerschlagen! Wohl bekomme es ihm!

Als die Scherben flogen, rückte Nina auf ihrem Bett natürlich beiseite. Damit nicht zufrieden, bog sie Rumpf und Glieder nach Möglichkeit zur Kugel, bestrebt, aus ihrer bloßen Leiblichkeit einen Igel zu machen. Die Stacheln fehlten; kein Fältchen Batist schützte das wehrlose Kind. »Ihr seid alle beide bloß Penner und Kuhknechte!« rief sie aus der Mitte der Kugel, wo ihr Kopf saß, in das Kampfgewühl. Wenn sie glaubte, jemand werde auf sie hören!

Die Männer – ihre Männer schließlich, aber das hatte sie vergessen – verbrauchten ihr Inventar: der obere die Wasserflasche; der untere bekam sie auf den Nacken, während er hinab nach dem Eimer langte. Dabei fand er indessen, was ihm den Ausgang der Kampfhandlung im voraus zu entscheiden schien: ein Rasiermesser. Der Mann oben, obwohl jetzt wirklich gefährdet, bemerkte noch nichts, er war dringend bemüht, den Spiegel von der Wand zu schrauben. Aus ihrer leiblichen Mitte lugte Nina, der Spalt ihres Auges war dunkel vor Spannung.

»Um Gottes willen!« sprach sie in sich hinein, nicht mehr für die taube Mannschaft, nur zu ihrem eigenen abgerundeten Fleisch. »Arthur wird angeben, wenn sein Messer eine Scharte kriegt. Er ist schrecklich eigen mit seinem persönlichen Bedarf, er hat es mir ungern geliehen.« Um sich Unannehmlichkeiten zu ersparen, faßte sie den Mut, ihre schützende Kugel aufzulösen, ergriff ein Kissen und tat Schritte, um den Angreifer darin einzuwickeln, das Gesicht und die bewaffnete Pfote. Sein Gegner sah sich auf einmal bedroht und gerettet, nicht faul, verließ er den unhaltbaren Waschtisch, durch die Luft, wie hier üblich.

Nolus hat nunmehr Nina zu bändigen. Eine zweite Front war niemals vorgesehen, überdies ist es der schmähliche Verrat, der sie eröffnet. Nolus keucht vor Entrüstung, auch mehr oder weniger erstickt von dem Kissen. »Das hast du nötig gehabt, Verbrecherdirne!« keucht der Bankier und prügelt darauf los, bis sie ihn in die Wange beißt. »Ich liebe dich«, stöhnt sie. Ihr Geständnis hören, rauh schreit er auf. Sein Gesamtzustand läßt von allen Handlungen der sinnlichen Leidenschaft die unmißverständlichste voraussehen. Offenkundig nähert sie sich. Das Schicksal wird nicht eingreifen, es wäre denn, vom Schrank herab.

Der Schrank, immerhin fünf Fuß vom Waschtisch entfernt, ist von Poulailler durch die Lüfte erreicht worden. Hier oben hingehockt, hat er den Kummer, Nina ihr »Ich liebe dich« keuchen zu hören. Das bezahlst du mir! beschließt er, vermeidet aber unanständige Eile. Ein nackter Mann gegen ein offenes Rasiermesser in der Faust eines Gestörten – geht zweckmäßig in die Verteidigung. Um sie muß niemand verlegen sein. Der Schrank bietet zwei unschätzbare Hilfsmittel: er ist hoch, und er wackelt. Poulailler würde lächeln, wenn jemand ihn fragen wollte, wieso wackeln ein Vorzug sei. Für das erste ist er angelangt, muß allerdings hocken. Eine aufrechte Haltung verbietet ihm die Nähe der Zimmerdecke. Wozu auch.

Nina setzt den Unbesonnenheiten ihres kräftigen Anbeters einen verhältnismäßigen Widerstand entgegen, kaum mehr, als ihre Frauenehre verlangt. Poulailler auf seinem First denkt, viel ist das nicht. Er erkennt das strikte Gebot nachzuhelfen. Da wäre leider das bewußte Rasiermesser, er behält es gegenwärtig, obwohl es derzeit nicht geschwungen wird. Ja, seine ehemalige Anschaulichkeit hat es verloren. Was ist mit ihm? Man beobachte mit der ganzen Schärfe eines wesentlich Beteiligten, dann klärt beinahe alles sich auf. Nina versenkt die Waffe in den Eimer voll trübem Wasser.

Sie hat von ihrer Angespanntheit nachgelassen, wird schwächer in der Bewegung, scheint endlich nicht weit von dem Punkt, wo sie Gewalt hinnehmen und noch danken wird: dies, bemerkenswerterweise, als das Messer in den Eimer fällt. Schon bekommt sie ein willenlos schmachtendes Gesicht – mit Blitz im Augenschlitz nach dem Schrank hinauf. Ihre Arme tun nichts mehr, um den Körper zu schützen. Im Gegenteil hängt der eine rückwärts über den Rand des Bettes, wo ihre Niederlage sich begeben soll. Dies glaubt ein Wüstling, der nichts hört und sieht als nur die unbeherrschten Taten seines Blutes. Sein einziger Gedanke – aber hat er auch nur ihn? – wäre allenfalls, daß der Feind aus seiner Zuflucht ohnmächtig beiwohnen soll. Kennt er auch nur den Ort der Zuflucht?

Über ihm, in seinem Rücken ragt der Schrank, und er wackelt. Angenommen, er wackelt auch sonst, hat dieses Mal ein Künstler es darauf abgesehen – von Anfang an, schon auf seinem luftigen Weg hierher. Er allein weiß auch, daß er spielt: ein gefährliches Spiel mit dem Schrekken, aber der plumpe Ernstfall soll niemals eintreten. Poulailler begann dem Schrank eine Neigung vornüber zu versetzen – kaum merklich zuerst. Nina war in der Lage, es wahrzunehmen. Nolus allerdings konnte mit seiner Kehrseite nichts feststellen, geschweige, daß sein Befinden es ihm erlaubt hätte.

Auf einmal erschlaffte Nina in einem Grade, der nicht mehr als Nachgiebigkeit wirkte. Vielmehr ergab sich eine fühlbare Unterbrechung; Nolus, ob noch so sehr aus der Form, blieb von der Pause nicht unberührt. Der Instinkt der Erhaltung warnte ihn, er ließ seine Beute los und sah sich um. Der Schrank hing über ihm, auf dem Wege ihn zu erschlagen, aber verlangsamt. Nicht seinem eigenen Schwergewicht gehorchte er, sondern den bloßen Sohlen des Akrobaten, der ihn lenkte. Hier ließ Poulailler die Stimme des Triumphes hören. »Posor!« rief er.

Warum auf tschechisch? Ihm erwiderte die jäh erwachte Nina, auch ihr fiel kein »attention« oder sonst etwas wie »Achtung« ein: ausdrücklich Posor rief sie, wie der Artist. Sie mußten einander beim Zirkus begegnet sein. Gleichzeitig entwand Nina sich, ein elektrischer Aal käme ihr nicht gleich, dem letzten Rest einer vergeblichen Umarmung, eines besiegten Nolus – sie schnellte.

Dasselbe war den beiden anderen Personen der Szene vorher geschehen. Jeder schnellt auf seine Art, unsere Nina als ein heller Strich waagerecht durch die Luft. Von Kopf bis Fuß nur helle Haut, verschwimmt sie auf dem abenteuerlichen Schatten ihres Schlafzimmers, wo bis jetzt nicht geschlafen wird. Schnellt, daß niemand beschwören könnte, irgendwo habe er sie ankommen gesehen.

Ganz anders ihr verhinderter Liebhaber. Sei es der unvollendete Rausch, dem er gewaltsam entrissen wurde, oder die ebenso plötzlich erkannte Lebensgefahr; ihm gelang kein Fortkommen, er krabbelte am Fleck. Hier zeigt Poulailler, der über Häuser springt und Präsidenten zur Freundschaft zwingt, wer er ist, was er vermag. Der Schrank auf seinem unerbittlichen Wege einen Bankier zu erschlagen, wird dennoch angehalten: ein Spott auf die Gesetze der Physik. Der Kommandant des Schrankes hatte seine obere Fläche so gut wie verlassen, schon stützt er einen seiner Füße auf die Rückseite: ist sie doch im Begriff, nach oben zu kommen!

Wie wendet er die Dinge? Schneller als gedacht, liegt er bäuchlings, seine muskulösen Beine umklammern die vordere Kante, während er ausgereckt über jede Möglichkeit, an einem Haken in der Wand zieht. Zweierlei kann geschehen; eine Person, die sich für alle Fälle versteckt hält, beobachtet atemlos. Erstens: der Haken läßt los, sie tun nie etwas anderes, wenn auf sie gerechnet wird. Dann könnte Poulailler nur sich selbst retten und abspringen, falls es ihm gelingt. Um Nolus wär es geschehen. Im Gegenteil besteht zweitens die Hoffnung, gegen alle Erfahrung, daß der Haken hält, das Zerren aushält. Dann wird der Schrank zurückkehren an seine Wand, als hätte er sie nie verlassen. Es ist unwahrscheinlich.

Dennoch geschieht es mit einer Selbstverständlichkeit, die kein Wunder voraussetzt, nur die beherrschte Kraft eines aufbauenden Geistes. Aus bloßer Eleganz, für nichts und niemand, schlägt der Sieger sogar noch die Bauchwelle, über Kopf schwebt er sanft hernieder. Einmal auf festem Boden, bekleidet er sich alsbald mit der Hose. Gesellschaftlich steht er nunmehr wieder jedem beliebigen gleich. Seiner Wahl allein bleibt der Abschluß überlassen: der ausgeschiedene Gegner hat eine Ohnmacht vorgezogen. Sie dient als Schutzhaltung, wie anzunehmen; kein Mensch aber wäre weiter entfernt als ein Poulailler, Wehrlosigkeit zu mißbrauchen.

»Na nun nehmen Sie Ihre Klamotten und gehen Sie nach Haus«, spricht er mit nachlässigem Wohlwollen, begleitet von einem leichten Schlag auf die Schulter des Durchgefallenen. Siehe da, wer kommt schon zur Besinnung, ergreift schon seinen Frack, der im Lauf der Ereignisse entbehrlich befunden war? Ordnet sich auch sonst, den Blick gesenkt auf seine Mängel, und immer noch stumm? Das ist derselbe Nolus, der die lange Nacht hindurch die meisten, je erdenklichen Beweise von Mut und Tatkraft gegeben hat. Jetzt hat er seine liebe Not, die Tür zu finden. Nicht nur, daß er es sich selbst erschwert: das Zimmer hat – seit wann eigentlich? – kein Licht als nur die Sterne.

Unbesorgt, das ist nicht die Art, wie ein Nolus verschwindet! Die Tür in der Hand, fiel ihm sein mot de la fin ein. So nannte er es bei sich und fand es unfehlbar, es rettete seinen Abgang. Gleichviel, welche seiner Taschen er anfaßt, Geldscheine stecken in jeder, seine Finger unterscheiden die Werte – einen durchaus anständigen ließ er am ausgestreckten Arm zuerst einmal flattern. Poulailler sollte begehrlich danach schnappen; statt dessen zog er sein Hemd an.

So hatte der Geldmann nicht gerechnet, sein vorher ausgedachter Satz mißlang ihm im Ausdruck, die Ironie blieb weg, er wurde feierlich. »Sie haben sich als Kavalier bewährt: hier Ihr Honorar!« sprach Nolus, aber wird er es nicht bereuen müssen? Der Kavalier hört auf, sein kurzes Hemdchen unter die Hose zu schieben, seine Brauen drohen. Er ist bekannt für schnelle Reaktionen, eine pünktliche Hand. Andererseits hat Nolus weder den gehabten Schrecken überwunden noch neue Zusammenstöße vorgesehen. Ein Unglück scheint schon wieder unvermeidlich.

Da erhebt sich, aus dem Fußboden offenbar, zwischen den Rittern die Dame. Nina, der umgebenden Nacht entwachsen, ist noch immer mit nichts angetan als nur dem Schimmer der Sterne. Beide finden, daß er sie wunderbar kleidet. Nichts von Rivalität, der Stolz hat zu schweigen, hier vergißt man seinen kindischen Vorteil, mitsamt den gymnastischen Taten, die einander überbieten wollen.

Sondern der gemeinsame Anblick erhebt und versöhnt: »Sie ist ein Traum«, flüstert ergriffen der eine.

Der andere, der ihn versteht, läßt den Arm mit der Banknote sinken. Aber Nina fängt ihn auf. »Die ist für mich«, sagt ihre Stimme, die nach Belieben einen Sprung bekommt und gerade hiermit an jede geeignete Leitung den Anschluß finden wird. Wahrhaftig naht dem empfänglichen Nolus die Versuchung, seine Szene, mit Höhen und Tiefen, von vorn zu beginnen. Ihr Auge, so ungewiß es glänzt in seinem Spalt, ermißt ihn mühelos; um seiner Beruhigung willen hält sie ihm die Wange hin. »Morgen«, verspricht sie ihm ins Ohr. »Wir verreisen!« verlangt er lautlos und ist endlich aus der Tür.

Die übrigen beiden seufzten nur, schon folgte die Umarmung. Als wüßte er es und wollte sie unterbrechen wie vorher sie ihn, fiel Nolus draußen die Treppe hinunter. Nicht anders hörte das Gepolter sich an. »Er hat den Hals gebrochen« – der Liebende trennte sich von dem begehrten Gegenstand. »Leider verbietet mir mein Ruf, bei Unglücksfällen mit tödlichem Ausgang in der Nähe zu sein.« Eine Viertelminute, o schön! der Verunglückte polterte wieder. An der Geliebten war es nunmehr, bedenklich zu werden. »Physischen Mut hast du. Auch den moralischen?« fragte sie mit deutlichem Zweifel. Was sie für sich behielt: Möglich, daß ich mit Nolus verreise!

Sie war nicht die einzige zu zweifeln. Wer liebt, denkt besser nicht; er aber äußerte Mißtrauen. »Das Licht ist abgestellt – im ganzen Haus, wie es scheint.« Er öffnete die Tür so weit, daß er die Gewißheit bekam. Auch hielt er sich, unverzeihlicherweise, mit dem Treiben des Nachtwandlers auf. Dieser Weltreisende im Dunkeln fand sich schwer zurecht, immer wieder stieß er an Gegenstände, die umfielen, worauf er fluchte. Schließlich hatte er die Haustür, sie ging nicht auf, schallend rief er durch das ganze Haus um Beistand. Als Hilfe ausblieb, gelangte er aus eigener Kraft auf die Straße, warf aber die Tür zu, als ob sie an allem schuld wäre; es krachte unmäßig.

»Mit dunklen Häusern muß man Bescheid wissen«, bemerkte Poulailler fachmännisch. »Aber wer sperrt hier das Licht?«

»Ich nicht – wenn du mich meinst.« Ihr Ton verwandelte sich ins Ungünstige mit jedem Wort. Wie fragwürdig wird sogar die erprobte Anziehung der Körper, wo das geistige Einvernehmen aussetzt! Nina, noch soeben die reine Liebende, erging sich in Mißgefühlen. »Das Licht ausmachen!« rief sie im scharfen Sopran. »Wessen Sache wäre das überhaupt gewesen? Deine, du Waldesel! Schlägt mich breit, daß ich ihn hier aufbewahre, bis er unten das Armband abholt. Was tut er in Wirklichkeit? Bei mir – Null Komma Null. Unten auch nichts. Das Armband ist Falle. Er prügelt sich mit dem anderen Penner, ich bin Neese, und so was hält sich für einen gefährlichen Kavalier!«

Die lange Rede steigerte ihre Entrüstung bis zu dem Grade, daß sie sich ihr Kleid über den Kopf warf. Weiter ließ er es nicht kommen, mit sanfter Gewalt zog er sie wieder aus. Ein Gestirn, das ihnen bis hierher geleuchtet hatte, verließ das Fenster. Wenn sie ihr geistiges, ja, ihr natürliches Einvernehmen wiederherstellten, geschah es unsichtbar. Auch hören mußte man endlich nichts mehr, drunten im Cabinet der Pompadour, falls dort unfreiwillig gelauscht wurde.

André und Stephanie hatten weit über ihren Bedarf gehört. Die historische Tür war undicht. In der zweiten Etage ermordete man einander. Der eine der Täter war bekannt, da er zu dieser Stunde hierselbst erwartet wurde. Die Identität des zweiten erklärte sich vermittels seines Geschreies. André hoffte allein noch, die Nacht der langen Messer abzukürzen, wenn er das Haus in Dunkelheit versetzte. Nachdem die Maßnahme getroffen und vergeblich geblieben war, sah André nur eines: Sicherheit für Stephanie! Sie fortbringen!

»Ohne dich? Ich denke nicht daran«, antwortete ihm Stephanie. »Der Verbrecher in vollem Blutdurst, einen hat er schon umgebracht, stürzt sich auf dich, und ich, dich verlassen? Das kannst du nicht meinen.«

»Erstens«, wendete er ein, »an seinem ersten Opfer wird er genug haben, er wird flüchten wollen. Nichts als raus!«

»Da ist er schon«, bemerkte sie selbst. Ein begreiflicher Irrtum, beide verwechselten den Friedensstörer, der kopfüber die Treppe herabkam. Ein jäher Lärm verdächtiger Herkunft, verbunden mit Finsternis, erregt auch gesunde Sinne. Stephanie und ihr Freund fuhren zusammen, versteiften sich mutig, jeder hielt vor den anderen einen schützenden Arm. Als es immer weniger fraglich wurde, wer auf seinem Wege alles umwarf, wer an der Haustür arbeitete, um sie nach vielem Aufwand von Stimme ins Schloß zu werfen – ach! da fühlten diese jungen Leute sich beschämt. Frei von Sorge waren sie deshalb nicht.

»Jetzt muß er kommen«, vermutete André.

»Die Reihe wäre an ihm«, bestätigte sie.

»Nochmals, Stephanie, mache hier Platz! Das abgelegenste ist mein Zimmer. Arthur schläft fest.«

»Dieser Poulailler hat niemand getötet. Denke nach, André, ob es in seiner Art liegt.«

»Wenn nicht, hätten wir ihn dann eingeladen?« fragte er. Sie belehrte ihn: »Arthur ist für Sensationen und bietet sie seinen Gästen. Übrigens kenne ich Frauen, in denen nichts sich regt, außer sie glauben, einen Verbrecher vor sich zu haben.«

»Dafür brauchen sie keinen Poulailler. Ihr sinnliches Bedürfnis fände dieselbe Illusion bei jedem unserer Präsidenten.«

Dies gesagt, fühlte er wohl, daß sie ihm anerkennend

zulächelte, sehen konnte er es nicht. Nur, damit kam man nicht weiter.

»Ce n'est pas tout ça«, sagte sie selbst. »Wo bleibt er?«

»Er scheint aufgehalten zu werden. Eine Konferenz?«

»Etwas dergleichen«, meinte auch sie. Schnell, als ob es endlich heraus müßte, sprach sie ihm ins Ohr: »Wozu bewachst du die leere Kommode? Aus point d'honneur? Oder bist du eitel? Der Dieb soll mit eigenen Augen sehen, wer ihn um das Geschäft gebracht hat? Das sind Kindereien. Komm fort!«

Hier ging die volle Beleuchtung an. Die Tür wurde von außen geöffnet, aber beide hatten die Augen geschlossen. Ihr Aufenthalt im Dunkeln war lang gewesen. Etwas verwunderlicher, daß man auch nichts hörte. Sie überzeugten sich: der Erwartete stand wirklich da, er grüßte, natürlich ohne das Kinn zu senken. »Sie werden die unbedeutende Störung entschuldigen« – es klang anmutig: eine vorläufige Anmut, jeder Widerstand hätte sie aufgehoben, dies besagte der Ton des Kavaliers.

Draußen raschelte ein Kleid. Wer sich vorneigte, konnte erkennen, wie eine leichte Gestalt die Treppe hinaufhuschte, Nina: sie hatte ihrem anerkennenswerten Besucher das nötige Licht gemacht, weiter ging ihre Dankbarkeit nicht. Er rief ihr nach: »Fräulein, auch Sie betrifft die Sache mit dem Armband. Zufällig kamen Sie schon einmal dazwischen.«

»Keine Verwendung«, rief sie zurück und lief. Sie lehnte es ab, dem Kommenden beizuwohnen. Um so entschiedener versprach Poulailler:

»Ich bin sicher, alles verläuft in den Formen der guten Gesellschaft.«

Hierauf, Aug in Auge mit André: »Sie sind im Bilde, mein Herr. Ich habe hier etwas vergessen. Eine Kleinigkeit, immerhin entschuldigt sie mein spätes Auftreten.«

»Durchaus«, bestätigte André. »Ich wieder bin hier,

Ihnen Enttäuschungen zu ersparen – wenigstens die handgreiflichen. Vermeiden Sie, die Schieblade zu erbrechen, hier der Schlüssel, der richtige. Allerdings öffnet auch er nur ein leeres Möbel.«

»Das war vorauszusehen.« Immer noch anmutig, die Drohung erklärte sich erst jetzt. »Offen gestanden gilt mein Besuch weniger der alten Kommode als einem jungen Mann von Geschmack und mit einer Reihe von Taschen.«

»Untersuchen wollen Sie mich?« fragte André. »Ich darf Ihnen abraten.« Womit er einen Schritt vortrat, und auch Poulailler einen. Grade blieb zwischen ihnen noch Raum für Stephanie: sie nahm ihn in Anspruch. Die Männer machten, wie gewöhnlich, unnötige Fehler. Sie hatte sich still verhalten; noch weiter sah sie nicht zu.

»Enchanté, ma chére Demoiselle« – der Kavalier grüßte endlich, als er es statt des Herrn mit der Dame zu tun bekam. »Ich begreife selbst nicht, wie Ihre Anwesenheit mir entgehen konnte. Vielleicht, daß gewisse Vorgänge eher die Gegenwart einer Nina zulassen?«

»Finden Sie sich mit meiner ab«, befahl sie, streng genug, daß er es nicht nur bemerken mußte: auch unbestimmte Befürchtungen legte sie ihm nahe. Schnell den Umständen angepaßt, schlug er vor:

»Wenn die Dame eigenhändig sich bei unserem Freund bemühen möchte?« Wink mit einer Braue, nach André: »Damit Sie den Gegenstand Ihrer Nachforschungen kennen: versehentlich trägt er bei sich ein Armband.«

»Das weiß ich. Vielmehr weiß ich das Gegenteil. Genügt Ihnen mein Wort?«

»Stephanie, wozu die vergebliche Mühe«, versuchte André. »In der zweiten Etage hat der Herr sich geprügelt«, begann er. »In der ersten –«

Sie ließ ihn nicht ausreden. Was er vorbrachte, deckte sie mit ihrer klangreichsten Stimme. Ihren Platz in Front des Gastes einzunehmen, erlaubte sie ihm auch nicht. Diesem zugewendet: »Sie sagen?«

»Daß ich aus eingefleischter Übung, ja, den Gewohnheiten der Civilisation zuliebe, das Armband, ein unschätzbares Stück, seiner rechtmäßigen Eigentümerin aushändigen will.«

»Ist geschehen«, sagte Stephanie. Da er höflich lächelte: »Sie können mir glauben oder nicht, aber ich sah, wie die Eigentümerin das gute Stück, ohne besondere Achtung, in ihre Tasche fallen ließ, zu dem Kleingeld und der Puderquaste.«

»Was heißt das?« – dies zwischen geschlossenen Zähnen. Wie ein Mensch, der erbleicht, auf einmal um Jahre altern kann! Stephanie, die von der Welt und ihrem Geld nichts hielt, bedauerte den armen Teufel in seiner elenden Sucht nach ihr. Poulailler lachte laut auf, die nackte Verzweiflung lachte, es war gräßlich. André und Stephanie nahmen einander bei den Händen, hielten sie sehr fest. Sie konnte nicht sprechen, er murmelte: »Poulailler, das sind die Überraschungen des Existenzkampfes. Machen Sie sich nichts daraus!«

»Aber es war doch echt!« jammerte der Ex-Kavalier, kein siegreicher Gymnast, Verführer oder Dieb, nur abgefallene Maske. Er begann durch das Cabinet zu irren, wirr das Gesicht, die Bewegungen; gelegentliche Laute der Qual. Der sie ausstieß, wußte davon kaum.

André und Stephanie folgten dem changement à vue einer menschlichen Szenerie, immer Hand in Hand. Wohl versuchte eine die andere nach der Tür zu lenken. Indessen blieben Stephanie und André, sie würden nicht zugegeben haben: der Barmherzigkeit wegen. Sie würden sagen: aus Neugier; auch damit hätten sie recht. Die eine schwieg. Der andere fand es an der Zeit, den Entrückten zu wecken; aber vorsichtig, nicht erschrecken! »Poulailler!«

Der Mann der trainierten Nerven hatte sie diesmal verloren. »Begreife, wer kann!« Seine Stimme überschlug sich. »Ich, ein Spezialist, konnte so grob fehlgehen! Denn ich bin fehlgegangen.« Seine Erregung machte ihn beredt. »Ich habe Ursache, Ihnen zu glauben, meine Dame. Jetzt weiß ich, es war falsch. Das unschätzbare Stück war vom billigen Jakob. Aber ich, mich täuschen lassen, nicht von einem einzelnen Stein, von einem ganzen Fluß, so breit, wie der halbe Vorderarm lang ist! J'avais donc la berlue?«

»Vorübergehend hatten Sie eine Sehstörung. Gestehen wir gleich alles! Meine Mutter hört nicht. Den Verlust hätte sie ertragen. Aber Sie begehrten von ihr mehr als nur ihr Schmuckstück: das ist es.«

»Richtig«, sagte André. »Sie begehrten zwei Kleinodien. Sie sahen daher keines, wie es wirklich ist. Auch die Sängerin Alice wurde verblendet – erstens von dem Gefunkel des bracelet, wie sie eines zu haben verdiente, aber mehr von dem Glanz des Erfolges, den sie haben mußte. Mußte. Die Notwendigkeit zu kämpfen ist, was alle blendet.«

Diese eher unbestimmten Erörterungen fesselten dennoch den verunglückten Kämpfer; er hörte nicht das Allgemeine, nur sein eigenes jüngstes Abenteuer. Wie denn anders interessiert man mit Philosophie. Die jungen Tröster waren fertig, schon hatte Poulailler alle Überlegenheit seiner reifen Erfahrung zurück. »You are sweet, l'un et l'autre«, sagte er, ganz der alte.

Da sie einander kurz, aber sonderbar ansahen, berichtigte er schnell: »Ohne Sorge! Meine Freundschaft biete ich Ihnen nicht an. Aber wenn ich Sie anfangs nur gestört habe, möchte ich mich Ihnen zum Schluß wohlgefällig erweisen. Darf ich, da es fünf ist, die Dame nach Haus fahren? Sie, André, kommen mit, und ich bringe Sie auch zurück – puisque vous ne conduisez pas.«

Sie tauschten noch einen Blick, aber ganz anders. Der

Mann war zum Staunen klug. Seine verhältnismäßig wenigen Worte besagten: er halte André nicht für den Typ von Jüngling, der chauffiert; er halte Stephanie nicht für das Mädchen, das zwanglos den Rest der Nacht hier zubringt. In der leersten Stunde, fünf Uhr, werde niemand sich darüber aufhalten, wer sie begleite. Aber er stellte die Bedingung, daß ihr Verlobter dabei sei. Mit ihm selbst allein – so weit gingen weder sein Anspruch noch seine Vertraulichkeit.

»Wir nehmen an«, sagte Stephanie.

»Wir nehmen an«, sagte André, »in der Erinnerung an Ihre fabelhafte Unverschämtheit, als Sie den Rüstungspräsidenten nötigten, sich mit Ihnen photographieren zu lassen. Uns schonen Sie.«

»Wie ihr mich«, sagte Poulailler. »Mein Dank ist befristet. Ce que je vous en dis va cesser d'opérer à partir de six heures.«

»Noch eine Stunde sind Sie dankbar«, wiederholte André.

»Das wird genügen«, sagte Stephanie. »Dann sind wir alle zu Haus.«

Leichthin sprach der berühmte Poulailler: »Dann habe ich das Vergnügen gehabt, die Villa Barber zu besichtigen – von außen, nach Zugängen. Höhe der Fenster und anderen baulichen Schönheiten.« Ohne Unterbrechung plauderte er weiter: »Jetzt muß ich die Herrschaften bitten, mit mir den Weg durch zwei oder drei kleine Gassen zu Fuß zu machen. Sie begreifen, mein Wagen steht niemals vor dem Gebäude, in dem ich mich befinde.«

XXII. Ein Liebespaar

Als in einer schon vergangenen Stunde, die Straße ganz vereinsamt, Melusine sich vom Trittbrett ihres Wagens nach ihrem Begleiter umsah – was da geschah? Kein vielfältiger alter Sänger kam in Sicht, weder sein Lächeln voll Wohllaut noch seine schmerzlichen Hintergründe. Das nicht; dennoch wurde die bedürftige Schönheit sanft auf ihren Platz gezogen, von dem Mann, der hinter ihr eingestiegen war und schon am Steuer saß.

Sie bemerkte ihn erst, nun es für ein Erschrecken zu spät war. Erschrickt man auch vor Arthur? Sie war nur überrascht genug, um sogleich du zu sagen. Das ergab sich sonst erst im Verlauf der Geschäfte.

»Was hast du denn? Ich kann allein fahren.«

»Mit so viel Geld?« fragte er, kurz angebunden, und startete schon.

»Geld?« Sie wußte wirklich nicht, was er meinte. Sie kam aus der betäubenden Wehmut ihrer Szene mit Tamburini. Sie mußte zurückfinden in die Welt der Existenzkämpfe. Die Kämpfe ihres Herzens waren nicht die einzigen, sie sah es ein. Nur den Augenblick, sich zu besinnen, lasse man ihr!

Vielleicht erkannte Arthur, daß sie zu schonen sei. Vielleicht ergriff er mehr aus Eifer das Wort statt ihrer. »Du wirst doch nicht –? Nein. Alles in Ordnung. Deine Handtasche ist gebauscht, das Paket paßte gerade hinein.«

»Du bist unterrichtet«, sagte Melusine, scheinbar nachlässig: indessen beeilte sie sich, ihren paillettierten Beutel abzutasten. »Alles in Ordnung«, wiederholte sie. »Ich hätte auch nicht verstanden –«

Er unterbrach schroff. »Man versteht – nachher, wenn das Unglück geschehen ist. Nolus steckte dir den Umschlag mit den Schecks zu, in der Nähe aber stand Poulailler.«

»Poulailler hat aufgepaßt?« fragte sie, endlich erschrokken.

»Wer sonst? Nicht du. Du hättest schwerlich sagen können, was Nolus dir gab. In das Cabinet mit dem Maestro, war dein einziger Gedanke. Mit Nolus stand es nicht besser. Seinetwegen hätten drei Gentleman-Einbrecher zusehen können, ihm war allein daran gelegen, die Schecks bei dir aufzubewahren, damit er selbst sich hinauf verfügen konnte.«

»Wohin?«

»Zu meiner Haushälterin.«

»Mit der du schläfst?«

»Ich war überflüssig. Poulailler und Nolus genügen ihr.«

»Gleichzeitig?«

»On le dirait, und begreift auch, daß unser Freund sich zuerst der Schecks entledigen mußte. In einem Raum mit Poulailler und schwach bekleidet, wer schützt die Taschen!«

»Erzähle doch!« verlangte die angeregte Schönheit.

»Ich schlief«, sagte Arthur und fuhr schneller, die leeren Straßen erlaubten es. Sie waren schlecht beleuchtet, es dämmerte noch nicht. Aufmerksamkeit empfahl sich.

»Wenn du schliefst, wieviel kannst du wissen«, bemerkte sie unbefriedigt.

»Geduld, es wäre nicht richtig, in die Marktwagen hineinzufahren, obwohl die frischen Gemüse gut riechen.«

»Du scheinst wirklich ausgeschlafen.«

»Ich brauche keinen Schlaf, du solltest mich kennen. Aber ich begreife selbst nicht, was mit mir vorging, als ich mich vor das abgegessene Buffet setzte und frühstückte. Gähnender Menschenmangel, die indirekte Beleuchtung zwinkerte. Ich war noch gegenwärtig genug, daß Nolus mir auffiel.«

»Was fiel dir auf?«

»Seine Anwesenheit.«

»War er nicht verabredet?«

»In der zweiten Etage war Poulailler ihm zuvorgekommen. Nolus wieder hatte vorgegriffen und Schecks eingesammelt.«

»Von deinen Gästen? Das war unzart.«

»Von sämtlichen Präsidenten, ihre Zeichnungen für das Opernhaus, die Beträge ihrer Steuerflucht, ihre Hinterlassenschaft, wenn sie abreisen.«

»Jetzt beunruhigst du mich. Arthur, warum extrem? Man reist nur teilweise ab, aus der Welt ist niemand, und sie geht weiter.«

»Sie empfängt weiter? Ich möchte dir erklären können, in welchen Zustand ihr letzter Empfang mich schließlich versetzt hat. Ich war am Ende.«

»Womit? Wir sind schon mit allem am Ende gewesen und treiben es noch.«

»Hast du Halluzinationen? Melusine, ernstlich gefragt, siehst du Präsidenten, wo keine mehr sind? Alles hat sich verabschiedet, ich frühstücke, ein Anfall krankhafter Eßlust, und glaube mich umringt von zahlungswilligen Kunden: sie warten, bis es mir beliebt. Das heißt, mein Bewußtsein war getrübt.«

»Du hattest eine leichte Ohnmacht. Ich wundere mich, aber beim anderen befürchtet man nie, seine Nerven könnten versagen. Deine fünfzig Jahre melden sich. Achtung auf den Radfahrer! Du weißt, daß du die Chaussee zur Rechten nimmst.«

Sie schlug auf ihre geschwellte Handtasche.

»Ein Glück, mein Lieber, daß Nolus dich rechtzeitig vertreten hat. Berechtigt war er eher mehr als weniger. Du bist nicht die Bank, nur die Agentur.«

»Hoch beteiligt«, stellte er fest, und gleich weiter mit dem Accent der Überzeugung: »Möglich, daß mir, oh! vorübergehend, die Augen zufielen. Dennoch entgingen mir keineswegs die beiden Kinder, die auch noch übrig waren.«

»Unsere Kinder?« fragte sie schwach. Es ist nicht gesagt, daß Melusine hier zum erstenmal der verlassenen Stephanie gedachte. Bedrängt von ihrem Versäumnis war sie erst jetzt.

»Glaubst du –?« begann sie, ohne Fortsetzung.

»Diese Generation? Keine Sorge, sie handelt niemals, wie wir es getan hätten. Rein und ihrer Gesinnung froh saßen sie nebeneinander, und hinten beim Klavier heulte eine unzüchtige Alte.«

»Dein Zustand hat dir erlaubt, dies und das zu bemerken.«

»Mein Kleiner erwartete, daß ich sein Zimmer aufsuchte. Darum ging ich hinein – nicht um zu schlafen, wie die liebe Unschuld meinte. Völlig erwacht und ernüchtert widmete ich mich den Geschäften.«

»Man kann sagen, daß es Zeit wurde.«

»Vom Traum umfangen muß ich schon gewesen sein, als Nolus dir das Paket zusteckte. Ich hatte mir nichts dabei gedacht, nicht einmal, es könnten die Schecks sein. Erst in dem verdunkelten Zimmer kehrte mir die Besinnung zurück, überfiel mich der Verdacht. Poulailler hatte dabeigestanden.«

»Du hattest ihn eigens eingeladen«, sagte sie mit deutlicher Ironie. »Seit gestern handelst du fortwährend mit esprit d'àpropos. Zum Beispiel, als du noch einen Versuch bei Stephanie machtest, zwei Minuten bevor sie sich mit André verlobte. Ich weiß selbst nicht, woher ich es habe. Du scheinst eine Berühmtheit zu sein, mein armer Freund.«

Da ließ Arthur auf jede Gefahr hin das Steuerrad los und umarmte Melusine. »Du bist eifersüchtig auf deine Tochter« – diesem Ausspruch folgte ein ersticktes Schluchzen.

»Du – sentimental und taktlos«, sagte sie, ohne ihn abzuwehren; aber auch keine Erwiderung erfuhr seine Liebe.

»Mußt du deshalb vornehm und gefühllos sein? Nein, sei eifersüchtig!« bat er zart, während er seine feste Hand an das Rad legte. Ihr entging weder dies noch das, seine Stimme, sein Griff. Ihr war es, als wäre sie geborgen, und wann ist man das.

Im Fluge wiederholte sie die abgetane Nacht der unendlichen Redensarten, was aber geschah, war Geschäft und roh. André – hatte sie ihn auffallend begehrt, ihn veranlaßt, sie zu beleidigen? Sie leugnete es. Poulailler und Tamburini, in demselben Gedanken nannte sie beide; den großen Unterschied mochten sie selbst sich einbilden. Tatsächlich hatte der eine sie auf der Stelle haben wollen, der andere hatte sich davon gedrückt, sie aufzunehmen, zu bewahren.

Als sie allein und verlassen in ihren Wagen stieg, war pünktlich einer da! Aus Sorge um sie und ihre Handtasche, gewiß, wir sind keine Sechzehnjährigen. Der einzige, wenn Melusine alles überdenkt, der einzige Mann, der sie verdient, ist Arthur! Sie rührte sich nicht, um nichts zu verraten. Er selbst versäumte nicht, ihr seinen Wert zu rühmen.

»Über Poulailler denkst du zu leicht. Einen Überfall auf dich habe ich schon verhindert.«

»Was du sagst!«

»Als ich das Zimmer meines Sohnes verließ, um nach dem Rechten zu sehen –«

»Nach meiner Handtasche.«

»Nach ihr und dir – da überraschte ich ihn vor der Tür des Cabinets.«

»Er irrte sich. Er wollte eine Treppe höher.«

»Ich habe ihn mit einem Fußtritt hinaufbefördert.«

»You damned liar«, erwiderte sie; der zärtliche Ton war diesmal bei ihr. Er sagte ernst:

»Wenn ich ihm doch ein großes rotes Halstuch abgenommen habe! Er hatte es als Knebel geschlungen, deinen armen kleinen Beschützer hätte er damit für den Augenblick still gemacht. Wo habe ich es?« Er tat, als suchte er.

»Laß!« Sie neigte sich hin und küßte ihn, nicht auf die Lippen, aber in den Mundwinkel.

Er nahm es für geschuldet, blickte überaus wach geradaus und fragte nur: »Wetten?«

»Was denn, mein kleiner Schuljunge?«

»Daß Poulailler sich nicht zufriedengibt, sondern noch einen Angriff macht auf deine Handtasche.«

»Ich wette, was du willst.«

»Wer verliert, muß den anderen heiraten.«

»Das heißt, auch der andere muß.«

»Müssen wir denn nicht?« fragte er zurück und sah sie an.

»Das war dein Antrag«, sagte sie und wollte übermütig lachen.

Indessen kamen sie an und sollten nicht mehr lange fröhlich bleiben.

Die Villa, weiß, eine Etage, aber ausgedehnt, mit italienischem Dach und Gärten oben wie unten, empfing zwischen glitzernden Bäumen einzelne Flächen von Mondlicht. Hinter den Fenstern war es dunkel. Die Durchfahrt nach der Garage führte auf die Schattenseite; hier drang aus einem der flüchtig angezogenen Läden ein Schimmer.

»Du wirst erwartet. Schon deine Tochter?« fragte er, merklich beunruhigt. Sie begriff: In diesem Augenblick, mit Rücksicht auf gewisse vorige, die ihn und Stephanie betrafen, wünschte er keine Begegnung. Eine Wunde wurde in ihr berührt. Es ist Eifersucht, bemerkte sie, ging aber alsbald darüber hin.

Es fehlt noch, dachte sie, daß ich dem Kind die Schuld an meinen Verlegenheiten gebe! Wo war mein mütterliches Gefühl, als ich abfuhr und sie im Stich ließ? Mit

Tamburini ging ich noch im Traum. Dann stieg aber Arthur zu mir ein, ich hätte ihn schicken können, sie zu holen. Ich wollte nicht, in der Absicht offenbar auf diese Absonderung mit ihm – die mir nicht verziehen wird, dachte sie abergläubisch.

Ihre Antwort verspätete sich. »Meine Tochter, woher sollte sie kommen? Sie ist in einem schlimmen Haus, dem deinen! Hast du nicht fürchterliche Vorgänge angedeutet?«

Er erbot sich, sofort umzukehren. »Ich bringe sie tot oder lebendig«, sagte er.

»Keine Redensarten mehr!« bat sie. »Es scheint ernst zu werden. Wenn ich wüßte, womit.«

»Das erfährt man früh genug«, entschied er trostreich, nur bedacht, sie am Arm, an ihrem schönen Arm, und um den Rücken, ihren prachtvollen Rücken, die Treppe hinauf zu stützen. Auf einmal verriet sie ihre Müdigkeit. Sie lehnte sich schwer an ihn, zog die Füße nach, hörte ganz auf, sie zu heben, ihm blieb nur übrig, die Hand unter ihre Schenkel zu legen. Er trug sie, er konnte es: das hatte sie wissen wollen.

»Woran denkst du jetzt?« flüsterte sie, das Gesicht nach oben gewendet, ihr Kopf lag auf seiner Brust.

»Daß ich den schönsten Körper der Stadt trage«, sagte er sonor, mit freiem Atem.

»Und nicht den leichtesten. Ich bewundere dich.« Dies, während sie zwei Finger unter sein Frackhemd schob. Er begriff, ließ sie nieder auf die Stufe, die er gerade nahm, und tat nach ihrem Willen. Einige Schritte weiter, sie hätten die weichste Gelegenheit gehabt. Auf der harten Treppe sollte es sein! Sie schloß die Augen, sie fürchtete, etwas zu sehen, die Nummer eines Sitzplatzes, fünfundvierzig stand darauf. Nein, nichts. Nur lieben fühlte Melusine sich, wie mit zwanzig. Groß schlug sie ihre hellen Augen zu ihm auf.

Drinnen fanden sie ein matt beleuchtetes Zimmer, und vor dem Diwan einen gedeckten Tisch. »Meine Dienerschaft weiß, daß ich niemals gleich schlafen gehe und noch Appetit habe«, erklärte sie, schon wieder begehrlich in seinen Arm gebettet.

Dumm wie ein Mann fragte er: »Das zweite Couvert war schon vorgesehen?«

Sie antwortete nicht; natürlich hätte es Stephanie gehört.

»Ich habe um den Magen zu eng«, sagte sie unbefangen. »Komm, du darfst mir helfen.«

Sie führte ihn durch ihr Boudoir; räumlich war es auf ihre einzige Person zugeschnitten, und eingerichtet nur zum Liegen. Hier im Halbdunkel hielt sie noch einmal an, um sich küssen zu lassen und zu fragen: »Bist du vorbereitet?«

»Den schönsten Körper der Stadt zu sehen«, bestätigte er höflich.

Langsam ließ sie ihn los: dieser Grad von Begeisterung befriedigte sie nicht. Wäre er sein Sohn gewesen – Sie unterdrückte den Gedanken. Nur nicht erfahren und zugeben, warum sie statt anderer, die ausgeblieben waren, plötzlich ihren Begleiter von lang her genommen hatte! Die Angst vor Tores Schluß kam nicht in Frage, davon wollte sie ihn und sich alsbald überzeugen durch Augenschein. Welche Angst dann? War ihr doch beklommen um den Magen!

Sie vertagte die Aufklärung, für immer hoffentlich. Bis in ihr Ankleidezimmer gelangte kein Licht mehr, dort war schlechthin Nacht. »Der Schalter ist neben dir«, sagte sie, möglichst unbestimmt, und ließ ihn suchen. Diesmal war er klug, er gab ihr die Zeit, die sie brauchte.

Es wurde Licht und sie stand da – keine Statue klassischer Herkunft, wegen welches besonderen Teiles sie berühmt sei, gewährt so sehr die sämtlichen Versprechungen des Glückes. Es war ein ganz einfacher Anblick, der Betrachter stellte es fest, nicht ohne Ergriffenheit: der bekannte Menschenleib in weiblicher Gestalt, seine einzige Abweichung: er hat keinen Fehler.

Die anderen werden an ihren Fehlern unterschieden; sie selbst bezeichnen sich auf die Art. Ihre Büste sei gut geblieben, sagen sie; von einer Einzelheit können sie es sagen. Oder: meine Beine sind schlank, wie sie waren. Um so schlimmer, das übrige ist es nicht. An Melusine fiel nichts auf. Die Vollkommenheit ist das Selbstverständliche, nur daß sie nicht vorkommt. Als Arthur von ihr durchdrungen war, wirklich erst nach ernster Prüfung, kniete er hin.

Sie ließ es geschehen, aber sie wendete den Hals. Sie fühlte, daß diese Anbetung Größerem bestimmt sei als nur ihr. Außerdem ist Anbetung zu ungewöhnlich, um nicht wie eine Kundgebung auszusehen, einbegriffen die Selbstüberwindung und künstliche Steigerung, die man sich für ein größeres Publikum wohl abgewinnt. Hier sind zwei Personen und scheinen einander nicht zu kennen.

Melusine, um darstellerische Haltungen unbesorgt, hat am ausgestreckten Arm die Hand auf eine der Spiegelscheiben gelegt; sie ist von ihnen umgeben. Sie stützt sich, weil es ihr um die Magengegend schwer ist. Sie möchte lieber hinsinken, wo Arthur schon liegt. Den Hals gewendet, blickt sie in das Glas, das ihren Schein einem anderen Glase zuwirft, dieses wieder einem, bis alle, voneinander vervielfältigt, der schönen Melusine voll sind. Vorn die genaue Plastik, zuletzt – aber es gibt kein Zuletzt – ein Lichtgewebe.

Wenn sie früher den Anblick aufgesucht oder ihn mit Fleiß beachtet hat, bedurfte sie meistens eines Trostes, für schlechte Geschäfte oder auffallende Heiserkeit. Eine Bemühung wie diese, zugunsten einer zweiten Person, ist nicht vorgekommen. Ihre vergangenen Liebhaber hätten es nicht gelohnt. Manches andere, aber zufällig nicht gerade dies. Hingegen auf Arthur trifft es zu? Doch. Sie überzeugt sich auf dem Wege mehrfacher Reflexe, daß er sie betrachtet wie sie, in ihren Schicksalsstunden, sich selbst. Nicht das Fleisch: das sieht er nicht, wie sie wissen will; riecht es nicht.

Er späht in die Ferne, nach dem Punkt der unendlichen Gestaltung, wo sie anfängt, wesenlos zu werden, unirdisch, obwohl dies zuviel oder zuwenig wäre. Dort drüben verliert, in Schimmer und Flimmer, der Körper seine Schwere, die Büste ihre liebreizenden Wellen, die reifen Farben der Schenkel, ihre nach innen gesenkten Falten sind nicht mehr. Was will er finden, wenn nicht das Fleisch? Arthur, Agent, Existenzkämpfer, schließt die Lider, sie zittern, als drängten hinter ihnen Tränen.

Gar nichts sieht er jetzt, sollte auch länger nicht knien. Sie tut einen Schritt, macht eine Pause, indes sie ihn betrachtet – diesmal sie ihn; dann hebt sie ihn auf. Natürlich erlaubt er ihr keine wirkliche Kraft, nur die Andeutung. Er ist von selbst hochgekommen, und kaum, daß er sie mit Händen fühlt – Aber sie unterbricht ihn.

»Wie du in dieser Weile, war möglichenfalls dein philosophischer Vater, außer, schon damals verhinderte ihn seine Weisheit. Dein Sohn wird dahin nie gelangen, oder hat schon jetzt nur das. Du bist mehr als beide.«

»Und bin so wenig«, spricht er: sein unbedingt seltenstes Wort, sie hätte Lust zu lachen. Besser, als wenn ihr Mann sie rühren müßte. Nur melden sich aufs neue ihre Beklemmungen. Gerade sie erinnern daran, daß dieser lange Tag nicht aus ist.

»Seien wir ernsthaft!« Sie änderte den Ton, ohne rechte Begründung. Hatten sie nicht beide soeben einen durchaus ernsten Abschnitt durchlaufen? Man bedenke, die Wendung seit dem Aufenthalt auf der Treppe bis zu ihrem, gleichfalls stummen, Verweilen zwischen den Spiegeln! »Hilf mir, mich anzuziehen!« verlangte sie.

Er half ihr nicht nur. Über seiner Schau in klassische

Räume hatte er keineswegs versäumt, einen halb offenen Schrank zu besichtigen; alsbald langte er nach demselben Hauskleid, das sie selbst gewählt haben würde. Als hätte er hiermit noch nicht genug bewiesen, fügte er hinzu: »Das Mieder lassen wir weg.«

Mit Anerkennung fragte sie, warum. Es sei nicht mehr spät, sondern früh, wer weiß welcher Besuch möge kommen. Stephanie sei bei solchen Gelegenheiten nicht allein.

Höchstens mit seinem Sohn, meinte er. Aber es handelte sich um einen medizinischen Punkt, auf den er sich etwas einbildete. »Du hast einen Druck um den Magen«, sagte er.

»Nicht nur Druck, hauptsächlich Schwäche, und wenn das Wort richtig ist, Angst.«

»Daran erkennst du: der Magen kann es nicht sein. Was dir zu schaffen macht, ist das Sonnengeflecht, ein geheimnisvoller Sitz des Lebens: wird nie beachtet, noch weniger behandelt. Diese Nervenzentrale leitet unsere Affekte. In dem Maß wie die geistigen Funktionen bestimmt sind von den triebhaften, hängt das Gehirn vom Sonnengeflecht ab. Erkrankungen des Gehirns sind zurückzuführen auf das Sonnengeflecht, dies in emotionellen Fällen: das sind die einzig wichtigen.«

»Ich danke dir«, sagte sie, aber er glaubte nicht fertig zu sein. »Wenn Denker irrsinnig werden, ist nicht zuerst ihr Denken gestört, sondern ihr Fühlen. Das Sonnengeflecht entartet, bevor das Gehirn davon weiß. Ein Philosoph –«

»Dein Vater wäre niemals verrückt geworden«, wendete sie ein.

»Er ist es auf eine Art, die ihm wohltut«, erklärte Arthur. »Er genießt die Harmlosigkeit eines Sonnengeflechtes, das niemals überreizt wurde vom Existenzkampf.«

»So meinst du es.«

»Der Existenzkampf ist nachgerade allmächtig. Abstrakte Naturen, die gar nicht an ihn denken, sind seine um so schwächere Beute. Was bleibt zu sagen von uns, die wir nichts kennen als nur ihn. Nachdenken konnte ich über diesen einzigen Punkt. Mein Vortrag war unbescheiden und lückenhaft, verzeih ihn mir!«

»Mein Sonnengeflecht läßt mich wissen, daß es das beste wäre, ihm ein Glas Sekt zu geben.«

»Bordeaux«, berichtigte er. »Nichts macht ruhiger und tapferer.«

»Einverstanden, aber wir müßten ihn heraufholen. Die Flasche Clicquot steht bereit.«

»Ein glücklicher Zufall«, sagte er, munter, um sie mit Zartheit nicht herabzustimmen. Beide bemerkten: noch immer standen sie zwischen den Spiegeln voreinander – zu nahe, als daß es nur ein Gegenüber wäre. Vom Ankleiden hatten sie die letzte Bewegung behalten; der Arm der Frau hing über seinen Nacken, an ihrer Hüfte lag seine Hand.

Ihre Blicke hatten sich niemals getrennt. Jetzt lächelten beide. Wir gaben vor, daß wir denken? Wir begehrten, was außer aller Sprache ist. Von selbst trägt es uns nach dem nächsten Zimmer, mein Schlafzimmer, er hat es entdeckt. – Ihr Schlafzimmer, sie hat, ohne von mir den Blick zu wenden, die Schulter dorthin bewegt.

»Seien wir vernünftig!« sagte sie und ging ihm voran, woher sie gekommen waren.

In dem kleinen Boudoir wurde ihr Schritt langsam, er sah sie eine Hand zur Schläfe führen, die andere langte nach einem Diwan hinab. Sie suchte eine Stütze, oder wünschte zu ruhen, aufzuatmen eine kurze Minute. Allein betrat er das Zimmer mit dem gedeckten Tisch. Hier lag auf dem Diwan ihre paillettierte Tasche, ein bemerkenswerter Umriß erschien darin. Arthur fand sich berechtigt, sie zu öffnen. Er zögerte, ließ es, bewegte sich lautlos hin und her, unter Beschränkung auf eine Bahn, die ihm nicht erlaubte, Melusine zu sehen.

Sie ist stehengeblieben. Die Knie zu beugen, den Körper niederzulassen, ihn hinzulegen so groß er ist, es lohnt sich nicht, ja, sie hat es vergessen. Ihre Brauen sind qualvoll gefaltet, sie fragt nur: Bin ich wirklich krank? Sie hört die Antwort: ja. Daher die Zusammenhanglosigkeit meiner Handlungen. Eine Viertelstunde vorher war mir unbekannt, was ich tun werde. Sie hört die Antwort: nein. Denn ich tue, nicht ganz zufällig, das Vernünftigste. Übrigens hat Tamburini es mir geraten, und Erfahrung läßt sich ihm nicht absprechen. Seinen Rat hatte ich bis jetzt vergessen: der entschied nicht.

Etwas anderes war es. Auch das habe ich nicht gegenwärtig gehabt – auf der Treppe zum Beispiel. Ganz im Grunde bin ich der Sache gewiß, obwohl sie so alt ist – um Gottes willen die Jahre nicht ausrechnen! Ich und er, wir haben uns schon gekannt. Es ist komisch oder traurig, eine bloße Erinnerung, längst nicht mehr wahr, auf einmal spukt sie und will geglaubt werden.

Bitte. Warum nicht? L'amour, alors, ne tirait pas à conséquence. La fange même était innocente. Nachsicht, die ich mir gewähre! Wenn damals jemand unverschämt genug gewesen wäre, Nachsicht mit uns zu haben! Wir behaupteten uns. Wir entschlossenen Talente erhörten noch ganz andere als einen Agenten. Die entferntesten Beziehungen zu einer Rolle, die wir begehrten, genügten uns. Arthur war nicht mächtig, aber er hatte Macht, die man eskomptierte, wie meine Zukunft. Beide kämpften wir, wie Leute. Am Anfang sind die Existenzkämpfer roh aus Unkenntnis, und die Niederlagen wogen leicht.

Leicht wie die Hingabe, oder was man seither so nennt, an Interessenten, die kamen, gingen und vergaßen, wie wir. Arthur weiß nicht mehr, ob er mich einstmals schon – geliebt hat. Ein zu schweres Wort, nach allem, was ich nunmehr kenne, für die Dinge, wie sie vorkamen. Jedenfalls kann ich ihm nicht gefallen haben, weder Körper noch Wesen. Ich war mager, spröde, gleichgültig wie eine Geschäftsfrau. Die bin ich inzwischen geworden.

Eine ernste Persönlichkeit, man sah es auf der Treppe. Mit neunzehn Jahren habe ich das nicht getan. Mit ihm nicht; Handlungen der Leidenschaft, die unvergeßlich wären, fanden nicht statt. Was sonst, muß ich nicht wissen. Könnte es vielleicht, aber muß nicht. Dem Abend heute würde ich, Schritt für Schritt, nachgehen können noch mit neunzig Jahren: das ist sicher. Daher handele ich dennoch vernünftig.

Er? Ich weiß noch nicht, wie er sich verhalten wird, wenn alles heraus ist. Er scheint mich zu brauchen, nun er genug gelernt hat. Wer trägt mit ihm die Niederlagen, achtet Erfolge für wenig, überschätzt zuletzt nur die Liebe? Ich; aber nicht einmal von mir bin ich ganz überzeugt. Enfin.

Mit diesem Seufzer ging sie hinein zu ihrem Gefährten. »War es länger als eine Minute?« fragte sie. Er sagte: »Nein. Aber die zweite hätte ich nicht abgewartet, um dich wieder einmal zu erobern.«

Sie verstand: ihrer sicher war er nicht und ordnete sich ihr unter, ob aus Geschicklichkeit oder Bedürfnis. Es hätte sie befriedigt, läge nur ihr Besteck nicht vor dem Diwan und müßte sie nicht die glitzernde Tasche entfernen, um sich zu setzen. Lieber wies sie Arthur auf den Platz. Er gehorchte sofort, hielt auch schon den Beutel in der Hand. Seine bloße Kopfwendung beantwortete sie in der Abwehr. »Laß es noch! Gib mir Wein!«

Könnte man ewig kaltes Huhn essen, dachte sie, die Augen auf dem Teller, wo die Portion nicht kleiner wurde. Sie nahm ihr Glas, er wollte mit ihr anstoßen. »Noch nicht«, sagte sie und trank aus. »Jetzt öffne!«

Zum Vorschein kam die Bescherung. Papier, nicht einmal sauber. Veraltete Geschäftsbriefe, im beiläufigen Zuschnitt von Schecks. Man las: der Van Gogh jetzt hunderttausend. Oder: ohne Bad hundert, mit Bad zweihundert, gezeichnet Fifi. Genug, Nolus war über alles hinweg: das zeigten auch die eigenhändigen Zeilen, die zu unterst lagen. Sie verrieten nicht, sie betonten.

Schreiber sagte, der Bank Barber und Nolus, die notorisch unsicher sei, könne er das Schicksal des Opernhauses nicht anvertrauen, das verbiete ihm sein kulturelles Gewissen. Die Schecks lauteten ohnehin auf seinen Namen allein: er nehme sie, bis die Lage geklärt sei, auf die Reise mit. »Schweigen ist Gold«, stand auch noch da. Höhnisch oder nur dummdreist, unverblümter konnte Schreiber sich nicht ausdrücken.

Arthur betrachtete das Blatt, als hätte er es bis jetzt nicht gelesen. Vielleicht nicht entziffert – obwohl die Zeichen groß und markig hingehauen waren. Verbogen waren sie trotzdem. Mehrmals unterbrach Schreiber einen Buchstaben, der ihm ausgerutscht wäre. Nach dem Abschluß seiner graphologischen Untersuchung reichte Arthur das Blatt hinüber. »Willst du sehen?« bat er, Stimme und Augen, beide gesenkt.

Melusine beeilte sich nicht. »Ich kenne den Inhalt«, sagte sie. Folgsam nahm er den Brief zurück. »Der Umschlag war verschlossen«, meinte er. Sie erklärte: »Seit einiger Zeit wußte ich, was geschehen sein muß.«

Dies war falsch, insofern die genauen Tatsachen, um ihre Erkenntnis zu belegen, ihr gefehlt hätten. Richtig war, daß der Augenblick auf der Treppe in ihrem Gedächtnis weiterlief und zeugte. Was ich imstande war! Eine Frau meiner Stellung, meines Alters, Banquière, und die Geschäfte kritisch, the turning point. Was ich imstande bin, kann Nolus noch lange – auf eine andere Art, aber jede ist wie man will, sympathisch oder nicht.

Hörbar sprach sie: »Etwas zu spät habe ich mir vergegenwärtigt, wer Nolus ist – jetzt ist«, verbesserte sie. »Als er mir das Paket Schecks übergab, dachte ich an nichts.«

Wie sprach sie nur? Neutral, fand Arthur. D'une voix blanche, bemerkte er mit Erschrecken, mit einem schneidenden Schmerz, weil sie litt. Nicht die Katastrophe, das Leiden Melusines brachte ihn außer sich: er sprang auf und tobte.

»Ich habe Schurken gekannt, je ne dis pas. Plenty of scoundrels, mucchio di mascalzoni, on les ramasse à la pelle, aber nicht diesen. Den Schurken der Schurken!«

Sie bog die Schultern unter seinem Aufschrei. Ihre reichen Schultern krümmte sie vor Angst, daß beim nächsten Wort sie selbst daran käme, ihre Schuld, ihr Versagen.

Sie stöhnte in sich hinein. Der Betrüger benutzt mich, ich bin sein Complice – unfreiwillig, aber darf ich es so nennen? Der Betrug war schon vorher roh, er prahlte mit seiner Abreise, bis niemand sie ihm glaubte. Manigances effrontées, puis ce truc qui n'en était pas un, bei mir bewahrt er die Schecks auf. Es war vielmehr die offene Zumutung, zu schweigen, mit ihm zu teilen, wenn ich ihm glaubte, jedenfalls aber zu verantworten, was ich nahm und einsteckte. Ich verachtete meine Geste, hätte jede verachtet, fort damit in den Sack. Allein meiner inneren Angelegenheiten war ich voll zum Überlaufen. Wie träumen feige macht! Und er, der hier tobt, den ich ruiniert habe, fehlte in meinen Träumen.

Sie hatte nicht Zeit, ein zweites Mal zu stöhnen. Gedanken fliegen, aber Arthur war noch schneller. Von seinem Fortissimo ließ er plötzlich die gute Hälfte nach, auch die Gebärde. Seine Hände, soeben noch wild bewegt, waren nahe daran, gefaltet zu werden. Er stand, sah fromm auf ihren gesenkten Kopf, er sprach: »Fasse es, wer kann. Schändlich handeln – an der schönsten Frau!«

Dies war, nach der ersten Aufregung, was er dem Schurken der Schurken mit Überlegung vorwarf. Er hatte eine zu schöne Frau hereingelegt. Das sagt ein Mann, dessen Existenz – nun, sie hängt vor jedem Monatsende an etwas anderem, diesmal an den Schecks der Präsidenten, und sein Anteil ist gestohlen. Ihn aber schmerzt die beleidigte Schönheit. Melusine hat nie im Leben eine tiefere Huldigung empfangen: glaubwürdig, weil nicht als Huldigung gemeint. Die Fassungslosigkeit ergießt sich. Ein Verurteilter stammelt sein letztes Gebet an die Geliebte.

Könnte Melusine hier schluchzen, wäre sie gerettet – vor dem Anfall, der ihr seit einigem droht: sie braucht sich nur fallen zu lassen. Ihre Tochter, zum Glück nicht zugegen, weiß und hat bezeugt, wie die prachtvolle Mutter wirklich hinfällt und sich am Boden windet, bei bedeutenden Mißerfolgen. Dieser ist zweifellos einer der weittragenden. Was bevorsteht, ob überhaupt etwas nachfolgt, wird auf der Stelle entschieden. Melusine behält trockene Augen.

Arthur, die Not macht ihn scharfsichtig, das drängende Schicksal leiht ihm die richtigen Worte. »Wir hätten besser getan, ins Schlafzimmer zu gehen«, sagte er. »Der Brief hatte Zeit. Er wäre veraltet, bevor wir herauskamen, gewappnet gegen das Unglück.«

Da kann sie laut aufweinen, richtet ihr weißes Gesicht gegen ihn, läßt ihn die beiden Tränen sehen, wie sie rinnen und die hergerichtete beauty stören. Sie hat ihm anzubieten mehr als das. Sie hat das höchst spannende Gefühl, das nächste, was sie tue, werde ein Kniefall sein. Sie begreift es keineswegs, während ihre Knie schon gleiten wollen. Den Mann hat sie nie vorher ernster genommen als andere; überdies, zur Zeit der unwissenden Jugend hat er Alice, die Sängerin mit den kräftigeren Stimmbändern, bevorzugt, ohne Ahnung von dem Stiernacken, den sie bekommen wird!

Derselbe Mann besitzt – woher? durch Gnade – nunmehr den Sinn für ihren Körper: eine unschätzbare Tugend, die unmittelbarste, die ein Mann haben kann, die allein dauerhafte, wo sie echt ist. Die Echtheit aber fühlt sie: auch sie schätzt über alles ihren Körper. N'aimant que sa propre chair, das Wort ist ihr geheimer Schlüssel, in der Intimität mit dem Spiegel. Plötzlich ist hier ein zweiter, sie zu verstehen bis in jede Falte. Das macht ihn mit ihr eins.

Sie weiß, was sie weiß, dieser erlaubt keinen Zweifel. In der Stunde des geschäftlichen Zusammenbruches, alles aus, alles aus, hat er sie entdeckt. Besteht auf ihr, als auf dem Leben selbst. Das sind keine Zahlen mehr, nicht die Berechnungen ins Blaue, die klatschend zurückfallen aus der Bläue, dir auf den Kopf. Der Existenzkampf! Aber nun es zum Äußersten kommt, kämpft er um sie. Daher auch sie um ihn, und ihre Knie gleiten.

Er sieht es. Er sieht alles; ihre Verirrungen, bis zu den jüngsten, sind wörtlich die seinen. An diesem Punkt des Lebens kann eine endgültige Liebe es dennoch retten. Daher naht er als der hilfreiche Halbgott – im roten Frack: der fällt ihr jetzt auf, gerade an dem Halbgott. Etwas lächerlich, aber lächerlich ist mehr als das, wir taumeln immer an der Grenze; und wo hätte er seine Tracht wechseln sollen? Da er, über sie gebeugt, rechtzeitig ihren Kniefall abfängt, hält sie sich an seinem roten Frack.

»Ich hätte es nicht getan«, spricht sie in seine Brust hinein. Er versteht: den Kniefall.

Er sagt: »Ich weiß« – obwohl er das Gegenteil weiß. »Unnütz, mir dramatisch vorzuführen, welches Wunder einer Frau ich liebe.«

Das war ihr Grund zu erröten, so sehr sah Melusine sich enthüllt. Aber auch die moralischen Entblößungen verträgt eine wirkliche Schönheit. Ihr Kniefall wäre nicht neu gewesen, dieses Duett blickte auf einen ersten zurück: der zweite lief Gefahr, eine Nachahmung zu werden. Aufrichtig eingeleitet wie er war, hätte die Erinnerung an den ersten ihn falsch gemacht, er wäre nicht unmittelbar, wäre schwaches Theater gewesen. Keine Eigenliebe, ihr guter Geschmack warnte Melusine.

So lag sie denn auf seiner rot bekleideten Brust, im Genuß der verzauberten Wehmut, nichts auf der Welt zu besitzen, als nur diese Brust. Ich bin glücklich, dachte sie und entsann sich, daß sie unter gleichen Umständen, aber ohne den Mann, zwei Flaschen Wein getrunken und Schlafpillen im Übermaß genommen haben würde. Nicht versucht zu sein, ist ein Glück, obwohl kein ungemischtes – wenn Arthur es erführe. Sie schwieg darüber; er hätte ihr das Wort abschneiden können.

Sie fühlte sein Herz schlagen: auch er war glücklich. Dennoch wartete er nur ab, daß sie hinreichend getröstet sei, dann sprach er, immer trostreich, aber mit Nachdruck: »Soweit ist alles gut. Jetzt die Existenz! Sie will erkämpft werden, wie du.«

»Dumm von mir«, sagte sie und ließ sich hochhelfen, »beinahe glaubte ich, wir hätten aufgegeben.«

»Beinahe«, wiederholte er. »Im Grunde bist du froh, daß ein Liebespaar unseres Alters nicht ohne Probleme ist. Wir stecken tiefer im Leben als die Neunzehnjährigen.«

»Oh!« machte sie, als eröffnete er ihr unerhörte Wahrheiten. Sie fand ihn weise trotz einem Tamburini. Sogleich zog alles auf einmal an ihr vorbei, schneller als sie hinsehen konnte: Figuren, Szenen dieser Nacht, anderer Tage und Nächte; eine Stunde, in der sie umfiel und starb, eine andere, wo sie ausgesorgt hatte, geliebt und reich, was das Herz begehrt; dann wieder Flaschen und Pillen; und, ihr gerade erst vorgestellt, das Sonnengeflecht. Alles dieses war abgelaufen, da hatte sie die Bewegung, um das Gesicht von seiner Brust zu nehmen, noch längst nicht beendet.

Sie stand auf und entfernte sich um zwei Schritte, damit die Unterredung fortan sachlich werde. »Natürlich hast du recht und bist auch schon im reinen über unsere Abrechnung mit Nolus.«

»Mehr oder weniger«, sagte er. Es schien: eher weniger. Er erklärte sich nicht.

»Rufen wir die Polizeidirektion an?« fragte sie. »Allerdings lauten die Schecks auf seinen Namen. Er handelt bis jetzt nicht ungesetzlich. Vielleicht, daß er verhaftet werden kann, wenn er sich heute auf der Bank nicht zeigt.«

»Aber er ist der Mitinhaber. Die Bank flöge auf. Die Sache des Opernhauses wäre endgültig verschüttet von einem überwältigenden Skandal.« Arthur sprach fließend, dies alles fiel ihm nicht erst jetzt ein.

Sie erwog mit ihm die Aussichten. »Die Geldgeber? Was ist von ihnen zu erwarten. Ihre Kapitalien, die sie der Steuer hinterziehen, werden sie nicht zurückholen wollen um den Preis eines Skandals.«

»Soweit richtig.« Er hatte den Kopf gesenkt, um nachzudenken, wie sie wohl meinte. Unerwartet hob er ihn, sein Ausdruck war verfinstert und kraftvoll. »Ich selbst kann Nolus das Geld entreißen, aber ich müßte ihn töten. Dann auch gleich mich. Hier halte ich an. Die Kugel, die ich verdiene, will ich mir nicht vor den Kopf schießen. Ich verdiene sie, ich hatte eine absence, ich überließ ihm die Präsidenten. Aber mein Selbstmord wäre der schwerste Irrtum, jetzt, da ich glücklich bin und dich glücklich weiß.«

»Gott weiß es«, sagte sie stark und klar, nichts von Heiserkeit. »Du schuldest dein Leben mir! Teuerster Mann«, sagte sie, damit ihre Forderung liebenswürdig sei anstatt verzweifelt. »Siehst du jetzt, daß wir einander heiraten müßten, ob wir persönlich daran interessiert sind oder nicht: wir sind es geschäftlich. Unsere Kreditfähigkeit ist nur zu erhalten –«

Er ergänzte: »Wenn zwei nicht mehr kreditfähige Unternehmen den Mut haben, sich zu verbinden.«

»Jetzt würde ich dir um den Hals fallen«, sagte sie. »Aber die Zeit drängt. Wir können jeden Augenblick unterbrochen werden.«

»Von Poulailler«, sagte er.

»Ich dachte an Stephanie, vielleicht an deinen Sohn. Poulailler? Was soll es mit ihm?«

»Sehr viel«, bestimmte er. »Erinnere dich, was ich dir versprach: noch heute morgen tut er einen Griff nach deiner Handtasche.«

Sie hätte zu fragen gehabt, aber die Zeit drängte. Sie ging auf seinen Gedanken ein. »Verstecken wir sie!«

»Verstecken wir sie dort, wo er sie finden soll! Wo sucht ein Einbrecher das Geld einer Frau?«

»In ihrem Schlafzimmer«, sagte Melusine, noch ungewiß, ob sie anfange zu verstehen.

XXIII. Schöne Nacht

»Schöne Nacht, o Liebesnacht!« sang Poulailler, als er seinen mächtigen Wagen aus dem Innern der Stadt lenkte.

»Ewig ist der Sternenhimmel über uns und das Sittengesetz in uns«, deklamierte André, wie er es von seinem Großvater Balthasar gehört hatte. Stephanie, in der Enge an ihn gedrängt, sagte ihm unter die Nase: »Du und dein Sittengesetz!« Hieraus ergab sich ein hingehauchter Kuß; beide schonten das Zartgefühl ihres Nachbarn. Schlank wie sie waren, hatten sie reichlich Platz neben dem Fahrer. Zwei Arme, die sie umeinander legten, sparten Raum.

Das Verdeck war geöffnet, im Licht der Gestirne erblickten sie einander bleich – die glitzernde Blässe der Glücklichen, die von der Welt nichts wollen, und was sie aus sich selbst sind, sind sie. Er erklärte es ihnen auch. »Ich sehe gut aus«, sagte er. »Denn ich fühle, daß die Chance für mich ist.«

»Wir sind jung!« antworteten sie ihm einmütig.

»Erstens«, sagte der Abenteurer auf bestem Wege nach den Vierzig. »Und dann denkt euch einen Schrank!« Er ließ Nina unerwähnt, beschrieb ihr Zimmer nicht, nur den

Schrank und was er mit ihm aufgeführt. »Denkt euch das gewaltige Möbelstück!« André, der es kannte, sagte leise: »Die Hälfte.«

»Es senkt sich, droht zu fallen, wird jemand tödlich treffen.« Poulailler dramatisierte, noch dazu ohne Hände, da er steuerte. »Droben ich, wie mich Gott geschaffen. Ein Menschenleben hängt einzig an der Kraft meiner Beinmuskeln, die den Schrank aufhalten, ihn unglaublicherweise rückwärts bewegen. Es hängt an meiner geistigen Befähigung, dem höheren Sinn, den man hat oder nicht hat, für das immanente Gleichgewicht der Existenz und Welt.«

»Hing es nicht vielleicht an einem Nagel?« vermutete André. Aber Poulailler hatte den Haken fortgedacht und fand ihn nicht wieder. »Wieso?« fragte er, ohne sich dabei aufzuhalten.

»Ich gestehe, daß ich glücklich bin«, sprach er rein und schön. André bemerkte: »Aber Poulailler, mit einer Tenorstimme wie Ihrer müssen Sie doch nicht einbrechen. Wenden Sie sich an Arthur!«

Stephanie: »Ich glaube fest, daß er auf dem Empfang bei der Welt das einzige starke Talent war. Trotzdem muß er einbrechen, wenn noch so oft erfolglos.«

Poulailler: »Nicht der Erfolg entscheidet, sondern die Energie des Abenteurers. Mir fehlt das Anfangskapital, sonst brächte ich es gleich einem Trustmagnaten bis zu der Entfesselung von Kriegen, der universalen Verarmung, meine natürlich ausgenommen. Es wird kommen. Ich verzweifle nicht, im Gegenteil. Hat schon ein Liebender auf dem Weg zu dem begehrten Gegenstand den Mut verloren?«

André: »Nie sah ich Sie so angeregt.« Stephanie ins Ohr: »Aber auch indiskret.«

Sie wurde ganz leise; das Geräusch der Fahrt machte so gut wie unmöglich, sie zu verstehen. »Laß ihn ausplaudern! Uns kann er nichts mehr verraten.« Auch André wollte reden, aber sie legte den Finger auf die Lippen, da ließ er es. Anstatt seiner flüsterte sie: »Er fährt uns zu seinem Einbruch bei Melusine. Er meinte, sie habe die Schecks von Nolus.«

Trotz Verbot sagte André: »Du selbst hast gesehen, daß Nolus sie ihr gab.«

Stephanie, nicht mehr hörbar: »Er gab ihr ein Päckchen. Interessant ist seine Geschichte mit dem Schrank. Er leistet akrobatisch das mögliche. In der Kleidung, die der andere an- oder nicht mehr anhat, liegt das richtige Päckchen. Ach Unsinn«, schloß sie.

Gegen alle Wahrscheinlichkeit hatte André gehört. »Der Unglückliche!« rief er halblaut. Poulailler war es, der ihm recht gab.

»Der Unglückliche wird versucht sein, Selbstmord zu begehen, wenn alles wieder dahin ist. Aber seit lange gewohnt, das Unhaltbare mit Anstand verloren zu geben, wird er bald eine ungeahnte Erleichterung fühlen.«

»Von wem reden Sie?«

»Von Ihrem leichtsinnigen alten Herrn. Fällt Ihnen nicht auf, mein Junge, daß so viel Geld in seinen Händen tödliche Verlegenheiten heraufbeschwören muß? Wie kann er es wieder loswerden!«

»Unbesorgt, das Mittel findet er«, meinte der Sohn. Stephanie berichtigte:

»Auf Umwegen – ja. Seine Bemühungen, mit dem Geld fertig zu werden, führen nach aller Wahrscheinlichkeit über Zusammenbrüche, Gefängnisstrafen von Hunderten von Jahren, massenhafte Entlassungen, was noch. Das soziale Dickicht ahne ich nur.«

»Sie ahnen vorzüglich, meine Dame«, bemerkte der Mann am Steuer. »Unsere Weltanschauungen decken sich nicht, aber man könnte sie verwechseln.«

»Tatsächlich, Stephanie«, sagte André. »Aus ähnlichen

Gründen bedauerten wir unsere Eltern, ihre übertriebene Vitalität. Poulailler seinerseits leidet daran auch.«

»Ich, leiden?« Poulailler widersprach nicht weiter, er sang: »Pourquoi me réveiller – Au souffle du printemps.«

Hier atmete im Hauch des Morgens eine Spur von Flieder sie an. Sie waren nunmehr in der üppigen Parkstraße, die weder Sorgen noch Gewissen kennt; sondern jede der wenigen Villen hält ihre eigene Bodenerhebung besetzt und weiß sich auf der Höhe. Die Sterne sind verblaßt, ein Himmel, fahl wie nach zahllosen Umarmungen, umfängt die hingegebenen Gärten: ihre Laubwolken schlummern in Farben, die noch unnennbar sind. Einziger starker Fleck: die kreidige Fläche eines Hauses weit drüben, soviel die Bäume von ihr aufdecken.

»Hier sind wir« – André deutete nach dem offenen Gitter. Aber Poulailler lenkte schon hinein. Er hatte die Zähne aufeinander, wie man sah. Er überhörte, was Stephanie verlangte: »Hier wünsche ich auszusteigen.«

Seine Veränderung erschreckte Stephanie. Sie riet dem Jungen: »Besser, gleich ein Kinnhaken?«

»Wenn Sie erst lange fragen, bin ich schneller«, murrte der Kavalier zwischen seinen geschlossenen Zähnen.

»Soeben sangen Sie«, sagte das Mädchen, um sich zu entschuldigen.

André, während der Park schon anstieg: »Sie haben sich uns anvertraut. Sie kennen uns als moderne junge Menschen.«

»C'est-à-dire des imbéciles«, sprach er hinter seinen Zähnen, es konnte auch etwas anderes bedeuten.

»Ihre Geheimnisse sind keine mehr. Wollen Sie lieber davon absehen einzubrechen. Ich würde bedauern.« Da Stephanie ihn anstieß: »Wir beide bedauern wirklich.«

»Kein Grund. Ich werde nicht einbrechen. Sie tun es selbst.«

Niemand begriff ihn, aber Poulailler hatte Zeit; den

weichen Weg fuhr er langsam und geräuschlos. Inzwischen lernten sie verstehen.

»Ich wünsche in der Sache unsichtbar zu bleiben«, erklärte der Mentor. »Sie als Sohn eines Beteiligten werden unauffällig die Schecks erheben. Es ist nicht nur das. Ich freue mich, euch das Leben in voller Gestalt zu zeigen. Gebt doch eure Skepsis auf. Les plus dégoûtés sont les plus dégoûtants«, sagte er, wenig zart, aber war die Lage es?

Das Haus war nächstens erreicht, zwischen ihm und der Entscheidung kein Raum mehr. André begegnete einer Hand, die Stephanie umwendete, das Innere nach oben. Es hieß klar, als ob sie gesprochen hätte: Nichts zu machen, und wozu.

Poulailler fragte stumm, er wendete nur das Gesicht: geduldig zeigte André ihm die Durchfahrt. Die lange Rückseite des Gebäudes hatte unter allen Fenstern nur ein erhelltes, und auch nur schwach. Dort legte Poulailler an.

»Falsch, warum fragen Sie nicht. An der Treppe nach der Wohnung der Tochter sind Sie vorbei.«

»Sie werden die Mutter nicht ängstigen wollen«, behauptete die Tochter. Poulailler, über Rücksichten hinweg:

»Dies ist ihr Schlafzimmer.« Schweigen. Die Feststellung war bestätigt. »Ans Werk«, raunte der berühmte Spezialist. Man mochte wollen oder nicht, er forderte Bewunderung. Ein Griff, das Verdeck des Wagens war aufgerichtet, eine Handbewegung wies den Jungen an, hinaufzusteigen.

André betrachtete es von außen. »Es ist nicht fest genug«, äußerte er. Seinen wirklichen Zweifel, ob das Gesimse des Fensters ihm nicht zu hoch liege, hätte er für sich behalten. Der Meister durchschaute ihn.

»Junger Mann! Das erstemal in Ihrem Leben sollen Sie sich sozial einordnen und ein Risiko übernehmen.«

Stephanie sagte: »Schäme dich, André.« Scheinbar ließ sie im ungewissen, wessen er sich zu schämen habe. Nach dem Verdeck hinauf gab sie Zeichen der Augen, legte auch den Kopf auf die Seite, wohin sie sich zu wenden dachte, während er kletterte. Der Wagen trennte sie von Poulailler, er sah von ihrem Manöver nichts; trotzdem antwortete er pünktlich.

»Fräulein, tun Sie, was Sie vorhaben, aber verlieren Sie möglichst wenig Zeit! Ihre Wohnung hat eine Verbindung nach diesem Schlafzimmer. Sie könnten Ihre Frau Mutter aufwecken, Sie werden es sich versagen.«

»Ganz gewiß«, sagte Stephanie und kam auf seine Seite. »Schon weil sie nicht schläft.«

»Meinetwegen schläft sie nicht, hat sogar Gesellschaft und bewacht ihren Schatz.«

»Alles sieht er voraus!« sagte Stephanie entzückt. André versuchte sich an der Fassade.

Poulailler: »Ich weiß mehr. Sie, das wohlerzogenste Mädchen, werden unserem Amateur in das Fenster hineinhelfen. Mit den Geheimnissen des Schreibtisches machen Sie ihn bekannt. Sie sind es, die mir das Portefeuille zuwerfen.«

Stephanie, die Atmung etwas beschleunigt: »Das heißt im Grunde: ich betrüge ihn – mit seinem unsterblichen Vorbild? Das sind Sie, Meister?«

Poulailler: »Drücken Sie es ironisch aus, es bleibt, wie es ist. Ich habe im Existenzkampf noch nichts unternommen, das nicht erotisch bestimmt gewesen wäre, und siegte ich, hatte ich auch die Frau.«

Stephanie: »Aber Meister! Sie schwärmen und verplaudern sich. Inzwischen hört man uns. Wer weiß, wie es ausgeht.«

Poulailler: »Skandal – für dies Geld? Seien Sie froh, wenn ich es abhole! Aber Sie sind erleichtert, sind beglückt!«

Sie schlug ihn freundschaftlich auf die Schulter. »Möchten Sie nicht Ihr Stalingrad erleben!« wünschte sie ihm und verschwand. Kurz darauf öffnete sie von innen das Fenster. Tatsächlich streckte sie beide Arme hinunter, als den Halt, dessen ihr Verlobter mehr als je bedurfte. Die Hände an dem glatten Gesims, kam er nicht weiter, er wäre immer noch abgestürzt.

Poulailler verharrte reglos, das Gesicht irgendwohin anstatt aufwärts gerichtet: er wartete nicht. Bevor ihm zumut wurde, als wartete er, begann er zu rauchen. Droben kam ein Raunen auf, überflüssig, außer bei einschneidenden Veränderungen. »Wozu das remue-ménage?« Er überzeugte sich endlich, daß die Lampe ihren Platz gewechselt hatte, die Schatten hinter der Gardine wurden besonders scharf. Eine Weile, die er langwierig fand, schienen sie unbeschäftigt.

Plötzlich wuchsen sie hoch, ein Rätsel, was vorging mit den Schatten. Sie bekamen ruckartige Bewegungen, eher anspruchsvoll, meinte der unzufriedene Betrachter. Parodierten sie ihren außerordentlichen Fund? Diese jugendlichen Verächter waren alles imstand, nur nicht das Nächste, ihre einfache Pflicht. Poulailler fühlte sich vergessen.

»Ich warte«, sprach er ruhig, aber zu hören war, daß er im Augenblick droben sein werde. Alsbald geschah ihm sein Wille. Aus dem Spalt des Fensters langte ein nackter Arm. Etwas Weißliches schwenkte er hin und her, als scherzte er darüber, als lockte er damit. Hiervon gebannt, bemerkte Poulailler erst die zehnte Sekunde nachher, daß Stephanie auch ihr Gesicht in den dämmernden Morgen hielt, und daß sie die Zunge zeigte. Mir? Die Zunge? Aber ich erkenne die lockere Art, wenn sie handeln sollen. Beide Kinder sind verrückt geworden.

Er nahm es nicht zur Kenntnis, öffnete nur die Hand. »Öffnen Sie Ihre kleine Hand!« bat dieses Mädchen; und er fing auf, was sie fallen ließ. Aus dem Umschlag riß er den Inhalt, beugte sich, blätterte, beugte sich tiefer, blätterte fieberhaft. Schuld hatte das ungewisse Grauen der Frühe. Die Schuld trug seine lächerliche Erregung. Er wäre besser nicht zu Nina gegangen. Mehreres hätte er sich schenken können, der Tag war zu voll besetzt gewesen und sollte ausreichen für diesen Abschluß – nicht des Tages allein: einer Laufbahn, eines kühnen Kampfes, wenn jemals einer kühn ist, um das Glück, mehr, um die Existenz!

Er fühlte: diesmal war es zu viel. Man darf es schwer haben, in einem ungewöhnlichen Beruf. Nichts dawider, wir sind abgehärtet. Dies überschritt jedes Training der Mißerfolge. Ihm war kalt geworden; nur deshalb fand er sich auf den Kissen seines Wagens wieder: nicht um zu lesen. Die Lampe drehte er gleich wieder aus, sie war schwächer als was der Himmel an Beleuchtung bewilligte.

Poulailler hatte weiße Lippen, aber niemand sah es. Augen wie Schrauben waren nie vorher an ihm bemerkt worden, er kannte sie selbst nicht. Der Gedanke, dessentwegen er hier saß, bohrend und todbleich: Ich werde morden. Es ist der Fall, dem ich nie zu begegnen dachte. Herr, dein Wille geschehe! Er lästerte nicht, denn seine Tränen stürzten hervor. Sein Atem ging heftig genug, um droben gehört zu werden. Man rief ihn. Er erwachte aus seinem Schreckenstraum.

Sein Herz schlug normal, der Ausbruch von kaltem Schweiß war beendet, seiner Miene nichts anzusehen, als er in das Fenster der ersten Etage stieg. Ihm mußte kein schöner Arm hineinhelfen. Er hatte nicht einmal das Verdeck seines Wagens benutzt, stand nunmehr im Zimmer mit seinem höflich harten Kavaliersgesicht. Gegenüber hatte er wohl die Kinder, von denen er wußte, aber auch ihre Eltern, die nicht vorgesehen waren. Ihm machten sie nichts aus.

Er grüßte in die Runde, sein Kinn blieb erhoben. Die

Stimme verstärkte er nicht. »Die Herrschaften sind vollzählig zugegen. Niemand von Ihnen will das Gelingen seines Scherzes versäumen.«

Nichts erfolgte, keine Erwiderung, und wäre sie gemimt. Die Stellungen waren vorher eingenommen, die Figuren sahen sämtlich in die Luft. Arthur hielt einen Arm waagerecht in der Schwebe, den ihren ließ Melusine von seiner Schulter hängen. André und Stephanie hatten vielmehr ein Tischchen zwischen sich gebracht, seine Haltung war aus Verlegenheit unbescheiden. Die einzige, nicht im Schlußbild einer Oper mitzuwirken, war Stephanie. Da er nicht die Wahl hatte, wendete Poulailler sich an sie.

»Mein Fräulein! Sie sind scheinbar allein noch liquid. Die eingefrorenen Mitglieder Ihrer Familie sollten durch Sie erfahren, wer ihnen die Ehre eines Besuches schon bei grauendem Morgen erweist.«

»Ehre erweist«, wiederholte Stephanie geduldig, um es zu behalten.

»Erstens ein Tenor höchsten Ranges, wie Sie wissen. Der Künstler ist Millionär und weltberühmt, sobald es ihm beliebt.« Auch dies mußte einmal heraus, das einzige Mal, so Gott will. Die in sich abgeschlossenen Figuren, ihre szenische Anordnung reizte Poulailler unwiderstehlich, daß er sich gehen lasse. Stephanie warnte ihn. »Sehen Sie sich vor, Poulailler!«

Hieran nahm er Ärgernis. »Dégonflez-vous! Ich bin normal, hier bin ich der einzige. Ihr alle seid das gerade Gegenteil. Wer uns sähe, die Polizei sogar hätte unfehlbar den Eindruck, ich sei erwartet, sei gerufen: es steht in allen Mienen. Sie selbst flüsterten auf der Herfahrt von den Schecks – aber wozu noch flüstern, Bandit Nolus übergab sie einer bekannten Schönheit, ich sah es selbst. Man ließ es mich sehen.«

»Mich auch. Aber was sahen wir wirklich?« warf Stephanie ein. Ihn hielt es nicht auf. Die furchtbare Wahrheit, die ihn bedrängte und alsbald überwältigen mußte, zu betäuben, wenn noch so schwach, war sie nur mit Reden.

»Dieses Geld ist aller Welt unbequem geworden, den Gebern, Empfängern, einem Nolus, der es stehlen wollte, und euch, feinfühligen Damen und Herren, denen er zuletzt vorzog, es auszuliefern. So verdient man nicht, bei freiester privater Initiative nicht.«

»Sie unterschätzen uns«, meldete hier Arthur und ließ seinen schwebenden Arm fallen. »Wir waren entschlossen zu verdienen.« Umsonst, er fand keine Beachtung. Angst vor dem unausweichlichen Ende beherrschte Poulailler ganz. Jetzt gab er selbst die Figur in festgelegter Stellung. Für lange war es nicht, aber ein Fuß schien beflügelt, und beide Hände schützten mit gespreizten Fingern den Hals.

»Mir die Kehle zudrücken, etwas Klügeres konnte den Herrschaften nicht einfallen. Im Besitz des echten Paketes, spielen Sie mir diesen falschen Plunder zu« – das Genannte durchmaß wie von selbst die Luft, plötzlich lag es auf dem zierlichen Möbel zwischen Stephanie und André. Lieber betrachteten sie es von oben, als daß sie den Wirrsalen eines Unglücklichen folgten. Sie hatten ihm alles vorausgesagt, aber man weidet sich nicht.

»Angenommen, ich stecke es unbesehen ein«, sprach Poulailler, das Letzte, was Klang und Würde hatte. »Noch heute wird man erfahren, daß ich flüchtig bin. Wahr oder nicht, ich kann nichts machen, ihr behaltet das Geld. Wer steht hier mit dem größten Recht und wahrt es?« Eine Frage voll bitteren Triumphes.

Was Redner nach Lage der Dinge nicht erwarten konnte, alle blickten schuldbewußt. Waren sie besseren Glaubens als er selbst? André sagte sogar: »Entschuldigen Sie den Vorfall, Herr Poulailler.« Aber wie man ihn kannte, hätte er sich entgegenkommend geäußert, auch wenn der Kavalier die authentischen Werte an der Brust trüge und sie mit der Waffe verteidigte. Nein, André überzeugte nicht. Er hätte jedem Beliebigen recht, sich unrecht gegeben, dies aus bloßer Bequemlichkeit.

Es wurde Zeit, daß ein ernst begründetes Wohlwollen zu Worte kam. Melusine nahm ihren Arm von der Schulter Arthurs, sie machte Miene, ihn Poulailler hinzureichen; nur bestand keine Einigung, wer dem anderen entgegengehe. Genug, Melusine sprach.

»Ihre Auffassung, Herr Poulailler, ist richtig. Wir haben Sie hergelockt. Wenn es besser klinge, haben wir Sie eingeladen. Beglückwünschen Sie mich, ich bin glücklich. Arthur und ich werden heiraten.«

»Ich wäre der Erste –?«

»Sie sind es. Die beiden Kinder wußten auch nichts, aber ihre eigene Verlobung interessiert sie mehr als unsere.« Mit der Hand, sehr flüchtig, warnte sie die jungen Leute, sich zu rühren, bevor nicht Poulailler erledigt wäre. Sie hätten sich ohnedies der Kundgebungen enthalten.

»Das Geschäftliche?« Melusine hob ihre schönen Schultern. »Gewiß behält es seine Rechte. Haben Sie gefunden, daß Existenzkampf und Liebe einander widersprechen?«

»Das wäre die verkehrte Welt«, sagte Poulailler; bevor Arthur etwas Ähnliches sagen konnte; er ließ es bei der Geste.

Melusine, etwas verschleierte Stimme, denn schließlich, eine beruhigende Aussprache war dies nicht: »Wir sitzen nicht einmal.« Nachdem sie gewartet hatte: »Gut, wir stehen. Ich sagte, das Geschäft bleibe, was es ist; in keiner Ekstase vergäße man es ganz. Hiernach glauben Sie mir meine Aufrichtigkeit. Die Entdeckung, daß Nolus uns betrogen hat, war vielleicht, als wir sie machten, keine wirkliche Entdeckung mehr. Feststeht: er hat uns betrogen. Sie zweifeln nicht, es ist Ihnen anzusehen.«

Ihm war hauptsächlich anzusehen, daß er die Augen

schloß und sogleich zusammenbrechen werde. »Einen Stuhl!« sagte Melusine, aber Arthur hatte ihn schon hingeschoben; er wachte darüber, daß Poulailler nicht zu Boden falle.

Die Ergriffenste war Stephanie. »Und ich habe ihm nicht deutlich genug gesagt, daß hier nichts zu holen sei. Ich, die es wußte! Aber wußte ich es? Können Sie mir verzeihen, Herr Poulailler?«

André kam mit Kognak, vermochte ihn nur leider dem Verunglückten nicht beizubringen. Sein Kinn war eisern an die Brust gedrückt. Unter seinen Lidern hervor quollen Tropfen und benäßten das Frackhemd.

Arthur sagte: »Eigentlich ohnmächtig ist er nicht. Abwesend, armer Kerl, ich kenne das.«

Melusine, die es nie gedacht hätte, fand den Kavalier reizvoll, jetzt im geschwächten Zustand. Was ihr Geliebter diese Nacht an ihr getan, machte sie nicht unempfänglich, im Gegenteil. Sie strich sanft über sein entfärbtes, feuchtes Angesicht. »Ein Mensch wie wir«, seufzte sie. »Muß sehr leiden – im Grunde durch uns.« Sie sah umher, niemand war ausdrücklich anderer Meinung.

Da nahm Poulailler ihre Hand von seiner Stirne fort und küßte sie.

»Sagte ich es nicht?« bemerkte Arthur. »Sein Kollaps war moralisch.«

Dies bezeugte alsbald der Patient selbst, mit einer Tränenflut, jäh und rücksichtslos; Melusine entzog ihm die überschwemmte Hand.

»Weinen Sie nicht so furchtbar! Sonst weine ich mit!« André war es, der ihn beschwor. Poulailler, anstatt zu hören, krümmte sich aufgelöst bis zwischen seine Knie. Man erwartete, er werde auf allen vieren seiner Wege gehen.

»Das ist zuviel Reue für einen versäumten Gewinn«, sagte Melusine.

»Ihn reut das versäumte Leben«, sagte Stephanie.

Arthur erklärte: »Der Existenzkampf kennt diese Krisen.«

Poulailler hatte selbst etwas mitzuteilen. Infolge vieler Feuchtigkeit kam es anfangs unverständlich aus seinen weißen Zähnen. Er zeigte sie, man konnte meinen, daß er sie fletschte. Nach dem Kopf hob er den Rücken, endlich stand er auf zwei Beinen und schrie.

»Sein Frack! Er hatte ihn ausgezogen.«

»Wer? Wo?« fragte Melusine unbesonnen.

Stephanie, sachlich: »Nolus. Bei Nina.«

»Ich, auf dem kippenden Schrank über ihm, er, gelähmt von Angst, und in seinem Frack, vor meinen Augen, das Paket! Wenn das wahr ist, bin ich ein toter Mann, habe nie gelebt. Nie gelebt!« kreischte der Betrogene und machte sich auf, durch das Zimmer zu laufen, die Hände um beide Ohren. Es war schwer, noch mitzugehen.

»Die Zumutung an meine Nerven ist übertrieben«, murmelte André und wollte sich setzen. Der Rasende zog ihm den Stuhl weg, er schmetterte das zarte Stück gegen die Wand.

»Kennen wir alles«, wiederholte Arthur, an dessen Schulter sich Melusine lehnte, diesmal des Schutzes wegen.

»Er ist gerettet, er spielt Komödie«, meinte Stephanie.

Poulailler, der einsam durch seine Wildnis irrte, blieb sofort stehen.

»Meine Komödie wird Ihnen gefallen, Fräulein. Ihres Beifalls bin ich sicher, wenn ich mit diesen meinen Händen einen Herrn Nolus erwürge.«

»Ein Mord?« Melusine wendete sich an Arthur privat. »Ist das in Geschäften schon zulässig?«

»Crime doesn't pay«, antwortete Arthur.

»Wieso?« fragte Poulailler. »Meine Verbrecherlaufbahn war nicht ergebnislos«, behauptete er, während er von dem gefährlichen Kavalier das Wesentliche zurückbekam.

»Die Laufbahn meines Freundes, des allmächtigen Präsidenten, sieht im Formalen anders aus. Seit gestern hat er mir nichts abzuschlagen. So gut wie ihm, wäre auch mir ein kleiner Mord erlaubt.«

»Richtig«, Arthur sprach angeregt. »Endlich, lieber Freund, sind Sie angelangt, wo ich Sie längst erwartete.«

»Beim Mord?« fragten mehrere gleichzeitig.

»Bei Verhandlungen. Wenn wir Nolus hier an den Tisch bekommen, kann er sich für erledigt betrachten. Wir nehmen ihm, sei es auf unblutige Art, das meiste wieder ab.«

Der in Rede stehende Tisch, eine durchbrochene Schnitzerei mit seidener Platte, war angenehm zu berühren. Einmal die Hand darauf, ließ Arthur sich an ihm nieder. Melusine folgte alsbald. André holte seinen Stuhl von der Wand, gegen die Poulailler ihn geschleudert hatte. Er dachte Stephanie mit ihm zu versorgen, aber sie hatte schon einen von Poulailler, der auch sich einen Platz nahm, ohne Umstände zu machen.

Er saß sogar zwischen den Damen, mit weichen Augen stellte er die Verbindung her. Auch erkannte er nunmehr den seidenen Tisch, das gesteppte Bettgestell in silbernem Rahmen, und die Vorhänge aus rotem Damast, zwischen denen er eingestiegen war. Alles fand den sicheren Weg zu seinen Sinnen. Während Arthur umsonst seine Aufmerksamkeit geschäftlich beanspruchte, bat Poulailler um die Erlaubnis, ein Kleid Melusines vom Bett zu nehmen, und beurteilte es ohne Schmeichelei, nur kenntnisreich.

»Auch als le bon faiseur hätten Sie bei uns Glück gehabt«, sagten die Damen, bestrebt, ihn für das Ausgestandene zu entschädigen. Er verbeugte sich, einverstanden, ihr Schneider zu sein.

Arthur, zu Melusine: »Gesunde Wiedergeburt, nach einer vernichtenden Niederlage. Jetzt wäre der Moment, in den Keller hinabzusteigen.«

Poulailler, hört »Keller«: »Kein Keller!« schreit er auf.

Arthur: »Ein Rückfall? Ich meinte doch nur –«

Poulailler, hört nicht, würde vom Stuhl springen, wenn Stephanie ihm nicht hinter der Lehne die Hände zusammenhielte. In dieser Lage: »Ihr habt das Gold im Keller vergraben! Ich bin abergläubisch, ich will es nicht suchen, ich nicht mehr. Damit ich eine Leiche finde? Die Leiche Nolus? Mich schickt ihr in den Keller!«

Dies war eine Unterstellung, keine gute, überdies heller Wahnsinn, wie Melusine es auch nannte. »Der arme brave Mensch ist noch recht anfällig«, sagte sie zu Arthur. »Er glaubt noch immer, wir hätten ihn um die Schecks geprellt, und jetzt sollen wir ihn in den Verdacht eines Mordes bringen wollen, haben den Mord aber selbst begangen. Es ist viel auf einmal.«

»Er wird es vergessen«, erwiderte Arthur unbesorgt. »In seinem Beruf – nun, und unserer? – ist man par définition labil. Sich erziehen zur Beharrlichkeit! Ich hatte meinen Plan, als ich ihm deinen sac vor die Nase hinlegte. Es bleibt dabei.«

»Ich bewundere dich«, sagte Melusine.

Arthur rief: »Poulailler, Keller! Nun gut, auf das Wort Keller hören Sie. Jetzt versuchen Sie zu begreifen, daß ich einfach Wein holen will aus dem Keller.«

Vielleicht, daß Poulailler begriff. Jedenfalls hatte er leere Augen und war schneeweiß. Unruhe zeigte er nicht, obwohl Stephanie seine Hände freigegeben hatte. Sie wendete allen den Rücken, sie und André brachten ihre Gesichter einander nahe. Beide steckten die Köpfe zusammen, je unerwarteter die Anspielungen, die zu fallen schienen.

Abwechselnd flüsterten sie:

»Gold im Keller vergraben.«

»Eine Leiche finden.«

»Einfach Wein holen aus dem Keller.«

Sie wußten, was sie meinten. In der ersten Überraschung glaubten sie wahrhaftig, Arthur höre selbst den Doppelsinn seiner Rede; auch Melusine; sogar Poulailler. »Eine Leiche finden« – sie lasen es nochmals einander von den Lippen. In unbewußter Übereinkunft verließen sie ihre Sitze und verschwanden, wohin, ging niemand an.

Sie begaben sich, immer ohne daran zu denken, durch die doppelte Tür nach der Flucht von Zimmern, wo das junge Mädchen bei sich zu Hause war. Sie gelangten bis an das Ende: nur noch der Balkon; dort standen sie umgeben von einer Landschaft aus umlaubten Hügeln. Wogen von Blüten schlugen zu ihnen hinan, das Licht des Morgens badete sie. Einander in die Arme nehmen, wäre alles, was not tut. Hinter ihren Sorgen und Ängsten fühlten sie es wohl, aber in so geraden Zügen verläuft es für andere, nicht für uns.

Stephanie: »Du hattest recht, auch Arthur hat eine Ahnung. Er spricht von Gold und Wein. Das sind die Fässer, die du gesehen hast – im Keller Balthasars.«

André: »Ich habe sie nicht gesehen. Vielleicht ja, vielleicht nein.«

Stephanie: »Ich brauche keinen Augenschein. Ich bin überzeugt.«

André: »Es war nicht Arthur. Erinnere dich! Poulailler, in seiner Verstörtheit, sprach von dem Keller voll Gold und Wein. Nein! Wein sagte Arthur. Gold, der andere. Damit einer heute von Gold spricht, ein Wort statt einer Sache, muß er die Zusammenhänge verloren haben. Das ist nicht Arthur.«

Stephanie: »Noch schlimmer, daß auch Poulailler – Dein Traum, was du so nennst, muß bekannter sein, als wir meinen. Sprichst du im Schlaf? Gleichviel, warnen wir Balthasar! Es ist Zeit, alles sagt mir, wie sehr. Auch das Wort Mord kam vor.« Ohne Überzeugung: »Man meinte Nolus.«

André: »Eine Leiche finden, kam vor. Wer damit umgeht, die Leiche zu besorgen, verkündet der es? Und sie sprachen von Nolus. Redensart, wer ermordet schon Nolus. Den meinen sie nicht.«

Stephanie, entsetzt: »Wen dann, wen? Der eigene Sohn wäre mit dabei? Warum nicht auch Melusine! Ihr Liebesglück kann bestimmt sein, sie vor Verdacht zu schützen. Oh! Ich bin schändlich.«

Sie brach in Schluchzen aus, und was der Frühling nicht vermocht hatte, der Schmerz warf beide Kinder einander in die Arme. André wimmerte hörbar. Das Schluchzen Stephanies erstickte stumm, um so inniger erfüllte es sie, schwer und ohne Trost. Er hielt es nicht aus. »Wenn wir uns lauter Unsinn einbildeten?« schlug er vor. »In unserem Zustand hört die Pietät auf – mit ihr jede Zuverlässigkeit – wir reden irre.«

Sie rang nach Atem, um zu sagen: »Könnte ich es glauben. Die Einzelheiten stimmen zu gut überein.«

»Aber die Personen, die wir kennen. Deine Mutter!«

»Ihr Existenzkampf. Mein armer Junge, kennst du jeden seiner Zustände? Ja: von deinem Vater.«

»Beide haben Poulailler um nichts zu beneiden«, gab er zu.

»Drei Verzweifelte« – sie riß weit ihre Augen auf, sie sah. »Drinnen sitzen drei Verzweifelte, in die Enge gedrängt, nichts kann mehr helfen als –«

»Als ein –« Auch ihm wollte das verhängnisvolle Wort nicht nochmals heraus. »C'est vrai qu'ils sont acculés aux moyens forts«, sagte er und entschuldigte die gescheiterten Vorgänger.

Hier machten sie eine Pause, das Bedürfnis sich abzulenken litt keinen Aufschub. Er strich ihr verwehte Haare aus dem Gesicht. Dies erinnerte sie daran, daß sie ihren geröteten Lidern aufhelfen müsse. Einmal dabei, puderte sie auch ihn. Der Spiegel sagte ihr: Man sieht euch die

Nacht an und den Morgen. Geht jetzt nicht zu Balthasar, ihr würdet ihn erschrecken! Sie war in Verlegenheit wegen ihrer Sinnesänderung, da sprach André: »Schließlich ist er neunzig, wieviel darf man ihm zumuten? Wenn andere ihm übelwollen, was ich nicht glauben kann, tödlich wäre am Ende auch gewesen, was wir selbst vorhatten: ihn warnen.«

»Später mehr«, schloß Stephanie. Sie ergriff seinen Arm fest, damit er fühlte: Erleichtert. Nur sie kann es. Denn ihr selbst war es hiernach gewiß wie nie: Ihn hab ich, und nur ihn.

Nicht, daß sie hochgemut eingetroffen wären bei den Zurückgelassenen. Im Gegenteil, ihnen wurde zaghaft vom Näherkommen. Schließlich hatten sie ihren Austausch von Meinungen – und von Berührungen – für sich allein gehabt draußen im Frühling. Die Personen hier drinnen waren unbeteiligt, sie saßen in ihrem eigenen Dunst, sogar die Lampen brannten. Die Auffassungen waren vielleicht ebensowenig abgestellt? Es wäre albern, aber schrecklich, übrigens sollte man es ihnen im Ernst nicht zutrauen. Die jungen Leute begannen damit, daß sie das Licht ausdrehten und die Fenster öffneten.

»Ein guter Gedanke«, bemerkte Arthur.

Melusine wendete das Gesicht fort, ihre Augen waren nicht angepaßt – stand auf, ging ein Zimmer weiter und schloß die Tür.

»Se faire une beauté und wieder neu sein wie der Tag, wundervoll!« sagte Arthur, worauf André: »Wir haben es auch getan.« Alles in der Absicht, die reife Schönheit möge es hören, gesetzt, sie ließe einen Spalt.

Poulailler saß im Sessel bequem, hatte ein Bein übergeschlagen und trank Rotwein, den er über die Zunge fließen ließ, mit wirklicher Hingabe an jeden Schluck. Nicht zu verkennen, daß dies ein anderer Mann war, abgelegt die ewige Gespanntheit, der gestiefelte Kater ruhte aus und schnurrte friedlich. Es machte ihn älter.

»Annähernd, natürlich fehlen einige Jahre, könnte ich euer Vater sein.« So begrüßte er das junge Paar. »Ich darf euch sagen, daß in eurem Alter eine tolle Nacht einfach ausgelöscht werden kann, durch Liebe.«

»Ihr seht erfrischt aus. Übrigens seid ihr eine ganze Weile fortgeblieben.« Dies sprach der echte Vater Arthur, trank aber nicht den Angeredeten zu. Mit seinem Kumpanen stieß er an, worauf sie eine zweite oder dritte Flasche unternahmen. Jeder wollte dem anderen die Mühe, sie aufzumachen, ersparen: rechte Geschäftsfreunde, beide sind von der Teilhaberschaft befriedigt oder erwarten das Beste.

André holte nicht nur Gläser, er fand auch vor der Küchentür den Beutel mit frischen Brötchen: ein Märchen aus uralten Zeiten, seine Großmutter, als sie lebte, erzählte davon. Märchenhaftes kommt vor. Wohlverstanden führte sein Weg ihn durch das Ankleidezimmer Melusines: sie war nicht hier, aber seitwärts ließ sich ein Plätschern hören. Sie saß in der Badewanne; ein Spiegel, der doch wohl mit Vorbedacht angebracht war, zeigte ihm den genauen Ausschnitt, nicht mehr als nötig, und gleich war er vorbei.

Zweifelhaft, ob sie ihn gesehen hatte. Tat er in dem fraglichen Augenblick einen einzigen Schritt vom Teppich herunter, sie hätte sich melden müssen; rief: Wer ist es? Oder befahl: André! Wäre er gekommen? Oh! nein. Aber sie hätte ihn auch nicht eingeladen, wieso denn. Vor – wie vielen Stunden, mag sein. Jetzt war beschlossen, daß sie Arthur liebte, er Stephanie. Das war wunderschön. Es war, wenn man wollte, auch langweilig.

Es schränkt die verschwenderische Jugend ein, wenn man nicht mehr vier Bewerberinnen unter Vorbehalt der Entscheidung hat, sondern nur noch die Erwählte und keine Wahl. Es könnte traurig machen. Ja, so verstanden, war der Beutel mit frischen Brötchen, der den hungrigen jungen Menschen aufrichtig erfreute, ein schwacher Trost für seine verlorene Freiheit. Er verschwieg es sich nicht: er hätte weinen mögen. Darum aß er sofort ein krosses Hörnchen.

Auf dem Rückweg durch die Gemächer kaute er und hielt die Augen gesenkt. Das bewußte Geplätscher erregte diesmal seine Furcht. Seinen Abscheu, hätte er sagen wollen, um die Erwählte zu ehren. Die Übertreibung vermied er, beging indessen den Irrtum, zu meinen, daß Melusine ihn nunmehr hassen müsse. Wie er die reife Schönheit mißverstand, ihre schon geübte Vertrautheit mit dem Verzicht, ihr bequemes Verweilen!

Drinnen hätten sie ihm ansehen können, daß er als Flüchtling zurückkehrte. Arthur war mit seinen Sitten entschuldigt. Begegnung seines Sohnes mit seiner schwach bekleideten Geliebten: was weiter. Sodann war allen das Gebäck willkommen. Stephanie, als sie ihren Kringel bekam, deutete Applaus an. Ein wenig rührte ihn die Betrogene, ein wenig enttäuschte sie ihn auch. Aber eine Frau, die alles gleich durchschaut, wäre bald unausstehlich geworden. Als er sie mit Brot und Wein bediente, umhalste sie ihn. Poulailler sagte dazu: »Je lève mon verre.«

Arthur, munter: »Ich war mit Erfolg im Keller.«

Poulailler, behaglich: »Bordeaux, und keine Leiche.«

André, plötzlich erinnert an gestern, an die Völlerei der Gespenster: »Le bordeaux n'est pas un vin.«

Arthur, nachsichtig: »Was weißt du vom Sonnengeflecht. Gelassen frage ich: was kannst du wissen. Wir: ist es wahr, Poulailler –?«

Poulailler, ohne die Frage abzuwarten: »Alles was du willst. Dein Wein beruhigt das Sonnengeflecht, mit dem du mich bekannt gemacht hast. Das hiernach beste Sedativ, wenn nicht das erste von allen, ist ein Freund, der mir das Meine gönnt, ja, kühn behaupte ich: der mich nicht begaunern will.«

Arthur, gerührt: »Dank, o Dank!«

Diesmal ließen die Genießer es nicht beim Anstoßen, sie warfen sich einer auf des anderen Brust.

André: »Die sind ganz schön bezecht.«

Stephanie: »Warte! Hier ist etwas vorgekommen.«

Arthur, er hält sein Gleichgewicht mit seinen gestrafften Armen, die er gegen die Schultern des anderen stemmt: »Einig! Ein Donnerwort, einig sind wir!«

Poulailler, sichert sich auf dieselbe Art. Sie gleichen zwei Ringern, die aufgegeben haben: »Einig, wie Neugeborene.«

André, kritisch: »Kennt man Neugeborene, die schon Kompromisse schließen?«

Stephanie: »Du warst einer.«

Arthur: »Du, mein Freund und Waffenbruder, näherst dich dem ehrlichen Nolus auf schonende Weise.«

Poulailler: »Nur im Notfall der Revolver. Der ist ihm angenehmer als die Polizei. Dir würde er zutrauen, daß du sie hinter dir hast. Mir – ausgeschlossen. Er unterschreibt ein Gentlemen's Agreement.«

Arthur: »Er bekommt die Hälfte, wir zwei Drittel.«

André: »Was ist geschehen, daß Arthur nicht mehr rechnen kann?«

Stephanie: »Er und Melusine haben sich immer verrechnet.«

Poulailler: »Ich übernehme den ganzen Betrag zu treuen Händen, deponiere ihn –«

André: »Und verreist damit.«

Stephanie: »Nein. Er ist ein anderer Mensch.«

André: »Auch der andere Mensch kann verreisen.«

Arthur: »Edler Mann, ich werde von dir zu melden wissen. Die verwechselten Pakete, wer hat davon Wind bekommen, ist hergeeilt noch in selber Nacht, hat uns vor Irrtümern bewahrt? Alles dies uneigennützig, aus Nächstenliebe, was sage ich, Selbstachtung!«

Neue Umarmung, von der sie schwer wieder hoch kamen.

Poulailler: »Nolus hat unwissentlich die Pakete vertauscht: auch er besitzt respect humain. Ehre, wem Ehre gebührt. Toi, noble Arthur, tu es qualifié plus que quiconque. Du warst tatsächlich der Dumme!«

»Aih!« schrie Poulailler alsbald: Arthur hatte ihn in das Ohrläppchen gebissen. Übrigens biß er zurück, aber Arthur trug es stumm.

André erklärte sich beruhigt. »Ich fürchtete für die beiden, aber wenigstens bleibt ihnen Ironie.«

Die Tür sprang auf, Melusine fragte: »Wer schreit?«

»Ich – vor Bewunderung«, entschied bei ihrem Anblick der Kavalier. Aus Ergriffenheit stand er auf seinen beiden Füßen, hielt den Mund lautlos offen, faltete indessen die Hände zum Gebet.

Arthur, seines Zustandes eingedenk, vermied ihre Nähe. Er sprach beiseite: »Wer die Schönheit angeschaut mit Augen –«

»Ist dem Tode schon anheimgegeben«, schloß sie, klangvoll und beherzt. »Du nicht, mein Freund. Dich belebt sie.«

Sie kam zu ihm, an seinem Ohr, das schmerzhaft blutete, sagte sie: »Nur darum will ich schön sein« – und küßte das Blut weg.

Stephanie sah sich, spät genug, nach André um: er war nicht neben ihr, auch hinter ihr stand er nicht. Sie hatte plötzlich wissen wollen, welchen Eindruck das weggeküßte Blut ihm machte. Keinen, denn er war verschwunden. Ein gutes Zeichen? Eines, das störte? Ihm nach! Aber er wird auch in ihren Zimmern nicht mehr gefunden werden. Er hat ihre Mutter erblickt, erkennt den begangenen Fehler, das Unwiederbringliche treibt ihn in die Flucht!

Panik kreist in dem bleichen, auf einmal todbleichen Kopf eines jungen Mädchens, das an sich zweifelt und den

Überfall ihres Versagens für das Ende hält. Nichts ist wahr, nur daß er ihre Mutter liebt! Sie geliebt hat, wieder lieben wird, und schwankt, und sich erinnert. Nicht an mich, pauvre fiancée de nuit blanche. Melusine hat ihn anders an sich gebunden. Ach! daß ich keusch war.

Sie hätte ihn übersehen können, blind wie sie war von ihrer großen Furcht. Er kniete vor ihrem Bett, das Gesicht in den Händen. Seine Schultern zuckten – wovon? Sie konnte es nicht glauben. Seinen ganzen Anblick glaubte sie nicht. Als sie ihn aber berührte, wendete er ihr, ohne Hast, kein Geheimnis, bei dem er überrascht wäre, sein verweintes Gesicht zu.

»Ich liebe dich schon zu lange«, sagte er in aller Einfachheit.

»Dreiundvierzig Stunden. So lange wir uns kennen«, sagte sie, ernst wie er.

Er: »Du rechnest genau. Weißt du auch –?«

Sie: »Daß wir uns heute angehören werden, ich weiß es.«

Er stand auf, sie zu küssen. Die Tür war, dank dem verwirrten Vorgang, offen geblieben. Wer den Kopf hereinstreckte, war Poulailler. »Kaffee, zur Ernüchterung!« rief er. »Ah! schon wieder«, bemerkte er und schloß die Tür.

»Jetzt gleich haben wir einen Gang. Ich fürchte, er könnte indessen verhängnisvoll geworden sein.«

»Ich fürchte«, sagte André, still wie sie.

XXIV. Dieses Paar

Sie sprachen erst wieder, als sie die Haltestelle der Autocars erreicht hatten. »Der erste ist vorbei«, sagten sie. »Wir hatten unsere Angelegenheiten, Balthasar mußte warten. Viel verlangt, mit neunzig Jahren noch zu warten. Auf uns, die das halbe Jahrhundert vor uns haben; verweigerten ihm aber eine halbe Stunde.«

»Hat er uns gerufen?« fragte Stephanie.

Er gab zu: »Wir haben unsere Ansicht von Balthasar gewechselt. Aber nur von ihm?«

Er dachte an sich und Melusine, an Melusine und Arthur, an den neuen Poulailler, den sie gesehen hatten.

Sie verstand. Im Gehen legte sie die Hand auf seine Schulter. »Alle sind mehr, als wir meinten. Sie haben eine größere Fähigkeit zu leiden, daher lernen einige lieben.«

»Du urteilst nach uns. Aber sogar wir –« Unwillkürlich rückte er die Schulter, die sie umfaßt hielt. Er konnte nicht hindern, daß alle seine Sinne nochmals den Weg durch das Ankleidezimmer Melusines machten. Er sah im Spiegel einen silbernen Blitz, er roch ihr Badewasser.

Stephanie, zärtlich in sein errötetes Gesicht: »Ich weiß. Natürlich durfte ich dich nicht gehen lassen das Frühstücksgebäck holen. Du fürchtetest, mich zu betrügen. Ich fürchtete für uns, als es vorbei war.«

André: »Wird man immer fürchten müssen, was nie geschieht?«

Stephanie: »Kurz vorher ängstigte uns ein Mord. Auch vorbei.«

Hier atmete André auf. »Ich werde meines Lebens erst froh. Dies ist der erste heitere Tag, ganz Frühling, warm schon um sechs, blühende Bäume, zwischen ihren Ästen wird das Blau des Himmels tief. Wir blühen selbst, geliebte Frau! Mit dir zuerst existiere ich nicht flach, nicht umsonst. Ich nehme wahr, daß auch ich gelitten habe.«

»Ich liebe dich«, sprach sie gespannt in sich hinein.

Langes Schweigen, dann bemerkten beide auf einmal, daß sie gar nicht mehr warteten. »Nicht wir, der arme Balthasar wartet, daß unser Wagen kommt.«

Darin stimmten sie überein, nur daß André behauptete, sie hätten ihn vor nichts mehr zu warnen.

»Nicht unsere Sache, es zu wissen. Wir gehen hin«, entgegnete Stephanie.

André wußte eins: »Vor Poulailler ist er sicher. Der ist gegen Nolus aufgeboten.«

»Aber hat Balthasar dir gestern gefallen?«

André, neugierig: »Gefallen, nein, bei aller seiner Weisheit, Skepsis, Nachsicht ohne Milde. Was denkst du?«

Stephanie, schneller als sie sprechen kann: »Unheimlich, er war mir unheimlich – oh! nicht, weil er tot sein wollte, vielmehr wegen seiner augenscheinlichen Lebendigkeit. Den Empfang bei der Welt zu ertragen! Was sage ich: darin mitzuwirken. Mehreres stieß ihm zu, man konnte es entmenscht nennen.«

André: »Du hast ihn erkannt, obwohl immer viel übrigbleibt. Wie kann er dir unheimlich sein.«

Stephanie: »Du begreifst nicht? Dein Großvater. Der Nächste uns beiden. Aus keinem oder ihm sagt unser Geschick sich an.«

»Der Nächste uns beiden«, wiederholte er langsam, nach den Baumkronen den Kopf erhoben. »Dein Orakel – und du hast von ihm kein Wort bekommen.« Plötzlich küßte er sie. Stephanie griff zu, als könnte sie ihn verlieren. Sie vermied nicht, es ihn wissen zu lassen, scheute auch fremde Überraschungen nicht, wenn in dem leeren Laubgang etwas anderes sich bewegt hätte als Blätter, Lichter, frühe Schatten. Die reizenden Vogelstimmen wurden während ihres Kusses vertraulich und erstarben. Als sie voneinander abließen, erschien der Morgen ihnen unberührt und zart.

»Ich möchte umkehren«, sagte sie.

»Mich läßt du gehen? Balthasar soll vergebens auf dich gewartet haben?«

Stephanie: »Wir würden ihn erschrecken mit unseren dramatischen Gesichtern. Denn er fände uns zu sehr auf Handlung bedacht und die Stunde wenig angezeigt.«

André: »Er erschrickt nicht mehr.«

Stephanie: »Wenn aber ein Alter doch erschrickt? Wir

hatten es schon befürchtet. Wir wiederholen uns, weil die Straßenbahn nicht kommt.«

»Glücklicherweise«, sagte er und wollte küssen. Da fuhr wirklich der Wagen an, geradewegs aus den Baumkronen, denn fernhin gesehen, senkten und schlossen sie sich.

Die ledernen Sitze waren aus Zeiten, als es Leder gab, daher zerschlissen; entschädigt wurde man von ihrer Anordnung in der Richtung nach vorn, mit dem Korridor dazwischen, jede Reihe zwei Sitze. »Das ist bequem«, sagte André dem Kontrolleur, als er ihm Trinkgeld reichte. Dies hätte er auch sonst getan, aber hätte ihn nicht angesprochen. Dafür wurde er alsbald belohnt. »Zu bequem«, sagte der Kontrolleur. »Diese Wagen werden nicht noch einmal gebaut.«

Stephanie und André sahen einander an: sie beschlossen, auf der Strecke zu schweigen. Übrigens würde das Gepolter des Fahrzeuges ihre Stimmen zugedeckt haben, und der Verkehr war bis jetzt gering. Dies änderte sich in der Vorstadt.

Angelangt, wo sie seitwärts abzuweichen hatten, verließen sie den Wagen als einzige. Ein Automobil, das aus der gleichen Richtung kam, mußte halten, bis der Car weiterfuhr. Sie erkannten keineswegs das Ding, das sie in der Nacht hinausgebracht hatte; aber der Fahrer hupte, bis sie ihn beachteten.

»Je klaxonne à en perdre haleine. C'est bien vous qui chantez: Pourquoi me réveiller au souffle du printemps? Ihr schlaft, wie Verliebte.«

»An appointment«, gaben sie an. »Und Sie? Ihre wichtige Verabredung.«

»Ich werde nicht erwartet.«

»Wir eigentlich auch nicht.«

»Un homme averti en vaut deux, und ein nicht gewarnter keinen halben.«

»Sie sind Ihrer Sache sicher.« Denn so sah er aus: nüchtern, angespannt, ganz groß in Form.

Er mußte weiter. Im Abfahren sagte er: »Noch vor dem Lunch werden wir alle reich und glücklich sein.«

»Schade um ihn«, meinten sie, schon nach der Altstadt gewendet. »Sein Talent für das Glück war auffallend; aber er hatte sich noch nicht darauf konzentriert, reich zu werden.«

»Wir werden ihn beim Frühstück finden.« André meinte Balthasar. Wen hätte er in einer Straße, die auf einmal beschattet und einsam war, meinen sollen. Sie gingen unter überfallenden Dächern, zwischen Fenstern, die tief lagen, man hätte hineingesehen. Ein Vorhang wurde weggehoben, ein kindliches Mädchen lächelte sie an: eine Überraschung. »Es kommt doch alles anders«, sagte Stephanie. Er fühlte bei ihr die Unruhe. »Was uns nicht gefiel«, erwiderte er, »läßt sich zusammenfassen. Es war sein grand cordon.«

Stephanie: »Das ist kein Scherz. Es machte ihn zum Ziel der Welt, es versetzte ihn in Szenen, denen er immer ausgewichen wäre.«

André: »Müde kam er aus seiner Bibliothek. Warum mußte er es anlegen?«

Stephanie: »Um doch in einem Punkt auf gleich zu kommen mit der Welt, die ihn empfing. Er wollte eitel sein wie sie. Für ihn, leider, blieb es dabei nicht.«

André: »Die Eindrücke nach längerem Todsein –«

Stephanie, dringend: »Wir werden ihn gesund und beim Frühstück finden!«

André, bedenklich: »Es war ein Diätfehler. Zu viele Menschlichkeiten auf einmal! Er war entwöhnt. Ein alter Mensch, der nicht mehr ausgeht, lächelt, glaube ich, über uns. Weh ihm, wenn er Neuigkeiten erfährt. Sein Wissen vom Menschen, das er für vollständig hielt, entweicht. Er erschrickt – und ist neunzig.«

Stephanie: »Er war weise.«

André: »War?«

Stephanie, verwirrt: »Ich wollte sagen, daß die Eindrücke, Menschlichkeiten und die ganze Wiederkehr nicht tief gehen können. Was er jedenfalls in sich aufnimmt –«

André: »Gestalten. Ja, die Gestalt geht ihm ein.«

Stephanie: »Wir selbst. Und ein Schicksal, das unsere.«

André: »Wir interessieren ihn, nicht so sehr von fern wie alle sonst. Immer noch fern genug.«

Stephanie: »Ich hätte dasselbe gesagt, aber ganz bestimmt irren wir. Was läßt sich behaupten über einen, der zu lange da war.«

André: »War?«

Stephanie, lebhaft: »Er kennt die Wechselfälle der Existenz aus vielen Wiederholungen. Sein Sohn Arthur, der ihn gestern stundenlang auf dem Arm hielt und umherzeigte, meinst du nicht, Arthur tue ihm wenigstens leid?«

André: »Ich habe nie bemerkt, daß er Herz für die Armen hatte.«

Stephanie: »Ich glaube es. Darum interessieren wir ihn.«

André: »Du sagst nicht, was du wirklich glaubst.«

Seit fünf Minuten begegneten sie keinem Fußgänger. Für die Wagen der Warenhäuser war noch nicht die Zeit. Aber aus dem nächsten Kellerloch stieg eine Katze, machte ihren Rücken ganz hoch und schmiegte sich an ein Bein Stephanies: so langsam gingen sie. Hierauf blieben sie stehen, wegen des zärtlichen Tieres, aber auch, weil sie dem Ziel nahe waren und vorher etwas zu vollenden hatten.

Stephanie neigte sich über die Katze, ihr Vorwand, um André nicht anzusehen.

André: »Eine Liebe wie unsere beschäftigt ihn. Das glaubst du.«

Stephanie, von unten, hebt nur das Auge: »Ein so merkwürdiges Paar wären wir?«

André: »Ein gehemmtes Paar. Stürmisch und schwach, wie er es sich denkt. Er vergleicht mit seinen einstigen Leidenschaften, besonders den versäumten. Welche wird man zum Schluß bereuen, doch nicht die ausgeschweiften? Da war gestern eine Pauline Lucca –«

Stephanie, schiebt die Katze beiseite, nimmt seinen Arm: »Du bist ein Philosoph wie er. Es ist viel einfacher, er liebt uns.«

André: »Dich. Wenn er in meinen Jahren wäre, mein Feind wär er!«

Stephanie: »Er liebt uns, weil es sein Letztes ist vor dem Ende.«

André: »Schon nach dem Ende.«

Stephanie: »Mich hat er nicht in dem dunklen Zimmer unterhalten.«

André: »Sprach aber nur von dir. Von der Treppe, die du nie bestiegen habest und nunmehr heraufkommen werdest.«

Stephanie: »Du siehst, ich komme.«

André: »Es ist zum Lachen, daß mich schauderte.«

Stephanie: »Nimm es ernst! Als ich an dem Zimmer vorbeiging, war ich unterwegs zu Melusine. Gleichviel ob ich sie traf, ihren Wagen hätte ich auch ohne sie genommen. Du warst mit ihm, der uns liebte. Darum – darum suchte ich dich auf, als du wartetest und bereutest. Du hättest mich sonst versäumt.«

André: »Und dich niemals wiedergesehen?«

Stephanie: »Frage ihn!«

Sie lächelte ihrem Jungen Mut zu: weil er so töricht fürchten konnte, so schnell den Kopf verlor? Sie waren angelangt, der Druck seiner Hand auf ihrem Arm sagte es ihr, da hatte sie es schon erraten, dies und noch mehr. Das Haus schlug, hinsichtlich Kahlheit und Taubheit, alle seine Genossen. Kein junges Mädchen im Vorhang, keine Katze, und alle Fenster verwahrt.

»Gleich werden wir drinnen sein«, sagte sie zu ihrer beider Beruhigung.

»Wenn du lieber umkehrst?« fragte er ungläubig, dennoch behielt er den bronzenen Klopfer in der Hand, ohne ihn fallen zu lassen. Stephanie, anstatt zu antworten, zog die Glocke. Sie rasselte – märchenhaft, wie André es nannte. »Aber das Klopfen reicht weiter. Es muß zu der alten Irene dringen, die es nicht hören will, oder zu ihm. Heute wird er nicht öffnen. Sein Diener Nepomuk ebensowenig.«

Stephanie bemerkte: »Alle hier scheinen das Dasein noch zu bequem zu finden. Sie machen absichtlich Geschichten.« Dies gesagt, ergriff sie Klopfer und Glocke gleichzeitig. Was sie jetzt noch gesagt hätte, André würde es nicht verstanden haben. Das ganze Lärmen war umsonst. Es hörte auf, erschöpft sahen sie einander an. Stephanie meinte, ringsum müßten an den Fenstern empörte Gesichter erscheinen.

»Nicht einmal mehr neugierige«, belehrte er sie. »Aber rufe laut hinauf: Irene! Meine Stimme kennt sie. Von deiner wird sie sich rühren lassen.«

So geschah es. Von einem Fenster der zweiten Etage wurde der hölzerne Laden vorsichtig fortgerückt, bis eine blasse Nase hervorkam.

»Irene!« rief Stephanie, bevor vielleicht der Laden wieder zuging. »Irene, wir wollen hinein. Es ist nötig. Sie würden sich später Vorwürfe machen.«

»Nötig ist nichts, liebes Fräulein«, wurde droben recht hell und zierlich verlautet. »Er tut, wie er will, und hat mich wieder eingeschlossen. Ich weiß, Sie sind die Braut. Er sagte, Sie werden kommen.«

André meldete sich. »Irene! Wenn du es weißt und uns erwartet hast, wirf den Hausschlüssel herab!«

Das Profil im Laden wendete sich her, es senkte sich. »Sind Sie es wirklich, junger Herr?« Das Auge blieb geschlossen.

»Aber Irene! Iren, alte Freundin, bin ich seit gestern ein anderer? Die Gespenster haben ihre Schuldigkeit getan. Jetzt mache ich den Lebenden, mit der Braut.«

»Die Braut bittet«, sagte sehr dringlich Stephanie.

»Ach! ich sehe euch nicht«, wisperte das Stimmchen. »Er war kein Toter mehr, seine Lebendigkeit war schrecklich, ich hatte Angst um ihn, wollte mich nicht einsperren lassen, da zerbrach meine Brille.«

»Ganz ungewöhnlich, daß sie widerstand«, flüsterte André für Stephanie. »Sie bleibt sonst eingeschlossen, solange er es braucht.« Hinauf fragte er: »Wie lange her ist es? Hast du zu essen? Wirf doch den Hausschlüssel herab!«

»Kaffee und Brot halte ich mir für alle Fälle. Den Hausschlüssel hat er mir abgenommen, er war stark«, sagte sie stolz, obwohl mit Zittern. »Du vergißt auch die großen Riegel.«

»Da bleibt nur eins«, sagte er, diesmal für oben und unten. Oben wisperte es:

»Das Gartenhaus – wie früher, als du ein Kind warst.« Hiernach zog der alte Kopf sich zurück, in Verwirrung, wie es schien, auch ein Schluchzen vermutete man.

»Sie hat mich wieder wie als Knaben du genannt. Was ist hier geschehen?«

»Wir müssen hinein« – Stephanie drückte seinen Arm, sofort beruhigte er sich. Wortlos führte er sie um das Haus; seitlich und dahinter senkten sich die Gäßchen wie Rinnsteine nach der Mitte. Sie mußten einzeln gehen, wegen des Abwassers und weil die wenigen Häuser eng standen. Nur kahle Rückseiten, und oft geborsten. Selten, in der Höhe, ein blindes Fenster. Ein Weg für kleine Jungen und für Diebe, dachte Stephanie.

Was sie aussprach: »Wir scheinen da zu sein.«

Denn es ging nicht weiter. Die Sackgasse endete bei einer Mauer im schiefen Winkel, ihn füllte ein Dickicht von Geröll und Gestrüpp, zu schweigen vom Unrat. Jenseits die beschädigte Wand gehörte möglichenfalls einem Schuppen. André benutzte einige knorrige Wurzeln als Stufen, es sah nach alter Gewohnheit aus; ließ sich drüben von der Mauer und öffnete eine Pforte, so einfach war es. Die Hand im Taschentuch, entfernte er die dornige Vegetation, die, wie es schien, den Eingang unauffindlich gemacht hatte, für all und jeden, vergessene Zeiten lang.

»Vorn ist das Haus so fest und hier so ungesichert?« bemerkte sie im Ton des Zweifels. »Es ist richtig«, erwiderte er. »Komm nur!«

Ihr Zögern vor den Dornen gab ihm die Gelegenheit, die er suchte. »Komm lieber nicht!« bat er, voll einer Angst, die sich plötzlich erklärte. Wovor? Sie könnte ihr Kleid zerreißen? »Dich allein lassen!« sagte sie ungläubig. »Das meinst du nicht ernst.«

Sie griff selbst zu, bog die spröden Zweige fort, kam auch unbeschädigt hindurch. »Da bin ich.« Sie lächelte. Aber wenn sie gesagt hätte: Genug! Nicht weiter! – ihr Gesicht wäre weniger erblaßt, gegen Tränen müßte es nicht kämpfen. Wortlos gestand sie ihre Furcht, sie verbarg das Gesicht an seiner Schulter. Als er es später aufhob und feuchte Spuren von ihren Augen küßte, seufzte sie und fragte wie eine Erwachte: »Wo bin ich?«

Sogleich begann er zu reden, geläufig wie eingeübt. »Du wirst erstaunt sein. Du bist in dem Liebespavillon des alten Balthasar, der einmal der junge war. Sieh! der blinde Spiegel, seine gemalten Vögel glänzen auch nicht mehr, aber ein Druck von hinten, wir waren drinnen. So einfach ist das«, wiederholte er. »Nehmen wir an, ein Geizhals verwahrte sich und seinen Schatz mit Attrappen und Selbstschüssen, eine Stelle läßt er unbewacht – warum? Der Liebespavillon hat ausgedient. Er vergißt ihn.«

»Ich war auf so viel Abenteuer nicht gefaßt«, sagte sie, um sich zu ermutigen. In Wahrheit erwartete sie mehr. Wie gern ließ er ihr Zeit, sich umzusehen! Auf den Konsolen der abgerundeten Ecken standen Schüsseln mit Milch. Das Sofa, üppig vordem, jetzt mager, war von einer Batterie geleerter Flaschen besetzt. Erinnerung an die Völlerei der Gespenster.

Er gab Aufschluß. »Die alte Irene benutzt es als Ablagerung. Einst aber, in ihrer Blüte, hat sie selbst sich nicht schlecht darauf ausgebreitet. Einer könnte davon melden. Wird aber nicht.« Dies leise, während er ihr folgte. Sie untersuchte die beiden Fenster. Einander gegenüber sprangen sie anmutig vor im Halbrund der ausgeblichenen Wände. Ihr Rahmen waren zierliche Säulen, umschlungen von Liebesgöttern kleinen Formats, die schweigsam ihr Alter bedauerten.

Das half weder ihnen noch der ungebetenen Betrachterin. Sie zeigte hinaus. »Ein Spaten. Etwas wie ein Grab.«

»Irene könnte ihre Katze begraben wollen – oder hat es gewollt und sie dann doch fortgeworfen. Die Frist zu trauern war abgelaufen. Die Tür interessiert dich nicht?«

Sie zuckte die Achseln. »Dahinter ist eine Mauer, wenn es nicht schwarze Nacht war. Nein, nicht noch einmal!« Sie war entschieden nervös geworden.

»Fürchte dich nicht!« bat er. »Sonst muß ich den Überlegenen abgeben, es kleidet weder dich noch mich.« Er vermied alles, was sie beschützt hätte gegen angenommene Gefahren, eine hilfreiche Hand oder die Weisung: Bleibe hinter mir! Ohne ein Wort wies er sie darauf hin, wie absichtsvoll eine schmale Tribüne, ihr Abschluß die Tür, die Rundungen des Pavillons unterbrach.

»Man hält es für natürlich, scheint ganz profan ins Freie

zu führen«, sagte er. Aber die Tür, die er angriff, widerstand. »So einfach ist es«, sagte diesmal Stephanie und lachte. Warum zeigte die Tür, die nirgends hinging, auf zart gelber Lackierung ein Gerippe, das eine nackte Frau umarmte? »Bühnentricks, je commence à les connaître«, bemerkte sie.

»Das begrüße ich.« Er schob eine Klappe zurück, in dem Lack voller Risse war sie nicht aufgefallen; langte hinaus, entfernte ein Hindernis. »Kinderei«, sagte er. »Ich habe mich erinnert, daß derselbe Scherz mir vor zehn Jahren Mühe machte.«

Die Tür weit offen, dahinter nichts zu sehen; er lud ein.

»Du voran, bitte. Um deine Hüften hoffe ich schnell genug zu greifen, wenn du ausgleitest. Aber es ist kein Grund. Hier warten wir, bis die Dunkelheit nachläßt.« Im voraus umspannte er ihre Mitte, als wäre ein falscher Schritt zu fürchten. Langsame gelinde Küsse fühlte sie über ihren vorgestreckten Nacken hin und her schweben, kaum die Berührung, eher einen geküßten Traum.

In diesem Augenblick war Stephanie ohne Sorge, wo sie sich befände. Undurchdringliche Hintergründe sind sonst bedrohlich, angenommen, man stände selbst in einem Überrest von Licht aus dem Gartensaal und wäre ein leichtes Ziel. Nein, ich bin an André gelehnt, fühle ihn atmen und weiß nicht, was Furcht ist. Sie scheint ein Zustand des Fleisches zu sein. Es fürchtet, solange es nicht wünscht. Der Wunsch, den wir die Liebe nennen, ist stark genug, daß die Frau auf der Tür sich von dem Skelett umarmen läßt und der Mahnung nicht achtet. Ihr eigenes Fleisch wird abfallen, was sie nicht stört, sie wünscht zu sehr. Furcht ist kein Zustand des Fleisches, das begehrt.

Philosophie einer ersten Sekretärin des Präsidenten aller Konserven – dachte sie für sich. Das andere, mehr konkrete, ließ sie ihren Gefährten sagen oder, wenn er wollte, war es seinen Händen erlaubt. Er wird sie, getragen eher als geführt, sogleich wieder diesseits der zart gelben Tür haben, dann laufen die Dinge von selbst. Wer, er oder sie, wird von dem Sofa die Flaschen entfernen? Beide – um beschäftigt zu sein während der Minute, die alles verderben kann.

Sie entfernte seine Hand. »Wir sind doch nicht deshalb hier. Leider«, sagte sie ehrlich. Gerade damit änderte sie seinen Sinn. Er zeigte vorwärts in das Dunkel, das sich halbwegs gelichtet hatte. »Das aber sollte nicht sein«, murmelte er; an seinem Arm war zu fühlen, daß er erschrak.

Sie mußte ihre Augen nicht anstrengen. Sie hatte, anders beansprucht, bisher nicht Kenntnis genommen, übrigens litt der Schauplatz keinen Zweifel mehr. An seinem anderen Ende wurde eine verhältnismäßige Helligkeit durchgelassen – von der Haustür. Hier bei ihnen hing die Treppe über, eine breite, langsame Treppe, sie würde sogar ein freies Tageslicht unter ihrer Masse gedämpft haben. Stephanie wiederholte: »Das sollte nicht sein? Daß der Schrank von der Wand gerückt ist?« Sie ging hin, er ließ sie. »Aber es ist kein Schrank. Die Mauer selbst steht offen. Dann kommen Stufen.«

»Wieder die Bühnentricks«, sagte er harmlos. »Tu commences à les connaître.« Er wahrte die vier, fünf Schritte Abstand, die sie über ihre Entdeckungen beruhigen sollten. »Es lohnt sich nicht.« Das wollte gleichgültig klingen. »Ein weitläufiges altes Haus hat Keller, womöglich mehrere untereinander, und lächerlich, sie nehmen kein Ende, oder niemand kennt es.«

»Nicht einmal er selbst?« fragte sie in tieferer Stimmlage. Mezzosopran bis Contralto, hörte der Sohn Arthurs. So spricht sie, wenn sie sich mit dem Unwahrscheinlichsten abgefunden hat. Aus diesem Grund allein gab er die Vorsicht auf. Zwei Schritte anstatt vier, er war an ihrer Seite. »Wir müssen nach ihm sehen«, entschied er.

»Das wollte ich sagen.« Sie verhielt sich nicht weniger sachlich. Mit Genugtuung betonte jeder der beiden seinen gefestigten Zustand und beschloß, ihn sobald nicht aufzugeben. Er ordnete an, daß sie beginne, vor ihm herabzusteigen. Sie blieb stehen, sobald sie nicht mehr unterschied, wohin sie trat. »Was machst du noch?«

»Ich suche den Mechanismus, der Schrank muß in seine vorige Stellung zurückkehren.«

»Wozu? Du sprichst, als hättest du es gelesen.«

Ja, wozu. Weil Balthasar denselben Handgriff vornahm, an dem Nachmittag – war es gestern, wirklich gestern? –, den der betrunkene André bekanntlich vergessen hatte.

»Ja, wozu«, wiederholte er. »Wenn der Wächter des Weinkellers ihn offen läßt – Mag er nun drunten sein oder – beim Frühstück«, schloß er verspätet.

»Er ist drunten«, sagte die Altstimme.

»Hast du dein Feuerzeug, Stephanie? An dieser Stelle zündete er gestern ein Lämpchen an.«

»Feuerzeug«, das Achselzucken war nicht zu sehen, er hörte es in ihrem Ton. »Ich bin mehr für ein Streichholz.«

»Versteht sich. Wie komme ich auf einen Gebrauchsartikel gesicherter Zeiten. Er selbst ist vom Streichholz niemals abgewichen. Jetzt das Lämpchen. Hier, bitte.«

Aber das Streichholz einmal angerieben, half kein »hier bitte«, sondern die felsigen Unregelmäßigkeiten der Wand stürzten ihre Schatten dermaßen übereinander, daß jedes Lämpchen darin verschwunden wäre. »Vielleicht habe ich es nur geträumt?« vermutete er, als das Streichholz erloschen war. Sie rieb ein zweites an, da sieh, ohne zu suchen, stieß sie auf Aladins Wunderlampe. Das sagten beide aus einem Munde.

»Was machen wir nun?« fragte er unschuldig, antwortete aber in der Weise Balthasars, falls er sie getroffen hätte. »Asseyez-vous, et reprenez courage.« Mit Geste über die weiten Räumlichkeiten hin. Die Schatten häuften sich auf allen Seiten, aber sitzt man auf Schatten?

»Du hast nicht im geringsten geträumt«, sagte die schöne Stimme: hier unter der Erde entdeckte er sie, was alles kann noch zu entdecken bleiben. Wohl klopfte ihm das Herz. Doch nicht, weil ein schlimmer Traum wahr werden wollte? Der beste Traum des ganzen Lebens war sie selbst; auf der Finsternis, die schon wieder eine Wand bildete, schwebte ihr Umriß höher oder tiefer – was er zuerst nur betrachtete, als wär es für sein Vergnügen. Auf einmal bemerkte er, daß die Quadern uneben waren, daß bei dem ersten unglücklichen Schritt ihr Fuß brechen konnte!

Er hatte das Glück, sie zu erreichen und in den Arm zu nehmen, genau an der Stelle, wo sie gegen eine vorspringende Ecke gestoßen wäre. Jetzt traf es ihn selbst, er dankte dafür laut. »Recht so. Mein liebstes Gut, caro mio ben, in das Ungewisse schicken, bis es ausrutscht!«

Er war belehrt, ernstlich hielt er sie umfaßt, nicht um ihren Körper zu berühren, sondern wegen ihres Gleichgewichtes. »Caro mio ben«, flüsterte er, »schließe die Augen, du verlierst nichts. Der Keller verengt sich von hier ab, es würde dich bedrängen. Den Moder zu riechen, kann ich dir nicht ersparen.« Pause. Gespanntes Abtasten des Weges, ein Arm in das Dunkel ausgestreckt, der andere um sie.

»Daß ich das Lämpchen nicht mitgenommen habe! Aber er selbst läßt es gewöhnlich an seinem Ort. Heute hat er es nicht einmal angezündet. Kannst du daher glauben, daß er hier vorbeigekommen ist?«

Sie überlegte wohl. Ihr Kopf ruhte gegen seine Wange lässig genug, daß ihre Augen geschlossen sein konnten. Es wäre, zwischen Wänden, die sie nunmehr auf beiden Seiten streiften, eine unabsehbare Wanderung gewesen, und war denn zu wünschen, daß sie ende? Man weiß nicht, was folgt. Das Glück, sehr hell, nach dieser Finsternis. Wenn vielmehr die ungewisse Reise, gebettet sie an ihn, Last ohne Gewicht, Besitz durch Hingabe des Gefühls – wenn diese fragwürdige Verzögerung schon das Glück selbst gewesen wäre?

Die unmögliche Antwort war ihnen erlassen. »Halt!« sagte André. Seine freie Hand versicherte sich einer schroffen Wendung des Schachtes; die letzte, wie ihm einfiel. Als sie herum waren, lag vor ihren Füßen ein matter Schimmer. »Offen. Auch nach dem zweiten Keller, seinem feierlichen Weinkeller, hat er die Tür offen gelassen. Etwas muß geschehen sein.«

Diesmal antwortete sie: mit den Lippen berührte sie seine Schläfe. »Deine eingesenkten Schläfen!« Sie sprach es, wie einen Grund, ihn zu begehren. »Lassen wir, noch einen Augenblick, den Weinkeller! Man sieht nicht.«

»Licht sickert genug von oben, vielfach gesiebt, daher gespenstisch. Aber du siehst die Fässer. Du würdest auch ihn sehen.«

»Aber ihn sieht man – noch nicht«, ergänzte sie. »Dies ist deine Treppe? Die Treppe aus deinem Traum, den ich für eine Eingebung des Weines hielt. Aus Eisen, gewunden.«

»Glatt. Hinter mir standest du selbst.«

»Wo ich jetzt stehe. Nur ist es das erstemal. Was hier sonst vorgegangen sein soll, meldete deine Erzählung nicht.«

»Erinnere mich nicht! Wir saßen nie wieder in demselben Sessel. Aber der Auftritt des Intendanten kam dazwischen.«

»Dazwischen kam, daß du gewisse Erinnerungen lieber verdrängtest.«

Er flüsterte, als würden sie gehört: »Was war denn? Nur noch das Goldstück, das ich fand.«

»Ich verstehe – beinahe«, sagte sie verhalten. Er hörte

sie ihn sanft ermutigen. »Jetzt bin ich wirklich bei dir, auf der glatten Treppe. Du kannst sprechen.«

»Es war nichts.« Aber sein Ton verleugnete das unbesorgte Wort. »Neben, eher unter einem Weinfaß fand ich das Goldstück. Er regte sich über die Maßen auf.«

»Er hat dich angegriffen?«

»Er erschreckte mich und tat mir leid. Aus Furcht, ich sei ihm hinter Geheimnisse gekommen, führte er sich auf: so hatte ich ihn nicht gekannt.«

»Ich fürchte, wir kennen ihn noch immer nicht. Halte mich fest auf der glatten Wendeltreppe«, verlangte sie, nur um ihn zu beschäftigen. »Wie hast du ihn über das Goldstück beruhigt?«

»Ich legte ihm nahe, daß seine Gäste es dagelassen haben konnten. Die Annahme ist, seine Freunde kämen vom Friedhof, ihrem Aufenthalt, und nicht Schlösser noch fester Stein oder Camouflagen seien ihnen im Wege, wandelte die Lust sie an. Er war nicht in der Lage, mir unrecht zu geben.«

»Jetzt wäre er in der Lage.«

»Seitdem er weiß, daß er niemals tot gewesen. Das Erlebnis des Todes ist ihm aufgehoben und wird nicht zweimal widerrufen.«

XXV. Die bedenkliche Szene

Stephanie mußte nicht mehr antworten, sie waren unten. Anstatt sich von ihm halten zu lassen, führte sie ihn. Ihr Arm drückte, ohne daß sie es wußte, dem seinen die Richtung auf; aber nicht auch seiner dem ihren? Des rechten Weges ohne Überlegung kundig, zwei kluge Kinder, überquerten sie den leeren Raum vor den Fässern. Nichts konnte übersichtlicher sein als ihre erste Reihe. Gleiche Höhe, gleicher Abstand, ein beruhigender Anblick, eine fraglose Bestimmung.

Der Aufbau dahinter erweckte weniger Vertrauen, gerade darum zog er an. Übrigens erschien er einfach lükkenhaft, so gestellt, wie die großen Stücke sein mußten, damit ein Küfer sich zwischen ihnen bewegte. Inmitten des doppelten Walles blieb Raum für ganze Tafelrunden von Zechern, die sich niedergelassen hätten. Soweit gut; nur daß André sich entsann, sein Großvater habe ihn keineswegs dort hineingebeten, als er ihm Wein bewilligte. Vielmehr, den Wein hatte Balthasar hervorgeholt; aus dem Faß war er nicht gelaufen, sondern aus einer Kanne am Boden; und der Alte wollte hierbei nicht gesehen werden.

Die Szene kehrte in aller Deutlichkeit zurück. Die kurze Weile genügte, als das umschlungene Paar, verabredet mit seinem geheimen Sinn, die erste Reihe der Fässer zurückließ, um Zweifel kaum bemüht, wenn auch des Wissens bisher nicht habhaft. In der Viertelminute erblickte der junge André noch einmal den alten Zwerg – ein Zwerg durch Verkürzung, von der Treppe gesehen.

Seither will er ihn vergessen haben, könnte ihn aber jetzt zeichnen. Die rauhe Jacke, hinten weggerutscht, wie er tastete an den sicheren Spangen, die seinen Schatz faßten, ihn bändigten: seine edlen Gewächse, tätig in ihren Tonnen bis zur vollendeten Reife. Vorgebeugt, bedrohlich lauernd, spähte der Zwerg nach dem Zuschauer. Seine Schultern bedeckte Spinngeweb und Staub. Alles könnte man zeichnen.

Halt! Was liegt da? Das Paar hielt an, vor jeder Verabredung, hier geschah etwas außerhalb des Ermessens. Halt! Da liegt ein unbekannter Mensch. Jenseits der vorderen Fässer war er nicht sichtbar gewesen. Ein Zufälliger, den niemand erwartet, liegt nicht wie dieser eingeordnet; auch kein Verbotener. Wenn er in einem geheimen Keller betroffen wird, kommt immer doch viel auf sein Benehmen an. Wahrhaft friedlich schläft er den wohlerworbenen Schlaf.

Der schwache Schimmer von oben verliert sich in dem Schatten der gebauchten Wälle um den Ruhenden her. Bleich trifft er die gefalteten Hände. Der Kopf ist rückwärts gesenkt, die Brust wird vielmehr gehoben von einem Kissen, das den Rücken trägt. Ein Kissen, das unter der dunklen Kleidung des Mannes hier und dort glitzert. Es ist aber die Kleidung eines Bedienten von geringem Rang.

Das Paar beriet ganz ohne Worte, wo es anfange, sich zu vergewissern: bei den Händen, die beten oder sich ergeben, bei der armen Leibesgewandung, dem noch unentdeckten Gesicht. Nun geschah, daß sie infolge von Ratlosigkeit den Körper anstießen, daß seine Unterlage klirrte, erschüttert, aber nicht zu sehr, und ein einzelnes Goldstück bis vor ihre Füße schickte. Es sah sie an und funkelte.

»Wieder mein einzelnes Goldstück – hätte ich gesagt, wenn ich mich nicht schämte. Natürlich sind es viele. Natürlich sind alle Fässer von ihnen voll.«

Er sprach, weil man nicht länger schweigen durfte; auch nicht Ausflüchte suchen. Sondern der Tote verlangte nach Wahrheit.

Stephanie tat seinen Willen, wie André. »Wir wollen sein Gesicht betrachten. Wir haben beide sogleich gewußt, wer er ist.«

»Obwohl er sich als sein eigener Diener gekleidet hatte, wie einst im Leben.«

»Auf ein Häufchen Gold und in Livree, so bettete sich dein höchst merkwürdiger Vorfahr, um zu sterben.«

»War es sein Vorsatz?« fragte der Nachfahr aus Schamgefühl. Der Alte sollte, trotz den Umständen, keine ausgestellte Figur machen. Sich zuletzt noch dramatisieren, das wäre! Inzwischen schaufelte er mit den Händen das Gold vom Rücken nach dem Kopf: jetzt liegt er gehoben, offen das Gesicht. Das Paar beugt sich.

Es ist der Friede. Es ist, wie immer, der Friede und sonst nichts. Suche auf den offen stehenden Lippen keine Spuren letzter Worte! Leg nichts in die verschlossenen Züge von stattgehabter Erlösung! Noch bist du über ihm, siehst nahe hin: er bleibt allein. Er bleibt so vollkommen für sich, als hätte er nie gelebt. Dies ist das Nichtsein, Abgrund des Gedankens.

Dem Paar ist sehr beklommen. Auch Rührung fühlt es, aber mehr Verlegenheit. Wie kann man sterben! Zugegeben, man stirbt. Aber hier? Aber in dieser Anordnung? Sie ist, mit Fleiß oder nicht, dramatisch auf den Moment gestellt, und dann? Das alles war. Vorhanden ist in dem Angesicht, das keines mehr ist, der Schein des Friedens, der endlichen Genugtuung, einer Beglückung ohne Widerruf. So sah der Mann nie aus. Das Niegewesene sieht dich an, es will dich mahnen, wenn es könnte, daß du vergebens lebst. Dies war es, warum der junge André in heftiges Weinen verfiel.

Seine Stephanie empfand Mitleid für den toten Balthasar, der viel geirrt haben mußte. Will andere mahnen, liegt aber selbst – worauf? Auf etwas Gold und in Livree. Sie nahm ihren André in den Arm, sie drückte seinen Mund an ihren Hals, bis seine Klagelaute schwiegen. Da sprach sie. »Weise wie er war, Balthasar war auch lasterhaft.«

»Wie er hier liegt, willst du sagen?«

»Sag es selbst! Warum ich?« Sie kam nicht weiter, er wollte es sich erklären, sah sie an und fand sie verweint, auch sie. Da nun beiderseits viel eingestanden war, scheuten sie nicht länger, einander gegen die Brust zu sinken und ihre Tränen zu vermischen.

»Einmal hab ich ihn gesehen, keinmal gesprochen«, klagte Stephanie.

»Er liebte dich, ich weiß es.«

»Ich auch. Er wieder hat gewußt, wer er mir war: wie hätte er anders uns beide hier erwartet.«

»Es ist wahr, uns erwartete er.«

»Und wird uns anreden«, sagte sie zu seinem Schrekken. Er verstand erst, als sie unter den gefalteten Händen des Vergangenen ein Blatt Papier hervorzog. Mehrere große Blätter, in ein Knäuel zerdrückt. Entfaltet, zeigten sie Risse, von den Nägeln der Hand, und Flecken, woher? Vom Todesschweiß. Er hat gekämpft, sahen sie, aber hat ausgehalten bei den Gebärden des Friedens. So viel wert war es ihm, uns den Abschied rein zu entbieten!

Die Hand des Mädchens zitterte, als sie den Brief nahm, als sie ihn glättete. Der Knabe dachte: Wie spannend ist meine reizende Freundin! Wenn Balthasar gewettet hatte, er werde hier die Hauptperson sein, hatte er verloren.

Stephanie sah in das Sendschreiben, das man versucht ist »von anderswo« zu nennen – las und errötete. Sie reichte es weiter. »Du kennst seine Schrift? So schlecht war sie wohl nicht immer.«

Er begriff: nicht der Schrift, die nur altertümlich aber sicher genug war, wich sie aus. Sie wollte nicht gelesen haben, womit Balthasar gleich anfing. Er sagte und sein Enkel wiederholte es laut:

»Geliebte Stephanie! So hätte ich dich noch vor fünfzig Jahren zweifellos genannt, und du hättest deinem Liebhaber das greifbare Recht auf dieses Wort gegeben, vor dem gesprochenen Wort. Zuerst geliebt, und dann sich gerühmt. Dies wünschte ich deinem André, dem du natürlich das nämliche anraten würdest. Indessen müßt ihr beide schwierig tun. Mir ist es recht, denn ich bin eifersüchtig.«

Dies staunend zum besten gegeben, puffte André ein herzliches Lachen aus. Er kletterte auf das Faß zu Häupten des verstorbenen Autors, wobei er ihn würdigte: »Er war ein wirkliches Talent, ich fühlte es von jeher. Daß er nur seine Denkwürdigkeiten hinterließe!«

Einmal auf dem Faß mit schaukelnden Beinen, folgte von selbst die Zigarette. »Auch eine?« fragte der Junge und hob sein Girl an Arm und Bein zu sich herauf. Das Etui, das zerbeult, aber aus Gold war, steckte sie, anstatt in seine Brusttasche zurück, unter sein Hemd. Auf seiner Haut verweilte ihre warme Hand. Er wußte sich nichts Besseres als die seine auf ihren entblößten Schenkel zu legen, sie sollte sich nicht umsonst mit hochgezogenem Rock auf Fässer schwingen.

»Unser Balthasar war ein lüsterner Greis«, stellte er fest, um so entschiedener, je offener die Frage. Sie erwiderte dann auch: »Man muß weiter sehen. Das letzte war, daß er eifersüchtig ist.«

Körperliche Hemmungen fehlen auf einmal, das verdanken wir ihm! Aber seine Art ist nicht geheuer. Und wir? Um ihre Unbefangenheit zu beweisen, brachten sie einander die Augen ganz nahe. Jedes Zucken der Lider wäre erkennbar, nur darf man nicht gerade Rauch in die Gesichter blasen, noch überhaupt in einer Wolke sitzen.

Die Wahrheit ist, daß beide sich schämen, er, weil er hinter den lebensvollen Balthasar zurücktritt, sei es nur diesen zugespitzten Augenblick. Sie, nicht zu leugnen, empfängt Annäherungen eines toten Mannes, der jetzt ebensogut zwanzig sein könnte. Was da liegt, auf Gold und in Livree, gehört erloschenen Jahrzehnten. Aufgelebt ist er, wie er sich bei ihr anmeldet, als Bewerber um ihr Fleisch. Die Hand auf ihrem Schenkel! Sie nimmt sie weg. »Wirst du weiterlesen?« befiehlt sie, unter ungnädigen Stößen ihrer beiden Absätze gegen das Faß, worin es übrigens klirrt. Er gehorcht.

»Es ist eigentlich André, der zu dir spricht«, so liest er, hält schon an, wiederholt argwöhnisch: »Es ist eigentlich André.«

»Das denkst du dir aus!« sie umschlingt ihn schon wieder und liest mit. Da steht wirklich, und der Betroffene selbst muß es aussprechen: »Ich nehme für ihn das Wort, das ihm kühner als die Handlung scheint. Mich kostet es nichts mehr. Ich habe hiermit die Probe abgelegt, daß ich ihn durchschaue wie mich. Nach Kenntnisnahme meines letzten Zustandes, als tot, und meiner ersten Sätze, als schamlos, wird er ein Faß ersteigen, du auch; ihr werdet rauchen, was zu meiner Zeit für unanständig galt in Gegenwart einer Leiche; er wird dich begehrlich berühren, was er bisher hinausschob. Andere, vor ihm, hatten es eiliger, und du auch.«

Das letzte brachte den Vortragenden schlechthin zum Schweigen. Bis dahin hatte er nur gestockt, wenn seine Zunge sich nicht überstürzte. Stephanie sagte: »Du nanntest ihn, etwas zu einfach, einen lüsternen Greis.« Sie hatte den Ton des sanften Vorwurfes, anstatt sich zu verteidigen, insofern die Enthüllung sie selbst betraf. Nachträglich setzte sie doch hinzu: »Er hat uns gut gesehen.«

André, zufrieden, nicht die einzige Zielscheibe zu sein: »Erstaunlich gut, und warum nur uns? Zugegeben, uns beide hat er ziemlich erschreckt. Vielleicht weißt du es nicht, aber die Zigaretten haben wir fortgeworfen; unsere Hände waren schon vorher entfernt von den angenehmen Plätzen, wo sie lagen. Was der eifersüchtige Balthasar kann! Wenn er sagt: andere, vor ihm, hatten es bei dir eiliger, dann widerspreche ich ihm nicht, erstens aus Hochachtung; ferner, weil man sich nie dagegen verteidigen darf, man sei nicht der erste und einzige. Hochmut kommt vor dem Fall.«

Stephanie: »Do you really think so? Dies war deine längste Rede. Ihretwegen hast du dich unterbrochen. Nicht von dir wolltest du handeln: von ihm!«

André, nimmt auf: »Erstaunlich gut hat er gesehen, und warum nur uns. Setze den Fall, er habe andere Gestalten und Gruppen entblößt wie uns, ob getroffen oder verfehlt, jedenfalls mit derselben zynischen Anschaulichkeit; habe auch von ihnen vorausbestimmt, wie sie bei starken Wendungen ihres Romanes sich geben werden! In seiner Bibliothek müßten wir eine lange Reihe beachtenswerter Handschriften finden, in Saffian gebunden, aufgeräumt und keiner Nachwelt zugedacht.«

Stephanie: »Nichts werden wir finden. Lies weiter!«

Balthasar: »Ich war zu stolz für die rechtschaffene Arbeit, für die andere auch. Mein Enkel André versteht mich, liebt er doch denselben Frauentyp, das entscheidet über den ganzen Rest. Auch er zieht vor, müßig zu gehen, nicht so sehr aus Trägheit; er findet es nur albern, sich hienieden verewigen zu wollen, und das einfache Geldverdienen scheint ihm häßlich. Nun ist das tägliche Brot nicht häßlich, meine Kinder.«

Stephanie: »Er wird lehrhaft.«

André: »Er wird sozial.«

Balthasar: »Was mich betrifft, wurde ich ohne mein Verdienst beständig der Sorgen überhoben. Die ganze Welt schien eine Wette eingegangen zu sein, wie reich sie mich machen könne, wenn sie es darauf anlegte. Wohlverstanden, waren hierfür die rechten Zeiten, und die kommen nicht wieder. Das Jahrhundert hatte reizende Laster, auch mich forderte es auf, dergleichen zu erfinden.«

Stephanie, wiederholt ihre nunmehr bestätigte Meinung: »Lasterhaft und weise.«

André: »Verdächtig war mir längst, was hinter der Haltung des Weisen stecken möge. Gerade das hat mich in seiner Nähe eingeschüchtert. Ich glaubte, es sei seine Feierlichkeit.«

Stephanie: »Hören wir ihm zu, von seinem dunklen Punkt!«

Balthasar: »Meines Lebens wurde ich erst recht froh, als ich den Armen spielen und mein Gold verstecken konnte.

Niemand ahnte den wirklichen Verhalt. Daß ich es nicht vergesse, geliebte Stephanie, du solltest Irene entschädigen. Nicht übertrieben; immerhin hat sie mich undankbaren Bettler ernährt.«

André: »Nicht übertrieben, ist gut. Wovon willst du sie bezahlen?«

Balthasar, durch Stephanie, die in den Brief sieht: »Seit langen Jahren trägt die brave Haut die Kosten meiner –« Das Blatt ist ironischerweise gerade hier umzuwenden. »Meiner Orgien.«

André: »Was die Leute vom Friedhof verzehrt haben? Genehmigt.«

Stephanie: »Die Leute vom Friedhof? Ah! sie gehören zu den Unwahrscheinlichkeiten, die du gestern erlebtest und mir vorenthältst. Gib her! Ich will selbst lesen.«

Spricht Balthasar: »Das sind weniger beträchtliche Begleiterscheinungen, mein Umgang mit Toten und so. Ich mußte selbst tot sein, damit ich mein Gold, von Ewigkeit zu Ewigkeit, ganz für mich hatte und jede Unzucht mit ihm treiben konnte.«

André, in Bewunderung: »Wie du über das peinliche Wort hinweggekommen bist! Offen gestanden hört nachgerade alles auf, wir nehmen es, wie's trifft. Besieh dir nur den Diener Nepomuk, so hieß er. Demütige Hände, Angesicht des Friedens, zählt nicht bis drei. Weiter in der Unzucht!«

Balthasar, durch den keuschen Mund Stephanies: »Ihr sollt wissen, daß mein Müßiggang aufhörte, sobald ich ein Laster besaß. Es beschäftigt furchtbar. Man trennt sich von ihm schwerer als von dem nüchternen Tugendwandel: darum erreichte ich die Neunzig. So oft es mich überkam, besuchte ich meinen Weinkeller wie den Venusberg, was aber zu wenig sagt. Du kannst es nicht wissen, dein armer André schon gar nicht, somit erfahre: alle Fässer sind bis zum Rande voll Gold.«

André: »Drei Ausrufungszeichen.«

Stephanie: »Wegen der unerwarteten Neuigkeit. Armer Balthasar.«

Balthasar: »Auslaufen ließ ich meinen begrabenen Schatz, streckte mich darauf hin, und von dannen trug, auf ihren schwellenden, fließenden Gliedern, Dame Ewigkeit ihren unsterblichen Liebhaber.«

André: »Baudelaire hätte es schöner gesagt. Aber wählt man als das Bett, um unsterblich zu lieben, einen Haufen Goldstücke? Schließlich ist seine Dame nur die Habgier.«

Balthasar, pünktlich: »Der Geiz soll ein niedriges Laster sein, einst täuschte er auch mich. Wirklich niedrig ist kein Laster, schon weil jedes erotisch bestimmt ist. Da ich für zwei Liebende rede, werdet ihr mich nicht verstehen.«

André: »Nur entfernt, wie einen Eingeborenen dunkler Erdteile, wenn es sie noch gäbe.«

Stephanie, respektvoll: »Laß ihn irren! Der da liegt, verantwortet es.«

Balthasar: »Glücklich? War ich es? Der Geiz, bleiben wir bei dem Titel, hob mich über mich selbst; zum Schein will ich glauben, machte er mich weise. Ich wurde immer achtbarer und vereinsamte ganz. Glücklich? Dafür war mein Genuß bei weitem zu anstrengend – nicht nur er selbst, auch die Anstalten, die er benötigte. André hat mich in meinem Arbeitsdreß gesehen. Er konnte ihn sich nicht erklären, besonders, da er betrunken war, und ich noch soeben der verstorbene Geheimrat.«

André, hat ein ernstes Gesicht und behält es: »Jetzt aber würde ich ihn auswendig zeichnen mit seinem traurigen Sträflingskleid, in zwergenhafter Verkürzung. Edel ist noch der arme Nepomuk. Balthasar war kläglich, obwohl gefährlich.«

Balthasar: »Ich schaufelte mein Gold in seine Fässer zurück, damit der Keller ein Weinkeller bleibe; aus keinem anderen Grunde. Die Entdeckung fürchtete ich wenig; ich mußte schaufeln gerade nach dem Genuß, der mich nicht nur physisch erschöpfte. Sondern jeder meiner Séancen folgte der Degout. Das Laster erhebt seinen Anhänger und erniedrigt ihn. Es ist allein das Leben wert. Diese Wahrheit beherzigte ich, während meine widerwärtige Bekleidung mir am nassen Leib klebte, und ich mich riechen mußte. Mein Trost blieb, daß ich schon in der Ewigkeit, mit meinem Gold in der Ewigkeit war.«

Stephanie: »Jetzt denke ich ihn mir als grand cordon. Er hätte es leichter haben können.«

André: »Er hatte den Trost, daß er nicht lebte. Alles ist ein Traum.«

Balthasar: »Stunde um Stunde schaufelte ich. Jedes Gewicht Goldes von elf und einem halben Pfund – achtundneunzig Schaufeln voll kam auf ein Faß – hob ich bis zu dem versteckten Spundloch zwei Meter hoch, genau gemessen, waren es zwei zweiundzwanzig. Ich maß meine Ausgaben an Kraft und Zeit. Die körperliche Arbeit wurde mir bekannt. Ich hätte geschworen wie ein Steinklopfer oder Kanalräumer, daß jeder, dem sie fremd ist, müßig geht. Wie viel Mühe, mir die feinen Hände zu erhalten, damit sie, pauvres mains déchues et avilies, mich nicht entlarvten! Zuletzt schleppte ich mich aus dem Keller, vermochte es aber nur, weil in die Zeitlosigkeit schon eingegangen und ohne Alter. Ein Mann meines irdischen Alters und Zustandes hätte es nicht gekonnt.«

André, mit Anstrengung: »Wenn ich bedenke, daß ich ihn nicht kannte – oh! in keinem Stück; hätte den Hauptschlüssel in Händen gehabt und übersah ihn. So geht es mir gewiß mit jedem einzelnen Menschen, den ich beurteile. Immer urteilen, niemals wirklich wissen, es ist, um sich auch gleich auszustrecken, wo der Diener Nepomuk liegt.«

Stephanie hat seine Verzweiflung beobachtet, aber auch den nächsten Absatz des Briefes überflogen, beides mit verfinsterten Brauen. Sie drückt seinen Arm, um ihn an ihre Seite zurückzurufen: er soll mitlesen. In diesem Augenblick wird beiden bewußt, daß sie auf ihrem Faß nicht mehr sitzen. Sie stehen, den Rücken gegen ein anderes, gegenüber. Hier sehen sie den Toten ziemlich in gleicher Höhe mit ihnen, er wird ganz nahe und vollends unbegreiflich. Niemand spricht, sie lesen mit den Augen, ihm lassen sie das Wort.

Balthasar: »Daß ich wieder aufleben mußte für eine Nacht! Vielleicht, weil ich die Neunzig erreicht hatte, ein unklarer Grund, mir noch nicht unklar genug. Ich halte mich an das Dunkelste, das ihr selbst seid. Ihr, nur ihr habt mich veranlaßt, am Empfang bei der Welt teilzunehmen und danach zu sterben. Macht euch kein Gewissen daraus, so hätte ich schwächlichen Jungen anempfohlen. Ihr seid stärker als ihr denkt.«

Stephanie, die nicht gesprochen hat: »Atem holen!«

André, küßt sie: »Das Schwerste will kommen.«

Balthasar: »Auf dem Empfang bei der Welt fand ich meinen Notar, nahm ihn mit und machte mein Testament, einfache zwei Sätze. Er hat es und hält es zu deiner Verfügung, Stephanie. Was ich besitze, mein Haus und den Weinkeller, vererbe ich dir allein, letzte Geliebte. Du darfst es nehmen, du bist geliebter als das Gold, das mich verlassen hat, wie schiede ich sonst von ihm. Gottlob, ich muß nicht mehr schaufeln!«

André: »Du sublime –«

Stephanie: »– au ridicule –«

Aber beide Gesichter sind ratlos.

Balthasar: »Mit gutem Bedacht schreibe ich dies alles meiner Erbin, nicht dem enterbten Enkel. Das wäre, als ob ich mir selbst, dem Zwanzigjährigen schriebe, und auch das Gold hinterließe ich meinem vergangenen Ebenbild. Es würde nicht wissen, was damit anfangen, unfehlbar macht es meine unentschlossenen Torheiten. Du, die er an meiner Stelle liebt, weißt genau, wie Gold behandelt sein will.«

Sie sehen einander an. Was meint er?

André: »Noch etwas?«

Stephanie: »Ja. Er läßt sich dir empfehlen.«

André: »Rührend.« Er räumt den Platz. Drei Schritte, er kehrt zurück.

Stephanie: »Höre gut zu, was er dir auf den Weg gibt!«

Sie spricht dem Autor nach, in schönem Mezzosopran.

Balthasar: »Dein André möge von deiner Stimme hören, daß er durchaus mein Verehrer bleiben und die Distanz wahren darf. Auch Bekenntnisse wie diese hier heben nicht die Fremdheit eines anderen Daseins auf und machen keine trennenden siebzig Jahre ungeschehen.«

André: »Wie denn, Geheimrat! J'abonde dans votre sens. Großvater! Wenn nicht der Abstand wäre, ich küßte Ihre Hand, die geschaufelt hat.«

Balthasar: »Dein André, gut geartet wie er ist, fühlt schon jetzt, daß ich ihm kein Unrecht tue, im Gegenteil. Aus meiner Hand empfängt er das Beste, dich, Stephanie. Dein Gold wird seinem Gewissen neue Vorwände geben, eure Sache in die Länge zu ziehen. Die realisierte Liebe ist gemeint. Ich verlasse mich auf dich. Du wirst, zu deinem, seinem Glück, niemals weise sein und immer vernünftig.«

André: »Das wäre alles. Wie unterzeichnet er?«

Stephanie: »Spaß, er unterzeichnet Nepomuk.«

André: »Warum, bleibt unklar, wie alles. Aber da steht, quer geschrieben, ein Nachwort – mehrere Nachworte, kein gutes Zeichen hinsichtlich Selbstzufriedenheit und gelassenen Abtretens.«

Balthasar: »Inzwischen habe ich mich umgekleidet, diesmal als Diener. Zwischen dem Geheimrat mit dem grand cordon und dem rauhen Arbeitsmann wahrte mein Nepomuk immer die anständige Mitte. Er kannte den Stolz nicht, weder den Stolz des Müßiggängers, der eigentlich Verlegenheit war, noch den verzweifelten Stolz des schmutzigen Arbeiters. Dies beiseite gesprochen, vergeblich wie der Rest, denn für wen schreibe ich? Ihr habt zu lieben, ich zu sterben. In dies Haus verbannt, nie ein Dekorationswechsel, habe ich mich dennoch öfter umziehen müssen als mancher öffentliche Darsteller. Verstehe, wer kann!«

André: »Allerdings standen in seinen Zimmern alle Türen fortwährend offen. Der Eindruck auf Zuschauer ließ ihn nicht gleichgültig.«

Stephanie: »Es hätte ihm wohlgetan zu wissen, daß er eitel war wie ein gewöhnlicher Mensch.«

André: »C'est pourtant si simple, mais on n'y pense pas, wurde auch einmal gesungen.«

Balthasar: »Warum dramatisierte ich mich, eine so stille Existenz? Nicht allein, daß ich die Person tauschte. Seit weniger als vierundzwanzig Stunden zähle ich drei große Auftritte. Im ersten bin ich der Gastfreund von Gespenstern und auch ihr Autor. Im zweiten der Inhaber des grand cordon; die Welt hätte mich ausgelacht, wenn sie stärker wäre.«

André: »Du gehst gut ab, Geheimrat!«

Balthasar: »Meine dritte Szene soll erst noch spielen, gleich schickt der Inspizient mich hinaus. Verzeiht beide! Ihr werdet mitwirken in dieser meiner bedenklichen Szene.«

André, nach einigem Schweigen: »Konnte er seine bedenkliche Szene nicht streichen – deinetwegen?«

Stephanie: »Wo denkst du hin. Sie mag bedenklich sein, dafür ist sie die letzte und enthüllt ihn.«

André: »Hier auf der Bühne. Ein Menschenkind bleibt doch verschlossen.«

Stephanie: »Aber die Hand möchte ich ihm küssen, wenn es noch seine wäre und er noch da.«

André: »Ich ebenso.«

Balthasar: »Haltet mir zugut, daß ich die bedenkliche Szene mild und erträglich mache wie ich kann. Schon bin ich der Diener, dein Diener, Stephanie. Sooft ich mich in Nepomuk verwandelte, fühlte ich einen Augenblick des redlichen Friedens. Er soll es sein, der in Demut sich niederlegt auf ein Häufchen Goldes, nur so viel, daß er eingeweiht erscheint. Vielleicht aber, ruhevoll und von Neugier frei, hält er dies für das einzige Gold und vermeint alle Fässer leer?«

André: »Wenn er recht hätte? Auch das wäre möglich.«

Stephanie: »Gehen wir.«

André: »Das letzte willst du mir vorenthalten.«

Stephanie: »Oh! nichts. Er sagt, daß er nur weiterschreibt bis zu seinem schweren Viertelstündchen. Er messe den noch übrigen Raum so genau wie einst die zwei Meter zweiundzwanzig bis zum Spundloch. Er wisse, wie lange er den wohlberechneten Weg noch leisten könne von seiner Bibliothek hinunter in sein Grab.«

André sieht, einen Satz unterschlägt sie. Falscher Verdacht, sie will, daß er sich mit eigenen Augen überzeugt. Sie ist errötet, hat das Gesicht fortgewendet. Der Körper folgt, es eilt ihr. Er hat gelesen: da eilt es auch ihm.

Er fühlt die Kraft, die ein anderer von seinem Gold erhält, so daß es über seine Kraft, höher als seinen Kopf hebt, es birgt und besitzt. Er legt unter sie seine beiden Arme als eine Sänfte, im Lauf entführt er sie aus dem ersten Keller. Auf der glatten Treppe, ein angedeuteter Aufenthalt, aber es ist keiner. Es ist nur die Frage: tun wir einen Blick zurück? Niemand hat sie gestellt, niemand antwortet. Sans retourner la tête, haben sie stumm beschlossen.

Die Sänfte, auf der sie ruht, Stephanie findet sie sicher und zuverlässig. Durch den finsteren Schacht des zweiten Kellers gelangen beide ohne anzustoßen; straucheln keineswegs wo er weitläufig, ungleich und trügerisch wird.

Gar manche stürzenden Schatten laden zu Irrgängen ein, anstatt des allein gebotenen Ausweges. Da schimmert das schwache Licht des Lämpchens auf einem Vorsprung der Wand.

André spricht ein Wort, das erste: »Du hast uns geführt.«

Sie wäre bereit, aus seinen Armen aufzustehen; er leidet es nicht. Sie sind draußen, die langsame Treppe steigt ganz leicht mit ihnen hinan in das Haus. »Hier führe ich!« ist sein zweites Wort. Sie hat die Augen geschlossen. Er erinnert sich. Balthasar – sie saßen geheim beisammen, Stephanie kam außen vorbei, da hat Balthasar gesagt: »Die Treppe, die du als Kind liefest, sie ging sie nie.« Sie geht sie auch jetzt nicht, André trägt sie. »Du wirst sie richtig führen«, sprach Balthasar.

Sie weiß wohin, obwohl nie hier gewesen. Ihr Kopf ist fester in seine Brust gedrückt. Er sucht ihr Gesicht: sie hat die Augen geschlossen. Da gehen sie auf. Er wankt, so hoch schlägt sein Herz.

XXVI. Der Ernst des Lebens

Zwei Minuten lang hingerissen von einem Entzücken, das unvergleichlich mehr Dauer versprochen hatte, wiederholten sie ohne Pause dieselbe sinnliche Beförderung der Seelen. Zurückgekehrt, für den Augenblick ernüchtert, sagten sie oder sagte einer: »C'est joli, les transports en commun.« Ist es die Frau, die ihre wichtigsten Freuden mit einem Scherz quittiert? In dem sogenannten Säulensaal des verstorbenen Hausherrn wird sogar der Mittag dämmerig, bei geschlossenen Läden, herabgelassenen Vorhängen, ungerechnet, daß die Straße keine Sonne hat.

Auch das Geflüster der beiden Personen, die so dringend beschäftigt sind, verliert sich unter dem niedrigen

Plafond, wo unverhältnismäßig große Stukkaturen herrschen. Die Putten über ihnen spielen mit derselben Tätigkeit, die drunten auf dem Sofa todernst gemeint ist. Das allseitig ausgebogene Sofa, hoch geschwellt, aber hart mit seiner Füllung von Roßhaar, besetzt bekanntlich den ganzen Abstand zwischen zwei runden Trägern, wirklicher Marmor, die dem halbwegs feierlichen Raum seinen Namen verleihen, Säulensaal. Auf dem bauchig gewölbten Möbel liegt man unbequem, hat aber andere Gründe, gut zu liegen.

Wirklich, die Frau muß es gewesen sein: sie spricht noch einmal in ähnlichem Sinn, eher skeptisch, aber ihre Hände zweifeln nicht: sie liebkosen. Ihre Augen, die schmal geworden sind, schimmern feuchte Verführung, und meinen es überzeugt. Fraglich scheint, wieviel ihre Worte bedeuten. Sie sind nicht alle vorsichtig. Ob sie ernst sind?

»Du warst sehr stürmisch«, sprach Stephanie. »Fehlt nur, daß du mich gleich bei der Tür über den Tisch warfst. Angenommen, ich hätte meine Jungfernschaft noch zu verlieren gehabt, was Balthasar leugnet – ich würde es gar nicht bemerkt haben, so schnell ging es!«

Kaum zu Ende, zog sie ihn fester an sich, legte ihn in Fesseln des Fleisches, mit der gleichen Leidenschaft, die sie soeben bespöttelt hatte. Auch er, anstatt zu danken für das empfangene Wohlwollen, kam nachher alsbald mit Anzüglichkeiten. Ihr unglückliches Wort von der Jungfernschaft mußte vergolten werden – après coup, wie er bei sich feststellte. Gleichviel, sie war zu aufrichtig gewesen oder perfide. Daher sprach er: »Die Bedingung des Erblassers habe ich hiermit erfüllt.«

»Wirst deine Sachen nehmen und gehen«, ergänzte sie, lächelte wohl, aber fühlte sich kalt werden von den Schultern bis in die Knie: kalt und schwach, sie hätte nicht aufstehen können.

Er schritt weiter in seiner Rache. »Unser Balthasar war um dich besorgt, mir traute er nicht. Sein letzter Satz, den du mir vorenthieltest, gab mir auf, dich ohne jeden Verzug zu lieben. Er nennt ausdrücklich dieses Sofa. Die Vorschrift ist streng privat, der Notar kennt sie nicht. Dennoch erbtest du im Sinne des Testierenden nur, wenn ich mitwirkte. Ich bin loyal.«

»Das größte Scheusal bist du. Keinen vor dir hielt ich dieser Niedertracht fähig.« Keinen vor dir! Abwechselnd nehmen sie Rache.

Er hätte vielleicht noch daraufgesetzt, die abgeleugnete Unschuld sei auch nicht übel, von ihr müsse er das hören? Zum Glück bemerkte er ihre Blässe, ihre gelähmten Glieder, denen ein Krampf drohte, und erblickte ihr Gesicht, mitsamt der armseligen Ironie, die darin erstarrt war, jäh überschwemmt von Tränen. Da brach er selbst in jammervolles Weinen aus.

»Verzeih mir!« stammelte er, seiner Zunge nicht mächtig.

»Du, verzeih mir!« Auch sie erstickte von Jammer und Not. Einander verstanden sie nur, weil jeder sich selbst verstand. Sie betteten ihre Köpfe auf dieselbe harte Lehne, sahen zu, wie der andere schluchzte, nochmals überfloß, und trauerten um ihn wie um sich. Sie berührten mit ihren Fingerspitzen ein Gesicht, um besser mit ihm zu leiden, anstatt wie sonst, um es zu bewundern. Aus dem Leiden aber wurde, im Verlauf der Minuten und der Tränen, nochmals die Lust. In dieser Umarmung wimmerten sie schmerzlich, während sie, so gut wie gleichzeitig, seufzten vor Glück.

Das sind Zustände, so bedachten sie, als sie, erleichtert für den Augenblick, getrennt lagen und schwiegen. Gleich am ersten Tage, das Zerwürfnis, der falsche Tritt! dachte jeder der beiden Köpfe, und sahen einander an, was sie dachten. Aber das ist das Gesetz, weil wir lieben; wir können nicht immer Freunde sein. Um nichts mehr zu sehen, versenkten sie, eines in das andere, ihr süßes Antlitz. Sie hielten sich zur Nachsicht an, waren wirklich voll Güte, aber waren es aus Mitleid, Reue und in der Furcht, das Geschehene möchte wiederkehren.

Wie denn nicht. Keiner von ihnen fühlte sich fähig, ganz zu vergessen oder des anderen ganz gewiß zu sein. Gedanke des einen: Stephanie hat niemand geliebt vor André. Hat sie? Hat sie nicht? Fehlte wenig, daß es ihm gleich gewesen wäre, mit ihr im Arm, ihren Gliedern, die um seinetwillen kalt und starr wurden. Wie qualvoll aber, wie bitter mußte der unterdrückte Zweifel aufsteigen bei der ersten Entfremdung – bei der nächsten vielmehr; wenn noch so kurz, waren sie schon diesmal Fremde geworden inmitten ihrer Vereinigung! Dann sagt man: ich habe sie niemals gekannt.

Gedanke der anderen: Unsinn, wie sollte André wohl um des Testamentes willen Stephanie geliebt haben. In aller Frühe war beschlossen, was sie jetzt taten; sie hätten nicht über sich vermocht, es aufzuhalten; was, Testament. Stephanie sah es durchaus ein, während ihre Zustände, abgeschwächt, dennoch Gefahr kündeten. Der Auftrag des Toten drängt sich in ihre Wünsche, wem gehorchen sie seitdem? Verbürgt ist keineswegs, daß Stephanie künftig, bei einer nächsten leidenschaftlichen Verirrung des Geliebten, ihrer mächtig bleiben wird, des Blutes und Atems, die aus der Regel fallen, des Hasses und Todes, die das Herz ergreifen wollen. Aber da sie heftiger als er gelitten hat, ist sie entschlossener als er, nie wieder sich überraschen zu lassen.

Sie war es, die sprach. Sie versprach ihm, ungeachtet ihres Wissens, daß sie es nicht halten könne: nie mehr werde ich dir weh tun, daher du auch mir nicht. Denn die Stärkere war sie gewiß, und nahm die Schuld auf sich. Er bat heiß: »Du hast keinen anderen gehabt!«

»Fühle mein Herz!« verlangte sie und legte seine Hand unter ihre Brust. Soll er sich überzeugen, daß es laut oder daß es leise schlägt? Das wußten weder er noch sie. Anstatt zu prüfen, streichelte er. Was sie empfunden, war Beweis genug für beide. Worauf sie liebten. Worauf sie weinten, aber vor Glück. Die Erinnerung, wie böse und traurig sie gewesen waren, hob alle Grenzen der Seligkeit auf, für beide Geheilten.

»Mein Mund ist ausgetrocknet«, sagte sie.

»Weil du durch den Mund atmest bei unseren transports und auch beim Weinen, das bezaubert mich«, sagte er. »Ich hole etwas zu trinken.«

Er wollte nur in das Eßzimmer gehen, und man sah bis dorthin; aber sie hielt ihn fest. »Laß mich nicht allein! Ohne dich wird mir dies alles unheimlich.« Er erinnerte sie: »In der vergangenen Nacht nanntest du die hiesige Gespensterhaftigkeit vergleichsweise heiter.« Aber sie wiederholte: »Dies alles.«

»Dies alles« war der tote Balthasar im Keller, war sein verödetes Haus, vielleicht auch der Säulensaal – hinzugenommen, daß sie darin liebten? Sie zeigte, um dies alles zu erklären, auf die Stühle, sichtlich für Besucher aufgestellt. Er antwortete ernst.

»Gewiß, die Stühle sind unheimlich. Auf dem einen saß ich gestern, Arthur auf dem anderen. Sie sind in Gedanken stehengeblieben, als ob noch gestern wäre, ich aber wüßte schon gestern, was jetzt auf dem Sofa vorgeht, und sähe es mit Augen.«

»Glaubst du, daß wir die ersten sind?«

Er beruhigte sie. »Eher wären wir die letzten. In diesem Haus ist viel geliebt worden. Um so leerer ist es jetzt. Sobald wir uns von unserer Tätigkeit besinnen, wird es leer.« Er hätte hinzugefügt: Es ist nicht leer. Gespenster der alten Liebenden besuchen es wahrhaftig. Die Hauptperson befindet sich gerade bei ihrem Gold. Er hütete sich, es zu sagen, hob sie vom Sofa, trug sie durch die weit offenen weißen Türen und löschte ihren Durst.

Zusammen tranken sie die ganze Flasche aus, ohne daß vom Essen die Rede war. Hunger hätten sie gewiß gehabt, auch suchte André heimlich. Da er nichts fand, ließ er es gut sein, sonst wäre sofort die eingeschlossene Irene in Frage gekommen. Sie wären nicht länger allein gewesen. Stephanie schien die Alte vergessen zu haben. Von selbst umschlang sie ihn, damit er sie zurücktrage.

Unterwegs sagte sie: »Die Liebe ist grauenhaft« – dies, während sie mit der schmalen Seite der Hand über ihre Stirn strich. Er legte sie nieder, schob ihr endlich ein Kissen unter, es war ihm inzwischen in die Hände gefallen – da vollendete sie, was ihr im Sinn lag. »Sie muß grauenhaft sein, wäre sie sonst die Seligkeit?«

Sie ergaben sich lange, man hofft auf immer, ihrer Seligkeit. Vollendet wurde sie erst durch die Anfälle von Angst, die sich einschoben. Ob sie alt werden sollten? Alt und kalt? Auseinandergeworfen oder, was war schlimmer, zusammen und hier?

»Neunzig Jahre zu werden in dem Haus, das uns gehört, in Wahrheit wir ihm!«

Nur sie hatte es geerbt, aber er unterließ die Berichtigung. »Naître et mourir dans la même maison. Es erschreckt, wenn man es bedenkt. Nicht wissen, wohin verschlagen man sterben wird, ist ebenso schrecklich.« Sie waren einig, ihre trockenen Gedanken mit Küssen zu ertränken. Die Kehlen hat der Wein befeuchtet. Sie liebten viel, weinten mehrmals dankbar dem Segen, den sie spendeten. Ein einfacher Kuß auf die Stirn, sie gab ihn in plötzlich gefühlter Dankbarkeit, erschütterte den Jungen; er hielt die Minute, nur diese, für die Höhe seines Lebens. Macht sie künftig anderen großen Minuten Platz, wird er sie doch nie vergessen.

Endlich lächelte sie in die Dunkelheit, die von den Fenstern über den Boden schlich – vor der Zeit: die Stadt, ihnen fern, hatte Sonne. Die lautlose Straße im Schatten, das Zimmer mit der frühen Nacht, sie waren es zufrieden, sie fühlten sich jung, dauerhaft und kühn. »Wir behalten das Haus!« entschieden sie. Aber es war ein Beschluß im Traum. Nicht allein jung sind sie, auch ermüdet und wenig aufmerksam, auf Dauer nur bedacht, um beieinander zu liegen.

»Einmal sah ich im Vorübergehen eine Traumdiele, so hieß sie, und nahm mir vor, gerade dort zu tanzen« – sprach er dahin.

Sie suchte nicht im geringsten zu verstehen. Auch er hörte ihr zu wie einem Märchen. »Irgendwo«, sagte sie, »gab es ein Mädchen und einen Knaben, deren Liebe nicht wohlgelitten war. So beschlossen sie, zu sterben. Nicht eigentlich zu sterben, das war der Zweck nicht. Nur, zu lieben, wenn sie auch stürben. Ja, es war in Italien. Sie gingen hinauf unter das Dach, in ein ausgeräumtes Zimmer, wo wenig zu fürchten war, daß man sie suchte. Dort legten sie sich auf den bloßen Boden. Drei Tage später wurden sie aufgefunden, beide von der Liebe tot, der wörtliche Liebestod.«

Dies erzählte Stephanie ihrem Geliebten. Wie lange her, war sie keusch, aber auf ihre Enthaltsamkeit nicht stolz gewesen. Da sie an sich und ihren Geliebten dachte, während sie von dem anderen Paar sprach, ist nicht gesagt, daß die Sätze geordnet und deutlich herauskamen. André hätte auch dann nur traumhaft Kenntnis genommen: er hatte eine absence, wie er noch feststellen konnte. Hat das Bewußtsein verloren – mehr oder weniger, jedenfalls in angenehmen Grenzen.

Als er es zurücknahm, stand Stephanie drüben vor dem Pfeilerspiegel, eingehend beschäftigt, ihre Schönheit herzustellen: eine Funktion, der er mit Verehrung beiwohnte. Plötzlich fiel ihm ein, hinzuspringen, und sie auf den Rükken zu küssen. Die Hand und der Stift glitten ihr aus, sie bat ungeduldig, er möge ihr Ruhe geben. Er tat es um so weniger, worauf sie den Arm fallen ließ; stumm wartete sie ab. Ihre Haltung und sein eigener Mißgriff beschämten ihn. Nichts mehr sagen! Worte wären anmaßend oder zu demütig gewesen. Er verließ das Zimmer.

Fertig zum Ausgehen kehrte er zurück. Sie setzte noch den Hut auf; er sah sie bemüht, wobei die Lippen zusammengezogen werden. »Störe ich?« fragte er. Sie lachte. »Laß dich nicht zu gut erziehen!« sagte sie. »Eine Frau verträgt es nicht. Jetzt will ich deine Meinung hören.«

»Wie du aussiehst? Muß ich es dir mitteilen, dann hat es keine Helena von Troja gegeben vor dir.«

Wenn er einen Kuß der Dankbarkeit auf seine Stirn erwartete, hier fehlte der Anlaß. »Soyons sérieux«, sagte sie, als ob beide den Ernst des Lebens nicht abgehandelt hätten diesen ganzen Tag.

Sie nahm seinen Arm, sie führte ihn nach Seiten des Sofas. »Geschäftlich, meine ich. Wir können nicht auf die Straße gehen, bevor unsere Beschlüsse gefaßt sind.«

Er bekam auf einmal Sehnsucht nach der Straße, aber gut, nicht seufzen! »Du willst meine Meinung hören?« fragte er bereitwillig.

»Nicht nur hören, auch befolgen«, sagte sie fest. »Sogar, wenn du anordnetest, daß wir von dem Gold deines Ahnen ein palacial building kaufen und darin leben wie die Gangster.«

»Ich merke, daß du einen Rat in dieser Richtung mißbilligen würdest.«

»Das darf dich nicht beeinflussen. Du sollst handeln wie der Erbe, der du eigentlich wärest.«

André: »Aber ich bin es nicht. Die Wahl unseres Balthasar ist nach reiflichem Ermessen auf dich gefallen. Er war überzeugt, du werdest sein Gold in seinem Sinn verwalten.«

Stephanie, rümpft die Nase: »Klarer, bitte!«

André: »Es ist mehr als klar, was er damit anfing. Er bewahrte es in Weinfässern auf. Dabei bleibst du. Wie denn sonst? Verlangst du, daß ich einen truck besorge und die Ladung vermittels mehrerer Fahrten auf die Staatsbank bringe? Zunächst einmal würden wir beide eingesperrt werden.«

Stephanie: »Folgt die Verurteilung, voraussichtlich in gleicher Höhe wie der nachgezahlte Betrag, je Million ein Jahr. Nein. Unnötig kompliziert, viel zu auffallend. So wären wir es allerdings los.«

André: »Verfolgen wir wirklich die Tendenz, es loszuwerden?«

Stephanie: »Es scheint dir lieber zu sein.«

André: »Nepomuk hielt die Fässer einfach für leer. Das behaupte ich nicht; nur wünschte ich mir seine fromme Pfiffigkeit. Wären sie dennoch so gut wie leer? Tief in dem abgründigen Balthasar saß ein Spaßvogel.«

Stephanie: »So schade um ihn! Und macht uns so viel Mühe!«

Hier hängte sie ihren Arm über seine Schulter, die Hand griff von selbst in seine Brust. Sie wollte getröstet werden, er küßte die Hand und sogleich, versenkt in die Sache, ihren Hals. »Attention à tes doigts!« sagte sie und beseitigte seine verirrten Finger. »Siehst du nicht, wo wir sitzen?«

Sie saßen aber auf den beiden in Gedanken stehengebliebenen Stühlen, wie der Besuch von gestern. André gab Stephanie frei, er stand sogar auf.

»Mir fällt ein, daß ich dort gar nicht gesessen habe. Ein Gedächtnisfehler, wie konnte er bis jetzt anhalten? Balthasar hatte mich zu sich genommen.« Befangener Blick nach dem Sofa. »Auf einem Stuhl, ich glaube deinem, saß Arthur.«

Er hatte sich abgewendet, da kam ihm eine Erleuchtung. Es handelte sich nicht darum, die Bestimmung des Sofas gestern und heute zu vergleichen. Verletzte Pietät war kein Gegenstand; der gute Balthasar hatte nur, was er wollte.

André, zurück bei Stephanie, ohne sich zu setzen: »Ich weiß, warum du von Arthur angefangen hast.«

Stephanie: »Du nanntest ihn zuerst. Es ist wahr, daß ich dich darauf brachte.«

André: »Und willst sagen –«

Stephanie: »Für das erste nur, was dich und ihn unterscheidet. Du brauchst sowenig Geld wie ich; er – noch mehr als Melusine.«

André, in heller Bewunderung: »Welch eine Idee! Dir mußte sie kommen, mir nur ein dunkler Drang.«

Stephanie: »Noch habe ich keine Idee. Bevor du sie nachprüfst, ist es keine.«

André: »Prüfen, was? Ob Melusine und Arthur mit dem Staat in Händel geraten, wenn sie die Weinfässer abholen? Die kennen andere Tricks als wir.«

Stephanie: »Tricks, die sich lernen lassen, meine ich nicht. Du auch nicht. In der Frage interessiert dich weniger das Gold und was mit ihm geschieht. Deine Sorge sind unsere lieben Vorfahren.«

André: »Arthur und Melusine – für sie enden alle Sorgen mit dem Existenzkampf.«

Stephanie: »Du bist sicher, daß er endet?«

André: »Diesmal ist es zu viel Geld. In ihren verhältnismäßig kleinen Geschäften können sie es nicht alles loswerden.«

Stephanie: »Dann vergrößern sie ihre Geschäfte.«

André, gibt den Widerstand auf: »Wozu reden, wir wissen doch. Sie werden nach wie vor ihre schwarzen Tage haben, wo man vom Stuhl fällt, in die Weite flieht, das heißt, man flieht nicht, man hat eine absence. Das gehört zu ihnen, ob Geld oder keines. Wer Katastrophen um zu leben braucht, dem werden sie; und der Existenzkampf läßt sich gesetzlich nicht abschaffen, da er menschlich ist.«

Stephanie: »Näher zu mir!« Sie küßt ihn auf die Stirn, der unvergleichliche Dankeskuß. »Ähnlich hätte Balthasar gesprochen. Vielleicht ist alles falsch?«

André: »Vielleicht ist alles falsch. Denn die Personen, die unsere Sorge sind, jetzt lieben sie.«

Stephanie: »Und wir können bezeugen, die ganze Welt wird neu, weil wir lieben.«

André: »Wenn es so wäre! Für uns, ja, für uns wird sie neu. Schon sehe ich sie nicht mehr als ein Faulenzer, namens Lindi.«

Stephanie: »l'Indifférent.«

André: »Ich werde mich aufregen können über die Ungerechtigkeit der Welt. Auf ihrem Empfang habe ich dich vollends lieben gelernt.«

Stephanie: »Wir lieben uns. Der Knabe muß wohl ein Mann werden.«

André: »Wie wir uns lieben, ist die Liebe, ich hätte gern gesagt allmächtig. Ich sage verzeihlich. An unserem ersten Tage hast du schon Nachsicht gehabt mit mir und meinen Schwächen.«

Stephanie: »Du, schon Mitleid mit meiner Schwäche. Sagte ich, die Liebe sei grauenhaft? Möglich; aber sie macht gut.«

Sie tauchten Mund und Gesicht ineinander. Auf einem steifen Stuhl, in der unbequemsten Haltung freuten sie sich ihrer; verlangten keinen anderen Genuß, als sich zu freuen auf alles, was sie, in unabsehbaren Zeiten, einander bringen, zufügen, verzeihen und danken werden.

Hiermit war der Gegenstand ihres Gespräches erschöpft. Das Ergebnis: Melusine und Arthur lieben wie wir, will sagen von uns ganz verschieden. Das Gold im Keller wird sie auf keinen Fall kalt lassen; sie brauchen es wie je: nicht um des Besitzes willen, eher um es zu verlieren, und unbedingt für ihre Emotionen. Machten wir ihnen mit dem Gold im Keller das verhängnisvollste Geschenk, sie wollen es nicht anders, wissen sich auf Erden nichts Besseres. Wenn sie daran zugrunde gingen? Dann war es eine Gelegenheit von vielen. Eine Gewissensfrage, vor Gott besteht sie nicht. Wir weisen sie ab.

Sie schwiegen davon. Nicht jedes Wort läßt sich nackt aussprechen, mögen die beiden noch so eng beisammen und miteinander allein sein. Im Körperlichen gibt es für sie keine Indezenz. Im Moralischen fürchten sie nicht die Wahrheit, dennoch scheuen sie das nackte Wort.

Ausgemacht war, daß die Vorfahren den begrabenen Schatz des Urahnen heben und glücklich sein sollten. In das Glück der Jungen paßte er nicht. Seiner ledig, waren sie ärmer, um viel Geld und noch mehr Mißgefühl.

»Aber das Haus?« fragte André, als sie den Säulensaal verließen und nochmals zurückblickten. »Du erbst auch das Haus.«

»Du hast keinen Wunsch?« fragte Stephanie.

»Nur deinen. Balthasar hat sich auf dich verlassen: du werdest mit seinem Gold umzugehen wissen. Siehe, du findest heraus, was er gemeint hat. Im Grunde wollte er natürlich nichts anderes, als daß Arthur es bald verschwendet. Jetzt das Haus.«

»Wir behalten es«, entschied sie. »Obwohl es mir unheimlich ist mit seinem Zuviel von Glück. Ich will es heute nicht ansehen. Schon auf dem einen Möbel war Glückes genug.«

»Unheimlich, sagst du. Kein Heim für uns? Als wäre das Glück ein Haus, worin man heimisch werden darf.«

»Komm!« sagte sie und ging voran. »Länger bleiben, kostet dich Aperçus.«

Im Begriff, die Treppe zu betreten, hielten sie an. »Und Irene?«

»Wer hat das zuerst gesagt? Ich denke schon längst an die Alte. Wie du.« Sie sprachen durcheinander.

»Wir konnten sie nicht brauchen. Deshalb sitzt sie nunmehr zwanzig Stunden eingesperrt bei Kaffee und Brot. Die Liebe macht gut.«

»Sie macht noch besser. Du wirst sehen.« Dies gesagt, klopfte André droben an die Tür. »Irene? Noch nicht verhungert?«

Eine Stimme, die seither dünner geworden war, flehte: »Machen Sie auf, großer Junge! Du hast mich vergessen bei deiner Braut. Er hätte es früher nicht anders gemacht. Ist sie fort?«

»Sie ist fort. Der Schlüssel auch.«

»Er hängt am Türpfosten.«

Stephanie sah ihn hängen, aber sie schwieg.

»Diesmal hat er ihn mitgenommen. Deinem großen André kannst du glauben, Irene. Er hat mir einen Brief dagelassen, er mußte zum Notar.«

»Dann steht es um ihn, wie mir ahnte. Ich fürchte mich. Mach auf!«

»Deine Ahnungen kommen vom Hungern. Schließlich muß es nicht wahr sein, daß er beim Notar ist. Er kann im Keller sein, den öffnet kein Schlüssel.«

»Mach auf! Ich kenne das Kunststück. O Himmel! Er ist drunten! Es ist aus!«

Sie war zusammengebrochen und schluchzte, aber wie schwach! »Sie überlebt ihn nicht«, sagte Stephanie, als er am Rande der Treppe zu ihr stieß. »Ist es erlaubt, daß wir sie preisgeben? Uns erlaubt?« Traurig gestand er: nein. »Dann nehmen wir sie mit hinunter? Der Eingang zum Keller steht offen, ein Kunststück braucht sie nicht. Sie wird auf einmal den Toten und sein Gold erblicken. Über dem Toten vergißt sie das Gold. Ihn aber trägt sie aus dem Keller, wie Edith Schwanenhals ihren gefallenen König vom Schlachtfeld trug. Auf der Reise stirbt sie.«

Er rief zurück. »Irene! Hast du dich beruhigt?«

Sie antwortete vernehmlich. »Ich weiß alles und bin ruhig.«

»Gut, Irene. Gedulde dich, bis Arthur kommt! Kurze Zeit, er läßt nicht warten, das verspreche ich dir.«

Hiermit ging das Paar abwärts, beide in Verwirrung über ihr Handeln und Versäumen. »Wird immer alles fragwürdig bleiben?« sprach sie gegen die dunkle Haustür.

»Wie ich uns kenne, ja. Aber wir können uns ändern.« Als er sie so beschieden hatte, hielt er in der Hand den riesigen Hausschlüssel. Hinaus gelangten sie.

»Das war das«, sagte – wer von beiden? Tief einzuatmen war ihr erstes. Die Luft hatte sich abgekühlt zwischen den kalten, dunklen Häusern. Deutlicher als am Morgen roch die Straße nach Kellern. Mehrmals unterschieden sie Weinkeller und verständigten einander traurig.

»Werden wir ihn noch wiedersehen?« fragten sie.

»Meinst du, daß wir Arthur begleiten?«

»Jedenfalls müssen wir nach der Villa hinausfahren. Melusine hat ihn heute dabehalten.« Dies sprach Stephanie. André suchte gut auszulegen, wie er handelte. »Tatsächlich bleibt es das klügste, alle praktischen Schritte ihm allein zu überlassen. Die Dinge liegen so schwierig, daß jeder einen Agenten nehmen würde.«

»Zum Glück ist Arthur ein Agent«, bemerkte sie. »Abgesehen von seinem persönlichen Interesse in der Sache. Das wiegt noch schwerer.«

»Das wiegt noch schwerer«, wiederholte er. »Trotzdem wird Arthur die erste halbe Stunde vom Schmerz gebrochen sein. Ich war es nicht, obwohl Balthasar mich geliebt hat, oder beinahe geliebt, und ich ihn von Geburt.«

»Arthur, gebrochen?« fragte sie. »Ja. Ich sehe ihn bei der Leiche weinen. Er ist sentimental, das paßt zu seiner Tüchtigkeit. Dir fehlt beides, Empfindsamkeit und Bravour.«

»Anstatt ihrer habe ich Leidenschaft, die eine, die du kennst. Sie wird die einzige bleiben.«

»Aber mit ihr kannst du es weit bringen«, sagte Stephanie im Ton der Freundschaft. »Bis zum großen Mann. Einfacher: zum Mann.«

Hier verließen sie die alte Gasse, gingen durch die milde Sonne des späten Nachmittags und erreichten die Haltestelle. Welcher bekannte Wagen fährt an? Diesmal kommt er von der anderen Seite, stoppt aber auch jetzt hinter dem Autocar, der sie hinausbringen sollte nach Villa Barber. Sie mußten ihn versäumen, Poulailler trompetete und schwenkte nach ihnen die Arme. Wenn sie seinem Ungestüm widerstanden hätten, blieb immer noch, daß er um die linke Seite seines Gesichtes einen Verband trug. Was war geschehen?

»Ihnen ist es nicht nach Wunsch ergangen, Poulailler? How are you?«

»Moi, wonderful. Aber ihr solltet Nolus sehen. Der liegt. Fest und sicher liegt er im Hospital, ich weiß es von Nina. Natürlich ist sie von ihm zu mir übergegangen, seit ich das Paket habe.«

»Was erfreut Sie mehr?« wollte Stephanie wissen. »Das Paket oder Nina?«

»Beide Pakete«, sagte er, mit einem Lächeln wie ein Kind. War es zynisch beabsichtigt, rein fiel es aus: so glücklich war Poulailler. Er erzählte, aus Lust am Reden: »Quand j'avais tombé Monsieur, Madame jetait les hauts cris. Déjà, au téléphone, elle composait le numéro, elle aurait appelé la police.«

»Sie haben auch Nina niedergeschlagen«, vermutete André.

»Moi! Vous êtes fou. Sehe ich aus wie einer, der sich an Frauen vergreift? Herr Nolus mit dem letzten Rest seiner Kraft riß sie am Bein, bis sie auf ihn fiel. Das tat ihm weh, er schrie lauter als sie, da war sie still. Ich konnte ihr noch schnell erklären, wie es für sie stehe, wenn sie auspacke. ›Si, à la Préfecture, vous vous mettez à table, ma jolie, ce Monsieur est capable de vous faire votre affaire.‹ Nach dieser Warnung vor ihrem eventuellen Mörder mußte ich fort. Aber er selbst hat ihr dasselbe noch bestimmter versprochen, bevor er vor Schmerzen in Ohnmacht sank.«

»Gegen Sie bleibt er ohnmächtig.« Das Paar bewunderte ihn. »Sans doute vous en avez la preuve.« Aber es zweifelte.

»Der Beweis, daß er gegen mich machtlos ist? Hilfe nicht anrufen darf und eisern schweigen muß von den Schecks, die er so gut wie ich gestohlen hatte? Ce cher ami! Den Beweis hat er mir nachgeschickt, mit seiner Freundin. Il n'est que de s'entendre. In Kürze aufgeklärt, lief Nina ihm davon und mir nach. Ich war noch nicht um die Ecke, wo ich geparkt hatte.«

Stephanie verstand: »Sie nahmen das temperamentvolle Mädchen nach Haus mit.« Aber Poulailler öffnete sein einziges freies Auge vor Staunen weit.

»Die Krawallnutte habe ich natürlich abgeliefert, wo ihre Anwesenheit unverfänglich ist, bei Arthur. C'est l'enfance de l'art.«

»Sie beschämen mich«, sagte Stephanie.

»Don't worry«, sagte Poulailler. »Möchten Sie, mein Fräulein, gewisse Knalleffekte des Lebens nie erfahren!«

»Das hoffe ich für meine Verlobte«, bestätigte André und dachte an den Weinkeller seines Großvaters, ein nicht zu verachtender Theatercoup des Lebens. »Wenn eine Frage erlaubt ist: Sie begeben sich wohl demnächst auf Reisen mit Ihren beiden Paketen? Sie selbst sprachen von zwei.«

»Das geht nicht«, entschied Poulailler. Er holte aus, mit dem Arm und der Rede. »Sie denken an Monsieur Nolus, der nichts eiliger gehabt hätte. Sie denken an meinen Freund, den Präsidenten, und seine Reisebegleiterin, dasselbe Genre von dem auch meine wäre, tempérament à part. Indessen erinnern wir uns, daß jeder dieser reifen Herren seine ersten Schritte jenseits der bürgerlichen Grenzen unternimmt! Das vollzieht sich unfehlbar in Gesellschaft einer Prostituierten.«

»Den Titel führt keine der Damen«, berichtigte Stephanie. »Da Sie im Moralischen übertreiben, Poulailler, sehe ich kommen, daß Sie heiraten wollen.«

»Sogar Sie selbst, honey«, gestand er zur wirklichen Überraschung des Paares. »Ne craignez rien, ich versage es mir, Sie Ihrem Jungen wegzunehmen. So beginnt kein neues Leben.«

André wies ihn zurecht. »Dans le métier de Don Juan, vous n'avez plus toutes les chances, cher ami. Comme burglar non plus.«

»Dites que je sais m'arrêter à temps. Vermögen immer vorausgesetzt, bin ich für Ordnung und gute Sitte.«

Das Merkwürdige war, daß keiner lachte. Der eine glaubte, was er sprach, die anderen wurden überzeugt, von nichts als seinem halben Gesicht, da die linke Seite wegfiel. Die unbedeckte Hälfte versprach zwingend eine ganze Zukunft des ehrenhaften Wandels.

André bemerkte: »Dès qu'il fut riche, il devint un très honnête homme – das muß ich gelesen haben. Alles hat man gelesen, bevor es eintrifft.«

Stephanie rief zur Ordnung: »Laß bitte die Literatur! Poulailler, es ist klar, das erwähnte Vermögen haben Sie realisiert.«

Poulailler: »Wenn nicht Nolus mir das Risiko abgenommen hätte.«

Stephanie: »Und sind auf dem Wege, mit Arthur zu teilen.«

Poulailler: »Was kann Sie daran befremden?«

Stephanie: »Oh! nichts. Sie sind korrekt – eher zu korrekt. Vergessen Sie nicht, daß Arthur auf das Konto

Opernhaus auch dann nur seinen Anteil einzahlen könnte, nicht Ihren. Der verringerte Betrag würde auffallen.«

Poulailler: »Wem? Den steuerflüchtigen Gebern? Es gibt Mittel, sie zu beruhigen. Mit seinem Anteil wird Arthur sich selbst sanieren.«

Stephanie: »C'est fait. Votre argent ferait double emploi. Gardez le tout.«

Poulailler, mit Anstand und Würde: »Bemerken Sie, daß die Zumutung mich nicht beleidigt.«

»Der Sie doch in Ehrensachen kitzlig sind«, warf André ein.

Poulailler: »Auch frage ich nicht, wo unser Freund inzwischen Kapitalien gefunden haben mag.«

»Die Antwort, fürchte ich, werden Sie niemals bekommen, Poulailler«, schloß André.

Stephanie sprach noch in seinen Satz hinein: »Es wird Zeit. Wir fahren mit Ihnen.«

Poulailler: »Das war das erste, was ich Ihnen riet, am Anfang dieses Gespräches. Es wurde lang und länger.«

Stephanie: »Die Überfülle des Stoffes hat Sie in Wirklichkeit zu der Einladung nicht kommen lassen. Oder wären Sie mit Arthur lieber ungestört?«

Poulailler: »Da ich die Erlaubnis habe, Sie zu bitten, steigen Sie ein!«

Er verließ seinen Sitz und öffnete ihnen die zweite Tür. »Das junge Paar bleibt im Fond allein«, erklärte er, griff an die Hutkrempe und kehrte auf den Platz des Fahrers zurück.

»Bewundernswert!« sagten sie, scheinbar zueinander, eigentlich für ihn. »Als Ehrenmann bleibt er dennoch taktvoll, wie vorher.«

Bei dem Geräusch des Startens sprach er vor sich hin: »Mein rétroviseur führt mir Tun und Lassen eines Liebespaares vor Augen; Geschäftsgeheimnisse verrät er nicht. Diese Kinder fahren zu einer geschäftlichen

Unterredung, infolge deren ich mit Arthur eine Diskussion haben werde. Nichts peinlicher, aber ich bringe sie hin. Habe ich, seit ich reich bin, schon gelitten? Hébété? Ramolli? Was kann ich dagegen tun, sie sind mir sympathisch.«

Soweit der neue Reiche: zuerst in geformten Silben, dann ungestaltet, endlich präzis, aber unhörbar. Den luxuriösen Sportwagen aus seiner geldlosen Zeit lenkte, wand, rettete er elegant aus dem Drang der Straßen, wo jeder, aber auch jeder ihn angerannt hätte. Immer war es Poulailler, der die Katastrophe abwendete. Dabei überlegte er nur eins: Arthur darf keine Schwierigkeiten machen. Das wäre die Katastrophe.

Sein Kopf wiederholte in Abwandlungen, aber das Problem blieb sich gleich: Hat er wirklich seit heute morgen Geld gefunden – aber wo findet man Geld, man wäre denn ein Poulailler, der Beschützer der Schwachen, der den ungerechten Reichtum enteignet! Setzen wir den härtesten Fall, er soll etwas gefunden haben. Das junge Paar sieht aus, als habe es für ihn gehandelt: besonders das Mädchen. Unerklärt bisher, aber jedes Kreuzworträtsel kommt an den Tag. Vielleicht, daß Arthur selbst von nichts weiß. Ich hätte ihn überrascht, wenn ich den beiden zuvorgekommen wäre, was meine instinktvolle Absicht war. Da ich anfange Zusammenhänge zu ahnen, wäre es illoyal von mir gehandelt.

Er drückte den Akzelerator und jagte durch die lange verkehrsarme Vorstadt. Sein Kopf gewann gleichfalls an Schnelligkeit. Im Gegenteil will ich ihnen Zeit lassen. Sie sollen bei Arthur ein Vorurteil überwinden. Vielleicht, daß sie die Rechten sind. Er – wenn er Geld hat – bekommt sofort auch Moral. Er wird zurückweisen, von dem Nolus abgejagten Vermögen die Hälfte in eigenen Besitz zu nehmen. Infolgedessen muß er verlangen, daß auch ich meinen Anteil zurückerstatte, für Rechnung des

Opernhauses – das eine Illusion ist, aber das tätige Leben soll abtreten ihretwegen. Ein Widersinn.

Der Widersinn wäre dem erfolglosen Poulailler nicht so bald aufgefallen. Er beginnt Ungerechtigkeiten zu entdekken, nun er ausgiebig verdient hat und sein Existenzkampf eine Pause zuließe; nur leider wird unbillig mit ihm verfahren werden. Ce serait à désespérer du genre humain, et de la justice.

Die Rettung beider, des Menschen und der Gerechtigkeit, fand Poulailler augenblicklich, die Zeit drängte. Die Jugend! Il n'y a qu'elle, pour la consolation du juste. Ich habe sie lange besessen, ich war reuelos und war hochherzig. Plötzlich verdiene ich mehr Geld, als ich ausgeben kann, schon bricht das Alter an. Es drohte mir ohnedies und wäre häßlicher gekommen, hätte ich Nolus nicht niedergeschlagen. Passons. Hinter mir sitzt die Jugend. Ich sehe im Spiegel, daß sie redlich bemüht ist, nur an sich zu denken, kann aber nicht. Hochherzig wie sie sein muß, wirft sie ängstliche Blicke nach mir.

Sie sieht in mir einen ungerecht Bedrängten, der ich auch bin. Sie flüstert, daß Arthur, ob sie ihm noch so viel Geld bringen, meines doch annehmen solle, weil auch ich sonst meinen Anteil herauszugeben gezwungen wäre. Um der Gerechtigkeit willen soll er sich mit mir zusammen kompromittieren, beschließt die reuelose Jugend. Mein Kapital ist nicht einwandfrei erworben. Das blinkende Gold, das sie selbst anschafft, kann auch keine unverdächtige Herkunft haben, das hat es nie. Aber ich mische mich nicht ein. Fragen sind verboten: sofort wäre alles fraglich. Die Jugend wird handeln nach ihrem Sinn, der reuelos und der hochherzig ist.

Hier hielt der Wagen.

XXVII. Kein Schluß

Der Wagen hielt völlig unerwartet, an einer Stelle, wohin er nur geraten sein konnte, wenn jemand Ziel und Strecke neu überlegt hatte. Stephanie und André bemerkten erstaunt, daß sie von blühenden Büschen dicht umgeben waren. Anstatt der breiten Allee mit den fern darüber geneigten Baumkronen sahen sie sich auf dem schmalsten der Wege, kaum daß er ein Auto durchließ, es sei denn den schlanken Sportwagen. Sonst ging man ihn, a um abzukürzen, b um mit einer anderen Person allein zu sein. Einsam war es; von der Straße hörte man kaum die Signale.

André und Stephanie beabsichtigten weder a noch b. Zärtlichkeiten unter Blumen eigneten sich wenig für eine Stunde, die sie eher peinlich nannten. Was Eile betrifft, sie fühlten kein Bedürfnis, Arthur schnell zu erreichen. Kommen mußten sie, die Umstände waren gebieterisch. Aber sie hätten vorgezogen, unbegleitet einzutreten – und nicht zu bald.

Was hatte dieser Poulailler, daß er das Steuer umfaßt hielt und sich nicht rührte? Seine Vergangenheit, die schon abgelegt schien, machte die beiden Kinder einen Augenblick recht unruhig. Geht ein Ruf denn nie verloren? In ungewissen Fällen übertreibt man ihn, man hält sich von dem übel Beleumdeten auf schlechthin jede Inkorrektheit gefaßt. Dabei hat er bei näherer Bekanntschaft menschlich nur gewonnen. Andererseits kann er plötzlich wahnsinnig geworden sein.

Stephanie scherzte: »Poulailler, wissen Sie eigentlich, wo Sie sind? Den Verliebtensteig nennt man dies. Le sentier des amoureux: für Sie ist er nicht gedacht; kaum für uns, wenn wir Geschäfte haben.«

»Die haben auch Sie«, sagte André. »Oder hätten Sie verzichtet?«

»Keineswegs«, erklärte Poulailler und wendete endlich

sein Gesicht her. Es zeigte, auf seiner offenen Hälfte, daher unvollkommen, eine Regung, die man nicht Demut nennen möchte. Wie aber sagt man? Sie suchten nach keiner Bezeichnung, sie waren einfach gerührt von seiner Wehrlosigkeit. So unschuldig saß er da, hatte schon das halbe Gesicht bepflastern und einbinden müssen in dem Kampf um seine Existenz; jetzt aber, das fühlten sie, bevor er sprach, begab er sich in ihre Hand.

Poulailler sprach. Seine Stimme, bekanntlich eine Gesangsstimme, blieb angenehm, sogar wenn er den reizbaren Kavalier vorstellte. Wer aber war er hier? »Ich entschuldige mich«, sprach er ruhig, mehr als ruhig, »daß ich meinen Sitz nicht verlasse, um der jungen Dame beim Aussteigen zu helfen. Schon für zwei Personen ist wenig Raum auf diesem blumigen Pfad.«

»Wir sollen aussteigen?« fragten sie.

»Ich bitte darum«, sagte er.

»Von hier haben wir mehr als eine halbe Stunde zu gehen« – André stellte es fest. Stephanie ergänzte: »Sie fahren ohne uns voraus. Sie wünschen uns zuvorzukommen.«

»Nicht im geringsten, mein Fräulein«, erwiderte der rätselhafte Mann. »Der scharmante Spaziergang teilt sich hier. Rechts gelangen Sie an Ihr Ziel, Sie kürzen sogar ab. Ich fahre links zurück auf die Landstraße und nach der Stadt. Mir ist etwas eingefallen.«

»Ich denke, Sie wünschten mit Arthur zu sprechen?«

»Vor Ihnen, liebes Fräulein? Bevor er weiß, was Sie ihm augenscheinlich zu sagen haben? Dann hätte ich ihn überrascht; er würde sich getäuscht fühlen und seine Zustimmung bereuen. Nicht nur, daß meiner Sache schlecht gedient wäre. Ich hätte nicht ehrenhaft gehandelt.«

»So viel macht Ihnen das aus? Mehr als andere Redensarten? Poulailler, Ihnen ist noch niemand gerecht geworden.«

»Ich ebensowenig den anderen. Erfahren Sie bitte: wer mitten im Leben steht, hat gerecht zu sein verlernt und vergessen. Gerechtigkeit bliebe immer eine melancholische Mahnung, wenn nicht einige jung wären und noch fähig, nach ihr zu handeln.«

Dies gesagt, traf Poulailler ohne weiteres Anstalt abzufahren; sie konnten gerade noch aussteigen und dem schlanken Wagen nachblicken, bis blühende Büsche sich hinter ihm schlossen.

»Der kommt nicht wieder«, meinte André im Weitergehen. »Mir ist, als hätten wir ihn das letztemal gesehen.«

Stephanie: »Es wäre ihm zuzutrauen. Sein Takt wird ihm verbieten, seine Freunde bloßzustellen, solange sein neuer Charakter als Ehrenmann nicht unbestritten feststeht.«

André: »Wenn er Geld hat, wird er darauf nicht lange warten müssen. Die Frage ist: hat er Geld?«

Stephanie: »Nein – oder vielmehr ja. An uns liegt es, Arthur zu veranlassen, daß er mit ihm teilt.«

André, hatte er schon vorher begriffen? »Dafür gibt er uns Zeit. Nach der Stadt und zurück, mitgerechnet seine erfundenen Geschäfte, macht nahe an zwei Stunden. Mehr als genug, um Arthur für eine gemeinsame Unterschlagung zu stimmen.«

Stephanie: »Das scheint leider das Wort zu sein.«

André: »Ich lege Wert auf das rechte Wort. Arthur dagegen, in seiner Verwirrung, über den toten Balthasar, über das unverhoffte Gold, wird gar nicht bemerken, welches Delikt er begeht.«

Stephanie, berührt herzlich seinen Arm: »Darf ich richtigstellen? Arthur hat immer auf das Gold gerechnet. Es war sagenhaft, aber nicht unverhofft. Was er, wie Nolus und l'autre larron, mit den milden Stiftungen der Steuerflüchtlinge vorhatte, ein Arthur hat es keinen Augenblick anders aufgefaßt, als das Gesetz es nennt.«

André: »Du bist hart.«

Stephanie: »Darum würde er zuletzt den Versucher immer fortgeschickt haben, sogar als ruinierter Mann.«

André: »Du bist ein Engel an Güte.«

Stephanie: »Ich bin weder ein Engel noch hart. Da wir jung sind, dürfen wir gerecht sein, du hast es gehört.«

André: »Sonderbar, daß in den Gedanken eines Poulailler die Gerechtigkeit vorkommt.«

Stephanie: »Wo sollte sie anders vorkommen. Er war mit ihr vertraut, stürmisch vertraut, bevor er Ehrenmann wurde.«

André: »Es ist zu verstehen, gesetzt, daß er seinen Beruf als ein Mittel des sozialen Ausgleiches auffaßte. Heute geht er weiter. Wir selbst sollen ein eklatantes Eigentumsverbrechen moralisch verantworten.«

Stephanie: »Das geht nicht. Wir achten das Eigentum.«

André: »Ohne daß wir seine Gegner hassen. Sie müssen nicht gerade einen Nolus niederstrecken und mit den Schecks abziehen, worauf sie gegen den Besitz nichts mehr einwenden.«

Stephanie: »Das können wir wirklich nicht auf uns nehmen.«

André: »Besonders, da die gesetzlichen Folgen unserer Gesinnung nicht uns träfen. Arthur hätte sie zu tragen.«

Stephanie, zärtlich: »Du vergißt schon wieder, daß er ein Gewissen hat und das Geschäft von der Hand weist.«

André, dankbar: »Obwohl er selbst es dem anderen vorgeschlagen hat. Daher erhebt sich die Frage: Kann er noch zurück? Denselben Poulailler, den er inspiriert und auf den Weg geschickt hatte, würde er nach vollbrachter Tat dementieren, allein lassen, ihn verwerfen in die schändlichste Armut. Denke dir: Armut mit dem Bewußtsein der Schande!«

Stephanie: »Beruhige dich, Schande kennen auch die unschuldsvollsten Armen.«

André: »Aber sie lastet schwerer, wenn man vergebens gestohlen hat. Das darf nicht sein. Arthur, dies verantworten?«

Stephanie: »Dann hält er dem anderen sein Wort, und sie stehlen beide.«

André, umfaßt seine beiden Schläfen: »Schrecklich, schrecklich. Ein unentrinnbares Doppelspiel des Gewissens. Wie man es macht, ist es falsch. Da haben wir den Existenzkampf in ganzer Gestalt.«

Stephanie, leise: »Aber er findet nicht statt.«

André, bleibt stehen: »Wie?«

Er wünschte ihre Augen zu sehen: sie hielt sie gesenkt auf die Blumenpracht um ihre Füße. Die farbenselige Vegetation, die, höher als sie beide, ihre besonnten Wellen rollte, wer hinsah, dem leuchtete sie auf, das eigentliche Erdenglück. Wer hinsähe, hätte es. Das ist die Existenz, und mitnichten all unsere angemaßten Nöte. Er sagte: »Wie schön, und wir, wie traurig!«

»Jetzt vergißt du wirklich«, sprach Stephanie, Entschlossenheit in der Stimme, die wieder ihr voller Mezzosopran war. »Du hast vergessen, wem Balthasar sein, wir wissen nicht wie, erworbenes Gold hinterläßt. Anstatt des Sohnes erbe nur ich.«

»Was hast du vor? Ihm Bedingungen stellen?« Er hielt den Atem an. Aber sie antwortete ruhig: »Wozu Bedingungen. Nein, ich erspare ihm jeden Konflikt, auch diesen. Er soll nicht entscheiden müssen, ob er den vollen Betrag, seinen Anteil und den anderen, an den Fundus des Kunstinstitutes abführt. Ich bestimme es selbst.«

Hier warf André die Arme zuerst in die Höhe, dann um ihre Schultern, und den weihevollen Kuß der Dankbarkeit, diesmal empfing Stephanie ihn auf ihre Stirn.

»C'est pourtant si simple, mais on n'y pense pas«, sagte sie mit bescheidenem Spott, für alles und für sich. Er erwiderte in einem zweiten Kuß:

»Doch nicht so einfach. Es ist niemals einfach, auf ein großes Vermögen zu verzichten, selbst wenn man es nicht behalten wollte. Was mag übrigbleiben von dem Gold, nachdem du den Fundus entschädigt hast?«

Sie meinte: »So viel wird noch da sein, daß wir in unserem unheimlichen alten Haus eine Weile versorgt sind, bis das Finanzamt uns wegen geschuldeter Abgaben an die Luft setzt.«

»Und für unsere lieben Vorfahren?« wollte er wissen.

Sie beschied ihn: »Ob Gold oder keines, Melusine wird immer einmal Gelegenheit finden, vom Stuhl zu fallen; Arthur auf seine Art desgleichen.«

»Der Besitz verlängert ihr Leben nicht.« Er seufzte.

»Er kürzt es auch nicht ab.« Sie lächelte.

»Du bist sicher?« fragte er. »Dann will ich dir meinen Verdacht mitteilen. Die Fässer enthalten mehr als ein Opernhaus kostet. Mehr als zwei, was sage ich, als zehn. Sie enthalten genug, um manchen kriegführenden Mächten einen Tag ihrer dreißigjährigen Kriege zu bezahlen.«

»Jetzt übertreibst du«, sagte sie vernünftig. »Aber ich glaube selbst, daß Arthur und Melusine noch immer reich sein werden: vorübergehend, versteht sich.«

»Wie lange schätzest du?« Er beeilte sich, selbst zu antworten. »Lange genug, daß sie viel Liebe ungenützt verstreichen lassen.«

»Du willst mich erschrecken. Die nicht getane Liebe wäre nie mehr einzuholen, sie bliebe verstrichen?«

»Du sagst es«, versicherte er ihr mit aller Entschiedenheit und legte sie ohne viel Langmut auf den Rücken, zwischen zwei Büsche. Der eine funkelte von blauen Kelchen, so erscheint die Sehnsucht. In mindestens drei abgestuften Rot strahlte der andere die drängende, währende und erfüllte Lust. Sie war sogleich einverstanden.

Als sie schon wieder die Füße setzten, vermutete Stephanie, ohne Bedauern: »Der andere wird, infolge unserer Aufenthalte, zu früh ankommen.«

»Keine Sorge seinetwegen!« bat André überaus zärtlich. »Er wird nicht nur zu früh, er wird auf jeden Fall umsonst kommen. Kaum, daß wir das erste Wort gesprochen haben – Balthasar tot –, wird Arthur mit uns seinen Wagen besteigen.«

»Oder ohne uns?« schlug sie vor. »Wozu beim ersten Wort das Gold erwähnen. Er findet den begrabenen Schatz schon selbst. Auch das Testament lernt er bald genug kennen.«

»Richtig; und was geht es uns an.«

»Was geht es uns an«, wiederholte sie. »Es wäre denn, jemand anderer, von dem wir nicht wissen, wollte das Gold gerecht verwenden. Hieß es vorher nicht, Gerechtigkeit sei erlaubt, wenigstens solange wir jung sind? Hingeben für die bessere Lage aller, hingeben allein ist gerecht.«

Er sah sie an und bewunderte sie. »Das kommt von dir. Ich habe meine Zweifel für mich behalten, bis die Erbin selbst sie verriete. Die Enterbten, wie sie genannt wurden, sind unzählig, eine Quasi-Gesamtheit. Ihre gerechte Sache erhielte Antrieb und Beistand durch Subsidien von solchem Betrag.«

»Welcher Betrag?« fragte sie. »Die Gerechtigkeit auf Erden ist nicht in bar zu kaufen, fürchte ich. Sind wir jung genug, es zu glauben?«

»Forse che si, forse che no. Wahr ist: die gerechte Sache verschlänge, was aus den Fässern rinnt, noch schneller als die beiden Ausersehenen es verschwenden können.«

»Trotz allem!« erwiderte sie ihm. »Die Gerechtigkeit, die wir nicht sehen, muß nahe sein. Denn wir sehen die Liebe.«

Für dieses Wort umarmten sie einander, mit Küssen der Dankbarkeit und anderen.

Von jetzt an gingen sie Hand in Hand, glücklich und gut. »Uns ist zugeteilt Arbeit und Liebe: von beiden viel. Bevor wir liebten, dachten wir unser Leben lang nur wenig zu arbeiten.« Dies sagten sie einander, während die Luft ihnen zu klingen begann. Es war die seltene Stunde, da von besonnener Seligkeit und einer Güte, die sich kennt, die Himmel tönend werden.

Alle tun ihnen von Herzen leid, so sagen sie, wegen der Unwissenheit aller. Sie beide würden sich vermessen, als besäßen sie den Sinn und das Wesen; ahnen aber, es ist vermessen. Wir wissen nichts, bekennen sie. Darum sind wir glücklich. Wären wir gewiß, daß wirklich alle Fässer voll Gold sind, es wäre noch gar nichts. In welcher Welt geschehen solche Dinge? Es ist dieselbe, die den Empfang bei der Welt veranstaltet. Wir begreifen ihn nach unserer Weise. Fragwürdig nennt ihn, wer nicht liebt. Wir lieben und fragen nicht. Frohsinn gleicht der Wehmut. Schmerzvoll ist das Glück.

Die Luft klingt, der Erdboden hebt die Schwebenden. Wir sind die ganze Zeit ohne sichere Kenntnis, in welchem Land dies spielt, in wie vielen Sprachen wohl; – und die Absicht? Mit uns einfachen Kindern die Absicht?

Jung zu sein, antworten sie. Das wäre kein Schluß? Es ist kein Schluß, antworten sie. Wir bleiben immer jung.

Sie gehen weiter.

Nachwort
von Helmut Koopmann

Das Spätwerk Heinrich Manns, immer noch reichlich unbekannt, erfreute sich bislang keines sonderlich guten Rufes. Der Roman *Empfang bei der Welt* gilt als Alterswerk mit allen einschlägigen Schwächen: eine weder räumlich noch zeitlich genau fixierbare Handlung, eine stark stilisierte Sprache, grelle satirische Szenen in einer fast gespenstischen Umwelt, Komödiantisches neben einem Pathos der Weltabsage, ein ganzes Arsenal von Problemen und Themen, das sich aus dem Romanwerk der frühen und mittleren Jahre hier hineingeschoben hatte und den nachlassenden Einfallsreichtum Heinrich Manns zu bezeugen schien – das alles sprach gegen diesen Roman. Der Vergleich mit dem epischen Spätwerk Thomas Manns tat ein übriges, um Heinrich Manns Buch zu diskreditieren. Ein etwas sklerotisch anmutendes Alterswerk schien hier entstanden zu sein, in einem sonderbaren Zwischenreich spielend. War dem Autor der epische Atem ausgegangen, war hier die wohlbekannte und unter Heinrich Manns Feder früher so glänzend geschriebene Gesellschaftssatire aus Mangel an neuen Ideen und Einfällen noch einmal, aber eigentümlich gebrochen und abgeschwächt, wiederholt worden, war hier ein diffus geschriebener, schwer verständlicher Roman entstanden, der einen Vergleich mit dem *Schlaraffenland* beim besten Willen nicht aushalten konnte? Oder, schlimmer noch: ist das der magere Ertrag der amerikanischen Jahre, düsteres Abbild einer vereinsamten Emigrantenexistenz, der das Leben zum Alptraum geworden war, die sich fallengelassen hatte in eine Flut alter

Erinnerungen, die jetzt hochgeschwemmt worden waren und eine unwirklich gewordene Welt ausstaffierten? Haben sich hier die kompositionellen Verstrebungen gelokkert, hat es nicht mehr gelangt zu einer Romantektonik, die das ausartende Spiel der Phantasie hätte einfangen und organisieren können? Und schließlich: hat nicht die ewige Finanzmisere des Emigranten, der von fast aller Welt vergessen schien und den die Filmindustrie in Hollywood nicht länger beschäftigen wollte, ihre verständlichen Spuren hinterlassen? Balthasar, einsam in seinem verfremdeten Weinkeller im Golde wühlend, dem Rausch des Reichtums hemmungslos ausgeliefert: war das nicht ein geheimer Wunschtraum des armen Heinrich Mann, dem er hier, aber auch nur hier, ungehindert frönen konnte? Sind es nicht Lebenstrümmer, die in diesem Roman noch einmal hochbranden, hatte sich hier nicht ein Schiffbrüchiger geäußert, der schon bei der Ankunft in Amerika die denkwürdige Notiz niederschrieb: »Eindrücke belanglos«?

Seine Abschiedsworte in Lissabon, als er das Schiff nach Amerika bestieg, lauteten anders. Damals hatte er festgehalten, was er verließ: »Der Blick auf Lissabon zeigte mir den Hafen. Er wird der letzte gewesen sein, wenn Europa zurückbleibt. Er erschien mir unbegreiflich schön. Eine verlorene Geliebte ist nicht schöner. Alles, was mir gegeben war, hatte ich an Europa erlebt, Lust und Schmerz eines seiner Zeitalter, das meines war; aber mehreren anderen, die vor meinem Dasein liegen, bin ich auch verbunden. – Überaus leidvoll war dieser Abschied.« Kam dieses verlorene Zeitalter nicht noch einmal hoch in seinem Roman, aber nun verfremdet, ja verfratzt, ein geisterhafter Zug von Revenants, die sich zu einem letzten großen Empfang versammelten?

Bruder Thomas hatte nicht sonderlich viel dazu beigetragen, den Ruhm des alternden Heinrich in seiner neuen und in seiner verlorenen Heimat hochzuhalten. Wir kennen das melancholische Porträt, das er nach dem Tode Heinrichs von ihm entworfen hat: »Er war in letzter Zeit sehr alt geworden, heimgesucht von wechselnden Leiden. Er arbeitete nicht mehr, schrieb einige Briefe, in denen er von den Vorbereitungen zu seiner Abreise sprach, las ein wenig und hörte Musik. Mit der Produktivität ist es sonderbar: wird man schließlich zu müde für sie, so vermißt man sie auch nicht; ich habe ihn nie über das Versagen seiner Arbeitskraft klagen hören, sie ließ ihn scheinbar ganz gleichgültig.«

Versagen seiner Arbeitskraft? Er begann 1941 den *Empfang bei der Welt*, 1942 wurde *Lidice* geschrieben, in den folgenden Jahren der *Friedrich*-Roman ausgearbeitet. 1944 folgte *Ein Zeitalter wird besichtigt*, 1949 erschien *Der Atem*. Was Thomas Mann gesagt hat, gilt allenfalls für die allerletzte Zeit Heinrich Manns. Den *Empfang bei der Welt* hat Thomas Mann eine geisterhafte Gesellschaftssatire genannt, »deren Schauplatz überall und nirgends ist« [vgl. dazu Materialien, Nr. 8 und Nr. 9]. Gewiß gibt es in diesem Roman die Dimension der Gesellschaftssatire. Aber sie allein macht die Essenz des Werkes nicht aus. Auf der anderen Seite enthält der Roman mehr als nur Wirklichkeitserfahrungen aus der neuen Welt in halluzinativer Verfremdung. Mit Chimärischem hat der Roman freilich zu tun; aber nicht in der Weise, daß hier die Unwirklichkeit der Emigrantenexistenz sich literarisch auskristallisiert habe. Die Unwirklichkeit ist Thema des Romans; aber nicht die seiner temporären Daseinsweise, sondern die des Lebens selbst. In einem Jahrzehnt, in dem sich der Realismus literarisch neu durchzusetzen begann, nach einer Tradition, die weitgehend von realistischen Elementen geprägt worden war, neben einem Bruder, der auf seine Weise immer realistisch geschrieben hat, entschloß Heinrich Mann sich, die Realität in seinem Roman als das zu zeigen, was sie war: eine Phantasmagorie.

Vordergründig geht es um recht Wirkliches: einen Empfang, den Arthur, von dem wir nur den Vornamen kennen, einer ebenso buntscheckigen wie größtenteils wohlhabenden Gesellschaft gibt, um Bau und Betrieb eines neuen großen Opernhauses finanzieren zu können. Wedekinds Marquis von Keith hatte etwas Ähnliches gewollt, ein halbes Jahrhundert zuvor. Die große Welt also ist zu Gast auf diesem Empfang, aber sie erscheint nicht nur, um sich in der satirischen Beleuchtung, die über alles fällt, selbst zu decouvrieren. Heinrich Mann entlarvt die Welt nicht aus seiner, des Erzählers Sicht. Er überträgt diese Aufgabe einem ungleichen Beobachterpaar: dem Sohn André des großen Agenten Arthur und Arthurs Vater Balthasar. Der hatte seinen Sohn einst nach dem Philosophen genannt, um freilich zu seiner Enttäuschung zu erfahren, daß Arthur es mit allem, nur nicht mit der Schopenhauerschen Philosophie hielt. Um so mehr halten Großvater und Enkel von ihr, und schon der Anfang des Romans ist durchtränkt von Schopenhauerschen Ideen und Vorstellungen.

Dem »mundus vult decipi« des Existenzkämpfers Arthur setzt der Sohn zu Beginn des Romans sein »Arthur, ich durchschaue dich« [S. 10] entgegen. Der Schein des schönen und reichen Lebens wird immer wieder als Schwindel entlarvt. Fast jede Seite des ersten Kapitels in diesem Roman ist dazu angetan, den Leser die Schopenhauersche Luft spüren zu lassen, die hier weht. Arthur, der große Agent, und seine Gegenspielerin Melusine, die ehemals große Sängerin, sind immer noch dem Lebenstaumel verfallen und verhaftet – dem, was sie für das Leben halten; das nahende Alter hat sie nicht weiser gemacht. Aber diejenigen, die am Leben noch nicht oder nicht mehr teilhaben, Enkel und Großvater also, wissen, was dort gespielt wird. Nicht weniger weiß es Stephanie, die Tochter Melusines, auch sie der »anderen Generation« zugehörig, die dem Lebens- und Existenzkampf nur mit einer Mischung aus Widerwillen und Amüsement zuschauen kann. Für sie und André hat diese Welt der Geschäftsleute, die Welt der Existenzkämpfer etwas Phantastisches an sich; das, was Arthur und Melusine ernst nehmen, erscheint den Kindern als ein aufs äußerste verarmtes Dasein, dessen Akteure immer nur neuen Wahnideen nachjagen. »Ich möchte so nicht sterben. Nicht nach einem Leben um Geld«, sagt der Schopenhauer-Zögling André [S. 31], für den Sicherheit nur eine »bloße Formel unseres überkommenen Denkens« [S. 33] ist.

André hält es mehr mit seinem Großvater Balthasar, der inzwischen neunzig Jahre alt ist und das Geld, wie es heißt, aus seinem Gedächtnis gelöscht hat. In die Schlacht der Existenz läßt sich André nicht hineinziehen; seine Plakate, mit denen er sein Brot verdient, erscheinen unter seinem Pseudonym Lindi – »l'indifferent«, so löst sich die Abkürzung »Lindi« auf [S. 24f.]. Die Indifferenz des Beobachters von außen ist hier den verzweifelten und eigentlich lächerlichen Selbstbehauptungskämpfen der im Leben Befangenen gegenübergestellt. Sieger und Besiegte gibt es bei André nicht, was seinen Vater freilich mit hellem Entsetzen erfüllt. »Patience am hellen Vormittag. Ein Zwanzigjähriger! Damals war ich hinter vier Chancen auf einmal her«, so belehrt der Vater den Sohn, worauf ihm der Sohn entgegnet, daß er das ja noch immer sei – und unausgesprochen hinzufügt, daß der Ältere darin sich als unbelehrbar erwiesen habe. [S. 41]

Die Jüngeren hat ein Lebensekel erfaßt, wie er schon einmal, um 1900, die Literatur so stark durchtränkt hatte. Die Generationen stehen einander konturenscharf gegenüber. »Gerade begeisterte das vordere Paar sich für die eigene Art und Unverwüstlichkeit. Die beiden Kinder sahen einander aus gesenkten Lidern an. Ihr Ausdruck war vor Widerwillen schläfrig« [S. 31] – hier ist das Erkennen fast zu Abscheu geworden. »Lohnt es? Sie sagen ja. Wir: nein« [S. 32]: der Kampf ums Geld ist der unsinnigste Kampf, den das Leben zu bieten hat. Die neue Lebensethik ist nicht um den Besitz herumgruppiert. Der »tüchtige Sohn« ist in philosophischer Hinsicht denn auch seinem Vater mißraten, was den freilich nicht zu Trauer und Bestürzung, sondern nur zu »heiterer Geringschätzung« bringt und ihn zu Arthur sagen läßt: »Was fiel mir ein, daß ich dich nach einem Philosophen benannte!« [S. 50]

Balthasar weiß seine Lebensphilosophie bei seinem Enkel aufgehoben, und ihn klärt er auf: »Alles eitel. Ich habe mich um die unaufschiebbaren Geschäfte nie bekümmert, um Erwerb so wenig wie um Verlust. Ich kämpfte nicht, ich überließ es anderen. Sie machten Krieg. Sie machten nochmals Krieg. Ich starb in Frieden.« [S. 54] Und Balthasar, offenbar entschlossen, sein Wissen um das Scheinhafte der Welt seinem Enkel einzugeben, erklärt ihm und den Lesern ein zweites Mal: »Bedenke! Diesen Sohn habe ich nach dem Philosophen der Erlösung, des Nichtwollens, Nichtmehrseins – Arthur genannt.« [S. 57] Als Weiser kennt er seine Mißerfolge besser als seine Erfolge: »Der erste ist nur mißraten. Der nächste, du mein Kind, holst für ihn nach, was ich geplant hatte. Wenigstens machst du den Anfang.« [S. 57] Alter Traum des Philosophen, daß die Kette des niederen Lebens endlich einmal durchbrochen werden möge! Arthur, der vergeblich Belehrte, hatte freilich nie davon hören wollen; der Lebenskampf reizte ihn ungleich mehr als die Lebensüberwindung. »A la grande vie« heißt das Restaurant, in dem der Anfang des Romans spielt. Aber das große, großartige Leben ist Schwindel.

Gesellschaftssatire? Ja – aber vor dem Hintergrund einer philosophisch fundierten Entlarvung. Nirgendwo wird die Unwirklichkeit dieser Welt deutlicher als da, wo sie am wirklichsten zu sein scheint: auf dem Empfang, den Arthur der Welt gibt.

Verständlich, daß hier Theater gespielt wird, bietet sich doch eine Bühne bestens dafür an. Jeder hat dort seinen Auftritt, vom Intendanten bis zum Industriellen, vom Bankier bis zur Nutte. Die Kulissen sind angemessen, die Eitelkeit feiert ihre Triumphe. Existenzkämpfer Arthur hat seinen großen Tag.

Wer freilich geglaubt hat, daß der Mann von fünfzig Jahren, der so vergeblich nach dem Philosophen benannte Arthur, allein Zielen nachjage, die Vater und Sohn längst als überflüssig angesehen haben, der irrt insofern, als Balthasar, der Neunzigjährige, der vergessen zu haben scheint, was Gold ist, sich plötzlich aller Schopenhauer-Philosophie zum Trotz als unverbesserlicher Zeitgenosse entlarvt, der dem Gold durchaus noch nicht abgeschworen hat; in seinem denaturierten Weinkeller badet er wortwörtlich im Gold, wobei ihm die Tatsache, daß niemand von seinem verborgenen Reichtum weiß, erst die höchste Lust beschert. Sollte der große Philosoph auch zu ihm vergeblich gesprochen haben? Sollte selbst der Greis von den fatalen Fesseln der Welt noch nicht ganz befreit worden sein? Dem Golde ist er immer noch verfallen, ohne Zweifel; Balthasar gerät in einen Rausch wie in einem Wildwestroman. Der Greis kniet in seinem Goldhaufen, wühlt in den gelben Lachen und betet seinen Götzen an: »Sei gelobt, mein Geld! Du allein bestehst. Mein Gold, dich preise ich, nur du bist treu! Nichts bleibt vom Leben unvergällt, nur du! Im Tod umarme ich dich und habe dich mitgenommen!« [S. 82] Es kommt noch besser. Balthasar, der auf den ersten Blick das Theaterspiel so verachtet, spielt selbst großes Theater, ist einmal Herr und Knecht, wenn es um den Besuch von Gästen geht; gezwungenermaßen, denn letzterer ist schon verstorben, aber der Herr will dessen Tod nicht wahrhaben und erscheint, ein Verwandlungskünstler von hohen Graden, als sein eigener Diener.

André durchschaut nicht nur den Spaß, er kennt ihn

längst. Doch er spielt mit, aus Reverenz vor dem Großvater. Aber der Großvater weiß im Theaterspiel noch ganz andere Saiten aufzuziehen. Auch auf dem Empfang erscheint der Neunzigjährige, aber nicht als weltabgekehrter Greis, sondern im Kostüm. Sein Sohn bestätigt ihm, daß er allein die große Attraktion sei: »Gegen dich fällt jeder ab. Meine Künstler werden heiser, meine Präsidenten verreisen.« [S. 219] Es ist verständlich, daß Balthasar alle anderen aussticht. Wie erscheint er? »Entgegen sah ihm ein olympischer Geheimrat, etwas äußerst Großartiges – gesetzt, der Augenblick, es zu bemerken, wäre da. Der alte Kopf, vornehm wie höchstens Porträts; die gewölbten Brauen, der launisch geschwungene Mund mit Falten der Überlegenheit. Unnachahmlich gebieterisch, der Blick dieser weiten offenen braunen Augen! Die Stirn, so hoch sie anstieg, war knochig, anstatt erhaben, was der Betrachter, sein unbeirrtes Urteil einmal angenommen, zugunsten des Gesamteindruckes übersehen hätte. Ergraute Löckchen ringelten sinnreich über beiden Schläfen; wer denkt an Perücken und wenn schon.« [S. 231]

Goethe selbst ist es, der hier so offensichtlich erscheint, oder vielmehr: Balthasar in der Maske Goethes. Nur ein Theaterspiel? Ist er bloß ein »feierlicher Esel«, äußert sich darin Goethe-Kritik Heinrich Manns, oder ist die Goethe-Maske nur ein Coup des launischen Greises, der sich hier als Geheimrat gefällt, Figur eines Maskenzuges, der noch tiefer ins Historische gerät? Oder macht Balthasar sich lustig über seine eigene Goethe-Erscheinung, führt er das »mundus vult decipi« auf seinen Höhepunkt und gleichzeitig ins Absurde? »Ein Geheimrat ex machina« [S. 238], der sich den hohen, den höchsten Orden nur angelegt hat, um Bankiers und Industrielle, um Intendanten und gewesene Künstler ein wenig zu demütigen? Der Roman gibt Antworten auf keine dieser Fragen. Aber wenn wir bedenken, daß Thomas Manns Goethe-Roman *Lotte in Wei-*

mar noch gar nicht allzu lange zurücklag und ferner, daß Thomas Mann es liebte, sich in der Nachfolge Goethes zu ergehen, daß er spätestens 1932 darauf bedacht war, sich selbst hochzustilisieren zum Weimaraner, so ist der Gedanke nicht ganz von der Hand zu weisen, daß dieser Auftritt des Geheimen Rats ein kleiner Hieb sein könnte gegen den berühmten Bruder, der sich in Heinrichs Augen vielleicht ein wenig zu sehr um den Weimaraner aus einem Imitationsbedürfnis heraus bemüht hat, dem Heinrich nichts Gleichwertiges entgegensetzen konnte, sicherlich aber auch nichts entgegensetzen wollte. »Es hat auch gar keinen Zweck, daß er aussehen möchte wie Goethe«, sagt eine der Teilnehmerinnen, die Künstlerin Alice. [S. 232] Oder sagt es Heinrich Mann gegen seinen Bruder Thomas? Es gibt Sätze, die nicht ohne Zweideutigkeit zu lesen sind. »›Eines weiß ich‹, dies feierlich gesprochen, ›ohne das Beispiel und die beständige Gegenwart meiner großen Männer – ja, ihre innere Gegenwärtigkeit, entfiele mir auf einmal der Mut‹«, sagt der Sänger Tamburini. [S. 233] Oder äfft Heinrich auch hier ein wenig den großen Bruder nach, dem es so sehr um den Adel des Geistes zu tun war?

Wir werden es nie erfahren. Aber es ist vermutlich nicht nur das Theaterspiel, an dem der Autor sich ergötzte. Daß hier das große Welttheater vorgeführt wird, versteht sich aus der Anlage des Romans von selbst, aber es steht zu vermuten, daß nicht nur erfundene Gestalten auftreten, sondern, daß auch anderes sehr bewußt herbeizitiert wird. Arthur und Melusine, das verspätete Liebespaar, führen einmal ein ebenfalls literarisch anzügliches Gespräch. Arthur spricht beiseite: »›Wer die Schönheit angeschaut mit Augen –‹ ›Ist dem Tode schon anheim gegeben‹, schloß sie, klangvoll und beherzt. ›Du nicht, mein Freund. Dich belebt sie‹.« [S. 342] Es sind Lieblingsverse Thomas Manns, der sich in seinem Platen-Essay ausführlich darüber geäußert hatte. Kann man sie zitieren, ohne jenes Bekenntnis des Bruders zu Platen mitzureflektieren?

Es könnte also durchaus sein, daß Heinrich Mann die Seinen unversehens mithineinbringt in diesen großen Opernauftritt, den der Empfang bei der Welt bietet. So war es also um die Welt bestellt aus der Sicht des Emigranten, der da allein in Los Angeles saß und noch einmal die vergangene Zeit eine geisterhafte Auferstehung feiern ließ. Natürlich tauchen auch die alten Lebenskategorien Heinrich Manns wieder auf; das Glück ist genannt, ebenso Arthurs »Dennoch ach! Wo ich nicht bin, dort ist das Glück.« [S. 29] Spricht er nicht zu sich selbst, wenn er seinen André über eine Romanfigur sagen läßt: »Sein Talent für das Glück war auffallend; aber er hatte sich noch nicht darauf konzentriert, reich zu werden.« [S. 347] Heinrich Mann hat in *Ein Zeitalter wird besichtigt* über das Glück als geschichtliche Instanz und Möglichkeit gehandelt. Aber wir wissen, wie sehr das auch eine private Erfahrung war; eine Kindheitserfahrung schon, seit das Märchen vom Glückskind erzählt worden war.

Ein Welttheater also, und sehr viel mehr als eine Gesellschaftssatire. Es ist nicht zu leugnen, daß darüber hinaus auch aus der Exilzeit einiges in den Roman eingegangen ist: die Sprache zeigt es vor allem. Wo steht das French Restaurant, in dem der Roman beginnt? Sicherlich nicht in Frankreich, auch wenn es ein »Château« mit einem Türmchen ist. Man trinkt eine Flasche Pommery, aber die Nachbarn verlangen doppelt große und halbrohe Steaks, und, so wird erklärt, »Der Whisky läuft noch«. [S. 17] Aber es ist auch nicht Amerika, in dem dieses sonderbare Schloß steht, das gar kein Schloß ist, so wenig wie Frankreich, obwohl so vieles französisch anmutet; die Szene spielt an einem dritten Ort, der freilich entfernt dann doch einige Ähnlichkeit mit dem amerikanischen Exil aufweist. »Fine funerals«, schreit jemand auf dem

Empfang bei der Welt. [S. 192] Und das Dienstmädchen Nina fragt: »Is that so?« [S. 217] Die Existenzkämpfer sprechen ins Telefon: »What about my check?« [S. 229] »He is gone«, sagt jemand über seinen Vater [S. 238], die Braut ist »busy« [S. 238], ein jugendlicher »broker« [S. 240] tritt auf – und so geht es fort, immer wieder ist amerikanisches Englisch eingeschwärzt. Gegen Ende des Romans nimmt diese Mehrsprachigkeit sogar noch zu.

Das sind zweifellos Exilspuren, und daß die vielen Geldgeschichten von Heinrich Mann auch in mehr als nur in romanhafte Einfälle dritten Ranges verwandelt wurden, versteht sich ebenfalls von selbst. So zeigt der Roman also doch Zeitkolorit, und welcher Art die Zeit ist, läßt auch Stephanie erkennen, wenn sie dem Dieb und Abenteurer Poulailler auf die Schulter schlägt und sagt: »Möchten Sie nicht Ihr Stalingrad erleben.« [S. 327] Gelegentlich wird Roosevelt erwähnt, auch Hitler, ein amerikanischer Autotyp, der in den vierziger Jahren Mode war, Rüstungsindustrielle, Massenpsychotisches; wer genau hinsieht, kann herausfinden, daß es also die vierziger Jahre sind, in denen der Empfang bei der Welt stattfindet. Aber eben diese Jahre lassen erkennen, daß der Empfang bei der Welt ein Abschiedsempfang für Europa ist, das hier noch einmal in einer geisterhaften Wiederauferstehung lebendig wird. Es sind freilich nicht nur die Schatten des gegenwärtigen Europas, die ein letztes Mal auftreten; Europa erscheint auch mit seiner literarischen und musikalischen Kultur und deren Geschichte. So gesehen ist der Auftritt Goethes in der Gestalt Balthasars ebenso verständlich wie der Auftritt des Sängers Tamburini und der Gesang einer Arie, die gewiß nicht in der Neuen Welt entstanden ist. Die amerikanischen Reminiszenzen verblassen dahinter, sind nicht mehr als Lokalkolorit; die Anspielungen auf die Neue Welt verstärken also nicht die amerikanische Atmosphäre, sondern entwirklichen sie im Grunde genommen.

Doch der Roman endet nicht mit dem Empfang bei der Welt, auch nicht mit dem Tod des bei aller Schopenhauer-Attitüde dem Gold immer noch verfallenen Balthasar, sondern mit der Liebesgeschichte von Stephanie und André. Auch sie hat freilich etwas Unwirkliches, aber in ihr leben die Hoffnungen Heinrich Manns auf Menschlichkeit und eine kommende bessere Gesellschaft. Was die beiden miteinander zu bereden haben, widerlegt das Salongespräch des Empfangs bei der Welt, so wie die Liebes- und Gesprächsszenen zwischen ihnen überhaupt eine Gegenwelt darstellen zu der Welt des Empfangs. Zwischen Stephanie und André fallen die Zwänge, die die Gesellschaft ihren Trabanten auferlegt, und wenn sich auch, wie André zu Recht feststellt, der Existenzkampf gesetzlich nicht abschaffen läßt, »da er menschlich ist« [S. 384], so zeigt sich die eigentliche Menschlichkeit in den abschließenden Szenen zwischen Stephanie und André. Und hier entwickelt sich auch eine neue Lebensethik; am Ende bekommen die Schlußszenen, so unwirklich sie auch erscheinen mögen, eine höhere Realität als alles, was auf dem Empfang bei der Welt zur Schau gestellt wurde. Es ist die Utopie dessen, der an seiner Zeit und Welt viel gelitten hat; man möchte am ehesten an die Liebesgeschichte zwischen Thekla und dem jungen Piccolomini in Schillers *Wallenstein* denken, die Heinrich Mann angeregt haben könnte, aber was im *Empfang bei der Welt* geschieht, endet nicht tragisch, sondern mit einem offenen Schluß. »Sie gehen weiter«, so lautet der letzte Satz des Romans, und das heißt: weiter auf ihrer Lebensbahn, weiter auch auf eine Zeit zu, in der andere Gesetze gelten als die der Existenzkämpfer. »Kein Schluß«, so ist dieses letzte Kapitel überschrieben, und das ist programmatisch gemeint.

Zugleich aber ist der Roman in anderer Hinsicht ein Abschluß, dem kaum etwas folgen kann, enthält er doch auch eine Rekapitulation des eigenen Werkes. So wie Heinrich Manns *Atem* noch einmal die Möglichkeiten und Themen des eigenen Romanwerks nennt, so auch der *Empfang bei der Welt*. Tamburini entstammt zwar Flauberts *Madame Bovary*, aber zugleich den *Göttinnen*, die Opernszene ist der *Jagd nach Liebe* entnommen, die Arie der *Kleinen Stadt*. Und auch die Liebesgeschichte am Schluß wiederholt das Ende der *Kleinen Stadt*, aber nun vom Tragischen ins Hoffnungsvolle gewandelt. *Die Branzilla* ist ebenfalls zitiert, hat doch der Sänger auch dort einen Buckel; auch die *Große Sache* ist in den *Empfang bei der Welt* hineingebracht, dazu *Liliane und Paul*, jenes von Heinrich Mann geschriebene Märchen – und so baut sich hinter den Szenen des Empfangs bei der Welt noch einmal das eigene Romanwerk auf, in Andeutungen zwar nur, aber dennoch als Summa des Gewesenen. So wie die Welt noch einmal Revue passiert, so auch das eigene Werk, und man täte Heinrich Mann sehr unrecht, sähe man darin einen Altersmangel an Stoffen, ein engstirniges Wiederaufgreifen längst abgetaner Motive und schon einmal geschilderter Figuren. Denn neu ist, daß sie alle verschiedenen Romanen entstammen; so wird der *Empfang bei der Welt* in diesem Sinne ein Roman über den Romanen, wird er zur andeutungsweisen Chronik der eigenen literarischen Tätigkeit. Doch die Selbstzitate sind nicht so zu deuten, wie sie etwa bei Thomas Mann auftreten. Das eigene Werk wird heraufgerufen, um an ihm noch einmal etwas zu zeigen, was der wirklichen Situation, dem verarmten Dasein Heinrich Manns völlig entgegengesetzt war: die Allmacht der Phantasie, die die eigene erzählte Welt herbeizaubern kann, wann und wo immer es ihr beliebt. In diesem Sinne spiegelt der Roman denn auch nicht die eigenen ärmlichen und erbärmlichen Exilerfahrungen, sondern er lehrt den Leser den Triumph über sie, wird doch hier verfügbar, was in Wirklichkeit als Mangel erschien. Wie *Der Atem* ist dieser Roman denn auch im besten Sinne des Wortes ein phantastischer Roman, ein Roman der Überwindung der Grenzen der Welt, der Triumph der erzählerischen Phantasie über die Wirklichkeit – und das heißt letztlich nichts anderes als: über die Welt selbst. Mag der Empfang bei der Welt, wie er sich hier präsentiert, auch nur ein Empfang in einer Theater- und Kulissenwelt sein – diese ist gerade recht, um die Staffage für das Spiel der Phantasie abzugeben. Und so ist denn selbst noch die Gründung des Opernhauses nicht der phantastische Plan eines spätgeborenen Marquis von Keith, sondern das Symbol einer Existenz, die in Wirklichkeit verarmt sein mochte, die aber über einen um so größeren Reichtum an Phantasie verfügte. Und wo könnte der sich besser präsentieren als in einem Opernhaus? Wo könnte gleichzeitig aber auch besser deutlich gemacht werden als hier, daß dieses Opernhaus der realen Gründung gar nicht bedarf, da es ja schon als phantastische Institution existiert, und zwar hier, im Roman selbst? Alle Welt kommt hier noch einmal zu Gast, entlarvt sich hier noch einmal selbst und führt doch ein phantastisches Spiel auf, mit Abenteuern und Überraschungen gespickt: und mochte der alternde Heinrich Mann auch einsam in Amerika seine Werke schreiben, hier hatte er alle Welt zu Gast, ließ er die Berühmtheiten auf- und abtreten, die Schurken und Gauner erscheinen und wieder verschwinden, selbst Goethe der Gesellschaft die Ehre geben und die Fabrikdirektoren in die ihnen eigentümliche Unscheinbarkeit verweisen. Die Welt, die Heinrich Mann zu entgleiten drohte: hier wurde sie noch einmal verfügbar, auf phantastische Weise real für den, der bereit war, sie mit den Augen Schopenhauers zu betrachten, mit dem Zusatz freilich, daß »kein Schluß« angekündigt sei, sondern eine wirklich bessere Welt noch kommen werde. Die freilich stellte sich nicht mehr im

Opernhaus dar, das ein Phantasieprodukt blieb, so wie die Phantasie noch einmal alles herbeizitieren konnte, was gewesen war. So war der Empfang bei der Welt zwar ein Abschied von der Welt, aber ein Abschied ohne Bitterkeit, vielmehr ein solcher mit Hoffnungen. Die Welt sollte daraus lernen.

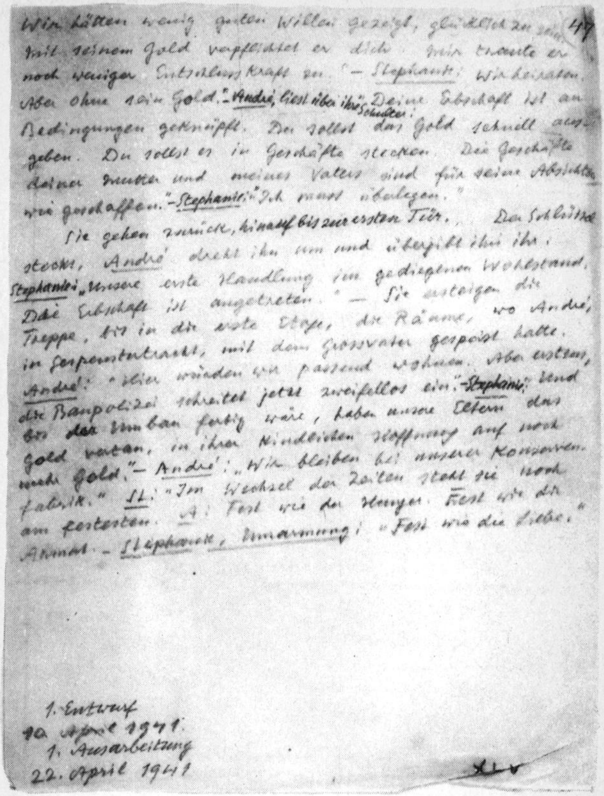

47

Wir hätten wenig guten Willen gezeigt, glücklich zu sein. Mit seinem Gold verpflichtet er dich. Mir traute er noch weniger Entschlusskraft zu." – Stephanie: "Wir heiraten. Aber ohne sein Gold." – André, liest über ihre Schulter: "Deine Erbschaft ist an Bedingungen geknüpft. Du sollst das Gold schnell ausgeben. Du sollst es in Geschäfte stecken. Die Geschäfte deiner Mutter und meines Vaters sind für seine Absichten wie geschaffen." – Stephanie: "Ich muss überlegen."

Sie gehen zurück, hinauf bis zur ersten Tür. Der Schlüssel steckt, André dreht ihn um und übergibt ihn ihr. Stephanie: "Unsere erste Handlung im gediegenen Wohlstand. Die Erbschaft ist angetreten." – Sie ersteigen die Treppe, bis in die erste Etage, die Räume, wo André, in Gespenstertracht, mit dem Grossvater gespeist hatte. André: "Hier würden wir passend wohnen. Aber erstens, die Baupolizei schreitet jetzt zweifellos ein." – Stephanie: "Und bis der Umbau fertig wäre, haben unsere Eltern das Gold vertan, in ihrer kindlichen Hoffnung auf noch mehr Gold." – André: "Wir bleiben bei unserer Konservenfabrik." St.: "Im Wechsel der Zeiten steht sie noch am festesten." A.: "Fest wie der Hunger. Fest wie die Armut." – Stephanie, Umarmung: "Fest wie die Liebe."

1. Entwurf
10. April 1941.
1. Ausarbeitung
22. April 1941

Letzte Seite eines Entwurfes von *Empfang bei der Welt*
in der Handschrift Heinrich Manns

Zur Entstehungs- und Überlieferungsgeschichte

Heinrich Manns vorletzter Roman *Empfang bei der Welt* entstand im amerikanischen Exil in Los Angeles. Die Arbeit daran wurde im April 1941 begonnen zu einer Zeit, in der Heinrich Mann auch grundsätzlich über die Gattung Roman nachdachte [siehe Materialien, Nr. 1 und Nr. 2]. In den wenigen erhaltenen Notizen zum Roman finden sich die Hinweise: »1. Entwurf 10. April 1941. 1. Ausarbeitung 22. April 1941« (HMA 105)[1] [vgl. Abbildung, S. 418]. Bis zum November des gleichen Jahres lag die erste Hälfte des Romans (Kapitel I–XIV) vor. Zu diesem Zeitpunkt bemühte sich der Autor bereits um einen amerikanischen Verleger, wie u. a. auch eine englische Übersetzung der ersten sechs Kapitel des Romans dokumentiert, die sich in seinem Nachlaß erhalten hat (HMA 102). Heinrich Mann unterbrach die Niederschrift des Romans während der Arbeit an dem Dialog-Roman *Lidice*, der im Sommer 1942 entstand, und an dem Memoirenwerk *Ein Zeitalter wird besichtigt*, das den Autor 1943/44 in Anspruch nahm und im Juni 1944 abgeschlossen wurde. Bereits im April 1944 ist in Briefen aber auch von dem fast abgeschlossenen Roman *Empfang bei der Welt* die Rede, dessen letztes Ma-

1 HMA = Heinrich-Mann-Archiv der Akademie der Künste der DDR, Berlin/DDR; Zur Numerierung vgl.: *Vorläufiges Findbuch der Werkmanuskripte von Heinrich Mann*. Bearbeitet von Rosemarie Eggert. Berlin (Ost) 1963 [= Deutsche Akademie der Künste zu Berlin, Schriftenreihe der Literatur-Archive, Heft 11] [hektograph. Typoskript].

schinenmanuskript allerdings dann das Abschlußdatum »8. Juni 1945« trägt.

Nach Erscheinen von *Ein Zeitalter wird besichtigt* hatte Heinrich Mann dem gleichen Verlag, dem Ljus Verlag in Stockholm, auch *Empfang bei der Welt* angeboten. Bis zu seinem Tod lag das »einzige Manuskript« des Romans dort, wie aus Briefen Heinrich Manns an seinen Biographen Karl Lemke hervorgeht [siehe Materialien, Nr. 5, 16, 18]. Erst 1956 erschien dann im Aufbau-Verlag, Berlin, dieser einzige nachgelassene Roman Heinrich Manns.

In der ›Nachbemerkung‹ zu der hier zugrunde liegenden Ausgabe des Romans innerhalb der *Gesammelten Werke* gibt Sigrid Anger zur Textvorlage und -gestaltung an:

In Heinrich Manns Nachlaß aus dem amerikanischen Exil, der 1958 an das Heinrich-Mann-Archiv der Deutschen Akademie der Künste zu Berlin gelangte, fanden sich neben Notizen und Entwürfen drei Teilmanuskripte zu *Empfang bei der Welt*:

Die *Handschrift* für Kapitel I–XIV. Dieses Manuskript ist eine Reinschrift.

Eine *Maschinenabschrift* der erwähnten Handschrift für Kapitel I–XIV. Diese Abschrift ist sehr fehlerhaft und von Heinrich Mann nur teilweise verbessert worden.

Ein *Maschinenmanuskript* für Kapitel XV–XXVII. Dieses unkorrigierte, aber sorgfältig geschriebene Maschinenmanuskript liegt in fünf Exemplaren vor. Es ist als die endgültige Fassung dieses Romanteils anzusehen.

Dieser fragmentarische Manuskriptbestand ist aus der unkontinuierlichen Entstehungsgeschichte des Romans und aus der Zusammenarbeit des Autors mit entfernt wohnenden Abschreibern, Übersetzern und Lektoren zu erklären. 1949 erwähnt Heinrich Mann in Briefen sein »einziges Manuskript« von *Empfang bei der Welt*: Es lag damals bei einem schwedischen Verleger, er selbst hatte kein vollständiges Exemplar mehr in Händen. 1950 war in Berlin eine Abschrift angefertigt worden, die dem Aufbau-Verlag für die Ausgabe des Romans von 1956 zur Verfügung stand und zur Quelle zahlreicher Textentstellungen wurde. Der Verbleib des »einzigen Manuskripts« war nach Heinrich Manns Tod lange ungeklärt. Inzwischen ist bekannt, daß es sich in amerikanischem Privatbesitz befindet. Das Heinrich-Mann-Archiv erhielt kürzlich eine Fotokopie.

Dieses vollständige Manuskript spiegelt – wie die im Nachlaß erhaltenen Teilmanuskripte – die zwei Phasen der Entstehung des Romans, für Kapitel I–XIV und für Kapitel XV–XXVII, wider:

Kapitel I–XIV:

Die im Nachlaß bewahrte Maschinenabschrift der Handschrift erwies sich als eine Durchschrift des »einzigen Manuskriptes«. Die handschriftlichen Korrekturen des Autors in diesen beiden Manuskripten stimmen dagegen nicht immer überein. Das von Heinrich Mann als *Satzmanuskript* vorgesehene Exemplar (das »einzige Manuskript«) ist sorgfältig korrigiert und enthält Textänderungen, die in der Durchschrift fehlen (zum Beispiel auch die endgültige Kapiteleinteilung und die Kapitelüberschriften). Trotzdem hat Heinrich Mann hier ebenfalls zahlreiche Abschreibefehler, zum Teil sinnentstellender Art, übersehen.

Kapitel XV–XXVII:

Für diesen Teil des Romans ist das »einzige Manuskript« identisch mit dem fünffach vorliegenden Maschinenmanuskript des Nachlasses.

Das »einzige Manuskript« diente für die vorliegende Ausgabe als Textgrundlage. Nur bei den Kapiteln I–XIV wurde verschiedentlich auf die Handschrift zurückgegriffen, wenn aus dem Textvergleich eindeutig hervorging, daß Abschreibefehler – durch die unsorgfältige Maschinenabschrift in den Text getragen – Heinrich Mann bei der Durchsicht entgangen sind.

Orthographie und Interpunktion mußten nur in geringfügigen Fällen dem heutigen Sprachgebrauch angeglichen beziehungsweise vereinheitlicht werden.[2]

2 Heinrich Mann: *Empfang bei der Welt*. Roman. Berlin und Weimar: Aufbau-Verlag, 1. Auflage 1967. (= Heinrich Mann: Gesammelte Werke. Hg. von der Akademie der Künste der DDR. Redaktion: Sigrid Anger. Band 14), S. 371–373.

Materialien

Heinrich Mann an Thomas Mann, 1
Beverly Hills, 28. Februar 1941 [Auszug]:

Jetzt mache ich mich wieder an meinen Filmroman; das ist vorläufig eine erlaubte, ja, gebotene Gattung.

In: Thomas Mann / Heinrich Mann: *Briefwechsel 1900–1949*. Hg. von Hans Wysling. Erweiterte Neuausgabe. Frankfurt am Main: S. Fischer 1984, S. 290. [Im folgenden zit.: *TM / HM*] Heinrich Mann war – wie andere exilierte Autoren in Amerika auch – bei der Filmfirma Warner Brothers mehr oder weniger pro forma als »Film-Writer« angestellt; dort ließ man die Autoren Filmexposés schreiben, die in den überwiegenden Fällen nie realisiert wurden. Diese Schein-Anstellungen waren für die Aufenthaltsgenehmigungen unbedingt erforderlich und dienten zudem der Kaschierung der finanziellen Unterstützung gegenüber den Autoren.

Heinrich Mann an Franz Carl Weiskopf, 2
18. April 1941 [Auszug]:

Die Zeit der Romane, für mich jetzt eine andere; um so lieber höre ich, daß Sie in dieser Gattung arbeiten. Ob sie nach dem Umsturz aller Dinge erhalten bleibt? Sie repräsentiert in ihrer Größe und Vollendung das gesamte Jahrhundert hinter uns. Um so schmeichelhafter, wenn Sie mich noch hinzurechnen.

In: *Heinrich Mann – F. C. Weiskopf. Briefwechsel.* In: Neue Deutsche Literatur. Monatsschrift für Literatur und Kritik.

Berlin/DDR. 30. Jg., Heft 11, November 1982, S. 9–58, Zitat S. 11. [Im folgenden zit.: *Mann/Weiskopf*]

3 Heinrich Mann an Balder Olden,
ohne Ort und Datum [September 1941] [Auszug]:

Hier sind meine Frau und ich allein; meine Tochter ist aus Prag nicht entkommen, offenbar darf sie mir nicht schreiben. Verengter Überrest der Welt, wo man für eine Weile weiterlebt und hat nicht einmal zu bedauern, was verloren ging. Das meiste musste nicht nur: es wollte.

Vorläufig bin ich beauftragt Filme zu schreiben. Sogar ein Roman wurde mir erlaubt, unter Vorbehalt der Verfilmungsrechte, als Gegenleistung. Gedreht wird nichts, gedruckt scheinbar auch nichts mehr; man schreibt unter Ausschluss der Öffentlichkeit, wie einst mit zwanzig Jahren.

Dagegen hätte ich nichts einzuwenden, das Hervorbringen als Selbstzweck erhält den Arbeiter doch bei Mut und Kraft. Nur kann die Verwendung von uneinträglichen Mitarbeitern schwerlich lange dauern. Ausserdem sind dies Zeitläufte, wo man sich nützlich machen möchte.

Original: Deutsches Literaturarchiv / Schiller-Nationalmuseum, Marbach am Neckar (A: Olden; 73.4).

4 Nelly Mann an Salomea Rottenberg,
Hollywood, 25. September 1941 [Auszug]:

Wir haben zwei Bücher fertig, eins war drei Monate bei Knopf, dann entschloß sich Madame Knopf das Buch anzunehmen unter vielen Bedingungen und Änderungen. Das lehnte Heinrich Mann ab, er glaubte als Schriftsteller und *sich selbst* genug zu wissen, was *ER* zu schreiben hat!

Und ich gebe ihm recht, denn sonst wäre das Buch nicht »ein Werk H. M.« Nun sind Verhandlungen mit einem anderen Verlag. Das zweite Buch, (ein Roman) geht in diesen Tagen an Dr. Landshoff ab, der versuchen wird, es zu vertreiben. Ich verzweifle bald. Hätte ich 5000 Dollar, konnte ich eine sehr gute Existenz kaufen, und damit ermöglichen, daß Heinrich Mann arbeiten kann, wie und was er will, das wäre für später sehr gut. Jetzt ist es uns nicht möglich das Essen für Morgen zu beschaffen. Wie kann man da arbeiten?

Meine sämtlichen Schmucksachen sind hin. Bis zum 1. Dez. habe ich unser Haus bezahlt, dann sitzen wir ohne Wohnung -- wenn nicht ein Wunder geschied.

Hier ist es unmöglich, sich etwa Vorschuß oder sonstige Hilfe auf Arbeiten zu beschaffen (was ich ohne Wissen meines Mannes tun würde) – hier sind wir unter lauter Raben. Alle sind neidisch auf jeden Ankömmling. Verkehr haben wir kaum gefunden unter den Geschäftlhubern und sonstigen Neidern.

Wie habe ich mir Amerika anders gedacht!

Eben erhielt ich einen Brief von Dr. Landshoff, der versuchen will, wenigstens das Leste [Letzte], was wir haben, zu retten. Er hat nicht verstanden, daß die 65. Dollar für den *Transport* nach hier zu zahlen sind. Er ist wohl auch ein bischen durcheinander. In den Kisten sind einige handgeschriebene Manuskripte, die wertvoll sind, gar nicht zu sagen, wie glücklich Heinrich wäre, seine für ihn wertvolle Bibliothek (unwiederkäuflich) zu haben. Ich schäme mich, Salomea, zu sprechen, daß ich nicht in der Lage bin, Ihnen Ihre Auslagen zu schicken. In solch einer Situation war ich natürlich noch nieeeeeeee.

Original: HMA, SB 111/7. – Druck: *Heinrich Mann 1871–1950. Werk und Leben in Dokumenten und Bildern.* Mit unveröffentlichten Manuskripten und Briefen aus dem Nachlaß. Hg. von der Akademie der Künste zu Berlin anläßlich der

Ausstellung zu seinem 100. Geburtstag. Ausstellung und Katalog: Sigrid Anger unter Mitarbeit von Rosemarie Eggert und Gerda Weißenfels. Berlin und Weimar: Aufbau-Verlag 1971, S. 328 f. [Im folgenden zit.: *Dok.*]

Alfred A. Knopf (1892–1984) war auch Thomas Manns amerikanischer Verleger; seine Frau Blanche (1894–1966) war im Verlag mit tätig. – Fritz Landshoff (geb. 1901) leitete die Deutsche Abteilung des Querido-Verlags in Amsterdam, in dem das Exilwerk Heinrich Manns bislang erschienen war. – Salomea Rottenberg war eine Freundin Nelly Manns; Heinrich Mann und seine Frau hatten das Ehepaar Rottenberg wahrscheinlich auf der Flucht aus Europa 1940 in Lissabon kennengelernt [vgl. *TM/HM* S. 286].

5 Heinrich Mann: Notizen zu den »Drei Generationen« in *Empfang bei der Welt* [etwa 1941]:

Drei Generationen. Der Uralte, hat die Entwertung des Geldes erlebt, ist gewitzigt, versteckt sein Gold im untersten Keller, hinter doppelten Türen. – *Der Sohn*, 50 Jahre, Konzert- und Opernagent, empfängt Tribute von einer Welt, *ist rastlos auf den Strassen*, hat Begegnungen ohne Zahl. Sein Haus widerhallt von Musik, überall Portraits, Blumen, Widmungen. Er selbst, *eisern gegen weibliche Verführungen. Eine Haltung*, zweite Natur geworden, aber sie weicht dem kritischen Alter, das begonnen hat. Verwittwet.

– *Sein Sohn*, für den Agenten unverwendbar, weil (sozial) verständnisvoll, daher schwach. Will nicht Tribute einkassieren, *sondern selbst arbeiten*, aber mit Maassen. Einer unter 5000 Angestellten einer Industrie, ohne Protektion, aber hübscher Junge. Um reiche Heirat nicht bemüht, trotz Drängen des Vaters auf diesen einzigen Ausweg.

– *Die reife Frau.* Der Vater hätte *für seine Sanierung* eine Partie, Sängerin vor seiner Zeit als Agent, jetzt Witwe *eines Banquiers, der ihr eine Beteiligung an der Bank gesichert hat. Aber in der veränderten Welt geht die Bank langsam zu Grunde*: man weiss es noch nicht. Sie hat das bare Geld des Nachlasses verbraucht. *Mel.[usine] weiss den Gatten über den Alten*. Spiel, Liebhaber. Nachtleben, Trinken, Rauchen, keine Stimme mehr, wenn sie wieder verdienen müsste. Trotzdem entschlossen, reich zu bleiben oder zu scheinen. Veranlasst ihren Teilhaber zu einer tollen Spekulation, – die gelingt. Er, fort mit der Kasse. Der Sohn des Agenten und Enkel des Geizhalses ist ihr als Opfer willkommen. *Energie* hat sie für ihn mit. Er wird erben. *Ihre Tochter* soll den Agenten verführen, oder sogar den Uralten. *Ihr Teilhaber* lève le pied. Halten sich gegenseitig für reich.

Die Tochter, hat Stimme, ist berufen für eine Opernkarriere, aber gleichgültig gegen den Nutzen. Begnügt sich mit einer kleinen Anstellung wie der Neffe des Agenten. Schwach und ohne Ehrgeiz, gleich ihm.

Der junge André und sein Grossvater

Der Grossvater wird heute 90 Jahre alt. Der Vater, Agent, fährt mit André hin, um zu gratulieren und nach dem Erbe zu sehen. Wo hat der Alte sein Geld? Aber hat er Geld? Er stellt sich verarmt. Ist Philosoph, nicht Kaufmann. Der Alte hasst das bunte Treiben des Agenten, der ruhige anspruchslose *Enkel* ist ihm ungefährlich, er *hat niemals Geld verlangt*. Altes Haus, alte Magd, kann nicht viel arbeiten, kostet aber nichts. Keinen Lohn (den der Alte ihr seit unvordenklichen Zeiten schuldet) – nicht einmal das Essen, sie verträgt nichts. Vorgeblich ist ein alter Diener da. Die Magd verrät dem Enkel, daß er tot ist. Der Grossvater spielt, bei großen Gelegenheiten, selbst den Diener, trägt Livrée, meldet Besucher an, erscheint dann als Hausherr. Hat Anfälle, in denen *er sich selbst für tot hält* und nichts essen will. Die alte Magd muss als Geist erscheinen, auch der junge Enkel, oder wer gerade zur

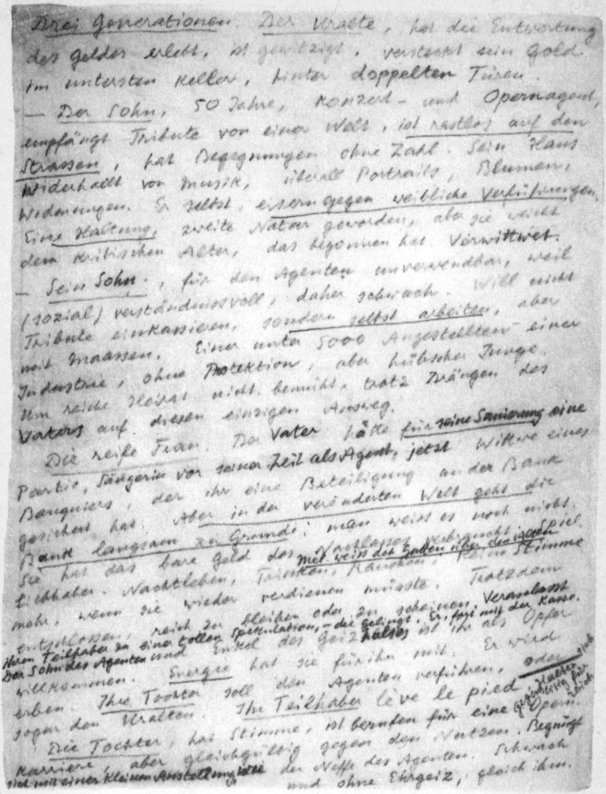
Drei Generationen. Der Uralte, hat die Entwertung
des Geldes erlebt, ist geizig, versteckt sein Gold
im untersten Keller, hinter doppelten Türen.
— Der Sohn, 50 Jahre, Konzert- und Opernagent,
empfängt Tribute von einer Welt, ist rastlos auf den
Strassen, hat Begegnungen ohne Zahl. Sein Haus
widerhallt von Musik, überall Portraits, Blumen,
Widmungen. Er selbst, eisern gegen weibliche Verführungen,
eine Haltung, zweite Natur geworden, aber sie weicht
dem kritischen Alter, das begonnen hat. Verwitwet.
— Sein Sohn, für den Agenten unverwendbar, weil
(sozial) verständnisvoll, daher schwach. Will nicht
Tribute einkassieren, sondern selbst arbeiten, aber
mit Massen. Einer unter 5000 Angestellten einer
Industrie, ohne Protektion, aber hübscher Junge.
Um reiche Heirat nicht bemüht, trotz Drängen des
Vaters auf diesen einzigen Ausweg.
Der Vater hätte für seine Sanierung eine
Die reife Frau. Witwe eines
Partie, Sängerin von seiner Zeit als Agent, jetzt
Bankiers, der ihr eine Beteiligung an der Bank
gesichert hat. Aber in der veränderten Welt geht die
Bank langsam zu Grunde; man weiss es noch nicht.
Sie hat das bare Geld des Nachlasses verbraucht, Spiel,
Liebhaber. Nachtleben, Trinken, Rauchen, keine Stimme
mehr, wenn sie wieder verdienen müsste. Trotzdem
entschlossen, reich zu bleiben oder zu scheinen. Veranlasst
ihren Teilhaber zu einer tollen Spekulation, — die gelingt. Er flieht mit der Kasse.
Der Sohn des Agenten und Enkel des Geizhalses ist ihr als Opfer
willkommen. Energie hat sie für ihn mit. Er wird
erben. Ihre Tochter soll den Agenten verführen, oder
gegen den Uralten. Ihr Teilhaber lève le pied.
Die Tochter, hat Stimme, ist berufen für eine Opern-
karriere, aber gleichgültig gegen den Nutzen. Begnügt
sich mit einer kleinen Anstellung, liebt den Neffen des Agenten. Schwach
und ohne Ehrgeiz, gleich ihm.

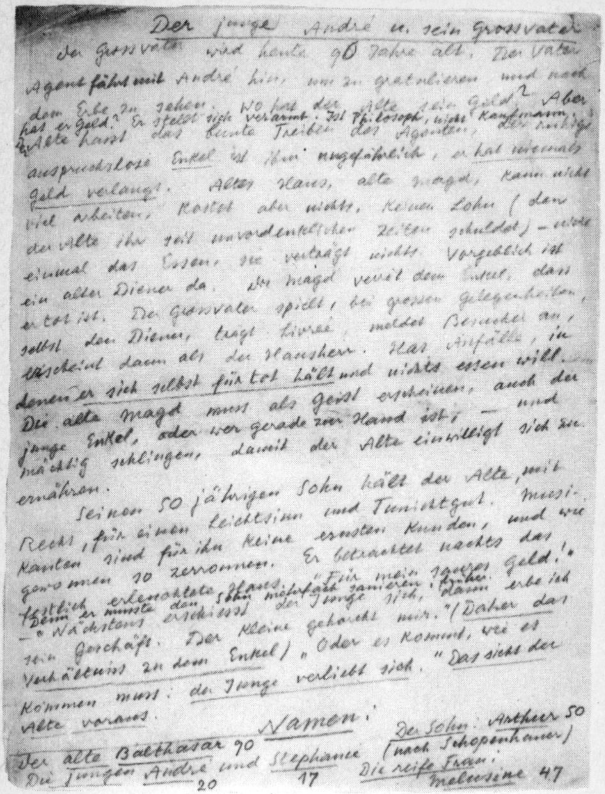

Der junge André u. sein Grossvater

Der Grossvater wird heute 90 Jahre alt. Der Vater Agent fährt mit André hin, um zu gratulieren und nach dem Erbe zu sehen. Wo hat der Alte sein Geld? Aber hat er Geld? Er stellt sich verarmt. Ist Philosoph, nicht Kaufmann, der Alte hasst das heute Treiben der Agenten, der ruhige anspruchslose Enkel ist ihm ungefährlich, er hat niemals Geld verlangt. Altes Haus, alte Magd, kann nicht viel arbeiten, kostet aber nichts, keinen Lohn (den der Alte ihr seit unvordenklichen Zeiten schuldet) – nicht einmal das Essen, sie verträgt nichts. Vorgeblich ist ein alter Diener da. Die Magd verrät dem Enkel, dass er tot ist. Der Grossvater spielt, bei grossen Gelegenheiten, selbst den Diener, trägt Livrée, meldet Besucher an, erscheint dann als der Hausherr. Hat Anfälle, in denen er sich selbst für tot hält und nichts essen will. Die alte Magd muss als Geist erscheinen, auch der junge Enkel, oder wer gerade zur Hand ist, – und mächtig schlingen, damit der Alte einwilligt sich zu ernähren.

Seinen 50 jährigen Sohn hält der Alte, mit Recht, für einen Leichtsinn und Tunichtgut. Musikanten sind für ihn keine ernsten Kunden, und wie gewonnen so zerronnen. Er betrachtet nachts das festlich erleuchtete Haus. „Für mein ganzes Geld!" [illegible] „Denn er musste den Sohn [illegible] sanieren. Früher." [illegible] „Dann erbe ich [illegible]" [illegible] der Junge sich. [illegible] – „Nächstens [illegible] sein Geschäft. Der Kleine gehorcht mir." (Daher das Verhältnis zu dem Enkel) „Oder es kommt, wie es kommen muss: der Junge verliebt sich." Das sieht der Alte voraus.

Namen:

Der alte Balthasar 90
Der Sohn: Arthur 50 (nach Schopenhauer)
Die Jungen André 20 und Stephanie 17
Die reife Frau: Melusine 47

Notizen zu den »Drei Generationen« in
Empfang bei der Welt
in der Handschrift Heinrich Manns
[vgl. Materialien, Nr. 5]

Hand ist, – und mächtig schlingen, damit der Alte einwilligt, sich zu ernähren.

Seinen 50jährigen Sohn hält der Alte, mit Recht, für einen Leichtsinn und Tunichtgut. Musikanten sind für ihn keine ernsten Kunden, und wie gewonnen so zerronnen. Er betrachtet nachts das festlich erleuchtete Haus. »Für mein saures Geld!« Denn er musste den Sohn mehrfach sanieren, früher. – »Nächstens erschiesst der Junge sich, dann erbe ich sein Geschäft. Der Kleine gehorcht mir.« *(Daher das Verhältnis zu dem Enkel.)* »Oder es kommt, wie es kommen muss: *der Junge verliebt sich.« Das sieht der Alte voraus.*

Namen:

Der *alte Balthasar* 90 *Der Sohn: Arthur* (nach Schopenhauer) 50 *Die jungen André* 20 und *Stephanie* 17 *Die reife Frau: Melusine* 47

Original: HMA 107.

6 Heinrich Mann an Thomas Mann,
Los Angeles, 15. April 1942:

Lieber Tommy,
Du hast mich sehr gerührt. Wohltuend ist das Bewusstsein, dass meine Lage einen anderen, der einzig Du sein kannst, so ernst beschäftigt. Beschämt zu sein, verbietet mir unsere natürliche Verbundenheit, und auch meine – lieber sage ich Gottergebenheit als Resignation. Da die Umstände beständig wechseln, würde man vielleicht im falschen Augenblick verzichten. Russland, dieses Land des Schicksals, zeigt mir, dass auch ich nicht auf einmal überflüssig bin: sie lassen auch was ich getan habe, zu ihrer grossen Sache zu. Wenn sie mir überdies Geld geben, ist es wahrhaftig mehr Auszeichnung als Entgelt, und zählt für das Vielfache, bedenkt man ihre eigene, furchtbar gespannte Existenz.

Jetzt die platte Frage, wie weit die Summe reichen könnte. Bis New York und etwas darüber, ich hoffe es, habe übrigens für die Übersiedlung dieselben Gründe, die Du nennst. Allerdings sind von den 750 Dollars, sobald sie eintreffen, mehrere notwendige Zahlungen abzurechnen, besonders der Zahnarzt, plötzlich eine lebenswichtige Gestalt. Zu ihm kam ich mit einer ungewöhnlich vorgeschrittenen Cyste; ihre Beseitigung soll nicht genügt haben, er entfernte sämtliche Spuren meines eigenen Gebisses, die kahlen Kiefern erwarten nunmehr das neue; das ganze Verfahren wird billigst mit 225 $ berechnet, ein harter Schlag. Auf Raten verteilt, würde die Forderung auf eine Bank übertragen werden, was die Kosten vermehrt und mich langfristig belastet: eine Angstpartie, wie ich seit dem Ankauf des Autos weiß. Von dem Auto selbst sind noch 300 $ zu bezahlen, vorher darf ich es nicht fortgeben. Die beiden Beträge sogleich abgezogen, blieben von den erwarteten 750 nur 225, aber nach der Reise, die im Wagen noch am wenigsten kostet, würde man ihn dort verkaufen und hätte für einige Monate genug.

Mehr als einige gesicherte Monate darf ich nicht verlangen; dennoch wird mir etwas bange von den Fehlschlägen, die in diesem Lande hinter mir, daher möglicherweise auch vor mir liegen. Gern will ich Deine Annahme teilen; an Ort und Stelle sein, ist immer schon etwas; nur bin ich gerade jetzt nicht in der geeignetsten Verfassung, körperlich und in Betreff des unbefangenen Sinnes, womit man auftritt und sich zur Geltung bringt. Indessen ist daran nichts Ungewöhnliches; sogar die Jugend kennt jetzt dergleichen. Greifbarer hält es mich auf, dass drei unfertige Arbeiten daliegen und dass ich, hoffentlich nicht mehr lange, ihre Fortführung hinausschieben muss. Wenn der Fall einträte, dass jemand sie erwartet und honoriert, könnte mir davon früher wohl werden. Ich will denn hinreisen und es darauf ankommen lassen, ob der Glücksfall eintritt.

Lässt er aber warten, erhebt sich alsbald die Frage, ob ich Dich nochmals in Anspruch nehmen darf. Es ist schon hier eine Zumutung, in New York wäre es eine noch grössere. Ich weiss durchaus, was Du Dir und den Deinen schuldest; auch das Haus ist berechtigt, auf die Dauer wird nichts daran verloren sein. Aber selbst ein, wenn auch staatlicher Lektor sein müssen, und dann den Bruder erhalten sollen, das überschreitet eigentlich den erlaubten Zustand. Ich werde zusehen müssen, dass ich mich durchbringe und dass Dein monatlicher Beistand nicht wieder nötig wird, nachdem Litvinoff das Geld überwiesen hat. Herrn Litvinoff werde ich danken, sobald ich es bekomme.

In New York, wenn ich hingelange, werde ich Dich noch seltener sehen können; schon hier war es zu selten, obwohl ich immer Zeit hätte. Du bist beschäftigt, gewiss mit Leuten obendrein: mich lassen sie in Ruhe, was nichts ausmacht. Nur mit Dir ist etwas versäumt und nicht mehr nachzuholen, oder dies wäre eine unzeitgemäße Vorstellung. Mag sein, dass zuletzt die persönliche Gegenwart zurücktritt hinter die Erinnerungen. Ohne Vorsatz und kaum dass ich weiss warum, habe ich plötzlich angefangen, *Buddenbrooks* zu lesen.

Herzlich H.

In: *TM/HM*, S. 300–302.

Thomas Mann hatte sich an den Sowjetbotschafter in Washington, Maxim M. Litwinow (1876–1951) gewandt, er möge sich in Moskau dafür einsetzen, daß Heinrich Mann ein Teil seiner Rubel-Tantiemen ausgezahlt und nach Amerika überwiesen werde. Am 11. April 1943 erhielt Thomas Mann von Litwinow eine positive Nachricht, die er am nächsten Tag in einem »längeren Brief an Heinrich« weitergab (vgl. Thomas Mann: Tagebücher 1940–1943. Hg. von Peter de Mendelssohn. Frankfurt am Main: S. Fischer 1982, S. 418). Der Verbleib dieses Briefes von Thomas Mann, auf den der oben abgedruckte antwortet, ist bislang nicht bekannt. Litwinow hatte gegenüber Thomas Mann die Zahlung von 3000 Rubel zugesagt (vgl. ebd., S. 417). Gleichzeitig hatte Thomas Mann aber auch dem Bruder die »dringende Empfehlung« gegeben, »nach New York überzusiedeln« (ebd., S. 418).

Heinrich Mann an Alphonse Sondheimer, Los Angeles, 9. April 1943 [Auszug]: 7

Für mich bin ich immer bestrebt meinem Beruf zu genügen. Tatsächlich schreibe ich, wie in meinen ersten, obskuren Anfängen, mir selbst meine Sachen auf. Das Weitere steht dahin. Wie Sie es befürchten, können alle unsere Bücher verloren gehen, zuerst die ungedruckten oder sogar die unvollendeten. Beide Gattungen lerne ich in dieser Periode kennen.

Ihre Teilnahme bewegt mich wirklich. Sie erinnern sich meiner pünktlich und treu. Sie sind um unsere arme – einst reiche und mächtige – Literatur besorgt. Ich weiss nicht, ob mit Recht. Vielleicht wird künftig die Welt, die unsere war, dahin sein mit ihrem Bestand an geistigen Werten. Dergleichen ahnte dem sterbenden Anatole France. Aber Sterbende glauben gern, dass mit ihnen alles endet (oder sie halten sich gleich für unvergänglich). Die russische Literatur und ihr neues, hohes Ansehen im Lande widerlegt die äussersten Auffassungen – vielleicht auch für ein späteres Deutschland, so verdächtig es sich heute, und nicht erst heute macht.

Original: Deutsches Literaturarchiv / Schiller-Nationalmuseum, Marbach am Neckar (A: Herrmann-Neiße; 60.770/3). – Druck (teilweise): *Dok.*, S. 332.

Alphonse Sondheimer, der sich nach seiner Emigration in London niedergelassen hatte, war ein Freund und Förderer von Max Herrmann-Neiße; über diesen war er mit Heinrich Mann in Briefkontakt gekommen.

8 Thomas Mann: Tagebuch-Eintrag
Pacific Palisades, 11. August 1945 [Auszug]:

7 Uhr mit Picnic-Düte zu Heinrich. Abendessen bei ihm und Vorlesung aus seinem Roman *Empfang bei der Welt*. Geisterhaft; dann gespenstische Maskerade. Originelles, unlokalisiertes soziales Generationsspiel.

In: Thomas Mann: *Tagebücher 1944–1946*. Hg. von Inge Jens. Frankfurt am Main: S. Fischer 1986, S. 240.

9 Thomas Mann: Tagebuch-Eintrag
Pacific Palisades, 18. Oktober 1945 [Auszug]:

Zum Abendessen bei Heinrich, der aus seinem Roman *Empfang bei der Welt* vorlas.

In: ebd., S. 265.

Die zitierte Passage aus dem Eintrag vom 11. August 1945 hat Thomas Mann sich für die Verwendung in der *Entstehung des Doktor Faustus* angestrichen, wo sie fast wörtlich wiederkehrt: »Holten wir ihn [Heinrich] mit einer gewissen Regelmäßigkeit zu uns, so verbrachten wir manchen Abend auch in seiner im ferneren Beverly Hills gelegenen Wohnung, der er treu geblieben war, und er las uns bei solchen Gelegenheiten wohl aus dem genialisch-phantastischen, überall und nirgends spielenden Roman *Empfang bei der Welt*, der damals unter den Händen des unermüdlichen Arbeiters entstand, eine geisterhafte Maskerade, ein unlokalisiertes soziales Generationsspiel von größter Originalität« (Thomas Mann: *Die Entstehung des Doktor Faustus*. Roman eines Romans. Amsterdam: Bermann-Fischer Verlag 1949, S. 95). Auch in dem *Bericht über meinen Bruder* zu Heinrich Manns 75. Geburtstag 1946 in der in Mexiko erscheinenden Exil-Zeitschrift *Freies Deutschland* und in dem *Brief über das Hinscheiden meines Bruders* vom 29. März 1950 an die Zeitschrift *The Germanic Review* blieb Thomas Mann bei diesen Charakterisierungen des Romans bis in die Formulierung hinein (vgl. Thomas Mann: *Reden und Aufsätze I*. Frankfurt am Main: S. Fischer

1965, S. 692 und Thomas Mann: *Altes und Neues.* Kleine Prosa aus fünf Jahrzehnten. Frankfurt am Main: S. Fischer 1961, S. 746).

Heinrich Mann an Franz Carl Weiskopf, 10
Los Angeles, 2. November 1945 [Auszug]:

Nein, weder »Solange« noch »Sie taten es mit der Zunge in der Backe« könnte ich geschrieben haben: ich kannte die Ausdrücke nicht. *Die kleine Stadt* ist voll italienischer Redewendungen, den *Henri* habe ich gleich in seiner Sprache zusammengefaßt: I Moralités, II Allocution.

In den Sachen, die ich liegen habe oder noch mache, gebrauchen die Personen an betonten Stellen das Idiom, in dem sie denken. Ich meine: die sprachliche Abgeschlossenheit ist – für das innere Gehör – nicht mehr richtig in dieser Zeit des entschlossenen Internationalismus. Der Nationalismus ist auch recht munter, aber wohl mehr als Gegenwirkung.

In: *Mann / Weiskopf*, S. 37.

F. C. Weiskopf hatte in seinem Brief vom 26. Oktober 1945 Heinrich Mann zur Sprache im Exil einige Fragen gestellt: »Ich will ein kleines Kapitel über Sprache im Exil in das Buch aufnehmen. Haben Sie über dieses Problem geschrieben? Haben Sie vielleicht Beobachtungen über die ›Infiltration‹ englischer Ausdrücke und Bilder ins Deutsche gemacht? Ich fand z. B., daß Thomas Mann ›So lange‹ als Gruß im Ägypten Josephs anwenden läßt; Döblin wieder verwendet den Ausdruck ›sie taten es mit der Zunge in der Backe‹. Jede Bemerkung von Ihnen zu dem Problem Sprache im Exil, Umsatteln auf andere Sprachen, Schwierigkeiten des Schriftstellers im Exil wird höchst willkommen sein« (ebd., S. 36).

11 Heinrich Mann an Alphonse Sondheimer,
Los Angeles, 19. März 1946 [Auszug]:

Geniessen Sie nur, dass Sie in Europa ausgehalten haben! Als Lohn haben Sie in mehreren seiner Länder die alte Heimat. Mir ergeht es anders. Ich wüsste nicht wohin, auf unserem einst herrlichen Kontinent. Besonders aber müsste ich mich schämen und in aller Welt verloren fühlen, denn meine Gefährtin und geliebte Frau habe ich, 15 Monate 10 Tage sind es, hier verloren. Wir mussten Europa verlassen, 1940 Ende September, unter Umständen, deren Schwere man nie vergißt. Unter Traurigkeit und Gefahr waren wir vereint. Sie stützte meinen Arm, als wir über die Pyrenäen nach der spanischen Grenze wanderten.

Allein zurückkehren, wäre hart. Natürlich wird es erwartet. Manche wünschen es, andere wollen mich prüfen, ob ich den Mut aufbringe. Auf dem Weg über die Associated Press wurde ich befragt, ob ich käme, und antwortete leichthin, mit Scherzen. Ein Alter, der nach allem was er trägt, noch eingespannt werden soll, gibt sich am besten scherzhaft.

Die Gabe der Heiterkeit, wenn man sie hat, bleibt dennoch erhalten, solange man da ist. Erfinden und Schreiben, wäre es das letzte was bleibt, lohnt bis zuletzt.

Original: Deutsches Literaturarchiv / Schiller-Nationalmuseum, Marbach am Neckar (A: Herrmann-Neiße; 60.770/4). – Druck (teilweise): *Dok.*, S. 331.

Nelly Mann, geb. Kröger (1898–1944), Heinrich Manns Lebensgefährtin, die er 1939 in zweiter Ehe geheiratet hatte, war am 17. Dezember 1944 an einer Überdosis von Schlaftabletten gestorben, nachdem sie früher bereits mehrere Suizid-Versuche unternommen hatte.

Heinrich Mann an Franz Carl Weiskopf, 12
Los Angeles, 10. Juli 1947 [Auszug]:

Der unveröffentlichte Gesellschaftsroman heißt *Empfang bei der Welt*, enthält Figuren aus aller Welt, ohne lokalisiert zu sein. Das bewegt sich naiv; näher besehen hält es sich gerade noch auf scharfer Schneide, drüben wartet eine andere Welt. Die Arbeit wurde begonnen 41, wieder aufgenommen 44, beendet 45. [...]

Einfluß des Exils. [...] Seit 1940, Flucht nach Amerika, nahm alles ab, was ich bewahrt hatte, Heiterkeit, Nachglanz der Jugend, vor allem die Gesundheit meiner Frau. Ihre Ankunft in Frankreich, ihr Abschied hier, bevor sie »freiwillig« starb, sind zwei Tage, an denen ich mein Dasein und meine Produktion ermesse. Nach dem zweiten vollzieht sich das Alter, in Buch und Leben. Was man Weisheit nennt, ist so gut wie unvermeidlich; vermischt sich übrigens mit den Spuren einer lange geübten Intensität. Die letzten Romane mögen merkwürdig sein.

In: *Mann / Weiskopf*, S. 48 f.

Heinrich Mann an Karl Lemke, 13
Los Angeles, 31. Januar 1948 [Auszug]:

Damit Sie persönlich es vormerken, nicht für die Presse, sage ich Ihnen, daß zwei ganz unveröffentlichte Romane da sind. Der ältere, geschrieben 41 und 43, heißt *Empfang bei der Welt*, hat etwa denselben Umfang [wie *Der Atem*], spielt, man weiß nicht wo, in einer international, aber einmütig absterbenden Gesellschaft.

In: Heinrich Mann: *Briefe an Karl Lemke und Klaus Pinkus*. Hamburg: Claassen o. J. [1964], S. 63. [Im folgenden zit.: *Lemke / Pinkus-Briefe*]

Karl Lemke (1895–1969), Autor, Redakteur und Verlagslektor, hatte Heinrich Mann 1926 in Berlin kennengelernt. Nach 1946 trug Lemke Materialien für eine große Biographie über Heinrich Mann zusammen, die seine kleine Monographie zu Heinrich Manns 75. Geburtstag, die im Aufbau-Verlag erschienen war, fortsetzen sollte.

14 Heinrich Mann an Karl Lemke,
Santa Monica, 10. Dezember 1948 [Auszug]:

Die Gefügigkeit der Deutschen ist erstaunlich auf allen Gebieten. Ein ungenannter Auch-Schriftsteller hat einem Amerikaner eröffnet, die deutschen Autoren der Emigration hätten »uns« nichts mehr zu sagen. Aber Hemingway. Wo ist er, was macht er, »wir« können sein Nächstes nicht erwarten. Dies einige Wochen nach dem Erscheinen von *Doktor Faustus*, dem der Dussel das Gefühl abspricht. Es ist wieder mal »zu intellektuell«, Geist brauchen »wir« nicht: comme s'ils en avaient à revendre. Nach derselben Seite neigt alles, es ist die Seite der Trostlosigkeit. Wer sich der amerikanischen Plattheit ergibt, weiß von der vorigen Größe Europas nichts und versäumt ihre letzten Zeugnisse. – Dies gilt auch für meine beiden noch neuen Romane, obwohl es meine wichtigsten nicht sind. *Empfang bei der Welt* geht auch im Zustand und Geschehen dem *Atem* voran. Der erste zeigt den Verfall, der zweite die ausgebrochene Katastrophe. Wie jedesmal gehe ich davon aus, Menschen zu gestalten. Endlich werden daraus die Schicksale von Klassen. Wer will, mißversteht es.

In: *Lemke / Pinkus-Briefe*, S. 89 f.

Heinrich Mann an Karl Lemke, 15
Santa Monica, 13. Mai 1949 [Auszug]:

Ihr Brief vom 4. Mai ermahnt mich, Ihnen Nachrichten zu geben, aber es gibt nicht viele, alles bleibt immer unentschieden, bei Querido, beim Ljus-Verlag, Stockholm, wo *Empfang* liegt, und auch sonst. Meines Erachtens ist der Anlaß die Währung und das Verbot, in Deutschland Bücher abzusetzen, wenn sie nicht dort erschienen sind. Es wird damit schlimmer anstatt besser. Der Aufbau-Verlag lechzt nach einer Lizenz des *Henri* für Ost. Er verspricht, alles zu tun, damit er mir Dollars zahlen darf. Landshoff antwortete: einverstanden Lizenz, aber nur gegen Dollars. Die werden so wenig kommen wie seine eigenen, auf die ich warte und kann bald nicht mehr. Meine beste, obwohl auch nur schwache Hoffnung steht auf einem hiesigen Bühnen- und Filmagenten. Der will, und er hat Geld. Bei europäischen Verlagen bezweifle ich das eine, wenn nicht beides.

In: *Lemke/Pinkus-Briefe*, S. 101.

Heinrich Mann an Karl Lemke, 16
Santa Monica, 30. Mai 1949 [Auszug]:

Hiernach wäre zu wünschen, daß Sie *Empfang bei der Welt* lesen. Bitten Sie Ljus-Verlag um leihweise Überlassung des – einzigen – Manuskriptes, das eingeschrieben und versichert sein sollte. Haben Sie es, dann, bitte, lassen Sie nur von der ersten Hälfte (die zu erkennen ist) Kopie mit vier Durchschlägen machen. Die Kosten kann ich vom Aufbau-Verlag ersetzen lassen.

In: *Lemke/Pinkus-Briefe*, S. 105 f.

17 Hermann Kesten an Fritz H. Landshoff, St. Gilgen, 1. August 1949:

Lieber Landshoff,
Sie fragen mich nach meiner Meinung über Heinrich Manns Roman *Empfang bei der Welt.*

Der Stoff erinnert an Heinrich Manns Roman *Die große Sache.* Zwei Paare vertreten zwei Generationen, die ›herrschende‹ und die ›Jugend‹. Mumien und falsche Gespenster weisen auf die dritte, abgedankte Generation hin. Die herrschende Generation hat einen Geldkomplex und verschlampte Erotik. Die »Neue Jugend«, etwa nach dem Bild, das in den zwanziger Jahren von der neuen Nachkriegsgeneration imaginiert ward, jagt nicht dem Geld nach, verachtet es eher, und hat trotz leichtfertiger erotischer Manieren gesunde und reine Liebesinstinkte.

Die Fabel handelt von der Finanzierung eines Opernhauses, das ein Opernagent zwecks Sanierung seiner Finanzen gründen will, mit Hilfe a) der Teilhaberin einer Privatbank, die vor dem Zusammenbruch steht, b) der Sexualtriebe reicher Industrieller, c) der Eitelkeit reicher Dilettanten. Ein buckliger Tenor und eine ältere, ausgeschrieene Sängerin sind die künstlerischen Hauptattraktionen der geplanten Oper. Es kehren Figuren wie »Stoffreste« aus früheren Romanen von Heinrich Mann wieder, Opernszenen (in Andeutung) wie in der *Kleinen Stadt*, die weichlichen, eher gutartigen jungen Leute, die »Harpagon«-Imitation des im Gold buchstäblich badenden Urgreises, die komplizierten Kellerbauten, die an die Drahtanlagen in der *Großen Sache* von Heinrich Mann erinnern. Vermutliche Schwächen des Buches?

Die Fabel machen »Luftgeschäfte« aus. Solche Fiktionen sind beliebt in satirischen Werken, z. B. die angebliche Revision im *Revisor* von Gogol. Oder die Schwindelgeschäfte in den *Toten Seelen* von Gogol. Aber dort, wie überall, wo Satire geglückt ist, sogar noch in den im tieferen Sinn mißglückten Romanen von Franz Kafka (darum wollte er sie ja zerstört wissen, obgleich er wahrscheinlich seinen Max Brod kannte, und diesen literarischen Selbstmord in der Hoffnung vieler Selbstmörder machte, es komme zuletzt doch nicht zum Äußersten, zur Selbstvernichtung), die um Fiktionen herum gebaut sind, herrscht das schärfste realistische Detail vor (bei Franz Kafka wenigstens das surrealistisch scharfe Detail, und die nüchterne Amtsaktensprache, das Habsburger Hofverwaltungsdeutsch). Das Phantastische kann nur durch den »herumstehenden« Naturalismus glaubhaft und wahrscheinlich werden. Die Satire muß herrschende, genau bekannte und genau beschriebene Zustände treffen. Selbst in dem scheinbar so phantastischen Buch von *Gullivers Reisen* werden in der Hauptsache und im breiten Ausmaß die genau umschriebenen Verhältnisse im englischen Staatsleben und Volksleben jener Zeit verspottet.

Es wäre vielleicht zu bedenken, ob nicht doch das Buch ganz scharf zu lokalisieren wäre. Etwa in Hollywood, was vielleicht das Interessanteste (für eine äußere Wirkung des Buches) wäre, aber vielleicht auch das Gefährlichste, weil Heinrich Mann die amerikanische Sphäre noch zu wenig kennt?

Trotzdem sollte die Divergenz zwischen einer handgreiflichen starken Satire und dem unbestimmten Phantasieraum behoben werden?

Ferner ist dem Roman noch anzumerken, daß ihm eine Komödie oder ein Filmlustspiel zugrunde lag. Der im Lustspiel schon leicht ermüdende Glitzerdialog trägt besonders im ersten Kapitel (das leider das schwächste ist) zur Langeweile bei, er ist roman-fremd, und sollte nur mit Sparsamkeit benutzt werden. –

Kürzungen mancher Partien wären anzuraten. Spürbar sind auch zuweilen die Abstraktheit und zu starke Stilisierung der Dialoge. Die Mischung von lakonischer Altersweisheit und kurzsätziger Schnoddrigkeit herrscht gleichermaßen im Dialog und in der Erzählung vor, ununterschieden und ungetrennt, so daß der Dialog sich stellenweise zu schwach von der Darstellung abhebt. Die Sprache Heinrich Manns und seiner Figuren werden aufreizend identisch – was durch die Vagheit des Lokals und die nationale Unbestimmtheit des Personals hervorgehoben wird. Es fehlen irgendein Jargon, ein Dialekt, ein Lokalkolorit. Die jungen Leute sprechen allzu wörtlich im »Stil« überwundener »Neue Rundschau Manifeste«. Siehe etwa den letzten Satz auf Seite 187. Übrigens sind leider die ersten Szenen – Frühstück, Autorennen, Erotik am Steuer – flüchtiger gezeichnet, als die folgenden, die Szenen sind vielleicht zu stark »verwischt«, sollten vielleicht stärker abgehoben werden? Zur Identität der Sprache von Autor und Figuren läßt sich freilich entgegnen, daß diese Manier geistreicher Autoren durch die ganze Weltliteratur geht. Bei Shakespeare sprechen altschottische Bauernknechte mit dem ganzen Bildungsprunk von Renaissancehumanisten, und es ist gut so. Geistreiche Autoren haben es schwerer als dumme Autoren, ihren Geist zu verbergen. Und doch ist der schottische Bauer bei Shakespeare, der von Priamus oder Plato spricht, »echter« als die *Weber* von Gerhart Hauptmann, die schlesischen Dialekt reden.

Die Meriten eines Romans von Heinrich Mann verstehen sich natürlich von selbst. Die Fülle knappster Lebenseinsichten – die Fähigkeit, die Tragödie eines ganzen Lebens inmitten grotesker Situationen aufzuspüren und fühlen zu machen – der souveräne Aufbau und die elegante Führung solch einer verwickelten Massenszene mit ihrem jähen Wechsel von komischen und tragischen Szenen, wie es die Soirée ist, die zwecks Gründung eines neuen Opernhauses gegeben wird, und die von Seite 75 bis Seite 187 reicht – und übrigens der beste Teil des bisherigen

Manuskripts ist – mit der vielleicht bestgelungenen Figur, dem buckligen Tenor – einer Figur, würdig der besten Figuren aus den *Göttinnen*.

Hier sind so spannende und hinreißende Szenen wie der Auftritt des Buckligen. Die Szene, wie er die Feindseligkeit des Publikums besiegt – die Wirkungen des schönen Gesangs – das Ineinander schnöder Kunstmittel und echter Kunstwirkungen, von Tricks und Geist, und Seele – die Darstellung des Kampfs auf der Bühne – die Figur des alternden Künstlers – das alles ist mit der Meisterschaft von Heinrich Mann geschrieben und in der zeitgenössischen Literatur unübertroffen und unvergleichlich.

Natürlich findet man die Fülle der Meisterzüge von Heinrich Mann's Romankunst: die Kraft der Groteske – die Geschwindigkeit der psychologischen Prozesse – die Sicherheit der Menschenschilderung – die perspicacité – die sittliche Leidenschaft – den Reichtum bedeutender Maximen und Aphorismen – den satirischen Dialog – die mitleidige Kunst der Menschenentblößung – die Größe des humanen Blicks – den Atem des großen Epikers – die tiefe Kenntnis brüchiger pittoresker Figuren – den schneidenden deutschen Humor – den Anstand noch in der ordinären Nuttenwelt – die Klaue des Löwen – und so weiter – und was Sie wollen.

Herzlich Ihr Hermann Kesten

In: *Deutsche Literatur im Exil. Briefe europäischer Autoren 1933–1949*. Hg. von Hermann Kesten. Wien, München und Basel 1964, S. 365–368 (auch Fischer Taschenbuch Nr. 1388, Frankfurt am Main, 1973, S. 301–303).

Fritz H. Landshoff, der damalige Leiter der Deutschen Abteilung des Querido Verlags in Amsterdam, hatte Hermann Kesten um ein Gutachten zu dem unveröffentlichten Roman Heinrich Manns gebeten – zu einer Zeit, als Landshoff gerade Heinrich Manns letzten Roman *Der Atem* bei Querido herausbrachte.

18 Heinrich Mann an Karl Lemke,
(Santa Monica), 27. Februar 1950 [Auszug]:

Empfang wird vom Neuen Verlag gebracht werden, 1) wenn wieder Bücher verkauft werden, 2) wenn nicht mehr in dem einen Deutschland verboten wird, was das andere zulässt.

In: *Arbeitskreis Heinrich Mann. Mitteilungsblatt*. Hg. von Siegfried Sudhof und Peter-Paul Schneider. Nr. 12, Dezember 1978, S. 7f., Zitat S. 8.

Zeitgenössische Rezensionen
(Auswahlbibliographie)

Funke, Ch.: »Geisterhafte Gesellschaftssatire«. Heinrich Manns Altersroman *Empfang bei der Welt* im Aufbau-Verlag.
In: Der Morgen. Berlin/DDR. Ausgabe B. Jg. 12, Nr. 252 vom 27. Oktober 1956, S. 4.

Lemke, Karl: *Empfang bei der Welt*. Heinrich Manns nachgelassener Roman.
In: Deutsche Woche. München u. Speyer, Jg. 6, Nr. 48 vom 28. November 1956, ›Panorama‹. Literatur-Sonderbeilage, S. 15.

Hilscher, Eberhard: Alle spielen sie Theater. Zu Heinrich Manns Roman *Empfang bei der Welt*.
In: Berliner Zeitung. Berlin/DDR. Jg. 12, Nr. 293 vom 15. Dezember 1956, S. 3.

Anonym: Heinrich Mann: *Empfang bei der Welt*.
In: Der Bienenstock. Blätter des Aufbau-Verlages, Berlin/DDR. Jahrgang 1956, Nr. 30, S. 3.

F. K. D.: *Empfang bei der Welt*. Bemerkungen zum Roman des Dichters Heinrich Mann.
In: Tribüne. Berlin/DDR. Ausgabe B, Jg. 13. Nr. 10 vom 12. Januar 1957, Beilage ›Kunst und Literatur‹, o. S.

Rittinghaus, Johanna: Heinrich Mann: *Empfang bei der Welt*.
In: Der Bibliothekar. Leipzig. Jg. 11, Heft 2, Februar 1957, S. 160–162.

Schwab-Felisch, Hans: Heinrich Manns Satire auf den Existenzkampf. [Rez. zu *Empfang bei der Welt*.]

In: Frankfurter Allgemeine Zeitung. Jg. 9, Nr. 52 vom 2. März 1957, ›Literaturblatt‹.

Dippel, Gerhardt P.: Rendezvous einer morbiden Lebenswelt. [Rez. zu *Empfang bei der Welt.*]
In: Neue Zeit. Berlin/DDR. Jg. 13, 29. März 1957.

Schiller, Walther: Die liebende Nüchternheit bleibt. [Rez. zu *Empfang bei der Welt.*]
In: Sächsische Zeitung. Dresden. Jg. 13, 4. Mai 1957.

Siedler, Wolf Jobst: Abschied vom Gestern. Zu Heinrich Manns nachgelassenem Roman *Empfang bei der Welt.*
In: Der Tagesspiegel. Berlin. Jg. 13, Nr. 3544 vom 5. Mai 1957, S. 33.

Fenk, Albert: Der unbequeme Heinrich Mann. [Rez. zu *Empfang bei der Welt.*].
In: Deutsche Zeitung und Wirtschafts-Zeitung. Stuttgart. Jg. 12, Nr. 61 vom 31. Juli 1957, S. 15.

Kramberg, K. H.: Um das Erbe derer von Assy.
In: Süddeutsche Zeitung. München. Jg. 13, Nr. 233 vom 28. September 1957, Feuilleton, o. S. [Über: *Im Schlaraffenland, Die Göttinnen* und *Empfang bei der Welt.*].

Leibrich, Louis: Heinrich Mann: *Empfang bei der Welt.*
In: Etudes Germaniques. Paris. Jg. 13, Nr. 1, 1958, S. 68. e.b.: Spätwerke Heinrich Manns.
In: Die andere Zeitung. Hamburg, Jg. 8, Nr. 50 vom 13. Dezember 1962, S. 14. [Über: *Empfang bei der Welt, Der Atem, Die traurige Geschichte von Friedrich dem Großen.* Zur Ausgabe im Claassen-Verlag.]

Maier, Hansgeorg: Existenzkampf und Sonnengeflecht. Notizen zu Heinrich Manns Altersromanen.
In: Frankfurter Rundschau. Jg. 19, 9. März 1963. [Über: *Empfang bei der Welt, Der Atem, Die traurige Geschichte von Friedrich dem Großen.* Zur Ausgabe im Claassen-Verlag.]

Kantorowicz, Alfred: Der Abgesang. Heinrich Manns Romane *Empfang bei der Welt* und *Der Atem*. In: Rhein-Neckar-Zeitung. Heidelberg. Jg., 19, 7./8. September 1963. [Zur Ausgabe im Claassen-Verlag.]

Zeittafel

1870/1871	Deutsch-Französischer Krieg. Gründung des Deutschen Reiches unter preußischer Vorherrschaft (18.1.1871). Bismarck Reichskanzler
1871	Luiz Heinrich Mann am 27. März als erster Sohn des Senators Thomas Johann Heinrich Mann und seiner Ehefrau Julia, geb. da Silva-Bruhns, in Lübeck geboren
1875	Geburt des Bruders Thomas
1877	Wahl des Vaters zum Senator von Lübeck
1878–1890	Sozialistengesetz
1884	Reise nach St. Petersburg
Seit 1885	Erste erzählerische, seit 1887 erste poetische Versuche
1889	Abgang vom Gymnasium aus Unterprima. Buchhandlungslehrling in Dresden
1890	Entlassung Bismarcks. Heinrich Manns erste Veröffentlichung einer Erzählung in der ›Lübecker Zeitung‹
1891–1892	Volontär im S. Fischer Verlag, Berlin. Studien an der Friedrich-Wilhelms-Universität
1891	Tod des Vaters (geb. 1840). Liquidierung der Firma Johann Siegmund Mann. Erste Rezensionen in ›Die Gesellschaft‹
1892	Sanatoriumsaufenthalt nach Lungenblutung in Berlin; danach Kuraufenthalte in Wiesbaden, im Schwarzwald und in Lausanne. Rezensionen in ›Die Gegenwart‹

1893	Übersiedlung der Familie nach München Reisen nach Paris, Italien
1894	*In einer Familie*, Roman
1895–1896	Herausgeber der Monatsschrift ›Das Zwanzigste Jahrhundert. Blätter für deutsche Art und Wohlfahrt‹
1895–1898	Aufenthalt in Rom und Palestrina, teilweise zusammen mit dem Bruder Thomas *Im Schlaraffenland* begonnen Erste Notizen zu den *Göttinnen*
1897	*Das Wunderbare und andere Novellen*
1898	*Ein Verbrechen und andere Geschichten*
1899–1914	Ohne festen Wohnsitz. Aufenthalte in München, Berlin, meistens in Italien, oft in Riva am Gardasee im Sanatorium von Dr. von Hartungen
1900	*Im Schlaraffenland. Ein Roman unter feinen Leuten*
1903	*Die Göttinnen oder Die drei Romane der Herzogin von Assy* *Die Jagd nach Liebe*, Roman
1905	*Flöten und Dolche*, Novellen *Professor Unrat oder Das Ende eines Tyrannen*, Roman *Eine Freundschaft: Gustave Flaubert und George Sand*, Essay Übersetzung von Choderlos de Laclos' *Gefährliche Freundschaften* Bekanntschaft mit Inés (Nena) Schmied
1906	Erste Notizen zum *Untertan* Drei Novellenbände: *Schauspielerin, Stürmische Morgen, Mnais und Ginevra*
1907	*Zwischen den Rassen*, Roman
1908	*Gretchen*, Novelle aus dem Stoffkreis des *Untertans*. *Die Bösen*, Novellen

1909	*Die kleine Stadt*, Roman
1910–1913	Jährliche Uraufführungen der Schauspiele Heinrich Manns in Berlin
1910	*Französischer Geist* (später *Voltaire – Goethe*); *Geist und Tat*, kulturpolitische Essays
	Das Herz, Novellen
	Freitod der Schwester Carla (geb. 1881)
	Variété, Einakter
1911	*Die Rückkehr vom Hades*, Novellen
	Schauspielerin, Drama
1912	Bekanntschaft mit der Prager Schauspielerin Maria (Mimi) Kanová während der Proben zu *Die große Liebe* im Deutschen Theater, Berlin
	Beginn der Niederschrift von *Der Untertan*
1913	*Madame Legros*, Drama
1914	*Der Untertan* als Fortsetzungsroman in ›Zeit im Bild‹
	13. August: Abbruch des Vorabdrucks nach Beginn des Ersten Weltkrieges. Weiterer Abdruck der russischen Übersetzung bis Oktober in Petersburg (›Sowremennij Mir‹)
	12. August: Heirat mit Maria (Mimi) Kanová. Wohnsitz in München
1915	Russische Buchausgabe des *Untertan*
	Konflikt mit dem Bruder. Abbruch der Beziehungen nach dem Erscheinen von Thomas Manns *Gedanken im Kriege*
	Zola, Essay; in ›Die Weißen Blätter‹, hg. von René Schickele
1916	*Der Untertan*, Privatdruck in etwas mehr als 10 Exemplaren
	Geburt der Tochter Henriette Maria Leonie

1917 *Die Armen*, Roman
Brabach, Drama
Madame Legros an den Münchener Kammerspielen und am Lessing-Theater in Berlin uraufgeführt
Grabrede auf Frank Wedekind
Versuch einer Versöhnung mit Thomas Mann

1918 Ende des Ersten Weltkrieges. Abdankung Wilhelms II. Novemberrevolution in Deutschland
Mitarbeit Heinrich Manns im ›Politischen Rat geistiger Arbeiter‹ in München
Der Untertan, Roman
Beginn der Arbeit am Roman *Der Kopf*

1919 Ermordung Karl Liebknechts und Rosa Luxemburgs. Friedrich Ebert Reichspräsident. Beginn der Weimarer Republik (Weimarer Reichsverfassung).
Macht und Mensch, Essays (Gewidmet *Der deutschen Republik*)
Gedenkrede für Kurt Eisner, den ermordeten Ministerpräsidenten der bayerischen Räterepublik

1920 *Der Weg zur Macht* im Residenz-Theater München uraufgeführt. In den folgenden Jahren wachsende publizistische Tätigkeit
Die Ehrgeizige, Novelle

1921 *Die Tote und andere Novellen*

1922 Aussöhnung mit Thomas Mann
Bekanntschaft mit dem französischen Germanisten Félix Bertaux
Rapallo-Vertrag zwischen Deutschland und der UdSSR

1923 Ruhrbesetzung, Generalstreik. Putschver-

1923 such der Nationalsozialisten in München. Hitler in Festungshaft. Inflation und erster Nachkriegsbesuch Heinrich Manns in Frankreich (Teilnahme an den Entretiens de Pontigny)

Rede bei der Verfassungsfeier in der Staatsoper Dresden

11. März: Tod der Mutter Julia (geb. 1851). *Diktatur der Vernunft*, Reden und Aufsätze

1924 Reise in die Tschechoslowakei, Begegnung mit Thomas G. Masaryk auf Schloß Lana bei Prag

Abrechnungen, Novellen

Der Jüngling, Novellen

Das gastliche Haus, Komödie

1925–1932 *Gesammelte Werke in 13 Bänden* im Paul Zsolnay Verlag, Wien

1925 Zweite Frankreichreise nach dem Krieg, erste Impulse für den *Henri Quatre* in den Pyrenäen und in Pau

Der Kopf, Roman

Kobes, Novelle

Tod Friedrich Eberts. Hindenburg zum Reichspräsidenten gewählt.

Zusammenfassung der Romane *Der Untertan, Die Armen, Der Kopf* zur *Kaiserreich-Trilogie*, der *Romane der deutschen Gesellschaft im Zeitalter Wilhelms II.*

1926 Wahl zum Mitglied der Preußischen Akademie der Künste zu Berlin, Sektion Dichtkunst am 27. Oktober

Liliane und Paul, Novelle

1927 Verstärktes Wirken für eine Verständigung zwischen Deutschland und Frankreich.

1927 Rede im Trocadéro, Paris, zum 125. Geburtstag von Victor Hugo

Begegnungen Gustav Stresemanns mit Aristide Briand

Freitod der Schwester Julia (geb. 1877)

Mutter Marie, Roman

1928 Trennung von Maria Mann, Übersiedlung nach Berlin

Vorsitzender des Volksverbandes für Filmkunst

Eugénie oder Die Bürgerzeit, Roman

1929 Bekanntschaft mit Nelly Kröger, seiner späteren zweiten Frau

Sie sind jung, Novellen

Sieben Jahre. Chronik der Gedanken und Vorgänge (1921–1928), Essays

Weltwirtschaftskrise

1930 Scheidung von Maria Mann

›Der blaue Engel‹, Verfilmung des Romans *Professor Unrat*

Die große Sache, Roman

1931 Wahl zum Präsidenten der Sektion Dichtkunst bei der Preußischen Akademie der Künste. Feier in Berlin zu Heinrich Manns 60. Geburtstag mit Reden von Gottfried Benn, Lion Feuchtwanger, Adolf Grimme, Max Liebermann und Thomas Mann. Teilnahme an einem internationalen Schriftstellerkongreß in Paris. Gespräch mit Aristide Briand. Rede im Admiralspalast zur deutsch-französischen Verständigung

Geist und Tat. Franzosen 1780–1930, Essays

1932 Wiederwahl Hindenburgs zum Reichspräsidenten

1932	*Ein ernstes Leben*, Roman *Das öffentliche Leben*, Essays *Das Bekenntnis zum Übernationalen*, Essay Beginn der Arbeit am *Henri Quatre*
1932/1933	Unterzeichnung von Aufrufen zur Aktionseinheit von KPD und SPD gegen die Nationalsozialisten, gemeinsam mit Käthe Kollwitz und Albert Einstein
1933	30. Januar: Hitler Reichskanzler 15. Februar: Ausschluß mit Käthe Kollwitz aus der Akademie der Künste 21. Februar: Flucht nach Frankreich über Frankfurt am Main, Kehl am Rhein und Straßburg 25. August: Aberkennung der deutschen Staatsbürgerschaft *Der Haß. Deutsche Zeitgeschichte*, Essays
1933–1940	Wohnsitz in Sanary-sur-Mer, dann in Nizza. Reisen nach Prag, Genf und Zürich. Politische Artikel in der ›Dépêche de Toulouse‹ Vorsitzender des Vorbereitenden Ausschusses der deutschen Volksfront, Ehrenpräsident des SDS. Antifaschistische Flug- und Tarnschriften
1934	10. Mai: Heinrich Mann Präsident der Deutschen Freiheitsbibliothek *Der Sinn dieser Emigration*, Essays
1935	Juni: Rede auf dem Internationalen Schriftstellerkongreß zur Verteidigung der Kultur in Paris *Die Jugend des Königs Henri Quatre*, Roman
1936	Heinrich Mann wird tschechoslowakischer Staatsbürger

1936 Beginn des spanischen Bürgerkriegs
Es kommt der Tag. Deutsches Lesebuch, Essays

1937 10./11. April: Volksfrontkonferenz in Paris, Eröffnungsansprache Heinrich Manns

1938 Münchner Abkommen
Die Vollendung des Königs Henri Quatre, Roman

1939 *Mut*, Essays; *Nietzsche* (Kommentar zu einer Auswahl)
9. September: Heirat mit Nelly (Emmy) Kröger in Nizza
Hitler-Stalin-Pakt. Ausbruch des Zweiten Weltkriegs
Verschleppung Maria Manns ins KZ Theresienstadt

1940 Kapitulation Frankreichs vor den Hitlertruppen
Flucht über Spanien und Portugal in die USA. Aufenthalte in New York, Princeton, Hollywood, Wohnsitz in Los Angeles und Santa Monica bis zum Tod

1941 Beginn der Arbeit am Roman *Empfang bei der Welt*

1943 Ehrenpräsident des Lateinamerikanischen Komitees der Freien Deutschen
Lidice, Roman

1944 17. Dezember: Freitod Nelly Manns (geb. 1898)

1945 Bedingungslose Kapitulation Deutschlands
Ein Zeitalter wird besichtigt, Autobiographie
Klaus Mann bringt die gesundheitlich schwergeschädigte Maria Mann aus dem KZ Theresienstadt nach Prag zurück

1947	Ehrendoktor der Humboldt-Universität Berlin Tod Maria Manns in Prag (geb. 1886)
1949	Nationalpreis I. Klasse für Kunst und Literatur der DDR Tod des Bruders Viktor (geb. 1890) *Der Atem*, Roman
1950	Berufung Heinrich Manns zum ersten Präsidenten der neugegründeten Akademie der Künste zu Berlin / DDR. Vorbereitung zur Rückkehr mit dem polnischen Dampfer ›Batory‹. 12. März: Tod Heinrich Manns in Santa Monica bei Los Angeles
1951	DEFA-Verfilmung von *Der Untertan*
1955	Thomas Mann stirbt am 12. August
1956	*Empfang bei der Welt*, Roman
1958 / 1960	*Die traurige Geschichte von Friedrich dem Großen*, szenisches Romanfragment
1961	Überführung der Urne Heinrich Manns von Kalifornien nach Prag. 25. März: Überführung der Urne nach Berlin und Beisetzung auf dem Dorotheenstädtischen Friedhof in Anwesenheit von Leonie Mann

Herausgeber und Verlag danken dem Heinrich-Mann-Archiv der Akademie der Künste der DDR, Berlin, und dem Deutschen Literaturarchiv, Marbach am Neckar, für vielfältig gewährte Unterstützung durch Auskünfte und Bereitstellung von Abbildungsvorlagen; dem Aufbau-Verlag, Berlin und Weimar, und dem Claassen Verlag, Düsseldorf, für die gegebenen Abdruckgenehmigungen.

Arnold Zweig

Band 2069

Band 9127

Band 5915

Einsetzung eines Königs
Roman. Band 5913

Erziehung vor Verdun
Roman. Band 1523

Die Feuerpause
Roman. Band 5912

Junge Frau von 1914
Roman. Band 1335

Novellen um Claudia
Roman. Band 5877

Novellen
2 Bände. 9127/9128

Soldatenspiele
Drei dramatische Historien
Band 5914

Der Streit um den Sergeanten Grischa
Roman. Band 1275

Traum ist teuer
Roman. Band 5876

De Vriendt kehrt heim
Roman. Band 5785

Westlandsaga
Eine Chronik
Band 5835

Die Zeit ist reif
Roman. Band 5827

Essays
Erster Band:
Literatur und Theater
Mit einem Vorwort von Wilhelm von Sternburg
Band 9129

Zweiter Band:
Krieg und Frieden
Mit einem Vorwort von Wilhelm von Sternburg
Band 9130

Lion Feuchtwanger
Arnold Zweig
Briefwechsel 1933–1958
Band I 1933-1948
Band 5783
Band II 1949-1958
Band 5784

Sigmund Freud
Arnold Zweig
Briefwechsel
Band 5629

Manuel Wiznitzer
Arnold Zweig
Das Leben eines deutsch-jüdischen Schriftstellers
Band 5665

Wilhelm von Sternburg (Hg.)
Materialien zu Leben und Werk
Über Arnold Zweig
Band 6876

Fischer Taschenbuch Verlag

fi 122/9

Franz Werfel

Das Lied von Bernadette
Roman. Band 1621

Die Geschwister von Neapel
Roman. Band 1806

Der Abituriententag
Roman. Band 1893

Der Tod des Kleinbürgers
und andere Erzählungen. Band 2060

Verdi
Roman der Oper
Band 2061

Die vierzig Tage des Musa Dagh
Roman. Band 2062

Stern der Ungeborenen
Ein Reiseroman. Band 2063

Jeremias. Höret die Stimme
Roman. Band 2064

Der veruntreute Himmel.
Geschichte einer Magd
Roman. Band 5053

Nicht der Mörder, der Ermordete ist schuldig
und andere Erzählungen. Band 5054

Cella oder Die Überwinder
Versuch eines Romans. Band 5706

Jakobowsky und der Oberst
Komödie einer Tragödie. Band 7025

Fischer Taschenbuch Verlag

fi 198/1

Thomas Mann

Die Romane

Buddenbrooks
Verfall einer
Familie
Band 661

Königliche Hoheit
Band 2

**Bekenntnisse
des Hochstaplers
Felix Krull**
Der Memoiren
erster Teil
Band 639

Der Zauberberg
Band 800

**Joseph und
seine Brüder**
3 Bände: 1183, 1184, 1185

Lotte in Weimar
Band 300

Doktor Faustus
Das Leben des deutschen
Tonsetzers Adrian Leverkühn
erzählt von einem Freunde
Band 1230

**Die Entstehung des
Doktor Faustus**
Band 5779

Der Erwählte
Band 1532

Die Erzählungsbände

Der Tod in Venedig
und andere Erzählungen
Band 54

Herr und Hund
Ein Idyll
Band 85

Wälsungenblut
Mit den Illustrationen
von Th. Th. Heine
Band 5778

**Tonio Kröger / Mario
und der Zauberer**
Band 1381

Der Wille zum Glück
und andere Erzählungen
Band 9104

Schwere Stunde
und andere Erzählungen
Band 9105

Unordnung und frühes Leid
und andere Erzählungen
Band 9106

Die Betrogene
und andere Erzählungen
Band 9107

Fischer Taschenbuch Verlag

fi 227 / 4